Dieses Buch widme ich voller Respekt der Unterseebootstreitkraft der U.S. Navy – den Männern, die die Delphine an der Uniform tragen und im tiefen Wasser operieren.

VORBEMERKUNG DES AUTORS

Früher einmal waren sie in den Meeren rings um Europa ziemlich häufig anzutreffen, die 74 Meter langen sowjetischen Patrouillen-U-Boote der Kilo-Klasse. Fotos zeigten sie meist aufgetaucht mit ausgefahrenem ESM-Mast (Electronic Support Measures), oft standen auch ein paar Mannschaftsmitglieder auf dem Turm, auf dem damals noch der rote Sowjetstern prangte. Die Kilo-U-Boote waren das pechschwarze Symbol sowjetischer Marinemacht.

Während der letzten zehn Jahre des kalten Kriegs wurden die Kilos in allen russischen Gewässern und oft auch sehr weit davon entfernt eingesetzt. Sie patrouillierten in der Ostsee, im Nordatlantik, im Weißen Meer, in der Barentssee, im Mittelmeer, im Schwarzen Meer und, von der großen U-Boot-Basis in Wladiwostok aus, sogar im Pazifik, in der Beringsee und im Japanischen Meer.

Das Kilo, das getaucht 3000 Tonnen Wasser verdrängt, ist alles andere als ein großes Unterseeboot. Die sowjetischen Boote der Typhoon-Klasse, die als die größten der Welt gelten, verdrängen beispielsweise 21000 Tonnen. Daß das robuste dieselelektrische Boot trotzdem eine ernsthafte Bedrohung darstellt, liegt daran, daß es mit Grabesstille operieren kann, wenn es richtig geführt wird.

Nicht bemerkt zu werden ist die Losung für jedes Unterseeboot, und von allen unter Wasser eingesetzten Kriegsschiffen ist das Kilo das leiseste, denn im Gegensatz zu großen Atom-U-Booten hat es keinen Reaktor, der zu seinem Betrieb eine ganze Reihe von Hilfssystemen benötigen würde, die allesamt potentielle Geräuschquellen darstellen.

Ein Kilo kann mit seinem Elektromotor, der von mächtigen Batterien gespeist wird, unter Wasser eine Geschwindigkeit von bis zu 17 Knoten erreichen. Fährt es langsamer, dann kann man das leise Summen des Elektromotors außerhalb seines Rumpfs praktisch nicht mehr hören. Wirklich zu orten – außer mit aktivem Sonar – ist ein Kilo eigentlich nur, wenn es auf Sehrohrtiefe fährt und seine Batterien wieder auflädt.

Um das zu bewerkstelligen, läßt es seine Dieselmotoren laufen, die über einen Schnorchel mit Luft versorgt werden. Diese Maschinen sind sehr viel lauter als der leise Elektromotor und können von jedem passiven Sonar gehört werden. Während dieses als »Schnorcheln« bezeichneten Vorgangs kann es darüber hinaus auch mit Radar geortet werden, und außerdem kann man die Abgase seiner Dieselmaschinen »erschnüffeln«. Bei ruhiger See ist sogar der aus dem Wasser ragende Schnorchel zu sehen.

Wie jeder Kraftfahrzeugmotor auch, brauchen die beiden Dieselmotoren des U-Boots zum Arbeiten Sauerstoff, und dieser Sauerstoff wird ihnen durch den Schnorchel zugeführt. Weil ein Kilo während dieser Phase am verwundbarsten ist, schnorchelt es im Einsatz nur, wenn es unbedingt sein muß, und auch dann meist nur bei Nacht, wenn es nicht so leicht gesehen werden kann. Sobald seine großen Batterien aufgeladen sind, verschwindet es wieder in der Tiefe, wo es weder gesehen noch gehört werden kann.

Eine Batterieladung verleiht dem Kilo bei langsamer Fahrt eine Reichweite von etwa 400 Meilen, und der an Bord befindliche Dieselkraftstoff reicht für 6000 Meilen Schnorchelfahrt. Um es zu einer voll operationsfähigen Kampfeinheit zu machen, genügt eine Mannschaft von 39 Seeleuten und 13 Offizieren. Neben einer kleinen Batterie mit See-Luft-Marschflugkörpern (SAM = Surface to Air Missile) verfügt das Boot über eine Bewaffnung von 24 Torpedos, von denen meistens zwei mit einem nuklearen Gefechtskopf ausgerüstet sind.

Heutzutage sieht man die Kilos allerdings nur noch selten unter russischer Flagge fahren. Seit dem rapiden Dahinscheiden der sowjetischen Marine in den frühen 90er Jahren des 20.

Jahrhunderts liegen die meisten Kilos in den todgeweihten russischen Werften. Zur Zeit gibt es nur zwei Kilos im Schwarzen Meer, zwei in der Ostsee, sechs bei der Nordmeerflotte und 14 bei der Pazifikflotte.

Trotzdem dient dieses unheilvolle kleine U-Boot noch immer seinem Land. Inzwischen wird es nämlich fast ausschließlich für den Export gebaut, und da ist es das Kriegsschiff, für das es auf der Welt die meiste Nachfrage gibt. Von den hohen Gewinnen, die mit dem Verkauf des »neuen, verbesserten und noch leiseren Kilos« erzielt werden, zahlt die ständig vom Bankrott bedrohte russische Marine einen Großteil ihrer Rechnungen und hält so einen kleinen Teil der russischen Flotte einsatzfähig.

Leider zeigen die Russen in letzter Zeit die alarmierende Tendenz, ihre Kilos an *jeden* zu verkaufen, der die 300 Millionen Dollar dafür bezahlen kann.

Und während es niemanden allzu sehr störte, daß sich Polen und Rumänien je eines dieser Boote zulegten und Algerien zwei gebrauchte erstand, hoben sich schon einige Augenbrauen, als Indien bei den Russen acht Kilos in Auftrag gab. Dabei ist Indien noch nicht einmal eine potentielle Bedrohung für den Westen.

Da sorgte der Iran schon für größere Betroffenheit. Trotz eines Versuchs von seiten der Amerikaner, das Geschäft zu unterbinden, konnten die Ajatollahs zwei Kilos erwerben, die ihnen unter recht mysteriösen Umständen von den Russen geliefert wurden. Der Iran bestellte danach unverzüglich ein drittes Boot, das wohl demnächst im Hafen von Bandar Abbas am Persischen Golf eintreffen wird.

All das ist jedoch nahezu unbedeutend, wenn man an den neuen und sehr ernstzunehmenden Teilnehmer am Marinewettrüsten denkt, der innerhalb von 20 Jahren die drittgrößte Flotte der Welt aufgebaut hat und mit ungezügeltem Ehrgeiz versucht, in die Riege der Supermächte zu gelangen.

Es ist ein Land, von dem bekannt ist, daß es eine U-Boot-Flotte unterhalten und gleichzeitig nukleare Sprengköpfe für Torpedos produzieren kann.

Und ausgerechnet dieses Land hat plötzlich gegen den ausdrücklichen Willen der USA bei den Russen zehn dieselelektrische U-Boote der Kilo-Klasse bestellt.

China.

HAUPTPERSONEN DER HANDLUNG

Oberste Militärführung

Der Präsident der Vereinigten Staaten (Oberster Befehlshaber der US-Streitkräfte)

Vice-Admiral Arnold Morgan (Nationaler Sicherheitsberater)

Admiral Scott F. Dunsmore (Vorsitzender der Vereinigten Stabschefs)

Harcourt Travis (Außenminister)

Rear Admiral George R. Morris (Direktor der National Security Agency)

Oberkommando der U.S. Navy

Admiral Joseph Mulligan (Chief der Marineoperationen [CNO])

Vice-Admiral John F. Dixon (Oberkommandierender der Unterseebootflotte Atlantik [COMSUBLANT])

Rear Admiral John Bergstrom (Oberkommandierender des Special War Command [SPECWARCOM])

USS *Columbia*

Commander Cale »Boomer« Dunning (Kommandant)

Lieutenant Commander Mike Krause (Erster Offizier)

Lieutenant Commander Lee O'Brien (Ingenieur im Offiziersrang)

Chief Petty Officer Rick Ames (Lieutenant Commander O'Briens Stellvertreter)

Petty Officer Earl Connard (Chefmechaniker)

Lieutenant Commander Jerry Curran (Waffensystemoffizier)

Lieutenant Bobby Ramsden (Sonaroffizier)

Lieutenant David Wingate (Navigationsoffizier)

Lieutenant Abe Dickson (Decksoffizier)

U.S. Navy SEALs
Lieutenant Commander Rick Hunter (Gruppenführer der SEAL-Kampfgruppe und Einsatzleiter)
Lieutenant Junior Grade Ray Schaeffer
Chief Petty Officer Fred Cernic
Petty Officer Harry Starck
Seaman Jason Murray

U.S. Air Force B-52H Bomber
Lieutenant Colonel Al Jaxtimer (Pilot, Fünftes Bombergeschwader von der Minot Air Base, North Dakota)
Major Mike Parker (Copilot)
Lieutenant Chuck Ryder (Navigator)

Central Intelligence Agency (CIA)
Frank Reidel (Chef der Fernost-Abteilung)
Carl Chimei (Agent in Taiwan)
Angela Rivera (Agentin in Osteuropa und Moskau)

Chinesische Militärführung
Der Große Vorsitzende (Oberster Befehlshaber der Volksbefreiungsstreitkräfte)
General Quiao-Jiyun (Generalstabschef)
Admiral Zhang Yushu (Oberbefehlshaber der Marine der Volksbefreiungsstreitkräfte)
Vizeadmiral Sang Ye (Admiralstabschef)
Vizeadmiral Yibo Yunsheng (Befehlshaber der Ostflotte)
Vizeadmiral Zu Jicai (Befehlshaber der Südflotte)
Vizeadmiral Yang Zhenying (Politischer Kommissar)
Kapitän zur See Kan Yu-Fang (U-Boot-Kommandant)

Russische Marine
Admiral Witali Rankow (Admiralstabschef)
Korvettenkapitän Lewizki
Korvettenkapitän Kasakow

Russische Seeleute
Kapitän Igor Wolkow (Tolkatsch-Kapitän)
Iwan Wolkow (sein Sohn und Steuermann)
Oberst Karpow (Offizier auf der *Michail Lermontow*)

Oberst Borsow (Ex-KGB-Offizier und Offizier auf der *Juri Andropow*)
Pjotr (Steward)
Torbin (Oberkellner)

Passagiere auf russischen Ausflugschiffen
Jane Westenholz (aus Greenwich, Connecticut)
Cathy Westenholz (ihre Tochter)

Russischer Diplomat
Nikolaj Ryabinin (Botschafter in Washington)

Nukleare Planungsgruppe in Taiwan
Der Präsident von Taiwan
General Chou Jin-Chun (Verteidigungsminister)
Professor Liao Li (Nationaluniversität Taiwan)
Chiang Yi (Baulöwe aus Taipeh)

Crew der *Yonder*
Commander Cale »Boomer« Dunning
Jo Dunning (seine Frau)
Lieutenant Commander a. D. Bill Baldridge
Laura Anderson (seine Verlobte)
Roger Mills
Gavin Bates
Jeff Hewitt
Thwaites Masters

Mannschaft der *Cuttyhunk*
Kapitän Tug Mottram (Kapitän des Forschungsschiffs des Ozeanographischen Instituts in Woods Hole)
Bob Lander (Erster Offizier)
Kit Berens (Navigator)
Dick Elkins (Funker)

Wissenschaftler an Bord der *Cuttyhunk*
Professor Henry Townsend (Leiter der Expedition)
Professor Roger Deakins (Chef-Ozeanograph)
Dr. Kate Goodwin (vom Massachusetts Institute of Technology)

Zeitungsreporter
Frederick J. Goodwin (Chefreporter der *Cape Cod Times*)

PROLOG

7. September 2003

Die aus vier Fahrzeugen bestehende Autokolonne verlangsamte ihre Fahrt nur unwesentlich, als sie durch den Eingang an der West Executive Avenue in das Anwesen Pennsylvania Avenue Nummer 1600 einfuhr. Die Wachen am Tor winkten die Limousinen ohne weiteres durch, was von den vier Secret-Service-Agenten im ersten Fahrzeug mit einem knappen Kopfnicken quittiert wurde. Auf den Vordersitzen der nächsten beiden Wagen, die zum Fuhrpark des Pentagon gehörten, saßen jeweils zwei Sicherheitsleute der Navy, und den Schluß der Kolonne bildete wieder ein Fahrzeug mit Secret-Service-Männern.

Vor dem Eingang zum Westflügel warteten vier weitere der 35 im Weißen Haus diensttuenden Agenten und überreichten den Neuankömmlingen aus dem Pentagon ihre Besucherausweise. Nur Admiral Scott F. Dunsmore bekam keinen, denn als Vorsitzender der Vereinigten Stabschefs verfügte er über einen Dauerausweis fürs Weiße Haus.

Derselben Limousine wie Dunsmore entstieg auch Admiral Joseph Mulligan, der früher einmal Kommandant eines Atom-U-Boots der Trident-Klasse gewesen war und jetzt das Amt des CNO innehatte – des Chief of Naval Operations. Als Chef der Marineoperationen war der großgewachsene Mulligan der Oberbefehlshaber der U.S. Navy.

Der dritte Mann in dem Wagen war Vice-Admiral Arnold Morgan, der brillante, für seinen Jähzorn gefürchtete Leiter der streng geheimen National Security Agency in Fort Meade, Maryland.

Im zweiten Wagen des Pentagon saßen zwei der ranghöchsten Offiziere der amerikanischen Unterseebootwaffe: Vice-

Admiral John F. Dixon, Oberkommandierender der Unterseebootflotte Atlantik (COMSUBLANT) und Rear Admiral Johnny Barry, der Befehlshaber der Unterseebootflotte Pazifik (COMSUBPAC). Die beiden waren am frühen Morgen aus dem Bett geholt und nach Washington beordert worden. Jetzt war es 16 Uhr 30.

Fünf so ranghohe Militärs in voller Uniform konnte man selbst im Weißen Haus nur selten auf einem Fleck versammelt sehen. In gewissen Ländern hätte der Anblick des Generalstabschefs, flankiert von zwei der ranghöchsten Befehlshaber und einem hohen Geheimdienstmann, durchaus Gedanken an einen Miltärputsch aufkommen lassen können. Hier allerdings, im Sitz des amerikanischen Präsidenten, spornte er lediglich die Secret-Service-Agenten zu besonderem Diensteifer an.

Der Präsident war zwar nominell der Oberbefehlshaber aller amerikanischen Streitkräfte, aber diese Männer hatten das Oberkommando über die wichtigsten Instrumente der militärischen Macht: die mächtigen, auf allen Weltmeeren patrouillierenden Trägerkampfgruppen und die stets schlagbereiten Atom-U-Boote.

Auch in unmittelbarer Nähe des Präsidenten hatten die Untergebenen dieser Männer wichtige Funktionen inne. So war nicht nur der Landsitz Camp David eine Einrichtung der Marine, sondern auch die bombensichere Krankenstation im Bethesda Marinehospital, die dem mächtigsten Mann der Welt für den Notfall zur Verfügung stand.

Während das 89. Lufttransportgeschwader der Air Force unter dem Befehl des Air Mobility Command die Präsidentenmaschine *Air Force One* flog und wartete, stellten die US-Marines sämtliche Hubschrauber des Präsidenten. Die Fahrer und Wagen des Weißen Hauses hingegen gehörten zur Army, und das Verteidigungsministerium kümmerte sich um sämtliche Kommunikationsmittel.

Wenn der Vorsitzende der Vereinigten Stabschefs zusammen mit ranghohen Offizieren ins Weiße Haus kommt, ist er viel mehr als nur ein gewöhnlicher Besucher. Er und seine Begleiter sind die Männer, die das höchste Vertrauen in den Vereinigten Staaten genießen und deren Standfestigkeit und natürliche Autorität jeden politischen Machtwechsel überdauert. Sie sind die Männer, die keine Angst vor Politikern haben, Männer, denen auch ein Präsident Hochachtung zollen muß.

Und so war es nicht verwunderlich, daß an diesem sonnigen Spätsommernachmittag der 43. Präsident der Vereinigten Staaten bereits vor den Flaggen der Navy, der Marines und der Air Force im Oval Office wartete, um seine Besucher gebührend zu empfangen.

Verbindlich lächelnd sprach er jeden der fünf Männer mit dem Vornamen an, selbst den Befehlshaber der U-Boote im Pazifik, den er zum ersten Mal sah. »Ich habe schon eine Menge von Ihnen gehört, Johnny«, sagte er, während er ihm die Hand gab. »Es freut mich sehr, Sie endlich auch persönlich kennenzulernen.«

Die Besucher nahmen in fünf bequemen Stühlen vor dem riesigen Schreibtisch des Präsidenten Platz.

»Mr. President«, begann Admiral Dunsmore, »wir haben ein Problem.«

»Das habe ich mir beinahe gedacht, Scott.«

»Das Problem ist uns seit längerem bekannt, aber bisher war es noch nie so dringend. Ehrlich gesagt, wir haben lange Zeit nicht geglaubt, daß es wirklich akut werden würde. Aber genau das ist jetzt eingetreten.«

»Und um was für ein Problem handelt es sich?«

»Um die zehn U-Boote der Kilo-Klasse, die China bei den Russen bestellt hat.«

»Zwei von denen wurden doch bereits ausgeliefert, wenn ich mich nicht irre.«

»Das stimmt, Sir, und zwar während der letzten fünf Jahre. Wir haben jetzt allerdings Anlaß zur Vermutung, daß auch die restlichen acht Boote demnächst nach China gehen sollen. Sie stehen alle in verschiedenen russischen Werften kurz vor der Fertigstellung.«

»Könnten wir denn mit den beiden leben, die die Chinesen schon haben?«

»Ja, Sir. So wie es aussieht, ist meist nur eines davon einsatzbereit. Mehr aber dürfen wir auf keinen Fall tolerieren.

Wenn die Chinesen wirklich die restlichen acht U-Boote erhalten sollten, dann könnten sie mit drei, vier von denen die Formosastraße zwischen Taiwan und dem Festland komplett dichtmachen. Selbst wir könnten dann in diesen Gewässern nicht mehr operieren, und wenn das der Fall wäre, dann ist Rotchina in der Lage, innerhalb weniger Wochen die Insel zu erobern und zu besetzen.«

»Großer Gott!«

»Wenn diese Kilos dort sind«, sagte Admiral Mulligan, »dann können wir keinen Flugzeugträger mehr in die Formosastraße entsenden. Die Boote brauchten sich nur auf die Lauer zu legen und ihn zu versenken, und dabei könnten sie sich auch noch darauf berufen, daß wir unberechtigt in chinesische Hoheitsgewässer eingedrungen seien.«

»Hm«, brummte der Präsident. »Sehen Sie denn eine Lösung für dieses Problem?«

»Ja, Sir. Wir müssen die Auslieferung der restlichen acht Kilo-Boote verhindern.«

»Meinen Sie damit, daß wir die Russen dazu überreden sollen, den Auftrag nicht zu erfüllen?«

»Nein, Sir«, sagte Admiral Morgan. »Das ist kaum möglich. Wir haben es zwar schon versucht, aber genausogut könnten Sie einen Drogensüchtigen davon überzeugen, daß er kein Geld für seinen Stoff braucht.«

»Und was sollen wir statt dessen tun?«

»Wir sollten auf andere Weise dafür sorgen, daß die Kilos nicht ausgeliefert werden. Und zwar so lange, bis die Chinesen keine russischen U-Boote mehr haben wollen.«

»Sie meinen, daß wir ...«

»Ja, Sir.«

»Aber das würde für internationalen Aufruhr sorgen.«

»Natürlich würde es das, Sir«, antwortete Admiral Morgan. »Aber nur, wenn man wüßte, wer was getan hat. Wenn das aber niemand erfährt ...«

»Werde ich es denn erfahren?«

»Nicht unbedingt. Ich kann mir schwer vorstellen, daß wir Sie wegen ein paar verschwundenen dieselelektrischen U-Booten behelligen werden, Sir.«

»Dann gehe ich wohl richtig in der Annahme, daß Sie eine sogenannte ›schwarze Operation‹ planen, meine Herren?«

»Ja, Sir. Eine Aktion, die niemandem zugeschrieben werden kann«, antwortete der CNO.

»Brauchen Sie dafür meine offizielle Zustimmung?«

»Zunächst nicht, Sir. Wir müssen nur sicher sein, daß Sie hinter uns stehen«, sagte Admiral Dunsmore. »Sollten Sie allerdings eine solche Aktion ausdrücklich untersagen, so würden wir das natürlich respektieren. Ihre offizielle Erlaubnis bräuchten wir erst kurz bevor wir zuschlagen. Aber bis dahin ist noch Zeit.«

»Ich verlasse mich wie immer auf Ihre sachliche Kompetenz, meine Herren. Bitte tun Sie das, was Sie für richtig halten. Sie, Scott, halten mich auf dem laufenden.«

Nach diesen Worten betrachtete der Präsident das Gespräch als beendet. Er stand auf und gab den fünf Offizieren die Hand. Als sie das Oval Office verließen, fragte er sich, weshalb er sich in der Gegenwart solcher Männer immer wie ein kleiner Junge fühlte, und sinnierte einmal mehr über die Verantwortung nach, die sein hohes Amt mit sich brachte.

KAPITEL EINS

I

Kapitän Tug Mottram konnte fast spüren, wie der Luftdruck unaufhörlich fiel. Der Wind, der zwei Tage lang beständig mit 40 Knoten aus Nordwest geweht hatte, wurde jetzt böiger und erreichte, wenn er krimpte, bisweilen eine Geschwindigkeit von über 50 Knoten. Erste Schneeschauer fegten bereits auf die hoch gehende, bleifarbene See herab, und alle 40 Sekunden rauschte eine gigantische, eine halbe Meile lange Welle unter dem Kiel des Schiffs hindurch. In weniger als 15 Minuten waren Wind und Meer, die vorher durchaus beherrschbar gewesen waren, richtiggehend gefährlich geworden – ein Phänomen, das man in dieser Gegend des südlichen Indischen Ozeans relativ häufig antraf. Und hier, am Rand der »Brüllenden Vierziger«, wo die *Cuttyhunk* jetzt quer zum Wind tapfer nach Südosten stampfte, war das Wetter besonders unberechenbar.

Schon vor zwei Tagen hatte Tug Mottram »Luken dicht« befohlen und Anweisung gegeben, daß niemand mehr das Oberdeck achterhalb der Brücke betreten durfte. Daraufhin waren alle wasserdichten Luken und Schotten geschlossen und die Belüftungsöffnungen an Deck dichtgemacht worden. Jetzt blickte der Kapitän durch den Schnee, der sich auf einmal in Graupel verwandelt hatte und vom Wind fast waagerecht durch sein Gesichtsfeld getrieben wurde, aus dem Brückenfenster, dessen Scheibenwischer gerade noch mit dem Ansturm der Elemente fertig wurden. Vorn war alles in Ordnung, aber um das Heck der *Cuttyhunk* machte Mottram sich Sorgen. Von achtern, aus Nordwesten, rollten immer wieder riesige Brecher heran, die eine starke Kreuzsee von querab noch gefährlicher machte. Mottram hatte den Eindruck, als hätten es die Wellenberge einzig und allein darauf abgesehen, den stählernen Rumpf des 85 Meter langen Forschungsschiffs aus Woods Hole in Massachusetts unter sich zu begraben.

»Fahrt auf zwölf Knoten reduzieren«, befahl er dem Rudergänger. »Bei diesem Seegang ist das bei dem schwachen Heck dieser Gurke eh schon fast zu viel.«

»Sind Sie jemals quergeschlagen, Sir?« fragte Kit Berens, der junge Navigationsoffizier, dessen sonnengebräuntes Gesicht einen besorgten Ausdruck angenommen hatte.

»Und ob. Bei einem ähnlichen Seegang wie jetzt. Damals hatten wir zuviel Fahrt drauf.«

»Gott im Himmel. Und sind Sie da unter eine Welle gekommen?«

»Klar doch. Sie hat das Schiff richtiggehend k.o. geschlagen. Tausende von Tonnen Wasser sind von hinten über alle Decks gestürzt und nach Steuerbord abgelaufen, so daß sich das Ruder aus dem Wasser gehoben hat und damit wirkungslos war. Das Schiff hat sich auf die Seite gedreht, und der nächste Brecher hat uns mit voller Wucht direkt mittschiffs getroffen. Ich dachte, unser letztes Stündlein hätte geschlagen.«

»Mein Gott. Und was war das für ein Schiff?«

»Ein Zerstörer der U.S. Navy, ein Spruance. Achttausend Tonnen. Und ich stand am Ruder, Kit. Ehrlich gesagt, es macht mich verdammt nervös, wenn ich überhaupt nur daran denke. Und dabei ist das jetzt zwölf Jahre her.«

»War das auch in der Antarktis, Sir?«

»Ja. Aber drüben im Pazifik. Tief unten im Süden, aber nicht so südlich, wie wir jetzt sind.«

»Wie hat das Schiff das bloß überstanden?«

»Ach, diese Zerstörer sind unglaublich stabile Pötte. Das Schiff hat sich einfach auf die Seite gelegt und ist dann wieder hochgekommen. So etwas möchte ich mit diesem Baby hier lieber nicht probieren. Wenn wir mit dem einen Fehler machen, sinkt es uns unter dem Hintern weg.«

»Mein Gott!« sagte Kit Berens noch einmal und starrte ehrfürchtig auf die riesige Wasserwand, die sich über dem besonders verwundbaren, tiefliegenden Heck der *Cuttyhunk* aufgebaut hatte. »Im Vergleich zu einem Zerstörer sind wir doch nur eine Nußschale. Was sollen wir tun?«

»Einfach in Bewegung bleiben, und zwar immer ein paar Knoten langsamer als die Wellen. Und ständig darauf achten, daß das Ruder im Wasser bleibt. Immer hübsch vor den größeren Brechern bleiben und möglichst bald im Windschatten der Inseln Schutz suchen.«

Draußen hatte der Sturm jetzt eine Geschwindigkeit von 70 Knoten erreicht. Das ausgedehnte Tiefdruckgebiet, das in östlicher Richtung um die Antarktis herumwanderte, ließ den vorher beständig aus Nordwesten wehenden Wind erst auf West und nun, während der letzten fünf Minuten, sogar auf Südwest drehen.

Als die Dünung, die aus Nordwesten kam, mit den vom Sturm aufgepeitschten Wogen aus Südwest kollidierte, bauten sich gefährliche, bis zu 25 Meter hohe Kreuzseen auf. Es war ein schwacher Trost für die Leute auf der *Cuttyhunk*, daß sich diese rauhe See nur auf ein relativ kleines Seegebiet beschränkte, denn Tug Mottram und seine Männer befanden sich genau mittendrin in dem Sturm, der sich mit aller Gewalt auf ihr Schiff stürzte.

Die Graupelschauer gingen nun wieder in Schnee über, und in Sekundenschnelle hatten sich am Steuerbord-Schandeckel kleine, weiße Schneeverwehungen gebildet, die allerdings rasch von den eisigen Wassermassen, die ständig über den Bug kamen, wieder weggespült wurden. Sobald etwas Gischt an Bord spritzte, gefror er augenblicklich zu Eis. Tug Mottram sah, wie der Wind kleine, blitzende Kristalle von der Backbordwinsch blies und daß das Thermometer an Deck auf minus fünf Grad Celsius gefallen war, was bei Windstärke zehn, die jetzt dort draußen herrschte, einer subjektiv empfundenen Temperatur von minus 15 Grad entsprechen dürfte.

Als die *Cuttyhunk* ihren Bug langsam in die Flanke einer ablaufenden Welle bohrte, gab Kit Berens, der an der Tür zum Funkraum stand, die momentane Position des Schiffs durch: »48 Grad Süd, 67 Grad Ost… Kurs Südost… 100 Meilen nordwestlich der Kerguelen-Inseln.«

Tug Mottram spürte, daß seinem 23jährigen Navigationsoffizier nicht allzu wohl in seiner Haut war, und murmelte leise vor sich hin: »Dieses Ding ist dafür gebaut, daß die Wellen von vorn kommen. Wenn es Probleme gibt, dann hinten am Heck...« Dann sagte er lauter, so daß es der Mann, der neben ihm am Ruder stand, besser hören konnte: »Paß auf die Wellen von querab auf, Bob. Ich möchte nicht, daß uns eine davon aus dem Kurs wirft.«

»Aye, aye, Sir!« antwortete Bob Lander, der ebenso wie Tug Mottram früher einmal Lieutenant Commander bei der Navy gewesen war. Der Unterschied zwischen ihm und dem Kapitän war der, daß Tug nach seinem vorzeitigen Abschied von der Navy im Alter von 38 Jahren der ranghöchste Seeoffizier beim Ozeanographischen Institut in Woods Hole geworden war, während der zehn Jahre ältere Bob seine Laufbahn bei der Marine ganz normal beendet hatte und nun als Erster Offizier auf der *Cuttyhunk* Dienst tat.

Die vierschrötigen Männer, seit frühester Jugend enge Freunde, stammten beide aus Cape Cod und waren ihr Leben lang zur See gefahren. Damit befand sich das nach der westlichsten der Elizabeth-Inseln benannte Forschungsschiff *Cuttyhunk* bei ihnen in besten Händen, selbst in einem so fürchterlichen antarktischen Sturm wie gerade jetzt.

»Bißchen windig da draußen, findest du nicht?« sagte Lander. »Soll ich mal nach unten gehen und den Eierköpfen ein paar beruhigende Worte sagen?«

»Gute Idee. Erzähl ihnen, daß die *Cuttyhunk* für solches Wetter gebaut wurde und daß wir alles voll im Griff haben. Kein Wort davon, daß wir jeden Augenblick umschlagen können, okay? So eine verdammte Kreuzsee habe ich schon lange nicht mehr erlebt... Wir können nicht einmal mehr beidrehen. Aber das darfst du bei den Eierköpfen auf keinen Fall durchblicken lassen. Erzähl denen lieber, daß wir bald in den Schutz der Inseln kommen...«

Unter Deck hatten die Wissenschaftler längst aufgehört zu arbeiten. Der schmächtige, bebrillte Professor Henry Townsend und sein Team saßen in dem geräumigen Salon, der mit voller Absicht direkt in der Mitte des Rumpfs lag: An dieser Stelle nämlich bekamen die Passagiere von dem Stampfen und Schlingern des Schiffs noch am wenigsten mit. Trotzdem fühlte sich Roger Deakins, der leitende Ozeanograph der

Gruppe, alles andere als wohl, was allerdings für einen Mann, der das Meer hauptsächlich als Insasse eines tieftauchenden Forschungs-U-Boots kannte, nicht besonders erstaunlich war.

Aber nicht nur ihn hatte der plötzliche Wetterumschwung völlig unvorbereitet getroffen. Erst jetzt machte Kate Goodwin die Runde zwischen ihren Kollegen und verteilte – etwas verspätet – Tabletten gegen Seekrankheit. Die großgewachsene, blonde Wissenschaftlerin mit dem intelligenten Gesicht arbeitete auf der *Cuttyhunk* an ihrer Doktorarbeit, die sie am Massachusetts Institute of Technology über die Abnahme der Ozonschicht in der südlichen Hemisphäre schrieb. Das MIT forschte zusammen mit dem Ozeanographischen Institut auf diesem Gebiet.

»Ich hätte gern ein halbes Pfund von diesen Dingern«, sagte Deakins.

»Eine reicht völlig«, entgegnete Kate lachend.

»Du weißt ja gar nicht, wie ich mich fühle.«

»Gott sei Dank«, sagte Kate trocken. Ihre kleine Kabbelei mit dem Ozeanographen wurde von einem eisigen Windstoß unterbrochen, der durch die hintere Tür hereinwehte. Kurz darauf stand ein Schneemann, der Bob Landers fröhliches Gesicht trug, mitten im Salon.

»Kein Grund zur Beunruhigung, Leute«, sagte er, während er den Schnee aus seinem Mantel schüttelte. »Nur einer von diesen plötzlichen Stürmen, wie sie in diesen Breiten häufig auftreten. Gegen Abend dürften wir Schutz unter Land finden, und bis dahin ist es am besten, wenn Sie brav hier unten bleiben. Und machen Sie sich keine Sorgen wegen der Geräusche, die sie von vorn hören, das sind bloß die Wellen, die gegen den Rumpf schlagen. Wir haben gerade ziemlich unruhige See, und die Brecher kommen aus allen Richtungen. Aber denken Sie einfach daran, daß dieser Pott mal ein Eisbrecher war, und so einer wird mit jedem Wetter fertig.«

»Danke, Bob«, sagte Kate. »Wollen Sie vielleicht eine Tasse Kaffee?«

»Gute Idee«, sagte Lander. »Schwarz, aber mit Zucker, wenn es keine Mühe macht. Und könnte ich gleich noch mal dasselbe für den Kapitän haben?«

»Jawohl, Sir«, sagte Kate. »Wissen Sie was? Ich mache Ihnen gleich eine ganze Kanne zurecht.«

Während Bob Lander auf den Kaffee wartete, unterhielt er sich mit Professor Townsend, aber irgendwie gelang es ihm nicht, sich auf die Worte des anerkannten Spezialisten in Sachen Ozonschicht zu konzentrieren. Mit einem Ohr lauschte er ständig auf die dumpfen Schläge der großen Brecher gegen den Bug, die selbst in einem so schlimmen antarktischen Sturm wie jetzt noch einem bestimmten Rhythmus folgen sollten.

Irgend etwas an diesem Geräusch war aber nicht ganz in Ordnung. Lander kam es vor, als habe es einen hohleren Klang als zuvor, aber vielleicht lag das auch daran, daß man unter Deck alles nur gedämpft wahrnahm. Etwas anderes beunruhigte ihn viel mehr: Die Schläge kamen jetzt viel zu rasch, um allein von den Wellen herzurühren. Lander entschuldigte sich und sagte Kate, daß er gleich wiederkommen und den Kaffee holen werde. Dann trat er wieder hinaus in den Sturm und kämpfte sich den Niedergang zur Brücke hinauf.

Hier draußen konnte er den Sturm erst richtig hören, der um die Aufbauten heulte und in der Takelage kreischte. Mit einem ganz eigenen Rhythmus prallten die Wogen gegen den Bug der *Cuttyhunk* und ließen prasselnden Gischt auf das vordere Deck herabregnen. In die dumpfen, unheimlichen Schläge mischte sich das Geklapper einer Stahltrosse, die unablässig gegen den achterlichen Mast schlug. Bob Lander sah, daß sich an der Reling und den Abdeckungen der Winschen eine dicke Eisschicht gebildet hatte. Wäre es Winter gewesen, hätte er bald Männer mit Äxten hinausschicken müssen, um das Eis abzuhacken, denn dessen zusätzliches Gewicht hätte das Vorschiff noch tiefer unter Wasser gedrückt. In dieser Jahreszeit aber würde es rasch wieder schmelzen, spätestens dann, wenn der Sturm vorbei war.

»Und so was nennt man hier wohl einen schönen Sommertag«, murmelte Lander vor sich hin, als er die Brücke betrat und wieder auf das merkwürdige Geräusch horchte, das er vorhin unter Deck gehört hatte.

Obwohl es hier oben weniger deutlich zu hören war als unter Deck, hatte auch Tug Mottram es bereits bemerkt. Er drehte sich um, sah Bob Lander an und sagte: »Nimm dir ein paar Leute, Bob, und sieh nach, was da vorn los ist. Aber sei um Gottes willen vorsichtig.«

Lander kletterte wieder hinunter aufs stampfende Deck und holte zwei Seeleute aus dem Aufenthaltsraum der Mannschaft. Die drei Männer zogen sich dünne Neoprenanzüge und pelzgefüttertes, speziell für arktische Bedingungen ausgelegtes Ölzeug sowie Seestiefel und Sicherheitsgurte an. Mit diesen hängten sie sich an die längs über das Vorschiff gespannten Stahlseile an und kämpften sich durch den Sturm zum Bug, wo das Geräusch sehr viel deutlicher und lauter war. Jedes Mal, wenn das Schiff sich aufrichtete, krachte ein mächtiger Schlag gegen den Bug.

»*Scheiße!*« schrie Bob Lander durch das Heulen des Windes, »das ist wieder der *Scheiß*anker. Er hat sich wieder losgerissen wie in dem Sturm vor Kapstadt. – *Wir müssen sofort den Kettenstopper festziehen!*« rief er dann Billy Wrightson und Brad Arnold zu. »*Und dann gehen wir hinunter in die Farbenlast und schauen nach, ob was kaputtgegangen ist.*«

In diesem Augenblick brach eine riesige Welle langsam über den Bug herein, und die drei Männer standen auf einmal bis zu den Hüften im eiskalten Wasser. Nur die Sicherheitsgurte, mit denen sie sich an dem Stahlseil festgemacht hatten, bewahrten sie davor, über Bord gespült zu werden. Die nächsten fünf Minuten zerrten und drückten sie an der Stahlspake, mit dem sich der Kettenstopper festziehen ließ, dann kämpften sie sich zum nächsten Schott und gingen unter Deck nach vorn in die Farbenlast. Auf dem Weg machte Bob Lander sich bereits insgeheim Sorgen, daß der eine halbe Tonne schwere Anker bei seinen Schlägen gegen den Rumpf stärkere Schäden verursacht haben könnte.

Schon als er die Tür zum Vorpiek öffnete, schoß ein riesiger Schwall Seewasser heraus, der die drei Männer umwarf und sich in das untere Deck ergoß. Als Lander sich wieder aufgerappelt hatte, schickte er Wrightson nach achtern zum Maschinisten, damit dieser die Pumpen einschaltete. Dann ging er mit dem anderen Matrosen nach vorn in die Farbenlast.

Ein einziger Blick auf den langen Riß, der sich einen halben Meter oberhalb des Decks in der Bordwand befand, sagte ihm alles, was er wissen mußte. Der schwere Anker hatte sich im Sturm losgerissen und mit der Zeit ein Loch in die Stahlplatten des Rumpfs geschlagen, das sich mittlerweile zu einem Riß erweitert hatte. Dabei war auch die Schweißnaht zwischen zwei Platten an einer Stelle aufgeplatzt, und niemand vermochte zu sagen, wozu das bei einem solchen Seegang noch führen konnte.

Eines allerdings wußte Bob Lander genau: Das Leck mußte so rasch wie möglich provisorisch abgedichtet werden, und dann mußte die *Cuttyhunk* Schutz unter Land suchen, vor Anker gehen und abwarten, bis der Sturm vorbei war und der Schaden repariert werden konnte.

Er schickte jetzt auch Brad Arnold nach hinten, damit er den Maschinisten verständigte und ihm sagte, er solle sich fünf Männer schnappen und mit ihnen das Leck im Bug abdichten und dann das Vorpiek wasserdicht verschließen.

»Der Anker ist für den Augenblick gesichert, Brad«, sagte er. »Also laufen Sie los. Ich will nicht, daß dieser Riß auch nur einen Zentimeter größer wird oder das Wasser in weitere Abteilungen eindringt. Wenn das Leck vorläufig abgedichtet ist, stellen Sie einen Matrosen als Wache vor das Schott zum Vorpiek.«

Bob Lander begab sich zur Brücke zurück und klärte Tug Mottram über das auf, was dieser ohnehin schon geahnt hatte.

»War es wieder der Anker, Bob?« fragte der Kapitän.

»Genau. Wir haben den Kettenstopper wieder festgezogen und mit Draht gesichert. Trotzdem sollten wir Schutz unter Land suchen, denn im Rumpf ist ein Riß, durch den man den Himmel sehen kann. Brad dichtet das Leck gerade provisorisch ab, aber ich schätze, daß das nicht lange halten wird. Der Riß muß geschweißt werden, und das können wir nicht auf See erledigen.«

»Okay. Kit, wie weit ist es bis zu den Kerguelen?«

»Etwa 80 Meilen, Sir. Wenn wir die Geschwindigkeit beibehalten, müßten wir um vier Uhr dort sein.«

»Okay. Überprüfen Sie den Kurs.«

»Der anliegende Kurs ist in Ordnung ... Auf dem kommen wir zwölf Meilen nördlich am Rendezvous Rock vorbei und können dann auf der Leeseite in die Choiseul-Bucht einlaufen, wo wir hoffentlich aus diesem Mistwetter herauskommen.«

»Ich schätze, es wird wohl noch ein, zwei Tage so weiterstürmen. Das heißt, daß wir mit schwerer Dwarssee zu rechnen haben. Im Schutz des Gebirgszugs wird es wohl ein bißchen ruhiger sein. Ich schätze, die Eierköpfe sehen es nicht allzu gern, daß sie jetzt nicht rechtzeitig in ihr ersehntes Forschungsgebiet kommen.«

»Da haben Sie recht, Sir, aber wenn uns der Bug abreißt und das Schiff sinkt, sehen die das bestimmt noch weniger gern.«

»Es besteht keine Gefahr für Leib und Leben, Kit«, sagte Bob Lander ruhig. »Wir haben bloß einen verdammt unangenehmen Schaden, den wir so schnell wie möglich beheben sollten. So, ich werde jetzt wieder unter Deck gehen und die Arbeiten im Vorpiek beaufsichtigen.«

Um 19 Uhr 57 ließ Tug Mottram einen kurzen Funkspruch an die Leitstelle in Woods Hole durchgeben: »Position 48.25 Süd, 67.25 Ost. Kurs eins-eins-sieben bei zwölf Knoten. Gehen unter Land, um kleineren Schaden am Bug zu reparieren, der bei schwerem Wetter entstanden ist.«

Um 19 Uhr 58 nahm er Kurs auf die nordwestliche Spitze der Insel Courbet, der Hauptinsel der Kerguelen. Die 300 zu Frankreich gehörenden, meist schnee- und eisbedeckten Inseln und Inselchen liegen praktisch am Ende der Welt, und sind bis auf ein paar Franzosen in der Wetterstation von Port-aux-Français weit unten im Südosten von Courbet praktisch menschenleer. Oft wird dieses gottverlassene, kahle Fleckchen Erde monatelang von keinem Schiff angelaufen. Keine Luftstraße führt darüber hinweg, und keine Militärmacht der Welt hatte bisher auch nur das geringste Interesse daran, dort einen Stützpunkt zu errichten.

So weit offiziell bekannt war, kam seit einem halben Jahrhundert kein U-Boot hier vorbei, und sogar die amerikanischen Spionagesatelliten, die sonst die ganze Welt beäugen, lassen die verlorene Inselgruppe um das 55 Meilen breite und 80 Meilen lange Hauptteiland Courbet links liegen. Wären da nicht die großen Brutkolonien der Königspinguine und eine seltsame Kaninchenplage gewesen, dann hätte man sich auf den felsigen Inseln wie auf dem Mond fühlen können. So waren sie lediglich einer der einsamsten Orte auf der Erde, der fast das ganze Jahr über von Stürmen heimgesucht wurde. Mit ihren 69 Grad östlicher Länge und 49.30 Grad südlicher Breite lagen sie so sehr am unteren Rand der »Brüllenden Vierziger«, daß man schon fast von den »Brüllenden Fünfzigern« hätte sprechen können.

Genauer betrachtet sind die Kerguelen nur die Spitzen des Kerguelenrückens, einer unter Wasser liegenden Gebirgskette, die sich vom 47. Breitengrad 1900 Meilen in südöstlicher Richtung bis an den Ostrand des Shackleton-Eisschelfs erstreckt. Westlich von diesem gigantischen Massiv ist der Ozean mehr als drei Meilen tief, auf der anderen Seite davon hat man sogar mehr als vier Meilen Wasser unter dem Kiel.

Allein der Gedanke daran ließ Tug Mottram erschaudern. Aber er verstand seinen Job, und er wußte auch, welche Bedeutung das Unterwassergebirge, das manchmal auch als Kerguelen-Gaußbergrücken bezeichnet wurde, für die Mission der *Cuttyhunk* hatte.

Dabei ging es den Wissenschaftlern an Bord nicht um die geologische Formation an sich, sondern um den Krill, ein winziges, krabbenartiges Lebewesen, das über diesen schroffen Unterwassergipfeln in besonders dichten Schwärmen auftritt. Der Krill dient einer ganzen Reihe von Lebewesen als Hauptnahrungsmittel – von Fischen und Tintenfischen über Seehunde bis hin zu verschiedenen Walarten, darunter auch den Buckelwalen. Killerwale wiederum ernähren sich von anderen Walen und Seehunden, und Pinguine von kleinen Fischen und Tintenfischen, die ihrerseits den Krill fressen. Damit ist er das entscheidende Glied in der antarktischen Nahrungskette, bei dessen Verschwinden das gesamte Ökosystem dieser Region kollabieren würde.

Die Wissenschaftler aus Woods Hole beschäftigten sich schon seit Jahren mit dem dramatischen Rückgang des Krills in der Antarktis, und Professor Townsend hatte mit seiner These, daß dieser durch einen Anstieg der ultravioletten Strahlen bedingt sein könnte, weltweit Aufsehen erregt. Schuld daran war seiner Meinung nach das riesige Loch in der Ozonschicht der Erde, das sich jedes Jahr im September über der Antarktis bildete. Darüber hinaus hatten Townsends Forschungen ergeben, daß das Ozonloch mit der Zeit immer größer wurde – eine Eigenschaft, die es mit dem Loch im Bug der *Cuttyhunk* gemeinsam hatte.

Um seine Theorien zu beweisen, hatte Professor Townsend vor, sechs Tage lang an verschiedenen Stellen des Kerguelenrückens Krill zu fangen und dann einen Monat in der Antarktischen Forschungsstation der Vereinigten Staaten im McMurdo-Sund zu verbringen. Er hoffte zu klären, ob das Phytoplankton, von dem sich der Krill ernährte, durch die UV-Strahlung in Mitleidenschaft gezogen und so eine unabsehbare Reihe von Meerseslebewesen in ihrer Existenz bedroht wurde. Sollte sich bestätigen, daß das Vorkommen des Phytoplanktons im Lauf der letzten Jahre immer weiter zurückgegangen war, so wäre das für Professor Townsend ein schlagkräftiger Beweis dafür, daß das Ozonloch tatsächlich größer wurde. Die *New York Times* hatte dieser Theorie kürzlich eine ganze Artikelserie gewidmet, so daß jetzt Umweltschutzorganisationen auf der ganzen Welt gespannt die Ergebnisse der *Cuttyhunk*-Expedition erwarteten.

Tug Mottram blickte hinaus auf die kochende See, die jetzt von Steuerbord auf das Schiff zukam. Der Sturm blies weißen Schaum von den Kämmen der Wogen, der in den Wellentälern grotesk verzweigte Netzmuster bildete.

Der Anker war für den Augenblick gesichert, aber die Männer im Vorpiek hatten immer noch alle Hände voll zu tun, um den Wassereinbruch zu stoppen. Sie hatten zwei große Matratzen über den Riß gelegt und mit kräftigen Hölzern verkeilt, die man für einen solchen Notfall bereits auf die genau passende Länge zugeschnitten hatte. Drei Matrosen, die bis zu den Hüften im Wasser standen, schlugen mit großen Vorschlaghämmern Keile unter diese Hölzer. Weil in dem eiskalten Wasser niemand lange arbeiten konnte, mußten die

Matrosen alle drei Minuten abgelöst werden. Dazu kam, daß jedes Mal, wenn das Schiff nach vorn in ein Wellental tauchte, das Wasser in den Bug schwappte und den Männern fast bis an den Hals reichte. Unter diesen Bedingungen dauerte das Abdichten des Lecks, für das man bei gutem Wetter vielleicht zehn Minuten gebraucht hätte, über eine Stunde. Nach weiteren zehn Minuten hatten die Pumpen das eingedrungene Wasser wieder aus dem Rumpf gepumpt, und die durchgefrorenen Seeleute konnten in ihre Quartiere gehen und sich aufwärmen.

Um Mitternacht wechselte die Wache. Bob Lander kam auf die Brücke, und der Kapitän, der den schlimmsten Teil des Sturms abgeritten hatte, ging müde und erschlagen in seine Kabine. Mit seinen 48 Jahren fühlte er sich langsam nicht mehr ganz so belastbar wie noch mit 25, außerdem vermißte er seine umwerfend hübsche zweite Frau Jane, die in Truro, einem Hafen auf Cape Cod, auf ihn wartete. Wie so häufig in den frühen Stunden eines hellen antarktischen Sommermorgens konnte Mottram nicht auf Anhieb einschlafen. Er lag in der Koje und grübelte vor sich hin, bis ihn wieder die Schuldgefühle wegen der Scheidung von seiner ersten Frau Annie plagten. Mit Abscheu dachte er an die schrecklichen, grausamen Halbwahrheiten, die er ihr aufgetischt hatte, um von ihr loszukommen und eine erheblich jüngere Frau heiraten zu können. Als er dann aber wieder Jane vor Augen hatte, beruhigte er sich damit, daß sie das alles hundertprozentig wert gewesen war.

Draußen ließ der Sturm jetzt ein wenig nach. Zwar blies der Wind noch immer mit gut 50 Knoten, aber wenigstens fiel kein Schnee mehr, und an manchen Stellen riß die dichte Wolkendecke etwas auf. Das Schlimmste der Kaltfront hatten sie hinter sich.

Bob Lander oben auf der Brücke konnte sogar ein paarmal die Sonne sehen, die wie ein orangefarbener Feuerball dicht über dem Horizont hing. Das Schiff stampfte mit 17 Knoten Geschwindigkeit auf Kurs eins-drei-fünf in südöstlicher Richtung durch die Wellen. Bald mußte der große Granitfelsen von Îlot Rendezvous in Sicht kommen, der die nordwestliche Einfahrt zur Hauptinsel Courbet markierte. Daß der 70 Meter hohe Felsen manchmal auch »Bligh's Cap« genannt wurde, ging auf Kapitän Cook zurück, der das Kap 1776 mit der *Resolution* umsegelt und ihm den Namen seines Navigators gegeben hatte – desselben William Bligh übrigens, der später Kapitän der *Bounty* wurde. Weil sich aber nachher herausstellte, daß die Franzosen das Kap schon vor Cook entdeckt und benannt hatten, ist Îlot Rendezvous der Name, unter dem es auf den meisten Seekarten verzeichnet ist.

Als Bob Lander es an diesem Morgen kurz vor 3 Uhr zum ersten Mal sichtete, lag es etwa eine halbe Seemeile an Steuerbord vor dem mühsam abgedichteten Bug der *Cuttyhunk*. Kit Berens, der um 2 Uhr wieder auf der Brücke erschienen war, hatte es bereits auf seinem Radarschirm. »Bleiben Sie noch 40 Minuten auf Kurs eins-drei-fünf, Sir, bis die Spitze von Cap d'Estaing direkt voraus liegt. Dort ist das Wasser tief genug, um die Landzunge ohne Probleme zu umrunden.«

»Danke, Kit. Wie wär's mit einer Tasse Kaffee?«

»Gern, Sir. Ich will nur noch rasch den Kurs bis in die Choiseul-Bucht berechnen. Auf der Karte sind einige Seetangfelder eingezeichnet, um die wir lieber einen großen Bogen machen sollten. Ich hasse dieses Zeug.«

»Ich auch, Kit. Lassen Sie sich nur Zeit, und kümmern Sie sich nicht um mich. Ich bleibe einfach hier am Ruder und sterbe inzwischen vor Durst.«

Kit Berens kicherte leise vor sich hin. Ihm machte seine erste große Reise mächtig Spaß, und er war Tug Mottram unendlich dankbar dafür, daß er ihn mitgenommen hatte. Mottram erinnerte ihn an seinen Vater, und das lag nicht nur an seinem angenehm ruhigen Charakter, sondern auch daran, daß beide Männer über einen Meter neunzig groß waren und dunkle, gelockte Haare und ein sonnengegerbtes Gesicht hatten. Bei Mottram kam das von den vielen Jahren auf den Ozeanen der Welt, während Kits Vater sein Leben lang in Südtexas nach Öl gebohrt hatte. Kit kamen beide wie Männer vor, auf die man sich hundertprozentig verlassen konnte und die im Gegenzug aber auch verlangten, daß sie sich ihrerseits auf einen verlassen konnten. Ihm war das recht.

Der junge Navigator drückte die Spitzen seines Stechzirkels in die Karte und maß die Entfernung am Maßstab am Kartenrand ab. »Auf der Landzunge gibt es einen großen, flachen Berg«, rief er nach vorn zu Lander. »Hier auf der Karte ist er als Bird Table eingezeichnet. Wenn er in Sicht kommt, sollten wir ein paar Grad nach Süden abdrehen, damit wir geradewegs nach Christmas Harbour kommen. Aber dort werden wir wohl nicht genügend Schutz finden. Ich schätze, wir müssen noch etwas weiter in die Fjorde hineinfahren.«

»Wieso heißt die Bucht eigentlich Christmas Harbour?« fragte Lander. »Ich dachte, hier wäre alles französisch. Müßte sie dann nicht Baie Noël oder so ähnlich heißen?«

»Soviel ich weiß, wurde sie von Captain Cook so genannt, weil er sie am Weihnachtstag 1776 anlief. Etwa zur selben Zeit nannten die Franzosen sie Baie de l'Oiseau. Würde mich übrigens nicht wundern, wenn seitdem niemand mehr hier war. Das hier ist wohl der verlassenste Ort auf der ganzen Welt.«

Um 3 Uhr 37 steuerte Bob Lander die *Cuttyhunk* um die Spitze von Cap d'Estaing herum. Es war jetzt zwar heller Tag, aber der Wind aus der Antarktis fegte immer noch um die große Landzunge an der Westspitze der Insel. Als das Schiff 15 Minuten später Christmas Harbour erreichte, fand Lander das Wasser von schäumgekrönten Wellen aufgewühlt.

»Das können wir vergessen«, meinte Kit Berens. »Das ist ja der reinste Windkanal hier. Eigentlich müßte das Kap den Sturm abhalten, aber irgendwie wirbelt er um diesen verdammten Berg da drüben herum. Ich schätze, daß es hier verdammt gefährliche Fallwinde geben könnte. Ich schlage vor, wir laufen besser in einen der Fjorde ein.«

»Fjorde?« sagte Bob Lander. »Ich dachte, die gibt es nur auf der Nordhalbkugel.«

»Auf dieser Karte sieht es so aus, als hätten die Kerguelen mehr Fjorde als ganz Norwegen«, sagte Berens. »Ich vermute, daß die Inseln einmal stark vergletschert waren. Die Fjorde führen so weit ins Land hinein, daß es hier keinen Fleck gibt, der mehr als elf Meilen vom Salzwasser entfernt ist. So wie es aussieht, ist die Küstenlinie dieser Inseln länger als die von Afrika.«

Lander lachte. Er mochte den abenteuerlustigen jungen Texaner, der immer genau wußte, wo sie waren, und das nicht nur in Hinblick auf Position, Kurs und Geschwindigkeit. Es war typisch für Kit Berens, daß er erzählen konnte, was Kapitän James Cook und William Bligh vor über zweihundert Jahren in diesen Gewässern gemacht hatten.

In diesem Augenblick kam Tug Mottram zurück auf die Brücke, um seine Wache anzutreten. Wie üblich war er so pünktlich, daß man die Uhr nach ihm hätte stellen können. »Morgen, Leute«, sagte er. »Läßt denn dieser verdammte Wind niemals nach?«

»Bis jetzt noch nicht«, antwortete Lander. »Die Kaltfront hat sich noch immer nicht verzogen, aber wenigstens ist der verdammte Blizzard vorbei. Der Wind weht immer noch aus Südwest, und es ist verdammt kalt da draußen.«

»Kit, haben Sie schon einen Ankerplatz ausgesucht?« fragte der Kapitän.

»Mehr oder weniger«, antwortete der Texaner, ohne von seiner Karte aufzublicken. »Etwa acht Meilen südwestlich von hier gibt es einen Fjord, der Baie Blanche heißt und zehn Meilen lang, eine Meile breit und etwa 120 Meter tief ist. An seinem Ende teilt er sich in zwei Arme, von denen mir der linke, die Baie des Français, recht geschützt vorkommt. Aber der rechte Arm, die Baie du Repos, gefällt mir fast noch besser. Der ist acht Meilen lang, schmal und sehr tief. Dort dürfte es keine Dünung mehr geben, und auf meiner Karte ist auch kein Seetang eingezeichnet. Ich empfehle Ihnen, diesen Fjord zu nehmen, Sir.«

»Klingt gut«, sagte Mottram. »Ach Bob, bevor du in deine Kabine gehst, könntest du dem Maschinisten sagen, daß seine Leute um 8 Uhr mit den Schweißarbeiten beginnen sollen?«

»Wird gemacht. Und dann haue ich mich eine Stunde aufs Ohr, bevor ich mir ein bißchen die Gegend anschaue.«

Kit Berens blickte von der Karte auf und informierte den Kapitän, daß er jetzt über Satellit die Position der *Cuttyhunk* nach Woods Hole durchgeben und erklären werde, daß sie wegen kleinerer Reparaturen etwa einen halben Tag lang vor Anker gehen müsse.

Im Funkraum, der sich auf der Backbordseite der breiten Kommandobrücke befand, sprach der Funker Dick Elkins, der früher in Boston Fernsehgeräte repariert hatte, gerade mit einer Wetterstation. Kit Berens legte ihm den Funkspruch auf den Tisch. »Interkontinental – direkt nach Woods Hole.«

Jetzt lief die *Cuttyhunk* in die Baie Blanche ein und kam damit endlich in geschütztere Gewässer. Hier, wo die Berge an der Steuerbordseite den Wind abhielten, gab es keine großen Wellen mehr, und das Stampfen des Schiffs wurde deutlich geringer.

Zurück an seinem Platz, beugte Kit Berens sich wieder über die Karte und maß mit Stechzirkel und Stahllineal einige Entfernungen ab. »Sir, ich würde Sie gern auf drei Dinge hinweisen ...«, sagte er dann zu Tug Mottram.

»Schießen Sie los, Kit«, sagte der Kapitän.

»Okay. Wenn wir von dieser Inselgruppe direkt nach Norden fahren würden, stießen wir erst nach 8500 Meilen auf die Südküste von Pakistan. In westlicher Richtung wäre es fast ebensoweit bis zur Südküste von Argentinien, und im Osten müßten wir 6000 Meilen fahren, um bis nach Neuseeland zu gelangen, und dann noch mal 6500 bis Chile. Ich stelle deshalb fest, daß wir uns hier wahrhaftig am Arsch der Welt befinden.«

Tug Mottram brach in Lachen aus. »Und was ist im Süden?«

»Ein echter Albtraum, Sir. Nach 500 Meilen würden wir auf das West-Eisschelf vor der Leopold-und-Astrid-Küste stoßen, wo es noch kälter und windiger sein dürfte als hier. Aber die Kerguelen und die Antarktis haben noch etwas anderes gemeinsam.«

»So? Was denn?«

»Auf beiden wurde noch nie ein Mensch geboren.«

»Meine Güte.«

Um 6 Uhr fuhren sie in den ersten Fjord ein, die Baie Blanche, und von einer Minute auf die andere spürten sie keinen Wind mehr. Das Wasser war ruhig und ohne wahrnehmbare Strömung. Laut Karte war es 400 Fuß tief. Trotzdem ließ Tug Mottram Fahrt wegnehmen, denn in diesen kalten antarktischen Buchten kamen bisweilen die gefährlichsten Eisberge vor, die man sich vorstellen konnte: relativ kleine Blöcke aus klarem Schmelzwasser, die unterhalb der Oberfläche herumtrieben und, anders als die Berge aus weißem Gletschereis, im düsteren, fast schwarzen Wasser so gut wie nicht zu sehen waren.

Nach vier Meilen übernahm Bob Lander das Ruder, während der Skipper hinaus in die eiskalte, aber klare Luft trat und sich den zerklüfteten Fjord ansah. Direkt voraus lag die niedrige Landzunge des Pointe Bras, an der sich der Fjord in zwei Arme teilte. Dahinter ragte der 300 Meter hohe, schneebedeckte Gipfel des Mount Richards auf. Durch sein Fernglas konnte Mottram sehen, wie der immer noch heftig wehende Wind dort den Schnee in langen, weißen Fahnen wegfetzte.

Im Augenblick war die *Cuttyhunk* sicher vor dem Sturm, aber sollte der Wind auf Nord drehen, würde er direkt die Baie Blanche entlangfegen. Genau aus diesem Grund hatte Kit Berens auch empfohlen, für die Reparaturarbeiten die noch geschütztere Baie du Repos anzulaufen.

Um 6 Uhr 55 fuhr das Schiff mit 70 Faden Wasser unter dem Kiel eine sanfte Linkskurve und glitt in den geschützten Fjord am Fuß des Mount Richards hinein.

Bob Lander verlangsamte die Fahrt auf unter vier Knoten und suchte nach einem geeigneten Ankerplatz, als Tug Mottram zwei alte, verrostete Bojen entdeckte, die in 120 Metern Abstand voneinander 50 Meter von der felsigen Leeküste des Fjords entfernt lagen. »Die kommen ja wie gerufen«, murmelte er und dachte im selben Augenblick daran, daß die graugestrichenen Metallbojen wohl kaum von Kapitän Cook stammen konnten. Dann aber sah er durch sein Glas etwas anderes, was sowohl sein Vorstellungs- als auch sein Begriffsvermögen noch viel mehr überstieg.

Mit einer Geschwindigkeit von etwa 14 Knoten kam ein altes Landungsboot der U.S. Navy direkt auf sie zu, dessen beide 7,62-mm-Maschinengewehre am Bug direkt auf die *Cuttyhunk* zielten. Mottram fand diesen Anblick alles andere als beruhigend, aber was ihm wirklich zu schaffen machte, waren die großen, rot-weißen Drachenzähne, die an den niedrigen

Bug des Boots gepinselt waren. Und noch schlimmer war der Anblick der zehn Besatzungsmitglieder, die allesamt in der Sonne glänzende, weiße Stahlhelme trugen.

»Wo zum Teufel kommen denn die her?« fragte sich Mottram, während er bewegungslos auf dem verlassenen Deck der *Cuttyhunk* stand. Er vermutete, daß es sich um Franzosen handeln mußte, aber er war sich da nicht sicher. Also rief er Berens und Lander und sagte, sie sollten sich das Boot einmal ansehen.

»Das ist ein altes Boot vom Typ 272«, sagte Lander bedächtig. »So eines habe ich seit Jahren nicht mehr gesehen.«

Kit Berens, der nicht nur ein aufgeweckter Bursche, sondern auch ein typischer Texaner war, überlegte nicht lange, sondern schnappte sich die Schlüssel zum Waffenschrank. »Ich hole mir eine Knarre!« verkündete er.

Auch der Kapitän ging nach drinnen und nahm seinen geladenen Revolver aus der Schreibtischschublade, während Bob Lander die Maschinen der *Cuttyhunk* stoppte. Kurz darauf ging das Landungsboot längsseits, und der Kommandant bat in einem leicht amerikanisch gefärbten Englisch um die Erlaubnis, an Bord kommen zu dürfen. Sein Gesicht unter dem großen Helm kam Tug Mottram irgendwie japanisch vor.

Acht der bewaffneten Soldaten von Bord des Boots kletterten über die Reling auf die *Cuttyhunk*. Kapitän Mottram streckte dem Kommandanten die Hand zur Begrüßung hin, der aber ignorierte die Geste und befahl Mottram und Lander mit vorgehaltener Waffe, sich an das Schott zu stellen und die Arme über den Kopf zu heben. Die beiden taten, was man von ihnen verlangte, denn mit ihren Pistolen hatten sie gegen die Kalaschnikows der anderen keine Chance.

Als Bob Lander sich umdrehen und fragen wollte, auf wessen Veranlassung das Schiff geentert worden sei, schlug ihn einer der Soldaten mit dem Gewehrkolben zu Boden. Genau in diesem Moment kam Kit Berens mit einer Maschinenpistole um die Ecke und eröffnete das Feuer auf die Eindringlinge.

Dick Elkins hörte im Funkraum zwei Salven aus automatischen Waffen und rannte ans Fenster zur Brücke. Mit einem

Blick war ihm klar, daß er nicht mehr viel Zeit hatte, also rannte er zurück zu seinem Funkgerät und verschloß die Tür. Keine halbe Minute später hörte er, wie jemand sie mit einer Axt einzuschlagen versuchte.

Elkins hatte nur wenige Sekunden Zeit, um einen Funkspruch abzusetzen. So schnell er konnte, stellte er über Satellit eine Verbindung nach Woods Hole her und gab eine letzte, verzweifelte Meldung durch: *Mayday ... Mayday ... Mayday! ... Cuttyhunk*, 49 Süd, 69 ... *werden angegriffen* ... Japaner ...

In diesem Moment sauste ein Axthieb auf Dick Elkins' Schädel hernieder. Diese Worte waren das letzte, was man von dem Schiff aus Woods Hole hörte oder sah. Es sollten keine Wrackteile und keine Leichen zu finden sein. Keine weiteren Funksprüche wurden ausgesendet. Absolut nichts.

Das alles trug sich vor elf Monaten zu.

II

Mit seinen 41 Jahren hatte Freddie Goodwin sich damit abgefunden, bis zum Rest seines Lebens Reporter bei einer Lokalzeitung zu bleiben. Eigentlich wäre er viel lieber Schiffsingenieur oder Meeresbiologe geworden, aber weil er ein wilder Junge gewesen war, hatte er fast alle seine Examen vergeigt, so daß sein Notendurchschnitt auf der Duke University bei weitem nicht ausgereicht hatte, um ihm einen Platz im Ozeanographischen Doktorandenprogramm zu verschaffen, das Woods Hole zusammen mit dem Massachusetts Institute of Technology durchführte.

Damit war Freddies maritime Karriere bereits gestorben gewesen, und er hatte beschlossen, daß er, wenn er die Weltmeere schon nicht erforschen konnte, wenigstens über sie schreiben wollte. Also überließ er die höheren akademischen Weihen seiner gescheiten Cousine Kate Goodwin, in die er insgeheim verliebt gewesen war, seit er sie als 19jährige bei der Beerdigung ihres Vaters – seines Onkels – kennengelernt hatte.

Nach dem Scheitern seiner akademischen Karriere hatte Freddie sich dem rauhen, konkurrenzbetonten Geschäft des Journalismus verschrieben. Im Alter von 22 Jahren hatte er sehr anschaulich einen griechischen Kapitän beschrieben, der wegen einer Unachtsamkeit seinen mit Zucker beladenen 20000-Tonnen-Frachter am Nauset Beach, ganz in der Nähe des Hauses, in dem Freddies Eltern wohnten, auf Grund gesetzt hatte. Als er den brillant geschriebenen Artikel der örtlichen Zeitung *Cape Cod Times* anbot, gab man ihm dort sofort eine feste Stelle als Reporter. Dem Chefredakteur waren Freddies geschickte Formulierungen ebenso aufgefallen wie die Hartnäckigkeit, mit der er den Kapitän im Hinterzimmer einer zypriotischen Kneipe in Süd-Boston aufgespürt hatte, und Freddies kraftvolle Sprache, die bei seinen Professoren immer als zu wenig wissenschaftlich gegolten hatte, war für die *Times* genau das richtige gewesen.

So kam es, daß Freddie binnen weniger Jahre zu einem der führenden Schreiber für die Zeitung avancierte, der sich seine Themen mehr oder weniger selbst aussuchen konnte, wenn nicht gerade auf dem Anwesen der Kennedys in Hyannisport, wo er stets ein gern gesehener Gast war, etwas Wichtiges passierte.

Obwohl Freddie manchmal ein Tunichtgut war, hätte es der talentierte und gut aussehende junge Mann in Boston oder New York bestimmt weit gebracht, wenn es ihm nur gelungen wäre, sich von seiner Heimat Cape Cod loszureißen. So aber war er damit zufrieden, wenn seine besseren Reportagen ab und zu von großen Zeitungen wie der *Washington Post* übernommen wurden, und langsam wurde ihm klar, daß ihn eher die humorvollen und nicht so ehrgeizigen Seiten des Journalismus interessierten.

Außerdem würde Cape Cod, das enge Fleckchen Land, auf dem er aufgewachsen war und auf dem seine Familie seit drei Generationen lebte, für immer Freddies Heimat bleiben. Er war noch unverheiratet – was manche darauf zurückführten, daß keine andere Frau an seine geliebte, für ihn aber schier unerreichbare Kate herankam –, aber er hatte ständig wechselnde Freundinnen und vor allem sein Boot, für das er sogar ein Patent als Hummerfischer besaß. Im Sommer fuhr er als Mannschaftsmitglied bei der exklusiven Wianno Senior-Regatta mit und sah sich die Spiele der heimatlichen Baseball-Liga an, wobei er ein Fan der Hyannis Mets war. Im Winter, wenn die Bevölkerung von Cape Cod um 80 Prozent abnahm, trank er bisweilen mehr Alkohol, als ihm guttat.

Wenn er einmal einen Auftrag »draußen« (wie die Einwohner von Cape Cod alles nannten, was nicht auf dem Kap lag) zu erledigen hatte, bekam er meistens ziemlich schnell Heimweh – und zwar nicht nur nach Mulligan's Bar in Dennisport, sondern auch nach den großen Salzwassertümpeln, den Marschen und den sanft geschwungenen Sandstränden, dem flachen, ruhigen Wasser des Nantucket Sound und den vom Golfstrom erwärmten Winden, die sechs Monate des Jahres den Westteil des Kaps umwehen.

Jetzt, als er ganz allein am Fuß der eisigen, windigen Klippen von Christmas Harbour auf den Kerguelen stand, vermißte er das alles ganz besonders. Noch einmal weinte er hilflose Tränen für seine geliebte Cousine Kate und in gewisser Weise auch für die 23 Seeleute aus Cape Cod und die sechs Wissenschaftler, die zusammen mit ihr an einem schicksalhaften Dezembertag vor fast einem Jahr spurlos verschwunden waren.

Freddie Goodwin hatte einige von ihnen persönlich gekannt, besonders Bob Lander. Als dessen Frau vor zwei Jahren an Krebs gestorben war, hatte Freddies gesamte Familie an der Beerdigung teilgenommen. Während ihrer langen Krankheit hatten die Goodwins fast ebenso gelitten wie Bob und seine drei Kinder. Schließlich lebten die Landers seit nunmehr fast 50 Jahren in Brewster, eine knappe Meile vom Haus der Familie Goodwin entfernt.

Über Kate hatte Freddie auch den bulligen Tug Mottram, Henry Townsend und Roger Deakins kennengelernt, ebenso wie Kates Assistentinnen Gail und Barbara. Obwohl das Ozeanographische Institut von Woods Hole in seinem riesigen, direkt am Meer gelegenen Gebäudekomplex 1400 Angestellte und 500 Studenten beschäftigt, sind die Forscher dort eine verschworene Gemeinschaft. Besonders diejenigen, die auf langen Expeditionen in der Arktis oder Antarktis zusammen waren, wurden dadurch häufig Freunde fürs ganze Leben.

Freddie Goodwin wollte einfach nicht glauben, daß die Seeleute und Wissenschaftler der *Cuttyhunk* alle tot sein sollten. Monatelang hatte er in der *Cape Cod Times* gegen die staatliche Untersuchung des Vorfalls vom Leder gezogen, deren Ergebnisse er vom Gefühl und vom Verstand her gleichermaßen ablehnte ...

> Es gibt keinerlei Anhaltspunkte dafür, daß die *Cuttyhunk* nicht gesunken ist. Es muß daher davon ausgegangen werden, daß sie mit ihrer gesamten Besatzung im südlichen Indischen Ozean unterging. Die Überlebenschancen in diesen einsamen, eiskalten Gewässern sind gleich null.

Mehrmals hatte Freddie in seinen Artikeln ebenso wie in Briefen an die diversen Regierungsstellen in Washington eine Erklärung für den letzten Funkspruch der *Cuttyhunk* gefordert, aus dem klar hervorging, daß das Schiff angegriffen worden war und zwar möglicherweise von Japanern.

Die Pressestelle des Pentagon hatte daraufhin geduldig immer wieder die gleiche Antwort gegeben: daß eine großangelegte, drei Monate dauernde Suche der U.S. Navy keinerlei Anhaltspunkte für den Verbleib des Forschungsschiffs ergeben habe. »Vielleicht erinnern Sie sich daran, Mr. Goodwin, daß der Präsident der Vereinigten Staaten höchstpersönlich binnen weniger Stunden nach dem letzten Funkspruch der *Cuttyhunk* eine Fregatte der Siebten Flotte in das in Frage kommende Seegebiet entsandt hat?«

Andere Regierungsvertreter hatten im überheblichen Bürokratenton erklärt, daß »umfassende Nachforschungen des Außenministeriums auf höchster Ebene der japanischen Regierung und der Streitkräfte« dort nichts als verblüfftes Kopfschütteln hervorgerufen hätten.

»Die Japaner hatten nicht die geringste Ahnung, wovon wir überhaupt reden«, hatte einer der Beamten in seinem Antwortbrief geschrieben.

Freddie hatte den Mann nach ein paar Gläsern Winter-Bourbon angerufen und gefragt: »Und was ist mit den Chinesen oder Vietnamesen oder den anderen Burschen da drüben? Die sehen in unseren Augen doch alle gleich aus.«

Bisher war niemand auf seinen Vorschlag eingegangen, und deshalb stand er jetzt unter diesen düsteren, satanisch aussehenden Klippen und starrte, trotz seiner schweren Schlechtwetterkleidung vor Kälte zitternd, hinaus auf das graue, eisige Wasser der Choiseul-Bucht und beklagte den Verlust von Kate Goodwin.

Während der Qualen des vergangenen Jahres hatte Freddies Chefredakteur Frank Markham stets hinter ihm gestanden. Der gütige und verständnisvolle Frank war es auch gewesen, der Freddie auf Kosten der Zeitung auf die Kerguelen geschickt hatte, damit er dort eine Reihe von Artikeln über die Inseln am Ende der Welt und das geheimnisvolle Verschwinden der *Cuttyhunk* schrieb.

»Wenn du es schaffst, dorthin zu kommen, bezahlen wir dir die Reise und helfen dir bei den Vorbereitungen. Wenn du erst einmal dort unten bist, siehst du dich gründlich um und findest heraus, ob dort irgend etwas nicht stimmt.«

Dann hatte Frank Freddie in den Arm genommen und gesagt, daß er auf dieser Reise nicht nur eine phantastische Story recherchieren, sondern auch mit sich ins reine kommen würde. »Vielleicht gelingt es dir ja, endlich deine Kate innerlich zu Grabe zu tragen.«

Nun also stand der Starreporter der *Cape Cod Times* allein an dieser gottverlassenen Küste und versuchte, die halb gefrorenen Tränen von seinen Wangen zu wischen, während er verloren hinaus aufs Wasser zu jenem Forschungsschiff blickte, das ihn von Miami zu den Kerguelen gebracht hatte und nun mit laufenden Maschinen 100 Meter vor der Küste auf ihn wartete.

Das eigentliche Ziel des Schiffs war die amerikanische Polarstation im McMurdo-Sund, wo Freddie von einem Hubschrauber abgeholt werden und anschließend per Flugzeug nach Boston zurückkehren sollte. Frank Markham hatte den Eignern des Schiffs 4000 Dollar bezahlt, damit es zwei bis drei

Tage auf den Kerguelen Station machte und Freddie Material für seine Reportagen sammeln ließ.

Wie sich im Lauf der Reise herausgestellt hatte, hätte das Schiff den Aufenthalt vielleicht auch umsonst eingelegt, denn alle an Bord mochten den Journalisten aus Cape Cod, der sie während der langen Reise mit Geschichten über die *Cuttyhunk* und ihre Besatzung unterhalten hatte. Als sie Christmas Harbour erreichten, glaubte niemand an Bord mehr, daß die volle Wahrheit über das Verschwinden der *Cuttyhunk* bereits ans Tageslicht gekommen war. Freddie hatte sie alle davon überzeugt, daß seine Cousine möglicherweise noch am Leben war und er sie eigentlich nur noch finden müsse.

Heute, als die See ausnahmsweise einmal ruhig war, hatte man ihm erlaubt, mit dem Schlauchboot allein an Land zu gehen. Er war an die Küste gefahren, hatte den Außenborder hochgeklappt und das Boot auf den Strand gezogen, so wie er es seit seiner Kindheit in etwas wärmeren Gewässern unzählige Male getan hatte.

Jetzt, als er mit seinen Gedanken und Erinnerungen an Kate allein war, blickte er zwischen der Landschaft ringsum und der Karte in seiner Hand hin und her. Als begeisterter Leser von Agatha Christies Hercule-Poirot-Geschichten sagte er sich, daß die Antworten, sofern es überhaupt welche gab, in den »kleinen grauen Zellen« zu finden seien. Er hatte die letzte bekannte Position der *Cuttyhunk* auf seiner Karte eingezeichnet und sich ausgerechnet, daß sie am Bligh's Cap vorbei direkt in die Fjorde an der Nordwestküste der Insel eingelaufen sein mußte. Aber wohin genau? Christmas Harbour? Nein, denn der bot bei einem starken Sturm nicht genügend Schutz. Das Schiff mußte also weiter in die Wasserarme hineingefahren sein. Selbst die schwache Novemberbrise, die Freddie auf seinem Gesicht spürte, konnten die Felsen nicht aufhalten. »Bei starkem Westwind ist dieser Ort hier verdammt gefährlich«, murmelte er. »Der Sturm weht direkt um diese Landspitze da … wie heißt sie noch gleich … ja, richtig … hier steht es … Cap d'Estaing. Tug wäre hier nie vor Anker gegangen. Er hätte sich ein geschützteres Plätzchen gesucht, daran besteht überhaupt kein Zweifel.«

Freddie blickte nach oben und sah einen großen Albatros majestätisch über den Himmel gleiten. Weiter im Osten, auf der dem Wind ausgesetzten Seite der Bucht, konnte er eine Gruppe von Sturmvögeln beobachten, die knapp über dem Wasser dahinflatterte. Ansonsten war hier alles ruhig. Noch nie in seinem Leben war Freddie Goodwin an einem stilleren Ort gewesen. Große, aufeinandergeschobene Eisschollen lagen überall an der felsigen Küste verstreut, die bis auf die Seevögel keinerlei Spuren von Leben aufwies.

Es machte nicht viel Sinn, wenn Freddie noch länger hier am Christmas Harbour herumstand. Am liebsten wäre er ans südliche Ende der Landzunge marschiert und hätte einen Blick auf den nächsten Fjord geworfen, aber er wußte, daß das Wetter in dieser Gegend erschreckend rasch umschlagen konnte, und außerdem wollte er das Schlauchboot nicht für längere Zeit unbewacht am Strand liegen lassen. Also ging er zurück zu der Stelle, wo er an Land gegangen war, schob das Boot ins Wasser und sprang so geschickt hinein, daß er sich nicht einmal die Sohlen seiner Stiefel naß machte.

Er klappte den Außenborder nach unten, startete ihn mit dem ersten Zug am Startseil und fuhr zum Eingang des Fjords, wo er das Boot nach rechts lenkte. Er wußte, daß er bis zum Pointe d'Anières zwei Meilen ziemlich ruhiges Wasser vor sich hatte und dabei die Eingänge zweier weiterer Buchten passieren würde, die dem Wind womöglich noch mehr ausgesetzt waren als Christmas Harbour. Als Freddie sie sah, war ihm klar, daß Tug Mottram keine von beiden angelaufen hätte.

Als nächstes kam ein 13 Meilen langer Fjord mit Namen Baie de Recques. Laut Karte war er schmal und tief und führte so weit ins Inland, daß er sich bis auf knapp drei Kilometer der gegenüberliegenden Seite der Insel näherte. Seine steilen Wände bestanden aus Granit, und Freddie, der sich für eine Art Experte in Sachen Seevögel hielt, konnte durch sein Fernglas ein paar Sturmtaucher sehen, die zehn Meter über dem Wasser ihre Runden flogen. Auch die Baie de Recques war in seinen Augen nicht allzu geeignet für die angeschlagene *Cuttyhunk* gewesen, denn sie führte in fast gerader Linie nach

Südwesten und machte keine Kurven oder Biegungen, die einen vom Meer kommenden Sturm hätten aufhalten können. »Selbst bei reinem Westwind dürfte hier die Hölle los sein«, murmelte er. »Der Wind kommt um den Berg am anderen Ende herum, diesen ... Moment ... Mont Lacroix an der Westküste, 246 Meter hoch laut Karte ...«

Nachdem er am Eingang der Bucht mit dem Schlauchboot ein paar Kreise gedreht hatte, fuhr er weiter nach Westen, wo die eineinhalb Meilen langen Klippen zwischen dem Pointe Pringle und dem Cap Féron schroff und düster aus dem Meer ragten.

Hohe Klippen sehen von der Wasseroberfläche aus betrachtet so beeindruckend und bedrohlich aus wie ein großes Schiff, zu dem man von einem Ruderboot aus aufsieht. Die schwarzen Felsen zwischen diesen beiden Kaps aber wirkten auf Freddie Goodwin wie das zu Stein gewordene Böse. Er dachte daran, daß die *Cuttyhunk* womöglich in der Dunkelheit und mitten in einem tobenden Sturm dort zerschellt sein könnte und murmelte leise »Katie ...« Bedächtig schüttelte er den Kopf und spürte, daß ihm, wie schon so oft in den vergangenen elf Monaten, die Tränen in die Augen stiegen.

Dann aber riß er sich zusammen und sagte sich, daß man, wenn die *Cuttyhunk* an den Klippen zerschmettert worden wäre, zumindest ein paar Wrackteile gefunden hätte. Das war aber nie der Fall gewesen. Außerdem hätte Tug Mottram selbst bei dieser Wassertiefe einen weiten Bogen um einen so gefährlichen Punkt gemacht und der junge Berens, den Bob Lander als einen der besten Navigationsoffiziere bezeichnet hatte, die ihm in seiner Laufbahn untergekommen waren, hätte niemals einen Kurs gewählt, der das Schiff in die Nähe der Klippen gebracht hätte.

Langsam ging dem Schlauchboot das Benzin aus, und Freddie war fast dankbar, den schwarzen Felsen von Cap Féron den Rücken kehren und mit Vollgas zu seiner schwimmenden Basis zurückfahren zu können, wo er noch vor dem Abendessen seine Beobachtungen aufschreiben wollte. Frank Markham wartete auf Artikel, auch wenn Freddie bisher noch keinerlei Lebenszeichen von der *Cuttyhunk* entdeckt haben sollte.

Also mußte der nächste Fjord hinter Cap Féron bis morgen warten. »Wie heißt er noch gleich?« fragte sich Freddie und sah auf seine Karte. »Richtig, Baie Blanche. Führt fast 20 Meilen weit ins Landesinnere …«

Als Freddie Goodwin seine Beobachtungen der Seevögel, der Fjorde und Berge beendet hatte und wieder an Bord des Forschungsschiffs kletterte, war es bereits 19 Uhr 40. Noch immer wollte er nicht daran glauben, daß die *Cuttyhunk* irgendwo auf dem Grund des tiefen, dunklen Wassers lag.

In seiner Kabine goß sich Freddie einen dreifachen Kentucky Bourbon ein, verdünnte ihn mit derselben Menge Leitungswasser und nahm einen tiefen Schluck. Schließlich streifte er seine Seestiefel von den Füßen und saß in Hose, Hemd und leichtem Pullover in der warmen Kabine. Er spürte, wie der bernsteinfarbene Whiskey ihn von innen wärmte und sah vor seinem geistigen Auge wieder die schlanke, großgewachsene Kate Goodwin mit dem typischen ruhigen Lächeln auf ihrem von langen, blonden Haaren eingerahmten Gesicht. Seit einigen Monaten sah er dieses Gesicht, wenn er am Abend das erste Glas trank. Vielleicht war es eine Erinnerung an die vielen Abende, die er zusammen mit Kate auf Cape Cod verbracht hatte, aber Freddie vermutete, daß etwas anderes dahintersteckte: Kates Verschwinden entzog ihm nach und nach den Boden unter den Füßen, machte sein ganzes Leben irgendwie sinnlos. Obwohl er das wußte, konnte er sich noch immer nicht von dieser heimlichen Besessenheit befreien, mit der er weitab von jeglicher Realität die in allen Dingen perfekte Tochter seines längst verstorbenen Onkels geliebt hatte, die ihm niemals gehört hätte. Selbst jetzt, wo sie vielleicht schon tot war, konnte er diese Besessenheit nicht ablegen.

Manchmal fragte sich Freddie ernsthaft, ob er nicht langsam verrückt wurde, aber an diesem gottverlassenen, eiskalten Fleckchen Erde kamen ihm selbst seine abstrusesten Gedanken seltsam realistisch vor. Er nahm einen weiteren Schluck Bourbon und sprach in die leere Kabine: »Wenn du noch am Leben bist, Kate, dann werde ich dafür sorgen, daß dich jemand findet. Selbst wenn ich es nicht bin.«

Dann nahm er sein Notizbuch und schrieb in Blockbuchstaben hinein, wie er es schon so oft gemacht hatte: WARUM SOLLTE DER FUNKER DER *CUTTYHUNK* MELDEN, DASS DAS SCHIFF ANGEGRIFFEN WIRD, WENN DAS GAR NICHT DER FALL IST? UND WENN ES IN EINEM FJORD GESUNKEN IST, WARUM SIND DANN KEINE WRACKTEILE AUFGETAUCHT?

»Keine Ahnung«, sagte Freddie zu sich selbst. »Aber ich glaube, daß die *Cuttyhunk* immer noch schwimmt. Und das bedeutet, daß irgend jemand wissen muß, wo die Besatzung und die Passagiere sind.«

Beim Abendessen, an dem nur Männer teilnahmen, versuchte Freddie, den Kapitän zu überreden, ihn in die Baie Blanche zu bringen. »Nicht bis zum Ende«, sagte er, »nur drei bis vier Meilen bis zu dem Punkt, wo der Fjord sich gabelt. Ich glaube nicht, daß Kapitän Mottram weiter hineingefahren wäre. Wenn es etwas zu finden gibt, dann muß es dort sein. Sollte das nicht der Fall sein, würde ich mir gern noch den geschützten Ankerplatz an der Île Foch direkt im Osten anschauen. Sie könnten ja das Schiff in den Golf von Choiseul bringen, und ich könnte mir mit dem Schlauchboot die beiden Meeresarme ansehen. Natürlich nur, wenn das Wetter in Ordnung ist.«

Da niemand etwas gegen diesen Vorschlag einzuwenden hatte, widmeten sie sich einem hervorragenden *coq au vin*, den der französische Gastwissenschaftler an Bord für die Offiziersmesse zubereitet hatte. Es war ein Essen, das sogar des Sonnenkönigs würdig gewesen wäre, denn immerhin hatte Monsieur le Professeur eine ganze Flasche 86er Margaux Premier Reserve an den Vogel getan. Niemand hatte etwas dagegen, daß der Professor zum Essen drei weitere Flaschen des köstlichen Weins servierte, und als Freddie einen feierlichen Toast auf Kate Goodwin ausbrachte, stimmten alle mit traurigen Gesichtern ein.

»Es ist nun einmal eine Tatsache«, sagte Freddie, der sich noch in dem von einer seltsamen Nachdenklichkeit durchdrungenen Niemandsland zwischen Angetrunkenheit und Rausch befand, »daß kein Schiff untergeht, ohne daß eine Menge Zeug an die Oberfläche kommt. Wenn man ein großes stählernes Fahrzeug wie die *Cuttyhunk* versenken will, muß man ihr schon ein verdammt großes Loch in den Rumpf hauen, und zwar unterhalb der Wasserlinie. Dazu braucht man entweder einen Torpedo oder einen dicken Batzen TNT, was aber laut, schmutzig und verdammt gefährlich wäre.

Wenn man ein Schiff in die Luft jagt, fliegen eine Menge Sachen durcheinander. Denken Sie bloß an all das Zeug, was sich allein auf den Decks befindet: Rettungsinseln, Windenabdeckungen, Rettungsringe... und all das schwimmt an der Oberfläche. Und dann gibt es im Inneren eines Schiffs Möbel und Holzverkleidungen, Kleider und Koffer, Plastikarmaturen aus den Badezimmern, von den Tausenden Litern Öl und Diesel ganz zu schweigen. *Irgendwas muß hochkommen, wenn ein Schiff sinkt.*«

Freddie ließ den Wein in seinem Glas kreisen. Dann blickte er auf und fügte langsam und nachdenklich hinzu: »Aber es ist nichts hochgekommen... Und dabei hat die U.S. Navy die ganzen Gewässer hier mit all ihren Geräten abgesucht. Und was hat sie gefunden? *Nichts*, verdammt noch mal, das ist es, was sie gefunden hat. *Überhaupt nichts*. Meine Herren, ich gehe jetzt in meine Koje. Vielen Dank, daß Sie mich so lange ertragen haben...« Mit diesen Worten begab er sich schwankenden Schritts in seine Kabine und sank in den unruhigen, aber traumlosen Schlaf eines frustrierten Detektivs.

Als er am nächsten Morgen in aller Früh erwachte, bereute er die letzten paar Gläser Wein vom vergangenen Abend zutiefst. Zwar war er sich vollauf bewußt, daß die handwerkliche Kunst der Winzer aus Bordeaux der von Kentuckys Bourbonbrennern mindestens ebenbürtig war, aber er fragte sich, ob es sich empfahl, beider Erzeugnisse an ein und demselben Abend zu genießen. Zumindest nicht in dem Ausmaß, wie er es getan hatte.

Das Schiff lag immer noch auf seinem Ankerplatz in den seichten Gewässern hinter Pointe Lucky, südlich von Cap Féron. Als Vorsichtsmaßnahme hatte der Kapitän ständig zwei Männer Wache gehen lassen für den Fall, daß eine der unberechenbaren antarktischen Schlechtwetterfronten das Barometer in Minutenschnelle nach unten fallen ließ.

Freddie nahm zwei Alka-Seltzer, verzichtete auf das Frühstück und bereitete sich für seinen Trip in die Baie Blanche vor. Noch vor sieben Uhr lichteten sie Anker, umrundeten die eisverkrustete Landzunge und fuhren in den langgezogenen Fjord ein. Der Kapitän drosselte die Geschwindigkeit auf vier Knoten, stellte zwei Matrosen als Wache auf die Steuerbordseite, teilte einen weiteren dazu ein, Freddie zu unterstützen, der auf dem unteren Deck stand und auf die Küste der Insel Gramont schaute. Alle vier waren mit Ferngläsern ausgerüstet, mit denen sie jeden Meter der Küstenlinie nach einem Wrackstück oder anderen Dingen absuchten, die möglicherweise einen Hinweis auf das amerikanische Forschungsschiff *Cuttyhunk* geben könnten.

Sechs Meilen fuhren sie auf diese Weise langsam nach Süd-Südwest, ohne etwas zu entdecken, was nicht aus Fels oder Eis bestand. Die Sonne spendete Licht, aber keine Wärme, so daß die Temperatur immer knapp unter dem Gefrierpunkt lag.

Nachdem sie die Baie Blanche ohne Ergebnis abgesucht hatten, umrundeten sie die Spitze von Saint Lanne, bis der Pointe Bras in Sicht kam. Hier stoppte der Kapitän das Schiff, denn er konnte sich nicht vorstellen, daß Tug Mottram für eine relativ einfache Rumpfreparatur noch geschütztere Gewässer hatte anlaufen müssen. Allerdings hatte der jetzige Kapitän auch noch keinen wirklich schweren antarktischen Sturm miterlebt.

Freddie sah auf seine Karte und entdeckte eine kleine Bucht in der Halbinsel Loranchet, die sich etwa zwei Meilen entfernt an der rechten Seite der Baie du Repos befand. Sie lag direkt auf dem 49. Breitengrad.

»Wenn Tug Mottram tatsächlich noch geschütztere Gefilde gesucht hat, dann würde sich diese Bucht dafür anbieten«, sagte er. »Ich würde sie mir gern mit dem Schlauchboot ansehen. Würde es Ihnen etwas ausmachen, eine Stunde lang hier auf mich zu warten?«

Dem Kapitän war das recht, und so fuhr Freddie allein das stille Wasser des Fjords entlang. Dabei fragte er sich unwillkürlich, ob Kate vor elf Monaten wohl auch diese eisbedeckten Felswände gesehen hatte. Er gab Gas und jagte den Fjord entlang in die Bucht. Dort wurde er langsamer und tuckerte mit so wenig Fahrt wie möglich am Ufer entlang. Nur das leise Geräusch des Motors und das Gluckern des Wassers unter dem Boot unterbrachen die niederschmetternde Stille, die über dieser einsamen Bucht lag. Freddie starrte hinauf zu dem vier Meilen entfernten Gipfel des Mount Richards und verspürte den irrationalen Wunsch, daß dieser »schneebedeckte Bastard« sprechen könne. Unter dem Strich ergab die Untersuchung der Bucht nichts. Überhaupt nichts.

Zurück auf dem Schiff, schlug er vor, daß sie die Fjorde durch die Baie de Londres auf der anderen Seite der Insel Gramont verlassen sollten. Mit langsamer Fahrt suchten sie auch hier die Küste ab, fanden aber ebenfalls nichts. An der Nordostspitze der Insel mußten sie einen weiten Bogen fahren, um einem riesigen, zwei Seemeilen breiten Feld von Seegras auszuweichen.

Und dann, während sie in klarem Wasser zwischen der Insel an Backbord und dem schroffen, unheimlich wirkenden Cox's Rock vorbeiglitten, der sich 50 Meter an Steuerbord befand, stach Freddie Goodwin, der am Bug des Schiffs stand, auf einmal etwas ins Auge. Fast wären sie daran vorbeigefahren, aber im letzten Augenblick sah er es. Ganz deutlich. Es war ein Gegenstand in schon etwas ausgebleichtem Leuchtorange, der in einer der Spalten am Fuß des Felsen steckte.

»*Was ist das?*« rief Freddie, während er an der Reling entlang nach hinten rannte.

»*Wo? ... Was? ... Freddie ... Wo denn?*« rief alles an Bord durcheinander. Und dann sahen auch die anderen den orangefarbenen Fleck. Der Steuermann ließ die Maschine achteraus gehen, bis das Schiff zum Stillstand gekommen war und Freddie Goodwin, diesmal in Begleitung von drei Matrosen, mit dem Schlauchboot zum Cox's Rock fahren konnte. Das tiefe, eiskalte Wasser glitt rasend schnell vorbei, und bald konnten alle in dem kleinen Boot sehen, daß der orangefarbene Fleck am Fuß des Felsens ein Stück eines modernen Rettungsrings aus Styropor war. Es steckte so fest in der Felsspalte, daß es vermutlich zerbröckeln würde, wenn man es mit dem Bootshaken herauszog. Es sah aus, als befände es sich schon ziemlich lange an dieser Stelle.

Vierzig Meter von der Felsspalte entfernt war ein schmaler Sims, den der Mann am Ruder ansteuerte. Er drückte die aus verstärktem Gummi bestehende Nase des Schlauchboots mittels Motorkraft so lange an den Fels, bis die anderen drei Insassen ausgestiegen waren. Nachdem sie hinüber zu dem Stück Rettungsring geklettert waren, brauchten sie zehn Minuten, bis sie die Felsen ringsum so weit gelockert hatten, daß sie es aus der Spalte herausziehen konnten. Als sie es umdrehten, sahen sie drei schwarze Buchstaben, die sich wie Messer durch Freddie Goodwins ohnehin schon gebrochenes Herz schnitten: C-U-T.

Noch schlimmer war, daß Freddie keinen Wind mehr auf dem Gesicht spürte. Das bedeutet, daß das Stück Rettungsring an der Leeseite des Felsens angespült worden war und somit nicht vom offenen Meer kommen konnte. Viel wahrscheinlicher war es, daß es irgendwie aus dem Gewirr von Fjorden auf dieser Seite des Felsens gekommen war.

Mit einemmal wurde Freddie schmerzlich klar, daß die *Cuttyhunk* wahrscheinlich doch mit ziemlicher Sicherheit auf dem Grund eines dieser tiefen, düsteren Wasserarme lag. Die ganze Zeit hatte er sich nun eingeredet, daß das Fehlen von Wrackteilen bedeuten mußte, daß das Schiff nicht gesunken war. Jetzt hatte er sein Wrackteil, noch dazu eines vom Oberdeck mit den drei ersten Buchstaben des Namens *Cuttyhunk*. Er hielt es in seinen eigenen Händen, verdammt noch mal.

Auf einmal hatte Freddie keine Tränen mehr zu vergießen. Kate war tot, soviel war jetzt sicher.

Es dauerte drei Tage, bis Freddie ein winziges Licht der Hoffnung am Ende des dunklen Tunnels seiner Trauer erblickte. Vielleicht hat ja irgend jemand aus der Besatzung den Rettungsring während des Angriffs über Bord geworfen, um der Welt ein letztes Zeichen vom Verbleib des Schiffs zu geben…

Der Gedanke war so abwegig, daß es eine Woche dauerte, bis er in Freddies Gehirn wirklich Fuß gefaßt hatte und ihm wie eine logische Ableitung der Tatsachen vorkam, eine potentielle Wahrheit, mit der er arbeiten konnte.

Das war kurz bevor Freddie sich in Hyannis an seinen Schreibtisch setzte um den ersten einer Serie von Artikeln über eine unwirtliche, eiserstarrte Inselgruppe am Ende der Welt zu schreiben.

KAPITEL ZWEI

Vice-Admiral Arnold Morgan hatte nur ein trockenes Lächeln für sein opulent ausgestattetes neues Büro im Weißen Haus übrig. Der 58jährige, der sein halbes Leben an Bord von Atom-U-Booten verbracht hatte und zuletzt als Leiter der streng geheimen National Security Agency in Fort Meade, Maryland, über einen eher spartanisch eingerichteten Arbeitsraum verfügte, hatte sich noch immer nicht an die großzügige Suite im Weißen Haus gewöhnt, die ihm jetzt zur Verfügung stand. Die großen, mit weichem Teppichboden ausgelegten Räume waren für ihn genauso ein Kulturschock wie die indignierten Mienen der hier Beschäftigten, wenn er sie in seinem altgewohnten barschen Befehlston ansprach.

Nach einem Leben in der U.S. Navy war der beleibte, einen Meter fünfundsiebzig große Texaner zunächst sehr skeptisch gewesen, als man ihm den hochdotierten Posten als Nationaler Sicherheitsberater des Präsidenten angeboten hatte, und nur weil er den aus dem Südwesten stammenden Republikaner, der gegenwärtig im Oval Office saß, wirklich schätzte, hatte er schließlich zugesagt. Während andere Präsidenten sich gern vom Militär distanzierten, hatte der Ex-Harvard-Professor von Anfang an Admiräle und Generäle in den inneren Kreis seiner Administration geholt.

Der Präsident und Arnold Morgan hatten im vergangenen Jahr bei einer besonders unangenehmen »schwarzen Operation« viel miteinander zu tun gehabt. Bereits weniger als drei Wochen nach deren Abschluß gestand der Präsident seinen engsten Beratern, daß er die regelmäßigen Gespräche mit Arnold wirklich vermisse. »Er ist zwar ein grantiger alter Bastard, der keinem anderen Land außer vielleicht England über den Weg traut, einer, der einfach jeden ohne Ansehen der

Person am frühen Morgen aus dem Bett klingelt und dann meistens so schlechte Laune hat, daß er sich am Telefon nicht mal verabschiedet, aber er ist ein wirklich brillanter Kopf. Und außerdem ein wandelndes Lexikon für alles, was Seemacht auf dieser Erde anlangt.«

Robert MacPherson, der Verteidigungsminister, war ebenfalls ein Bewunderer des Admirals, und so war man trotz einiger Bedenken des vornehmen Außenministers Harcourt Travis übereingekommen, Morgan ins Weiße Haus zu holen. Selbst Travis hatte kein stichhaltiges Argument gegen dessen Ernennung vorbringen können, ja, er hatte sich sogar zu der Bemerkung hinreißen lassen, daß der englische Außenminister Neville Chamberlain beim Aushandeln des Münchner Abkommens im Jahre 1938 mit einem Mann vom Schlage Arnold Morgans an seiner Seite von Hitler wohl nicht so leicht über den Tisch gezogen worden wäre.

Es hatte fast ein Jahr gedauert, bis man den Admiral aus dem U.S. Intelligence Service herausgeeist hatte, aber nun saß er in seinem elegant eingerichteten Allerheiligsten im Westflügel des Weißen Hauses – oder besser, er ging dort ruhelos auf und ab und fragte sich, was er wegen dieser »beschissenen chinesischen U-Boote« tun solle.

Von Natur aus traute der Admiral der Regierung in Peking keinen Zoll breit über den Weg, und ihren U-Booten traute er noch viel weniger. Die Tatsache, daß diese Boote auch noch in Rußland gebaut worden waren, in einem Land, dem ebenfalls sein gesteigertes Mißtrauen galt, machte seine Wut auf die Chinesen nur noch größer.

»Verdammte Mistkerle«, brummte er. »Das lasse ich denen nicht durchgehen.«

Er stand auf und zog sich sein neues, dunkelgraues Jackett an, das er sich von einem Uniformschneider hatte anfertigen lassen. Als er in seinen blitzblank geputzten schwarzen Halbschuhen aus seinem Büro schritt, verrieten nur der rasche, breitbeinige Gang eines alten Marineoffiziers, die kurzgeschnittenen grauen Haare und der pfeilgerade nach vorn gerichtete Blick seine militärische Vergangenheit. Wenn Admiral Morgan aus seinem Büro im Weißen Haus ablegte, sah er aus, als dampfte er geradewegs in eine Seeschlacht. Und an diesem speziellen Tag war ihm besonders kämpferisch zumute.

»Verfluchte chinesische Bastarde«, fauchte er, als er an dem neuen Portrait von General Eisenhower vorbeikam. Der alte Haudegen hätte ihn vermutlich verstanden. »Napoleon hat verdammt recht gehabt«, murmelte Morgan verärgert vor sich hin. »Wenn der chinesische Riese erwacht, dann wird die Welt erzittern. Ich weiß zwar nicht, wer jetzt das große Zittern kriegt, aber bestimmt nicht wir. Bestimmt nicht die *United States of America ...*«

Am Ausgang des Westflügels wurde Morgan von seinem Chauffeur mit dem Wagen erwartet. »Morgen, Charlie«, sagte der Admiral. »Ins Pentagon. Büro des CNO. Um 1030 müssen wir dort sein.«

Charlie, der vor Admiral Morgan noch nie einen ranghohen Offizier gefahren hatte, antwortete wie ein eingeschüchterter junger Kadett mit einem lauten »Jawoll, *Sir!*« Der Arme hatte sich noch immer nicht so recht von dem Erlebnis mit dem Admiral erholt, das er an dessen allererstem Tag im neuen Amt gehabt hatte. Charlie war zwei Minuten zu spät zum Dienst erschienen und hatte seinen Ohren kaum getraut, als Arnold Morgan mit leiser, aber drohender Stimme geknurrt hatte: »Du bist zu spät, Matrose, und so was gilt bei mir als Fahnenflucht. Wenn das noch einmal passiert, bist du gefeuert. Hast du mich verstanden, Arschloch? Mein Name ist Admiral Arnold Morgan, und ich habe viel zu viel um die Ohren, um mich von irgendwem verarschen zu lassen, ganz gleich, ob er nun für das beschissene Weiße Haus arbeitet oder nicht.«

Als Charlie Patterson das hörte, wäre er vor lauter Schreck fast tot umgefallen, und auch jetzt noch, einen Monat später, hatte er immer noch eine Heidenangst vor dem Admiral. Seit seiner ersten Begegnung mit dem neuen Sicherheitsberater hatte er es sich zur Gewohnheit gemacht, immer 20 Minuten früher als von diesem verlangt zur Stelle zu sein. Die Kunde von Charlies Konfrontation mit dem Tyrannen von Fort Meade und dessen barsche Worte hatten sich wie ein Buschfeuer im Weißen Haus verbreitet. Selbst der Präsident hatte davon gehört und es für die lustigste Geschichte gehalten, die ihm seit längerer Zeit zu Ohren gekommen war.

Charlie Patterson gab Gas und steuerte die schwere Limousine in rascher Fahrt durch die Straßen von Washington. Er fuhr am Fluß entlang und an der Maine Avenue auf die Interstate 395. Auf der linken Spur überquerte er den Potomac und fuhr direkt zum Hauptquartier der amerikanischen Streitkräfte.

Admiral Morgan kannte den Weg genau, schließlich war er ihn in den vergangenen vier Jahren unzählige Male selbst gefahren. Daß er nun einen persönlichen Fahrer hatte, war nur einer von vielen Aspekten seines neuen Jobs, an die er sich erst noch gewöhnen mußte. Zu den anderen gehörten die geregeltere Arbeitszeit und die sozialen Vepflichtungen, denen er nun nachzukommen hatte. Wenn er etwas von seinem alten Leben vermißte, dann waren es seine frühmorgendlichen Rundgänge in Fort Meade, bei denen er sich die Berichte der auf der ganzen Welt verstreuten amerikanischen Beobachtungsstationen angesehen und versucht hatte, einen dieser »ausländischen Bastarde« bei einem »krummen Ding« zu erwischen.

Jetzt war sein Leben schon wieder so normal geworden, daß er sich sogar überlegte, ob er nicht nach einer neuen Frau Ausschau halten sollte. Die vielen Jahre an Bord von Unterseebooten und später im Geheimdienst der Marine hatten seine beiden Ehen zu Bruch gehen lassen. Seine Exfrauen sprachen – ebenso wie seine beiden Kinder – schon lange nicht mehr mit ihm. Sie konnten die Vernachlässigung, die er ihnen in all den Jahren hatte zuteil werden lassen, offenbar noch immer nicht verwinden. Damals war er viel zu beschäftigt gewesen, um sich um Familie zu kümmern, aber jetzt, mit seinem hochdotierten Posten in unmittelbarer Nähe des Präsidenten, galt er als eine der besten Partien von Washington. Das war ein gefährliches Fahrwasser für einen ins Zivilleben übergewechselten früheren Marineoffizier, der sich erst mal den Charme wieder aneignen mußte, den er dereinst als junger Lieutenant gehabt hatte.

Aber all das war im Augenblick zweitrangig, denn Admiral Morgan, der jahrelang der furchtloseste – und gefürchtetste – Geheimdienstmann der Navy gewesen war, hatte andere Sorgen. Schon seit Tagen versuchte er, eine Reihe von Tatsachen zusammenzubringen, die auf den ersten Blick nicht miteinander verbunden und überhaupt nicht zueinander zu passen schienen. In den nächsten paar Stunden wollte er sie ordnen und dann, falls nötig, geheime, aber drastische Schritte gegen zwei der mächtigsten Nationen der Erde in die Wege leiten.

Charlie steuerte den Wagen in die Tiefgarage unter dem Pentagon und hielt direkt vor dem nichtöffentlichen Fahrstuhl an. Der Lift führte direkt zum Büro von Admiral Scott F. Dunsmore hinauf, dem früheren Chef der Marineoperationen (CNO) und jetzigen Vorsitzenden der Vereinigten Stabschefs (CJC). Admiral Morgan hatte vor, mit Dunsmore eine Tasse Kaffee zu trinken und sich dann ins Hauptquartier von Admiral Joseph Mulligan zu begeben, des neuen CNO, der früher Befehlshaber der U-Boot-Flotte Atlantik gewesen war.

Vor dem Aufzug warteten zwei Marines, um ihn zu den Diensträumen des CJC zu eskortieren. Bevor Morgan in die Kabine stieg, drehte er sich noch einmal zu Charlie um und sagte: »Zwischen jetzt und 1630 kann ich jede Sekunde wieder hier herunter kommen. Ich möchte, daß du zur Stelle bist.«

Als sich daraufhin einer der Marines ein Lächeln nicht verkneifen konnte, warf Arnold Morgan ihm einen scharfen Blick zu und zischte leise: »Mach keinen Scheiß, Junge.«

»Zu Befehl, Sir!« erwiderte der Marine, dem allerdings nicht ganz klar schien, was genau der Admiral mit seinen Worten gemeint hatte.

Das Kaffeetrinken mit seinem alten Freund Scott F. Dunsmore war entspannt und wenig förmlich. Morgan wollte Dunsmore eigentlich nur über die Haltung des Präsidenten im Hinblick auf das gegenwärtige Chinaproblem informieren. Admiral Dunsmore war nicht allzu überrascht, er hatte sich schon so etwas gedacht. Bei Admiral Mulligan würde Morgan einen weitaus detaillierteren Bericht erstatten, und bis zum Abend erwartete Scott F. Dunsmore eine klare Entscheidung von den beiden. Alles deutete darauf hin, daß es eine weitere schwarze Operation geben würde, für die selbst bei einem Fehlschlag niemand offiziell die Verantwortung aufgehalst werden dürfte. Bei einem solchen Unterfangen war es immer gut, wenn so wenige Leute wie möglich davon erfuhren.

Vor dem Büro des CNO informierte ein junger Flaggleutnant Admiral Morgan, daß der Chef sich etwa zehn Minuten verspäten werde. Es habe ein Problem auf einem Flugzeugträger in Norfolk gegeben, und Admiral Mulligan sei erst vor wenigen Minuten mit dem Hubschrauber von dort abgeflogen. »Ich habe eben mit ihm gesprochen, Sir. Er sagte, Sie sollten schon mal in sein Büro gehen, er werde dann so schnell wie möglich nachkommen.«

Als Arnold Morgan das Vorzimmer des CNO betrat, saß dort bereits ein Marineoffizier in Uniform. Der Mann, der in die Lektüre der *Washington Post* vertieft war, trug direkt über seinem Ordensband das Abzeichen der U-Boot-Waffe: zwei Delphine, die der Sage nach die Begleiter des Meeresgottes Poseidon gewesen waren. Admiral Morgan warf einen Blick auf die drei goldenen Streifen und den Stern an den Ärmeln des Offiziers und sagte: »Guten Morgen, Commander. Ich bin Arnold Morgan.«

Der große Mann erhob sich augenblicklich aus seinem Sessel und gab dem Admiral die Hand. »Guten Morgen, Sir. Cale Dunning von der *Columbia*.«

»Also Sie sind Boomer Dunning«, sagte Morgan und lächelte. »Freut mich, Sie endlich kennenzulernen. Sie wissen ja vielleicht, daß ich auch mal einen von den Kähnen kommandiert habe.«

»Natürlich, Sir. Und zwar 1982, als ich gerade meine Ausbildung in Annapolis beendet hatte. Es war die *Baltimore*, nicht wahr?«

»Stimmt. War damals nagelneu, aber bei weitem nicht so hervorragend ausgestattet wie Ihr heutiges Boot. Trotzdem war sie ein verdammt gutes Schiff, und noch heute würde ich ab und zu mal gern mit ihr herumschippern. Mir hat die Zeit als U-Boot-Kommandant sehr gut gefallen; Sie sollten die Ihre auch genießen, Boomer. Es gibt kaum etwas Schöneres, und wenn Sie erst einmal die Karriereleiter hinaufbefördert werden, dann können Sie nie mehr zurück.«

Die beiden U-Boot-Männer ließen sich in zwei gegenüberstehenden Sesseln nieder und wußten beide nicht so recht, ob sie das Thema anschneiden sollten, von dem sie beide wußten, daß es sie hierher geführt hatte. Admiral Morgan hatte um diese Unterredung gebeten und würde auch ihren Ablauf bestimmen. Er war es auch, der Admiral Mulligan vorgeschlagen hatte, Commander Dunning, den er bisher nie persönlich kennengelernt hatte, dazu einzuladen.

Also beschloß Morgan, auf die entscheidenden Dinge erst dann zu sprechen zu kommen, wenn auch der CNO da war. Er warf einen kurzen Blick auf die aufgeschlagen daliegende *Washington Post* und fragte Commander Dunning, ob es in der Zeitung heute irgendwelche »besonders diffamierenden Äußerungen« über die Marine gebe.

»Keine, die mir bisher aufgefallen wären«, antwortete Dunning grinsend. »Aber ich habe gerade einen interessanten Artikel über dieses Forschungsschiff gelesen, das letztes Jahr in der Antarktis verschwunden ist. Der Bursche, der ihn geschrieben hat – ein gewisser Frederick J. Goodwin –, scheint sich in der Materie ziemlich auszukennen. Ich habe in letzter Zeit schon ein paar Artikel von ihm über dasselbe Thema gelesen.«

»So, er kennt sich aus?« brummte der Admiral. »Das ist ja was ganz Neues. Normalerweise gehen einem diese Schreiberlinge mit ihrem Halbwissen entsetzlich auf die Nerven.«

Boomer kicherte leise vor sich hin. »Nun, Sir, dieser Bursche war immerhin auf diesen französischen Inseln, in deren Nähe das Schiff verschwunden ist, und hat dort das einzige Wrackteil gefunden, das bisher aufgetaucht ist – ein Stück von einem knallroten Rettungsring, auf dem noch die Buchstaben C-U-T zu lesen waren. Der Journalist hat in Woods Hole nachgefragt und erfahren, daß die *Cuttyhunk* mit solchen Rettungsringen ausgerüstet war.«

»Das ist dann ja wohl der Beweis, daß das Schiff gesunken ist.«

»Der Bursche ist da anderer Meinung. Er glaubt, daß es dann ja noch viel mehr Wrackteile hätte geben müssen, von denen die Fregatte, die die Navy kurz nach dem Vorfall zu den Inseln geschickt hat, wenigstens ein paar hätte finden müssen.«

»Stimmt auch wieder. Das war schon ziemlich seltsam. Immerhin hat unsere Fregatte drei Monate dort unten herumgesucht und absolut nichts gefunden. Was meint denn dieser Schreiberling zu dem Angriff, von dem im letzten Funkspruch der *Cuttyhunk* die Rede war?«

»Genau darum geht es ihm ja, Sir. Er ist der Meinung, daß das Schiff tatsächlich angegriffen wurde und daß ein Besatzungsmitglied den Rettungsring in letzter Sekunde über Bord geworfen hat, um ein Zeichen zu hinterlassen. Anders könne er sich das völlige Fehlen anderer Wrackteile nicht erklären, schreibt er.«

»Aber ich kann das.«

»Und wie?«

»Die Kerle, die das Schiff versenkt haben, könnten ja hinterher aufgeräumt haben. Als die Fregatte kam, war nichts mehr da, was sie hätte finden können.«

»Bis auf das kleine Stück Rettungsring.«

»Genau … Wo hat man es eigentlich gefunden?«

»Auf der dem Wind abgewandten Seite eines großen Felsens, der zu klein ist, um eine Insel genannt zu werden. Mr. Goodwin zieht daraus einen interessanten Schluß. Er meint, daß der Fundort darauf hinweist, daß der Ring nicht vom offenen Meer herangespült wurde, sondern aus einem der Fjorde hinter dem Felsen gekommen sein muß.«

»Der Kommandant unserer Fregatte war aber nicht der Meinung, daß die *Cuttyhunk* in einem der Fjorde gesunken ist. Schließlich hat man dort nirgends eine Spur von ihr gefunden. Ich frage mich jetzt allerdings, warum die den Rettungsring übersehen konnten.«

»Goodwin schreibt, daß die Fregatte mit ziemlicher Sicherheit die Gewässer um den Felsen gemieden haben dürfte, denn in der Nähe befindet sich ein besonders großes Seegrasfeld, und außerdem ist die Durchfahrt schmal und felsig. Er glaubt nicht, daß ein Kommandant, der noch halbwegs bei Verstand ist, mit einem großen Kriegsschiff dort durchfahren würde.«

»Da hat er vermutlich recht, Boomer. Besser, einen Rettungsring zu übersehen als das verdammte Zeug in die Schrauben zu kriegen, um zwei Wochen später von einem Schlepper abgeholt werden zu müssen.«

»Genau, Sir. Ich hätte es auch nicht anders gemacht.«

»Und was für Schlüsse zieht dieser Mr. Goodwin aus seinen Beobachtungen? Ist die *Cuttyhunk* seiner Meinung nach nun gesunken oder nicht?«

»Er glaubt nicht, Sir. Seiner Meinung nach schwimmt sie noch irgendwo herum, aber er hat keine Idee, was mit der Mannschaft und den Wissenschaftlern an Bord geschehen ist. Er ist der Auffassung, daß unsere Fregatte unmöglich drei Monate lang über dem Wrack herumgefahren sein kann, ohne es zu bemerken.«

»Klingt ganz so, als wäre er ein wenig überdreht, der Gute. Sie müssen wissen, daß ich unerklärliche Dinge hasse, Boomer. Deshalb habe ich damals den Bericht ziemlich gründlich studiert und bin zu dem Schluß gekommen, daß die *Cuttyhunk* möglicherweise draußen in der Bucht in 200 Meter Tiefe gesunken sein könnte. In diesem Fall wäre es durchaus möglich, daß die Fregatte das Wrack nicht gefunden hat.«

»Das stimmt, Sir. Aber Goodwin schreibt, daß bei den dort vorherrschenden Strömungen und dem normalerweise wehenden Westwind der Rettungsring unter dieser Voraussetzung unmöglich dort gelandet sein könnte, wo er ihn gefunden hat.«

»Ich möchte bezweifeln, daß jemand genau sagen kann, woher in diesem Gewirr von Fjorden der Wind wirklich bläst, ganz gleich, was für eine Windrichtung draußen auf See auch vorherrschen mag. Und deshalb glaube ich, daß wir die Angelegenheit wohl endgültig zu den Akten werden legen müssen. Leider.«

»Dieser Goodwin dürfte da ganz anderer Meinung sein, Sir. Er hat vor, eine ganze Serie über den Vorfall zu schreiben. Sein angekündigter Artikel für morgen heißt: ›Kerguelen – Die Inseln des Grauens ...‹«

In diesem Augenblick flog die Tür auf, und Admiral Joseph Mulligan, der seinen weiten Marinemantel noch nicht abgelegt hatte, kam mit großen Schritten in den Raum. »Tut mir wirklich leid, meine Herren«, sagte er. »Hi, Boomer, guten Morgen Admiral. Wir hatten schon wieder ein Problem mit dem neuen Flugzeugträger, der im März in Dienst gestellt werden soll. Gott allein weiß, ob wir diesen Termin werden einhalten können. Im Sommer soll der Träger im Indischen Ozean die *Washington* ablösen, die ich einfach nicht mehr länger dort draußen lassen kann. Wenn es mit dem neuen Träger nicht klappt, dann muß die *Lincoln* hinaus, aber die sollte eigentlich zum Umbau in die Werft. Ich wünschte, wir hätten damals die *Jefferson* nicht verloren.«

»Ich auch, Joe«, sagte Admiral Morgan bedächtig.

Der Nationale Sicherheitsberater lächelte den früheren U-Boot-Mann an, der jetzt das höchste Amt in der Marine der Vereinigten Staaten bekleidete. Arnold Morgan und Joe Mulligan kannten sich, seit sie vor vielen Jahren gemeinsam auf der Marineakademie gewesen waren. Schon damals war Morgan aufgefallen, daß der Bostoner Ire für Höheres auserkoren war.

Mulligan war einen Meter dreiundneunzig groß und hatte ein knorriges Gesicht mit vielen Lachfalten, die Zeugnis von seinem heiteren Gemüt ablegten. Er war hochintelligent, und die Augen waren – ebenso wie die Haare – so grau wie der Anstrich eines Schlachtschiffs. Was Mulligan schon damals auf der Akademie ausgezeichnet hatte, war seine seltene Faszination für schwierige mathematische Berechnungen, ohne die eine moderne Seekriegführung undenkbar ist.

Als junger Mann war Mulligan darüber hinaus ein hervorragender Footballspieler gewesen, der 1966 mit der Mannschaft der Navy im Endspiel gegen die Auswahl der Army gestanden hatte. Beruflich war Mulligan ein in der Wolle gefärbter U-Boot-Mann, der sich nie für ein anderes Kommando interessiert hatte. Nachdem er Kommandant eines im schottischen Holy Loch stationierten Polaris-Boots gewesen war, hatte man ihn Anfang der 80er Jahre, als Präsident Reagan gerade damit begonnen hatte, die Sowjets durch ein beispielloses Wettrüsten in die Knie zu zwingen, zum Kommandanten der *Ohio* befördert. Das Kommando über ein solches

18500-Tonnen-Boot der Trident-Klasse galt als einer der angesehensten Posten in der ganzen U.S. Navy.

Die Männer, die das Kommando auf diesen U-Booten haben, gelten bei vielen sogar noch mehr als die Admiräle, denen ganze Flugzeugträgerverbände unterstehen. Jeder einzelne muß über nahezu mystische Fähigkeiten verfügen, die es ihm nicht nur erlauben, mit eiskalter Sicherheit ein riesiges Unterwasserfahrzeug zu führen, sondern auch die weltpolitische Lage zu begreifen, in der die mit Atomraketen gespickten Schiffe einen nicht ganz unmaßgeblichen Faktor darstellen. Die Kommandanten der Trident-Boote waren Männer mit Durchsetzungsvermögen, hervorragenden nautischen Fähigkeiten und einem unerschütterlichen Glauben an sich selbst.

Obwohl Joseph Mulligan allgemein als der beste dieser handverlesenen Kommandanten galt, hatte seine rasche Beförderung zum Vice-Admiral und dann zum Oberbefehlshaber der U-Boot-Flotte Atlantik (Commander Submarine Force, Atlantic Fleet and Allied Command Atlantic) viele Leute verblüfft. Immerhin hatte es drei Admiräle gegeben, die als Nachfolger für den auf den Posten des Vorsitzenden der Vereinigten Stabschefs berufenen Admiral Scott F. Dunsmore in Frage gekommen waren. Unter diesen war Joe Mulligan eher der Außenseiter gewesen, den man schließlich überraschenderweise den beiden dienstälteren Offizieren vorgezogen hatte.

Für Arnold Morgan allerdings war Mulligans Beförderung keine Überraschung gewesen. Er hatte Joe schon immer für einen herausragenden Marinestrategen und Organisator gehalten und gewußt, daß der studierte Physiker ein Experte für moderne Lenkwaffensysteme war. Was Morgan am neuen CNO aber am meisten bewunderte, war dessen zutiefst zynische Art, mit der er die Militärpolitik aller Länder außer der der USA betrachtete. Wie Morgan selbst, war Mulligan felsenfest davon überzeugt, daß die Vereinigten Staaten allen anderen Nationen der Erde haushoch überlegen waren. Und falls es wirklich einmal zu einer internationalen Konfrontation kommen sollte, waren die beiden Admiräle ebenfalls einer

Meinung: »Wenn es nun mal so sein muß, dann nur deshalb, weil Amerika sagt, daß es so sein muß.«

Jetzt nahm Admiral Mulligan den neuen Sicherheitsberater des Präsidenten mit in sein Büro und bat Commander Dunning, noch einen Augenblick draußen zu warten. Dann gab er Anweisung, eine Kanne Kaffee und ein paar Plätzchen in sein Büro bringen zu lassen und ihn und seinen Gast keinesfalls zu stören – außer vielleicht im Fall des Ausbruchs eines Kriegs, einer Meuterei oder eines Feuers.

Der riesige Schreibtisch des CNO schien nicht zu groß für Admiral Mulligan zu sein, sondern wie geschaffen dafür, daß solch ein Mensch an so einem Ungetüm Platz nahm. Arnold Morgan mußte grinsen, als der Admiral knurrte: »Okay, Arnie. Was machen wir nun mit den chinesischen Bastarden?«

Mulligan holte eine Akte mit der Aufschrift »Streng geheim« aus seinem abschließbaren Aktenschrank, und während er darin herumblätterte, bat er seinen alten Freund, ihn über den politischen Hintergrund der Affäre aufzuklären. Danach, so meinte er, könnten sie gemeinsam nach einer Lösung suchen.

»Einverstanden, Joe«, sagte Morgan. »Ich möchte das sogar sehr sorgfältig tun, denn ich glaube, daß es bisher eine Art Blockade im Informationsfluß gab. Es wäre allerdings auch möglich, daß andere Leute gewissen Dingen nicht dieselbe Bedeutung beimessen wie du und ich. Und das würde wiederum bedeuten, daß wir es mit einem Haufen von Vollidioten zu tun haben, hab ich recht?«

»Stimmt.«

»Es wird allerdings schon ein paar Minuten brauchen, bis ich dir alles erzählt habe, Joe, denn eigentlich hat die Geschichte für mich zwei Anfänge. Der eine liegt in der Zeit, in der ich noch in Fort Meade war, der zweite im Weißen Haus, wo jetzt der Präsident eine Menge auf meine Meinung gibt. Wo also anfangen …? Ich glaube, die ganze Geschichte begann 1993, als die chinesische Marine in Rußland den Bau eines U-Boots der Kilo-Klasse in Auftrag gab.

Obwohl die Chinesen schon damals ihre Marine aufrüsteten, erregte diese Bestellung eigentlich kein allzu großes

Aufsehen – ganz im Gegensatz zu der Bestellung über drei U-Boote desselben Typs, die etwa zur selben Zeit der Iran aufgab.

Zwei Jahre später geschahen dann ein paar Dinge, die uns schon hellhöriger machten. Im Januar 1995 bekam China sein erstes Kilo geliefert, und zwar in einem trickreich umgebauten zypriotischen Frachter. Der war zwar sechs Monate unterwegs, aber das Boot kam an.

Noch im September desselben Jahres fuhr das nächste Kilo mit eigener Kraft von der Ostsee aus nach China, und dann bestätigten die Chinesen Anfang 1996, daß sie zusätzlich zu den beiden bereits gelieferten noch acht weitere Boote der Kilo-Klasse bestellt hatten. Nur ein paar Wochen später begann das erste einer Serie von Flottenmanövern in der Formosastraße, die ganz offensichtlich der Einschüchterung Taiwans dienen sollten. Weil dabei auch Raketen in unmittelbarer Nähe der Insel abgeschossen wurden, mußten auch wir uns ernsthaft mit diesen Vorfällen befassen.

Du erinnerst dich vielleicht daran, daß wir damals einen Flugzeugträgerverband in die Formosastraße geschickt haben, um unsere Interessen zu unterstreichen. Das hat den Elan der Chinesen zwar ein wenig gebremst, aber seitdem mußten wir diese Gewässer unter scharfer Kontrolle halten. Du weißt ja, wie allergisch wir auf alles sind, was unsere Interessen in dieser Weltgegend oder die freie internationale Handelsschiffahrt in der Formosastraße beeinträchtigen würde.

Nun ja, für ein paar Jahre hat sich im Hinblick auf die bestellten Kilos nicht allzu viel getan, was wohl hauptsächlich daran lag, daß die Russen schlicht und ergreifend nicht in der Lage waren, die Boote fertigzustellen. Du kennst ja die Schwierigkeiten, in denen die russische Wirtschaft steckt. Seit dem Zusammenbruch der alten sowjetischen Marine darbt die staatliche Werftindustrie und hat seither nur wenige U-Boote fertiggestellt und ausgeliefert.

Theoretisch wäre es natürlich auch möglich, daß sich die Russen unsere ständig wiederholten Aufforderungen zu Herzen genommen haben, den chinesischen Auftrag nicht auszuführen, aber das möchte ich eigentlich bezweifeln. Wir haben unseren Druck auf die russische Regierung dieses Jahr noch einmal verstärkt, nachdem es bei einem erneuten Flottenmanöver nur wenige Meilen vor der Küste von Taiwan fast zu einer Konfrontation zwischen unseren Lenkwaffenzerstörern und ein paar veralteten rotchinesischen Fregatten kam. Nicht auszudenken, wenn wir wirklich eine davon hätten versenken müssen. Aber wirklich brenzlig wäre es geworden, wenn die Chinesen ein Unterseeboot in der Nähe gehabt hätten.

Seit diesem Vorfall haben wir den russischen Botschafter mindestens ein halbes Dutzend Mal ins Weiße Haus bestellt und ihm unmißverständlich klargemacht, daß wir eine größere chinesische U-Boot-Flottille in der Formosastraße als eine ernste Gefährdung des Weltfriedens ansehen würden. Schließlich haben wir es erst kürzlich am eigenen Leib erfahren müssen, was nur ein einziges U-Boot anzurichten imstande ist. Wenn China zehn hätte, könnte es drei oder mehr davon ständig in der Formosastraße operieren lassen und damit diese Gewässer für uns praktisch unpassierbar machen.

Es gibt halt eine Menge Leute in der Navy, die es gar nicht gern sehen, wenn wir unsere großen Flugzeugträger ohne guten Grund in Gefahr bringen. Der Präsident ist der Meinung, daß er sich solch einem triftigen Grund nicht mehr verschließen kann, wenn in der Formosastraße mehrere von diesen Kilos operieren.«

»Das kann ich mir lebhaft vorstellen, Arnie. Es wäre ziemlich schlimm für die Navy und damit auch schlimm für die Vereinigten Staaten. Das sollte der Präsident eigentlich besser wissen als jeder andere.«

»Du sagst es, Joe. Und deshalb möchte ich dir jetzt schildern, was sich am 5. September – also zwei Tage vor unserem Treffen mit dem Präsidenten – zugetragen hat. Es begann um 0100 unserer Zeit. Ich war damals noch der Chef des Marinegeheimdienstes, und einer unserer Agenten in Südchina meldete sich außerplanmäßig, weil er etwas sehr Ungewöhnliches gesehen hatte: Auf dem Flugplatz von Xiamen – du weißt schon, das ist die große Marinebasis im äußersten Süden der Provinz Fujian – landete ein Transportflugzeug der russischen Streitkräfte, das offenbar leer war.

Es tankte auf, und eine Stunde später brachte ein Bus etwa 20 Angehörige der chinesischen Marine mit ihrem Gepäck zu dem Flieger. Die Soldaten stiegen ein, und die Maschine flog in nördlicher Richtung davon.

Zwei Stunden später bekamen wir einen Bericht, daß das Flugzeug auf dem Hongqiao-Flughafen in Shanghai zwischengelandet sei. Auch hier sahen unsere Leute um 1700 Ortszeit, wie 60 bis 70 chinesische Marineoffiziere an Bord gingen.

Dann, um 0500 unserer Zeit, bekamen wir einen weiteren Anruf. Diesmal war das russische Flugzeug in Peking, wo 15 weitere ranghohe Marineoffiziere in voller Uniform an Bord gingen. Danach war alles ruhig, bis gegen Mittag in Fort Meade die Meldung einlief, die Transportmaschine sei um kurz nach 1800 Ortszeit auf dem großen Zivilflughafen Scheremetjewo II bei Moskau gelandet. Das ist ziemlich ungewöhnlich für ein Militärflugzeug, und unser Mann in Moskau sagte, daß sogar ein Empfangskomitee aus russischen Offizieren am Flughafen gewartet haben soll.

Wie dem auch sei, ich habe Nachforschungen anstellen lassen und herausgefunden, daß das Flugzeug mit hoher Wahrscheinlichkeit Offiziere und Mannschaften für zwei Kilo-U-Boote gebracht hat, die in der Werft von Sewerodwinsk kurz vor der Vollendung stehen.

Ich habe diese Sache sehr, sehr ernst genommen, Joe, und habe das auch in einem Bericht an den Präsidenten ausdrücklich klargemacht. Aber ich glaube, daß mein Vorgänger als Nationaler Sicherheitsberater eher zu den Tauben gehört und meine Warnung nicht an den Präsidenten weitergegeben hat. Nicht einmal dann, nachdem unsere Agenten in Rußland bestätigt haben, daß die 100 Chinesen tatsächlich in Sewerodwinsk eingetroffen waren und sich auf die beiden Unterseeboote verteilt hatten.«

»Das ist ja skandalös.«

»Du sagst es, Joe. Ich finde es unmöglich, wie diese gottverdammte Sache gelaufen ist. Da hatte ich monatelang auf diesen Mist hingewiesen, und meine Berichte wurden von irgendeinem politischen Schwachkopf, der keine Ahnung von

Tuten und Blasen hat, einfach zu den Akten gelegt. Der Kerl hatte nicht den Hauch einer Ahnung, wie gefährlich diese chinesischen Hurensöhne wirklich sind.

Na schön, auf jeden Fall blieben die beiden Kilos bis Mitte Oktober im Hafen, möglicherweise zu irgendwelchen Übungen. Dann zeigte auf einmal eine Satellitenaufnahme, daß sie mit voller Fahrt hinaus ins Weiße Meer steuerten. Offenbar haben die da Angst bekommen, daß das Meer zufriert und sie fünf Monate vom Eis eingeschlossen sind.

Als die U-Boote vor Murmansk waren, habe ich die Notbremse gezogen und direkt beim Präsidenten angerufen – scheiß auf den Dienstweg. Ich habe ihm erzählt, daß die Boote auf die Reise gegangen sind und die Rotchinesen nun bald vier Kilos in der Formosastraße haben würden. Der Präsident schien ziemlich besorgt zu sein und hat mich gebeten, ihn über die Entwicklung auf dem laufenden zu halten.

Das habe ich dann also auch getan. Die beiden Kilos fuhren zum russischen U-Boot-Stützpunkt in Poljarny an der Kandalakschabucht, und dort sind sie noch heute. Bisher haben sie lediglich im Hafen und küstennahen Gewässern geübt und sind noch kein einziges Mal getaucht. Sie waren nie mehr als 48 Stunden auf See, woraus ich schließe, daß sie die Reise nach China möglicherweise über Wasser antreten werden. Ich habe dem Präsidenten vorgeschlagen, daß wir auf alle Fälle verhindern sollten, daß sie es bis nach Hause schaffen.«

»Jetzt wird mir langsam klar, weshalb du Commander Dunning bei unserem Gespräch dabei haben wolltest«, sagte Admiral Mulligan. »Ich würde ihn jetzt gern hereinbitten, wenn du nichts dagegen hast.«

»Ja, hol ihn rein. Heute ist nämlich eine neue Entwicklung bekannt geworden, die wir am besten zu dritt besprechen sollten.«

Joe Mulligan hob ein Telefon ab und ließ Boomer Dunning ins Büro schicken. Als der Commander eintrat, wartete dieser, bis er die Erlaubnis erhielt, sich zu setzen.

Admiral Morgan kam gleich zur Sache. »Boomer«, sagte er, »Sie wissen vielleicht, daß China zwei von diesen russischen Kilos bekommen hat. Acht weitere sind bestellt, von denen zwei gerade in der Barentssee in der Nähe von Murmansk ihre Übungsfahrten machen. Wir rechnen damit, daß sie demnächst die Reise nach China antreten werden. Glücklicherweise ist keines der Boote bisher getaucht, und deshalb glauben wir, daß sie die Reise über Wasser antreten werden. Das wäre gut für uns, denn dann könnten wir die Bastarde ohne viel Mühe abfangen.

Jetzt ist allerdings noch etwas hinzugekommen. Gestern, am 3. Dezember, hat einer unserer Nachrichtensatelliten in der Malakkastraße einen verdammt verdächtigen Frachter gesichtet. Wir beobachten den Burschen schon länger, aber bisher fuhr er an der Westküste Afrikas nach Süden. Seine Fracht kam uns von Anfang an verdächtig vor. Inzwischen wissen wir, daß es sich um ein holländisches Schiff handelt und daß sich unter dem großen Verschlag auf dem Hauptdeck ein Unterseeboot verbirgt. Seinem Kurs nach zu schließen, fährt der Frachter nach China.«

»Großer Gott«, sagte Mulligan. »Und das habt ihr eben erst herausgefunden?«

»Ja, und damit viel zu spät, verdammt noch mal. Es ist zwar kaum zu glauben, Joe, aber nicht einmal eine Stunde nachdem ich meinen Schreibtisch in Fort Meade geräumt hatte, bekam irgendein hirnloses Arschloch dort ein Satellitenfoto herein, auf dem ganz klar dieser Frachter zu sehen ist, wie er mit einem U-Boot der Kilo-Klasse an Bord den Hafen von St. Petersburg verläßt. Der Mann verständigt das Verteidigungs- und Außenministerium und angeblich auch jemanden hier beim CNO.«

»Aber nicht mich!« sagte Admiral Mulligan.

»Na egal, man trifft sich zu einer Konferenz auf hoher Ebene und kommt zu dem Schluß, daß das Kilo möglicherweise in den nahen Osten oder nach Indonesien geht – letzteres vermutlich deshalb, weil es von einem holländischen Frachter transportiert wird. Und weil wir ohnehin nicht allzuviel dagegen unternehmen können, beschließt man, die Angelegenheit auf sich beruhen zu lassen.

Und jetzt will ich euch mal sagen, was die wirklich hätten tun sollen: Sie hätten *China* schreien und den verdammten Pott versenken sollen.«

»Stimmt. Das wäre eine gute Idee gewesen«, sagte Admiral Mulligan. »Genau das hätten sie tun sollen.«

»Jetzt wissen wir jedenfalls, daß die Russen darangehen, die Boote tatsächlich auszuliefern. Die Frage ist nur, ob China sie auch tatsächlich bekommt – oder eben nicht.« Der Admiral machte kein besonders zufriedenes Gesicht, aber er fuhr fort: »Ich will nicht mit unnötigen Details langweilen, aber wir haben den Weg des Frachters über den Indischen Ozean verfolgt. Letztendlich fuhr er in die Malakkastraße, die, wie bekannt sein dürfte, eine verdammt lange Wasserstraße zwischen Sumatra und Malaysia ist. Man nennt sie auch das Tor zum Osten. Natürlich haben wir eine Art Wachposten dort, auch wenn ich jetzt nicht sage, wen und wo, aber es sind Freunde... Oder sagen wir mal, die Leute arbeiten für uns. Echte Spezialisten übrigens.«

»Das könnte nicht zufällig etwas mit den Lotsen von Singapur zu tun haben?« fragte Admiral Mulligan und hob eine Augenbraue.

»Man muß nicht alles wissen, Joe... Tatsache jedenfalls ist, daß der Frachter, wenn er erstmal die Malakkastraße hinter sich hat, nur noch 1500 Seemeilen fahren muß, um in chinesische Hoheitsgewässer zu gelangen. Das sind für ein großes Schiff, das seine 15 Knoten macht, gerade mal viereinhalb Tage. Dann ist es direkt vor dem chinesischen Marinestützpunkt Haikou auf der Insel Hainan. Da wird der Frachter vermutlich das U-Boot abliefern, und wir können nicht das geringste dagegen unternehmen. Schließlich können wir den Mistkerl nicht direkt vor Chinas Haustür versenken, quasi vor den Augen der ganzen Welt. Ich verwette mein letztes Hemd darauf, daß demnächst ein chinesischer Flottenverband auslaufen und ihm Geleitschutz nach Haikou geben wird. Diese verschlagenen chinesischen Bastarde haben es wieder einmal geschafft!«

»Du wirst ja richtiggehend zahm auf deine alten Tage, Arnold«, bemerkte der CNO grinsend.

»Kommt nicht in die Tüte«, polterte Admiral Morgan. »Aber ich wüßte verdammt gern, wie uns dieser dicke Fisch durchs Netz gehen konnte. Und ich werde es herausfinden, darauf kannst du dich verlassen, Joe. Und dann werden in meiner alten Dienststelle ein paar Köpfe rollen, so wahr ich hier stehe. Himmel noch mal, das ist Chinas drittes Kilo! Wir sollten alles daran setzen, daß es auch sein letztes bleibt.«

Joe Mulligan rückte sich auf seinem Stuhl zurecht. »Weißt du was, Arnold?« sagte er. »Ich frage mich, ob du dir vielleicht nicht zu große Sorgen wegen dieser Kilos machst. Was ist denn so schlimm daran, wenn die Chinesen ein paar mittelgroße, relativ langsame Diesel-U-Boote mit eingeschränkter Reichweite haben? Wenn ich wüßte, wo sie sind, könnte ich alle drei vermutlich innerhalb von fünf Minuten versenken.«

»Du triffst den Nagel auf den Kopf, Joe«, sagte Arnold Morgan. »Sie zu versenken ist wahrlich nicht schwer, aber zu wissen, *wo* sie sind, das ist eine ganz andere Sache. Die Dinger sind nämlich keine Atom-U-Boote, sondern fahren unter Wasser mit Elektroantrieb. Das bedeutet, daß sie bei einer Geschwindigkeit von unter fünf Knoten praktisch unhörbar sind. Außerdem werden sie vermutlich in der Nähe ihrer Basis zum Einsatz kommen, in extrem schwierigen, relativ seichten Gewässern also, wo unsere Ortungsgeräte nur bedingt funktionieren.«

»Unser Commander Dunning hier ist schon mal einem begegnet«, sagte Admiral Mulligan. »Habe ich recht, Boomer?«

Der Kapitän der *Columbia* sah auf. »Ja, allerdings nur ein einziges Mal. Und ich muß Admiral Morgan leider recht geben, das Ding war unterhalb von sieben Knoten absolut unhörbar. Wir haben es nur gefunden, weil es vorher in tiefem Wasser geschnorchelt hat. Als es dann aber die Diesel gestoppt hat, wäre es nur noch mit aktivem Sonar zu orten gewesen.

Solange das Kilo geschnorchelt hat, haben wir ziemlich klare Geräusche gehört, aber sobald es auf Elektroantrieb ging, hatten wir ein echtes Problem. Zum Glück waren wir darauf vorbereitet. Aber wenn uns ein Kilo nicht den Gefallen tut, erst mal die Diesel laufen zu lassen, dann wissen wir nicht mal, daß es überhaupt da ist. Und dann kriegen wir echte Schwierigkeiten.«

»Na, was sage ich, Joe?« brummte Admiral Morgan. »Wenn diese Kilos langsam fahren, kann man sie nicht orten, und daheim im Chinesischen Meer können sie so langsam fahren wie sie nur wollen. Weil sie ihre Batterien nur alle paar Tage einmal aufladen müssen, können sie bereits getaucht ihre Stützpunkte verlassen, und wir kriegen sie nie zu Gesicht.

Die ganze chinesische Küste – vom Südchinesischen Meer entlang der Formosastraße bis hin zum Ostchinesischen und Gelben Meer – ist vollgepflastert mit solchen Stützpunkten. Haikou, Zhanjiang, Kanton, Shantou – von Süd bis Nord gibt es Dutzende davon. Und dann ist da noch die Ostchinesische Flotte mit ihrer immer größer werdenden Basis Xiamen, die direkt gegenüber der taiwanischen Küste liegt. Ein weiterer Stützpunkt in dieser Gegend ist Ping Tan, von wo aus es weniger als 100 Meilen Luftlinie nach Taipeh sind, und zu guter Letzt gibt es noch die Basen nördlich von Shanghai und in Huludao, das schon fast in der Mandschurei liegt.«

Admiral Morgan hielt inne und sammelte seine Gedanken. Wie immer ging er davon aus, daß andere Menschen ebensoviel über die Seestreitkräfte anderer Länder wußten wie er.

»Wenn die Chinesen diese Kilos in der Formosastraße stationieren«, fuhr er schließlich fort, »dann können sie dort alles auf den Kopf stellen, und für uns wird es unmöglich, unsere Interessen in dieser Region zu wahren. Wir können es uns nämlich nicht leisten, daß man uns noch mal einen unserer Flugzeugträger versenkt. Das würde die Regierung nicht überleben.«

»Diese Kilos sind verdammt leistungsfähig«, sinnierte Admiral Mulligan. »Das wissen wir alle.«

»Und sie können Torpedos mit Nuklearsprengköpfen abschießen und damit jede Menge Schaden anrichten«, ergänzte Morgan. »Ich weiß, daß die Chinesen solche Sprengköpfe haben. Ob sie sie auch einsetzen, steht auf einem anderen Blatt, aber wer kann das schon mit Sicherheit ausschließen? Übrigens läßt sich auch mit einem konventionellen, nichtnuklearen Torpedo einer unserer Träger versenken. Sicher, das Kilo wird einen solchen Angriff nicht überleben, aber meiner Meinung nach sollten wir sie ausschalten, bevor sie so etwas tun. Tatsache ist nun einmal, daß die Dinger unter dem Kommando eines versierten Offiziers so gut wie nicht aufzuspüren sind. Und dann haben wir ja leidvoll erfahren müssen, daß sie auch eine Menge aushalten können.«

»Und die Russen verbessern laufend die Konstruktion«, sagte Mulligan.

»Das müssen sie auch, denn das Boot ist eine wichtige Devisenquelle. Damit das so bleibt, muß man seine Kunden zufriedenstellen. Erst neulich habe ich irgendwo gelesen, wie viele Verbesserungen es bei den Kilos inzwischen gibt. Der neue Typ 877EKM hat zum Beispiel zwei Rohre, aus denen man drahtgelenkte, hochmoderne Torpedos abfeuern kann. Und die bieten die Russen gleich mit an.

Darüber hinaus hat das neue Kilo vom Typ 636 eine computerisierte Feuerleitzentrale, die nun zwei Ziele gleichzeitig bekämpfen kann. Bisher war das undenkbar für sie. Am schlimmsten aber ist, daß die neuen Boote jetzt noch leiser sein sollen, falls das überhaupt möglich ist.«

»Wunderbar. Genau das, was wir in der Formosastraße brauchen. Aber überrascht bin ich von dieser Entwicklung eigentlich nicht, Arnie. Schließlich haben die Russen auch die Geräuschdämpfung ihrer Atom-U-Boote ständig weiterentwickelt, so daß sie jetzt angeblich sogar leiser sein sollen als die unseren. Vermutlich ist von diesen Verbesserungen auch für die Kilos etwas abgefallen. Die potentiellen Kunden für diese Boote sind nun mal irgendwelche kleinen Pipiländer, die uns entweder hassen oder nicht besonders mögen und ihre ganze Strategie darauf aufbauen, daß wir ihre U-Boote nicht orten können. Oder Möchtegern-Weltmächte wie die Chinesen.

Die Russen können behaupten, was sie wollen, aber genau auf diesen Kundenkreis sind ihre Kilos zugeschnitten. Iran, Libyen oder wie die ganzen linken Brüder sonst noch heißen mögen. Die chinesische Bestellung könnte so etwas wie ein Wendepunkt in der russischen Verkaufspolitik sein, der uns vor ein ernstes Problem stellt. Und so wie es aussieht, können wir weder die Russen dazu überreden, den Auftrag sausen zu lassen, noch die Chinesen dazu bringen, ihn freiwillig zu stornieren. Die restlichen sieben Kilos werden nach Shanghai und von dort nach Xiamen und in die Formosastraße gelangen, ob uns das nun gefällt oder nicht.«

Eine halbe Minute lang war es in dem Büro völlig still. Dann ergriff Vice-Admiral Arnold Morgan wieder das Wort.

»Nein, Joe«, sagte er sehr bedächtig. »Das werden sie nicht.«

Obwohl Morgans Ton dabei nicht drohend, sondern vollkommen sachlich war, lief Boomer Dunning ein kalter Schauer den Rücken hinunter. Jetzt wußte er genau, warum man ihn zu dieser Besprechung geholt hatte. Ohne sich etwas anmerken zu lassen, sah er hinüber zum CNO, der seinerseits keinerlei Gefühlsregung erkennen ließ. Allerdings glaubte Boomer, ein ganz knappes, angedeutetes Nicken erkennen zu können.

»Ich sage das, weil es uns meiner Meinung nach nie gelingen wird, die Russen auf politischem Weg zur Nichterfüllung der Bestellung zu bringen. Dazu steht für sie viel zu viel auf dem Spiel. Und damit meine ich nicht nur Geld.«

»Was sonst?« fragte Admiral Mulligan.

»Ich meine damit, daß es im Augenblick noch eine weitere bedenkliche Entwicklung gibt. Erinnerst du dich noch an den russischen Flugzeugträger *Admiral Kusnezow?*«

»Na klar, das war doch das größte sowjetische Schiff oben im Norden, oder? Der Träger ist zwar nicht so groß wie unsere Nimitz-Klasse und kommt nicht mal an die JFK- oder Enterprise-Klasse heran, aber so an die 300 Meter lang dürfte er schon sein, wenn ich mich nicht irre.«

»Du irrst dich nicht. Das Schiff ist groß und gefährlich, und die Sowjets hatten vor, nach und nach eine ganze Klasse davon zu bauen. Als dann aber 1993 ihr Imperium wie ein Kartenhaus zusammenbrach und sie schlicht und ergreifend kein Geld mehr für solche hochfliegenden Pläne hatten, lagen auf einmal in einer ukrainischen Werft, die plötzlich nicht einmal mehr zu Rußland gehörte, zwei halbfertige Flugzeugträger herum. Die Werft war damals so pleite, daß sie ihren Angestellten keinen Lohn mehr zahlen konnte und man ihr fast den Strom abgedreht hätte. Natürlich mußten die Arbeiten an den beiden Trägern eingestellt werden.«

»Stimmt. Jetzt erinnere ich mich. Wie hießen die Schiffe gleich noch mal?«

»Das waren die *Varjag*, die sie, soviel ich weiß, ziemlich bald abgewrackt haben, und die *Admiral Gudenko*, die lange Jahre auf der Tschernomorski-Werft in Nikolajew lag und um deren Besitz sich seither Rußland und die Ukraine streiten. Die Frage, wem der Träger gehöre, konnte bisher ebensowenig beantwortet werden wie die, wer für seine Fertigstellung aufkommen solle. Die Leidtragenden waren die Werftindustrie und die Region, in der jetzt bittere Armut herrscht.«

»Und weiter?«

»Lange Zeit passierte überhaupt nichts. Die *Admiral Gudenko* wurde zwar vom Stapel gelassen, war aber lange Zeit eingerüstet, bis man sie schließlich zu einer verlassenen Pier im Süden des Werftgeländes geschleppt hat, wo sie fast vergessen wurde. Und dann hatte irgend jemand auf einmal eine zündende Idee: Wieso sollte man den Träger nicht an ein anderes Land verkaufen, das dann für seine Fertigstellung aufkommen würde? Und wer stand ganz oben auf der Liste der potentiellen Käufer?«

»China, wie wir alle wissen.«

»Genau. Die Chinesen hätten den Träger gern gekauft, aber sie konnten ihn sich nicht leisten – Gott sei Dank. Und wieder ist es still um das Schiff geworden, bis wir gestern erfuhren, daß man sich nun doch auf einen Kaufpreis geeinigt hat. Die Chinesen kaufen die *Admiral Gudenko* für zwei Milliarden US-Dollar. Das war natürlich für die Gegend von Nikolajew eine sensationelle Nachricht, denn nun hat die Werft endlich wieder Arbeit. Allerdings soll der Kauf mit einer Bedingung verknüpft sein.«

»O nein«, stöhnte Joe Mulligan. »Doch nicht mit der Lieferung der letzten sieben Kilos?«

»Doch. Genau damit.«

Admiral Mulligan wiegte den Kopf. »Ich schätze, das Außenministerium läßt bereits seine Verbindungen spielen.«

»Natürlich. Travis hat heute früh den russischen Botschafter und seine zwei Marineattachés zu sich bestellt und ihnen durch die Blume mit ernsten Konsequenzen gedroht. Danach hat er seine ganzen Überredungskünste spielen lassen und den Russen vorteilhafte Handelsabkommen und Gott weiß was sonst noch in Aussicht gestellt. Soviel ich weiß, hat nichts davon gewirkt.«

»Als ich von Norfolk abgeflogen bin, hat Bob MacPherson gerade mit jemandem in Moskau telefoniert«, sagte Admiral Mulligan.

»Und ich habe um 0400 heute morgen mit Admiral Witali Rankow, meinem alten Gegenspieler in der russischen Marine, geredet«, ergänzte Morgan. »Früher war er einmal Chef des Geheimdienstes, und jetzt bekleidet er einen hohen Posten im Kreml. Natürlich wußte er über das Problem Bescheid und sagte mir sogar, daß er, wenn es nach ihm ginge, wegen dieser Kilos keine Trübung des Verhältnisses mit den USA riskieren würde. Leider aber gehe es nicht nach ihm.«

»Das Problem ist ein politisches«, sagte der CNO, »wie so vieles heutzutage in Rußland. Trotzdem ist es von hoher militärischer Bedeutung. Wie sind unsere Chancen einzuschätzen, die Russen auf diplomatischem Weg zum Nichteinhalten des Vertrags mit den Chinesen zu bringen?«

»Möglicherweise schaffen wir es, die Auslieferung für kurze Zeit zu verzögern, aber wenn der russische Präsident den Auftrag wirklich widerruft, zieht er sich den Zorn der Ukrainer zu, die dann ihren Flugzeugträger nicht los werden. Ich würde sagen, daß die Fertigstellung der *Admiral Gudenko* mittlerweile so etwas wie eine slawische Frage der Ehre ist, und gegen die können die Russen nicht verstoßen. Und das wiederum bedeutet, daß sie ihre Scheiß-Kilos bauen werden. Außerdem habe ich gehört, daß die Chinesen für jedes Boot 300 Millionen Dollar bezahlen, was für die notleidende russische Werftindustrie ein Haufen Geld ist. Wie schon gesagt, warten zwei Boote in der Nähe von Murmansk auf ihre Auslieferung, und die fünf anderen sind gerade auf zwei verschiedenen Werften im Bau.«

Joe Mulligan runzelte die Stirn. »Ich schätze, daß der endlose Streit zwischen der Ukraine und Rußland um die Reste der Schwarzmeerflotte die Situation nicht gerade entspannen dürfte. Zehn Jahre geht das nun schon so, und wenn man mich fragt, dann wird er erst dann aufhören, wenn das letzte Schiff verschrottet wird. Bisher haben sich die beiden Kontrahenten nur darauf einigen können, daß Rußland von der Ukraine die große Marinebasis in Sewastopol pachtet und die Ukrainer sich in der Bucht von Balaklawa eine neue bauen.«

»Da hast du recht, Joe. Seit sich die Ukraine entschlossen hat, eine eigene Marine aufzubauen, hört man alle paar Monate von einem neuen Abkommen zwischen ihr und der russischen Marine, das dann regelmäßig von den Politikern beider Länder wieder gekippt wird. Moskau und Kiew behindern sich in dieser Angelegenheit gegenseitig. Es ist schon grotesk: Da streiten sich zwei hochverschuldete Länder wie die Verrückten um ein paar Kriegsschiffe, die sie sich beide eigentlich gar nicht leisten können.«

»Du sagst es, Arnie. Trotzdem legen beide Seiten Wert auf guten Willen und Zusammenarbeit, und deshalb bin ich genau wie du der Meinung, daß der Flugzeugträger für die Chinesen weitergebaut werden wird. Die ukrainische Marine kann ebenso wie die russische nur dann überleben, wenn die Werften beider Länder weiter Kriegsschiffe bauen und sie in andere Länder exportieren.«

»Genau. Und eines der gefragtesten Produkte dieser Werften sind nun einmal die U-Boote der Kilo-Klasse. Jeder Diktator in der Dritten Welt hätte gern so eines. Oder halt, wenn's geht, gleich drei.«

»Oder zehn, wie China.«

»Ja, aber China ist schließlich auch der reichste Staat der Dritten Welt.«

Das Telefon klingelte. Admiral Mulligan hob ab und gab dann den Hörer an Admiral Morgan weiter. Der CNO und Boomer Dunning mußten ein Grinsen unterdrücken, als der neue Sicherheitsberater des Präsidenten raunzte: »Halten Sie mir keinen Vortrag über Geographie, George. Ich weiß, wo das verdammte Land liegt... Hören Sie, George, reden Sie nicht um den heißen Brei herum, ich bin mitten in einer wichtigen Besprechung... Ja... Okay... Scheiß drauf!« Mit diesen Worten legte Admiral Morgan auf und wandte sich an den

CNO. »Es ging um den Frachter in der Malakkastraße. Er steuert jetzt nach Nordosten und hat bereits Geleitschutz von der chinesischen Marine bekommen. Inzwischen haben wir auch ein paar Zahlen über das Schiff. Der Verschlag an Deck ist genau 73 Meter lang, was fast auf den Zentimeter der Länge eines Kilo-U-Boots entspricht.

Die Kerle haben uns ausgetrickst. Obwohl, genaugenommen hätten wir die Auslieferung des U-Boots ja nicht verhindern können, außer vielleicht durch einen kriegerischen Akt. Aber wenn man so ein Mistding versenken will, dann muß das unter Wasser geschehen, wo niemand sieht, was wirklich passiert.«

»Egal«, sagte Joe Mulligan, »die Chinesen verfügen jetzt jedenfalls über drei Boote der Kilo-Klasse, ob uns das nun paßt oder nicht. Ich schlage vor, wir konzentrieren uns auf die restlichen sieben, und da wir jetzt mit ziemlicher Sicherheit auf eine schwarze Operation hinsteuern, sollten wir den Booten unverfängliche Decknamen geben. Fangen wir doch mit den beiden in Poljarny an und nennen sie K-4 und K-5.«

Jetzt war es Boomer Dunning erst vollends klar, daß seine *Columbia* für eine schwarze Operation ausersehen war – einen Einsatz, von dem niemand wissen durfte, worin er bestand und wo er stattfand. Sollte die *Columbia* bei einer solchen Mission verloren gehen, würde es sehr lange dauern, bevor die Öffentlichkeit davon erfuhr. Vielleicht würde das auch nie geschehen, denn bei einer schwarzen Operation wußte oft nicht einmal das Pentagon selbst, wo sich das Boot wirklich befand. Wie so oft wanderten Boomers Gedanken hinaus ins tiefe, dunkle Wasser, wo er und seine Männer zum Wohl ihres Landes im Einsatz waren. Er zuckte fast zusammen, als Arnold Morgan sich plötzlich an ihn wandte.

»Ich würde sagen, daß wir uns jetzt langsam einen Aktionsplan überlegen sollten. Da Sie die Operation durchführen werden, Boomer, hätte ich gern Ihre Vorschläge dazu.«

»Ja, Sir«, sagte Dunning. »So, wie ich die Sache sehe, gibt es drei ziemlich klar umrissene Möglichkeiten. Erstens: Da die beiden Kilos noch nie getaucht sind, planen die Chinesen möglicherweise, die Boote zusammen mit ein paar russischen

Beratern über Wasser nach China zu fahren. In diesem Fall hätten wir leichtes Spiel mit ihnen.

Möglichkeit Nummer zwei sieht so aus, daß sie demnächst mit den ersten Tauchübungen beginnen und dann den Heimweg antreten. Wenn sie drei Wochen üben, haben sie die Grundlagen intus und können einen Teil der Strecke unter Wasser zurücklegen. Auch diese Möglichkeit wäre kein allzu großes Problem für uns.

Anders sähe es allerdings aus, wenn sich die Chinesen für Möglichkeit Nummer drei entscheiden und den Winter in der Barentssee verbringen würden, die ja bekanntlich nicht zufriert. Dort könnten sie dann bis zum Frühjahr ihre Mannschaften so gut ausbilden, daß aus den Booten voll einsatzfähige Kampfeinheiten werden, die sich dann durchaus gegen einen Feind zu verteidigen wüßten. Diese Möglichkeit gefällt mir schon nicht mehr so gut wie die beiden anderen.«

»Ich bin genau Ihrer Meinung, Boomer«, sagte Admiral Morgan. »Bei Möglichkeit Nummer eins haben wir überhaupt kein Problem, denn wir brauchen die Boote nur irgendwo draußen auf dem Atlantik zu versenken. Bei Nummer zwei müssen wir die Augen offenhalten und die *Columbia* in eine Position bringen, wo sie ihnen auflauern kann. Für Möglichkeit drei gilt dasselbe wie für Nummer zwei, nur daß es zehnmal schwieriger zu bewerkstelligen sein wird. Wenn du nichts dagegen hast, Joe, dann würde ich Boomer gern diese Fälle für K-4 und K-5 ausarbeiten lassen. Ich möchte unter allen Umständen verhindern, daß noch eines von diesen verdammten Booten in chinesische Gewässer kommt. Drei von den Dingern reichen vollauf. Mehr kriegen sie nicht.«

»Einverstanden. Boomer bleibt hier und entwirft einen vorläufigen Aktionsplan, den er mir vorlegt, sobald er damit fertig ist«, sagte Mulligan. »Du willst vermutlich zurück ins Weiße Haus, Arnie, um dir das formale Einverständnis des Präsidenten geben zu lassen.«

»Das dürfte nicht schwierig sein, denn er macht sich fast noch mehr Sorgen über die Kilos als wir. Bis später.«

Arnold Morgan verließ das Büro und begab sich über Korridor sieben zum E-Ring, dem äußeren, runden Gang, der rings ums Pentagon läuft und in dem alle drei Teilstreitkräfte ihre Diensträume haben – die Army im zweiten, die Navy und die Air Force im dritten Stock. Der neue Sicherheitsberater des Präsidenten, der sich in diesem Labyrinth fast ebensogut auskannte wie in einem U-Boot der Los-Angeles-Klasse, begab sich auf direktem Weg zu den Diensträumen des Vorsitzenden der Vereinigten Stabschefs und fragte den diensttuenden Flaggleutnant, ob er noch einmal den Privataufzug benützen dürfe.

Der junge Offizier überschlug sich fast, um dem legendären Admiral eine Eskorte hinunter in die Garage zu besorgen, wo nach Morgans Worten sein Fahrer auf ihn warten müßte – »wenn ihm sein Leben, seine Karriere und seine Pension lieb sind«.

Weil Charlie alles drei lieb war, saß er im Wagen und wartete auf den Admiral. Kurze Zeit später verließen sie die düstere Tiefgarage und fuhren durch die kaum weniger düsteren Straßen der winterlichen Stadt. Charlie spürte, daß sein Chef es eilig hatte, und fuhr so schnell er konnte über den Potomac hinauf auf den Highway. Es regnete stark, und die vielen Fahrzeuge, die mit überhöhter Geschwindigkeit unterwegs waren, wirbelten mit ihren Reifen starken Sprühnebel auf. Kein Wagen aber fuhr so schnell wie der, den Charlie steuerte.

Er lenkte den schweren Wagen auf die Überholspur und trat – von Arnold Morgan mit den Worten: »Drück auf die Tube, Charlie, ich habe schon rauhere See abgewettert« ermuntert – aufs Gas.

Zurück in seinem Büro im Westflügel des Weißen Hauses, fand Morgan eine Nachricht vor, die ihn sofort ins Oval Office zitierte. Nachdem er sich telefonisch versichert hatte, daß der Präsident für ihn zu sprechen war, machte er sich unverzüglich auf den Weg. In diesem Winter gab es eine Menge von Problemen zu lösen, aber der jetzige Präsident kannte den Unterschied zwischen einem Problem und einer internationalen Situation, bei der die vitalen Interessen Amerikas auf dem Spiel standen.

Als Admiral Morgan in sein Büro trat, stand der Präsident am Fenster und blickte hinaus in den Regen. Obwohl er mit den Gedanken gerade sehr weit weg zu sein schien, lächelte er Morgan an und sagte: »Hallo, Arnold, schön, daß Sie hier sind. Gibt es was Neues aus der Malakkastraße?«

»Ja, Sir. Wir sind uns jetzt sicher, daß der Frachter ein Kilo-Boot transportiert. Im Augenblick läuft er unter dem Schutz der chinesischen Marine auf Haikou zu.«

»Verdammt…«, fluchte der Präsident im Flüsterton. Dann nahm er sich zusammen und sah seinen Sicherheitsberater an. »Da können wir wohl nicht mehr allzuviel tun, oder?«

»Nicht ohne einen Sturm der Entrüstung zu entfesseln«, antwortete der Admiral. »Aber eines *müssen* wir tun…«

»Und das wäre?«

»Wir müssen sicherstellen, daß dieses verfluchte Kilo-Boot auf diesem gottverdammten holländischen Frachter das definitiv letzte ist, das die Chinesen jemals bekommen.«

»Da stimme ich völlig mit Ihnen überein, Admiral. Was muß ich also tun?«

»Sie müssen mich als Ihren Sicherheitsberater, Admiral Mulligan als den CNO und den Vorsitzenden der Vereinigten Stabschefs davon in Kenntnis setzen, daß Sie und die zuständigen Minister die Navy damit beauftragen, die Auslieferung der weiteren sieben U-Boote von Rußland an China zu verhindern. Außerdem müssen Sie Joe Mulligan ermächtigen, sämtliche ihm zur Verfügung stehenden Mittel zum Erreichen dieses Auftrags einzusetzen – das Auslösen eines Kriegs natürlich ausgenommen. Wir werden die Angelegenheit selbstverständlich als schwarze Operation behandeln.«

»Verstehe. Und was halten Sie von einer diplomatischen Lösung?«

»Eher wenig, Sir. Ich würde mich in dieser Hinsicht ziemlich zurückhalten, denn es ist nicht sehr zweckdienlich, wenn jedermann weiß, wie sehr uns diese Boote beunruhigen.«

»Verstehe. In einer Stunde werde ich mich mit dem Verteidigungsminister und dem Außenminister treffen, und noch vor heute abend werden Sie und Admiral Mulligan ein streng geheimes Memorandum erhalten.«

»Jawohl, Sir.«

»Ach, Arnold ... ich hätte da noch zwei Fragen an Sie. Wie steht es eigentlich mit den restlichen fünf Booten?«

»Bei zweien werden in Sewerodwinsk gerade die Rümpfe zusammengebaut. Bei denen wird es noch eine Weile dauern, bis sie fertiggestellt sind. Anders sieht es bei den drei anderen auf der Werft von Nischnij Nowgorod an der Wolga aus, die in nächster Zukunft zur Auslieferung bereit sein dürften. Wenn unsere Informationen stimmen, dann könnten alle fünf Boote vor dem Ende des nächsten Sommers an China geliefert werden. Und was war Ihre zweite Frage, Sir?«

»Ach ja ... Wie groß ist eigentlich das Risiko für unsere eigenen U-Boote bei einer schwarzen Operation?«

»Ein gewisses Risiko ist natürlich immer vorhanden, Sir, aber eigentlich erwarte ich keine größeren Schwierigkeiten. Wir haben alle Trümpfe in der Hand.«

»Vielen Dank, Arnold. Dürfte ich Sie und Joe Mulligan zum Essen einladen, wenn diese Sache ausgestanden ist?«

»Das wäre mir eine große Ehre, Sir.«

Acht Tage später, am Vormittag des 12. September, erhielt Arnold Morgan einen Anruf aus Fort Meade. Man sagte ihm, er solle so schnell wie möglich herauskommen und sich ein paar neue Satellitenaufnahmen ansehen, die soeben eingegangen seien. Es gab nur eine Angelegenheit, bei der solche Eile geboten war, und so rief der Admiral seinem Adjutanten durch die offene Bürotür zu, sein Fahrer solle so schnell wie möglich »zum Appell antreten«.

Charlie schaffte die Strecke zwischen dem Weißen Haus und der Ausfahrt Fort Meade am Baltimore-Washington-Parkway in 41 Minuten und kam damit bis auf fünf Minuten an Morgans persönliche Bestzeit heran. Der Admiral war zwar ein wenig angesäuert, weil es nicht noch schneller gegangen war, aber noch viel saurer wäre er vermutlich gewesen, wenn Charlie seinen Rekord gebrochen hätte.

Als der Fahrer ihn vor dem Eingang seines früheren Arbeitsplatzes aussteigen ließ, sagte Morgan, er solle zum Mittagessen gehen. »Bei mir dauert es mindestens eine Stunde«, sagte er, »es können aber auch drei werden. Warten

Sie auf mich.« Dann schritt er durch die Tür, wo vier seiner früheren Untergebenen zur Begrüßung strammstanden.

Fort Meade, wo alle Fäden der amerikanischen militärischen Aufklärung zusammenlaufen, hatte schon so manchen grimmigen Hardliner als Chef gesehen, aber keiner von ihnen war jemals so besessen von der Suche nach der Wahrheit gewesen wie Arnold Morgan.

Den neuen Mann auf dem Chefposten hatte Morgan vor seiner Berufung ins Weiße Haus selbst ausgesucht. Rear Admiral George R. Morris stammte aus New York und hatte davor im Fernen Osten einen Kampfverband der Navy kommandiert, dessen Flaggschiff der im Dezember 1995 in Dienst gestellte 100 000-Tonnen-Träger *John C. Stennis* gewesen war.

Admiral Morris, ein ernster, gewissenhafter Mann, war für seine eher pessimistische Lebenseinstellung bekannt. Mit seinen traurig nach unten hängenden Wangen kam er Arnold Morgan an diesem Vormittag wie ein Bluthund mit Liebeskummer vor.

»In der Barentssee sieht es nicht gut aus«, sagte Morris, nachdem er Morgan begrüßt hatte. »Sehen Sie sich mal diese Bilder hier an. Ich habe sie so angeordnet, wie wir sie hereinbekommen haben.«

Admiral Morgan schaute sich die Bilder auf Morris' Schreibtisch an und schob sie näher zusammen. Dann las er die darauf eingedruckten Uhrzeiten ab und sagte: »Jesses! Das sind die Kilos. Sie sind getaucht. Wie alt sind die Bilder hier?«

»Ein paar Stunden. Fünf Minuten vor Ihrer Ankunft habe ich die Nachricht erhalten, daß die Boote 20 Meilen vor der Küste wieder aufgetaucht sind und sich auf dem Rückweg in den Hafen befinden.«

»Wenigstens sind sie nicht ganz abgehauen.«

»Nein, das wohl nicht. Es sieht so aus, als würden die Chinesen die Kilos nur ausprobieren und ihre Mannschaften schulen.«

»Auf diese Übungen haben wir schon die ganze Zeit gewartet. Ich weiß nicht, wie gut die Besatzungen bei ihrer Ankunft in Rußland waren, aber wenn sie die Boote sicher nach Hause bringen wollen, dann haben sie noch eine Menge zu lernen. Allein um sie unter Wasser anständig manövrieren zu können, braucht man mindestens drei Wochen Schulung. Schließlich müssen die Mannschaften dafür mit den Tiefenrudern, den Elektromotoren und den Sensoren für Sonar, Radar und den anderen elektronischen Systemen vertraut sein. Niemand, der noch halbwegs bei Verstand ist, würde eine weite Reise mit einem Unterseeboot antreten, ohne zu wissen, wie das alles funktioniert und wie er sich in allen erdenklichen Notfällen zu verhalten hat.

Die Chinesen sind jetzt drei Monate auf den Booten, und ich möchte bezweifeln, daß sie schon an sämtlichen Waffensystemen ausgebildet sind, aber in der ersten oder zweiten Januarwoche sind sie sicher so weit, daß sie die Heimreise unter Wasser antreten können. Dazu brauchen die Besatzungen schließlich keine abgeschlossene Kampfausbildung.«

»Je länger sie in Rußland sind, desto kompetenter und damit auch gefährlicher werden sie.«

»Richtig, George. Und deshalb ist es in unserem Interesse, daß sie so schnell wie möglich die Heimreise antreten. Daraus, daß sie endlich mit den Tauchübungen begonnen haben, schließe ich, daß sie Poljarny in den nächsten drei Wochen verlassen werden. Zumindest sollten wir darauf vorbereitet sein.«

»Ich nehme mal an, daß die Kilos China nicht erreichen sollen.«

»Ganz genau, George. Und beachten Sie, daß es sich hier um eine schwarze Operation handelt. Sie persönlich müssen natürlich davon wissen, aber erzählen Sie es bloß niemandem weiter.«

»Nein, Sir.«

Admiral Morgan hob eines der alten Telefone ab, mit denen man über eine abhörsichere Leitung ins Pentagon direkt mit der Dienststelle des CNO verbunden war, und sagte Admiral Joe Mulligan, daß er ihn in einer Stunde in einer höchst dringenden Angelegenheit zu sprechen wünsche. Falls Commander Dunning in der Nähe sei, solle dieser bei der Besprechung ebenfalls anwesend sein.

Dann verließ er Fort Meade ebenso rasch, wie er gekommen war, und befahl Charlie, er solle auf die Tube drücken.

Im Pentagon ging Admiral Morgan ohne zu klopfen ins Büro des CNO, der bereits auf ihn gewartet hatte. »Da braut sich was zusammen, Joe«, sagte Morgan. »K-4 und K-5 sind heute zum ersten Mal zu einer Tauchübung ausgelaufen. Es könnte natürlich sein, daß sie trotzdem den Winter über in der Barentssee bleiben, aber mein Instinkt sagt mir, daß sie in drei Wochen den Heimweg antreten. Raus aus dem Hafen und ab nach Westen in den Atlantik. Mit einem halben Dutzend russischer Spezialisten als Helfer und Berater sind sie in sechs Wochen in Kanton, und damit hätten die Chinesen bereits die Hälfte der bestellten zehn Kilos.

In Fort Meade beobachten sie die Angelegenheit jetzt im Abstand von wenigen Stunden. Es kann sein, daß wir rasch handeln müssen. Ich nehme an, daß unsere Pläne fertig sind.«

»So fertig, wie sie es ohne genaues Einsatzdatum sein können«, sagte Admiral Mulligan. »Auf diplomatischem Weg wird sich Peking von der Sache wohl kaum abbringen lassen, oder?«

»Wir könnten den Chinesen höchstens mit Handelssanktionen drohen, aber das kommt schon deshalb nicht in Frage, weil wir denen nicht zeigen wollen, wie sehr uns ihre Unterseeboote beschäftigen. Sonst werden die Schlitzaugen am Ende noch argwöhnischer, als sie von Natur aus schon sind.«

Der CNO lachte über Morgans Ausdrucksweise. Der Sicherheitsberater des Präsidenten begann, vor dem Schreibtisch auf und ab zu gehen. »Ich hoffe bloß«, murmelte er vor sich hin, »daß wir ihnen nicht alle sieben abschießen müssen. Was immer die Chinesen auch sein mögen, dumm sind sie nicht. Ich glaube, sie müßten den Wink mit dem Zaunpfahl eigentlich ziemlich schnell kapieren. Die *Admiral Gudenko* werden sie wahrscheinlich trotzdem kaufen, was auch nicht gerade erfreulich ist, aber wenn wir ihnen K-4 und K-5 versenken, dann werden sie hoffentlich so schlau sein und den Auftrag über die restlichen fünf Kilos von sich aus stornieren.«

»Dessen wäre ich mir nicht so sicher, Arnold.«

»Ich bin mir ja auch nicht sicher, verdammt noch mal. Aber ich hoffe es. Und jetzt werde ich Travis sagen, er soll den russischen Botschafter zu sich bestellen und ihm verklickern, worum es geht, damit der Bursche gleich den richtigen Attaché mitbringen kann.«

Der Admiral nahm das Telefon ab und ließ sich mit der Dienststelle des Außenministers verbinden. Er redete eine Weile mit der Person am anderen Ende der Leitung und sagte abschließend: »Okay, ich bin schon auf dem Weg.«

Vierzig Minuten später war Admiral Morgan ganz Politiker und lauschte den Befürchtungen des Außenministers, die Russen könnten den Chinesen erzählen, wie besorgt die USA wegen der Kilo-Boote seien.

»Das werden die niemals tun, Harcourt«, sagte Morgan. »Es würde nämlich gegen ihre eigenen Interessen verstoßen. Vielleicht würden die Chinesen ihnen ja überraschenderweise sagen: ›Okay, wenn das so ist, dann verzichten wir eben auf die Lieferung.‹ Aber dann würde der Bauauftrag für den Flugzeugträger möglicherweise auf der Stelle ebenfalls storniert werden, was einen Handelskrieg zwischen Rußland und der Ukraine nach sich ziehen könnte. Außerdem würde Moskau ohne das größte U-Boot-Geschäft dastehen, das es jemals getätigt hat. Drei Milliarden Dollar wären verloren, die Verluste durch die *Admiral Gudenko* noch nicht einmal mitgerechnet.«

»Tja. Dann schlage ich vor, wir setzen dem guten alten Nikolaj eine Frist von zwei bis drei Tagen, um zu verhindern, daß die U-Boote nach China gehen. Ich habe allerdings kaum Hoffnung, daß er bei seiner Regierung Erfolg haben wird, und Sie wohl auch nicht, nach allem, was Sie mir soeben erzählt haben.«

»Natürlich nicht. Aber das ist nun mal der Dienstweg. Was ist eigentlich, wenn er Ihren Vorschlag ablehnt?«

»Sie kennen ja die Ansichten des Präsidenten, Arnold. Er möchte, daß dann Ihr Plan so diskret wie möglich ausgeführt wird.«

»Verstanden. Wo sollen wir uns mit dem Botschafter treffen?«

»Ich würde in diesem speziellen Fall Ihr Büro vorschlagen. Dort herrscht so eine feindselige, irgendwie militärische Atmosphäre. Dort können wir ihm noch am ehesten Angst einjagen.«

»Okay. Wir treffen uns dort um 1700, einverstanden? Bis dahin dürfte Nikolaj ja wohl hier sein.«

»Ich glaube schon. Ach, übrigens, könnten Sie vielleicht so höflich sein und für eine anständige Tasse Kaffee sorgen?«

»Ich könnte sehr wohl, aber verlassen Sie sich nicht drauf«, rief der Admiral, der bereits den Gang entlang in Richtung auf sein Büro stampfte, über die Schulter zurück. Er freute sich schon darauf, den russischen Botschafter nach allen Regeln der Kunst einzuschüchtern. Admiral Morgan war ein Meister dieser Art von Brachialdiplomatie.

Harcourt Travis erschien rechtzeitig, fragte, was denn jetzt mit dem Kaffee sei, und informierte Morgan darüber, daß Nikolaj Ryabinin, der russische Botschafter, gerade auf dem Weg ins Weiße Haus sei.

Ryabinin war ein kleiner, untersetzter und weißhaariger Karrierediplomat, der 66 Lenze – oder, in seinem Fall, Winter – auf dem Buckel hatte, geboren in Leningrad, das jetzt wieder St. Petersburg hieß. Er war Mitte der 60er Jahre nach nur drei Monaten Tätigkeit als Kulturattaché an der sowjetischen Botschaft in London wegen Spionage des Landes verwiesen worden – zusammen mit etwa 90 seiner dienstälteren Kollegen, die alle vom englischen Innenminister Sir Alec Douglas-Home verdächtiger Umtriebe bezichtigt worden waren.

Nikolaj Ryabinins Karriere hatte das keinen Abbruch getan. Nach dieser Säuberungsaktion hatte er die Sowjetunion auf verschiedenen Posten im Mittleren Osten vertreten, darunter auch in Kairo, bevor er als russischer Botschafter nach Paris, Tokio und schließlich Washington gegangen war. Er war gerissen, aalglatt und hochintelligent. Ein Mann, der sein Gegenüber rasch aufs Glatteis führen konnte.

Als er jetzt den Westflügel des Weißen Hauses betrat, hatte er seinen Marineattaché Konteradmiral Viktor Skuratow dabei, einen großen, kräftig gebauten Mann, der bis vor nicht allzu langer Zeit als aktiver Marineoffizier für die Kampfausbildung der Ostseeflotte verantwortlich gewesen war.

Die beiden Männer sahen nicht gerade glücklich aus, als man sie in Arnold Morgans neues, großes Büro führte. Nikolaj Ryabinin hatte die Aussicht auf ein Treffen mit dem früheren Löwen von Fort Meade so sehr beunruhigt, daß er vorher Admiral Witali Rankow, der jetzt als Chef des Admiralstabs im Kreml saß, angerufen und um Informationen über den Amerikaner gebeten hatte.

Weil es in Moskau schon kurz vor Mitternacht gewesen war, hatte der russische Admiral nicht allzu freundlich auf den Anruf reagiert. Andererseits aber mochte er Nikolaj Ryabinin, den er vor zwei Jahren in Washington besucht hatte. »Wenn Arnold Morgan den Eindruck bekommt, Sie würden nicht mit offenen Karten spielen, wird er keinen Augenblick zögern und Sie aus den Vereinigten Staaten ausweisen«, sagte er. »Der Kerl ist ein rücksichtsloser Bastard, und ich bin froh, daß ich jetzt nicht in Ihrer Haut stecke. Eines dürfen Sie nie vergessen: Morgan hat bisher noch jede seiner Drohungen in die Tat umgesetzt. Geben Sie sich also nie der Illusion hin, er würde bluffen, und seien Sie immer so ehrlich zu ihm, wie Sie nur können. Er ist ein Hund, der bellt *und* beißt.«

An dieses nicht gerade ermutigende Telefongespräch mußte Nikolaj Ryabinin denken, als er jetzt in der Höhle des Löwen stand und dem Löwen die Hand schüttelte. »Setzen Sie sich, Kaffee kommt gleich«, knurrte Morgan barsch.

Die vier Männer nahmen an einem großen Tisch mit polierter Platte Platz, der Admiral Morgans riesigem Schreibtisch gegenüber stand. Harcourt Travis kam gleich zur Sache und fragte die beiden Russen, ob sie sich vorstellen könnten, weshalb sie hier seien.

Der Botschafter und der Attaché antworteten, sie wüßten es sehr wohl, befürchteten aber, in dieser Angelegenheit nur wenig ausrichten zu können. Die Beziehungen zwischen Rußland und der Ukraine stünden nicht zum besten, und wenn die Chinesen ihre Unterseeboote nicht bekämen, würden sie auch den Flugzeugträger nicht abnehmen, was wiederum auf die Ukraine verheerende Folgen hätte. Dies könne sich der russische Präsident im Augenblick nicht leisten, denn eine weitere Verstimmung mit der Ukraine wäre bei der gegenwärtigen innenpolitischen Situation politischer Selbstmord. Man könne es dem Präsidenten wohl kaum verdenken, daß er lieber eine Verärgerung der USA als sein Amt riskieren wolle.

»Haben Sie eigentlich eine Ahnung, *wie* verärgert wir wären, Herr Botschafter?« fragte der Außenminister.

»Ich kann es mir lebhaft vorstellen. Und was noch schlimmer ist, ich kann es voll und ganz verstehen. Meine persönliche Ansicht ist die, daß wir auf unserer Seite diese Angelegenheit noch einmal sehr sorgfältig überlegen sollten. Letzten Endes aber muß sich unser Präsident zwischen einer einvernehmlichen Lösung mit Ihnen und einer Niederlage bei den nächsten Wahlen entscheiden. Hinzu kommt noch, daß China eines unserer Hauptexportländer ist.«

»Sie sollten aber auch bedenken, daß sich die Beziehungen zwischen Ost und West rapide verschlechtern könnten, wenn Sie nicht tun, worum wir Sie bitten. Und das würde Rußland wirtschaftlich sehr viel mehr schaden als der geplatzte Verkauf von einem guten halben Dutzend U-Booten und einem Flugzeugträger.«

»Da bin ich ganz Ihrer Meinung, Mr. Travis. Ich habe nun mal leider die nicht ganz leichte Aufgabe, das alles meinem Präsidenten verständlich zu machen, aber Sie wissen vermutlich ebensogut wie ich, daß die meisten Männer, die ein so hohes Amt bekleiden, ein gesteigertes Interesse an ihrem politischen Überleben haben – um es mal vorsichtig auszudrücken.«

»Das mag so sein, Herr Botschafter, aber Sie müssen verstehen, daß wir dieser Angelegenheit großes Gewicht beimessen. Sollten Sie also den chinesischen Auftrag erfüllen, würde das die Handelsbeziehungen zwischen unseren beiden Ländern empfindlich stören. Es ist Ihnen doch sicher bewußt, daß wir jedem russischen Präsidenten – auch dem jetzigen – das Leben ziemlich schwer machen können. Auf der anderen Seite wäre ihm unsere Freundschaft gewiß, wenn er das täte, worum wir ihn bitten.«

»Dasselbe sagen die Chinesen auch.«

Admiral Morgan, der dem Gespräch bis jetzt schweigend zugehört hatte, fand es nun an der Zeit, dem Russen einen Schuß vor den Bug zu geben. »Was wäre eigentlich, wenn wir die beiden Kilos irgendwo draußen auf dem Meer versenken und dann den Chinesen erzählen, Sie hätten von Anfang an davon gewußt?« sagte er. »Was würden Ihre guten Freunde wohl dazu sagen, daß Sie sie absichtlich nicht gewarnt haben, bloß um das Geld für die U-Boote einstreichen und Ihren Präsidenten im Amt halten zu können?«

Nikolaj Ryabinin war von diesem Frontalangriff sichtlich angeschlagen. Auch Harcourt Travis traf es wie der Blitz und ihm fiel sogar der goldene Kugelschreiber aus der Hand.

Der erfahrene russische Diplomat dachte an Admiral Rankows Warnung und antwortete leise in perfektem Englisch: »So etwas würde von weiten Kreisen der internationalen Staatengemeinschaft als eine vollkommen unbegründete kriegerische Handlung aufgefaßt werden. Ein Akt, der weit unter der Würde der Vereinigten Staaten von Amerika liegt. Tote Matrosen, ganz gleich, welcher Nationalität, machen sich auf den Fernsehschirmen in aller Welt nun einmal nicht besonders gut.«

»Und wenn wir es insgeheim täten und der chinesischen Marine falsche Informationen zuspielten, daß eines Ihrer Unterseeboote die Kilos heimlich versenkt hätte, um damit einerseits dem Exportauftrag pro forma nachzukommen, andererseits aber eine folgenreiche Verstimmung mit uns zu vermeiden?«

Harcourt Travis wurde ganz weiß im Gesicht, und der Botschafter blieb stumm. Der Marineattaché schüttelte den Kopf.

Schließlich sagte der Botschafter: »Admiral Morgan, ich kann mir einfach nicht vorstellen, daß jemand so etwas tun würde. Nicht einmal Ihnen traue ich das zu.«

»Ach ja?« knurrte der Admiral.

Inzwischen war allen klar, daß diese Unterredung zu nichts führen würde. Auch aufgrund von Harcourt Travis entschieden vorgetragenen Bedenken würde es dem Botschafter wohl nicht gelingen, seinen Präsidenten umzustimmen, und ob Arnold Morgans plumpe Drohung irgendeine Wirkung zeigen würde, war nicht abzuschätzen.

Der Außenminister beendete das Gespräch, indem er dem russischen Botschafter ein offizielles Schreiben des amerikanischen Präsidenten übergab. »Der Präsident sendet darin dem russischen Präsidenten seine besten Grüße und bittet ihn, die Stornierung des Auftrags über die sieben restlichen von China bestellten Unterseeboote ernsthaft in Erwägung zu ziehen. Wir bitten Sie, dafür zu sorgen, daß Ihr Präsident innerhalb der nächsten halben Stunde über dieses Schreiben informiert wird.«

»Das werde ich tun, Mr. Travis, auch wenn es in Moskau jetzt ein Uhr nacht ist.«

»Vielen Dank, Herr Botschafter. Wenn Sie das Schreiben lesen, werden Sie sehen, daß wir Ihrem Präsidenten eine Bedenkzeit von 48 Stunden einräumen. Danach würden wir gern wissen, ob er die Verträge mit China aufgelöst hat oder ob wir andere Schritte in Erwägung ziehen müssen.«

»Ich verstehe, Mr. Travis. Und ich hoffe, bei allem Respekt, daß diese Angelegenheit keine Auswirkungen auf unsere persönlichen Beziehungen haben wird.«

Als er die Hand ausstreckte, um von Travis den weißen Briefumschlag in Empfang zu nehmen, fügte Admiral Morgan noch hinzu: »Die Angelegenheit wird, ebenfalls bei allem Respekt, Auswirkungen auf verdammt viele Dinge haben, sobald die Chinesen auch nur den Versuch unternehmen, uns aus der Formosastraße auszusperren. Dann werden wir nämlich die in Rußland gebauten U-Boote dafür verantwortlich machen und uns daran erinnern, daß Ihre Regierung in vollem Wissen um die Konsequenzen absichtlich nichts dagegen unternommen hat.«

Als der Botschafter das Weiße Haus verließ, war es halb sieben. »Ich schätze, wir müssen jetzt erst mal abwarten«, sagte Travis. »Hätten Sie Lust, mit mir essen zu gehen?«

»Danke für die Einladung, aber ich möchte noch mal nach Fort Meade und schauen, was sich draußen in der Welt so tut. Ich werde mir dort ein Sandwich bringen lassen. Jetzt, wo die Würfel gefallen sind und der Countdown läuft, ist der CNO unser wichtigster Mann. Der Präsident möchte nicht weiter informiert werden, und soviel ich weiß, verlangt unser Schreiben an die Russen, daß die Antwort direkt an die Marine geht.«

»Das ist mir klar, Arnold. Das Schreiben hätten wir uns meiner Meinung nach schenken können, denn ich glaube nicht, daß es beantwortet werden wird. Aber wir wollen morgen noch mal unter vier Augen über die Sache reden.«

»Klar doch, Harcourt. Wenn bis dahin etwas Wichtiges passiert, werde ich Sie davon in Kenntnis setzen.«

Zwei Tage später, am 14. Dezember, zeigte die Digitaluhr im Büro des CNO 18:30 an, und die russische Regierung hatte auf das Schreiben noch immer nicht geantwortet. Admiral Morgan rief noch einmal im Weißen Haus und im Außenministerium an, aber auch da war keine Nachricht eingegangen. Während Morgan vor dem Schreibtisch von Admiral Mulligan auf und ab lief, saß Commander Dunning still in einem Sessel. Genau wie der russische Präsident hüllte er sich in Schweigen. Er hatte eine Menge nachzudenken.

Als die Uhr schließlich 18:36 anzeigte, sagte der CNO: »Okay. Gehen wir hinunter zu Admiral Dunsmore.« Unverzüglich verließen die drei Männer das Büro und gingen den gespenstisch verlassen daliegenden E-Ring entlang. Dabei verfielen sie, ohne sich dessen bewußt zu sein, unwillkürlich in einen militärisch präzisen Gleichschritt.

Die Wachen vor den Räumen von Scott F. Dunsmore brachten sie sofort in dessen Büro, wo der Admiral seine Besucher bereits erwartete.

»Guten Abend, Gentlemen«, sagte er. »Gibt es was Neues von den Russen?«

»Nein, Sir«, sagte Admiral Joe Mulligan. »Wir haben keine Antwort auf den Brief des Präsidenten erhalten.«

»Na schön. Ich glaube, wir sind uns alle über die Wünsche des Präsidenten einig«, sagte Admiral Dunsmore. »Ich möchte, daß Sie die diesbezüglichen Pläne sofort zur Ausführung bringen. Ich brauche wohl nicht mehr extra zu betonen, um was für eine Operation es sich hier handelt. Niemand darf darüber sprechen, außer mit denen, die ohnehin schon davon wissen. Außer uns sind das nur der Präsident, Harcourt, Bob und der Direktor von Fort Meade.«

Die drei Männer nickten zustimmend. Niemand sagte ein weiteres Wort, als wollten sie dem obersten Militär der Vereinigten Staaten zeigen, daß sie ihren Auftrag auf die schweigsame, aber hocheffiziente – wenn auch manchmal unbarmherzige – Art der Marine erledigen würden. Admiral Mulligan verließ als erster das Büro, gefolgt von Admiral Morgan und Commander Dunning.

Als dieser durch die Tür schritt, hörte er, wie der Chairman ihm ganz leise »Alles Gute, Boomer« zuflüsterte.

KAPITEL DREI

Diesmal hatte Jo Dunning kein Glück, als sie den Bootsanhänger rückwärts in die Garage fahren wollte. Bei ihrem Versuch, das Segelboot der Familie auf seinen Abstellplatz für den Winter zu rangieren, war sie bereits über eine teure Hochseeangel gerollt, und nun hatte sie auch noch den weißen 40-PS-Außenborder am Heck des Boots gegen die hölzerne Garagenwand gedonnert. Nun scheute sie sich, den Jeep wieder vorwärts zu bewegen, einerseits, weil sie nicht noch einmal über die Angel fahren wollte, andererseits, weil sie Angst hatte, die ganze Garage könnte zusammenbrechen.

Als das Telefon im Haus klingelte, stieg sie aus dem Wagen und verließ mit einem Gefühl der Erleichterung das Chaos, das sie angerichtet hatte. Entgegen aller Vernunft hoffte sie, daß es ein Anruf von Boomer sein würde. Selbst in ihrem genervten Zustand und gekleidet in alten Jeans und einem irischen Fischerpullover, war Jo Dunning eine phantastisch aussehende Frau. Ihr dunkelrotes Haar, ihre langen, schlanken Beine und ihr Gesicht, das, wie man in Hollywood sagt, »zum Umfallen schön« war, ließen eher an einen Filmstar als an die Frau eines Marineoffiziers denken.

Und damit läge man nicht einmal so falsch. Schließlich hatte Jo, die Frau von Boomer Dunning, vor 15 Jahren für ihren zukünftigen Mann eine Karriere als Fernsehschauspielerin an den Nagel gehängt. Ihr Sender war daran allerdings nicht pleite gegangen, denn damals hatte Jo bereits schon mehrere Monate lang kein Engagement mehr gehabt und sich gefragt, ob ihre Karriere nicht »im Eimer« war, wie ihre Mutter es ausgedrückt hatte.

Und nun, als sie in dem großen Haus, das ihr und Boomer eines Tages gehören würde, ans Telefon rannte, hoffte sie, daß sie wenigstens einmal Glück haben und Boomer ihr mitteilen würde, daß er über die Weihnachtsfeiertage Urlaub bekommen habe und das Fest hier mit ihr und den Kindern verbringen würde.

Jos Hoffnungen wurden nicht nur enttäuscht, es kam sogar noch schlimmer, als sie erwartet hatte. Am Telefon war ein junger Lieutenant vom SUBLANT-Hauptquartier in Norfolk, Virginia, wo sich Boomer zur Zeit aufhielt.

»Mrs. Dunning?«

»Am Apparat.«

»Mrs. Dunning, ich bin Lieutenant Davis vom SUBLANT. Ich soll Ihnen mitteilen, daß Commander Dunning einen Spezialauftrag mit sofortigem Beginn erhalten hat, über den er mit niemandem außerhalb des Stützpunkts sprechen darf. Sie können natürlich jederzeit hier anrufen, und wir werden Sie dann, soweit wir können, darüber informieren, wie lange Ihr Mann noch wegbleiben wird. Im Augenblick ist er sehr beschäftigt und läßt Ihnen ausrichten, daß er versuchen wird, Sie heute abend anzurufen.«

Jo Dunning kannte Anrufe wie diesen zur Genüge und wußte, daß es sinnlos war, dem Lieutenant irgendwelche Fragen zu stellen. Weil sie aber seit drei Jahren kein Weihnachten mehr mit ihrem Mann verbracht hatte, bohrte sie dennoch nach. »Wird er denn über die Feiertage zu Hause sein?«

»Ich fürchte nicht, Madam.«

Jo spürte, wie sich ihr Herz zusammenkrampfte. »Wie lange wird er weg sein, Lieutenant?«

»Im Augenblick sieht es so aus, als würde er Ende Januar zurückkommen.«

»Fünf Wochen Strohwitwe«, murmelte Jo. »Vielen Dank, Lieutenant. Bitte sagen Sie meinem Mann, daß ich an ihn denke.«

»Ich werde es ausrichten, Madam.«

»Gehen Sie mit ihm hinaus, Lieutenant?«

»Ja, Madam.«

»Sagen Sie ihm, er soll auf sich aufpassen.«

»Das werde ich, Madam.«

Jo Dunning legte den Hörer auf und begann zu weinen. Genau so, wie sie vergangenen Sommer geweint hatte, als irgendeine Operation unten im Südatlantik alle ihre Pläne für die Ferien zunichte gemacht hatte. Wo ihr Mann genau gewesen war, hatte sie natürlich erst im nachhinein erfahren.

Sie setzte sich in den alten Schaukelstuhl ihres Schwiegervaters, starrte hinaus auf die in der Sonne glitzernde Cotuit Bay und konnte an nichts anderes denken als an das schrecklich tiefe Wasser, in dem ihr Mann seinen Dienst tat, und an die monströse, schwarze, nuklear angetriebene Tötungsmaschine, die er befehligte. In der langen Militärgeschichte der Vereinigten Staaten hatte wohl nie eine Frau etwas so gehaßt wie die schöne Jo Dunning in diesem Augenblick die U.S. Navy. Ihre Tränen waren Tränen der Verzweiflung, aber auch der Angst. Obwohl niemand es aussprach, kannten alle, die auch nur entfernt mit den Männern in den Unterseebooten verbunden waren, die Gefahren, die dieser Beruf mit sich brachte. So war die Sorge um ihre Lieben ein ständiger Begleiter aller Familien, von denen ein Vater, ein Sohn, ein Ehemann oder ein Bruder in Amerikas mächtiger Unterwasserstreitmacht seinen Dienst versah.

Nicht, daß Jo mit dieser Sorge nicht fertig geworden wäre. Sie glaubte, daß sie mit allem fertig werden könnte, sogar mit dem Tod ihres Mannes im Dienst seines Vaterlandes. Was ihr aber zu schaffen machte, das war die himmelschreiende Ungerechtigkeit des Ganzen. Warum mußte immer ihr geliebter Boomer diese Spezialaufgaben übernehmen? Wieso bekam sie zur Abwechslung nicht mal jemand anders? Aber Jo kannte die Antwort auf diese Frage seit langem, denn schließlich hatte man es ihr oft genug gesagt: Boomer war schlicht und ergreifend der Beste in seinem Job. Und eines Tages würde er Captain und schließlich Admiral werden, von ihr aus auch Präsident der Vereinigten Staaten oder gleich des ganzen Universums.

Jo Dunning brauchte eine geschlagene Stunde, bis sie sich wieder gefangen hatte. Im Alter von 38 Jahren sah sie nicht nur phantastisch aus, sie war in ihren Mann auch immer noch so verliebt wie am ersten Tag. Inzwischen liebte sie sogar seinen Anblick in Uniform, die Ehrfurcht einflößende Erscheinung von eins vierundachtzig mit dem blonden Haar, den starken Armen und den Beinen, die sie immer an kräftige Baumstämme erinnerten. Boomer sah genauso aus, wie er war: ein Seefahrer mit Leib und Seele, der leidenschaftlich gern Hochseeregatten segelte, auch wenn er viel zu wenig Zeit dafür hatte. Immerhin hatte er schon einige Male am America's Cup teilgenommen. Schon Boomers Vater, der ihm in dieser Hinsicht sehr ähnlich war, hatte im Zweiten Weltkrieg in der Navy gedient. Nachdem er im Rang eines Lieutenant Commander ausgeschieden war, hatte er in Boston viel Geld als Börsenmakler gemacht.

Jetzt, wo er auf die Achtzig zuging, gab Jefferson Dunning sein Geld in der Karibik aus, wo er seit einigen Jahren überwinterte. Obwohl er das große Haus an der Küste vor ein paar Jahren Boomer überschrieben hatte, um die exorbitant hohen Erbschaftssteuern von Massachusetts zu umgehen, sah man es in der Familie immer noch als das seine an. Boomer war zwar ein besserer Seemann als sein Vater – wenn auch nicht ein sehr viel besserer –, aber in finanziellen Dingen stellte er sich bei weitem weniger geschickt an. Zum Glück hatte er das auch nicht nötig, denn eines Tages würde er ein nicht unbeträchtliches Vermögen erben, und Jo würde irgendwann einmal zusammen mit ihren zwei Schwestern die im Besitz ihrer Familie befindliche Werft in New Hampshire zufallen.

Sie war schon eine seltsame Mischung, diese Mrs. Boomer Dunning. Seit ihrer Jugend war sie eine begeisterte Jollenseglerin und konnte mit Booten umgehen wie keine zweite. Andererseits war sie, wieder nach Aussage ihrer irischen Mutter, am Steuer eines Wagens eine »einzige Katastrophe«. Die Tatsache, daß Jo mit dem Bootsanhänger soeben fast die Garage plattgemacht hätte, war eine weitere Bestätigung dafür, daß sie Entfernungen auf See einfach besser einschätzen konnte als an Land.

Jo Dunning hatte eigentlich nie so recht in die Glitzerwelt des Showgeschäfts gepaßt, auch wenn sie es dort aufgrund ihres Aussehens weit hätte bringen können. Das Leben in New York und der Schauspielunterricht hatten ihr zwar gut gefallen, aber ihre erste Rolle in einer Vorabendserie war doch ein wenig hölzern gewesen. Der Hollywood-Produzent, der einst über Fred Astaire geschrieben hatte »Kann nicht schauspielen, kann nicht singen, kann ein bißchen tanzen«, hätte für die Leistung der jungen Jo Donaghue wohl weit weniger schmeichelhafte Worte gefunden.

Sie bekam noch ein paar weitere Chancen, darunter eine Rolle in einer Seifenoper, die ganze acht Wochen lief, bevor sie abgesetzt wurde. Danach wurde es still um Jo. Im Alter von 23 Jahren war sie praktisch arbeitslos, als sie 1988 auf dem Frühjahrsball eines Jachtclubs in Maine einem Lieutenant der Navy vorgestellt wurde. Der junge Mann aus Cape Cod hatte gerade eine große Ketsch von der Chesapeake Bay heraufgesegelt. Sein Name: Cale Dunning. Fünf Monate nach diesem Ball waren die beiden verheiratet, und kurz darauf entschied sich Jos frischgebackener Ehemann für eine Karriere in der Unterseebootwaffe.

Selbst jetzt, an diesem sonnigen, aber für sie auf einmal sehr trist gewordenen Montag vormittag hätte Jo nicht einen Tag ihres Lebens als Mrs. Dunning gegen die Hauptrolle eines Hollywoodstreifens eingetauscht. Alles, was sie verlangte, war, daß ihr Mann an Weihnachten zu Hause war. Aber das würde er auch dieses Jahr nicht sein.

Jos und Boomers eigenes Haus befand sich in Groton, Connecticut, in der Nähe des großen Unterseeboot-Stützpunkts der U.S. Navy, New London. Jo kam mit ihren beiden elf und 13 Jahre alten Töchtern Jane und Kathy allerdings gern hierher ins Haus von Boomers Eltern, das während der Wintermonate leer stand. Vor einem Monat, an Thanksgiving, hatte sich die ganze Familie hier versammelt, und am jetzigen Wochenende hatte Jo vor, das Haus in Cape Cod für die Weihnachtsfeiertage herzurichten. Sie wollte frisches Heizöl und Holz für den Kamin bestellen, das Kabelfernsehen wieder für einen Monat anmelden, Termine für die Müllabfuhr vereinbaren und den Thermostat der Heizung hochdrehen.

Jetzt war all das nicht mehr vonnöten, denn wenn Boomer auf See war, konnten Jo und die Mädchen ebensogut über Weihnachten zu Hause in Groton bleiben, wo sie ihre Freunde hatten und die dort lebenden anderen Navy-Familien besuchen konnten. Auf den Weihnachtsfeiern würde natürlich niemand die Abwesenheit von Boomer erwähnen. Angehörige von Spezialeinheiten der Streitkräfte taten so etwas nicht. Selbst wenn sie unter sich waren, breiteten sie einen Mantel des Schweigens über ihre Arbeit, der auch ihre Angehörigen und Freunde umfaßte. Jo wußte, daß sie sich mit einem Kameraden von Boomer, der vermutlich genau wußte, wo dieser an Weihnachten war, stundenlang unterhalten könnte, ohne daß er oder sie Boomers Mission auch nur mit einem Wort erwähnen würden. So etwas tat man nicht, und Jo war längst keine kapriziöse Schauspielerin mehr, sondern die Frau eines Commanders der U.S. Navy, der eines Tages vielleicht sogar Admiral werden würde. Als solche durfte sie keine Schwäche zeigen.

Jo ging hinaus in die Garage, um sich die kaputte Angel anzusehen und zu überlegen, was sie mit dem Boot machen sollte. Draußen ließ sie die Blicke über den Oyster Harbor und das in der Sonne des kühlen Dezembervormittags glitzernde Wasser der North Bay schweifen. Dieses Jahr hatte es einen außergewöhnlich langen und milden Herbst gegeben, so daß die Bäumen am anderen Ufer noch immer Reste von rot und golden leuchtendem Laub trugen. Jo schaute hinaus auf das glatte, von keinem Schiff bewegte Wasser hinter dem offenen Hafen und dachte, wie schon so oft, daß dieses Fleckchen Erde ein kleines Paradies war.

Weil man bis auf die Fischerboote der Cotuit Oyster Company fast alle Segel- und Motorboote über Winter aus dem Wasser geholt hatte, war weit und breit kein Schiff zu sehen. Nur der Schlepper *Eileen* von der Firma »Gillmore Hafenbau« tuckerte gerade langsam aus der Mündung des Seapuit River heraus. Wahrscheinlich stand der erfahrene Dockbauer und begeisterte Seemann George Gillmore höchstpersönlich am Ruder.

Lange würde es jetzt nicht mehr dauern, bis der Winter auch hier Einzug hielt. Möglicherweise würde dann die North

Bay zufrieren, und das Eis würde die Verankerungen der Docks und Piers und anderer Wasserbauten entlang der Küste lockern, so daß George beide Hände voll zu tun haben würde, um die von ihm angelegten Bauten zu überprüfen. Vom Nordwesten her, aus Kanada, würde ein eisiger Wind wehen, und die Gärten der Häuser würden im Schnee versinken. Der Frühling in Cape Cod war meist verregnet und kalt, auch setzte er gewöhnlich mit Verspätung ein.

Jo Dunning war das egal, denn sie liebte diesen Ort bei jedem Wetter und zu jeder Jahreszeit. Kaum ein Tag verging, an dem sie nicht daran dachte, wie sie und Boomer nach dessen Abschied von der Navy hier gemeinsam ihre Zeit verbringen würden.

Manchmal, wenn Boomer wieder einmal irgendwo in der Weltgeschichte herumfuhr und die Kinder bis zum Abend in der Schule waren, nahm Jo die zweistündige Autofahrt auf sich und kam hierher, um einen halben Tag lang in diesem alten Holzhaus zu sitzen und zu lesen. Hier war Boomer aufgewachsen, und wenn er nicht bei ihr war, fühlte sie sich ihm an keinem anderen Ort so nahe wie hier, ihr eigenes Haus in Groton mit eingeschlossen. Von diesem wußte sie, daß es nur eine vorübergehende Bleibe für die Zeit war, in der die *Columbia* in New London stationiert war. Jo war sich im klaren darüber, daß es sie, wie andere Navy-Familien auch, jederzeit nach Virginia oder Kalifornien verschlagen könnte. Ihr würde das nichts ausmachen, denn sie wußte, daß sie alle eines Tages wieder nach Cape Cod zurückkehren würden.

Manchmal, wenn sie hier war, ging sie hinunter ans Meer und stellte sich vor, wie Boomer hier als kleiner Junge segeln gelernt hatte. In Cotuit gab es immer noch Leute, die von seinem außerordentlichen Talent schwärmten, und selbst heute noch konnte Boomer, obwohl es ihm mittlerweile an Übung in diesen schwierigen Gewässern mangelte, ein 15 Meter langes Segelboot durch die nicht markierte, enge Durchfahrt in der Succonnesset Shoal steuern, einer zweieinhalb Meilen langen Sandbank vor der südwestlichen Einfahrt zur Cotuit Anchorage.

Jo blickte hinaus auf Deadneck Island und den dahinter liegenden Nantucket Sound. Jenseits dieser natürlichen Wasserstraße lag der weite, tiefe Nordatlantik, den ihr Mann verniedlichend »das Revier« nannte und dessen grausige, gar nicht so weit von diesen friedlichen Buchten entfernt gelegenen Tiefen die *Titanic* und Tausende anderer Schiffe verschlungen hatten. Es wäre durchaus möglich, daß Boomer in ein paar Tagen auch die *Columbia* dorthin steuerte.

Das Schlimmste an allem war, daß Jo nie genau wußte, wo sich ihr Mann befand, wenn er da draußen herumfuhr, ebensowenig wie sie wußte, wann er zurückkommen würde. Der einzige Ort, an dem sie in solchen Zeiten Trost fand, war dieses Haus an der baumbestandenen, der See zugewandten Seite von Cape Cod, wo die Leute im Dorf Boomer schon seit seiner frühesten Jugend kannten. Jo blickte wieder hinaus aufs Meer und winkte dem Schlepper zu. George antwortete mit einem Doppelsignal der Bootssirene, das die Kormorane von den Docks auffliegen ließ. Normalerweise brauchte George Gillmore keinen Anlaß wie diesen, um sein Boot losröhren zu lassen wie sein ganz persönliches Schlachtschiff. Boomer sagte immer, daß der große, bärtige Gillmore einen prima Kapitän für ein Kriegsschiff abgegeben hätte.

Während Jo an Boomer dachte, saß dieser selbst bei einer Besprechung in einem speziell ausgestatteten und streng bewachten Lageraum im Hauptquartier von SUBLANT, der euphemistisch zum »Raum mit beschränktem Zugang« erklärt und als Kommandozentrale für den Einsatz gegen die chinesischen U-Boote auserkoren worden war.

Hier liefen die Informationen aller schwarzen Operationen zusammen: die Positionen der beteiligten Schiffe, ihre genauen Einsatzgebiete, die Zeitpunkte, wann sie wo waren und wann sie wo sein sollten. Auch Entscheidungen würden hier getroffen werden: wie und wann die Schiffe zu kämpfen hatten, was ihre genauen Ziele waren, welchen Kurs sie laufen sollten. Alles, was zur effizienten Führung von einer kleinen Unterseebootstreitmacht in besonderem Auftrag vonnöten war, befand sich in diesem Raum.

Signale verließen ihn nur in sorgfältig verschlüsselter Form, und wenn jemand etwas Schriftliches aus ihm mit hinausnehmen wollte, benötigte er dazu mehrere Unterschriften und mußte sich in eine penibel geführte Liste eintragen. Vor den Türen des Raums standen bewaffnete Wachen und ließen nur die Inhaber spezieller Sonderausweise passieren, die nur an unmittelbar mit der Operation befaßte Leute ausgegeben wurden. Selbst die Offiziere der an der Operation beteiligten Schiffe durften den Raum nur zu speziellen Besprechungen vor und nach den von ihnen durchzuführenden Missionen betreten.

Der Nachfolger von Admiral Mulligan als Befehlshaber der Unterseeboote im Atlantik (COMSUBLANT) war Admiral John F. Dixon, ein verschlossener und fast schon bedrohlich wirkender Mann mit einem schmalen, ernsten Gesicht. Dixon war bekannt dafür, daß er sich auf jede nur erdenkliche Situation aufs genaueste vorbereitete.

Dieses strenge Äußere diente unter anderem dazu, seine Untergebenen von einem dunklen Punkt in seiner Vergangenheit abzulenken, der Admiral Dixon fast den Hinauswurf aus der US-Marineakademie eingetragen hätte. Dabei ging es irgendwie um die große Bronzestatue eines berühmten Admirals, die ein unbekannter »Künstler« mit Wasser gefüllt und angebohrt hatte. Aus einem winzigen Löchlein an ihrer Vorderseite soll die Statue danach volle drei Tage lang »gepinkelt« haben …

Admiral Mulligan nannte Admiral Dixon noch immer »Johnny«, aber der Vorfall mit der Statue kam nur selten – wenn überhaupt – zur Sprache. Es gab in der Navy übrigens nicht wenige höhere Offiziere, die der Meinung waren, daß dieser hochkompetente Unterseebootführer wegen dieser alten Geschichte wohl nie CNO werden würde.

Bevor die Sitzung im abgeschirmten Operationszimmer begann, fragte Commander Dunning, ob er seinen vierwöchigen Urlaub, den er für Februar eingereicht hatte, denn trotz des neuen Auftrags würde antreten können.

Admiral Dixon sah kein Problem darin, denn an der *Columbia* mußten im Februar ohnehin Wartungsarbeiten durchgeführt werden. Sollte etwas bei der Operation im Atlantik schiefgehen, dann war es eher unwahrscheinlich, daß die *Columbia* ihre Beute um die halbe Welt verfolgen würde. Außerdem rechnete Admiral Dixon nicht damit, daß etwas schiefgehen würde.

»Wollen Sie mit Jo wegfahren?« fragte Dixon.

»Ja, Sir. Ich möchte eine 20-Meter-Ketsch von Kapstadt nach Tasmanien segeln. Ein paar Freunde von uns wollen mitsegeln, und außerdem soll es an Bord eine Mannschaft und einen Koch geben, so daß die Überfahrt erträglich wird. Wir freuen uns beide schon sehr darauf, weil wir noch nie in diesen südlichen Gewässern gesegelt sind. Außerdem haben wir schon seit Jahren keinen richtigen Urlaub mehr gemacht.«

»Es ist aber ein bißchen windig dort unten.«

»Na hoffentlich. Wir wollen ja schließlich vom Fleck kommen!«

Admiral Dixon lächelte, und die beiden U-Boot-Offiziere gingen hinüber zum Kartentisch. Der hohe Tisch aus poliertem Holz, der ein Erbstück vom Großvater des Admirals war, hatte eine schräg montierte Platte mit einer Leiste darunter, auf der Stechzirkel, Stahllineale und eine Rechenscheibe lagen. Darüber war im Lichtkegel einer hellen Lampe eine große Weltkarte ausgebreitet, über die der Admiral eine detaillierte Seekarte des nordöstlichen Atlantik gelegt hatte.

»Okay, Boomer«, sagte Admiral Dixon, der lange und gründlich über die Operation nachgedacht hatte. »Ich fasse noch einmal kurz zusammen, worum es hier geht: Bis vor ein paar Tagen haben wir geglaubt, daß die beiden Kilos die Reise nach China in aufgetauchtem Zustand hinter sich bringen würden, aber jetzt haben wir Grund zur Annahme, daß sie kurz nach dem Auslaufen tauchen und unter Wasser die Barentssee verlassen werden. Wir glauben zudem, daß sie die russische Küste entlang bis zum Nordkap fahren und dann die Reise in den nordöstlichen Atlantik antreten werden.

Von dort aus gibt es mehrere Möglichkeiten. Die Kilos könnten zum Beispiel durch die Straße von Gibraltar fahren, wo wir sie zwar auf jeden Fall bemerken würden, aber nicht viel gegen sie unternehmen könnten. Als nächstes würden sie durchs Mittelmeer und durch den Suezkanal ins Rote Meer fahren, wo unsere Operationsmöglichkeiten ebenfalls stark eingeschränkt sind.

Eine andere Möglichkeit wäre, daß sie Gibraltar links liegen lassen und an der afrikanischen Küste entlang nach Süden fahren. Das wäre zwar eine sehr viel weitere, dafür aber auch eine weniger komplizierte Route. Sie würden dann das Kap der Guten Hoffnung umrunden, den Indischen Ozean überqueren und schließlich entweder durch die Malakkastraße oder durch die Sundastraße in den Pazifik einlaufen. Spätestens dann wird ihnen die chinesische Marine vermutlich massiven Geleitschutz gewähren. So weit dürfen wir es nicht kommen lassen. Am besten wäre es, wenn wir sie sehr viel früher versenken könnten, und zwar bevor sie durch die GIUK-Enge kommen. Wenn wir sie dort nicht erwischen und sie wirklich versuchen sollten, den größten Teil des Wegs nach China unter Wasser zurückzulegen, wird sich unser Suchgebiet so enorm ausweiten, daß sie nur unter großen Schwierigkeiten aufzuspüren sind. Deshalb müssen wir ihnen vor der GIUK-Enge auflauern.«

Der Admiral sprach von einer der engsten Stellen des Atlantiks, wo Grönland und die Nordküste des Vereinigten Königreichs von Großbritannien und Nordirland den Nordatlantik auf einen nur 800 Seemeilen breiten Durchlaß zusammendrücken. Mitten in dieser engsten Stelle des ganzen Ozeans liegt die 420 Kilometer breite Insel Island, welche die Durchfahrt noch weiter einschränkt. Hier, in diesen tiefen, eiskalten Gewässern befindet sich ein bevorzugtes Jagdgebiet von englischen und US-amerikanischen Unterseebooten, wo ganze Generationen von U-Boot-Kommandanten beider Länder ausgebildet wurden.

Während des kalten Kriegs mußten alle sowjetischen U-Boote, die hinaus in den Atlantik wollten, die GIUK-Enge passieren, was wiederum dazu geführt hatte, daß die Engländer und Amerikaner diese Stelle besonders überwachten. Tag und Nacht, 365 Tage im Jahr lagen hier allierte U-Boote auf der Lauer und registrierten jedes sowjetische Boot, das sich zwischen Grönland, Island und dem Vereinigten Königreich hindurchmogeln wollte. Nur wenigen gelang es, unbemerkt an ihren Gegnern vorbeizukommen.

Es gibt drei Hauptrouten durch diese Gewässer: 1. ganz nahe an der Nordspitze der britischen Inseln vorbei, östlich der Färöerinseln, die sich 200 Seemeilen nordwestlich vom schottischen Cape Wrath befinden; 2. westlich der Färöer über den Ägir-Rücken; 3. durch die Dänemarkstraße zwischen Island und der grönländischen Küste. In diesen einsamen Gewässern hatte im Mai 1941 das deutsche Schlachtschiff *Bismarck* den englischen Schlachtkreuzer HMS *Hood* versenkt. Nur vier englische Seeleute überlebten den Untergang des riesigen 42 000-Tonnen-Schiffs.

Admiral Dixon legte sein Stahllineal auf die Seekarte und sagte: »Irgendwo hier, Boomer, müssen wir sie erwischen. Und zwar, bevor sie in die Meerenge einfahren.«

»Ja, Sir. Je früher, desto besser. Ich persönlich habe sogar schon an die Barentssee als Operationsgebiet gedacht, gleich wenn die Kilos Murmansk verlassen.«

»Das fände ich nicht so gut. Ist für meinen Geschmack ein bißchen zu nahe am Ausgangspunkt ihrer Reise. Ich fände es besser, wenn wir sie in dem Seegebiet vor dem Nordkap erwischen würden, und zwar genau ... hier. Dieser Punkt liegt vor der norwegischen und nicht vor der russischen Küste, das Wasser ist tief, und wenn die verdammten Kilos nach China wollen, müssen sie dort vorbeikommen.

Unser Problem ist nur, daß wir sehr wenig Zeit haben. Von Murmansk bis zum Nordkap brauchen die Boote gerade mal zwei Tage. Nehmen wir an, daß sie an einem Montag auslaufen, dann kann es bis Freitag dauern, bis wir sicher wissen, daß es keine Übungsfahrt war und sie nicht wieder in den Hafen zurückkehren. Bis dahin haben die Kilos aber mehr als den halben Weg bis nach Schottland geschafft. Es bleibt uns also gar nichts anderes übrig, wir müssen uns für den ersten Kontakt auf SOSUS verlassen.«

Der Admiral meinte damit das streng geheime, unter Wasser installierte Horchsystem der Amerikaner, das einen Großteil der Weltmeere abdeckt und an wichtigen Punkten wie der GIUK-Enge besonders gut ausgebaut ist.

»Wenn SOSUS die Kilos erstmal entdeckt hat, dann können wir sie von Seeaufklärern aus der Luft aufspüren lassen. Das braucht zwar Zeit und auch etwas Glück, aber es bleibt uns wohl keine andere Wahl. Wir sollten uns jetzt auf ein Seegebiet einigen, in dem Sie mit der *Columbia* auf die Kilos warten. Ich dachte, daß es hier am besten wäre ...« Der Admiral deutete auf ein etwa 100 Meter tiefes Gebiet südlich der Shetland-Inseln auf 59.70 Grad nördlicher Breite und genau zwei Grad westlicher Länge, das sich 180 Meilen nördlich der schottischen Stadt Aberdeen befand.

»Von hier in New London sind es gute 4000 Meilen bis dorthin, Boomer«, sagte Admiral Dixon. »Wenn Sie mit 25 Knoten über den Atlantik fahren, dann sind sie in sechseinhalb Tagen dort. So wie es jetzt aussieht, werden die Kilos wohl in der ersten Januarwoche Murmansk verlassen, also sollten Sie spätestens am 31. Dezember auf ihrem Posten südwestlich der Shetland-Inseln sein.«

»Jawohl, Sir. Ein wundervoller Ort, um Silvester zu feiern. Aber bevor wir in die Details gehen, hätte ich noch eine Frage an Sie ...«

Als Boomer mitten im Satz war, ging die Tür auf, und eine der Wachen ließ Admiral Morgan herein. »Hallo, John ... Boomer ... Na, wie sieht's aus?«

»Wir haben eben erst angefangen«, sagte Dixon. »Ich habe gerade einen Punkt vorgeschlagen, an dem sich die *Columbia* auf die Lauer legen soll. Aber Boomer hatte eine Frage. Commander?«

»Wissen wir eigentlich, ob die Kilos bewaffnet sind, Sir? Oder sind sie bloß so was wie bessere Fähren, die ein paar Chinesen quer über den Globus schippern?«

Es war Admiral Morgan, der ihm antwortete. »Wir müssen davon ausgehen, daß sie bewaffnet sind, Boomer. Und zwar vollständig. Das bedeutet, daß jedes der Boote seine 24 Torpedos mit sich führt. Die beiden Rümpfe sind zwar älter als die der übrigen fünf Kilos, aber ich denke, daß die Russen trotzdem ihre modernsten Waffensysteme eingebaut haben. Und das bedeutet, daß wir es möglicherweise mit drahtgesteuerten Torpedos zu tun haben, die paarweise abgeschossen werden und gleichzeitig zwei verschiedene Ziele bekämpfen können.«

»In Ordnung, Sir. Ich habe verstanden. Sieht so aus, als würden die Russen in der Technik langsam zu uns aufschließen. Ich werde also einen Plan für den schlimmsten anzunehmenden Fall brauchen, und der wäre wohl, daß beide Kilos getaucht sind, wenn wir auf sie treffen. Was meinen Sie? Werden sie das sein, oder werden sie die Reise eher über Wasser machen?«

»Das kann wohl niemand mit Sicherheit sagen. Alle drei Kilos, die China bisher bekommen hat, wurden huckepack auf Frachtschiffen geliefert. Üblicherweise überführt man neue U-Boote an der Oberfläche, weil man ja weniger Treibstoff braucht und die Technik des Boots nicht so sehr beansprucht. Darüber hinaus ist es auch sehr viel sicherer. In diesem Fall allerdings könnten die Dinge ein wenig anders liegen. Schließlich haben die Mannschaften der Boote in letzter Zeit verstärkt das Tauchen geübt – während wir hier sprechen, sind sie übrigens gerade wieder draußen auf der Barentssee –, und das vermittelt mir irgendwie das Gefühl, daß sie planen, die Heimfahrt wenigstens teilweise unter Wasser zu wagen.«

Boomer nickte, und Morgan fuhr nachdenklich fort: »Aber auch wenn sie es nicht tun, sind unsere Vorgaben völlig klar. Ich habe eben noch einmal mit dem Präsidenten gesprochen, und der ist nach wie vor der Meinung, daß wir es nicht zulassen können, daß eine fremde Macht die Gewässer rings um die Formosastraße dominiert und uns aus diesem wichtigen Seegebiet aussperrt. Dabei geht es nicht allein um Taiwan, wo wir viele Milliarden Dollar investiert haben, sondern auch um unsere Freunde in Südkorea und unsere Handelspartner in Japan, die sich wegen der Kilos übrigens noch größere Sorgen machen als wir. Diese chinesische Marine ist ein verdammtes Ärgernis. Inzwischen ist sie übrigens schon über 250 000 Mann stark.

Der Präsident ist der Auffassung, daß es um die Aufrechterhaltung des Gleichgewichts der Kräfte geht. Sollte es China gelingen, eine funktionierende Unterseebootflotte aufzubauen, dann könnte es rings um Taiwan schalten und walten, wie es will, uns hingegen wären dort die Hände gebunden, denn das Risiko für unsere Schiffe und Mannschaften wäre zu groß. Und deshalb dürfen wir es nicht erlauben, daß die Chinesen diese U-Boote erhalten.

Sie, Boomer, werden sich mit der *Columbia* auf die Lauer legen und aus dem Hinterhalt schnell und entschlossen zuschlagen. Wenn Sie beide Kilos versenken, sind wir auf einen Schlag 14 Prozent eines unserer größten Probleme los. Dann bleiben nur noch fünf Boote, die vielleicht gar nicht mehr alle ausgeliefert werden.«

»Jawohl, Sir. Ich schätze, das größte Problem bei der Aktion wird sein, die beiden Boote gleichzeitig zu erwischen. Wenn wir erstmal einen Torpedo mit aktivem Sonar abgefeuert haben, wird das andere Kilo möglicherweise gewarnt und kann dann auf Schleichfahrt gehen und zurückschießen. Oder es ergreift die Flucht und meldet, was passiert ist. Zum Glück sind meine Leute hervorragend ausgebildet, so daß wir es eigentlich schaffen müßten, die beiden kurz hintereinander zu erledigen, wenn sie nicht gerade weiter als fünf Meilen voneinander entfernt oder näher als 500 Meter beieinander sind.«

»Ich vermute, daß die Kilos die Reise in einem lockeren Verband machen werden, Boomer«, sagte Admiral Morgan. »Vielleicht 2 000 Meter voneinander entfernt, wo sie sich noch nahe genug sind, um über Unterwassertelefon miteinander zu kommunizieren, aber noch nicht Gefahr laufen, sich gegenseitig über den Haufen zu fahren. Ich kann mir eigentlich kaum vorstellen, daß sie Gelegenheit haben werden, einen Torpedo auf die *Columbia* abzuschießen.«

»Das glaube ich auch nicht, aber ich will mich nicht darauf verlassen, Sir. Das Kilo damals im Südatlantik hat auch einen abgeschossen, und zwar verdammt schnell.«

»Stimmt«, mischte sich Admiral Dixon ein. »Aber hatte das nicht so einen irakischen Kommandanten an Bord?«

»Laut Bill Baldridge war es der russische Kapitän, der den Torpedo abgeschossen hat.«

»Na schön«, sagte Admiral Dixon. »Wir müssen Ihnen einfach vertrauen, daß Sie das hinkriegen, Boomer. Ich möchte jedenfalls nicht, daß die *Columbia* unter Beschuß kommt oder womöglich gar beschädigt wird. Niemand darf erfahren, daß sie überhaupt dort war. Was wir brauchen, ist eine leise, rasche und tödliche Falle, aus der es kein Entrinnen gibt. Aber jetzt, wo wir Admiral Morgan schon einmal hier haben, sollten wir mit ihm besprechen, wie wir die Kilos überhaupt finden sollen. Ich habe so ein Gefühl, daß er uns dabei helfen könnte.

Zunächst einmal sollten wir einen unserer speziell ausgerüsteten Fischtrawler so nahe an der Bucht von Murmansk operieren lassen, wie es rechtlich zulässig ist. Das nur für den Fall, daß die Boote wider Erwarten die Reise doch über Wasser antreten. Außerdem soll sich das regulär in der Barentssee stationierte Atom-U-Boot bereithalten, obwohl ich persönlich dagegen bin, die Kilos dort zu versenken. Direkt vor der russischen Küste gibt es unter Wasser einfach zu viele Horchstationen.

Die Seeaufklärer werden wohl einen eigenen Flugplan ausarbeiten, aber wir sollten darauf achten, daß sie sich nicht zu weit nach Osten vorwagen, weil sonst die Russen den Braten riechen könnten. Auch sollten wir nicht zu weit im Westen und Süden anfangen, denn sonst werfen wir in einer Woche unser Sonarbojenkontingent für die nächsten zwei Jahre ins Wasser und haben die Kilos immer noch nicht gefunden. Wir sind uns wohl alle einig, daß die GIUK-Enge die letzte Gelegenheit zum Zuschlagen ist.«

Arnold Morgan starrte auf die Karte. »Ich sehe auch keine andere Alternative«, sagte er. »Wir müssen die Burschen so früh wie möglich ausschalten, aber ohne daß man uns dabei erwischt. Wenn sie an der Oberfläche fahren, wäre die GIUK-Enge der beste Ort für einen Hinterhalt; wenn sie tauchen, sollten wir sie kurz hinter dem Nordkap versenken. Dort können die Seeaufklärer operieren, ohne daß es zuviel Aufsehen erregt. Und wir werden die Aufklärer brauchen, denn ich glaube nicht, daß unser U-Boot in der Barentssee sie aufstöbern und verfolgen könnte. Ach, übrigens, Johnny, die Aufklärer brauchen ja eine Basis, von der aus sie operieren können. Haben Sie da schon was im Auge?«

»Ja, und zwar einen alten NATO-Stützpunkt in Schottland. Aber wir warten noch auf die Erlaubnis aus Whitehall.«

»Machen Sie sich wegen der mal keine Sorgen, John. Das regle ich schon.«

»Ausgezeichnet. Ich habe Machrihanish im Auge, einen inzwischen nicht mehr benützten Militärflugplatz am Mull of Kintyre in der Nähe von Campbeltown. Die ruhige Gegend dort ist ideal für unsere Zwecke.

Meinen Berechnungen nach brauchen wir sechs Seeaufklärer, und zwar über einen Zeitraum von bis zu zwei Wochen. Mehr Flugzeuge würden Aufsehen erregen, und weniger könnten die Aufgabe nicht bewältigen. Immerhin müssen sie passiv arbeiten, ohne ihr Radar zu benützen, denn wir wollen den Iwan ja schließlich im dunkeln lassen, oder?

Die Flugzeuge fliegen wir von den Staaten rüber. *Orion* P-3Cs dürften wohl am besten geeignet sein, denn die können bis zu 15 Stunden in der Luft bleiben. Außerdem brauchen wir ein paar *Galaxy* Transportmaschinen, um schätzungsweise 8000 Sonarbojen und weitere Ausrüstung nach Schottland zu schaffen. Die *Orions* werden ziemlich viel Treibstoff brauchen, aber ich schätze, daß auf dem Flugplatz noch Vorräte der NATO lagern müßten. Solange wir dafür bezahlen, dürfen wir uns dort sicher bedienen. Das Problem ist nur: Was sagen wir den Engländern? Und was der NATO?«

»Der NATO brauchen wir nichts zu sagen«, brummte Admiral Morgan. »Und die Briten wissen möglicherweise ohnehin schon zuviel. Aber vielleicht könnten Sie uns tatsächlich etwas Treibstoff verkaufen.«

»Okay, Arnold. Wie sollten wir Ihrer Meinung nach weiter vorgehen?«

»Ich werde unserem Botschafter in London sagen, daß er einen Marineattaché direkt ins britische Verteidigungsministerium schicken soll. Inzwischen werde ich mal ein paar Etagen weiter oben die Fäden ziehen und dafür sorgen, daß ihm keine Steine in den Weg gelegt werden.«

»Und was für eine Geschichte tischen wir den Briten denn nun auf?«

»Wir erzählen ihnen einfach, daß wir eine großangelegte Übung machen, um der ganzen Welt zu beweisen, daß wir unsere Seeaufklärer nach wie vor zwei Wochen lang von improvisierten Stützpunkten irgendwo in der Welt aus operieren lassen können. Wir machen solche Übungen ja nicht oft, und deshalb haben wir absichtlich eine Zeit mitten im Winter und einen Ort im Norden Europas ausgewählt, der viele tausend Meilen von den USA enfernt liegt.«

»Klingt gut. Aber werden uns die Briten das abkaufen?«

»Tja, jeder würde das auf Anhieb glauben, bis natürlich ausgerechnet auf die Briten. Die zynischen Bastarde werden wieder mal das Schlimmste vermuten, und in diesem Fall haben sie damit sogar recht. Aber sie werden trotzdem mit uns zusammenarbeiten.«

Um 16 Uhr wurde die Besprechung unterbrochen, und Arnold Morgan rief in London einen alten Freund an, den man um diese Zeit normalerweise in seinem Club erreichte. Rear Admiral Jack Burnby, der vor 20 Jahren im Falkland-Krieg die zweifelhafte Erfahrung hatte machen müssen, wie es ist, wenn einem das eigene Schiff unter den Füßen in Brand geschossen und dadurch versenkt wird, war jetzt stellvertretender Chef des militärischen Geheimdienstes.

Burnby hatte gerade zu Abend gegessen und war guter Stimmung, eine Tatsache, auf die Arnold Morgan gebaut hatte. Der Admiral war erfreut, von seinem amerikanischen Kollegen zu hören, den er vor Jahren einmal in Fort Meade kennengelernt hatte. Er hörte aufmerksam zu, während Arnold Morgan ihm seine kurze Bitte vortrug. Im Grunde genommen müsse Burnby überhaupt nichts tun, außer sich nicht zu wundern, wenn auf einmal sechs große amerikanische See-Aufklärungsflugzeuge zusammen mit einer Gruppe von C5A *Galaxy*-Transportern mitten in der Nacht auf der Halbinsel Kintyre einschwebten.

Schließlich sagte der britische Admiral: »Ich sehe da keine Schwierigkeiten, Arnold. Ich werde morgen mit ein paar Leuten sprechen, und innerhalb von 48 Stunden dürften Sie das Okay für Ihre Übung haben. Die Antwort geht direkt vom Verteidigungsministerium an Ihren Marineattaché am Grosvenor Square. Gibt es sonst noch was? Brauchen Sie vielleicht aktive Hilfe von unserer Seite?«

»Nein, danke, Jack. Nur Ihr Wohlwollen, wie immer.«

»Rufen Sie mich an, wenn Sie doch etwas brauchen.«

»Danke für das Angebot, Jack.«

»Ach, übrigens, Arnold, Sie wollen mir wohl nicht verraten, wozu Sie den Flugplatz in Wahrheit brauchen?«

Admiral Morgan verdrehte, 3500 Meilen von London entfernt, die Augen und sagte mit ruhiger Stimme: »Das dürfte Sie nicht interessieren, Jack.«

»In Ordnung. Wenn das so ist, werde ich mir auch jegliche Vermutungen verkneifen. Vielleicht errate ich es sonst noch.«

»Das wäre nicht das erste Mal, Jack.«

»Na, dann noch einen schönen Abend, alter Junge. Ich hoffe, wir sehen uns im Sommer mal. Ach, noch was: Seit wir Mitglieder der Europäischen Gemeinschaft sind, haben wir hier das metrische System eingeführt. Wir messen jetzt alles in Meter und ... Kilos.«

Die Pause vor dem letzten Wort entging Admiral Morgan nicht. »Tatsächlich?« antwortete er. »Das ist ja ein Ding! Aber wie dem auch sei, ich wünsche Ihnen eine gute Nacht ... und vielen Dank auch.«

Er hatte kaum aufgelegt, als zum zweiten Mal die Tür geöffnet wurde und eine der Wachen, Haltung annehmend, mitteilte, daß der Hubschrauber des CNO soeben gelandet sei. Vier Minuten später kam Admiral Joe Mulligan in den Raum. »Hallo, Gentlemen«, sagte er. »Johnny ... Arnold ... Boomer. Wie sieht's aus?«

»Nicht schlecht«, antwortete Admiral Dixon. »Trotzdem bin ich froh, daß Sie hier sind, Sir. Wir sind gerade dabei, die Jagd auf die Kilos im Detail zu planen. Dazu hätten wir gern Ihre Meinung gehört.«

»Okay. Lassen Sie mich mal auf die Karte sehen. Hätten Sie vielleicht eine Tasse Kaffee für mich? Ich bin nämlich nicht zum Mittagessen gekommen, und offenbar interessiert es niemanden in der ganzen verdammten Navy, ob ich verhungere oder nicht.«

Alle lachten, und Commander Dunnings Navigationsoffizier, der von allen Anwesenden den niedrigsten Rang bekleidete, ging ans Telefon und bestellte Kaffee. Dabei erinnerte er sich an eine bekannte Vorliebe des CNO, die dessen Frau Diana Mulligan nicht allzugut gefiel, und fügte munter hinzu: »Und ein paar Plätzchen für den CNO.«

Inzwischen waren alle an die Karte des Nordatlantiks getreten, und Joe Mulligan ließ sich über die voraussichtliche Route der beiden Kilos ebenso unterrichten wie über den vorläufigen Plan, den Johnny Dixon zu ihrer Versenkung ausgearbeitet hatte.

Der Admiral ging davon aus, daß die Kilos unter Wasser zwischen sieben und neun Knoten Fahrt machen würden, und daß es bis zu fünf Tagen dauern konnte, bis der amerikanische Nachrichtendienst sichergehen konnte, daß sie auch wirklich die Reise nach China angetreten hatten.

»Der erste Kontakt muß wohl mit ziemlicher Sicherheit über SOSUS erfolgen, Sir«, sagte er. »Wenn wir eine annähernde Position der Kilos haben, dann können wir die Seeaufklärer losschicken, die dann die Boote unter ausschließlicher Verwendung passiver Sonarbojen aufspüren werden.

Das größte Problem dabei ist, daß die Kilos nur alle zwei Tage für ein paar Stunden schnorcheln müssen, um ihre Batterien wieder aufzuladen. Und nur während dieser Zeit haben wir eine reelle Chance, sie zu erwischen. Eine Stunde ist äußerst knapp, um die Position eines U-Boots zu bestimmen… vor allem, wenn die Flugzeuge kein Radar einsetzen können.«

»Damit müssen wir leben«, unterbrach ihn der CNO. »Dann dauert es eben ein paar Tage, bis wir ihren ungefähren Kurs und die Geschwindigkeit wissen, mit der sie sich nähern. Hoffentlich können wir daraus ein Muster berechnen, nach dem sie zum Schnorcheln auftauchen. Ansonsten ist der Atlantik verdammt groß.«

»Sie sagen es. Aber in der sechsten Nacht müßten wir eigentlich genügend Daten haben, um die *Columbia* in das Gebiet zu dirigieren, in dem die Kilos voraussichtlich das nächste Mal die Batterien aufladen werden.«

Was Admiral Dixon damit meinte, war allen klar: Wenn die Kilos dann auf Schnorcheltiefe gingen und ihre Dieselmotoren anließen, würden sie unweigerlich ihre Spuren auf dem Sonarschirm eines modernen Seekriegers hinterlassen: Boomer Dunning aus Cape Cod, der mit seinem schnellen Atom-U-Boot in der dunklen Tiefe des Atlantiks auf sie warten und, den Befehlen seines Präsidenten folgend, die Jagd auf sie eröffnen würde.

Mulligan war sichtlich zufrieden mit dem, was Dixon ihm erläutert hatte. »Gut gemacht, Johnny«, sagte er. »Wenn das SOSUS die Kilos entdeckt, dann haben wir sie. Das einzige Problem, das ich noch sehe, ist folgendes: Wir nehmen an, daß die Kilos regelmäßig zum Schnorcheln auftauchen. Was aber ist, wenn sich kein Muster erkennen läßt, wenn sie jedes Mal zu einer anderen Zeit schnorcheln?«

»In diesem Fall müßten wir uns etwas Neues einfallen lassen, Sir«, antwortete Admiral Dixon. »Aber ich würde dringend davon abraten, aktives Sonar einzusetzen, denn damit würden wir uns frühzeitig verraten und die Kilos möglicherweise in die Flucht schlagen. Sie brauchten sich nur in die Dänemarkstraße absetzen oder zurück in die Barentssee fahren. Außerdem könnten sie Schutz unter der Küste suchen.«

»Stimmt. Das wäre ziemlich blöd. Dann wäre die *Columbia* an der falschen Stelle, und die Seeaufklärer müßten nach Island oder Norwegen verlegt werden. Und in der Nähe der Küste ist unser SOSUS ohnehin nur halb so gut. Wir könnten also den Standort der Kilos nur erahnen.«

»Genau, Sir«, sagte Admiral Dixon. »Wenn es dazu kommt, dann brauchen wir eine ganze Ladung Ausrüstung mehr. Doppelt soviel wie vorher ...«

»Vergessen Sie das, Johnny. Wenn wir dem Präsidenten sagen, daß wir die Kilos verloren haben und mehr Einheiten und Ausrüstung brauchen, dann wird er einen Anfall bekommen. In diesem Fall könnten wir nämlich die Operation kaum mehr geheimhalten. Vermutlich würde auch ich einen Anfall bekommen. Die Sache muß einfach so klappen wie geplant. Wir wollen also positives Denken praktizieren ... Die verdammten Chinesen wissen ja nicht einmal, daß wir ihnen auflauern, und wenn wir keine Dummheit begehen, dann werden sie es erst dann erfahren, wenn es schon zu spät ist. Aber denken Sie immer daran, daß die Aktion auf Anhieb klappen muß, sonst ist die Kacke gewaltig am Dampfen.«

Am 23. Dezember wurden die führenden Offiziere der *Columbia*, die laut Commander Dunning besonders wichtige Funktionen bei der geplanten Mission innehatten, von ihrem Stützpunkt in New London zum Hauptquartier von SUBLANT geflogen. Abgeschirmt vom Rest der Welt, arbeiteten sie im »Raum mit beschränktem Zugang« an den letzten Feinheiten des Plans zur Versenkung der beiden chinesischen U-Boote.

Lieutenant Commander Jerry Curran, der Waffensystemoffizier, ein großgewachsener Brillenträger, der bei vielen als der beste Bridge-Spieler in der Navy galt, war ebenso anwesend wie Boomers Erster Offizier Lieutenant Commander Mike Krause aus Vermont. Krause hatte die Reise nach Virginia zusammen mit Lieutenant David Wingate angetreten, dem 29jährigen Navigationsoffizier der *Columbia*, dessen Arbeit während der langen, finsteren Tage vor der GIUK-Enge eine entscheidende Bedeutung zukommen würde.

Lieutenant Bobby Ramsden, den ebenfalls 29 Jahre alten Sonaroffizier aus Maryland, hatte Commander Dunning kommen lassen, weil er vielleicht derjenige an Bord war, der am präzisesten wissen mußte, wonach er suchen sollte.

Zur abschließenden Besprechung kamen Admiral Morgan und Admiral Mulligan und ließen sich den Einsatzplan in allen Details schildern. Noch am selben Abend wurde Commander Dunning zusammen mit Mike Krause, Jerry Curran, David Wingate und Bobby Ramsden in einem Hubschrauber der Navy nach Connecticut zurückgeflogen, wo die *Columbia* auf sie wartete.

Der große, schwarze Rumpf des Atom-U-Boots lag seeklar an der Pier. Während der vergangenen Tage hatten ihre Techniker das Schiff gründlich durchgesehen, sämtliche Teile überprüft und diejenigen ausgetauscht, die ihnen auch nur im geringsten suspekt vorgekommen waren. Schon das leiseste Klappern kann ein U-Boot auf der Jagd an seine Feinde verraten, und die Männer, die ein solches Boot warten, wissen genau, daß auch nur ein einziger schlampig gemachter Test den Erfolg einer ganzen Mission gefährden kann.

Besonders die elektronischen Waffenleitsysteme wurden doppelt und dreifach geprüft. Auf ihrer Reise zur GIUK-Enge würde die *Columbia* 14 drahtgelenkte Torpedos vom Typ Mk 48 ADCAP mitnehmen, dazu hatte sie acht *Tomahawk*-Marschflugkörper geladen, die eine Reichweite von 1400 Meilen hatten, und vier mit aktiv radargelenkten Gefechtsköpfen versehene *Harpoon*-Raketen. Boomer wußte, daß er sie nur dann brauchen würde, wenn die gesamte russische Nordflotte den Chinesen zur Hilfe käme.

Was allerdings durchaus zum Einsatz kommen konnte, waren die Täuschkörper, von denen die *Columbia* eine ganze Reihe an Bord hatte. Diese unter Wasser ausstoßbaren Geräte erzeugten Geräusche, die sonargesteuerte feindliche Torpedos von dem U-Boot fortlocken sollten. Boomer Dunning sah es als durchaus möglich an, daß eines der Kilos, kurz bevor es getroffen wurde, noch einen Torpedo auf die *Columbia* abfeuerte. Der russische Torpedo würde dabei genau auf der Spur heranrauschen, die der amerikanische hinterlassen hatte. Das war ein klassisches Manöver im Kampf zwischen Unterseebooten. Und genau hier kamen die Täuschkörper ins Spiel – je früher, desto besser.

Zu diesem Zweck hatte die *Columbia* Emerson Electric Mk 2s und einen auf *MOSS*-Basis arbeitenden Mk 48 mit einem Geräuschgenerator an Bord. Ihre IBM-Sonargeräte waren vom Typ BQQ 5D und E für passiven und aktiven Such- und Kampfeinsatz, außerdem verfügte sie über ein im Niederfrequenzbereich arbeitendes Schleppsonar, mit dem sie im Einsatzgebiet auch das leiseste Geräusch eines sich nähernden Kilos hören konnte.

Angetrieben wurde das 7000-Tonnen-Boot von zwei nuklear gespeisten Turbinen, die zusammen 35000 PS leisteten und auf eine einzelne Welle wirkten. Falls nötig, konnte die *Columbia* 300 Meter unter der Wasseroberfläche operieren. Am 24. Dezember um 2030 sollte sie ihren Stützpunkt in New London verlassen.

Weil an einer der beiden Turbinen Wartungsarbeiten durchgeführt worden waren, hatte man am 21. Dezember eine kurze Erprobungsfahrt unternommen, nach deren Beendigung Lieutenant Commander Lee O'Brien, der Leitende Ingenieur mit der Leistung der Maschinenanlage zufrieden war. Danach wurde der Reaktor abgeschaltet; er würde erst am 24. Dezember wieder hochgefahren werden.

So kam es, daß die Mannschaft der *Columbia* den Heiligen Abend an Bord verbrachte. Auch die Aussicht auf ein exzellentes Abendessen konnte die Männer nicht daran hindern, an ihre Frauen und Kinder zu denken, die jetzt ohne sie zu Hause feierten. Boomer Dunning ging es da nicht anders als seinen Leuten. Er wußte, daß Jo ohne ihn nicht ins Haus seines Vaters fahren würde, und so quälte ihn die Gewißheit, daß seine geliebte Frau und die Kinder keine drei Meilen von ihm entfernt unter dem Weihnachtsbaum saßen und am nächsten Morgen nicht einmal ein Geschenk von ihm auspacken konnten.

Als der Nachmittag in den frühen Abend überging, fingen Lieutenant Commander O'Brien und seine Leute damit an, den Reaktor hochzufahren. Wenn das kleine Kernkraftwerk nach dieser sorgfältig und langsam durchzuführenden Prozedur die richtige Temperatur und den richtigen Druck erreicht hatte, lieferte es nicht nur genügend Energie für alle Verbraucher des Schiffs, sondern wäre auch in der Lage gewesen, eine ganze Kleinstadt mit Strom zu versorgen.

Um 1850 war die *Columbia* fast fertig zum Auslaufen. Unter Deck wurde jetzt die Liste vervollständigt, auf der jeder Mann an Bord festlegte, wer nach dem Untergang des Boots verständigt werden sollte. Der Name und die Telefonnummer von Mrs. Jo Dunning standen ganz oben auf dieser Liste, zusammen mit der Adresse ihres Hauses, das in der Nähe am Abhang eines Berges stand und freie Sicht hinaus aufs Meer hatte, obwohl es sich zwei Meilen im Landesinneren befand.

Ein paar jüngere Mannschaftsmitglieder bastelten noch an sorgfältig formulierten Briefen, die ihren Eltern für den Fall, daß die *Columbia* von ihrer Mission nicht zurückkehren sollte, als eine Art Testament dienen sollten.

Mittlerweile hatte es an der Küste von Connecticut leicht zu schneien begonnen. Gegen 1930 war der Marinestützpunkt fast verlassen. Nur ein paar Leute, die zum Ablegen der *Columbia* gebraucht wurden, hielten noch zusammen mit dem Offizier vom Dienst und dem Chef von Boomer Dunnings Geschwader die Stellung. Der Schnee, der um die Laternen an der Pier wirbelte, schien alle Geräusche zu ersticken.

Um 2010 wurde das Kommando »Attend Bells« gegeben. Commander Dunning und Lieutenant Wingate erschienen auf der Bücke des U-Boots, und Boomer befahl seinen Ingenieuren »Answer bells.«

Lieutenant Wingate befahl »Leinen los«, und die Schlepper begannen, die *Columbia* von der Pier wegzuziehen. Nach wenigen Minuten hatten sie ihre Arbeit beendet, und Boomer wartete, bis sie ihre Leinen eingeholt und abgedreht hatten, bevor er die Maschinen »Drittel Kraft voraus« laufen ließ. Langsam verließ die *Columbia* an diesem kalten, von einem frischen Nordwestwind durchwehten Heiligen Abend ihren Heimathafen und begab sich auf ihre lange Reise, die sie in tödlicher Mission hinauf in den eiskalten Nordatlantik führen würde. Schon der Anblick ihres klobigen, schwarzen Rumpfs, der fast lautlos hinaus in die schneedurchwirbelte Dunkelheit glitt, war voller düsterer Vorahnungen kommenden Unheils. Es fragte sich nur, wen dieses Unheil treffen würde.

Boomer Dunning stand, in einen dicken, warmen Mantel gehüllt, zusammen mit seinem Navigator oben auf der Brücke und steuerte die *Columbia* hinaus in die Gardiner's Bay. Sein Kurs führte das U-Boot zunächst an Block Island im Norden und an Montauk Point im Süden vorbei. Dicke, fast schwerelose Schneeflocken senkten sich auf das Stück See, das nicht nur das Ausfalltor für die aus dem Stützpunkt auslaufenden Unterseeboote war, sondern im Sommer auch ein beliebtes Erholungsgebiet für New Yorker Wassersportler darstellte. Während die *Columbia* mühelos durch die niedrigen Wellen glitt, bildete sich auf ihrem Rumpf ein feiner Überzug aus weißen Frostkristallen.

Solange das Wasser noch relativ seicht war, blieb Boomer an der Oberfläche, aber südöstlich von Martha's Vineyard würde er auf Sehrohrtiefe gehen, um später dann, wenn die *Columbia* den Rand des Kontinentalschelfs erreichen und von ihrem Ostkurs ein wenig nach Norden abweichen würde, endgültig in die Tiefe des Meeres hinabzutauchen.

Als der Morgen des ersten Weihnachtsfeiertags anbrach, hatte die *Columbia* schon 300 Meilen ihrer Reise hinter sich. Boomer ging auf Sehrohrtiefe und nahm über einen Satelliten routinemäßig Verbindung mit seiner Basis auf. Dann ließ er das U-Boot wieder in die Tiefe gleiten, wo es seine 3500 Meilen weite Fahrt zu den Shetland-Inseln hauptsächlich hinter sich bringen würde. Bei einer Geschwindigkeit von 25 Knoten machte die *Columbia* in einer Tiefe von 150 Metern etwa 600 Meilen am Tag. Bis auf ein kurzes Stück über dem Nordatlantischen Rücken, den die *Columbia* auf dem 50. Breitengrad überqueren würde, war der Ozean auf fast der gesamten Strecke etwas über vier Kilometer tief.

Zwei Tage bevor Boomer und seine Mannschaft die Shetland-Inseln erreichten, wurden sie von den sechs *Orion* P-3C Seeaufklärern auf ihrem Flug von den Staaten nach Europa überholt. Kurz darauf erreichten die Maschinen die irische Küste, wo sie über der Grafschaft Donegal nach Norden abdrehten und an der zerklüfteten Westküste Schottlands entlang die Halbinsel Kintyre ansteuerten, die auf Landkarten wie ein langgezogener, dicker Knüppel aussieht.

Als die amerikanischen Militärmaschinen auf den Flugplatz von Machrihanish einschwebten, brach gerade der Tag an. Das war auch gut so, denn die Befeuerung der Landebahn auf dem stillgelegten Stützpunkt funktionierte schon seit langem nicht mehr. Auf dem Rollfeld stand schon die erste *Galaxy* C5A, die vorausgeflogen und bereits am Vortag gelandet war. Die Männer, die sie mitgebracht hatte, waren die ganze Nacht über damit beschäftigt gewesen, für Elektrizität, Heizung und Trinkwasser auf dem alten Fliegerhorst zu sorgen. Außerdem hatten sie Lebensmittel, Ersatzteile, Waffen und zwei Jeeps aus dem riesigen Transportflugzeug ausgeladen.

Boomer und die *Columbia* behielten derweil ihren Kurs bei. Als sie das Rockall-Plateau überquert hatten, gingen sie mit der Fahrt herunter und näherten sich den Gewässern südlich der Shetland-Inseln. Im Bereitstellungsgebiet angekommen, ließ Boomer die Maschinen stoppen und nahm am 1. Januar um 1600 abermals Verbindung mit dem amerikanischen Nachrichtensatelliten auf. Auf dem Satelliten war eine Nachricht für die *Columbia* gespeichert, die binnen fünf Sekunden heruntergeladen wurde.

Die Kilos hätten an diesem Tag um 0500 früh Poljarny verlassen und seien nicht mehr in den Hafen zurückgekehrt. In Kiellinie waren sie mit einer Geschwindigkeit von sieben Knoten nach Norden in die Barentssee gefahren, ohne von Kriegsschiffen an der Oberfläche eskortiert zu werden. Noch bevor sie den mit hochmoderner Elektronik vollgestopften amerikanischen Trawler erreichten, der 15 Meilen vor der Küste auf sie wartete, waren die beiden Boote bereits getaucht und damit von den Bildschirmen der Horchexperten an Bord des »Fischerboots« verschwunden. Das amerikanische Jagd-U-Boot in der Barentssee war zu diesem Zeitpunkt noch zu weit von den Kilos entfernt, um sie mit seinem Sonar zu orten. Somit konnte niemand mehr sagen, wo die chinesischen Boote genau waren, und die *Columbia* mußte darauf warten, bis das Unterwasser-Horchsystem SOSUS sie wieder aufgespürt hatte.

Als die schlechte Nachricht am späten Nachmittag in der Einsatzzentrale von SUBLANT in Virginia eintraf, sagten die Admiräle Mulligan, Morgan und Dixon fast unisono: »Verdammte Scheiße.« Zähneknirschend schickten sie die Neuigkeiten an den Satelliten, von dem sie sich die *Columbia* herunterladen würde. »In zwei Tagen spätestens müssen die Kilos wieder auf Schnorcheltiefe hochkommen«, sagte Admiral Morgan, der wieder voll in seinem Element war. Schließlich hatte er viele Jahre lang Tag und Nacht fremden U-Booten hinterhergespürt. »Ich bin mir sicher, daß wir sie über kurz oder lang wieder erwischen.«

Und so war es auch. Als die Kilos in der dritten Nacht ihrer Reise durch die Barentssee auf Sehrohrtiefe heraufkamen, um per Schnorchelfahrt ihre Batterien wieder aufzuladen, empfing SOSUS die Geräusche ihrer Dieselmotoren. Allerdings kam der Kontakt erst zustande, als die Batterien schon fast wieder voll geladen waren, so daß das Patrouillen-U-Boot viel zu weit entfernt war, um die Kilos zu erreichen, bevor sie wieder auf leisen Elektroantrieb umschalteten. Wenigstens aber hatte SUBLANT eine grobe Positionsangabe und wußte, daß die Kilos nach wie vor sieben Knoten Fahrt machten. Und das war immerhin besser als gar nichts.

Admiral Dixon schickte die *Columbia* in ein neues Bereitstellungsgebiet in der Nähe der Färöer-Inseln. Obwohl weder er noch Admiral Mulligan glaubten, daß die Chinesen Lunte gerochen hatten, hielten beide es für durchaus möglich, daß die Boote eine plötzliche Kursänderung auf die Westseite der Färöer machen könnten.

Als Boomer auf seiner neuen Position angekommen war, stoppte er abermals die Maschinen und wartete geduldig darauf, daß seine Beute sich durch einen weiteren SOSUS-Kontakt verriet. Er hoffte, daß das innerhalb der nächsten 24 Stunden der Fall sein würde.

Seine Hoffnung wurde erfüllte, denn genau um 2300 in der folgenden Nacht – es war die vom 4. auf den 5. Januar – kamen die Kilos wieder zum Schnorcheln nach oben. SOSUS alarmierte die P-3Cs und gab ihnen eine ungefähre Position, an der sie ihre Sonarbojen absetzen sollten. Leider war das Wetter schlecht, und bei rauher See funktionierten die Bojen nur eingeschränkt, so daß die Männer in den Flugzeugen die Position der Kilos lediglich auf ein Gebiet von 2000 Quadratmeilen eingrenzen konnten.

In der nächsten Nacht befahl Admiral Dixon den Flugzeugen, ständig in der Luft zu bleiben und jeden Kontakt zu verfolgen, den das SOSUS in der Nähe der Färöer-Inseln aufspürte. Ihre Mühen waren vergeblich, denn die ganze Nacht über war nichts von den Booten zu hören.

In der sechsten Nacht nach dem Auslaufen der Kilos hatten die U-Boot-Jäger mehr Glück. Um 2315 gab SOSUS Alarm, und kurz nach Mitternacht entdeckte einer der Seeaufklärer die schnorchelnden Kilos. Diesmal war genügend Zeit, um ihre genaue Position zu bestimmen. Die beiden Boote liefen ostwärts an den Färöern vorbei in Richtung auf die schottische Küste, genau auf der Route also, von der Admiral Dixon gehofft hatte, daß sie sie nehmen würden. Sofort schickte SUBLANT eine Nachricht an die *Columbia* ab, die Position, Kurs und Geschwindigkeit der Kilos am 6. Januar um 0100 beinhaltete und mit dem Satz endete: »Planen Sie Abfangaktion in der Nacht vom 7. auf den 8. Januar.«

In der siebten Nacht gab es abermals kein Lebenszeichen von ihnen.

Dann, in der achten Nacht, ging die *Columbia* südöstlich der Färöer-Inseln in Lauerstellung. Auch wenn die Amerikaner seit 48 Stunden keinen Kontakt mehr mit den Kilos gehabt hatten, konnten sie sich in etwa ausrechnen, wo sie sich befinden mußten, wenn diese mit einer Geschwindigkeit von sieben Knoten auf dem für wahrscheinlich angenommenen Kurs weitergefahren waren. Im Hauptquartier von SUBLANT glaubte Admiral Morgan um 2000 Ortszeit fest daran, daß die beiden Boote bald wieder auf Sehrohrtiefe gehen würden. »Ihre Batterien können kaum noch Saft haben«, sagte er und schlug mit der Faust auf den Tisch. »Sie müssen hochkommen und schnorcheln, verdammt noch mal!«

Zwei Stunden vergingen, ohne daß etwas geschah. Gegen 2300 wurde man nicht nur bei SUBLANT, sondern auch in der Operationszentrale der USS *Columbia* zunehmend nervöser. Sie müssen doch bald schnorcheln, dachte Commander Dunning, sonst werden ihre Batterien tiefentladen. An uns vorbeigeschlichen können sie nicht sein, aber vielleicht haben sie absichtlich Fahrt weggenommen. Wie dem auch sei, sie sind bestimmt noch vor uns, also fahre ich langsam weiter. Spätestens um 0400 müssen sie hoch und schnorcheln.«

Bis 0100 gab es keinen Kontakt, und als sich auch bis 0300 nichts rührte, glaubte Boomer, daß die Kilos gewendet hatten und mit einem Maschinenschaden zurück in die Barentssee liefen.

Auch um 0400 war alles still.

0410. »Funkraum an Kommandant. Funkspruch von SUBLANT. SOSUS meldet dynamischen Kontakt. Klassifiziert als Dieselmotoren Kilo-Klasse. Nur grob zu orten. Seeaufklärer verständigt.«

»Kommandant an Sonar. Die Kilos schnorcheln. Haben Sie was auf dem Schirm?«

»Nichts, Sir. Wir beobachten weiter.«

Boomers Gedanken überschlugen sich. Er schätzte, daß die Kilos direkt vor ihm sein mußten und wußte, daß sie 52 Stunden lang nicht geschnorchelt waren und sehr lange mit dem Aufladen ihrer Batterien gewartet hatten. Daraus schloß er, daß die Chinesen ihre Fahrt von ursprünglich sieben Knoten gedrosselt haben mußten, denn sonst hätten sie ihre Batterien viel früher leergefahren. Es fragte sich nur, um wieviel langsamer sie geworden waren. Wären sie beispielsweise mit sechs Knoten unterwegs gewesen, dann befände sich die *Columbia* jetzt 50 Meilen südlich von dem Punkt, den sie bei dieser Geschwindigkeit bis 0400 hätten erreichen können. Wenn er ihnen mit einer Geschwindigkeit, die gute Sonarüberwachung zuließ, entgegenfuhr, würde er diese Stelle um 0630 erreichen, aber bis dahin hätten die Kilos ihre Batterien wieder aufgeladen und würden passiv nicht mehr zu orten sein.

Wenn er sie erwischen wollte, dann mußte er ihnen mit voller Kraft entgegenfahren, was aber bedeutete, daß das Sonar der *Columbia* während dieser Zeit praktisch taub war. Er mußte seinen Spurt also mehrmals unterbrechen und das Boot für kurze Zeit treiben lassen, um den Leuten im Sonarraum die Möglichkeit zu geben, auf Signale von den Kilos zu lauschen.

Die Möglichkeit, daß die Kilos ihre Geschwindigkeit auf weniger als sechs Knoten gedrosselt hatten, rechnete Boomer erst gar nicht durch, denn dann wären sie noch weiter von seiner jetzigen Position entfernt und damit für die *Columbia* während der kurzen Zeit, die sie schnorcheln mußten, völlig unerreichbar. In diesem Fall mußte er sich weiter unten in der GIUK-Enge erneut auf die Lauer legen und womöglich zwei weitere Tage warten, bis sich eine neue Chance ergab. Aber daran wollte er im Augenblick überhaupt nicht denken.

Die Kehrseite der von Boomer gewählten Taktik war die, daß die Kilos ihn möglicherweise hören konnten, wenn er sich ihnen mit voller Fahrt näherte. Aber das mußte er riskieren. Außerdem war der Umstand, daß SOSUS die Diesel der Boote hören konnte, das Sonar der *Columbia* aber nicht, ein Hinweis darauf, daß sie mindestens zwölf Meilen von seiner jetzigen Position entfernt sein mußten. Wenn die Kilos eine Durchschnittsgeschwindigkeit von 6,75 Knoten fuhren, konnte er mindestens 15 Minuten lang volle Kraft laufen, bevor er in Reichweite ihres Sonars kam. Boomer beschloß, 20 Minuten zu riskieren, um den Booten so nahe wie möglich zu kommen.

»Ruder Backbord 10«, befahl er. »Alle Masten ein. Vorn unten 20. 800 Fuß. Umdrehungen für 30 Knoten. Kurs null-drei-null.«

Dann wandte er sich an die Mannschaft: »Kommandant an alle. Ich bin mir ziemlich sicher, daß die Kilos in einer Entfernung von zwölf bis 50 Meilen vor uns schnorcheln. Das werden sie noch bis mindestens 0600 tun. Wenn ich in 20 Minuten Fahrt wegnehmen lasse, müßten wir sie eigentlich orten können. Vielleicht müssen wir aber noch einen Spurt einlegen, und da kann es sein, daß wir in geringer Entfernung an den Kilos vorbeifahren und sie uns hören. Deshalb will ich, daß ständig vier Mk 48 und die Täuschkörper einsatzbereit gehalten werden. Ich hoffe zwar nicht, daß wir angegriffen werden, aber sicher ist sicher. Falls es doch der Fall sein sollte, werden wir uns mit auf kurze Distanz abgefeuerten, aktiv sonargesteuerten Torpedos wehren. Die werden uns schon nicht unterkriegen. Danke für Ihre Aufmerksamkeit, Gentlemen, das war alles.«

0431. »Beide oben 20. Umdrehungen fünf Knoten. Ruder Steuerbord. Kurs eins-null-null. Tiefe 19 Meter einsteuern. Funkraum bereit für Satellitenempfang. Sonar, weiter auf passivem Empfang bleiben. Aktives Sonar für Schnappschuß bereithalten.«

»Sonar, verstanden.«

»Funkraum, verstanden.«

0437. »Sonar an Kommandant. Neuer Kontakt über vordere Empfängergruppe. Zielobjektanalyse noch nicht berechnet. Peilung rot 83. Geräusch wird analysiert. Sehr leise. Nicht in der Nähe. Kontakt 2307. Zielerfassung läuft.«

»Kommandant an Sonar. Verstanden. Alles bereit zum Schnappschuß. Ruder Backbord. Kurs null-eins-sieben. Computer auf geschätzte 20000 Meter einstellen.«

»Sonar an Kommandant. Kontakt vermutlich auf Kurs zwei-eins-null, Direktkontakt mit 6,5 Knoten Geschwindigkeit.«

»Sonar an Kommandant. Kontakt identifiziert. Dieselmotoren Kilo-Klasse. Keine Kavitation. Signal schwach, aber gleichbleibend. Peilung wandert langsam nach links, null-einsfünf.«

Boomer befahl seinem Navigationsoffizier, den Kontakt über Satellit an SUBLANT zu melden: »U-Boote Kilo-Klasse, schnorchelnd. Peilung null-eins-sieben, Entfernung 10 Meilen nördlich unserer Position. Kurs zwei-eins-null, Geschwindigkeit 6,5 Knoten. Schließen auf zur Aufklärung und zum Angriff.«

Mit einer Fahrt von acht Knoten, bei der sie so leise und gleichzeitig so schnell wie möglich war, glitt die *Columbia* den Kilos entgegen. Kurze Zeit später meldete der Sonarraum, daß er ein verstümmeltes Unterwassertelefonat aufgefangen habe. »Sprache nicht Russisch. Dolmetscher meint, es könnte Chinesisch sein.«

Das ist der Beweis, daß es zwei Boote sind, dachte Boomer. Außerdem machen sie sich offenbar keine Sorgen, daß man sie entdeckt. Das könnte also bedeuten, daß sie uns nicht gehört haben, aber vielleicht geben sie sich ja auch gerade eine Warnung durch.

Aber jetzt war keine Zeit für Spekulationen. Boomer wechselte den Kurs, um dem Sonar eine weitere Peilung zur Zielbestimmung zu ermöglichen. Der Kontakt war jetzt mit unveränderter Charakteristik gut hörbar und leicht anzupeilen. »Scheint etwas näher als 20000 Meter zu sein«, kam die Meldung aus dem Sonarraum.

»Kommandant verstanden. Rohr eins und zwei klarmachen. Ich halte den Kurs noch drei Minuten für die Zielerfassung.«

0456. »Feuerleitraum an Kommandant. Computer hat Ziel erfaßt. Kontakt 2307, Kurs zwei-eins-zwei, Geschwindigkeit 6,4, Entfernung 11400 Meter. Wir stehen 2000 Meter ab vom Kurs.«

Jetzt war genau das eingetreten, auf was Boomer seine Vorgesetzten im Pentagon aufmerksam gemacht hatte. Die beiden Boote waren so nahe beieinander, daß das Sonar der *Columbia* sie nicht auseinanderhalten konnte. »Ich will nicht den einen Hurensohn dadurch warnen, daß ich den anderen versenke«, murmelte er, »denn wenn er entkommt, dann wird er überall hinausposaunen, was hier geschehen ist.«

Boomer wußte, was zu tun war. Ich muß sie beide innerhalb von 30 Sekunden ausschalten, dachte er. Ich werde also warten, bis sie so nahe sind, daß wir ihre Signale klar unterscheiden können. Obwohl unklar ist, wie lange sie noch schnorcheln werden. Bis sechs Uhr gebe ich ihnen noch.

Boomer befahl abermals Steuerbordruder. »Kurs null-acht-null. Kommandant an Sonar: Sofort melden, wenn die beiden Kontakte sich soweit unterscheiden lassen, daß wir sie mit zwei Torpedos gleichzeitig angreifen können.«

»Sonar verstanden.«

0508. »Sonar an Kommandant. Habe jetzt zwei Zielkontakte. Kontakte 2307 und 2310, Peilung 011 und 014.«

»Verstanden. Kommandant an Feuerleitraum. Torpedo in Rohr eins übernimmt 2307, Torpedo in Rohr zwei 2310. Passive Annäherung, kleine Fahrt bis 1000 Meter vor dem Ziel, dann beide Torpedos flach und in den Aktivmodus. Vor dem Abschuß drehe ich das Boot auf die Ziele ein.«

»Feuerleitraum verstanden.«

»Kommandant an Computer. Gebt gleichen Kurs und Geschwindigkeit für beide Torpedos ein. Beide Ziele sind nur 2000 Meter voneinander entfernt.«

»Computer verstanden. Daten eingegeben.«

Boomer Dunning wußte, daß er jetzt Nerven bewahren mußte. »Du hast genügend Zeit«, murmelte er. Immer schön der Peilspur ausweichen und dann von hinten kommen, dachte er. Abwarten, bis wir in deren toten Winkel kommen – damit die Chancen besser stehen, daß die nicht den Abschuß hören. Vielleicht sollte ich die Sache ja beschleunigen, indem ich mich so nach neun Minuten hinter sie setze. Dann habe ich noch 1500 Meter in Richtung Osten frei und bin schneller in ihrem Schatten.

0517. »Sonar an Kommandant. 2307, Peilung drei-vier-eins, 2310, Peilung drei-fünf-zwei. Beide im Hochfrequenzbereich. Gut hörbar. Gute Peilung. Keine Veränderung.«

»Backbord. Ruder Kurs null-drei-null. In elf Minuten drehe ich in Schußposition.«

»Sonar an Kommandant. 2307, Peilung zwei-sechs-fünf, 2310, Peilung zwei-acht-eins. Keine Veränderung.«

»Kommandant, Computerzielerfassung klar.«

0528. »Ruder Backbord, Kurs zwei-sieben-null. *Rohre eins und zwei klar zum Feuern.*«

0530. »Gleichbleibend auf zwei-sieben-null, Sir.«

»Rohr eins los!«

»Rohr eins abgefeuert.«

»Rohr zwei los!«

»Rohr zwei abgefeuert.«

Zum zweiten Mal seit ihrem Stapellauf erbebte die *Columbia* vom Abschuß zweier großer Mk 48 ADCAP-Torpedos, die sich sofort auf die Suche nach den beiden in Rußland gebauten Unterseebooten machten.

»Beide Torpedos unter Kontrolle, Sir.«

0536. »Erster Torpedo 1000 Meter von 2307 entfernt... *umgeschaltet auf aktive Zielerfassung... direkt unterhalb Oberfläche... hohe Geschwindigkeit.*«

Boomer hörte, wie der Feuerleitraum dasselbe für den zweiten Torpedo meldete. Kurz darauf kam dann die Meldung, die er erwartet hatte. »Waffen Ziel erfaßt... auf Kurs... keine Veränderung.«

»Kommandant verstanden.«

»Erster Torpedo hat aktiven Kontakt, Sir.«

»Ersten Torpedo auf Kontakt 2307 freigeben!«

»Zweiter Torpedo hat aktiven Kontakt, Sir.«

»Freigeben!«

Um 0537 explodierten wenige Sekunden nacheinander die von der *Columbia* abgeschossenen Torpedos und rissen riesige Löcher in die Rümpfe der beiden Kilos. Eiskaltes Atlantikwasser strömte in die nagelneuen Boote, die rasch auf den Boden des 3 000 Meter tiefen Ozeans sanken. Fast eine Minute lang fing das Sonar der *Columbia* noch die schrecklichen Echos der Explosionen an Bord der Boote auf. Keiner der beiden chinesischen Feuerleitoffiziere hatte die Geistesgegenwart besessen, in letzter Sekunde noch einen Torpedo auf den Angreifer abzufeuern.

Die über 100 Chinesen und Russen an Bord der Boote starben, ohne eigentlich zu wissen, wie ihnen geschah, und weder ihre Leichen noch die Kilos wurden jemals wieder gesichtet. Erst eineinhalb Tage später begann man in China zu ahnen, daß etwas mit den Booten nicht in Ordnung war.

Commander Dunning stand nach dem Angriff kerzengerade und mit einem so merkwürdigen und harten Blick in den Augen in der Operationszentrale der *Columbia*, daß selbst seine eigene Frau ihn wohl nur mit Mühe erkannt hätte. Ihn berührte die Versenkung der beiden Boote nur wenig, und auch der Tod der gegnerischen Seeleute ließ ihn völlig kalt. Er hatte so etwas schon einmal getan und würde es, wenn nötig, jederzeit wieder tun. Boomer Dunning war ein Mann, der seine Befehle ohne Wenn und Aber ausführte. Er tat das, was sein Land von ihm verlangte, selbst wenn es ihn sein eigenes Leben kostete. Die U.S. Navy züchtet sich solche Männer für solche Aufgaben heran.

Boomer ließ die *Columbia* auftauchen, um nach irgendwelchen Spuren der Kilos zu suchen. Ein dünner, im Licht des starken Scheinwerfers am Turm in allen Farben schillernder Ölfilm auf dem Wasser war das einzige, was von den beiden Booten übriggeblieben war. Nach ein paar Minuten gab Boomer den Befehl, wieder auf Sehrohrtiefe zu gehen und Kurs auf New London zu nehmen.

Vielleicht hätte Boomer mehr über das Geschehene nachdenken können, aber für philosophische Betrachtungen wurde er nicht bezahlt. Er war ein treuer Diener seiner Regierung, den man dazu ausgebildet hatte, die Befehle seiner Vorgesetzten zu befolgen. Genau das hatte er getan.

Boomer ließ den Funkraum Verbindung mit dem Satelliten herstellen, sendete das »Auftrag ausgeführt«-Signal an SUBLANT und hoffte, daß irgend jemand Jo davon unterrichten würde, daß es ihm gut ging und daß er bald zu ihr nach Hause kam.

Zwei Kilos hatte er zur Strecke gebracht. Blieben noch fünf.

KAPITEL VIER

In den frühen Morgenstunden des 12. Januar fegte ein schneidender Nordwestwind durch das Tor der Höchsten Harmonie und brachte den ersten Schnee dieses Winters nach Peking. Die weißen Kristalle, die vom Hochplateau der Inneren Mongolei herwehten, glitzerten auf den Dächern der Verbotenen Stadt, die seit vielen Jahrhunderten den Drachenthron bewachte. Der breite, Goldwasser genannte Wassergraben hinter dem großen Tor war zugefroren, und auf dem Platz des Himmlischen Friedens lag eine zehn Zentimeter hohe Schneedecke.

Nur in einem Raum im ersten Stock der riesigen Großen Halle des Volkes brannte jetzt, kurz vor zwei Uhr morgens, noch Licht. Der Zigarettenrauch, der den mittelgroßen Konferenzraum erfüllte, war ebenso wie die acht schwerbewaffneten Leibwächter, die draußen auf dem Korridor auf und ab gingen, ein untrügliches Anzeichen für die Anwesenheit des kettenrauchenden Großen Vorsitzenden.

Vor dem großgewachsenen, vornübergebeugten Mann saßen an einem langen Tisch, der fast den ganzen Raum ausfüllte, die mächtigsten Männer Chinas. Darunter war auch der Generalsekretär der Kommunistischen Partei, der gleichzeitig auch der Vorsitzende der Kommission für Militärische Angelegenheiten war, die das Geld für die Volksbefreiungsarmee und die chinesische Marine bewilligte. Neben ihm saß Qiao Jiyun, der Chef des Generalstabs.

Am anderen Ende des Tischs hatte das Oberkommando der Chinesischen Marine Platz genommen, zu dem auch deren Politischer Kommissar, Vizeadmiral Yang Zhenying gehörte. Die drei stellvertretenden Oberkommandierenden, die Vizeadmiräle Xue Qing, Pheng Lu Dong und Zhi Heng-Tan unterhielten sich leise. Der Chef des Admiralstabs, Vizeadmiral Sang Ye, war erst vor einer Stunde aus Shanghai angekommen, während Vizeadmiral Yibo Yunsheng, der Befehlshaber der Flotte im Ostchinesischen Meer, und sein Kollege Zu Jicai von der Südflotte schon den ganzen Tag in der Hauptstadt waren. Alle Männer in dem Raum schienen bedrückt und nachdenklich zu sein. Nur einer war das nicht.

Admiral Zhang Yushu, der Oberbefehlshaber der Marine der Volksbefreiungsstreitkräfte, vom Temperament her ohnehin ein lebhafter Mann, kochte vor Wut. Weil er einfach nicht stillsitzen konnte, lief er auf dem schmalen Streifen blauen Teppichs vor dem riesigen Tisch aus poliertem Holz hin und her.

Zhang kämpfte um seine Selbstbeherrschung, aber seine Worte waren sorgfältig gewählt und höflich. Sie klangen fast ein wenig zu höflich, so wie die eines Lehrers, der dem abgrundtief dummen Sohn eines blutdürstigen Diktators Mathematikunterricht erteilen muß. »Ich kann es einfach nicht glauben…«, sagte er. »Und zwar beim besten Willen nicht. Die U-Boote haben sich jetzt drei Tage lang schon nicht mehr gemeldet. Das ist unmöglich. Ein Tag wäre schon verdächtig, zwei Tage höchst alarmierend. Drei Tage ohne Kommunikation aber bedeuten, daß etwas passiert sein muß. Das alles trifft normalerweise schon auf ein Boot zu, meine Herren, aber wir haben es hier mit zweien zu tun. Sicherlich glaubt keiner von Ihnen, daß zwei Boote zur selben Zeit einen Unfall haben können…«

»Aber könnten sie nicht unter Wasser zusammengestoßen sein, Admiral Zhang?« wagte es Zu Jicai zu fragen.

»Aber sie fuhren doch beide in dieselbe Richtung!« brüllte Zhang, mit dessen Selbstbeherrschung es mit einem Schlag vorbei war. »Und außerdem müßte wenigstens eines von ihnen so lange noch schwimmfähig gewesen sein, daß es einen Notruf absetzen konnte… *Will das denn niemand begreifen?«* Zhang hielt inne und verneigte sich kurz in Richtung auf das Kopfende des Tischs. »Entschuldigen Sie bitte, Genosse Vorsitzender… Mein Benehmen gereicht weder mir noch den hohen Offizieren hier in diesem Raum zur Ehre.« Dann setzte

er sich endlich hin, stützte den Kopf in die Hände und hätte vor lauter Wut und Verzweiflung fast losgeheult.

Eine ganze Weile sagte niemand etwas. Dann blickte Admiral Zhang auf und sagte ruhig: »Wenn wir annehmen, daß nicht bei beiden Booten gleichzeitig ein so schlimmer Defekt aufgetreten ist, daß er zum Untergang führte, müssen wir wohl die Möglichkeit einer Kollision untersuchen. Aber bei zwei Unterseebooten, die beide in dieselbe Richtung fahren, fällt es mir schwer, an einen so gewaltigen Zusammenstoß zu glauben, der beide Boote mit Mann und Maus sinken läßt, ohne daß auch nur eines einen Notruf absetzen kann.

Gut, rein theoretisch wäre es möglich, daß das vorausfahrende Boot – vielleicht um einen abgebrochenen Telefonkontakt wiederherzustellen – eine Drehung um 180 Grad gefahren und in das ihm folgende Boot gekracht ist, aber ich würde die Wahrscheinlichkeit für einen solchen Unfall auf eins zu eine Million beziffern.

Mein Urteil lautet deshalb, daß das, was unseren beiden U-Booten zugestoßen ist, ziemlich sicher kein Unfall war. Und ich möchte Sie alle an einen alten Lehrsatz erinnern: ›Wenn du das Unmögliche eliminiert hast, dann ist das, was übrig bleibt, die Wahrheit, *und wenn sie noch so unwahrscheinlich klingt.*‹ Darum wiederhole ich: Es war kein Unfall.«

Zhang hielt inne, als wartete er auf die unvermeidlichen Einwände von Männern, die einer unangenehmen Wahrheit nicht ins Gesicht sehen wollen. Aber es kamen keine. Der Admiral stand wieder auf und starrte die anderen an. »Liebe Freunde und Kollegen«, sagte er, »die wichtigste Frage, die wir uns meiner Meinung nach jetzt stellen müssen, ist die folgende: Welches Land der Erde ist in der Lage, unsere Boote zu versenken? Und die Antwort lautet: Nur wenige. Um einen solchen Akt der Barbarei zu begehen, braucht man ein U-Boot, das schneller und größer ist als unsere beiden Kilos und zudem über eine hochentwickelte Ortungs- und Waffentechnik verfügt. Eigentlich kommt dafür nur ein nuklear getriebenes Boot mit unbeschränkter Reichweite in Frage, das seine Ziele in einem relativ großen Seegebiet aufspüren und vernichten kann.

Das wiederum bedeutet, daß unser Feind entweder Rußland, Frankreich, Großbritannien oder die Vereinigten Staaten von Amerika ist. Zunächst zog ich Rußland ernsthaft in Erwägung, denn schließlich wissen wir ja alle, was für einen Druck die USA auf die dortige Regierung ausgeübt haben, um die Lieferung der Kilos an uns zu unterbinden. Dann aber muß ich sagen, daß wir in Marineangelegenheiten viel zu enge Geschäftspartner sind, als daß sie sich so eine Ungeheuerlichkeit erlauben könnten. Außerdem waren einige ihrer besten U-Boot-Offiziere an Bord unserer Boote.

Nein, meine Herren, nach sorgfältiger Abwägung aller Möglichkeiten bin ich zu meinem großen Bedauern zu dem Schluß gekommen, daß höchstwahrscheinlich die Amerikaner unsere Boote versenkt haben. *Und das dürfen wir ihnen nicht durchgehen lassen!*«

Der große Vorsitzende blickte auf, zog heftig an seiner Zigarette und sagte lächelnd: »Danke, Zhang. Sie sind mir wie ein eigener Sohn, und ich weiß Ihre unbeirrbare Loyalität und Ihren Eifer in dieser Sache sehr zu schätzen. Aber ich frage mich, ob vielleicht mein guter Freund Yibo Yunsheng von unserer östlichen Flotte mir altem Mann, dessen Tage des Kampfs schon lange vorbei sind, die Ehre erweist und erklärt, wie unsere U-Boote verschwinden konnten und warum keine anderen Schiffe auf diese Weise verschwinden.«

Admiral Yibo, der früher einmal der Kommandant von Chinas 7000-Tonnen verdrängendem Atom-U-Boot *Xia* vom alten Typ 992 gewesen war, stand auf und verbeugte sich förmlich. »Ich fühle mich geehrt, Genosse Vorsitzender«, sagte er. »Aber wahrscheinlich werde ich zu Ihrer großen Weisheit kaum etwas Neues beitragen können. Ein großes Problem mit Unterseebooten ist die Schwierigkeit der Verständigung mit ihnen, wenn sie unter Wasser sind. Man kann sie nicht sehen, aber man kann ihnen auch keine Nachrichten schicken.

Aus diesem Grund sind wir bei der Kommunikation mit U-Booten völlig darauf angewiesen, daß diese von sich aus mit uns in Verbindung treten. Bei den Kilos liefen die Nachrichten über einen Satelliten der Russischen Nordflotte, die wiederum eine Satellitenverbindung zum Hauptquartier unserer südlichen Flotte eingerichtet hat. Es war vereinbart, daß die Boote alle 48 Stunden, wenn sie mittels Schnorcheln ihre Batterien wieder aufluden, Verbindung mit uns aufnehmen.

Das ist zum letzten Mal um 4 Uhr 05 Ortszeit am achten Tag ihrer Reise geschehen. Die Boote haben uns ihre Position, ihren Kurs, ihre Geschwindigkeit und andere routinemäßige Angaben durchgegeben. Wenn wir von der Theorie ausgehen, daß die Amerikaner die Kilos versenkt haben, dann lagen sie vermutlich mit einem U-Boot auf der Lauer und schossen kurze Zeit später etwa gleichzeitig zwei Torpedos auf sie ab, während unsere Boote noch ihre Diesel laufen ließen und deshalb vom Sonar geortet werden konnten.

In der darauffolgenden Nacht haben wir ohnehin keinen Funkspruch von den Kilos erwartet, rechneten uns aber aus, daß sie bei einer durchschnittlichen Geschwindigkeit von acht Knoten etwa 180 Seemeilen in südwestlicher Richtung zurückgelegt haben mußten. Tags darauf waren es schon 360 Meilen, aber weil wir den genauen Kurs der Boote nicht wußten, war das Gebiet, in dem sie sich befinden konnten, bereits 150 000 Quadratkilometer groß.

Der Ozean ist dort etwa drei Kilometer tief, und jetzt, wo noch ein Tag vergangen und unser Suchgebiet sogar noch größer ist, wird es sehr schwierig, sie zu finden. Selbst wenn uns jemand genau sagen könnte, wo sie liegen, könnten wir nichts tun. Taucher hinunterschicken wäre unmöglich. Und wozu auch? Alle in den Booten sind längst tot. Die Kilos sind nicht nur zerstört, sondern darüber hinaus für uns völlig unerreichbar. Ich schätze, daß nicht einmal die USA sie heben könnten.

Ich sage es nur ungern, aber ein Unterseeboot, das fern der Heimat in tiefem Wasser sinkt, ist zumeist für immer verloren. Und deshalb wäre es vielleicht besser, wenn wir den Verlust der beiden Kilos nicht zugeben würden. Wir haben es hier mit der brutalsten und hinterhältigsten Form geheimer Kriegsführung zu tun, bei der man weder zugibt, was man tut, noch was einem angetan wurde. Im U-Boot-Krieg war das schon immer so. In Ihrer großen Weisheit, Genosse Vorsitzender, werden Sie sicher einsehen, daß wir die Welt niemals über die Versenkung unserer beiden neuen Kilo-Boote durch die imperialistischen USA informieren dürfen.«

»Vielen Dank, Admiral Yibo. Ich weiß Ihren klugen Rat zu schätzen. Aber nun, Genossen, ist es spät, und ich bin müde und würde gern zu Bett gehen. Ich schlage vor, daß wir morgen mit den Russen sprechen, die sicherlich ebenso beunruhigt sind wie wir. Vielleicht wissen sie mehr über den Vorfall. Ich überlasse diese Dinge Ihnen und schlage vor, daß wir uns morgen vormittag um elf Uhr wieder hier treffen und dann entscheiden, was, wenn überhaupt, wir tun sollen.«

Der Vorsitzende stand langsam auf und verließ zusammen mit seinen zwei Sekretären den Raum. Der Politische Kommissar, der Generalsekretär der Partei und der Stabschef folgten ihnen. Die Marineoffiziere hingegen blieben. Admiral Zhang ging zum Telefon und rief in der vagen Hoffnung, daß vielleicht doch noch eine Nachricht von den verlorenen U-Booten eingetroffen war, im Hauptquartier der Südflotte an. Die Antwort war dieselbe wie seit drei Tagen. Absolut nichts.

Der 56jährige Admiral Zhang Yushu war möglicherweise der beste Oberkommandierende, den die chinesische Marine jemals gehabt hatte. Mit seinen eins achtzig war er für chinesische Verhältnisse ein großer Mann. Er hatte ein dunkles, rundliches und irgendwie westlich wirkendes Gesicht. Er trug sein kräftiges, schwarzes Haar etwas länger als die anderen politischen und militärischen Führer der Volksrepublik und blickte durch eine dicke Hornbrille in die Welt. Zhang war der Sohn eines Kapitäns aus dem großen, im Südosten Chinas gelegenen Hafen Xiamen. Während der Zeit bitterer Armut unmittelbar nach dem Zweiten Weltkrieg kam er auf dem Frachtschiff seines Vaters zur Welt, und schon im Alter von zwölf Jahren hätte er einen Schiffsmotor auseinandernehmen und wieder zusammenbauen können. Er wußte, wie man im Südchinesischen Meer navigiert, und mit 15 hätte er praktisch jeden der mittelgroßen Frachter steuern können, die an dieser stark frequentierten Küste westlich der Formosastraße von Hafen zu Hafen liefen.

Zhang errang sich einen Studienplatz an der Universität in Xiamen und machte dort einen der besten Abschlüsse als Schiffahrtsingenieur. Nach zwei Kursen in Nuklearphysik trat er mit 22 Jahren in die Marine der Volksbefreiungsstreitkräfte ein, wo er nach chinesischen Begriffen eine ausgesprochen rasche und geradlinige Karriere machte. Im Alter von 39 Jahren kommandierte er den neuen, in Shanghai gebauten Lenkwaffenzerstörer *Nanjing*, fünf Jahre später ernannte man ihn zum Befehlshaber der Östlichen Flotte und nach weiteren vier Jahren zum Chef des Admiralstabs. Deng Xiao-ping, der damals nur noch das Amt des Vorsitzenden der Kommission für militärische Angelegenheiten aktiv bekleidete, beförderte ihn zum Oberbefehlshaber der Marine. Der inzwischen verstorbene Große Reformer hatte Admiral Zhang für den Mann gehalten, der die Modernisierung der chinesischen Marine vorantreiben konnte.

Deng hatte seine Entscheidung aufgrund einer Unterhaltung getroffen, in der ihm der junge Admiral folgendes gesagt hatte: »Als ich noch ein kleiner Junge war, galt mein Vater als der beste Frachterkapitän in Xiamen. Er arbeitete härter als jeder andere, und er war intelligenter als jeder andere, aber an unserem alten Schiff war ständig etwas kaputt. Mein Vater war möglicherweise der einzige Mann an der ganzen Küste, der den Kahn überhaupt schwimmfähig halten konnte. Dennoch war der Kampf vergebens, denn wir waren arm, und die Leute mit den besseren, schnelleren und zuverlässigeren Frachtern nahmen uns immer mehr gute Frachten ab, besonders, wenn es um den Transport von leicht verderblichen Waren wie Obst und Gemüse ging. Auf dem Meer gibt es nichts, was eine erstklassige materielle Ausrüstung ersetzen könnte, Genosse Vorsitzender. Ich hätte lieber zehn hochmoderne Unterseeboote als 100 veraltete. Geben Sie mir zehn nagelneue Lenkwaffenzerstörer, 50 moderne Fregatten und einen guten Flugzeugträger, und ich verteidige dieses Land 50 Jahre lang gegen jeden Angriff von See aus.«

Deng gefiel das, was Admiral Zhang sagte, ausgesprochen gut, denn er war ein modern denkender Mann, der weit über seinen eigenen Horizont hinausblicken konnte. Er wußte genau, daß die ältlichen Herren im Oberkommando der Streitkräfte diese Gedanken nicht gern hören würden. Sie glaubten immer noch, daß sie mit einer Unzahl zum Teil nur schlecht ausgebildeter Soldaten – 2,2 Millionen waren es zur damaligen Zeit – und einer riesigen Flotte heillos veralteter Kriegsschiffe für künftige Herausforderungen gerüstet wären. Zhang war da ganz anders, und Deng spürte damals instinktiv, daß jener sein Mann war.

Die Bestellung der zehn russischen Kilo-U-Boote für die Volksbefreiungsmarine ging ebenso auf eine Initiative Zhangs zurück wie der Entschluß, den noch immer unvollendet in Nikolajew in der Ukraine liegenden 67000-Tonnen-Flugzeugträger *Admiral Gudenko* zu kaufen. Jetzt waren diese Pläne und Zhangs Strategie für das 21. Jahrhundert höchst gefährdet, und der Admiral sah sich mit einer Mischung aus Verärgerung und Zurückhaltung den tadelnden Blicken des 71jährigen Vizeadmirals Pheng Lu Dong und seines 68jährigen Kollegen Zhi Heng-Tan ausgesetzt.

Tief in seinem Inneren wußte Zhang, daß die beiden ihn ganz allein für das Desaster mit den U-Booten verantwortlich machten. Die ältere Generation der chinesischen Militärs war schon seit längerer Zeit der Meinung, daß das Land keine weiteren Gebietsansprüche mehr habe – einen möglichen Anschluß Taiwans ans Festland einmal ausgenommen. Seit dem Zerfall der Sowjetunion, so argumentierten sie, habe China keinen natürlichen Feind mehr, und das Schlimmste, was dem Land in militärischer Hinsicht passieren könne, seien kleinere Grenzgefechte im Norden. Da sei es sehr unklug, für drei Milliarden Dollar den Russen zehn Unterseeboote abzukaufen und dadurch möglicherweise einen Krieg mit den Vereinigten Staaten von Amerika zu riskieren. Pheng Lu Dong und Zhi Heng-Tan gehörten zu den stärksten Verfechtern dieser Meinung.

Admiral Zhang und seine Freunde, der Chef des Admiralstabs, Vizeadmiral Sang Ye, und der Befehlshaber der Südlichen Flotte, Vizeadmiral Zu Jicai, waren da ganz anderer Auffassung. Alle drei hielten den Verlust der Boote für einen peinlichen Affront gegen die Ehre Chinas und befürchteten für den Fall, daß er jemals publik werden würde, einen enormen Ansehensverlust vor der internationalen Gemeinschaft. Immerhin besaß China die zahlenmäßig größte Armee und die drittgrößte Marine der Welt – wie es mit ihrer Kampfkraft aussah, stand allerdings auf einem anderen Blatt. Alle drei Männer waren der Meinung, daß man die USA für die Versenkung der Boote empfindlich bestrafen müsse.

Admiral Sang Ye war bereit, einen terroristischen Angriff auf das amerikanische Festland zu finanzieren und zu organisieren, ähnlich dem Bombenanschlag von Oklahoma im Jahr 1995. »In Amerika leben 1,6 Millionen Chinesen«, sagte er. »Ich bin mir sicher, daß wir 20 von ihnen dazu bringen können, eine Bombe in New York oder Washington zu plazieren. Und wenn diese explodiert ist, schicken wir dem Pentagon eine Botschaft, die nur aus dem Wort ›Kilos‹ besteht, damit die Amerikaner wissen, wem sie das zu verdanken haben. Und was viel wichtiger ist, wir hätten unsere Ehre wiederhergestellt.«

Keiner der drei schlug vor, ein amerikanisches Kriegsschiff zu versenken, und Admiral Zhang sagte, wie schon so oft: »Wir müssen unbedingt die restlichen Kilos bekommen. Nur wenn wir die haben, können wir an eine wirksame Kontrolle der Formosastraße denken. Nur diese Boote versetzen uns in die Lage, Taiwan von der Außenwelt abzuschneiden. Aber ich fürchte, daß unsere politischen Führer nicht den nötigen Willen dazu aufbringen und den ganzen Auftrag stornieren. Dann werden uns für immer die Hände gebunden sein, denn nur vor den Kilos haben die USA wirklich Angst, und das mit gutem Grund. Hätten wir zehn dieser Boote, dann könnten wir alle ihre Flugzeugträger auf den Meeresgrund schicken.«

»Nun, drei haben wir jetzt schon«, sagte Admiral Pheng. »Wäre es denn nicht möglich, daß wir die restlichen selber bauen, vielleicht mit einer Lizenz von den Russen? Das machen westliche Länder doch genauso.«

»Das stimmt, Admiral«, antwortete Zhang. »Aber es funktioniert nur selten. Unterseeboote sind sehr anfällige Maschinen, die äußerst sorgfältig hergestellt werden müssen. Wenn auch nur eines ihrer Millionen von Teilen nicht ganz exakt gefertigt oder irgendwie falsch eingebaut wird, hat man schnell einen Fehler im System, der das Boot beim Tauchen und unter Gefechtsbedingungen in größte Probleme bringen kann. Bisher ist noch kein Dritte-Welt-Land, das Unterseeboote in Lizenz gebaut hat, damit glücklich geworden. Der Mittlere Osten ist ein einziger Schrottplatz für solche Boote, die niemals in See gingen, geschweige denn ein eigenes Tauchmanöver durchgeführt haben. Ich befürchte, daß nur Länder wie Großbritannien, Rußland, Frankreich, Holland, Schweden oder Deutschland wirklich funktionierende dieselelektrische U-Boote für küstennahe Gewässer herstellen können. Die USA bauen sie schon gar nicht mehr.«

»Dann sollten wir vielleicht auf Unterseeboote verzichten und statt dessen lieber Zerstörer und Fregatten bauen«, schlug Admiral Pheng vor. »Sie sind bei weitem nicht so teuer und können auch sehr effektiv sein.«

»Admiral Pheng, seit ich bei der Marine bin, waren Sie immer mein Freund, und ich hatte die große Ehre, von Ihnen sehr viel zu lernen«, erwiderte Zhang. »Aber Sie müssen mir glauben, wenn ich Ihnen sage, daß die amerikanische Flotte die unsrige mit ein paar Trägerkampfgruppen in wenigen Tagen vernichten könnte. Das wäre im Ernstfall nur zu verhindern, wenn wir ihre Flugzeugträger versenken, und das wiederum ist nur mit U-Booten möglich, die Torpedos mit nuklearen Gefechtsköpfen verschießen können. Alles andere kann man vergessen.«

Mit etwas leiserer Stimme fuhr er fort: »Und dann ist da noch die Taiwan-Frage. Wenn wir die Insel jemals wieder in unseren Staat eingliedern wollen, brauchen wir eine starke U-Boot-Waffe. Allein mit deren Existenz halten wir jede fremde Macht, die USA eingeschlossen, davon ab, sich in diese innerchinesische Angelegenheit einzumischen. Am Ende werden Sie sehen, daß wir die Kilos eigentlich nur zur Abschreckung brauchen. Wenn wir sie erst haben, werden sie einen Krieg verhindern, denn sie stellen für jeden potentiellen Angreifer von See her ein nicht kalkulierbares Risiko dar.«

»Dann bleibt mir nichts anderes übrig, als mich anerkennend vor dem jungen Oberbefehlshaber unserer Marine zu verneigen«, sagte Admiral Pheng lächelnd. »Wie immer können Sie auf meine wohlwollende Unterstützung rechnen, Admiral Zhang.«

Zhang lächelte ebenfalls, auch wenn es ihm gewisse Schwierigkeiten bereitete. Er stand auf und verkündete, daß auch er sich jetzt für die Nacht zurückziehen werde. »Begleiten Sie mich doch noch mit hinaus, Zu«, sagte er zum Befehlshaber der Südlichen Flotte. »Ich bleibe heute nacht im Marineministerium, da kann ich Sie in meinem Wagen mitnehmen. In sechs Stunden müssen wir wieder hier sein, und so, wie ich es sehe, steht dann die Zukunft der Marine auf dem Spiel.«

Fünf Stabsfahrzeuge der Marine warteten am Seitenausgang an der Chang'an-Straße auf sie. Jetzt, um vier Uhr früh, hatte es aufgehört zu schneien, und die Stadt lag bei zwölf Grad minus unter einer dichten Schneedecke. Ein eisiger Wind ließ Admiral Zhang und Vizeadmiral Zu frösteln, bevor sie in die erste der wartenden Mercedes-Limousinen stiegen. Die anderen Admiräle, die ihnen gefolgt waren, standen am Straßenrand und verneigten sich ehrfürchtig. Der frisch gefallene Schnee knirschte unter den breiten Reifen des schweren Wagens, als dieser sich in Bewegung setzte und langsam über den weiß glitzernden Platz des Himmlischen Friedens fuhr.

Punkt elf Uhr am nächsten Vormittag betrat der Große Vorsitzende mit einer Zigarette in der Hand langsamen Schrittes den Konferenzraum im ersten Stock der Großen Halle des Volkes. Für den heutigen Tag war die Sitzung des Parlaments abgesagt worden, damit er und der Generalsekretär der Partei sich einer »wichtigen militärischen Angelegenheit« widmen konnten. Kein anderes Mitglied des Politbüros hatte auch nur eine Ahnung, um was es dabei ging, und keines würde es auch je erfahren, denn die Männer in dem Konferenzraum hatten unter Eid schwören müssen, absolutes Stillschweigen zu bewahren.

Jetzt grüßten sie ehrerbietig den Großen Vorsitzenden, der ihnen seinerseits einen guten Morgen wünschte und seiner Hoffnung Ausdruck gab, daß es ihnen allen gut ginge. Nach diesen einleitenden Worten verkündete er, daß er nun von seinem Generalstabschef Admiral Zhang Yushu einen klaren Vorschlag für ein weiteres Vorgehen hören wolle. Zhang erhob sich und erklärte, daß es ihm eine Ehre sei, der Aufforderung des Großen Vorsitzenden nachkommen zu dürfen.

»Ich denke, es besteht inzwischen kein Zweifel mehr daran, daß unsere Unterseeboote von der Marine der Vereinigten Staaten von Amerika versenkt wurden«, begann er. »Aber es ist sinnlos, deswegen Protest einzulegen, denn die Amerikaner werden jegliche Kenntnis des Vorfalls strikt ableugnen und vermutlich sogar so tun, als wären sie selbst am meisten entsetzt darüber.

Ich habe heute früh persönlich mit unseren russischen Partnern gesprochen und herausgefunden, daß sie zu ähnlichen Schlußfolgerungen gekommen sind wie ich. Offenbar haben die Amerikaner ihnen vor etwas weniger als einem Monat ein Ultimatum gestellt und verlangt, daß sie unseren Auftrag für die beiden Kilos nicht erfüllen. Die Russen hielten es für völlig undenkbar, daß selbst ein so barbarisches und selbstsüchtiges Land wie die USA aktive Schritte zur Versenkung der Boote unternehmen würde. Jetzt wurden sie eines Besseren belehrt, und zwar auf unsere Kosten.

Die Russen sind ebenso brüskiert und verärgert wie wir und arbeiten bereits einen detaillierten Plan aus, um den restlichen eine sichere Eskorte beizugeben ...«

»Dazu müßten wir uns aber erst einmal dafür entscheiden, ihnen die Boote überhaupt noch abzukaufen«, unterbrach ihn Vizeadmiral Yang Zhenying, der Politische Kommissar der Marine. »Soviel ich weiß, mußten wir für die beiden jetzt versenkten Kilos bezahlen, bevor sie überhaupt ausliefen ...«

»Das stimmt«, sagte Admiral Zhang. »Heutzutage bekommt in Rußland niemand Kredit, nicht einmal wir.«

»Ich finde, man kann durchaus der Auffassung sein, daß 600 Millionen US-Dollar ein ziemlich hoher Preis für überhaupt nichts sind. Und wenn Admiral Zhang die restlichen fünf Boote auf ähnliche Weise verliert, dann stehen 1,5 Milliarden auf dem Spiel«, entgegnete Admiral Yang.

»Bei allem Respekt, Admiral Yang«, sagte Zhang. »Erstens haben wir erst 400 Millionen bezahlt, und zweitens kann ich wohl kaum die Verantwortung für einen völlig ungerechtfertigten und nicht vorhersehbaren kriegerischen Akt der Vereinigten Staaten von Amerika übernehmen.«

»Dann haben Sie noch eine Menge zu lernen, Herr Admiral. In militärischen Dingen gilt ebenso wie im Kampfring der Satz: ›Achte immer auf deine Verteidigung.‹ Wer diesen Grundsatz nicht beherzigt, muß sich vorwerfen lassen, daß er einen Fehler gemacht hat. Ich jedenfalls bin der Meinung, daß Sie als Oberbefehlshaber der Volksbefreiungsmarine für das sichere Geleit aller chinesischen Kriegsschiffe verantwortlich sind und daß Sie, bei allem Ihrem hohen Amt gebührenden Respekt, dieser Verantwortung im Falle der beiden versenkten U-Boote nicht nachgekommen sind.«

Admiral Zhang blieb ruhig. »Und was hätte ich Ihrer Meinung nach tun sollen?« fragte er mit eiskalter Stimme.

»Ich glaube nicht, daß ich mir über Ihre Probleme den Kopf zerbrechen muß«, entgegnete Admiral Yang. »Schließlich habe ich genügend eigene. Ich wünschte allerdings, wir hätten einen Mann auf Ihrem Posten sitzen, der auch das nötige Format dafür hat. Ein solcher Mann hätte genügend Voraussicht bewiesen und angesichts der bekannt feindseligen Haltung der USA die Boote nicht in ihr Verderben fahren lassen.«

»Meine Ehre verbietet es mir, Sie darauf hinzuweisen, daß man Sie niemals für kompetent genug gehalten hat, auch nur eine Regionalflotte zu kommandieren«, fauchte Zhang. »Sie haben es lediglich bis zum viertklassigen Kapitän einer altersschwachen Fregatte gebracht, die vermutlich auseinandergefallen wäre, hätten Sie auch nur eines ihrer Geschütze abfeuern lassen. Und ausgerechnet Sie nehmen sich das Recht heraus, mich zu kritisieren … Sie sind Politischer Kommissar geworden, weil Sie die richtige Frau geheiratet haben, aber als kommandierender Offizier haben Sie jämmerlich versagt …«

Der Große Vorsitzende schlug mit seiner altersschwachen Faust leise auf den Konferenztisch. »Genossen, was Sie hier tun, ist ungehörig und unproduktiv zugleich. Admiral Yang, auch wenn Sie jetzt ein Mitglied einer der angesehensten Marinefamilien in der Volksrepublik sind, lasse ich es nicht zu, daß Sie die Kompetenz Ihres Oberbefehlshabers anzweifeln. Es gereicht Ihnen weder zur Ehre, noch bringt es uns auch nur einen Schritt weiter. Ich blicke in die Zukunft, und wenn Sie dazu nichts Konstruktives beizutragen haben, dann sind Sie bei dieser Zusammenkunft fehl am Platz. Trotzdem schätze ich Sie nach wie vor und wünschte, Sie würden in Zukunft zuerst nachdenken, bevor Sie etwas sagen. Bitte fahren Sie fort, Admiral Zhang.«

»Gern, Genosse Vorsitzender. Ich glaube, wir sollten uns jetzt auf zwei Dinge konzentrieren: Wir sollten uns überlegen, ob wir Vergeltungsmaßnahmen gegen die USA einleiten wollen – wofür ich persönlich plädieren würde –, und dann sollten wir darüber nachdenken, wie wir die restlichen fünf Kilos sicher von Rußland nach China bringen.«

»Ich kann ja verstehen, wie dringend die Marine diese Boote haben will«, sagte der Große Vorsitzende, »aber wir dürfen dabei nicht das politische Umfeld außer acht lassen. Lassen Sie mich hier nur erwähnen, daß unsere Nation keinerlei Gebietsansprüche an andere Staaten mehr hat. Wir haben einen permanenten Sitz mit Vetorecht im Sicherheitsrat der Vereinten Nationen und genießen die Meistbegünstigungsklausel im Handel mit den USA, und das nicht auf jährlich zu erneuernder, sondern auf permanenter Basis.

Ich möchte Sie daran erinnern, was der große Deng Xiaoping einmal über die Außenpolitik gesagt hat. Wir sollten, so meinte er, nicht mit unserer Leistungsfähigkeit prahlen, nichts überstürzen und keine ehrgeizigen Ziele wie eine internationale Führungsrolle anstreben. Damit meinte er, daß wir uns auf keine Abenteuer einlassen sollten, Admiral Zhang. Und ich halte das, was Sie vorhaben, für ein Abenteuer. Dennoch würde ich Sie bitten, uns mehr davon zu erzählen.«

»Genosse Vorsitzender«, sagte Zhang, »ich bedanke mich für die Gelegenheit, meine Gedanken unter Ihrer weisen Führung ordnen zu dürfen. Aber haben nicht alle unsere großen Ratsversammlungen in den vergangenen 40 Jahren den Entschluß gefaßt, vorsichtig auf die Wiedereingliederung Taiwans an das chinesische Mutterland hinzuarbeiten? Und haben wir nicht immer wieder betont, daß wir den amerikanischen Einfluß auf dieser Insel ebenso beseitigen wollen wie den britischen in Hongkong?«

»Stimmt, Zhang, damit haben Sie recht.«

»Dann möchte ich, bei allem Respekt, nun als ein Mann der Streitkräfte sprechen und zu bedenken geben, daß wir dieses Ziel niemals erreichen werden, wenn es uns nicht gelingt, die amerikanischen Flugzeugträger aus der Formosastraße fernzuhalten. Wie wir wissen – jetzt sehr viel deutlicher als noch vor einem Monat –, sind die Vereinigten Staaten völlig skrupellos, wenn es um ihren eigenen Vorteil geht. Sie maßen sich an, die Seehandelswege zu kontrollieren, dic an unserer Ostküste vorbeiführen, und treiben von Jahr zu Jahr einen größeren Keil zwischen uns und Taiwan.

Immer, wenn unsere Marine ihre Präsenz in der Formosastraße demonstriert, kommt unweigerlich ein riesiger amerikanischer Flugzeugträger-Kampfverband herangedampft, der – machen wir uns da nichts vor – den gesamten östlichen Teil unseres Landes in Schutt und Asche legen könnte. Und wer wäre in der Lage, dagegen etwas zu unternehmen? Niemand. Wir haben nur eine Chance, so etwas zu verhindern, und das sind die Kilos. Und deshalb ersuche ich Sie in ihrer unergründlichen Weisheit, uns die Erlaubnis zum Fortfahren dieses Programms zu geben. Natürlich werden wir in Zukunft alle Maßnahmen für den Schutz der Boote ergreifen, die Admiral Yang von uns fordert.«

Der Große Vorsitzende lächelte und wiegte den Kopf. »Sie sind nicht gerade der Mann, mit dem man einen Streit anfangen möchte«, sagte er. »Aber ich danke Ihnen für Ihre klaren Worte. Allerdings gibt es da noch etwas, was ich zu bedenken geben möchte. Sie wissen alle, daß wir den Atomwaffensperrvertrag unterzeichnet haben. Nun, ich will den Westen nicht weiter provozieren, indem ich ihn in dem Glauben lasse, wir würden die Kilos nur deshalb kaufen, weil sie Torpedos mit nuklearen Sprengköpfen verschießen können.

Admiral Zhang, wir befinden uns mit niemandem im Krieg, und ich möchte auch nicht, daß sich an dieser Situation etwas ändert. Ich will vielmehr, daß unsere Nation ein friedliches Mitglied der internationalen Staatengemeinschaft bleibt und noch mehr als bisher am freien Welthandel teilnimmt. China kann bei einer militärischen Auseinandersetzung mit den Vereinigten Staaten nur verlieren. Wären wir also nicht besser dran, wenn wir die ganze Sache auf sich beruhen ließen? Sollen doch die Amerikaner in der Formosastraße herumfahren, so lange es ihnen beliebt. Immerhin sind sie die größten Abnehmer für unsere Produkte, Admiral Zhang, und der Handel mit ihnen macht uns reich. Dagegen ist eine mögliche Wiedervereinigung mit Taiwan ein weit entferntes Ziel, von dem ich mich manchmal frage, ob es den ganzen Aufwand wert ist, den wir in dieser Richtung betreiben.«

Admiral Zhang lächelte. »Ich bin, wie immer, beeindruckt von Ihrer Urteilskraft und Weisheit, Genosse Vorsitzender, und normalerweise ist Ihre gelehrte Meinung über jegliche Kritik erhaben. Aber dürfte ich Sie bitten, die Taiwan-Frage für einen Augenblick aus einem anderen Blickwinkel zu betrachten – und zwar aus dem Taiwans. Je enger sich die chinesische Insel an die USA anlehnt, desto mehr ist es nur eine Frage der Zeit, bis sie sich ihr eigenes nukleares Abschreckungspotential aufbaut. Das hat bisher noch jedes Land der Erde gemacht, das die nötigen Mittel dazu hatte und sich genügend bedroht fühlte.«

»Aber wir sollten nicht vergessen, daß Taiwan kein Land für sich ist, Admiral Zhang«, erwiderte der Große Vorsitzende. »Es wird immer ein Teil von China bleiben. Es ist noch gar nicht so lange her, da sprach man dort noch von der ›Wiedereroberung des Festlands‹.«

»Dessen bin ich mir vollauf bewußt, Genosse Vorsitzender. Aber ich möchte alle Anwesenden daran erinnern, daß vor ebenfalls nicht allzu langer Zeit die Vereinigten Staaten ihre Siebte Flotte in die Formosastraße entsandt haben, als sie glaubten, wir wollten Taiwan zurückerobern. Wir haben es hier mit einem ganzen Bündel von unterschiedlichen Interessen zu tun.«

»Das haben wir, Admiral Zhang, das haben wir«, sagte der alte Mann. »Und wir sollten der Wahrheit ins Auge blicken: daß alle unsere Bemühungen, amerikanische Waffenverkäufe an Taiwan zu verhindern, am Ende kläglich gescheitert sind.

Dazu kommt, daß die Insel immer reicher wird, so daß demnächst der Wunsch nach Atomwaffen durchaus aufkommen könnte.«

»Meiner Meinung nach ist er bereits aufgekommen«, sagte Zhang. »Ich habe lange und sorgfältig darüber nachgedacht und bin zu dem Schluß gekommen, daß wir uns diese mögliche Atommacht in unserem eigenen Hinterhof nur dadurch vom Hals schaffen können, indem wir sie in unseren Staat eingliedern. Allerdings wird Taiwan sich das nicht so ohne weiteres gefallen lassen, und wenn wir nicht dafür sorgen, daß die amerikanischen Flugzeugträger taiwanischen Gewässern fernbleiben, wird es uns auch mit militärischen Mitteln nicht gelingen.

Nur die Kilos aus Rußland würden uns das ermöglichen und damit letzten Endes auch die Wiedereroberung Taiwans, sollten wir sie eines Tages für nötig befinden. Aber die Zeit arbeitet gegen uns. Die Taiwaner sind, wie wir alle wissen, enorm tüchtig. Ich betrachte sie als eine Zeitbombe, die wir erst dann entschärfen können, wenn die Insel nicht mehr unter dem direkten Schutz der USA steht.«

Der Große Vorsitzende nickte. »Sie wollen damit also sagen, daß der Kauf der Kilos uns nicht ungewollt zu Aggressoren abstempelt, sondern daß diese auf lange Sicht ein Kernstück unserer Landesverteidigung darstellen.«

»Besser hätte ich es nicht ausdrücken können, Genosse Vorsitzender. Wir leben in einer unruhigen Welt, und in der ist es für ein so großes Land wie das unsere, in dem immerhin ein Fünftel der Weltbevölkerung lebt, essentiell wichtig, daß es Kriegsschiffe fremder Mächte von seinen eigenen Gewässern fernhalten kann. Unsere Marine, so groß sie auch ist, kann das im Augenblick nicht gewährleisten. Hätten wir aber noch mehr Kilos, dann würde sich das Gleichgewicht beträchtlich zu unseren Gunsten verschieben.«

Vizeadmiral Zhi Heng-Tan, der zweite von Zhangs älteren Stellvertretern, ergriff zum ersten Mal an diesem Tag das Wort.

Voller Respekt meldete er seine Zweifel an Zhangs Thesen an. »Ich kann verstehen, daß Sie die Kilos haben wollen,

Admiral Zhang«, sagte er. »Und ich verstehe auch Ihr jugendliches, hitziges Verlangen, sich an den USA zu rächen. Aber es gibt einen Leitsatz unter westlichen Rechtsanwälten, der mir auch in unserem Fall sehr zutreffend erscheint: ›Gehe niemals vor Gericht, um Rache zu nehmen, sondern nur, um Geld herauszuschlagen.‹

Ich glaube, daß dieser Sinnspruch sich ebenso auf kriegerische Auseinandersetzungen anwenden läßt. Greife niemals jemanden an, um Rache zu nehmen, sondern nur, wenn du damit Macht oder einen wirtschaftlichen Vorteil gewinnst. Beides aber würden wir durch einen Schlag gegen die USA nicht erreichen. Ich sehe nur Probleme und Blutvergießen und negative Auswirkungen auf unseren Außenhandel. Hinter dem freundlichen Lächeln der Amerikaner verbergen sich scharfe, spitze Zähne. Die Männer im Pentagon sind mindestens so gefährlich wie Dschingis Khan, und außerdem haben sie ein zehnmal größeres militärisches Potential als wir, was voraussichtlich das nächste halbe Jahrhundert über auch so bleiben wird. Was immer wir auch gegen sie tun, sie werden es uns mit gleicher Münze heimzahlen. Und dann käme zum Verlust an Menschenleben auch noch ein vernichtender Verlust an Ansehen.

Ich bin ein ebenso glühender Patriot wie Sie, Admiral Zhang, und ich werde jeden Entschluß dieses Rates mit ganzem Herzen unterstützen. Aber ich ersuche alle in diesem Raum Anwesenden dringend, von Sanktionen gegen die USA Abstand zu nehmen, denn dabei können wir nur den kürzeren ziehen.«

»Ich verstehe Ihre Sorgen sehr gut, Admiral Zhi«, antwortete Zhang. »Und ich höre aus Ihren Worten dieselbe Weisheit wie aus denen unseres Genossen Vorsitzenden. Es waren Worte, die viel von der Bitterkeit genommen haben, die ich in meinem Herzen trage. Ich schließe mich Ihrem weisen Rat an und verzichte auf die Forderung nach einem Vergeltungsschlag gegen die USA, aber ich möchte trotzdem in aller Bescheidenheit vorschlagen, daß wir fortfahren, uns eine kleine Flotte von Kilo-Booten zusammenzukaufen. Nur diese nämlich garantiert uns auf längere Sicht unsere eigene Sicherheit und die Herrschaft über das Südchinesische Meer und die Gewässer rings um Taiwan.«

»Aber nur, wenn die amerikanische Marine uns diese Flotte nicht zuvor versenkt«, gab Admiral Pheng zu bedenken.

»Dazu müßte sie die Boote erst einmal ausfindig machen, und das ist nicht so einfach.«

»Und was war vor vier Tagen?« sagte Admiral Yang aufgebracht. »Da haben sie aller Vermutung nach zwei Boote auf einmal ausfindig gemacht und versenkt.«

»Ich akzeptiere Ihren Einwand, Admiral Yang«, antwortete Zhang, »aber ich gebe Ihnen mein Wort, daß so etwas nie wieder vorkommen wird.«

»Ich frage mich, ob ich Ihnen das glauben soll«, sagte Yang.

»Und *ich* frage mich, was Sie mit solchen Bemerkungen bezwecken«, sagte Zhang grollend. »Aber eines ist sicher: Sie haben nicht die Interessen Chinas im Auge ...«

An diesem Punkt begann bei Zhang die höfliche Fassade des hohen Offiziers abzubröckeln, und der hochnäsige, herablassende Admiral Yang sah sich auf einmal einem Mann gegenüber, der im rauhen Hafenviertel von Xiamen großgeworden war. Für einen Augenblick war Zhang wieder der harte, kampferfahrene Straßenjunge, der es dank seiner Intelligenz zu einem hohen Amt gebracht hatte und der sich vor nichts und niemandem fürchtete. Mit kalter Stimme zischte er Yang über den Konferenztisch zu: »In meinen Augen sind Sie entweder ein Narr oder ein Feigling, Admiral Yang. Vielleicht sogar beides.«

Wie ein Panther sprang der alte Mann, der China regierte, auf die Füße und warf dabei seinen Stuhl nach hinten um. *»Halt!«* schrie er, aber sein Ärger war nicht auf Zhang, sondern auf den Kommissar gerichtet. »Ich habe Sie gewarnt, Admiral Yang. Ich lasse es nicht zu, daß Sie die Fähigkeiten und die Integrität des Oberbefehlshabers unserer Marine in Zweifel ziehen. Sie haben diese Warnung in den Wind geschlagen, was nicht besonders klug von Ihnen war. Ich glaube nämlich, was Admiral Zhang sagt, und so beleidigen Sie mit Ihren Worten nicht nur ihn, sondern gleichzeitig auch mich und die anderen hohen Offiziere in diesem Raum, die Admiral Zhang ebenfalls Glauben schenken.

Ich bin darüber hinaus der Auffassung, daß diese Runde keine Verwendung für einen Politischen Kommissar hat, der ständig an den überzeugend vorgebrachten Ansichten des Oberbefehlshabers der Marine herumkritisiert. Schließlich handelt es sich hier um eine äußerst wichtige militärische Angelegenheit, die rasch entschieden werden muß und ständige Störungen nicht verträgt. Ich bitte Sie deshalb, mir die Ehre zu erweisen und unsere Zusammenkunft jetzt zu verlassen.«

Admiral Yang, ein kleiner Mann um die Fünfzig, erhob sich schweigend und verließ, nachdem er sich kurz vor dem Großen Vorsitzenden verneigt hatte, mit hoch erhobenem Kopf den Raum. Nur ein Mann in ganz China war mächtig genug, ihn dergestalt abzukanzeln und fortzuschicken. Es sprach nicht gerade für Yang, daß er ausgerechnet diesen Mann mit seinem Verhalten in einer so sensiblen Angelegenheit vor den Kopf gestoßen hatte. Auch daß er jetzt, bei seinem Abgang, einen gleichmütigen, aber arroganten Ausdruck auf seinem glattrasierten Gesicht zur Schau stellte, war ein weiterer Fehler, mit dem er seiner weiteren Karriere als Offizier möglicherweise den Todesstoß versetzte. Ebenso wie die chinesischen Kaiser früherer Zeiten duldete der Große Vorsitzende keinen Ungehorsam.

Admiral Zhang blieb stehen, bis der Vorsitzende sich wieder gesetzt hatte, und entschuldigte sich dann sichtlich zerknirscht dafür, daß er zu der Verstimmung des großen Mannes beigetragen habe. Der aber sah ihn nur an und sagte mit ernster Stimme: »Sie, mein Sohn, haben alle diese schrecklichen Bürden freiwillig auf Ihre Schultern genommen und Chinas Probleme zu ihren eigenen gemacht. Damit erinnern Sie mich daran, daß ich in Ihrem Alter genauso war. Wie kann ich einen so loyalen und ausgezeichneten Offizier wie Sie tadeln, der sich aus Kummer über die verlorenen Unterseeboote fast selbst zerfleischt? Der Unterschied zwischen Ihnen, Zhang Yushu, und den meisten anderen Menschen ist der, daß ich Ihnen ohne mit der Wimper zu zucken mein Leben anvertrauen würde.«

Mehrere der um den Tisch versammelten Männer nickten zustimmend, und Admiral Zhang sagte: »Ich kann Ihnen nur für Ihre Güte danken, Genosse Vorsitzender, und Ihnen versichern, daß ich keinerlei persönliche Motive verfolge und alles, was ich tue, ausschließlich zum Wohl unseres großen Landes geschieht.«

Admiral Yibo Yunsheng ergriff nun das Wort und sagte, daß er unter seinen Kollegen keinen kenne, der mit der Führung von Admiral Zhang unzufrieden sei oder an seinen Entscheidungen etwas Grundlegendes auszusetzen habe.

Danach verlangte der Große Vorsitzende nach Tee und verkündete schließlich seine Entscheidung: »Es wird keinen Vergeltungsschlag gegen die Vereinigten Staaten geben. Wir werden so tun, als wäre nichts geschehen. Aber ich ersuche Admiral Zhang, alles in seiner Macht Stehende zu tun, um die verbliebenen fünf Kilo-Boote in unseren Besitz zu bringen … Und ich werde in Gedanken bei ihm und seinen Befehlshabern sein.«

Nachdem die Männer ihren Tee getrunken hatten, war die Sitzung beendet. Abermals war es Admiral Zu Jicai, der Befehlshaber der Südlichen Flotte, der mit Admiral Zhang die endlosen Korridore der Großen Halle des Volkes entlangging, die mit ihren 52 000 Quadratmetern Fläche wohl das größte Regierungsgebäude der ganzen Welt ist.

»Das haben Sie gut gemacht, Herr Admiral«, sagte Zu. »Ich dachte schon, er würde uns die letzten fünf Boote streichen.«

»Ich auch. Für diesen Fall hatte ich vor, ihn an einen Ausspruch Mao Zedongs zu erinnern: ›Wahre Macht kommt aus den Gewehrläufen.‹«

»Wenn Mao noch am Leben wäre, dann würde er zugeben müssen, daß im 21. Jahrhundert die wahre Macht bei der Marine liegt, die deshalb mit den modernsten Kriegsschiffen ausgerüstet werden muß.«

»Da haben Sie völlig recht, Admiral Zu. Und ich will Ihnen noch etwas sagen: Nichts auf dieser Welt würde mir mehr Vergnügen bereiten, als einen von diesen dicken Flugzeugträgern zu versenken und dann so tun, als hätte ich nicht das geringste damit zu tun. ›Wer? Wir?‹ würde ich zu den Amerikanern sagen. ›Macht euch doch nicht lächerlich. Ihr seid doch unsere Freunde. So etwas würde uns nicht einmal im Traum einfallen. Wie könnt ihr uns das nur zutrauen?‹«

»Früher einmal habe ich Ihren Haß auf die Amerikaner bisweilen als irrational angesehen, Admiral Zhang, aber jetzt denke ich anders darüber. Jetzt frage ich mich selbst, für wen sie sich eigentlich halten.«

»Genau da liegt übrigens das Problem, Admiral Zu. Die Amerikaner wissen leider nur zu genau, wer sie sind. Die Weltpolizei nämlich, und weil sie viel zu groß, zu brutal und zu durchtrieben sind, wagt es niemand, ihnen diese Rolle streitig zu machen. Aber wenn es uns gelingt, genügend Kilos zu kaufen, um damit permanent im Südchinesischen Meer patrouillieren zu können, dann werde ich ihnen kräftig in die Suppe spucken. Ich werde ihnen einen ihrer Träger versenken, und wenn es das letzte ist, was ich in meinem Leben tue.«

»Aber seien Sie trotzdem vorsichtig, mein geschätzter Freund Zhang Yushu. Und denken Sie immer an den Golfkrieg im Jahre 1990. Obwohl die Iraker mit unseren besten Waffen ausgerüstet waren, haben die Amerikaner sie vorgeführt wie kleine Schuljungen. Die USA sind sehr, sehr gefährlich.«

»Das bin ich auch, Admiral Zu.«

Die beiden Männer traten nach draußen in den Schnee, den Tausende von Füßen und Fahrradreifen in bräunlichen Matsch verwandelt hatten. Ein kalter Nordwestwind wehte noch immer über den Platz des Himmlischen Friedens, hinter dem die Silhouette der Verbotenen Stadt aufragte. Es war nicht wärmer geworden, und die Meteorologen hatten weiteren Schnee vorhergesagt. Die beiden Männer hüllten sich fest in ihre dicken Marinemäntel und warteten auf die schwarze Limousine, die durch den Matsch auf sie zufuhr.

»Ich begleite Sie zum Flughafen«, sagte Admiral Zhang. »Auf der Fahrt können wir darüber sprechen, wie wir die nächsten U-Boote vor einem Zugriff der Amerikaner schützen. Ich werde versuchen, meinen Ärger über die amerikanische Marine hintanzustellen, aber wenn ich einen Wunsch frei hätte, dann würde ich am liebsten das Pentagon mit allen seinen Insassen in die Luft jagen. Ich kann es immer noch nicht fassen, daß die Bastarde zwei nagelneue U-Boote und über hundert Seeleute ohne Vorwarnung und ohne einen vernünftigen Grund kaltblütig versenkt haben. Das ist ein Akt offener Piraterie, und niemand weiß etwas davon.«

»Aber *wir* wissen davon, Zhang Yushu«, sagte Admiral Zu. »Und das reicht für unsere Zwecke.«

Während die schwarze Limousine der Marine die Stadt verließ und zum 20 Kilometer entfernten Flughafen von Peking fuhr, begann es wieder zu schneien. In China war es 13 Uhr, während 10000 Kilometer weiter östlich, in den weiten Weidegebieten von Zentral-Kansas, die Uhrzeiger auf 21 Uhr am vorhergehenden Abend standen. Das Wetter dort war auch nicht viel besser.

Eine dicke Schneedecke lag über der Prärie, und die Cowboys, die mit Futter unterwegs zu den großen Viehherden gewesen waren, hatten sich durch einen schlimmen Blizzard kämpfen müssen. Jetzt, am Ende eines langen Arbeitstages, waren alle auf der großen Ranch im Hodgeman County zwischen dem Pawnee River und dem Buckner Creek müde und erschöpft.

Auf der riesigen Baldridge-Ranch war im Hauptgebäude hinter den großen, schmiedeeisernen Toren mit dem B/B-Brandzeichen noch immer Licht in den Fenstern zu sehen. Trotzdem war nur noch ein einziger Bewohner wach: Bill Baldridge, früherer Lieutenant Commander der United States Navy, der mit seinen 40 Jahren seit einigen Monaten der neue Chef der sich im Familienbesitz befindenden Ranch war.

Bill saß allein vor einem Kaminfeuer und überlegte sich, ob er 240 Hektar Land am Südufer des Pawnee hinzukaufen sollte. Das Land war teuer – eigentlich zu teuer –, aber durch den Fluß stieg es an Wert, und Bill hatte vor, im Sommer eine seiner Herden von Hereford-Rindern zu erweitern. Er stellte sich die neuen Weideflächen vor und berechnete, wie hoch er bei der nächste Woche stattfindenden Versteigerung gehen könnte, als das Telefon am anderen Ende des Zimmers läutete.

Bill stand auf und ging hinüber. »Baldridge.«

»Bill? Hier spricht Boomer Dunning.«

»Hi, Boomer, alter Freund! Wie geht es dir?«

»Ziemlich gut. Ich habe zwar eine Menge zu tun, aber nichts Ernstes. Und wie steht es mit dir? Genießt du deinen Ruhestand?«

»Von wegen Ruhestand. Ich habe noch nie in meinem Leben soviel gearbeitet wie jetzt. Das Wetter war drei Wochen lang die reinste Hölle gewesen – wir hatten Eis und Schneestürme und bittere Kälte. Mein Bruder und ich waren jeden Tag draußen bei den Herden. Mein Manager hat die Grippe, mein Lieblingspferd Freddie lahmt, und es ist ein verdammtes Wunder, daß ich mir da draußen noch nichts abgefroren habe. Wenn so der Ruhestand aussieht, dann möchte ich sofort auf ein Atom-U-Boot zurück.«

Boomer lachte. »Dann dürfte dir mein Anruf ja wie gerufen kommen«, sagte er. »Ich möchte dich nämlich von deiner Ranch fortlocken.«

»Großer Gott, du möchtest mir doch nicht etwa einen Job anbieten?«

»Nein. Etwas viel Besseres: eine Art Urlaub.«

»Ach ja? Und was für einen Urlaub?«

»Einen nicht ganz alltäglichen. Aber wir könnten eine Menge Spaß dabei haben. Ein Freund meines Vater, ein steinreicher australischer Bankier, hat mich gefragt, ob ich ein Boot für ihn überführen könnte. Ich habe zwar nur Bilder davon gesehen, aber es ist eine 20 Meter lange Bermuda-Slup mit allem, was das Herz begehrt: Teakdeck, elektrisch betriebenen Winschen, großem Perkins-Sabre-Motor und so weiter und so fort. Das Ding heißt Yonder, sieht sehr bequem aus und hat zwei Vorsegel, weshalb sie schnell wie der Teufel sein dürfte.«

»Klingt gut. Und wo ist das Boot?«

»Im Augenblick in Port Elizabeth in Südafrika. Der Bankier hat es von Hamble in England, wo es gebaut wurde, dorthin gesegelt. Für die Reise hat er zusammen mit drei Matrosen, einem Koch und vier Gästen sechs Wochen gebraucht. Er hat mir geschrieben, daß die *Yonder* einen schweren Sturm im Golf von Biskaya klaglos abgewettert hat.«

»Und wo sollen wir sie hinbringen?«

»Nach Hobart in Tasmanien. Das ist an der Südostecke von Australien. Der Mann baut dort an der Storm Bay ein Hotel mit großem Jachthafen.«

»Mann, Boomer, das ist ganz schön weit von Port Elizabeth entfernt. 10 000 Meilen mindestens.«

»Nein. Weniger als 6000. Der Bankier sagt 5793. Wir würden uns einen Kurs oberhalb der Antarktis suchen, und gleich von Anfang an hätten wir westlichen Wind, der meistens direkt von achtern weht. Der Bankier sagt, das Boot könne bei so einem Wind bis zu 20 Knoten schnell werden, man dürfe nur nicht die Nerven verlieren.

Aber wir müßten uns ja gar nicht so beeilen, und außerdem hätten wir sowieso nicht genügend Leute, um die ganze Strecke wie die Blöden zu rasen. Dafür brauchte man schon ein Dutzend ausgebildete Segler. Ich schätze trotzdem, daß wir einen Schnitt von neun Knoten erreichen könnten, und dann würden wir 28 Tage brauchen. Der Bankier meint, daß schlechtere Boote als die *Yonder* die Strecke schon in 26 Tagen geschafft hätten.«

»Da unten sind doch die ›Brüllenden Vierziger‹, oder?«

»Stimmt genau. Hobart liegt auf 42 Grad südlicher Breite. Dort ist gerade Hochsommer.«

»Verdammt, das klingt ziemlich gut. Wann möchtest du denn die Reise machen?«

»Im Februar. Ich habe einen Monat frei, während die *Columbia* überholt wird. Am 1. Februar möchte ich in Port Elizabeth ablegen und am 4. März muß ich wieder in New London sein. Jo kommt übrigens auch mit. Ihre Mutter kümmert sich um die Kinder, während wir weg sind. Und wie steht's mit dir, Bill? Gib deinem Herzen einen Stoß!«

Der frühere Lieutenant Commander dachte noch immer an das Stück Land, das man ihm zum Kauf angeboten hatte. 2500 Dollar für den Hektar waren ein stolzer Preis. »Und was soll der Spaß kosten?«

»Nichts. Proviant und Getränke sind an Bord, der Tank ist voll, und die drei Matrosen und der Koch sind bezahlt. Es gibt übrigens drei geräumige Doppelkabinen und zwei Badezimmer an Bord. Das Boot muß wirklich toll sein.«

»Und was ist mit den Flügen?«

»Kannst du gute Nachrichten ertragen?«

»Und ob.«

»Die kosten auch nichts. Der Bankier zahlt uns den Flug von den Staaten nach Südafrika, und wenn wir ihm das Boot abgeliefert haben, bringt er uns in seinem Privatjet von Tasmanien nach Melbourne. Von dort aus geht es dann wieder nach Hause, und zwar ebenfalls umsonst.«

»Jesses, das klingt ja immer besser.«

»Ich habe dem Mann gesagt, daß es eine ziemlich anspruchsvolle Reise sei, und daß ich sie nur dann machen würde, wenn ich noch einen amerikanischen Segler dabeihätte, von dem ich weiß, daß er ein guter Navigator ist. Er hat nicht einmal mit der Wimper gezuckt, als ich ihm gesagt habe, er müsse möglicherweise vier Flüge bezahlen, und gemeint, daß er die zusätzlichen 5000 Dollar für die Tickets gern investieren würde, wenn er dafür eine Jacht im Wert von einer dreiviertel Million sicher über den Ozean geschippert bekäme.«

»Das klingt einfach zu gut, als daß ich es abschlagen könnte. Aber ich würde gern Laura mitnehmen.«

»Wunderbar. Jo wird sich freuen, wenn noch eine Frau an Bord ist. Aber Moment mal, wer ist eigentlich Laura?«

»Laura ist die Frau, die ich heiraten werde, wenn sie im Mai geschieden wird.«

»Aber doch nicht etwa die, die du schon vor eineinhalb Jahren heiraten wolltest und die du bisher nur zweimal für insgesamt etwas mehr als eine Stunde getroffen hast?«

Bill kicherte leise. »Doch. Genau die.«

»War sie nicht die Tochter eines schottischen Admirals?«

»Richtig.«

»O Mann. Du bist wirklich einer, der zu seinem Wort steht. Und was macht sie jetzt?«

»Sie schläft.«

»Und wo?«

»Hier, im gelben Schlafzimmer mit Blick auf den Bach. Die Treppe hoch, letzte Türe rechts. Willst du noch was wissen?«

»Na klar. Wo liegt dein Zimmer?«

»Eine Tür daneben und so weit vom Schlafzimmer meiner Mutter entfernt wie irgend möglich. Mutter will erst dann ausziehen, wenn wir verheiratet sind.«

Boomer lachte schallend. »Jetzt weiß ich, warum du mit auf diese Reise willst. Damit du endlich tun kannst, was du willst, du Schlingel.«

Die beiden Männer plauderten noch zehn Minuten über die Navy und gemeinsame Freunde und kamen dann überein, am 29. Januar von New York nach Johannesburg zu fliegen, wo sie am Morgen des 30. ankommen würden. Damit hätten sie noch zwei Tage, um die Jacht seeklar zu machen.

Gleich nachdem Boomer den Hörer aufgelegt hatte, faxte er dem Bankier in Tasmanien sein Einverständnis. Das Fax, das dieser daraufhin von Hobart nach Port Elizabeth schickte, sorgte bei der englischen Crew der *Yonder* für nicht wenig Aufregung.

»Einer von ihnen soll der Kommandant eines Atom-U-Boots sein«, las Roger Mills, der Maat, mit düsterer Miene den anderen vor, »und der andere ist ein millionenschwerer Rancher aus Kansas, der 15 Jahre lang Waffensystemoffizier auf U-Booten war. Sollen beide hervorragende Segler sein … Ich schätze, denen werden wir nicht viel vormachen können.«

Der folgende Morgen in Kansas war sonnig, klar und kalt. Bill stand um sieben auf und kam um halb neun zum Frühstück zurück. Seine Mutter war außer Haus, und die schlanke, schöne Laura Anderson machte gerade Kaffee. Bill trat sich den Schnee von den Stiefeln, zog den Schaffellmantel aus und stellte sich zum Aufwärmen vor das große Feuer, das den ganzen Winter über im offenen Kamin der Eingangshalle brannte.

Bill war fast eins neunzig groß und hatte einen durchtrainierten Körper. Schon als Teenager, als er für seinen Vater mit dem Vorschlaghammer neue Zaunpfähle eingeschlagen hatte, war er körperlich erstaunlich fit gewesen und war das, obwohl er während seiner monatelangen Reisen auf U-Booten nur wenig Gelegenheit zur Bewegung gehabt hatte, auch immer geblieben. Nun, als er wieder hier in Kansas auf der historischen Familienranch arbeitete und täglich im Sattel saß, hatte er die Figur eines professionellen Footballspielers, der er, hätte er den Sport etwas ernster genommen, vielleicht sogar geworden wäre. Manche Leute erinnerte Bill Baldridge an eine etwas schlankere Ausgabe von Robert Mitchum, aber er hatte viel breitere Schultern als der Filmstar, was ihn zusammen mit seinen strahlend blauen Augen phantastisch aussehen ließ. Weil er noch dazu nicht einmal in der Navy den wiegenden Gang eines Cowboys verlernt hatte, wären manche Mädchen bei seinem Anblick – besonders in Uniform – sprichwörtlich fast ohnmächtig geworden.

Laura allerdings hatte bei ihrem ersten Zusammentreffen mit Bill ein wenig anders reagiert. Jetzt brachte sie ihm einen Becher mit heißem Kaffee ans Feuer. Bill trank ihn »schwarz mit Schrot«, was noch ein Überbleibsel aus der Zeit war, in der er in Fort Meade unter Arnold Morgan gearbeitet hatte. »Schrot« waren in der Sprache des Admirals die kleinen Saccharinkügelchen, die er aus einem kleinen, blauen Spender in seinen Kaffee fallen ließ.

Laura gab Bill einen zarten Kuß auf die Wange und sagte ihm, wie jeden Morgen, daß sie rettungslos in ihn verliebt sei und es noch keinen Augenblick bereut habe, wegen ihm ihren Mann verlassen zu haben.

Bill lächelte und legte den Arm um sie. »Du warst bisher sehr tapfer«, sagte er. »Und du wirst sehen, am Ende wird alles gut. Aber jetzt habe ich eine Überraschung für dich.«

Laura sah ihn aus ihren grünen Augen groß an. »Wirklich?«

»Na klar. Wir fahren Ende dieses Monats in Urlaub. Für viereinhalb Wochen. Und wenn ich dir jetzt sage, um was es geht, flippst du wahrscheinlich völlig aus.«

»Meinst du?«

»Wir fliegen nach Südafrika, und von dort aus segeln wir mit einer Jacht ans Südostende Australiens. Wir begleiten einen alten Freund von mir, einen Navy-Commander namens Boomer Dunning, und seine Frau. Das Boot ist nagelneu und hat eine wunderschöne Inneneinrichtung und vier Mann Besatzung, unter der auch ein Koch ist.«

»Das klingt ja wirklich toll, Liebling. Aber glaubst du denn, daß ich das wirklich durchstehe? Da unten sind doch die

›Brüllenden Vierziger‹, und Daddy hat mir oft erzählt, daß das es dort wettermäßig sehr ungemütlich zugehen soll.«

»Damit hat er durchaus recht, aber im Hochsommer ist das nicht so schlimm, und Februar ist dort Hochsommer. Das einzige, was uns erwartet, ist ein steifer, böiger Wind von achtern, der fast die ganze Fahrt über wehen wird. Das heißt, daß wir ziemlich schnell vorankommen werden. Die Mannschaft besteht aus erfahrenen Seglern, und Boomer ist ein ozeanerprobter Regattasegler. Vielleicht erinnerst du dich daran, daß ich im letzten August, als du in Schottland warst, mit ihm vor Newport gesegelt bin.«

»Natürlich erinnere ich mich. Boomer ist doch der Kommandant eines Atom-U-Boots, oder? Wenn ich mich nicht täusche, hast du mit ihm bei einer kurzen Maxi-Regatta um Block Island mitgemacht, und zwar auf einem großen, griechischen Boot.«

»Was heißt hier mitgemacht?« sagte Bill amüsiert. »Wir haben die Regatta gewonnen!«

Er küßte Laura auf die Wange und bemerkte wieder einmal, wie müde ihr Gesicht aussah. Es war die emotionale Erschöpfung einer Frau, die über längere Zeit seelische Tiefschläge hatte einstecken müssen. Auch wenn Bill und Laura von Anfang ihrer abenteuerlichen Beziehung an gewußt hatten, was alles auf sie zukommen würde, hatten sie nicht gedacht, daß es so schlimm werden würde.

Lauras Scheidung war ein echter Albtraum, aber sie war geradezu harmlos gewesen im Vergleich zu dem im Augenblick tobenden Kampf ums Sorgerecht für ihre beiden Kinder. Manchmal wußte Bill nicht, wie lange Laura das noch aushalten konnte und ob sie nicht, trotz ihrer gegenteiligen Beteuerungen, ihn am Ende doch wieder verlassen und nach Schottland zurückkehren würde.

In dieser Situation kam Boomers Einladung zu der Reise Bill Baldridge wie ein Gottesgeschenk vor, denn sie bot ihm eine willkommene Gelegenheit, Laura für einige Zeit von den endlosen Rechtsanwaltsbriefen und Schreiben der schottischen Gerichte fernzuhalten. Jedes dieser kalten, emotionslosen Dokumente war für sie eine weitere »Bestätigung«, daß sie ihre beiden Töchter mutwillig verlassen hatte und deshalb nicht für ihre Erziehung geeignet war.

Laura wußte genausogut wie Bill, daß das alles nur leeres Anwaltsgeschwätz war, aber es half trotzdem nichts. Das gesamte schottische Rechtssystem schien sich, ebenso wie die Medien, gegen sie verschworen zu haben. In dem bisher letzten Anwaltsbrief, den Laura erst diese Woche erhalten hatte, hatte sogar gestanden, daß sie ihre Töchter frühestens im Juli wiedersehen dürfe.

Sie und Bill hatten sich nicht blind in ihre Beziehung gestürzt. Schon nach dem dritten Zusammentreffen mit ihrem amerikanischen Marineoffizier hatte Laura die Kinder zu Hause bei ihrem Kindermädchen und ihrem Vater gelassen und war zu Bill nach New York geflogen. Bill war, das wußte sie genau, die große Liebe ihres Lebens. Sie hatten sich ein Zimmer im Hotel Pierre an der Fifth Avenue gegenüber vom Central Park genommen, waren noch vor dem Abendessen miteinander ins Bett gegangen und bis zum nächsten Morgen dort geblieben. Dann hatte Bill Baldridge Laura geradeheraus gefragt, ob sie ihn heiraten wolle. Sie hatte ihm damals keine Antwort darauf geben können. Für ihn war es das erste Mal in seinem ziemlich ungestümen Junggesellenleben gewesen, daß er einer Frau diese Frage gestellt hatte.

An den folgenden Abenden hatte Bill Laura in teure Restaurants und die Oper ausgeführt, und dann war er mit ihr nach Kansas geflogen, um sie seiner Familie vorzustellen. Laura und Bills Mutter Emily hatten einander sofort als verwandte Seelen erkannt, und eine Woche später war Laura zurück nach Edinburgh geflogen und hatte ihrem Ehemann, dem Großgrundbesitzer und Bankier Douglas Anderson gesagt, daß sie sich von ihm scheiden lassen wolle und daß nichts sie von ihrem Entschluß wieder abbringen könne.

Douglas Anderson und seine Eltern, Sir Hamish und Lady Barbara Anderson, waren wie vor den Kopf gestoßen gewesen. Die Familie hatte großen Grundbesitz an der Grenze von Schottland zu England. Der Vater war seit vielen Jahren Gemeinderatsmitglied, während die Mutter im Organisationskommitee des Edinburgh-Festivals saß. Auch Lauras

Eltern, Admiral Sir Iain und Lady MacLean, hatten ihren Entschluß zunächst kaum fassen können, obwohl sie von der Reise ihrer Tochter nach Kansas gewußt und schon etwas in dieser Richtung geahnt hatten.

Das größte Problem bei der Scheidung waren die Kinder, und der Streit war zu allem Überfluß noch ins Licht der Öffentlichkeit gezerrt worden. Douglas Anderson, der stellvertretender Vorsitzender der Schottischen Nationalbank war, hatte sich als Rechtsbeistand die angesehene Edinburgher Kanzlei MacPherson, Roberts und Gould genommen. Dort hatte man ihm unmißverständlich klargemacht, daß er unverzüglich selbst die Scheidung einreichen solle, wenn er verhindern wolle, daß seine Frau die Kinder auf Nimmerwiedersehen mit in den amerikanischen Mittelwesten nahm. Er mußte, so hatten es ihm seine Anwälte geraten, Laura als vollkommen halt- und rücksichtslose Ehebrecherin hinstellen, die ständig Affären hatte und deshalb vollkommen ungeeignet war, ihre Kinder zu erziehen.

Niemand glaubte auch nur ein Wort davon, aber in der Scheidungsklage stand es nun mal drin, und natürlich war das ein gefundenes Fressen für die Klatschpresse. Schlagzeilen wie: »TOCHTER VON ADMIRAL MACLEAN MIT COWBOY AUS KANSAS DURCHGEBRANNT – Betrogener Ehemann ist Bankier aus Edinburgh« waren keine Seltenheit.

Dadurch wurde die Situation noch schlimmer. MacPherson, Roberts und Gould ließen die beiden Töchter unter die Vormundschaft eines schottischen Gerichts stellen, das ihnen verbot, vor dem Erreichen des 18. Lebensjahres das Land zu verlassen. Wochenlang wurde daraufhin das Anwesen der Andersons von Fotografen belagert, die darauf hofften, die Mädchen vor die Linsen zu bekommen. Eine weitere Meute von Presseleuten lungerte vor dem großen MacLean-Haus am Ufer des Loch Fyne herum und lauerte der »Ehebrecherin« Laura Anderson auf.

Der Sorgerechtsprozeß war grauenvoll. Nachdem sich Laura offiziell von ihrem Mann getrennt hatte, flog Bill Baldridge von Kansas nach Edinburgh, um ihr beizustehen. Zusammen mit ihr saß er auf der Anklagebank des Gerichtssaals, während Admiral und Lady MacLean gegenüber bei den Andersons, ihren langjährigen Freunden, Platz genommen hatten.

Niemand außer Bill ergriff für Laura Partei. Von der öffentlichen Meinung ebenso verfemt wie von allen ihren schottischen Freunden und Verwandten, hatte sie niemanden mehr außer dem Mann, den sie liebte. Sie weinte bittere Tränen, als Urquhart MacPherson, der Anwalt ihrer Familie, sie im Gerichtssaal als ein billiges Flittchen darstellte, das Schande über ihre Eltern und die Andersons gebracht und ihrem Mann und ihren Kindern das Herz gebrochen habe.

»Und nun versucht diese ... diese ... *Dame*, sich mit den Kindern in eine Hütte im hintersten Winkel des Wilden Westens abzusetzen. Diese Kinder sind die Enkelinnen eines der berühmtesten Admiräle Schottlands und Abkömmlinge einer angesehenen Familie von Grundbesitzern! Es gibt da die Erbfolge zu bedenken, ebenso wie die Rechte von zwei unschuldigen schottischen Kinder und – vor allen Dingen – Fragen der Moral ...«

»Man kann über Urquhart sagen, was man will«, flüsterte Bill Laura ins Ohr, »aber eines ist sicher: Der alte Bastard läßt nichts aus.«

Lauras eigener Anwalt wies das Gericht darauf hin, daß es in ihrer Ehe an Liebe gemangelt habe, daß Bill Baldridge aus einer der angesehensten Familien von ganz Kansas stamme und daß es für die Kinder das beste sei, wenn die Mutter das Sorgerecht behielte oder zumindest während der großen Ferien ausüben dürfe. Mit alledem stieß er beim Richter, der in Perücke und scharlachroter Robe über dem Saal thronte, auf taube Ohren. Der streng blickende Vorsitzende machte unmißverständlich klar, daß wenn Laura Anderson ihre ehebrecherische Beziehung zu dem im Scheidungsantrag der Gegenseite genannten Mann aufrechterhalte und mit ihm in die Vereinigten Staaten gehe, es eine sehr lange Zeit dauern würde, bis sie Mary und Tess wiedersehen werde. Der Vater der Kinder würde unweigerlich das Sorgerecht zugesprochen bekommen, und die Andersons ebenso wie die MacLeans würden dem uneingeschränkt Beifall zollen und versichern, sich alle gemeinsam um die Kinder zu kümmern. Bis zum Alter von 18 Jahren würden die Mädchen zudem unter Vormundschaft des Gerichts gestellt und dürften nur mit dessen ausdrücklicher Genehmigung ins Ausland reisen. Laura sah genau, was alles auf sie zukam. Und trotzdem blieb sie bei ihrem Entschluß.

Als sie schließlich, verstoßen von der eigenen Familie ebenso wie der ihres Mannes, den Gerichtssaal verließ, hielt sie sich am Arm von Lieutenant Commander Bill Baldridge fest. Die Tränen waren versiegt, und sie blickte nicht zurück.

Noch am selben Abend flogen Bill und Laura zurück nach New York, von wo aus sie das erste Flugzeug nach Kansas City nahmen. Bills Mutter schickte ihre eigene, zweimotorige Beechcraft, mit der sie von dort zur Ranch gelangten.

Und damit schien die Angelegenheit erledigt, bis eines Abends im September des vergangenen Jahres auf einmal jemand an die Tür der Baldridge Ranch klopfte. Als Bill öffnete, sah er sich unvermittelt Admiral Sir Iain MacLean gegenüber, der eine Flasche guten schottischen Whisky dabeihatte und den Rancher um ein Gespräch unter vier Augen bat. »Ich werde Ihnen nicht viel von Ihrer wertvollen Zeit stehlen, Bill. Mein Fahrer wartet im Wagen.«

Der Admiral blieb schließlich doch vier Tage, an denen er Emily Baldridge mit seinem Charme fast zum Dahinschmelzen brachte. Am dritten Abend gestand er, daß er einfach hatte kommen müssen, denn sonst hätte er es sich niemals verziehen, daß er vor Gericht gegen seine geliebte Tochter ausgesagt hatte. »Außerdem«, erklärte er Laura, »finde ich deinen … äh … Verlobten sehr nett. Ehrlich gesagt, ich mag ihn lieber als Douglas … Und deshalb habe ich einiges wiedergutzumachen.«

Der Admiral hatte auch gleich einen Vorschlag parat, wie Laura doch noch das Sorgerecht über ihre Kinder bekommen könnte – einen Vorgehensweise, mit der Laura allein nie gegen die gemeinsame Phalanx der Andersons und MacLeans durchgekommen wäre, die aber eine realistische Chance hatte, wenn Sir Iain ihr und Bill zur Seite stand.

Sie solle, so riet der Admiral, gegen die Entscheidung des Gerichts Berufung einlegen. »Ich habe nämlich herausgefunden, daß Douglas eine neue Freundin hat, und zwar eine Frau mit einer gewissen Vergangenheit. Sie ist eine Schauspielerin aus London, die für das Festival nach Edinburgh kam. Natürlich ist sie weit unter seinem Niveau, und deshalb glaube ich, daß wir gute Karten haben. Immerhin ist meine Tochter mit einem hochangesehenen Offizier der U.S. Navy durchgebrannt, der außerdem einen Doktor in Physik am Massachusetts Institute of Technology gemacht hat und den amerikanischen Präsidenten zu seinen Freunden zählt. Douglas Anderson hingegen treibt sich mit einer kleinen Schauspielerin aus Notting Hill Gate herum. Ganz ehrlich, Laura, es wäre mir sehr viel lieber, wenn meine Enkelinnen hier bei dir leben würden. Auch wenn das Gericht vermutlich nicht gleich so weit gehen wird, dir das alleinige Sorgerecht zuzusprechen, so wird es möglicherweise doch einen Kompromiß vorschlagen.«

In den folgenden Wochen wurden zwei Gerichtstermine anberaumt, bei denen nur die Anwälte der beiden Parteien anwesend waren und einmal Admiral MacLean gehört wurde. Daraufhin wurde die Sache bis zum März vertagt, um Douglas Anderson Gelegenheit zu einer Stellungnahme zu geben. Sir Iain allerdings war der Meinung, daß er erreicht habe, was er wollte, und niemand glaubte mehr, daß die ursprüngliche Entscheidung des Gerichts den Sommer dieses Jahres überstehen würde.

Jetzt wartete Laura Anderson sehnsüchtig darauf, daß endlich ihre Scheidung ausgesprochen wurde. Sie und Bill wollten am 20. Mai heiraten, und dann würde der ganze Streß der vergangenen Monate hinter ihr liegen. Laura fand, daß man ihr jedes ihrer 35 Jahre ansah. Sie hatte abgenommen und machte häufig einen geistesabwesenden Eindruck. Unter anderem machte ihr das Zerwürfnis mit ihrer Mutter schwer zu schaffen.

Obwohl es bestimmt gut war, mit ihr irgendwo hinzufahren, wo sie ihre Sorgen für eine Weile vergessen konnte, war sich Bill nicht mehr ganz so sicher, ob ein Segeltörn durch die

»Brüllenden Vierziger« dafür wirklich das richtige war. Aber immerhin war so eine Reise noch immer zehnmal besser, als hier auf der Ranch im frosterstarrten Mittelwesten zu hocken und düster vor sich hinzugrübeln. Und deshalb begrüßte er die Einladung in den südlichen Indischen Ozean, die der Kommandant der USS *Columbia* ausgesprochen hatte, von ganzem Herzen.

KAPITEL FÜNF

Als Boomer Dunning am 1. Februar kurz nach Tagesanbruch das Ruder der *Yonder* übernahm, war der Himmel wolkenlos, und das tiefe, klare Wasser der Algoabaai schimmerte dunkelblau. Weil eine Menge anderer Jachten im Hafen von Port Elizabeth lagen, befahl der Kapitän der *Columbia* Roger Mills, dem Maat der *Yonder*, er solle den »eisernen Spinnaker vorheißen«, was im amerikanischen Seglerjargon soviel wie »Motor anwerfen« bedeutet, bei dem jungen Engländer aber nur ein verwirrtes Stirnrunzeln hervorrief.

Erst mit einer gewissen Verzögerung begriff er, was der Skipper gemeint haben könnte, und drückte auf den Starterknopf des großen Perkins-Sabre-Motors. Geschickt steuerte Boomer die Slup zwischen den ankernden Jachten hindurch ins offene Wasser der großen, südafrikanischen Bucht.

Aus der kleinen Karten-, Funk- und Radarnische direkt unterhalb von Boomer rief Bill Baldridge herauf: »Du mußt 25 Meilen lang Kurs null-neun-null steuern und dann auf eins-drei-fünf in Richtung Great Fish Point gehen... Eine Landzunge, die wir mit reichlich Abstand Backbord liegen lassen. Auf der Seekarte ist verzeichnet, daß sie ein Leuchtfeuer trägt, das alle zehn Minuten blinkt. Hinter dem Great Fish Point ist der offene Ozean, auf dem ich dann gern ein exzellentes Mittagessen zu mir nehmen würde.«

Alle, die schon wach waren, lachten über den pseudo-ernsten Ton des Ranchers aus Kansas. Mills und seine beiden Kollegen Gavin Bates und Jeff Hewitt begannen zu ahnen, daß diese Reise vielleicht doch nicht so schlimm werden würde, wie sie geglaubt hatten, trotz dem strikten Alkoholverbot, das Commander Dunning für die gesamte Dauer des Törns ausgesprochen hatte.

Keiner der drei hatte auch nur ein Wort des Protests geäußert, denn sie hatten von Anfang an gespürt, daß Boomer auf See keinen Widerspruch duldete. Laut Gavin Bates sah der große, kräftige Mann so aus, als könnte er »uns alle drei mit einer Hand über Bord werfen.«

Boomers Worte waren ebenso streng wie unmißverständlich gewesen: »Das Wetter unten im Süden ist extrem launisch. Es ändert sich schneller als alles, was ihr bisher gesehen habt... Und damit meine ich, daß sich eine steife Brise in weniger als 20 Minuten in einen brüllenden Orkan verwandeln kann. Sollten wir uns jemals in einem solchen Sturm befinden und ich entdecke auch nur das geringste Anzeichen dafür, daß einer von euch getrunken hat, dann werde ich ihm höchstpersönlich eines auf die Nase geben, weil er damit unser aller Leben gefährdet – und ganz besonders das von meiner Frau und Laura.

Wenn ihr also noch ein paar Schnapsflaschen in eurem Quartier habt, dann holt sie jetzt her und gebt sie mir. Ich werde sie an mich nehmen und sie euch in Hobart wieder aushändigen. Sollte ich eine solche Flasche aber durch Zufall finden, dann werfe ich sie sofort über Bord. Selbstverständlich werden weder ich noch Lieutenant Commander Baldridge auf dieser Reise Alkohol trinken.«

Roger, Gavin und Jeff waren dem neuen Skipper wegen dieser Worte nicht böse und gaben ihm die paar Flaschen Rum und Scotch, die sie in ihrer Unterkunft hatten. Auch wenn bisher kein Kapitän etwas Ähnliches von ihnen verlangt hatte, freuten sie sich darüber, daß sie endlich einmal unter einem Mann segelten, der genau wußte, was er tat. So etwas konnte man von den meisten Jachtbesitzern, die in der Regel nur Freizeitsegler waren, nur in den seltensten Fällen behaupten.

Außerdem war nun allen klar, daß mit den »Brüllenden Vierzigern« nicht zu spaßen war.

Um halb sieben befahl Boomer, das Großsegel und den Fahrtenspinnaker zu setzen. »Baumt ihn nach backbord aus, denn wir haben einen leichten, ablandigen Wind aus Nordwest. Und dann zieht die Fock mit der Backbordwinsch hoch.

Wenn ihr fertig seid, schalte ich den Motor ab. Und jetzt macht mal zu, Leute!«

Als die Segel gesetzt waren, fierte Boomer das Großsegel und ließ die *Yonder* auf einem raum-stetigeren Kurs laufen. Bei Windstärke drei machte die große, weiße Slup gute neun Knoten durch das ruhige Wasser, und Boomer dachte, wie schon beim Betrachten der Fotos von dem Boot: Ich wette, daß dieses Baby vor dem Wind nur so dahinfliegt.

Um halb acht übergab er das Ruder an Roger und aß zusammen mit Bill ein kleines Frühstück, das ihnen der westindische Koch in der Kabine servierte. Thwaites Masters war 24 Jahre alt und stammte aus Antigua. »Er ist der ehrgeizigste Schwarze, den ich je gesehen habe«, sagte Bill. »Wenn er das verwirklicht, was er vorhat, dann gehört ihm irgendwann mal ganz Antigua ... oder die Zealand Bank.«

Um elf Uhr, als die Landzunge von Great Fish Point in Sicht kam, saßen Jo und Laura mit Boomer im Cockpit und tranken Kaffee, während Bill das Boot steuerte. Es war zwar bekannt, daß auf dem Meer – oder unter dem Meer, wie in Bills und Boomers Fall – oft Freundschaften fürs Leben geschlossen wurden, aber das Gelächter zwischen Jo Dunning und der zukünftigen Mrs. Laura Baldridge war dennoch ungewöhnlich. Bereits jetzt, nach nur wenigen Tagen im warmen Süden, waren die Sorgenfalten um Lauras Augen verschwunden, und sie hatte wieder drei bis vier Pfund zugenommen.

Selbst Jo, die wie alle Schauspielerinnen sich hauptsächlich Gedanken um ihr eigenes Aussehen und nicht das anderer Frauen machte, mußte zugeben, daß Laura eine schöne Frau war – ruhig und bescheiden zwar und so gut wie überhaupt nicht geschminkt, aber von einem ganz eigentümlichen Reiz, dem sich kaum jemand entziehen konnte. Und darüber hinaus war sie praktisch immer gut aufgelegt.

Am Vorabend der Reise waren die vier die halbe Nacht lang aufgeblieben und hatten eiskalten West Peak Chardonnay aus dem historischen Weingut Rustenberg im Stellenbosch Valley getrunken. Jo fand die Tatsache, daß Laura und Bill miteinander durchgebrannt waren, spannender als jeden Roman. »Wann hast du denn herausgefunden, daß du ihn wirklich liebst?« fragte sie Laura neugierig. »War das bevor oder nachdem ihr euch die Opern angehört habt?«

»Kurz davor«, antwortete Laura lächelnd.

»Und wie war das bei dir, Billy? Seit wann glaubst du, daß du Laura geliebt hast?«

»Auch vor den Opern. Und von ›glauben‹ kann überhaupt keine Rede sein. Ich wußte es.«

»Mein Gott, wie schön!« seufzte Jo. »Genau so war es bei mir und Boomer auch. Hat vielleicht jemand irgendwelche Opern-CDs dabei?«

»Ja, ich«, antwortete Laura. »Nach jenem Abend habe ich mir *La Bohème* und *Rigoletto* aus dem Haus meiner Eltern mitgenommen, und seitdem habe ich sie immer bei mir.«

»Du meinst, du hast dieselben CDs dabei, die ihr damals in Inverary gehört habt?«

»Genau die.«

»O mein Gott, das halte ich nicht aus!« hauchte Jo theatralisch. »Bitte, legt sie doch auf, bevor mein bebendes Herz vollends bricht.«

In diesem Augenblick mußte Boomer Dunning so lachen, daß er sich an dem guten südafrikanischen Chardonnay verschluckte. Er hatte schon immer geglaubt, daß seine verrückte Frau viel eher das Zeug zur Komikerin als zur Tragödin gehabt hätte. Als er sich wieder beruhigt hatte, ging er an die Stereoanlage und legte eine der CDs ein, und kurz darauf erfüllte die göttliche Stimme von Mirella Freni den Raum. Selbst Boomer, dessen Musikgeschmack bei Bob Dylan und Eric Clapton stehengeblieben war, blieb still sitzen und hörte zu.

»Ich wünschte, ich könnte verstehen, von was die da singt«, sagte er.

»Sie ist gerade in einer kalten, unbeheizten Dachstube in Paris und singt: ›Wie eiskalt ist mein Händchen‹«, erklärte Bill.

»Nur gut, daß sie nicht mit uns auf die Reise geht«, sagte Boomer ausgelassen. »Sonst würde sie weiter unten im Süden singen: ›Wie eiskalt ist mein Hintern.‹«

Auch nach dem Ende der CD war Jo Dunnings Neugier noch lange nicht befriedigt. Eine Stunde lang fragte sie Laura aus, bis sie die ganze bittersüße Geschichte ihrer Romanze mit Bill und des Kampfes um die Kinder erfahren hatte. Laura erzählte ihr alles von den verletzenden Anschuldigungen vor Gericht bis hin zu den öffentlichen Demütigungen, die sie in Schottland erleiden mußte – einem Land, in das keine zehn Pferde sie jemals wieder zurückbringen würden. Wenn Bill nicht gewesen wäre, erzählte Laura, hätte sie sich vielleicht sogar das Leben genommen.

»Aber wenn Bill nicht gewesen wäre, wärst du gar nicht in diese Lage gekommen«, bemerkte Boomer gutgelaunt, aber wenig hilfreich. »Aber ich bin mir sicher, daß er genau die Eigenschaften gezeigt hat, von denen wir alle wissen, daß er sie nicht hat: Standhaftigkeit, Verläßlichkeit, gutes Urteilsvermögen, Loyalität …«

»He, mach mal einen Punkt!« protestierte Bill lachend. Und Jo pflichtete ihm bei: »Ja, halt den Schnabel, Boomer. Bill hat Schlimmes durchgemacht.«

»Als Kapitän der *Yonder* könnte ich die beiden jederzeit trauen«, sagte Commander Dunning. »Sobald wir auf hoher See sind, versteht sich. Ich könnte euch in den heiligen Stand der Ehe versetzen, ohne Scheiß.«

»Ist denn das die Möglichkeit?« keuchte Bill. »Da bin ich dabei, ans Ende der Welt zu segeln, und am Abend vor der Abfahrt stellt sich heraus, daß der Skipper ein Heide ist. Laura ist noch verheiratet, falls du das vergessen hast.«

»Wenn das so ist«, sagte Boomer und erhob sein Glas, »dann würde ich vorschlagen, daß wir die zehn Gebote an Bord etwas – äh – nach unserem Wind ausrichten sollten.«

»Beachte ihn einfach nicht, Billy«, sagte Jo. »Der Mann leidet unter akutem Machtrausch.«

»Und das ist auch der einzige Rausch, den ich mir in den nächsten vier Wochen leisten kann«, ergänzte Boomer. »Also werde ich mir jetzt ein letztes Glas von diesem ausgezeichneten Wein genehmigen, bevor ich mich in die Falle haue. Wir müssen morgen früh raus …«

All das hatte sich in der vergangenen Nacht ereignet, und jetzt hatten sie längst Segel gesetzt, die Sonne stand hoch über dem Mast, und die Temperatur betrug 33 Grad Celsius. Weil sie alle vier erfahrene Segler waren, hatten sie sich mit Baseballmützen und dick aufgetragener Zinksalbe gegen die starke Sonne geschützt, deren sengende Strahlen man wegen der kühlen Brise kaum spürte.

Um ein Uhr mittags trug Thwaites in der Kabine das Mittagessen auf und erntete allgemeinen Applaus für seine wundervollen spanischen Omeletts mit Pommes frites und Salat. Roger Mills stand am Ruder und aß, wie die restliche Mannschaft auch, im Cockpit ein paar Schinkenbrote. Bill Baldridge hatte einen südöstlichen Kurs abgesteckt, und als der Wind auffrischte, machten sie zwölf Knoten bei rauher See und das, obwohl sie hier unten viel zu weit südlich für den Passat und immer noch zu hoch im Norden für den Westwindgürtel waren.

Um vier sahen sie ihren ersten Wal, ein 15 Meter langes Tier mit einem riesigen, breiten Schädel. Die Fontäne öligen Wassers, die er zehn Meter backbord vom Boot ausstieß, war unverkennbar fächerartig nach vorn geneigt. »Das ist ein Pottwal«, sagte Boomer. »Ein ausgewachsenes Männchen, das von der Antarktis nach Norden zieht.«

»Und woher weißt du das?« fragte Bill.

»Weil er nach seiner Kopfform und seiner Fontäne ein Pottwal sein muß – kein anderer Wal dieser Größe sieht so aus und bläst so. Ein Männchen muß er deshalb sein, weil beim Pottwal nur die Bullen auf Wanderschaft gehen, während die Weibchen und die Jungen in den Tropen bleiben. Dieser Bursche hier hat sich den Sommer über in der Antarktis vollgefressen und schwimmt jetzt nach Hause in die Sargasso-See. Ich kenne mich mit Walen genausogut aus wie du dich mit deinen Rindern, Bill. Ein paar Freunde von mir haben Boote, mit denen sie vor Cape Cod Touristen zum Whale-Watching hinausfahren.«

Während Boomer sprach, schwamm der große Wal neben dem Boot her, als würde er dessen Gesellschaft suchen. Es war ein mächtiger, majestätischer Anblick, aber gleichzeitig hatte der friedliche Gigant auch etwas Rührendes an sich. Bill und die beiden Frauen konnten sich an ihm kaum sattsehen. »Großer Gott«, sagte der Mann aus Kansas. »Könnt ihr euch vorstellen, daß man sich damals so einem Riesen in einem kleinen Ruderboot mit einer mickrigen Harpune genähert hat? Was ist wohl passiert, wenn die Harpune getroffen hatte und der Wal plötzlich abgetaucht ist?«

»Das war bestimmt gefährlicher als der heutige Walfang«, sagte Boomer mißmutig. »Bei den japanischen Schlächtern heutzutage jedenfalls hat der Wal keine Chance mehr. Die ballern ihn von ihren großen Schiffen aus ab, bevor er überhaupt Zeit zum Untertauchen hat. Ein Pottwal wie dieser hier schafft es übrigens locker bis in 2000 Meter Tiefe – und kann bis zu eineinviertel Stunden unter Wasser bleiben.«

Wie auf dieses Stichwort hin beugte der Wal auf einmal den Rücken und ließ ein lautes, seufzendes Geräusch hören, das wie ein langgezogenes »Saaachchch« klang. Dann drückte er den Kopf unter Wasser und tauchte elegant hinab in die Tiefe, wobei seine gewaltige Schwanzflosse eine Sekunde lang drei Meter hoch aus dem Wasser ragte, bevor sie so sanft unter die Oberfläche glitt, daß dabei kaum eine Welle entstand. Den Menschen an Bord der *Yonder* kam der Ozean ohne den Wal auf einmal merkwürdig leer vor.

Sehnsüchtig blickten sie hinaus aufs Wasser, und zehn Minuten später sahen sie in einiger Entfernung vom Boot eine Fontäne aufsteigen. Viermal noch konnten sie den Wal beim Blasen beobachten, dann war er hinter dem nördlichen Horizont verschwunden – einer der Letzten einer vom Aussterben bedrohten Spezies und gleichzeitig eines der größten Lebewesen dieses Planeten, dem die Menschen noch immer gnadenlos nachstellten.

»Draußen auf dem Atlantik habe ich mir schon öfter mal überlegt, ob ich diesen japanischen Walfangschiffen nicht einen Torpedo in den Rumpf jagen soll«, sagte Boomer. »Für mich sind das richtige Todesschiffe, die aus reiner Profitgier die Wale abschlachten. Ich habe mich dann aber doch dagegen entschieden, denn wie hätte so etwas in meinem Logbuch ausgesehen?«

»Ziemlich ungewöhnlich«, sagte Bill schmunzelnd. »Du hättest ja versuchen können, die Sache zu einer spontanen schwarzen Operation zu erklären.«

Boomer wirkte immer noch nachdenklich. »Ich hoffe, die Japaner erwischen diesen Burschen nicht«, murmelte er leise.

Bis zum Einbruch der Nacht ließ sich kein weiterer Wal mehr blicken. Bis Mitternacht wechselten sich Boomer und Bill am Ruder ab, dann übergaben sie es an Roger beziehungsweise Jeff, die die Wachen von null bis vier und von vier bis acht Uhr übernommen hatten. »Weckt mich sofort, wenn der Wind weiter auffrischt«, war Boomers letzte Anweisung, bevor er in seine Kabine ging.

Am nächsten Morgen um acht Uhr waren sie 280 Meilen von Port Elizabeth entfernt und segelten immer noch einen südöstlichen Kurs. Obwohl es hier im tieferen Wasser eine leichte Dünung gab, war die See kaum kabbelig. Das Wetter war wie tags zuvor, nur der Wind hatte leicht auf West gedreht und blies nun mit einer Geschwindigkeit von knapp unter 20 Knoten.

Boomer ließ den großen Spinnaker setzen und verkündete fröhlich: »Dann wollen wir doch mal sehen, ob wir heute morgen nicht etwas Strecke machen können.« Kurz nach neun aber begann das Barometer zu fallen. Bill schlug im *Antarctic Pilot,* dem Navigationshandbuch für die Antarktis, nach und meinte, daß möglicherweise eines einer ganzen Reihe von Tiefs im Anmarsch sei, die den Wind auf Nordwest drehen lassen und mit wolkenbruchartigen Regengüssen aufwarten könnten. Anscheinend hatte er damit gar nicht so unrecht, denn der Himmel zog sich zunehmend zu.

Der Spinnaker wurde wieder geborgen und dafür die Sturmfock gesetzt, und Boomer gab Befehl, alle Luken dichtzumachen. Bill Baldridge kam im Ölzeug an Deck und schlug vor, daß alle bis auf Roger, Jeff und ihn nach unten gehen sollten. Gavin lag noch in seiner Koje und schlief.

Bill sagte den beiden Matrosen, sie sollten ein Reff ins Großsegel stecken und einen zusätzlichen Preventer am Mast anbringen. »Haltet euch bereit, daß Groß zu bergen, wenn die Windgeschwindigkeit 35 Knoten übersteigt.« Die Crew der *Yonder* war auf alles vorbereitet, außer vielleicht auf die Schnelligkeit, mit der das Wetter umschlug. Innerhalb von Minuten wurde der Wind heftiger und böiger und heulte mit

30 Knoten, die sich in den Böen auf bis zu 40 Knoten steigerten, aus dem Nordwesten heran. Im strömenden Regen raste die Slup mit 14 Knoten auf der langen Dünung dahin. Noch gab es keine wirklich hohen Wellen, deren Kämme sich brechen und dem Boot hätten gefährlich werden können. Bill hatte sogar Spaß daran, am Ruder dieser hochklassigen Jacht, die so aussah, als könnte sie jedes schlechte Wetter wegstecken, die Wellenberge hinabzugleiten.

Wie erwartet, verzog sich das Gewitter ebenso schnell, wie es gekommen war. Nach eineinhalb Stunden riß die Wolkendecke auf, und der Wind drehte wieder auf West. Nachdem sie ohne Probleme die normale Fock gesetzt hatten, wurde der Seegang allmählich schwächer, aber als Bill über die Schulter blickte, sah er, daß sich im Nordwesten ein neues Gewitter zusammenbraute. Es würde allerdings noch ein paar Stunden brauchen, bis es sie erreichte. Bei ihrer ersten Bekanntschaft mit schlechtem Wetter hatte sich die *Yonder* recht gut geschlagen. Bill befahl, den Spinnaker zu setzen, um die mit 15 Knoten direkt von achtern wehende Brise optimal auszunutzen. Obwohl die Sonne wieder hell vom Himmel schien, war es jetzt mit 21 Grad deutlich kühler als vor dem Gewitter.

Boomer und Laura kamen wieder an Deck, während Jo sich in ihre Koje gelegt hatte und schlief. Bill war froh, daß er das Ölzeug ausziehen und seinem Freund das Ruder übergeben konnte. Hungrig machte er sich über den Kaffee und die belegten Brote her, die Thwaites für ihn an Deck gebracht hatte.

Boomer hatte sein Ölzeug mit nach oben gebracht, weil offensichtlich auch er mit einem weiteren Gewitterschauer rechnete. Bill ging nach unten, um Kaffee zu trinken und Zeitung zu lesen. »Ich finde, der Commander soll auch mal was tun«, sagte er frech.

Weil Bill Baldridge leidenschaftlich gern Zeitungen und Magazine las, hatte er sich im Kennedy Airport einen ganzen Stapel davon gekauft, darunter seine Lokalzeitung, das *Garden City Telegram*, die *New York Times*, die *Washington Post*, das *Time Magazine*, die *Sports Illustrated* und ein paar Farmerzeitschriften aus dem Mittelwesten. Von allem, was er las, fand er einen Artikel in der *Washington Post* besonders interessant.

Obwohl es ein langer Artikel war, las er ihn in einem Rutsch durch, und als er fertig war, rief er hinauf zu Boomer: »He, hast du eigentlich in letzter Zeit etwas über dieses Forschungsschiff gelesen, das vor einem Jahr in der Antarktis verschwunden ist? *Cuttyhunk* hieß es.«

»In letzter Zeit nicht, aber ich weiß, um was es geht. Hat man denn was Neues herausgefunden?«

»Eigentlich nicht, aber in der *Post* steht ein ziemlich guter Artikel darüber. Der Schreiber meint, daß das Schiff noch irgendwo herumschwimmt, und er trägt ziemlich überzeugende Argumente dafür vor.«

»Ja, ich habe so was Ähnliches vor ein paar Monaten gelesen. Der Typ heißt Goodyear oder so ähnlich.«

»Du meinst die Autoreifen, Knallkopf. Der Name des Journalisten ist Goodwin.«

»Genau den meine ich. Er hat schon eine ganze Reihe von Artikeln über die *Cuttyhunk* geschrieben, und ich habe die meisten davon gelesen. Er meint, daß wenn das Schiff wirklich an seiner letzten angegebenen Position auf den Kerguelen gesunken wäre, dann hätte man dort viel mehr Wrackteile als nur ein kleines Stück von einem Rettungsring finden müssen.«

»Das schreibt er auch in diesem Artikel. Außerdem meint er, daß es sich bei dem Überfall auf das Schiff um einen Massenmord gehandelt habe, und wundert sich, daß darüber bisher nichts bekannt wurde. Irgendwie, so schreibt er, käme doch so etwas in unserer modernen Welt immer ans Licht. Er ist der Meinung, daß mehr hinter dem Fall stecke, als es auf den ersten Blick den Anschein habe.«

»Dasselbe habe ich mir auch gedacht, als ich seinen letzten Artikel las, aber Admiral Morgan war da anderer Meinung. Er glaubt, daß daß Schiff mit Mann und Maus untergegangen ist. Hebe mir den Artikel doch bitte auf, Bill. Es würde mich interessieren, was Goodwin jetzt darüber schreibt.«

»Weißt du was? Ich werde dir den Artikel jetzt gleich heraufbringen und das Ruder übernehmen, solange du ihn liest. Er ist nämlich wirklich ziemlich interessant.«

Kurz darauf kam Bill an Deck und gab Boomer die *Washington Post*. Nachdem dieser sich eine Viertelstunde in den ausführlichen Artikel vertieft hatte, sagte er: »Ja, das hat wirklich der Typ geschrieben, den ich meine. Er ist übrigens Chefreporter bei der *Cape Cod Times*, von der die *Post* den Artikel übernommen hat. Soweit ich mich erinnere, war er sogar selbst auf den Kerguelen und hat das Stück von dem Rettungsring gefunden.«

»Auf jeden Fall hat er gründlich recherchiert. Und ich finde, er hat recht mit seinen Schlußfolgerungen. Es ist heutzutage wirklich ziemlich schwierig, 29 Menschen und ein komplettes Schiff spurlos verschwinden zu lassen. Noch dazu, wenn man genau weiß, wer diese Menschen waren und wo es passiert ist.«

»Richtig. Die letzte Meldung von denen war, daß sie von Japanern angegriffen würden, aber Tokio hat bisher alles dementiert.«

»Genauso machen sie es bei den Walen auch«, murmelte Boomer.

»Dieser Goodwin beschreibt die Inseln als einen ziemlich unheimlichen Ort, findest du nicht?« sagte Bill.

»Und ob. Er schreibt, sie seien buchstäblich das Ende der Welt.«

»Na ja, Boomer, für einen Redakteur in Hyannis mag das ja zutreffen, aber für uns ist dieses Ende der Welt ziemlich nah. Unser Kurs führt uns nur ein paar hundert Meilen nördlich daran vorbei.«

Laura, die der Unterhaltung bisher schweigend gefolgt war, sagte plötzlich: »Warum schauen wir dann nicht dort vorbei, finden das Schiff, retten die Leute und lassen uns dann zu Hause als Helden feiern? Jo könnte in der *Today*-Show auftreten und einer dankbaren Nation ausführlich von ihrer Reise mit den beiden Marinecracks Dunning und Baldridge berichten.«

Boomer kicherte vor sich hin und fragte sich, was er hier wohl tun müßte, um eine Tasse Kaffee zu bekommen. »Ich hätte eigentlich nichts dagegen, mir diese Kerguelen einmal anzusehen«, sagte er dann. »Meinst du, wir hätten dafür Zeit, Bill?«

»Da bin ich mir nicht sicher, aber ich kann rasch mal nach unten gehen und eine Kanne Kaffee und den *Antarctic Pilot* holen. Dann können wir ja gemeinsam nachsehen.«

»Danke, Laura«, sagte Jo lachend. »Du hast diese beiden Hohlköpfe gerade zu einem netten kleinen Landausflug auf die verlassensten, kältesten und trostlosesten Inseln der südlichen Hemisphäre überredet. Ich habe die Artikel in der *Cape Cod Times* gelesen und kann dir sagen, daß es dort nichts außer Steinen und Pinguinen gibt. Und noch was ist mir im Gedächtnis geblieben: Dort stürmt es mindestens einmal am Tag. Der Journalist hat geschrieben, daß ein eiskalter südwestlicher Wind um die Berge herumbläst und dann die Fjorde entlangfegt. Klingt nicht sehr gemütlich.«

»Wir müssen ja nicht in die Fjorde einlaufen«, sagte Boomer. »Wenn das Wetter schlecht ist, streichen wir die Inseln ganz aus dem Programm, außer wenn wir auf ihrer Leeseite Schutz suchen müssen.«

In diesem Augenblick reichte Bill den Kaffee und das Navigationshandbuch durch den Niedergang herauf und kam dann selber nach oben. »Von hier bis zu den Kerguelen sind es noch ein paar tausend Meilen«, sagte er. »Wenn wir so weitersegeln wie bisher, sind wir in spätestens acht Tagen dort. Eigentlich ist es kein großer Umweg, denn im Moment steuern wir Tasmanien, das 43.5 Grad im Süden liegt, über die Großkreisroute an, also den kürzesten Weg. Die Kerguelen liegen etwas mehr als fünf Grad weiter südlich, befinden sich aber nördlich von unserer Route. Wenn wir also unseren Kurs schon jetzt um ein paar Grad nach Norden korrigieren, können wir sie ohne größeren Zeitverlust mitnehmen. Ich schätze, es wäre recht interessant, sie sich mal anzuschauen.«

»Okay, Leute, laßt uns abstimmen. Schließlich leben wir in einer Demokratie«, sagte Boomer. »Ist jemand gegen diesen kleinen Abstecher?«

»Ja, ich«, sagte Jo, »aber ich kann es trotzdem kaum erwarten, die *Cuttyhunk* zu finden. Ändern Sie also den Kurs, Käpt'n.«

Nachdem sie sich mit ihren Kaffeetassen zugeprostet hatten, änderte Boomer mit gespielt bedeutungsvoller Miene den Kurs um zwei Grad nach Nord, und Laura kuschelte sich ganz eng an Bill, der noch immer den *Antarctic Pilot* studierte.

Sie segelten eine Weile schweigend dahin, bis der frühere Lieutenant Commander Bill Baldridge das Ergebnis seiner Studien verkündete. »Also, unser neuer Kurs sieht folgendermaßen aus«, sagte er. »Zunächst führt er einmal an den Prince-Edward-Inseln vorbei, die ziemlich groß sind und im *Antarctic Pilot* ganze zwei Seiten einnehmen. Danach kommen wir möglicherweise in Sichtweite an den Îles Crozet vorbei, einer Gruppe mittelgroßer Inseln, die jeweils 50 Meilen voneinander entfernt auf dem 46. Breitengrad liegen. Die haben etwa drei Seiten im *Pilot*.

Die Kerguelen selbst bestehen aus 300 Inseln und Millionen von Buchten und Fjorden. Der *Pilot* braucht 19 Seiten dafür, 15 davon allein für die Aufzählung und Beschreibung aller Landmarken, Buchten, Anker- und Gefahrenstellen. Könnt ihr euch vorstellen, was es bedeutet, dort nach einem gesunkenen Schiff zu suchen? Das dauert eine halbe Ewigkeit.«

»Das kann ich mir vorstellen«, sagte Boomer. »Aber mit dieser Jacht möchte ich nicht in die Fjorde hineinfahren. Erstens gehört sie uns nicht, und wenn ich sie auf Grund setze, dann wäre das für meinen Ruf vermutlich ebenso schlimm, als wenn ich mit der *Columbia* eines von diesen verdammten Walfangschiffen versenken würde. Zweitens möchte ich in so einsamen und gefährlichen Gewässern nichts riskieren. Gibt es dort unten denn irgendwelche Schiffahrtsstraßen, Bill? Oder militärische Einrichtungen?«

»Also Schiffahrtsstraßen sehe ich keine. Die Inseln liegen einfach zu weit ab vom Schuß. Außer zum Pinguinfüttern wird wohl kaum jemand dorthin fahren – bis auf wissenschaftliche Expeditionen wie die aus Woods Hole natürlich.

Militärisch ist dort wahrscheinlich noch viel weniger los. Wozu braucht man auf unbewohnten Inseln schon eine Armee? Für einen Flugplatz ist bei dem unebenen Terrain dort auch kein Platz, und ich gehe jede Wette ein, daß bis auf die Fregatte, die nach der *Cuttyhunk* gesucht hat, hier seit 60 Jahren kein Kriegsschiff mehr war.

Im Zweiten Weltkrieg haben sich auf den Kerguelen übrigens drei deutsche Hilfskreuzer versteckt – die *Pinguin*, die *Atlantis* und die *Komet*, die den Handel mit Australien stören wollten. Die Engländer haben sie vertrieben und danach die Fjorde vermint. Im *Pilot* steht, daß man noch heute auf Minen achten soll, auch wenn die schwimmenden inzwischen alle geräumt wurden. Es könnte ja immer noch sein, daß ein paar von den Biestern auf dem Grund der Fjorde liegen.«

»Damit ist definitiv klar, daß wir vor der Küste bleiben werden. Ich hasse Explosionen. Aber sag mal, Bill, wäre es denn nicht möglich, daß die *Cuttyhunk* auf einc Mine gelaufen ist?«

»Kaum. Einerseits geht aus dem letzten Funkspruch des Schiffs klar hervor, daß es angegriffen wurde, und außerdem hätte man in diesem Fall jede Menge Wrackteile finden müssen.«

»Stimmt. Das hätte man. Wenn so eine Mine ein Schiff in Stücke reißt, schwimmt danach jede Menge Zeug herum. Als ich vor vielen Jahren als junger Spund auf einer Fregatte im Atlantik Dienst tat, haben wir vor den Azoren einmal vier von den Dingern gefunden. Die Royal Navy hat ein Minensuchboot geschickt, das ihre Ketten abgeschnitten und sie an die Oberfläche gebracht hat, wo wir dann mit Gewehren ein Wettschießen darauf veranstaltet haben. Ich habe eine auf 100 Metern Entfernung zur Explosion gebracht, und ich erinnere mich noch gut, daß wir von der Fontäne alle klatschnaß wurden.«

»Ich finde es auch besser, nicht in die Fjorde einzulaufen«, stimmte Bill seinem Skipper zu. »Auch ich hasse es, wenn es knallt.«

»Also wenn ihr Waschlappen soviel Angst vor ein paar Unterwasserexplosionen habt, dann müssen Laura und ich uns wohl damit begnügen, diese romantischen Inseln aus der Ferne zu betrachten. Aber eines machen wir auf jeden Fall: Wir drehen die Stereoanlage voll auf und beschallen die Königspinguine mit einer Überdosis Pavarotti.«

»Aber rechne nicht damit, daß du die Viecher überhaupt zu Gesicht kriegst«, sagte Boomer. »Da unten gibt es hundsgemeine Nebelbänke und tiefliegende Wolken, die ganze Inseln einhüllen können. Sogar Schnee ist im Sommer keine Seltenheit. Zum Glück haben wir unsere warmen Sachen dabei, denn so tief im Süden können die Temperaturen von einer Minute auf die andere unter den Nullpunkt sinken.«

»Und was ist mit Eisbergen?« fragte Laura.

»Wir segeln nördlich der antarktischen Konvergenz«, erklärte Bill. »Und damit bleiben wir nördlich von dem Gebiet, in dem zu dieser Jahreszeit Eisberge vorkommen. Natürlich kann man es nicht ganz ausschließen, aber es würde mich schon sehr erstaunen, wenn wir auf einen träfen. Wenn wir Juli hätten, sähe die Sache vielleicht ganz anders aus.«

Inzwischen waren wieder Wolken aufgezogen. Während die Mannschaft den Spinnaker barg und verstaute, zog Boomer sich sein Ölzeug an. Gerade als sie eine Wende fuhren, kam aus dem Nordwesten ein starker Wind auf. Nachdem Roger und die Jungs die Sturmfock aufgezogen hatten, befahl Boomer ihnen, das Großsegel zu bergen und statt dessen das Trysegel anzuschlagen. »Aber zieht es noch nicht auf«, sagte er. »Macht alle Luken dicht und ein paar lange Schlepptrossen klar, damit wir die im Falle eines Falles hinter uns herziehen können. Die verleihen uns Stabilität und bremsen uns ein wenig ab. Und ab jetzt leint sich jeder an, der an Deck ist, verstanden?

Wer hier oben nichts zu tun hat, geht besser nach unten und schließt die Luke. Es hat keinen Sinn, wenn mehr Leute durchnäßt werden als unbedingt nötig. Ich bleibe die nächsten paar Stunden am Ruder.«

Boomer hatte wegen des rasch auffrischenden Windes das Gefühl, der nächste Gewitterschauer könnte schlimmer werden als der vom Vormittag und sagte Roger, er solle sich bereithalten für den Fall, daß das Wetter sich weiter verschlechterte. Boomer behielt recht, und bald tanzte die *Yonder* im strömenden Wind durch die schäumenden, von einem böigen Wind bis zu zehn Metern Höhe aufgepeitschten Wogen. Obwohl das Schiff damit keine Probleme hatte, ließ Boomer das Trysegel unten, denn die Sturmfock war für den 40 Knoten schnellen Wind, der direkt von achtern heranfegte, Segelfläche genug.

Eine Dreivierteltstunde lang behielt Boomer den südöstlichen Kurs bei. Obwohl sich immer größere Wellen weiß schäumend direkt hinter dem Heck der *Yonder* brachen, sagte er zu Roger Mills, der neben ihm im Cockpit stand: »Ich will versuchen, so lange wie möglich vor dem Wind zu bleiben. Ich habe mir die Fock am Anfang der Reise genau angesehen. Sie scheint ziemlich stabil zu sein und ist außerdem nagelneu – ich schätze also, daß sie halten wird.«

Der Wind nahm immer noch an Stärke zu und erreichte schließlich eine Geschwindigkeit von 50 Knoten. Auch die Wellen wurden noch höher und brachen sich bereits über den Köpfen der beiden Männer, aber die *Yonder* schien das alles nicht zu bekümmern. Mit Boomer am Steuer, dessen lebenslange Segelerfahrung alles ganz leicht und selbstverständlich aussehen ließ, jagte sie pfeilschnell vor dem Wind dahin. Inzwischen hatte sich auch Gavin zu den beiden ins Cockpit gesellt, und alle drei Männer bewunderten gemeinsam, mit welcher Sicherheit und Eleganz sich die große, neue Jacht im noch immer sintflutartig herabströmenden Regen ihren Weg durch die haushohen Wogen bahnte, die ab und zu ihren schlanken Bug vollständig überspülten.

Kurz vor Anbruch der Dunkelheit spürte Boomer, wie der Wind sich drehte. »Verdammt«, sagte er zu Roger, »der Sturm dreht auf Südwest, und das bedeutet nichts Gutes.«

In diesem Augenblick kam Bill Baldridge in schwerem Ölzeug an Deck. »Laß dich für eine Weile ablösen, Boomer«, sagte er. »Der Wind hat auf Südwest gedreht, und das heißt laut *Antarctic Pilot*, daß er noch stärker und kälter wird und daß wir ganz schön durchgeschaukelt werden.«

»Ja, das glaube ich auch. Wie geht es den Frauen unten eigentlich?«

»Gut. Sie sitzen am Tisch und lesen. Bis jetzt ist noch keine seekrank. Laura behauptet, sie würde es nicht, obwohl sie bisher höchstens auf einem schottischen Loch gesegelt ist. So was soll es ja geben ...«

Boomer lachte. »Okay Bill. Dann werde ich jetzt nach unten gehen und Thwaites sagen, er soll Roger und Gavin etwas zu essen machen. Dann schicke ich dir Jeff rauf, und die beiden anderen sollen sich aufs Ohr legen. Um acht Uhr essen wir dann, und die Jungs können ab Mitternacht wieder übernehmen. Außer natürlich, das Wetter wird noch schlechter, dann sollten wir besser alle oben bleiben.«

Bill stellte sich ans Ruder und bemerkte, wie der Wind weiter auffrischte und die Luft mit einemmal eiskalt wurde. »Gleich wird der Wind drehen. *Aufgepaßt, Jeff!«* rief er. »Ich gehe über Steuerbordbug durch den Wind. Geh an die Winsch, und hol die Fock dicht, und erst wenn ich es sage, fierst du sie ein wenig auf.

Als Bill die *Yonder* langsam nach Steuerbord drehte, kam sie durch den Wind, der zunächst etwas nachzulassen schien und dann mit einem lauten Knall von der anderen Seite in die Sturmfock schoß. »Dichtholen!« rief Bill »Okay… jetzt ein wenig fieren, Jeff. Gut so. Noch ein bißchen. Wunderbar. He, wir machen 16 Knoten. Dieses Baby fliegt so richtig dahin, ist das nicht herrlich? Und dabei haben wir nur die Sturmfock oben.«

Während der Nacht frischte der Wind immer wieder auf, um gleich darauf wieder etwas nachzulassen. Zweimal drehte er auf Nordwest, was jedesmal mit einem kräftigen Regenschauer einherging, aber immer sprang er wieder auf Südwest zurück und brachte kalte Luft aus der Antarktis heran. Boomer und Bill wechselten sich im Cockpit ab, und als der Sturm für ein paar Minuten Windstärke neun erreichte, überlegten sie kurz, ob sie nicht auch die Sturmfock wegnehmen und ihn vor Topp und Takel abreiten sollten. Boomer entschied sich dann aber doch dafür, die massiv gebaute und bestens ausgerüstete *Yonder* weiter vor dem Wind herjagen zu lassen. Er hatte großes Vertrauen in die Sturmfock, die bei Hoods auf Rhode Island aus dem neuesten, Kevlar-verstärkten Segeltuch geschneidert worden war. Laut GPS legten sie so in den 16 Stunden zwischen vier Uhr nachmittags und acht Uhr früh über 200 Meilen zurück.

»Wie weit ist es denn noch bis zu den Kerguelen?« fragte Jo.

»Wenn es so weitergeht, dann müßten wir eigentlich noch vor dem Mittagessen dort sein«, scherzte Boomer. »Aber Spaß beiseite: In den zwei Tagen, die wir jetzt schon unterwegs sind, haben wir fast 500 Meilen geschafft. Das ist nicht schlecht. Ich schätze, daß der Wind noch eine Weile so anhalten wird, aber den Sturm haben wir jetzt hinter uns. War doch gar nicht so schlimm, oder? Der Wind dreht jetzt auf West, und ich glaube, daß wir einen schönen Tag bekommen werden. Wir sollten ihn genießen, denn Bill meint, daß wir morgen gegen Abend die ›Brüllenden Vierziger‹ erreichen dürften. Auch im Sommer ist das Wetter dort unten sehr launisch und kommt eigentlich nie so richtig zur Ruhe – was zum Glück aber auch bedeutet, daß es nie länger als ein, zwei Tage wirklich schlecht ist.«

Und so bahnten sie sich weiter ihren Weg durch den unberechenbaren Ozean und nützten den Wind, der in unterschiedlicher Stärke aus westlichen Richtungen blies. Manchmal war es eine Sturmbö, manchmal eine steife Brise, und manchmal kam sogar für ein paar Minuten die Sonne durch die dichte Wolkendecke. Nicht ein einziges Mal mußten sie beidrehen, und am 8. Februar verkündete Bill kurz nach dem Abendessen: »Ich glaube, daß wir morgen bei Tagesanbruch eigentlich die Kerguelen sichten müßten. Wir sind jetzt noch 150 Meilen von ihnen entfernt, und bei diesem beständigen Westwind laufen wir 10 Knoten. Laut GPS befinden wir uns auf 66.50 Grad östlicher Länge, und soweit ich es beurteilen kann, ist in nächster Zeit eigentlich kein schlechtes Wetter zu erwarten. Aber hier unten weiß man ja nie …«

»Heute nacht übernimmt die Mannschaft das Ruder, und ich finde, wir könnten uns ein Glas von dem guten südafrikanischen Chardonnay genehmigen, was meint ihr?« sagte Boomer. »Ich werde den Jungs auch jedem ein Glas geben, denn sie haben es ebenso verdient wie wir. Es war bisher ein wirklich toller Törn, und ich hoffe, er hat euch ebenso gefallen wie mir. Ich fand es sehr erholsam, einmal auf andere Gedanken zu kommen.«

»Ich auch«, sagte Laura. »Und ihr wart alle ganz toll. Ich fühle mich so richtig wie eine Amerikanerin, und zum ersten Mal seit Monaten geht es mir rundum gut. Ich kann es kaum erwarten, endlich diese verrückten Inseln zu sehen, von denen wir die ganze Woche gesprochen haben.«

»Na ja, das wird nun nicht mehr allzu lange dauern«, sagte Boomer und entkorkte eine Flasche Rustenberg. »Hier Leute, was Feines zu trinken.« Nachdem er die vier Tassen vollgegossen hatte, befand sich nur noch ein winziger Schluck in der Flasche, aber Boomer ging zum Kühlschrank und öffnete gleich eine zweite. »Für den unwahrscheinlichen Fall, daß noch jemand ein bißchen nachhaben möchte«, kicherte er.

»Ach, übrigens, Laura«, sagte er dann, »wenn deine Scheidung demnächst ausgesprochen werden sollte, dann bin ich gern bereit, zu meinem Wort zu stehen und dich und Bill an Bord eines Schiffs zu trauen… obwohl ich inzwischen zu der Erkenntnis gelangt bin, daß du viel zu gut für diesen Schwerenöter bist.«

Bill schüttelte lächelnd den Kopf. »Da wird nichts draus, denn wir haben bereits einen Termin für unsere Hochzeit, zu der ich euch hiermit herzlich einlade. Sie ist am 20. Mai und findet natürlich an Land statt, und zwar in Kansas, denn in Schottland sieht man Laura und mich nicht allzugern. Ihre Mutter spricht noch immer nicht mit uns, und der Anderson-Clan täte nichts lieber, als uns in irgendeinen Kerker in den Highlands zu stecken und uns für den Rest unseres Lebens dort schmachten zu lassen.«

»Natürlich kommen wir«, sagte Jo. »Und wie steht es mit deinem Vater, Laura? Wird der denn wenigstens dabeisein?«

»Er hat es mir versprochen«, sagte Bill. »Und ich hoffe, daß er sein Wort hält. Du würdest ihn wirklich mögen, Boomer. Er weiß mehr über Unterseeboote als jeder andere Mensch, den ich kenne. Sogar der Präsident unterhält sich gern mit dem Admiral und hat mich vor ein paar Wochen extra gefragt, ob denn auch Sir Iain zu unserer Hochzeit komme. Der Präsident selbst will auf jeden Fall kommen, denn er meint, es sei ja schließlich seine Schuld, daß Laura und ich uns kennengelernt haben. Und damit hat er nicht ganz unrecht.«

Langsam wurde es spät, und die vier zogen sich in ihre Kabinen zurück. Die klare, frische Seeluft machte müde, so daß jeder, der keine Wache hatte, sich gern in die warme Koje sinken und tief schlafend das schwarze, kalte Wasser des kalten Südatlantiks unter dem Kiel vorbeirauschen ließ.

Boomer und Bill wachten gegen sechs Uhr auf, zogen sich an und standen fünf Minuten später oben an Deck. Dort hatte zu ihrer großen Enttäuschung ein dichter Nebel das Boot eingehüllt und nahm ihnen jegliche Sicht. Roger Mills stand am Ruder, und Bill sah am GPS, daß sie sich schon 22 Meilen nordöstlich von dem großen Felsen befanden, dem Kapitän Cook den Namen Bligh's Cap gegeben hatte.

»Vor ein paar Stunden sind wir dort vorbeigesegelt«, sagte Bill. »Jetzt müßten wir uns eigentlich 23 Meilen nördlich vom Cap d'Estaing befinden, der nördlichen Spitze der Hauptinsel Courbet. Goodwin hat geschrieben, daß dort die *Cuttyhunk* vor 15 Monaten Schutz vor einem Sturm gesucht hat. Wenn wir uns die Insel ansehen wollen, müßten wir jetzt auf einen südlichen Kurs gehen und hoffen, daß sich der Nebel innerhalb der nächsten zwei Stunden verzieht. Der Wind kommt aus Nordwest, wir könnten also das Großsegel setzen.«

»Du hast gehört, was der Mann gesagt hat, Roger«, wandte Boomer sich an Mills. »Wir steuern Kurs eins-acht-null. Wenn das Großsegel oben ist, übernehme ich das Ruder, und ihr haut euch unten aufs Ohr.«

Zwei Stunden später befanden sie sich laut GPS drei Meilen nördlich des Cap d'Estaing, aber die Sicht war immer noch sehr schlecht, so daß Boomer die Insel Courbet nur hinter einer dichten Nebelwand erahnen konnte. Ohne Radar hätte er sich nicht näher an die Küste herangewagt.

»Steure Kurs eins-drei-null«, sagte Bill. »Es hat keinen Sinn, direkt auf die Landzunge zuzuhalten, wir können genausogut in die Choiseul-Bucht hineinsegeln, und wenn der Wind aus dem Westen oder dem Südwesten kommt und den ganzen Mist wegbläst, dann sind wir dort ein wenig geschützt und können einen Blick auf die Insel werfen. Wenn wir die *Cuttyhunk* bis zum Mittagessen nicht gefunden haben, segeln wir wieder weiter.«

»Unsere Fregatte hat drei Monate nach dem Schiff gesucht und es trotzdem nicht gefunden«, sagte Boomer. »Also sollten wir den Mädels vielleicht sagen, daß sie sich nicht zu früh freuen sollen.«

Um halb elf, als sich die *Yonder* eine Meile vor der Baie Blanche befand, frischte der Nordwestwind auf. Bill hatte die Jacht auf dem Backbordbug, aber er hätte sie genausogut auf die andere Seite legen können, denn der Wind kam direkt von achtern und blies nur mit Stärke drei. Der Nebel war immer dünner geworden, und fast schon kam die Sonne durch. Trotzdem hatte es nur noch drei Grad, und an Deck war es feucht und kalt.

Als der Nebel schließlich aufriß, geschah das schlagartig. In einem Moment starrten Boomer, Bill und die Frauen noch auf einen talgfarbenen Dunstschleier, im nächsten schon sahen sie die etwas mehr als eine Meile entfernte Küste der Insel Courbet vor sich im eiskalten, aber leuchtend blauen Wasser liegen. Vom Boot aus betrachtet, sah die Landschaft der Kerguelen beeindruckend dramatisch aus. Auf der 150 Meter hohen Insel Gramont zwischen der Baie Blanche und der Baie Londres lag noch Schnee, und eine Meile backbord erhob sich der sanfte Rücken von Howe Island aus dem Meer. »Da drüben ist mehr Seetang als Wasser«, sagte Bill nach einem Blick auf die Karte.

Aus dieser Entfernung und in diesem Licht bot die Insel Courbet mit ihren hohen, schroffen und mit Resten von Winterschnee bedeckten Bergen und ihrer menschenleeren Küste einen spektakulären Anblick. Bill deutete auf einen Felsen, der nördlich von Gramont aus dem Meer ragte. »Laut Karte heißt er Cox's Rock«, sagte er. »Dort hat Goodwin das Stück vom Rettungsring der *Cuttyhunk* gefunden.«

Während Jo und Laura den Felsen durch ihre Ferngläser betrachteten, befahl Boomer, die Segel zu bergen und den Motor zu starten. »So können wir uns hier noch ein bißchen umsehen«, sagte er. »Unter Segeln würde ich das lieber nicht riskieren, denn die Fallwinde sollen hier ziemlich schlimm sein und können einen hinterrücks überfallen. Bill, ich möchte, daß du sorgfältig auf die Karte schaust und die Wassertiefe im Auge behältst. Wir dürfen dieses Baby auf keinen Fall an einen Felsen setzen.«

»Ich hatte das eigentlich auch nicht vor«, sagte der Mann aus Kansas. »Aber mach dir keine Sorgen, Boomer, wir bleiben immer hübsch im tiefen Wasser. Sobald uns ein Felsen näher als 200 Meter kommt, stecke ich sofort einen Kurs nach Hobart ab.«

Laura ging nach unten, um Kaffee zu holen, und Jo fragte Boomer, ob sie das Boot steuern dürfe. »Warum nicht?« sagte ihr Mann. »Aber fang nicht an zu rasen und tue alles, was Bill dir sagt.«

»Wirklich? Hast du denn vergessen, was er der armen Mrs. Anderson angetan hat?«

Während alle lachten, fuhr Jo einen langsamen, großen Kreis durch die Bucht und drehte dann nach Norden ab. »Backbord ist alles voller Seegras«, sagte Bill. »Halt dich lieber im tiefen und klaren Wasser direkt unter Land.«

Kurz darauf erschien Laura mit einem Teller Buttertoast, den die vier genüßlich verzehrten, während Roger und Gavin noch immer das Großsegel bargen und Jeff unter dem Vordeck Fock und Spinnaker klarmachte.

Um 11 Uhr 40 ging Boomer nach vorn, um Gavin zu helfen und sicherzustellen, daß die Sturmfock ganz oben auf dem Haufen lag, so daß man sie im Notfall rasch setzen konnte.

Eine Minute später sah Bill Baldridge etwas, was er zunächst für eine Sinnestäuschung hielt. Etwa 200 Meter backbord voraus glitt ein Gegenstand durchs Wasser, der eine V-förmige Spur auf der stillen Oberfläche der Bucht hinterließ. Es war eindeutig ein ... Aber das war doch unmöglich ... Aber was konnte es sonst sein? Eine Haifischflosse?«

»Boomer!« schrie Bill so laut, daß der Kapitän der *Columbia* einen Moment lang befürchtete, sein Freund wäre über Bord gefallen. Er wirbelte herum und sah, wie Bill nach vorn deutete und immer noch *»Boomer! Boomer!«* rief.

Commander Dunning folgte mit seinem Blick Bills ausgestrecktem Arm, und das, was er sah, ließ ihm den Atem stocken. *»Gott im Himmel!«* rief er aus und starrte gebannt auf das klar erkennbare Ding, das sich mit fünf Knoten Geschwindigkeit in südwestlicher Richtung durchs Wasser schob.

Es war das Periskop eines Unterseeboots, das etwa einen Meter aus dem Meer ragte. Schon 20 Sekunden später war es wieder verschwunden, so daß es weder Laura noch Jo bemerkten. Aber natürlich waren die beiden auch keine U-Boot-Offiziere.

4. März. Weißes Haus, Westflügel. Im Büro des Nationalen Sicherheitsberaters. Admiral Morgan war glänzendster Laune. »So, so«, sagte er, »Sie sind also die sagenumwobene Tochter von Admiral MacLean, die uns vor eineinhalb Jahren so viel geholfen und gleichzeitig diesem Schwerenöter hier den Kopf verdreht hat.«

Laura lächelte. »Die bin ich, Admiral Morgan. Und ich glaube, ich habe es Ihnen zu verdanken, daß ich überhaupt Bills Bekanntschaft gemacht habe.«

»Es war mir ein Vergnügen, Madam«, sagte der Admiral. »Dieses Büro hier ist eigentlich nur eine Tarnung für meine internationale Partnervermittlung.«

Bill traute seinen Ohren kaum. Arnold Morgan schlug Laura gegenüber ja einen richtigen Plauderton an und beliebte sogar zu scherzen! Das war ja unglaublich. Seit er es mit Politk zu tun hat, dachte Bill, ist er wie ausgewechselt! Der Präsident sollte ihn unbedingt im Auge behalten, nicht daß er auf seine alten Tage noch ein richtiges Weichei wird.

Der frühere Löwe von Fort Meade schien seine neuen Rolle zu genießen. »Ich bin entzückt, Sie endlich kennenzulernen, Laura«, flötete er. »Seit Jahren bin ich ein großer Bewunderer Ihres Vaters. Und ganz unter uns gesagt, die Einblicke, die Sie mir vor eineinhalb Jahren ins Leben eines früheren israelischen Geheimdienstoffiziers gewährt haben, waren von unschätzbarem Wert für uns.

Ich habe mich schon öfter gefragt, wie Sie wohl aussehen mögen. Immerhin haben Sie zwei hervorragenden Marineoffizieren den Kopf verdreht, und erst jetzt weiß ich, daß ich mich voll und ganz auf deren Urteil verlassen kann … und zwar nicht nur im Hinblick auf Unterseeboote.«

Laura lachte. »Sie sind zu gütig, Admiral Morgan. Aber eigentlich bin ich eine ganz normale Frau. Oder sagen wir besser, ich war es, bevor Sie ihren Inquisitor über den Atlantik geschickt haben. Jetzt weiß ich, daß das für mich ein Glücksfall war.«

»Und für ihn auch«, sagte der Admiral schmunzelnd und deutete mit dem Kinn hinüber zu Bill. »Ich bin sehr froh, daß Sie vorbeigeschaut haben und würde Sie gern zum Mittagessen in eines der privaten Eßzimmer hier im Weißen Haus einladen. Der Präsident und Bob MacPherson werden aller Voraussicht nach auch kurz vorbeischauen und hallo sagen. Und danach bringt mein Fahrer Sie beide zum Flughafen. Ich kann es kaum erwarten, von dem Segeltörn mit Boomer zu hören. Der muß ja toll gewesen sein.«

Bill lächelte seinen früheren Vorgesetzten an. »Das erzähle ich Ihnen beim Mittagessen«, sagte er. »Aber zuvor gibt es noch etwas, über das ich Sie unbedingt informieren muß und das mir sehr wichtig erscheint.«

»Und was ist das?«

»Arnold, wir haben auf unserem Törn einen kleinen Abstecher zu den Kerguelen gemacht, nur um mal zu sehen, wie es dort am Ende der Welt so aussieht. Boomer interessiert sich sehr für dieses verschwundene Forschungsschiff aus Woods Hole, die *Cuttyhunk*.«

»Stimmt. Darüber habe ich mit ihm auch schon gesprochen. Ich schätze, daß alle Leute aus Cape Cod ein Interesse am Schicksal dieses Schiffs haben. Sie haben es doch nicht etwa gefunden, oder?«

Alle lachten. »Nein, leider nicht. Aber am 9. Februar um 1141 hatten wir in der Baie Blanche vor der Hauptinsel Courbet ein merkwürdiges Erlebnis.«

Der Admiral nickte anerkennend. Die präzise Orts- und Zeitangabe verriet den früheren Geheimdienstoffizier, der es gewohnt war, Informationen so korrekt wie möglich zu übermitteln.

»Als ich über den Steuerbordbug nach vorn geblickt habe, konnte ich sehen, wie das Periskop eines Unterseeboots durchs Wasser glitt. Es war nur ein paar hundert Meter von unserem Boot entfernt. Boomer hat es auch gesehen.«

Admiral Morgan warf Bill einen scharfen Blick zu. »Sind Sie wirklich sicher?«

»Hundertprozentig.«

»Aber da unten kann es keine U-Boote geben. Was hätten sie auch in diesen Gewässern zu suchen? Die Kerguelen werden ja nicht einmal von Flugzeugen überflogen. Im Umkreis von tausend Meilen gibt es nicht einen einzigen militärischen

Stützpunkt, und Schiffe muß man dort mit der Lupe suchen, ganz zu schweigen von einer Schiffahrtsstraße. Höchstens daß sich mal ein Forschungsschiff wie das aus Woods Hole dorthin verirrt.«

»Aber es war trotzdem das Periskop eines U-Boots, Sir«, sagte Bill mit ruhiger Stimme. »Und zwar ohne Wenn und Aber. Schon auf den ersten Blick habe ich es zweifelsfrei erkannt.«

»Hat Boomer es zur selben Zeit gesehen, oder haben Sie ihn darauf aufmerksam gemacht?«

»›Aufmerksam gemacht‹ ist leicht untertrieben. Ich habe seinen Namen gebrüllt und mit dem Finger auf das Ding gezeigt.«

»Und was hat er gesagt?«

»Er hat *›Gott im Himmel!‹* gerufen.«

»Und dann?«

»Dann hat Boomer gesagt: ›Träume ich, oder ist das ein gottverdammtes Unterseeboot?‹ Und ich habe ihn dahingehend beruhigt, daß auch ich das Ding für ein U-Boot hielte. Schließlich gab es auch nicht den geringsten Zweifel daran, dessen sind wir uns beide bis heute völlig sicher. Sie müssen uns glauben, Sir. Boomer und ich haben ganz klar ein Periskop gesehen.«

»Wie steht es mit Ihnen, Laura? Haben Sie es auch gesehen?«

»Nein, ich habe auf der anderen Seite gestanden. Aber ich habe Bill rufen hören, und dann hat Boomer was von einem ›gottverdammten Unterseeboot‹ gesagt. Da unten ist es sehr still, so daß drei Millionen Pinguine es ebenfalls gehört haben dürften.«

Der Admiral kritzelte ein paar Worte auf einen kleinen Notizblock, der vor ihm auf dem Schreibtisch lag. Dann ging er ans Telefon und bellte einen Befehl hinein, den er schon so oft erteilt hatte: »Fort Meade, aber schnell. Den Direktor. Es ist dringend. Ich bleibe dran.«

Admiral Morgan trommelte ungeduldig mit den Fingern auf der Schreibtischplatte herum und wartete, bis er durchgestellt wurde.

»Ja… kann ich Admiral Morris sprechen?… Morgan, Arnold Morgan… Hallo George, wie geht es Ihnen?… Danke, auch gut… Ich hätte eine Bitte an Sie. Könnten Sie etwas für mich abklären lassen? Und zwar gründlich, bitte, obwohl es nur eine Art Routinecheck ist… Ja, sofort… Okay, können Sie herausfinden, ob sich um die Mittagszeit des 9. Februar irgendein Unterseeboot, gleich welcher Marine, in der Nähe der Kerguelen-Inseln im südlichen Indischen Ozean aufgehalten hat?… Ja, es ist mir klar, daß das am Arsch der Welt liegt, George, genau deshalb will ich es ja wissen. Prüfen Sie einfach alle mal durch und sagen Sie mir, ob es ein Boot gibt, von dem wir nicht wissen, wo es an diesem Tag war, einschließlich der unserer Verbündeten. Wenn Sie damit fertig sind, könnten Sie mich dann gleich anrufen?… Ja, in meinem Büro, und wenn ich nicht mehr hier bin, treibt das Sekretariat mich schon auf. Vielen Dank, George.«

Er legte auf und wandte sich wieder an Bill. »Lieutenant Commander Baldridge«, sagte er mit sorgfältig gewählten Worten, »so gut ich Sie auch kenne und so sehr ich Ihnen auch vertraue, ich hätte Ihnen die Geschichte, die sie mir da eben erzählt haben, niemals geglaubt, wenn Boomer nicht auch das Periskop gesehen hätte. Ich hätte sie Ihnen nicht glauben können. Dasselbe würde natürlich auch für Commander Dunning gelten, den ich übrigens für den besten U-Boot-Kommandanten in der ganzen U.S. Navy halte.

Aber eines weiß ich ganz sicher: Zwei Männer von Ihrem Schlag können sich nicht gleichzeitig irren. Und deshalb bin ich davon überzeugt, daß es dort unten ein U-Boot gab, auch wenn ich nicht die geringste Ahnung habe, von wo es kam und was es dort zu suchen hatte. An einem Ort wie diesem kann man entweder Pinguine füttern oder Eisschollen zählen, aber nicht viel mehr. Aber irgendwer treibt sich allem Anschein nach trotzdem dort herum oder hat sich zumindest dort herumgetrieben, und ich hoffe, daß uns Fort Meade innerhalb der nächsten paar Stunden sagen wird, wer das war. Aber jetzt ist es höchste Zeit, daß wir zu Mittag essen.«

In dem kleinen, eleganten Eßzimmer war ein Tisch für drei Personen gedeckt. Noch bevor der geräucherte Lachs als Vorspeise gereicht wurde, kam der Präsident der Vereinigten Staaten vorbei, um Bill hallo zu sagen. Er öffnete die Tür, trat lächelnd herein und sagte: »Bitte, bleiben Sie sitzen ... Bill, wie schön, Sie zu sehen ... Arnold, Sie halten wohl wie immer brav unsere Feinde in Schach ... und Sie müssen Laura sein. Ich bin schon lange ein Bewunderer Ihres Vaters und Ihres zukünftigen Mannes, die ich beide zu meinen Freunden zähle, was man von einem Ihrer früheren Verehrer nun wahrlich nicht sagen kann.«

Alle lachten über diesen Scherz, und der Präsident setzte sich neben Laura und goß sich ein Glas Mineralwasser ein. Bill bewunderte zum wiederholten Male, wie freundlich der Präsident war, ohne dabei anbiedernd zu wirken, und wie er es immer wieder schaffte, genau den richtigen Ton zu treffen und alle seine Gesprächspartner in eine gute Stimmung zu versetzen.

Laura, zum Beispiel, hätte eigentlich in der Gegenwart des mächtigsten Mannes der Erde fürchterlich nervös sein müssen, aber sie war alles andere als das. Sie reagierte auf ihn wie auf jemanden, der ihr gerade auf einer Privatparty vorgestellt worden war. Sofort begannen die beiden angeregt über den langen Segeltörn mit der *Yonder* zu plaudern, der Laura soviel Spaß gemacht hatte.

»Wissen Sie«, sagte der Präsident, »ich würde so etwas auch gern einmal machen. Mir einfach ein paar gute Freunde schnappen und mich einen Monat lang aus der Zivilisation ausklinken. Kein Telefon, kein Fax, keine Berater, keine Belästigungen – nichts von dem ganzen Bockmist. Wäre das nicht wundervoll? Aber es wird wohl nie Wirklichkeit werden, leider. Und jetzt muß ich wieder an meine Arbeit. Bill, Laura, ich wünschte, ich könnte noch ein wenig länger mit Ihnen plaudern, aber ich verspreche Ihnen, daß ich zu Ihrer Hochzeit kommen werde. Am 20. Mai war das doch, oder? Sagen Sie Ihrem Vater, daß ich mich darauf freue, ihn wiederzusehen, Laura ...«

Mit diesen Worten trank er sein Mineralwasser aus und verschwand. »Wow!« sagte Laura kopfschüttelnd. »Was für ein Mann. Ich liebe euch Amerikaner.«

Eine halbe Stunde später, als die drei gerade ihr Roastbeef aßen, klingelte das Telefon in der Ecke des Raums. »He, he, he«, sagte Arnold Morgan. »Das könnte George sein.«

Er hatte recht. Fort Meade war am Apparat. »Einen Moment, George. Ich muß mir nur rasch etwas zum Schreiben holen.« Was folgte, war ein 15 Minuten langes Gespräch, von dem Bill und Laura am Eßtisch nur Bruchstücke mitbekamen wie: »Und was ist mit den Russen?«... »China?«... »Auch nicht... Damit wären wir also die Großen durch... wen haben wir sonst noch?...«

Nach Beendigung des Telefonats kehrte Admiral Morgan mit ernster Miene an den Tisch zurück. »Die Jungs in Fort Meade haben rasch, aber gründlich gearbeitet«, sagte er. »Sie sind die ganzen Computerlisten durchgegangen und haben sich die Satellitenbilder der letzten Wochen angeschaut. Dabei sind sie zu interessanten Schlüssen gekommen. Wir wissen jetzt, wo zur fraglichen Zeit sämtliche U-Boote der Vereinigten Staaten, Rußlands und Chinas waren. Auch bei den Booten aus Europa und im Mittleren Osten ist uns das gelungen, was bei letzteren nicht allzu schwierig war, denn die liegen alle mit technischen Defekten im Hafen. Keines von all diesen Booten war auch nur in der Nähe Kerguelen, aber es gibt drei, von denen wir nicht wissen, wo sie am 9. Februar waren.

Das erste davon ist die *Triumph*, ein britisches Atom-U-Boot der Trafalgar-Klasse, das wir seit einem Monat nicht mehr gesehen haben, aber wir sind uns ziemlich sicher, daß es zwischen den Falkland-Inseln und dem argentinischen Festland patrouilliert. Daß die Briten uns seinen Einsatzort nicht verraten wollen, liegt wohl daran, daß es dort etwas tut, was nicht ganz hasenrein ist. Wenn es sein muß, können wir das schnell herausfinden, aber die Royal Navy hat seit dem Falkland-Krieg häufig ein U-Boot dort unten, deshalb kommt uns das Fehlen der HMS *Triumph* nicht besonders verdächtig vor.

Beim nächsten handelt es sich um ein 12500 Tonnen-Boot mit strategischen Atomraketen, das den Franzosen gehört und zufälligerweise *Le Triomphant* heißt. Es trägt die Nummer S616 und ist in Brest stationiert. Zuletzt wurde es zehn Tage vor dem 9. Februar im Golf von Biskaya gesehen, aber ich vermute stark, daß es noch immer dort herumkreuzt. Vom Golf bis zu den Kerguelen sind es 12000 Meilen, und selbst wenn es mit seiner Höchstgeschwindigkeit von 30 Knoten unter Wasser direkt dorthin fahren würde, könnte es die Strecke niemals in zehn Tagen schaffen, ja nicht einmal in zwölf oder 14. Auch dieses Boot kommt also nicht in Frage.«

»Und das dritte?« fragte Bill.

»Das ist ein ziemlich exotisches Boot, so exotisch, daß es wohl auch kaum in Frage kommt. Es handelt sich um ein kleines U-Boot der taiwanischen Marine, ein dieselelektrisches Boot aus der Hai-Lung-Klasse.«

»Ist Hai Lung was Medizinisches?« sagte Bill, ohne eine Miene zu verziehen.

Admiral Morgan kicherte leise. »Nein. Es bedeutet Seedrache. Das Boot, um das es uns geht, heißt übrigens *Hai-Hu*, was man mit Seetiger übersetzen kann. Es wurde vor 18 Jahren in Holland gebaut. Unser Satellit hat es seit eineinhalb Monaten nicht mehr gesehen. Bei einer Reichweite von 10000 Meilen hätte es in dieser Zeit theoretisch leicht bis zu den Kerguelen gelangen können, die rund 7000 Meilen von Taiwan entfernt sind. Aber ich kann mir kaum vorstellen, was das Hai Lung dort gemacht haben soll.«

»Und selbst wenn es dieses Boot war, würde uns das denn etwas angehen?« fragte Bill.

»Und ob uns das etwas angeht!« schnaubte Admiral Morgan. »Wenn jemand, ohne daß ich es weiß, mit einem gottverdammten U-Boot in den Weltmeeren herumschleicht, dann führt der meistens was Übles im Schilde, und so etwas kann ich auf den Tod nicht leiden. Und wenn ich in meiner Funktion als Sicherheitsberater des Präsidenten etwas nicht leiden kann, dann muß mir jemand ein paar Fragen beantworten, sonst bin ich bald stinksauer und nicht mehr bloß neugierig.«

»Und was sind Sie jetzt, Admiral Morgan?« fragte Laura.

»Neugierig. Ich will wissen, wo dieses taiwanische U-Boot jetzt ist und wann es nach Hause kommt. Ich rechne zwar nicht damit, daß man mir sagt, wo es war, aber ich werde das Boot und seine Regierung sorgfältig im Auge behalten.«

Um drei Uhr war das Mittagessen beendet, und Bill und Laura wurden von Admiral Morgans Fahrer zum Flughafen gebracht, wo sie einen Linienflug nach Kansas City nahmen. Dann ging es per Anschlußflug nach Wichita, von wo aus sie die Beechcraft von Bills Mutter nach Burdett brachte. Die letzte Etappe bis zur Ranch legten die beiden im Pickup-Truck von Bills Bruder Ray zurück, der auf dem kleinen Flugplatz schon auf sie gewartet hatte.

Arnold Morgan sprach inzwischen im Weißen Haus mit der CIA und versuchte, in den Bewegungen der beiden Hai-Lung-Boote, die Taiwan besaß, irgendein Muster zu erkennen. Die Boote waren leicht zu erkennen, denn die Taiwaner hatten ihre Nummern, *793* und *794*, mit großen, weißen Lettern an beide Seiten der Türme gepinselt. Der CIA-Bereichsleiter für den Fernen Osten versprach, sofort einen Agenten auf den Fall anzusetzen.

Der Mann brauchte fünf ganze Wochen, bis er halbwegs brauchbare Informationen gesammelt hatte. Also war es schon Mitte April, bis sich so etwas wie ein vages Bewegungsmuster herauskristallisierte. Ein mysteriöses Muster zwar, aber immerhin ein Muster.

Die beiden Hai Lungs liefen immer nur einzeln aus und kamen jeweils erst nach elf Wochen wieder zurück. Im Heimathafen lag dann das zurückgekehrte Boot zehn Tage lang neben seinem Schwesterschiff, das daraufhin ebenfalls für elf Wochen verschwand. Es gab keinen Hinweis darauf, wohin sie fuhren, denn immer, wenn sie 30 Meilen von ihrer Basis entfernt waren, tauchten sie und wurden bis kurz vor ihrer Rückkehr nicht mehr gesehen.

So ein kleines Hai Lung schafft über lange Strecken nicht mehr als acht bis neun Knoten, dachte Arnold Morgan. Das heißt, daß es am Tag 200 bis 220 Meilen zurücklegt und zwischen 7000 und 7500 in fünf Wochen. Das reicht von Taiwan bis zu den Kerguelen. Fünf Wochen hin, eine Woche dort, fünf Wochen zurück. Aber tun sie das wirklich? In den fünf Wochen könnten sie auch sonstwo hinfahren.

Morgan ging hinüber zu seinem Computer und startete seinen elektronischen Weltatlas. Dort zog er einen Kreis von

7000 Meilen um Taiwan und sah, daß das mögliche Operationsgebiet der Hai Lungs deprimierend groß war.

Es reichte von der Beringstraße bis zum Kap der Guten Hoffnung und schloß die Küsten von Mosambik, Australien, Neuseeland, Japan und sämtliche Inseln im Südpazifik ebenso ein wie die Antarktis.

»Die können praktisch überall hinfahren«, brummte der Admiral, »aber mein Verstand sagt mir, daß ihr Ziel trotzdem die Kerguelen sind, weil nämlich meine Jungs dort eines von den Biestern gesehen haben!«

Arnold Morgan ging ans Telefon und rief in der Baldridge-Ranch an. »Mr. Bill und Miss Laura sind gerade draußen«, sagte ein Dienstmädchen. »In der letzten Nacht hatten wir hier einen Sturm, und jetzt sind im Westen der Ranch ein paar Rinder verschwunden. Die beiden sind nach dem Mittagessen weggeritten, und werden wohl erst wiederkommen, wenn sie die Tiere gefunden haben.«

Der Admiral mußte grinsen. »Okay«, sagte er. »Bitte sagen Sie ihnen, daß ich angerufen habe und daß ich es heute abend noch einmal versuchen werde.«

Als Bill Baldridge und Arnold Morgan nach einem Tag der Suche nach verschwundenen Rindern und Unterseebooten schließlich um neun Uhr abends miteinander sprachen, wußte der Admiral immer noch nicht genau, wo die Taiwaner wirklich hinfuhren. Aber er erzählte Bill von dem Muster, nach dem sie kamen und gingen, und beschloß die Unterhaltung mit den Worten: »Ich weiß, daß Sie dort waren und nicht ich, Bill. Sie sind vermutlich nach wie vor der Meinung, daß sich auf den Kerguelen irgend etwas tut, oder?«

»Das kann ich so nicht sagen. Aber eines weiß ich sicher: Wir haben es mit zwei Rätseln zu tun, die beide mit den Kerguelen verbunden sind – ein verschwundenes Forschungsschiff, das offenbar dort angegriffen wurde, und ein U-Boot, das dort herumschleicht und möglicherweise aus Taiwan kommt.«

»Zwei so merkwürdige Vorfälle an einem derart abgelegenen Ort müssen eigentlich etwas miteinander zu tun haben«, sagte der Admiral. »Wenn ich nur die geringste Ahnung hätte, wonach wir dort suchen sollen, würde ich sofort ein Schiff hinunterschicken. Aber solange ich die nicht habe, kann ich das nur schlecht verantworten.

Aber eines werde ich tun: Ich werde Taiwan in Zukunft ganz genau auf die Finger sehen. Mein Gefühl sagt mir, daß sich da was zusammenbraut. Aber wir tappen noch im dunkeln, und ich brauche dringend Licht. Am besten wäre ein Laserstrahl.«

KAPITEL SECHS

Admiral George Morris konnte man nicht gerade als ein Leichtgewicht bezeichnen. Im Gegenteil, er war ein großer, schwerer Mann, der zwar einen überragenden Verstand besaß, aber eine behäbige, fast plumpe Art hatte, sich zu bewegen. Seit Jahren verwitwet, hatte er auch eine behäbige, plumpe Art zu schlafen: flach auf dem Rücken und so laut schnarchend wie ein altes Murmeltier. Sein Schlaf war so tief wie der eines Toten, und man hätte leichter einen Grizzly aus dem Winterschlaf aufwecken können als ihn. Wenn George Morris schlief, hatte ein klingelndes Telefon keine Chance.

Das war auch der Grund dafür, daß in den frühen Morgenstunden des 21. April John Harrison, ein junger Lieutenant der Navy, im Schlafzimmer des Admirals in Fort Meade stand und, nachdem er sämtliche Lichter angeknipst hatte, seinen Vorgesetzten schüttelte und ihn verzweifelt bat, doch endlich aufzuwachen. Er war kurz davor, dem Direktor der National Security Agency ein kleines Glas kaltes Wasser über die Stirn zu gießen – eine Taktik, auf die man sich vorher geeinigt hatte, falls alles andere versagen sollte –, als George Morris endlich erwachte.

»Was ist denn los?« fragte er und blinzelte ins Licht. »Hat uns jemand den Krieg erklärt?«

»Nein, Sir. Aber es gibt etwas, was wir für sehr wichtig halten.«

»Hoffentlich ist es das auch. Wie spät ist es eigentlich?«

»Äh … 0300, Sir.«

»Also, sagen Sie mir endlich, um was es geht, Lieutenant.«

»Um die Kilo-U-Boote, die von Rußland nach China geliefert werden sollen, Sir.«

Noch bevor Harrison den Satz beendet hatte, war Morris aus dem Bett gesprungen. Er glaubte, Arnold Morgans wütendes Gesicht vor sich zu sehen. »Jesusmaria, wieso sagen Sie das nicht gleich, Mann?«

»Ich habe darauf gewartet, daß Sie aufwachen, Sir.«

»Aufwachen! Aufwachen! Ich bin wach, oder etwa nicht? Geben Sie mir drei Minuten, dann bin ich fertig. Haben Sie einen Wagen draußen?«

»Jawohl, Sir.«

»Dann setzen Sie sich hinein, und warten Sie auf mich. Ich komme sofort.«

Als sie in Morris' Büro ankamen, wartete dort bereits ein Satz von Satellitenbildern auf ihn. Zwei Offiziere vom Nachtdienst beugten sich mit ihren Lupen über den Leuchtkasten und verglichen bestimmte Details.

»Es besteht kein Zweifel mehr, Sir«, sagte einer von ihnen, als Admiral Morris eintrat. »Die drei Kilos in der Werft von Nischnij Nowgorod sind fertig, und soweit man es nach diesen Bildern beurteilen kann, wird es nicht mehr lange dauern, bis sie abgeholt werden.« Der Offizier stand auf und ließ Morris an den Leuchtkasten. »Sehen Sie selbst, Sir. Auf den Bildern von vor einer Woche können Sie noch deutlich die Gerüste an den Türmen von Boot eins und zwei sehen. Und dieses Bild hier kam heute nacht herein. Da sehen Sie, daß die Gerüste verschwunden sind und an Deck von Boot drei sehr viel weniger Zeug herumliegt als noch vor zwei Wochen. Wenn die Kilos erst einmal dieses Stadium erreicht haben, sind sie in Windeseile fertiggebaut. Getestet werden sie ohnehin erst, wenn sie an der Küste sind, und deshalb glaube ich, daß die drei Boote nicht mehr lange auf der Werft bleiben werden.«

Admiral Morris betrachtete die Fotos und wußte, daß Arnold Morgans Plan jetzt in eine kritische Phase trat. Es war klar, daß bei diesem Baufortschritt die Unterseeboote innerhalb der nächsten zwei Wochen auf Transportkähne verladen werden würden, die sie nach Norden zum Meer bringen sollten. Es wurde erwartet, daß die Lastkähne mit den Booten im Konvoi und möglicherweise unter militärischer Bewachung fahren würden.

Die CIA hatte in den letzten Wochen mehrere Nachrichten zwischen Peking und Moskau abgefangen, die allesamt besagt hatten, daß nach dem unglücklichen Verlust der letzten zwei Boote die Sicherheitsvorkehrungen für die Lieferung der nächsten drei Boote drastisch verschärft werden sollten. Niemand wußte allerdings, ob sich das auch auf den Teil der Reise bezog, den die Boote im Inneren Rußlands zurücklegen sollten.

Nachdem Admiral Morris sich die ersten beiden Bilder angesehen hatte, gab Lieutenant Harrison ihm drei weitere Satellitenaufnahmen, die alle den Lauf der Wolga zeigten. Mehrere hundert Kilometer südlich von Nischnij Nowgorod lag die weitläufige Industriestadt Wolgograd, die im Winter 1942/43, als sie noch Stalingrad hieß, von der Deutschen Wehrmacht 200 Tage lang belagert worden war. Nach dem Krieg wurde sie wieder aufgebaut und erstreckt sich nun auf einer Strecke von fast hundert Kilometern am Ufer des Flusses entlang, kurz bevor dieser einen Knick nach Südwesten und in Richtung Kaspisches Meer macht.

Genau dort, in dieser langgezogenen Flußschleife, hatte der Satellit einen riesigen, zweiteiligen Transportkahn fotografiert, der langsam flußaufwärts fuhr. Ein solcher Gigant hatte eine Ladekapazität von 10000 Tonnen, und selbst auf Rußlands größtem und meistbefahrenem Fluß waren diese über 270 Meter langen, Tolkatsch genannten Monstren eine ziemliche Seltenheit. Tolkatsch heißt wörtlich übersetzt »Schieber«, und so bestanden diese Schubverbände auch aus einem starken Motorteil, der die beiden aneinandergehängten Kähne von hinten anschob und einem zusätzlichen Ruder am Bug, ohne das der lange Verband niemals um eine enge Kurve käme.

Dem Tolkatsch auf der Satellitenaufnahme folgte noch ein zweiter, der zwar nicht ganz so lang war, aber auch noch seine 180 Meter maß. Beide Schiffe, die sich mit etwa 5 Knoten Fahrt langsam am Industriegebiet von Wolgograd entlangschoben, entsprachen genau dem Typ Binnenschiff, mit dem russische Werften gern ihre fertigen Unterseeboote transportierten.

Während man in westlichen Ländern U-Boote, wie andere Schiffe auch, hauptsächlich in direkt an der Küste gelegenen

Werften baut, gibt es in Rußland eine riesige Schiffsbauindustrie in der alten Stadt Nischnij Nowgorod, die von 1932 bis 1990 Gorkij hieß. Nischnij Nowgorod liegt gute 1600 Kilometer vom Weißen Meer im Norden und ebensoweit vom Schwarzen Meer im Süden entfernt. Nach westlichen Maßstäben wären die Generationen von sowjetischen Kriegsschiffen, die in diesen Werften gebaut wurden, ebenso von ihrem natürlichen Element abgeschnitten gewesen wie ein Atlantiklachs, der weit im Inland in einem zu seichten Fluß geboren wird.

Daß in Amerika niemand auf die Idee kommt, ein Atom-U-Boot mitten in Kansas zu bauen, hat einen einfachen Grund: Es fehlen die geeigneten Transportwege, um es zum Meer zu bringen. In dieser Hinsicht ist Rußland im Vorteil, denn es besitzt mit der 3530 Kilometer langen Wolga den fünfzehntlängsten Fluß der Welt, einen Fluß, der von den Kommunisten zu einer gigantischen Wasserstraße ausgebaut wurde, wenn auch um den Preis, daß die Wolga dabei zum toten Fluß wurde.

Auch wenn der Traum einer Binnenwasserverbindung zwischen sämtlichen Teilen des sowjetischen Imperiums nie ganz verwirklicht wurde, gelang es den Russen mit einem ehrgeizigen Kanalbauprojekt, das Schwarze mit dem Weißen Meer zu verbinden, um einen leistungsfähigen Transportweg für Unterseeboote und andere Kriegsschiffe zu schaffen. Die Route beginnt in der Kertschenskistraße östlich der Krim und läuft quer durch das Asowsche Meer nach Nordosten. Dort führt sie über den Wolga-Don-Kanal und eine Reihe von Seen weiter, bis sie südlich von Wolgograd die Wolga erreicht. Von hier ab nach Norden weitet sich der große Fluß zu einer atemberaubenden Kette von bis zu 300 Kilometer langen Stauseen, bevor er bei der Stadt Kasan einen Schwenk nach Westen macht und schließlich nach Nischnij Nowgorod. Hier mündet der Fluß Oka, aus dem Südwesten kommend, in die Wolga. Das riesige Dreieck zwischen den beiden Flüssen wird der *Strelka* genannt, was auf russisch soviel wie Pfeil bedeutet. Hier, wo das Wort »Strelka« in roten, kyrillischen Buchstaben auf dem Beton der Ufermauer prangt, befindet sich die 150 Jahre alte Werft von Sormowo.

In den vergangenen Jahren hatte diese Werft nur eine Reihe von kleineren Fracht- und Passagierschiffen vom Stapel gelassen, verfügte aber auch über eine lange Erfahrung im Bau von Unterseebooten, die allesamt per Lastkahn ins Schwarze Meer oder hinauf zur Nordflotte transportiert worden waren. Hier waren die Nuklearboote der Charlie-II- und die alte Juliett-Klasse entstanden, ebenso wie die Barrakudas der Sierra-II-Klasse, die nuklear betriebenen Victors und eine ganze Reihe von dieselektrischen Tango-Booten. Im Westen wußte man nur zu gut, daß die Werft auch über die Einrichtungen verfügte, um die modernsten Kilos herzustellen.

Weil das Schwarze Meer und das Mittelmeer an den Engstellen Bosporus und Gibraltar leicht zu blockieren waren, gingen die meisten U-Boote, die in Nischnij Nowgorod gebaut wurden, über einen langen, vom Diktator Joseph Stalin in Auftrag gegebenen künstlichen Wasserweg nach Norden. Er beginnt in der Wolga, die sich von Nischnij Nowgorod aus relativ seicht und verschlammt zwischen endlosen Birkenwäldern nach Norden windet. Etwa 150 Kilometer weiter nördlich macht der Fluß eine Biegung nach links und führt in weiten Schleifen nach Westen in den riesigen Stausee bei Rybinsk. Hier macht die Wolga einen scharfen Knick nach Süden und führt hinunter zu dem ebenfalls unter Stalin gebauten Moskau-Kanal. Die großen Tolkatsch-Kähne mit den Unterseebooten aber folgen nicht der Russischen Mutter, wie die Wolga auch genannt wird, sondern fahren auf ihrer Reise zum Polarkreis den Rybinsker Stausee 100 Kilometer hinauf nach Norden und durch eine Kette kleinerer Seen und Kanäle in den über 200 Kilometer langen Onegasee, der das zweitgrößte Binnengewässer Europas ist. Dieser einsame See mit seinen malerischen Inseln und den hübschen Holzkirchen an den Ufern, von denen viele geschnitzte Zwiebeltürme haben, stellt den landschaftlich schönsten Teil der Reise dar. Die aus dem 18. Jahrhundert stammende Kirche auf der Insel Kischi mit ihren 22 Türmchen stellt ein architektonisches Kleinod ganz besonderer Art dar, bei dessen Bau übrigens kein einziger Nagel verwendet wurde.

An diesem malerischen Fleckchen Erde sind die großen Lastkähne mit ihrer martialischen Fracht ein besonders grotesker und bedrohlicher Anblick. Ihr Ziel ist der Belomorski-Kanal am Nordende des Sees, den Stalin von Zwangsarbeitern unter rücksichtsloser Ausbeutung ihrer Kräfte und ihrer Gesundheit schaufeln ließ. Tausende starben dabei an schierer Erschöpfung, von grausamen Kommissaren bis an die Grenzen menschlicher Leistungsfähigkeit getrieben.

Das Ergebnis dieser Quälerei war ein Meisterwerk des Kanalbaus: eine kerzengerade, 225 Kilometer lange Wasserstraße, die den Onegasee mit dem Weißen Meer verbindet und in den militärischen Plänen des großen kommunistischen Diktators eine wichtige Rolle spielte. Unzählige politische Gefangene und Dissidenten mußten dafür ihr Leben lassen, und ihr Leid wird für immer einen düsteren Schatten auf den Belomorski-Kanal werfen. Nachdem der russische Schriftsteller Maxim Gorki zusammen mit 120 Kollegen 1933 an einer Pressereise zu dem Kanal teilgenommen hatte, verlor er lobende Worte darüber, wofür er Jahre später von Alexander Solschenizyn scharf angegriffen wurde.

Bis heute fahren keine Touristenboote auf dem Kanal, der noch immer vom russischen Militär instand gehalten wird, und die tiefschwarzen Rümpfe der Unterseeboote, die auf dem lieblichen Onegasee noch so düster und fremdartig gewirkt hatten, fallen an diesem Ort des vieltausendfachen Todes schon viel weniger auf.

Die beiden leeren Tolkatschs, die Admiral Morris auf den Satellitenbilder betrachtete, hatten bis zum Belomorski-Kanal noch eine lange Reise vor sich. Allein fast 1300 Kilometer waren es von Wolgograd bis nach Nischnij Nowgorod, und niemand konnte mit Sicherheit sagen, wo sie wirklich hinsteuerten. Für Admiral Morris allerdings war die Sache schon ziemlich klar. Er blickte zuerst auf die Bilder der beiden Lastkähne und dann auf die von den drei fast fertigen Kilos. Seiner Meinung nach waren die Tolkatschs auf dem Weg nach Norden, um die Boote abzuholen und dann ins Weiße Meer zu bringen. In Anbetracht des oft sehr lebhaften Schiffsverkehrs auf der Wolga und unter Berücksichtigung sämtlicher Schleusen und anderer Stopps würden sie wohl an die hundert Kilometer am Tag schaffen und damit bis zur Sormowo-Werft noch etwa zwei Wochen brauchen.

Morris ging an einen großen Computerschirm und lud sich die Karte von Zentralrußland hoch. Es war schwer, die Geschwindigkeit der vollbeladenen Lastkähne exakt vorauszuberechnen, aber wenn man von durchschnittlich fünf Knoten ausging, dann würden sie etwa 190 Kilometer am Tag schaffen und somit von Nischnij Nowgorod bis zum Belomorski-Kanal etwa zwei Wochen brauchen. Morris rechnete damit, daß das Verladen der Kilos zusammen mit den üblichen Verbesserungen und Reparaturen in letzter Minute zwischen zwei und vier Wochen dauern konnte. Vermutlich hatten die Chinesen ihre besten Techniker auf der Werft, die alles an den Booten einzeln abnahmen und sicherstellten, daß ihr Land für die 900 Millionen US-Dollar, die es für die drei U-Boote hinblättern mußte, auch einwandfreie Qualität bekam.

Nach längerem Nachdenken entschied Morris, daß vier Wochen Verladezeit wohl eher der Realität entsprechen dürften als zwei, und ging in Gedanken davon aus, daß die Kähne mit den Booten Nischnij Nowgorod etwa in der ersten Juniwoche verlassen dürften. Der frühere Befehlshaber einer Trägerkampfgruppe runzelte die Stirn und fragte sich, ob Chinesen und Russen wohl annahmen, daß der Verlust von K-4 und K-5 kein Unfall gewesen war und daß die Schuldigen für ihre Versenkung unter der Flagge der Vereinigten Staaten operiert hatten. Vermutlich würden die Chinesen eine Eskorte für die Boote verlangen, wenn diese erst einmal im Meer und unterwegs nach Shanghai waren. Allerdings war es auch möglich, daß sie die Reise nach China wieder auf speziell ausgerüsteten Frachtschiffen antraten wie die ersten drei Kilos. Auch wenn der Direktor von Fort Meade auf die meisten seiner Fragen noch keine Antwort wußte, war ihm eines doch sonnenklar: Die Vereinigten Staaten durften es nicht zulassen, daß die U-Boote ihr Ziel erreichten.

Noch allerdings war sich George Morris nicht sicher, wie das zu bewerkstelligen war. Falls die Kilos den Heimweg mit eigener Kraft antreten sollten, würden die Russen sie bestimmt von ihren Kriegsschiffen bewachen lassen. Außerdem würden die Kilos selbst voll bewaffnet sein, so daß es fast unmöglich sein würde, sie mit einem Überraschungsangriff alle drei gleichzeitig zu erledigen. Wenn überhaupt, dann war das nur mit einem massiven Einsatz amerikanischer Jagd-U-Boote möglich, und George Morris wußte genau, daß SUBLANT seine Boote der Los Angeles-Klasse am liebsten als einzeln agierende Killerboote einsetzte.

Um die Zerstörung der drei Kilos wirklich garantieren zu können, müßte die U. S. Navy vermutlich nicht nur gegen drei nagelneue Kilos antreten, sondern auch gegen einige Jagd-U-Boote der früheren Sowjetunion, von einigen Fregatten ganz zu schweigen. Die Aussicht auf eine solche Seeschlacht war für Morris ein Schreckensszenario, das schon fast an die Schlacht von Midway herankam. »So etwas kommt nicht in Frage«, murmelte er. »Aber darüber soll Arnold Morgan sich den Kopf zerbrechen.«

Der Admiral ging hinüber zu seinem Schreibtisch. Es war zwar erst Viertel nach sieben, aber Morgan hatte ihn unmißverständlich angewiesen, sich sofort bei ihm zu melden, falls sich bei den kurz vor der Vollendung stehenden Kilos eine neue Entwicklung ergeben sollte. Also nahm Morris das Telefon ab und wählte die Privatnummer seines Vorgängers. Arnold Morgan, der in seinem Haus in Montpelier bereits vor einer Viertelstunde aufgestanden war, hob nach dem ersten Klingeln ab und meldete sich mit dem ihm eigenen Charme, der ihn in der Vergangenheit schon bei vielen Untergebenen und hochrangigen Politikern gleichermaßen beliebt gemacht hatte: »Morgan. Was gibt's?«

»Hallo, Admiral. George Morris am Apparat. Es tut mir leid, daß ich Sie zu einer so unchristlichen Zeit anrufen muß ...«

»Wenn ich mich nur zu christlicher Zeit anrufen ließe, dann wäre die Welt ein noch gefährlicherer Ort, als sie es ohnehin schon ist. Schießen Sie los!«

»Es geht um Ihre drei russischen Babys, Admiral. Ich habe hier ein paar Bilder, die Sie sicher interessieren werden. Wo wollen wir sie uns angucken? Bei Ihnen oder bei mir?«

»Ich bin in 15 Minuten bei Ihnen«, bellte Morgan und legte unvermittelt auf. Admiral Morris blieb mit dem Hörer in der Hand mitten unter seinen Untergebenen stehen und machte ein betretenes Gesicht.

Dann tat er das, was viele andere Leute vor ihm in ähnlichen Situationen angesichts Arnold Morgans rüder Telefonsitten getan hatten. »In Ordnung, Admiral«, sagte Morris und tat so, als wäre der Nationale Sicherheitsberater noch immer am anderen Ende der Leitung. »Bis gleich.«

Als Morris auflegte, saß Morgan bereits in seinem Wagen und trat voll aufs Gas. Sein Privathaus, in dem er bis vor kurzem mit seiner Frau gelebt hatte, lag in der Nähe von Fort Meade, und Morgan hatte die Strecke schon so oft hinter sich gebracht, daß sein Auto sie vielleicht auch von allein gefahren wäre – wenn auch nicht so schnell.

Als Morgan im Laufschritt durch den Haupteingang der National Security Agency stürmte, standen die Männer vom Nachtdienst stramm, und zwei von ihnen eskortierten ihn zu Admiral Morris' Büro, wo der Direktor bereits Kaffee hatte auftragen lassen – »schwarz mit Schrot« für den Nationalen Sicherheitsberater, dessen Ankunft an seinem früheren Arbeitsplatz für helle Aufregung gesorgt hatte.

George Morris räumte seinen Tisch für Arnold Morgan, der sich hinsetzte und die Satellitenbilder studierte. »Ja, George«, sagte er. »Sie haben recht. Diese drei Babys werden sich demnächst auf den Weg machen.«

Admiral Morris erzählte Morgan, daß er für den Fall, daß die Kilos unter eigener Maschine nach China fuhren, eine größere Konfrontation zwischen amerikanischen und russischen Kriegsschiffen befürchtete.

Morgan hörte ihm ungewöhnlich ruhig und geduldig zu. Er wollte Morris nicht zeigen, daß sein Plan schon seit mehreren Wochen feststand und daß er erst dann jemandem davon erzählen wollte, wenn dieser unbedingt eingeweiht werden mußte.

»Machen Sie sich keine Sorgen wegen der Einzelheiten, George«, sagte Morgan schließlich grimmig. »Ich habe mich um diese Angelegenheit seit dem Tag gekümmert, an dem ich erfahren habe, daß die Chinesen in den russischen Auftragsbüchern für die Kilos ganz oben stehen.« Er blickte von den Fotos auf und sah dem jetzigen Direktor von Fort Meade ins Gesicht. »Ich möchte Ihnen und Ihren Leuten für die Wachsamkeit in dieser Angelegenheit danken«, sagte er. »Im Moment ist es nicht nötig, daß ich Sie in alles andere einweihe, aber halten sie mich über jeden Meter auf dem laufenden, den sich diese Kilos von der Stelle bewegen.«

Dann hellte sich seine Miene ein klein wenig auf. »George, alter Freund, Sie wissen ja wohl genausogut wie ich, daß wir bei diesem Spiel auf unseren jeweiligen Stühlen sitzen müssen. Sie auf dem Ihren, und ich auf meinem.« Die Tatsache, daß Arnold Morgan im Augenblick tatsächlich auf George Morris' Stuhl saß, erschien beiden Männern als nebensächlich.

Als die Wachglocke an der Schiffsuhr des Direktors acht Uhr schlug, verließ Admiral Morgan Fort Meade. Er beschloß, nicht mehr nach Hause, sondern direkt ins Weiße Haus zu fahren, wo er wegen des dichten Verkehrs erst um halb zehn eintraf. Er stellte den Wagen ab und sagte, jemand solle sich um ihn kümmern und Charlie, seinem Chauffeur, sagen, dieser solle sich telefonisch bei ihm melden.

Morgan hatte gerade sein Büro im Westflügel betreten, als ihn Charlie schon aus der Garage anrief. »Charlie«, sagte der Admiral, »suchen Sie meinen Wagen, und bringen Sie ihn in mein Haus in Montpelier. Danach kommen Sie mit dem Dienstwagen wieder hierher. Um Punkt 1230 brauche ich Sie. Wir haben eine Menge zu erledigen.«

»Jawohl, Sir. Aber wie komme ich von Ihrem Haus in Montpelier wieder hierher?«

»Charlie«, sagte Admiral Morgan mit trügerisch freundlicher Stimme. »Ich versuche gerade, die Sicherheit der Handelsschifffahrt im nordwestlichen Pazifik zu gewährleisten und unseren Einfluß in der Formosastraße zu sichern und muß dabei vielleicht den Chinesen empfindlich auf den Schlips treten. Natürlich weiß ich, daß diese Kleinigkeiten im Vergleich mit Ihrem Problem völlig unbedeutend sind, lieber Charlie, aber könnten Sie vielleicht trotzdem jetzt bitte meinen gottverdammten Wagen nach Montpelier bringen? *Und dann schieben Sie Ihren fetten Arsch in null Komma nichts wieder hierher, und wenn Sie dazu ein Space-Shuttle anmieten müssen!«*

Fast hätte Charlie vor lauter Schreck den Hörer fallen lassen, aber der Admiral hatte schon wieder aufgehört zu schreien. »Versuchen Sie einfach, Ihr Bestes zu geben, Charlie«, sagte er mit sehr viel milderer Stimme. »Schließlich werden hochqualifizierte Leute wie Sie dafür bezahlt, daß sie Probleme lösen.«

Morgan legte auf und grinste selbstzufrieden über die neue Art im Umgang mit Menschen, die er sich als Nationaler Sicherheitsberater zugelegt hatte. Das Leben im Weißen Haus schliff langsam die gröbsten Kanten seiner cholerischen Persönlichkeit ab. Aber eben nur bis zu einem gewissen Punkt.

Der Admiral griff abermals zum Telefonhörer und ließ sich mit dem Direktor von Fort Meade verbinden, nur um zu erfahren, daß Admiral Morris ins Pentagon gefahren sei und erst nach dem Mittagessen wieder zurückerwartet werde. Er sei allerdings im Büro von Admiral Joe Mulligan zu erreichen.

Weil Arnold Morgan nicht der gesamten Navy zeigen wollte, wie bedrohlich er die Entwicklung im Hinblick auf die drei Kilos einschätzte, beschloß er, die Besprechung im Pentagon nicht zu stören. Das war ziemlich ungewöhnlich für den Admiral, der normalerweise keinen Augenblick gezögert hätte, selbst eine Unterhaltung zwischen Gott und dem Papst zu stören, wenn dies den militärischen Interessen seiner geliebten USA genützt hätte.

Arnold Morgan sah auf seine Uhr. Es war 0945 hier in Washington und damit 0645 in Kalifornien. Zu dumm, dachte er. Admiral John Bergstrom war bestimmt noch nicht in seinem Büro. »Fauler Hund«, murmelte Morgan ungeduldig. »Ich muß ihm wohl noch eine halbe Stunde geben.«

Er drückte eine Taste auf seinem Hightech-Telefon und verlangte eine Tasse Kaffee. Die Stimme, die ihm antwortete, war männlich und kurzangebunden, und Arnold Morgan schoß der Gedanke durch den Kopf, daß er vielleicht den falschen Knopf gedrückt und seinen »Schwarz mit Schrot«-Befehl dem Präsidenten höchstpersönlich ins Ohr gebellt haben könnte.

Bei diesem Gedanken brach er in schallendes Gelächter aus. Es war das Lachen eines Mannes, der wußte, daß er im mächtigsten Mann Amerikas einen Freund fürs Leben hatte.

Morgan trat vor seine Weltkarte und betrachtete mit einer Lupe den riesigen, 200 Kilometer langen Onegasee im Norden Rußlands, durch den die Kilos auf ihrer Reise zum Belomorski-Kanal hindurch mußten. Er hatte die Bildauswerter in Fort Meade gebeten, für ihn alle Satellitenbilder der letzten Jahre durchzusehen und daraufhin zu untersuchen, ob die Lastkähne mit den russischen U-Booten dort einem erkennbaren Muster folgten.

»Da muß es doch irgendwas geben«, murmelte er. »Irgendeine Stelle, wo sie immer halten oder tanken oder einen Wachwechsel vornehmen … irgendwo müssen sie doch verwundbar sein.« Morgan starrte auf die Karte und unterzog erst die Insel Kischi und dann Petrosawodsk, den größten Hafen am Seeufer, einer genaueren Betrachtung. Er wußte, daß der Name der Stadt, wörtlich übersetzt, »Peters Werkstatt« bedeutete. Peter der Große hatte in der Stadt Anfang des 18. Jahrhunderts eine Kanonengießerei gegründet, in der er sich aus dem Erz der Umgebung die Artillerie für seine Armee herstellen ließ. Diese Kanonen waren es, die im Nordischen Krieg von 1700 bis 1712 die Schweden in die Knie zwangen. »Mit mir werden die Russen kein so leichtes Spiel haben«, brummte Admiral Morgan. »Alles, was ich brauche, ist ein Muster, nach dem diese verdammten U-Boot-Transporte ablaufen.«

Nach einiger Zeit des Grübelns wußte er nicht mehr, über wen er sich mehr ärgern sollte: über Admiral Morris, über Admiral Bergstrom oder über »die gottverdammten Sowjets«. Schließlich entschied er sich dafür, daß sie alle drei gleich ärgerlich waren – dicht gefolgt von Charlie, seinem Chauffeur.

Mit einer Stimme, die lauter war als sonst, informierte er seine Sekretärin darüber, daß er endlich seinen Kaffee haben wolle, und als dieser schließlich kam, schlürfte er ihn an seinem Schreibtisch und brütete darüber nach, wie er seine Gefühle im Hinblick auf die Kilos in solide durchdachte militärische Logik ummünzen konnte. Obwohl er sich schon wiederholte Male in Gedanken mit dem Problem beschäftigt und alle nicht in Frage kommenden Vorgehensweisen eliminiert hatte, ging er es nun noch einmal von Anfang an durch.

»Beginnen wir mit dem Wesentlichen«, sagte er zu sich selbst. »Diese drei Bastarde dürfen weder in das Südchinesische Meer noch in irgendeinen anderen Ozean dieser Erde kommen.

Daraus ergeben sich drei Möglichkeiten. Erstens: Wir organisieren einen Luftangriff auf die Werft in Nischnij Nowgorod, was allerdings den sofortigen Ausbruch des Dritten Weltkriegs zur Folge hätte.

Zweitens: Wir warten, bis die Russen die Boote auf die Lastkähne verladen haben und radieren diese dann irgendwo auf der Strecke mit einem Raketenangriff aus. Auch das würde einen Weltkrieg auslösen.

Lösung Nummer drei ist sogar noch einfacher: Wir könnten mit einem Luftangriff einen Teil des Belomorski-Kanals zerstören, so daß die U-Boote auf ihrer Reise nach Norden nicht mehr vorankämen. Dazu wäre aber möglicherweise der Einsatz eines Atomsprengkopfs nötig, zumindest aber der schwerer Bomben oder Raketen. Auch das würden die Russen nicht einfach so hinnehmen, und der Dritte Weltkrieg wäre abermals die Folge.

Damit sind aber alle drei Lösungen gestorben, und das bringt mich zu dem zurück, was ich mir von Anfang an gedacht habe: Die Geschichte ist ein Fall für unsere Spezialeinheiten. Das ist zwar alles schwierig, aber nicht unmöglich. Wir müssen die Geschichte nur äußerst vorsichtig anpacken.«

Admiral Morgan ging zurück an den großen Tisch und widmete sich wieder dem Studium der Karte. »Der Trick ist, die gottverdammten Russen gründlich zu verwirren«, sinnierte er. »Vielleicht schaffe ich es ja, daß sie jemand anderen verdächtigen. Aber das bedeutet, daß wir unser Vorgehen streng geheimhalten müssen. Lediglich ein Problem der Technik und der Organisation. Verdammt noch mal, wann bequemt sich Bergstrom endlich aus der Falle und wann ist Morris endlich mit seinem Bankett im Pentagon fertig?«

Mit seinen Vermutungen Admiral Bergstrom betreffend, hatte Arnold Morgan recht. Der unverheiratete Leiter von SPECWARCOM hatte eine lange Nacht hinter sich und würde erst um 0800 kalifornischer Zeit – für Arnold Morgan 1100 – an seinem Schreibtisch sein. Admiral Morris hingegen hatte der Nationale Sicherheitsberater unterschätzt.

Der Direktor von Fort Meade war noch nicht richtig im Vorzimmer des CNO angekommen, da rief er schon in seinem Büro an und sagte seinen Leuten, sie sollten Admiral Morgan die neuesten Fortschritte bei der Suche nach einem Muster bei den U-Boot-Transporten auf den russischen Binnenwasserwegen durchgeben. John Harrison rief daraufhin im Weißen Haus an und ließ sich mit dem Büro des Nationalen Sicherheitsberaters verbinden.

»Morgan. Was gibt's?«

»Äh… Admiral Morgan, Sir… Lieutenant Harrison aus Fort Meade am Apparat. Ich spreche über eine sichere Leitung und rufe im Auftrag von Admiral Morris an, der dachte, Sie könnten vielleicht ein paar neue Informationen über den Transport der russischen U-Boote gebrauchen.«

»Da hat er verdammt recht. Schießen Sie los!«

»Nun, Sir, wir haben uns sämtliche Transporte von Unterseebooten angesehen, die in den vergangenen 25 Jahren von Gorkij aus ins Weiße Meer gebracht wurden. Natürlich haben wir nicht über alle davon umfassende Daten, aber von einer ganzen Menge von Transporten – etwa 50 an der Zahl – wissen wir doch einiges. Und dabei ist uns eine Gemeinsamkeit aufgefallen: Alle Transporte hielten im Onegasee an einer ganz bestimmten Stelle nördlich von Petrosawodsk am westlichen Ufer an. Es war ziemlich schwierig, den Grund dafür herauszufinden, aber schließlich kamen wir doch auf eine ziemlich einfache Erklärung: Jedes Mal, wenn sie stoppten, hatten sich hinter den Lastkähnen einige Schiffe gestaut. Wir glauben deshalb, daß sie anhalten, um den Ausgang des Sees für schnellere Fahrzeuge freizumachen und die Mannschaft noch einmal übernachten zu lassen, bevor es in den Belomorski-Kanal geht. Nach unseren Aufzeichnungen stoppen sie im Sommer immer gegen 2100 und fahren um 0500 am nächsten Morgen wieder weiter.«

»Das klingt interessant, Lieutenant. Und ist vielleicht sehr hilfreich. Vielen Dank. Haben Sie schon einen schriftlichen Bericht verfaßt?«

»Der ist in einer Stunde fertig, Sir.«

»Gut, Lieutenant. Ich schicke Ihnen einen Offizier zum Abholen vorbei. Höchste Sicherheitsstufe, wie üblich: Aktenkoffer, mit Kette am Handgelenk gesichert, Umschläge mit Stempel ›Streng geheim, nur für Regierungsmitglieder‹.

Mein persönlicher Chauffeur wird den Offizier fahren. Der Name des Chauffeurs ist Charlie, ein großer, grauhaariger Bursche um die Fünfzig. Er ist nicht gerade eine Geistesgröße, also sprechen Sie ihn besser beim Namen an, sonst ist er verwirrt.«

Der Lieutenant lachte, aber er hatte keine Gelegenheit mehr, darüber nachzudenken, weshalb eine Routinearbeit den persönlichen Gefallen eines so gefürchteten Mannes wie Arnold Morgan erweckt hatte, denn Sekundenbruchteile später hörte er das Geräusch eines abrupt aufgelegten Telefonhörers, die Leitung war tot, und der junge John Harrison stand ebenso betreten da wie zuvor Admiral Morris.

Arnold Morgan goß sich Kaffee nach und sagte seiner Sekretärin, sie solle sich mit SPECWARCOM in San Diego in Verbindung setzen und entweder Admiral Bergstrom an den Apparat holen oder ihm ausrichten lassen, er solle so rasch wie möglich zurückrufen. Tatsächlich war Bergstrom noch immer nicht da, aber eine Viertelstunde später, um 0800 Pazifischer Zeit kam der Rückruf von SPECWARCOM, dem Hauptquartier der Navy-SEALs.

Arnold Morgan, der gerade über seiner Karte des Onegasees saß, fragte Admiral Bergstrom, ob er sich eigentlich an der Westküste die Sonne auf den Bauch scheinen lasse, während er hier in Washington die ganze Arbeit mache.

»Wenn Sie in der vergangenen Nacht soviel Pech gehabt hätten wie ich«, konterte Admiral Bergstrom, »dann würden sie mir nicht die paar Augenblicke der Ruhe mißgönnen, Arnold.«

Morgan kicherte vergnügt vor sich hin. »Aber sonst geht es Ihnen gut, John, oder?« sagte er. »Tut mir leid, daß ich mich so lange nicht gemeldet habe, aber ich wollte abwarten, bis ich Ihnen definitiv etwas sagen kann. Und das ist jetzt der Fall.«

»Aha. Dann wird jetzt also der Plan, den wir zusammen besprochen haben, langsam Wirklichkeit.«

»Ganz genau. Deshalb sollten wir uns so rasch wie möglich treffen.«

»Okay. Soll ich zu Ihnen nach Washington kommen, oder fliegen Sie zu uns herüber?«

»Letzteres. Und zwar in zwei Tagen. Der Chef fliegt dann nach LA und kann mich bis San Diego mitnehmen.«

»O Mann. Sind Sie sicher, daß Sie das Flugzeug des Präsidenten wie ein Taxi benützen können?«

»Kein Problem. Ich werde um 0900 in San Diego sein. Schicken Sie mir jemanden, der mich abholt, John, sind Sie so nett? Um 1600 würde ich dann gern wieder zurück zum Flughafen gebracht werden, damit ich um Mitternacht wieder zu Hause bin.«

»In Ordnung. Dann werde ich inzwischen schon mal unsere geplante Aktion anleiern. Was sind Ihre Prioritäten?«

»Genaues Timing und noch genauere Vorbereitung.«

»Geht klar. Soll ich schon meine Leute zusammentrommeln?«

»Tun Sie das, denn drei Tage nach unserer Besprechung müssen wir schon die ersten drei von ihnen losschicken.«

»Okay, Arnold. Ich mache mich gleich an die Arbeit. Dann bis um 1000 übermorgen vormittag. Ich freue mich schon drauf.«

Genau um 0900 am übernächsten Tag setzte die *Airforce One* auf dem Lindbergh-Flughafen in San Diego auf und steuerte eine extra für sie abgesperrte Rollbahn am Rande des Flugfelds an. Admiral Morgan stieg die Gangway hinunter und ließ sich auf die Rückbank eines bereits wartenden Wagens der U.S. Navy sinken. Noch bevor der Wagen die Auffahrt auf den Freeway erreichte, hatte die Maschine des Präsidenten bereits wieder abgehoben.

Der Navy-Fahrer fuhr den Pacific Highway nach Süden zu der 40 Meter hohen, aufregend geschwungenen Brücke, die über die San Diego Bay führt und die mit ihren vielen Betonstelzen aussieht wie ein riesiger Tausendfüßler. Von ihrem Scheitelpunkt aus zieht sie sich in einer steilen Kurve hinunter auf die Insel Coronado, auf der sich direkt an der Küste das Hauptquartier der SEALs befindet. Das mit dichtem Stacheldraht umgebene und von als Menschen verkleideten, schwerbewaffneten Teufeln bewachte Gelände wirkt alles andere als einladend auf ungebetene Gäste, die Wert darauf legen, eine nicht allzu bleihaltige Luft zu atmen.

SPECWARCOM ist im Jargon der Navy eine Abkürzung für Special Warfare Command – Kommando für Sondereinsätze. Sein Befehlshaber, Rear Admiral John Bergstrom, war einer aus einer ganzen Reihe von hervorragenden Offizieren, die bei den Navy SEALs ihr Handwerk von der Pike auf gelernt und oft in verdeckter Mission ihr Leben riskiert hatten. Die SEALs – die Buchstaben stehen für Sea, Air and Land, (See, Luft und Land) – sind das amerikanische Äquivalent des britischen Special Air Service und des Special Boat Service der Royal Navy: hochspezialisierte, zum Töten ausgebildete Männer, die sich hervorragend mit Dutzenden verschiedener Waffensysteme und Sprengstoffe auskennen. Sie operieren häufig hinter den feindlichen Linien und erledigen dort Aufträge, die auch dem Mutigsten den Angstschweiß auf die Stirn treiben können. Trotzdem gehen die SEALs nicht davon aus, daß sie bei diesen Einsätzen ihr Leben lassen – diese Rolle haben sie, um es mit Worten von General Patton auszudrücken, »dem dummen Bastard auf der Gegenseite« zugedacht.

Ein SEAL zu werden ist schwieriger, als einen Jura-Studienplatz in Harvard zu ergattern. Selbst wenn man das Ziel schon unmittelbar vor Augen hat, muß man noch den brutalsten aller Ausbildungskurse absolvieren, den BUD/S (Basic Underwater Demolition/SEAL – Grundzüge der Unterwassersabotage für SEALs), der im Navy-Jargon nur »die Knochenmühle« genannt wird. Um diese Tortur durchzustehen, muß ein Mann ein Muster an körperlicher, geistiger und psychischer Stärke sein. Neben seiner Schnelligkeit, seinem Kampfinstinkt und seiner Beweglichkeit im Wasser braucht er ein erstklassiges Gedächtnis, wenn er diese Ausbildung überstehen will.

Der BUD/S-Kurs ist dazu da, um jeden Kandidaten herauszufiltern, der eine mentale oder körperliche Schwäche hat. Zum Programm dieser eisenharten Prüfung gehören zum Beispiel tagelange Dauerläufe unter der sengenden kalifornischen Sonne, und im Winter hetzen die Ausbilder ihre Rekruten gern in den kalten Pazifik, der im SEAL-Slang »Unterwassertunnel« heißt, und lassen sie sich dann am Strand wälzen, bevor sie dann mit wundscheuerndem Sand in der Unterhose immer wieder die Dünen hinauf und hinunter rennen müssen. »Lauf weiter, Junge, das rettet dir vielleicht eines Tages dein Leben.«

Je mehr Teilnehmer bei diesen Lehrgängen erschöpft zusammenbrechen, desto gnadenloser treiben die Ausbilder die Verbliebenen an. Die Woche, in der die Qualen ihren Höhepunkt erreichen, wird »Höllenwoche« genannt. Männer am Rand des körperlichen und seelischen Zusammenbruchs werden dann noch einmal durch den »Unterwassertunnel« geschickt, noch einmal über die Dünen getrieben und noch einmal im Dauerlauf zurück zur Kaserne gehetzt. Am Ende der Höllenwoche hat sich die Anzahl der Kandidaten noch einmal auf die Hälfte reduziert, und aus diesen suchen sich die Ausbilder diejenigen heraus, die, obwohl sie praktisch am Ende sind, noch einen ungebrochenen Durchhaltewillen erkennen lassen. Nur Männer, die auch dann, wenn sie glauben, daß sie nichts mehr zu geben haben, ungeahnte Reserven mobilisieren können, taugen zu einem U.S. Navy SEAL.

Die Vereinigten Staaten verfügen über sechs dieser Eliteeinheiten. Drei von ihnen, die Abteilungen Nummer zwei, vier und acht sind in Little Creek, Virginia stationiert, die anderen mit den Nummern eins, drei und fünf in Coronado, wo auch Admiral John Bergstrom, früher selbst einmal Angehöriger der Abteilung zwei, sein Hauptquartier hat.

Jede Abteilung der SEALs besteht aus 225 Männern, von denen aber nur 160 aktiv zu den Angriffszügen gehören. Fünfundzwanzig Soldaten, darunter auch einige Techniker und Elektronikexperten, sind für Nachrichtenübermittlung und

Nachschub zuständig, und 40 weitere arbeiten in den Bereichen Training, Kontrolle und Logistik. Die Kampfgruppen der SEALs mit ihren wertvollen Elitesoldaten benötigen nicht nur einen enormen Unterstützungsapparat, sie haben auch einen ganz eigenen Ehrenkodex. In ihrer relativ kurzen, aber glorreichen Geschichte haben sie noch nie einen Kameraden auf dem Schlachtfeld zurückgelassen, ganz gleich, ob dieser verwundet oder tot war. Nicht einmal in Vietnam, wo alles drunter und drüber ging.

Kurz vor 1000 wurde Admiral Arnold Morgan ins Büro von Rear Admiral John Bergstrom geführt, wo die beiden Männer sich herzlich begrüßten. Sie waren alte Freunde, die sich gegenseitig großen Respekt zollten. Beide waren sie hart und rücksichtslos, wenn es um die Erfüllung ihrer Pflicht ging, traten aber ebenso hart und rücksichtslos für die Männer ein, die ihnen anvertraut waren. Während Arnold Morgan zwei Ehen seiner Karriere opferte, hatte John Bergstrom mit ansehen müssen, wie seine erst 30 Jahre alte Frau qualvoll an Krebs gestorben war.

Jetzt, zwei Jahre nach ihrem Tod, war der allein in seiner Dienstwohnung auf dem Stützpunkt lebende Admiral Bergstrom bei den besseren Familien an der Westküste ein begehrter und gern gesehener Gast. Wie alle SEALs umgab ihn eine Aura des Geheimnisvollen, und mit seinem eins achtundachtzig großen, straff durchtrainierten Körper machte er noch immer eine ausnehmend gute Figur. Obwohl er schon 57 Jahre zählte, war sein glattes, schwarzes Haar noch an keiner Stelle grau, und wenn er ein kurzärmeliges Hemd trug, konnte man seine muskulösen Arme bewundern, die zu einem ebenso kräftig gebauten Körper gehörten. Bergstrom hatte große Hände und graue, traurige Augen. Obwohl er nur selten wirklich herzhaft lachte, konnte man ihn öfter mal kichern hören. Es war das tiefe, amüsierte Kichern eines Mannes, der schrecklichen Gefahren ins Gesicht gesehen hatte und für den daher die Probleme des täglichen Lebens nichts weiter als Kinderkram waren.

Arnold Morgan fand den Admiral nicht nur sympathisch, er vertraute ihm auch, was bei dem Sicherheitsberater des

Präsidenten eine hohe Auszeichnung war, die er nur sehr wenigen Menschen zuteil werden ließ. »Schön, Sie zu sehen, John«, sagte er. »Ist schon eine Weile her, aber dafür habe ich Ihnen auch ein paar wirklich interessante Sachen mitgebracht. Ich denke, wir können gleich loslegen.«

Admiral Bergstrom grinste und schüttelte den Kopf. »Ich habe Ihnen doch am Telefon schon gesagt, daß diese Sache komplizierter ist, als es den Anschein hat. Ehrlich gesagt, ich habe noch nie einen Kommandoeinsatz mitten in Rußland durchgeführt. So etwas ist ein wahres Minenfeld an Problemen, und wenn unsere Jungs gefangengenommen werden würden, dann wäre das die größte Blamage für die Vereinigten Staaten seit dem Abschuß unserer U2 in den 60er Jahren.«

»Soll ich Ihnen mal sagen, was eine noch größere Blamage für uns wäre?« sagte Morgan. »Wenn die verdammten Chinesen sich eine Flotte von diesen Kilo-Biestern aufbauen und uns aus der Formosastraße aussperren könnten. Dann müßten wir nämlich die Freiheit aller westlichen Nationen, in diesen Gewässern friedlichen Handel zu treiben, mit einem Krieg erzwingen.«

»Das weiß ich doch, Arnold. Ich habe ja nur gesagt, daß es nicht leicht werden wird. Ich hoffe, Ihre Informationen sind umfassend genug, um eine erfolgreiche Operation planen zu können.«

Admiral Morgan klopfte auf seine schmale Aktentasche. »Da ist ziemlich gutes Zeug drin, John«, sagte er. »Geben Sie mir eine Tasse Kaffee, und ich werde es Ihnen zeigen. Ach, übrigens, ich soll Sie ganz herzlich vom Präsidenten grüßen.«

»Das ist sehr freundlich«, sagte Bergstrom. »Dabei habe ich ihn höchstens zwei-, dreimal getroffen.«

»Dieser Präsident mag nun mal Soldaten sehr viel lieber als Politiker und legt großen Wert auf einen freundschaftlichen Umgang mit den wichtigen Befehlshabern. Er ist sogar stolz darauf, daß er den Vornamen des Chefs seiner Navy SEALs kennt. Als ich aus dem Flugzeug gestiegen bin, hat er gesagt: ›Grüßen Sie John ganz herzlich von mir.‹«

»Ich hoffe nur, daß er nach Beendigung unserer Aktion noch immer so freundlich ist«, sagte Admiral Bergstrom.

Arnold Morgan öffnete seine Aktentasche und nahm den großen Umschlag heraus, den der leidgeprüfte Charlie ihm vor zwei Tagen aus Fort Meade geholt hatte. Dann ging er zu der detaillierten Karte von Nordeuropa, die bereits auf einem großen Tisch mit schräger Platte lag und von einer Lampe mit grünem Schirm angestrahlt wurde.

Der Admiral fuhr mit dem Finger das westliche Ufer des Onegasees entlang zu der Stelle, an der zwei große Halbinseln oberhalb von Petrosawodsk den Schiffsverkehr in den östlichen Teil des Sees drängen. Am Ort Kusaranda vorbei glitt sein Finger noch einmal 40 Kilometer weiter nach Norden, wo zwei weitere vorspringende Halbinseln den See zu einer schmalen Fahrrinne verengten.

»Hier oben«, sagte er, »am westlichen Ufer des Sees, ist einer der einsamsten Orte auf der ganzen Reise der Unterseeboote. Sehen Sie das Dorf hier? Es heißt Unica und sieht so aus, als ob es mitten im See läge. Nun, das tut es nicht, es befindet sich in Wirklichkeit zwölf Kilometer vom Ufer entfernt. Dazwischen gibt es nur ein paar wenige, ärmliche Bauernhöfe. Und genau hier« – er deutete mit den spitzen Enden eines Stechzirkels auf einen Punkt am Ufer –, »genau hier gehen die Lastkähne mit den Unterseebooten etwa einen Kilometer vom Ufer entfernt vor Anker.

Folgen Sie nun dem Westufer des Sees etwa eineinhalb Kilometer nach Norden, dann finden Sie eine sehr interessante Stelle, an der die großen Touristenboote auf ihrer Tour durch die nördlichen Seen einen sogenannten »Halt im Grünen« machen. Sie gehen dazu an einen Anlegesteg, lassen eine Gangway hinunter, und dann kann jeder, der will, zu Fuß die jungfräuliche russische Natur erkunden. Das Boot bleibt über Nacht an dieser Stelle und macht sich am nächsten Tag auf die Rückreise nach Süden.«

»Mein Gott, Arnold, habe ich Ihnen eigentlich schon mal gesagt, daß Sie ein richtiges Genie sind?«

»Na ja, dieser Halt im Grünen ist nicht meine Erfindung, aber ich habe immerhin herausgefunden, daß er existiert.«

»War das schwierig?«

»Schwierig ist gar kein Ausdruck. Ich mußte jemanden die Odessa-American Line hier in den Staaten anrufen lassen, der sich als Vogelliebhaber ausgab und fragte, ob es eine Möglichkeit gäbe, am Nordwestufer des Onegasees an Land zu gehen. Ich war sogar so vorsichtig, daß ich dem Mann eine Reise gebucht habe, bevor ich ihn anrufen ließ, und jetzt glaubt der Hundesohn doch tatsächlich, daß er von uns eine zehntägige Rußlandreise geschenkt bekommt.«

»Was immer das kosten mag, die Information ist es allemal wert«, sagte Bergstrom. »Aber wir haben noch ein anderes Problem: Wie schaffen wir es, daß unsere Jungs genau auf dem Touristenboot gebucht sind, das zum selben Zeitpunkt dort festmacht, wie die Lastkähne, die mit den U-Booten in der Nähe sind? Und wo fahren diese Ausflugsdampfer überhaupt los?«

»Die meisten fahren von St. Petersburg aus.«

»Wie kommt man denn von St. Petersburg hinauf zum Onegasee?«

»Durch den Ladogasee und den Fluß Swir. Ab dem Südteil des Onegasees nehmen die Touristenboote fast dieselbe Route wie die Lastkähne, die sie etwa in der Mitte des Sees überholen. Die Nacht verbringen Lastkähne und Touristenboote dann keine zweieinhalb Kilometer voneinander entfernt.«

»Wunderbar. Aber ich weiß immer noch nicht, wie wir unsere Leute auf das richtige Boot bekommen. Wie häufig fahren die denn?«

»Ziemlich oft. Seit sich Rußland dem Westen geöffnet hat, gibt es jede Menge von diesen Touristenbooten. In der Hochsaison findet täglich mindestens eine statt, und am Wochenende sind es sogar bis zu drei oder vier solcher Fahrten. Und alle von ihnen machen am frühen Abend am Nordwestufer des Onegasees einen Halt im Grünen. Denken Sie dran, daß es im Sommer dort die berühmten Weißen Nächte gibt, in denen es nicht so richtig dunkel wird.«

»Stimmt. Aber ich weiß immer noch nicht, welches Boot genau zum bewußten Zeitpunkt dort oben ist, an dem auch die Lastkähne über Nacht festmachen.«

»Das weiß keiner, nicht einmal die Rußkis. Die Touristenboote fahren viermal so schnell wie die langsamen Lastkähne, die es höchstens auf eine Geschwindigkeit von fünf Knoten bringen. Aber dafür fahren diese beständig durch und halten kaum an, was für uns den Vorteil hat, daß wir ziemlich genau vorausberechnen können, wann sie wo sein werden. Unsere Satelliten werden die Kähne ständig überwachen, und wenn wir wissen, welches Ausflugsboot sie im Onegasee überholen wird, sorgen wir dafür, daß unsere Leute dort an Bord sind.«

»Aber ist das denn so einfach? So eine mehrtägige Tour muß man doch sicher im voraus buchen, schließlich braucht man eine Kabine und weiß Gott was noch alles«, entgegnete Admiral Bergstrom.

»Kein Problem, John. Wir buchen einfach für alle in Frage kommenden Tage ein paar Kabinen auf sämtlichen Touristenbooten. Und zwar gleich von hier aus.«

»Okay, aber die Russen werden bestimmt mißtrauisch, wenn wir dann laufend die Buchungen stornieren.«

»Wieso sollten wir das? Wir werden überhaupt nichts stornieren, sondern einfach die Leute für die Kabinen besorgen. Sekretärinnen und ihre Freunde aus den amerikanischen Botschaften und Firmenniederlassungen in Europa zum Beispiel. Schenken wir ihnen doch eine nette, erholsame Reise. Diese Boote sind ohnehin voll von Amerikanern. Ich habe mir eine Liste besorgt, aus der hervorgeht, daß von den jeweils 300 Passagieren auf den letzten drei Schiffen der Odessa-American Line im Durchschnitt 280 davon amerikanische Staatsbürger waren. Schlimmstenfalls müssen wir vier oder fünf Leute umbuchen, wenn die Zeit für unser Team kommt, und das mehrere Tage im voraus, denn wir können ziemlich genau berechnen, wann die Lastkähne am Nordende des Sees eintreffen werden. Sobald unsere Satelliten erkennen, daß sie Nischnij Nowgorod verlassen, können wir grünes Licht für die Aktion geben.«

»O Mann, Arnold. Dann ziehen wir die Sache also tatsächlich durch.«

»Und ob wir das tun. Schließlich bleibt uns keine andere Wahl.«

Die beiden Admiräle saßen eine Weile schweigend da und dachten an das Gemetzel, das sie mit ihrer Aktion anrichten würden.

»Ihre Leute zerbrechen sich wohl schon die Köpfe darüber, welche Ausrüstung sie mitnehmen und wie sie sie verpacken sollen«, sagte Arnold Morgan schließlich.

»Das tun sie«, antwortete Admiral Bergstrom, der es sich ersparte, die unzähligen Details aufzuzählen, die zur Vorbereitung einer solchen Aktion dazugehörten: die Ausrüstung zusammenzustellen, die aus vier Draeger-Preßluftsystemen, Helmen, Taucherbrillen, Flossen, Taucheranzügen und vier Angriffsbrettern bestand. Dazu kamen vier leichte Maschinengewehre mit gut ausgewogenem Schwerpunkt, die sowjetischer Bauart waren, um mit ihrem charakteristischen Geräusch im Falle eines Kampfes russische Wachmannschaften zu verwirren, und je eine Pistole pro Mann vom Typ Sig Sauer 9 mm. Reichlich Munition. Kaybar-Kampfmesser. Ein Verbandskasten mit Codein, Morphium und Verbandspäckchen. Wasserentkeimungstabletten, Funkgeräte mit Batterien, ein GPS. Fünf Zeltbahnen-Ponchos für den Fall, daß sich die SEALs den Weg freischießen und irgendwo im Gelände biwakieren müssen, bis sie wieder herausgeholt werden.

»Ich habe übrigens eine Änderung an unserem ursprünglichen Plan vorgenommen, Arnold. Wir schicken eine unserer Spezialagentinnen nach Rußland, die den SEALs den Rücken freihalten soll. Sie heißt Angela Rivera, hat in den 80er Jahren hinter dem Eisernen Vorhang gearbeitet und ist knallhart und erfahren.«

»Eine Frau?« rief Admiral Morgan. »Bei einer Aktion wie dieser?«

»Sie war Erste ihres CIA-Kurses in Camp Peary. Eine hochspezialisierte und unauffällige Agentin, die die Kunst der Verkleidung beherrscht wie kaum jemand.«

»Und was ist, wenn sie verletzt wird oder zurückbleiben muß?«

»Arnold, erinnern Sie sich noch daran, wie dieser Bastard Aldrich Ames 25 amerikanische Topagenten, die in Ostdeutschland, Rußland und Rumänien gearbeitet haben, für Geld an die Russen verraten hat?«

»Als wäre es gestern gewesen.«

»Nun, dieser Ames hat auch Miss Angela Rivera verraten, die damals in einem Ostberliner Hotel wohnte. Der KGB hat daraufhin gleich zwei Gorillas zu ihr geschickt, und die haben beschlossen, daß einer Wache stehen und der andere die Agentin verhaften sollte. Als der erste längere Zeit nicht mehr aus dem Zimmer herauskam, ging der andere, dumm, wie er war, ebenfalls hinein. Er sah, wie sein Kollege tot auf dem Boden lag, aber das war das letzte, was er in seinem Leben erblickt hat. Angela Rivera hat beide mit einem Draht erdrosselt und es geschafft, die DDR zu verlassen und zurück nach Langley in Virginia zu gelangen. Diese Frau weiß, was sie tut.«

»Na schön«, brummte Arnold Morgan. »Meinen Sie, daß Ihre Leute viel Sprengstoff brauchen werden?«

»Ich habe ausgerechnet, daß jeder der vier Schwimmer acht kleine Ladungen braucht, von denen jede fünf Pfund wiegt. Diese Dinger machen keinen großen Lärm, reißen dafür aber umso größere Löcher. Der Witz dabei ist, daß sie nur nach einer Seite hin explodieren. Jede dieser Ladungen hat einen eigenen, extrem genauen Zeitzünder. Jeder Schwimmer muß also etwa 20 Kilo Sprengstoff mitnehmen, und mehr möchte ich ihnen auch nicht zumuten.«

»Das würde ich auch nicht. Schließlich müssen die Jungs wahrscheinlich über einen Kilometer weit schwimmen... Haben Sie eigentlich schon herausgefunden, wie tief dort das Wasser ist?«

»Wie sollte ich, wo ich erst seit sieben Minuten weiß, wo genau die Operation stattfinden wird?« entgegnete Bergstrom.

»Du meine Güte, ihr SEALs werdet auch immer lascher«, beschwerte sich Morgan mit gespieltem Ernst.

»Also vor diesem Hintergrund muß ich Sie gleich auf ein großes Problem aufmerksam machen, mit dem die ganze Aktion meiner Meinung nach steht und fällt«, sagte Bergstrom. »Und ich muß gleich hinzufügen, daß ich nicht so recht weiß, wie wir dieses Problem lösen sollen: Wie zum Teufel schaffen wir die ganze Ausrüstung nach Rußland, und wie bringen wir alles an diesen einsamen Punkt da hoch oben im Norden? Ich schätze, wir werden insgesamt an die 350 Kilo Ausrüstung brauchen – das ist mehr als eine Dritteltonne. Dazu brauchten wir mindestens einen Kleinlaster.«

»Nun, ich bin davon ausgegangen, daß wir das Zeug in der Gegend von Laani irgendwie über die finnische Grenze schmuggeln …«

»Arnold, in der ganzen Gegend gibt es keine Straße, die über die Grenze führt, nur eine Eisenbahn, aber auf die haben die Russen immer ein waches Auge, so daß man nicht einfach paketweise Plastiksprengstoff nach Rußland einschmuggeln könnte.

Natürlich gibt es eine normale Autostraße von St. Petersburg nach Petrosawodsk, aber wie sollen wir eine halbe Wagenladung Kriegsgerät erst einmal in St. Petersburg durch den Zoll bringen? Wenn die Russen das entdecken, gibt es einen Riesenskandal.«

»Das glaube ich auch … Wie wäre es denn, wenn wir die Sachen mit dem Flugzeug von irgendeinem einsamen Ort in Ostfinnland direkt über die Grenze brächten, genau dorthin, wo wir sie brauchen?«

»Das können wir nicht riskieren, Arnold. Die Russen sind immer noch sehr empfindlich, wenn es um Verletzungen ihres Luftraums geht, und seit der Scheiße in Tschetschenien sind sie es noch viel mehr.«

»Wie wäre es mit dem Wasserweg?«

»Zu riskant. Auf dem Kanal gibt es mehrere Kontrollpunkte, an denen alle Fahrzeuge angehalten werden. Wir können es nicht riskieren, daß man uns dort erwischt.«

»Wie sollten wir dann Ihrer Meinung nach den Transport des Materials am besten bewerkstelligen?«

»Möglicherweise mit einem Hubschrauber, der unter dem russischen Radarschirm hindurch über die Grenze fliegt. Zwar werden die Russen, wenn ihre militärischen Horchstationen sein Rotorgeräusch entdecken, alles tun, um ihn abzuschießen, aber wenn uns nichts Besseres einfällt, müßten wir es vielleicht doch riskieren.«

»Gott … wenn die uns einen Hubschrauber abschießen, dann stecken wir bis zum Hals in der Scheiße.«

»Das weiß ich, aber das ganze Problem ist ja nun mal eine verdammt harte Nuß.«

Inzwischen tigerten beide Männer tief in Gedanken versunken im Raum herum. Mehrere Minuten lang sprach keiner von ihnen. Dann sagte John Bergstrom: »Arnold … ich habe da was im Hinterkopf … Haben Sie eigentlich schon mal von einer neuen technischen Entwicklung namens HALO gehört? Sie ist zwar noch nicht ganz ausgereift, aber die Leute aus der Industrie sagen, daß sie eigentlich funktionieren müßte.«

»HALO«, sagte Morgan. »Das heißt doch High Altitude, Low Opening – große Höhe, niedriger Öffnungspunkt. Wird, glaube ich, für Fallschirmspringer entwickelt, die aus Höhen von 20 000 Fuß abspringen und ihre Schirme erst knapp über dem Boden öffnen. Haben Sie etwa vor, ein paar Leute aus einem Flugzeug hoch über Rußland mit all dem Material abspringen zu lassen? Ich weiß nicht, ob das eine gute Idee ist, John.«

»Das habe ich auch gar nicht vor, Arnold, aber ich könnte mir vorstellen, daß wir ein paar Metallbehälter mit der Ausrüstung aus großer Höhe – sagen wir mal 35 000 Fuß – abwerfen. Diese Dinger arbeiten nach demselben Prinzip wie unsere lasergelenkten Bomben und können eine punktgenaue Landung machen.«

»Und wie soll das gehen?«

»Ganz einfach. Wir bringen unsere Leute wie besprochen per Touristenboot ans Ufer des Sees, wo sie irgendwo in der Wildnis ein kleines Gerät einschalten und auf das Flugzeug warten. Sobald dessen Besatzung den Laserstrahl entdeckt hat, läßt sie die Behälter fallen, die mit einer kleinen, computergesteuerten Lenkeinrichtung an dem Strahl entlang zu Boden fallen.«

»Das ist ja genial! Aber ich habe doch noch ein paar Fragen.«

»Nur zu.«

»Prallen diese Behälter dann einfach auf den Boden wie eine Bombe?«

»Nein, natürlich nicht. Die ersten 34 000 Fuß fallen sie zwar wie ein Stein, aber auf den letzten 800 Fuß öffnen sich Fallschirme und bremsen sie auf etwa 20 Stundenkilometer herunter. Vom Öffnen des Fallschirms bis zum Aufprall vergehen nicht mehr als 45 Sekunden, und wenn nicht gerade ein starker Wind weht, dann kommen sie in einem Umkreis von 30 Metern rings um den Laserstrahl an. Unsere Jungs werden sie nicht nur herabschweben sehen, sie werden sogar ihren Aufprall hören.«

»Und was ist mit dem Radar?«

»Nun, diese Dinger rasen so schnell vom Himmel, daß es den Russen ziemlich schwerfallen dürfte, sie zu orten. Und selbst wenn sie es täten, wäre es zu spät, etwas dagegen zu unternehmen. Ich schätze, die Behälter dürften auf dem Radarschirm in etwa wie Meteoriten aussehen.«

»Wieviel wiegen die Container eigentlich?«

»Ich würde mal sagen so um die 100 Kilo. Natürlich haben sie spezielle Griffe, so daß sie von zwei Männern leicht zu tragen sind.«

»Und was machen unsere Leute mit ihnen? Sollen sie sie irgendwo am Waldrand vergraben?«

»Genau. Sobald die SEALs die Behälter öffnen, finden sie erst einmal ein paar Spaten und Schaufeln. Mit denen vergraben sie sie so gut, daß sie bis zu der Nacht, in der sie gebraucht werden, von niemandem entdeckt werden können.«

»Ich sehe da noch ein anderes Problem, John. Wie können wir ein Militärflugzeug hoch über den russischen Luftraum schicken, ohne daß das eine Menge Fragen aufwirft?«

»Das ist einfach. Wenn man's richtig anstellt, unterscheidet sich ein Militärflugzeug in nichts von einem zivilen Pendant, so daß die Russen schon einen Abfangjäger hochschicken müßten, der es in Augenschein nimmt. Aber das werden die mit ziemlicher Sicherheit nicht tun.«

Der Befehlshaber der SEALs ging hinüber zu einem großen Globus in der Ecke des Büros und legte ein Maßband über dessen obere Rundung. »Hier, das ist die Polarroute von Los Angeles zu den Vereinigten Arabischen Emiraten. Sie führt genau über dem Westufer des Onegasees entlang. Wir brauchen uns also nur den Top-Manager einer amerikanischen Fluglinie zu schnappen, die diese Route bedient, und ihn bei den Russen für diese Nacht einen kommerziellen Flug anmelden lassen. Bei so etwas fragt keiner nach, das ist reine Routine. Nur daß diesmal kein Fracht- oder Passagierflugzeug die Luftstraße benützen wird, sondern ein hochfliegendes Militärflugzeug, das wir so präparieren, daß sein Radarecho genau dem einer normalen Boeing entspricht.«

»Habe ich Ihnen eigentlich schon mal gesagt, daß Sie ein echtes Genie sind, John?«

»Nicht in jüngster Zeit.«

»Und die Industrie hat dieses System wirklich schon getestet?« fragte Morgan. »Und hat es funktioniert?«

»Ich habe zwar noch keinen offiziellen Bericht gelesen, aber ein paar meiner Leute, die bei den Versuchen in der Wüste dabei waren, fanden es verdammt beeindruckend. Die Behälter kamen einfach aus 35 000 Fuß Höhe angeflogen und landeten ein paar Meter neben dem Laserstrahl.«

»John, alter Kumpel, dann ist unser Plan perfekt. So werden wir es machen. Wo sind Ihre Leute jetzt?«

»In einem Hotel in Helsinki, so wie wir's besprochen haben. Sie können jederzeit als Touristen nach Rußland einreisen und auf eines dieser Ausflugsschiffe in St. Petersburg gehen. Sie haben exzellente Pässe und Papiere dabei.«

»Das klingt gut. Ich werde jetzt der CIA sagen, sie soll sich um die Buchungen kümmern, von denen wir vorhin gesprochen haben. Ich würde sagen, wir sollten damit vier Tage nach der Ankunft der Lastkähne in der Werft anfangen, denn theoretisch könnten sie die Boote nur aufladen und sofort weiterfahren. Ich persönlich glaube das zwar nicht, aber möglich wäre alles.«

»Stimmt. Ich werde jetzt dafür sorgen, daß die Behälter schleunigst angefertigt und uns in den nächsten Tagen geliefert werden. Dann können wir sie innerhalb eines Tages beladen.«

»Eines noch, John. Wir müssen dafür sorgen, daß die SEALs auch wirklich da sind, wenn die Behälter abgeworfen werden.«

»Aber das ist kein Problem. Schließlich wissen wir ja aus dem Fahrplan, wann das Ausflugsschiff an seinem Halt im Grünen sein wird, dann brauchen wir nur das Flugzeug so starten zu lassen, daß es sich etwa zwei Stunden später genau über dieser Stelle befindet. Unsere Leute könnten so tun, als würden sie einen Spaziergang machen und draußen in der Wildnis rechtzeitig ihren Laser aufbauen. Dann brauchen sie nur noch auf das Flugzeug zu warten, was nicht weiter auffallen wird. Nur zu früh darf es nicht kommen, denn wenn es erst einmal im russischen Luftraum ist, kann es kaum langsamer werden. Aber das dürfte eigentlich auch kein Problem sein.«

»Das glaube ich auch nicht, John. Aber unser Erfolg hängt davon ab, daß diese Aktion reibungslos über die Bühne geht. Und dann liegt alles in den Händen der SEALs ... Wie bringen wir sie übrigens da wieder raus? Sie werden doch wohl nicht mit dem Schiff zurück nach St. Petersburg fahren, oder?«

»Das erste Team schon, aber das zweite, das die Kähne sprengen soll, kann das natürlich nicht. Wir holen sie mit einem Kleinbus, der so präpariert ist, daß er keine Rückschlüsse auf uns zuläßt. Es wird so aussehen, als gehörte er einer Gruppe von amerikanischen Touristen, die sich das Land ihrer Ahnen ansehen wollen. Die Gegend da oben ist sehr ländlich und dünn besiedelt, und es gibt nichts, worauf es sich besonders aufzupassen lohnt.«

»Aber wenn unsere Ladungen hochgehen, dann wird sich das wohl ein wenig ändern.«

»Möglicherweise, aber dann sind meine Jungs längst wieder in Sicherheit.«

»Aber es wird einen Riesenaufruhr geben, darauf können Sie Gift nehmen.«

»Das ist Ihr Problem, Arnold, nicht meines. Mein Job ist es, drei kleine russische U-Boote in die Luft zu jagen, und genau das werde ich auch tun. Der Aufruhr ist eine politische Sache, und dafür sind Sie der Spezialist. Vielleicht sollten Sie sich von der CIA beraten lassen.«

»Ja, das werde ich wohl. Ich schätze, wir sollten ein wenig Empörung zeigen, uns über irgendwas beschweren und die

Russen glauben machen, die Tschetschenen oder irgendeine fundamentalistische Moslemgruppe hätten ihre Kilos gesprengt. Wir sind schließlich nicht die einzigen, die nicht immer hundertprozentig mit den Entscheidungen der russischen Regierung einverstanden sind.«

»Stimmt, da sind wir wirklich nicht die einzigen, Arnold. Aber wir sind das einzige Land, das unmißverständlich klargemacht hat, daß es die Lieferung der Kilos an China unter keinen Umständen dulden wird. Irgendwie habe ich das Gefühl, daß die Russen das noch im Gedächtnis haben werden.«

»Und ich weiß eines ganz genau: Die chinesische Marine wird bestimmt keine Party zu Ehren des amerikanischen Botschafters in Peking veranstalten.«

KAPITEL SIEBEN

Der See war an dieser Stelle 80 Kilometer breit, und die *Michail Lermontow* glitt genau in seiner Mitte mit beständigen 25 Knoten Geschwindigkeit durch die sanften Wellen nach Norden. Es war der Nachmittag des 1. Mai, und der Himmel war bedeckt und düster. Eine beständige, kühle Brise aus dem Baltikum blies dicke, dunkle Wolken über den Himmel, die vorher bereits Helsinki und St. Petersburg Regen gebracht hatten.

»Das Wetter könnte uns ganz schön zu schaffen machen«, sagte Lieutenant Commander Rick Hunter, der mit seinen beiden Kameraden zusammen in der Bar am Heck des 100 Meter langen Touristenschiffs saß. »Um ehrlich zu sein, wenn es so regnet, wie ich denke, daß es gleich regnen wird, dann könnte unser kleiner Ausflug gewaltig in die Hosen gehen.«

Obwohl die Worte mit Absicht so gewählt waren, daß ein möglicher Lauscher aus ihnen nichts Wichtiges entnehmen konnte, sagten sie alles, was gesagt werden mußte. U.S. Navy SEALs im Einsatz reden nicht lange um den heißen Brei herum. Für sie sind Gefahren dazu da, daß sie bewältigt werden, auch wenn es dabei rauh und brutal zugehen sollte. Das Motto der SEALs ist simpel: Gehe kein Risiko ein, und mache keine Gefangenen, wenn dadurch einer von uns in Gefahr gerät.

Rick Hunter war ein außergewöhnlicher Mann. Als Kommandeur eines SEAL-Teams war er schon während seiner Ausbildung wegen seiner besonderen Fähigkeiten aus einer ganzen Reihe von anderen außergewöhnlichen Männern ausgewählt worden. Seine hellblauen Augen und sein rauher Charme eines Farmerjungen aus Kentucky verbargen eine Kaltblütigkeit, wie man sie nur selten findet. Darüber hinaus verfügte Rick Hunter über außergewöhnliche Führungsqualitäten. Er war ein Mann, dem andere Männer folgten, ein Mann, der die Probleme seiner Untergebenen zu seinen eigenen machte. In Coronado und in seiner Kaserne in Little Creek war Rick Hunter sehr beliebt, was nicht zuletzt daran lag, daß er ein passionierter Pferdenarr war und gute Tips für die Rennbahn geben konnte. Dreimal innerhalb der vergangenen vier Jahre hatte er den Gewinner des Kentucky-Derbys richtig vorhergesagt, wobei zwei dieser Pferde Favoriten gewesen waren, eines aber ein Außenseiter, der am Wettschalter eine Quote von 20:1 gebracht hatte. Einige junge SEALs hielten Lieutenant Commander Hunter seitdem für eine Art gottgleiches Wesen.

Ricks Vater, der Vollblutpferde auf einer hervorragend geführten Ranch in der Nähe des Versailles Pike bei Lexington züchtete, hatte von seinem Sohn eine ganz andere Meinung. Der alte Bart Hunter hatte nicht das geringste Verständnis dafür, daß sein ältester Sohn nicht auf die elterliche Farm zurückkehrte, um dort Pferde zu züchten, so wie es sein Vater und sein Großvater getan hatten. Er konnte nicht verstehen, was ihm der jetzt 35jährige Rick erzählt hatte, seit er 15 Jahre alt gewesen war: »Das ist mir viel zu langweilig, Dad. Ich will nicht das ganze Jahr lang junge Rennpferde begutachten oder auf Auktionen wie die Keeneland Yearling Sales gehen. Was ich brauche, ist Abenteuer, und wenn ich überhaupt etwas mit Pferden machen wollte, dann würde ich gern Jockey werden, aber das ist ja leider unmöglich.«

Rick hatte recht. Schließlich war er eins zweiundneunzig groß und wog mit seinen 97 Kilo, bei denen übrigens kein Gramm Fett war, so viel wie zwei Jockeys zusammen. Schon immer war Rick ein hervorragender Schwimmer gewesen und hätte es als Bester der Vanderbilt University fast bis in die Olympiamannschaft von 1988 geschafft. Kurz danach verließ er das College und wurde ein Jahr später auf der US-Marineakademie in Annapolis angenommen.

Als Nachkomme von Farmern in der dritten Generation verfügte er über enorme körperliche Kräfte, gepaart mit einer außergewöhnlichen Geschicklichkeit und Körperbeherrschung unter Wasser, was ihn von Anfang an zum SEAL prädestinierte. Hinzu kam, daß er ein exzellenter Schütze und ein Mann war, der auf der 800 Hektar großen Farm seines Vaters schon als Junge den Arbeitern Befehle erteilt hatte. Rasch erkannte man, daß er der geborene Führer einer Kampfgruppe war, und während seiner ganzen militärischen Laufbahn hatte Rick Hunter niemanden enttäuscht. Außer natürlich seinen Vater.

Jetzt blickte er stirnrunzelnd durch die großen Fenster am Heck der *Michail Lermontow* hinauf zu den tiefliegenden Wolken. Verdammter Mist, dachte er. Heute nacht wird es nicht allzu hell sein. Es ist zwar Vollmond, aber die Wolken sind zu dicht. So eine Scheiße.

Auch wenn Hunters Ausdrucksweise nicht ganz der von Michail Lermontow entsprach, so gab es doch etwas, was ihn mit dem berühmten Schriftsteller des 19. Jahrhunderts verband, der mit *Ein Held unserer Zeit* Rußlands ersten psychologischen Roman verfaßt hatte. Auch das Werk des intelligenten Romantikers kreiste um die beiden Dämonen Frustration und Isolation, und diese waren Rick Hunter im Augenblick nur allzu vertraut.

Er und seine beiden Kameraden hatten eine Weile in dem kleinen Museum des Schiffs zugebracht, das Ausstellungsstücke aus Lermontows Leben zeigte, und erfahren, daß er erst 26jährig bei einem Duell ums Leben gekommen war. Er hätte sich gleich nach seinem ersten Schuß hinwerfen und abrollen müssen, hatte Chief Petty Officer Fred Cernic gedacht. Und dann hätte er ihn mit seinem Messer angreifen müssen … von unten … rechtes Bein vor … ein gezielter Stich und …« Laut hatte der Chief zu den beiden anderen gesagt: »Wenn er eine ordentliche Kampfausbildung gehabt hätte, wäre er wohl jetzt noch am Leben.«

»Genau«, hatte Rick geantwortet. »Dann könnte er demnächst seinen 190. Geburtstag feiern.«

Der dritte SEAL war Lieutenant Junior Grade Ray Schaeffer, ein schlanker, dunkelhaariger Mann von 28 Jahren. Schaeffer stammte aus der Hafenstadt Marblehead in Massachusetts, wo sich die Geschichte seiner Familie bis zum Unabhängigkeitskrieg zurückverfolgen ließ. Ein Schaeffer hatte sogar das Boot mitgerudert, in dem die Männer von Marblehead General Washington nach der verlorenen Schlacht von Long Island nach Manhattan in Sicherheit gebracht hatten. Ray war stolz auf dieses Erbe. Sein Vater war der Kapitän eines Fischkutters. Die Familie wohnte in der Nähe des Hafens in einem mittelgroßen, weißgestrichenen Haus aus der Kolonialzeit, das die Schaeffers, eine tiefreligiöse, katholische Familie, schon seit vielen Generationen in ihrem Besitz hatten.

Ray war direkt von der Highschool nach Annapolis gegangen. Weil er schon als Kind zur See gefahren und zudem ein exzellenter Navigator und Schwimmer und der beste Mittelgewichtsboxer seines Lehrgangs war, schien er von Anfang an wie geschaffen für die SEALs. Ebenso wie Rick Hunter war er einer derjenigen, denen man eine steile Karriere in dieser unorthodoxen Abteilung der amerikanischen Streitkräfte zutraute.

Die drei Männer waren mit falschen Namen und falschen Identitäten, denen nichts Militärisches anhaftete, nach Rußland gekommen. Ihre Vornamen hatten sie zwar beibehalten, um sich nicht im falschen Augenblick zu verplappern, aber ihre Nachnamen waren gänzlich andere. Obwohl sie sich bewußt von den anderen Passagieren an Bord der *Michail Lermontow* fernhielten, machten sie es so, daß es nicht weiter auffiel. Dennoch hatten sie es nicht verhindern können, daß die schlanke, dunkelhaarige und frisch geschiedene Mrs. Jane Westenholz und ihre rehäugige, 19jährige Tochter Cathy im Lauf der Reise ein Auge auf sie geworfen hatten. Mrs. Westenholz – deren fast ausschließlich aus Stücken von Caroline Herrera und Hermès bestehende Garderobe ebenso wie die ihrer Tochter eine einzige Symphonie aus Pastelltönen war – nannte die drei Männer nur Ricky, Freddie und Ray Darling, so, als wären die drei SEALs ihre persönlichen Lieblingsfriseure – ein Umstand, der Admiral Bergstrom mit Sicherheit amüsiert hätte.

Lieutenant Commander Hunter sah auf die Uhr. Das Schiff war immer noch vier Stunden von seinem Halt im Grünen entfernt, den es, wie in der Vorsaison üblich um halb acht erreichen sollte. Hier machten die Ausflugsboote über nacht fest und ließen ihre Passagiere zu einem Spaziergang an Land, dem im Sommer, falls das Wetter mitspielte, ein Grillfest im Freien folgte, bevor sich das Schiff am nächsten Tag wieder auf den Weg zurück nach St. Petersburg machte.

Rick Hunter spürte, wie die *Michail Lermontow* ihren Kurs änderte, um an der Insel Kischi vorbeizufahren. Andere Touristenboote legten hier einen vierstündigen Halt ein und gaben ihren Passagieren Gelegenheit zum Besichtigen der drei reichverzierten Kirchen aus dem 18. Jahrhundert, deren Zwiebeltürme in jedem Reiseführer der Gegend abgebildet sind. Die Reise, die man für Hunter und seine Kameraden gebucht hatte, sah einen Besuch der Insel, auf der es außer den Kirchen noch andere interessante Holzgebäude gab, allerdings nicht vor.

Die drei SEALs bezahlten ihre Rechnung bei dem jungen russischen Kellner und zogen sich ihre Parkas und Baseballmützen an. Dann gingen sie nach draußen, um sich die Insel anzuschauen. Fred hatte eine Kamera dabei und fotografierte die beiden anderen, wie sie an der Backbordreling des Oberdecks lehnten. Ray sagte, daß die Aufnahmen bei diesem Licht bestimmt nichts werden würden, das sei so sicher wie das Amen in der Kirche. Inzwischen war Mrs. Westenholz in einem neonroten Regenmantel und gelben Gummistiefeln an Deck erschienen und sagte den drei »Jungs«, daß sie sich in diesem »schrecklichen russischen Wetter« nur ja keine Erkältung holen sollten.

»Madam«, sagte Rick freundlich, »ich bin daheim in Kentucky schon so oft bei strömendem Regen über die Farm gelaufen, daß mir das bißchen Nieseln hier nicht das geringste ausmacht. Wir Hinterwäldler sind nicht aus Zucker.«

Mrs. Westenholz quiekte vor Lachen. »Aber das ist kein ordentlicher, amerikanischer Regen«, sagte sie. »Hier in Rußland kommt der Regen direkt aus der Arktis. Der kühlt Sie bis auf die Knochen aus.«

»Machen Sie sich um den bloß keine Sorgen, Madam«, sagte Ray. »Der ist im Inneren schon so gefühllos, daß er die Kälte überhaupt nicht mehr spürt.«

»Das kann nicht sein«, protestierte Jane Westenholz. »Ich glaube, daß Ricky sehr viel Gefühl hat… Aber gehen wir doch alle miteinander in die Bar und wärmen wir uns bei Kaffee und Brandy so richtig auf.«

Chief Cernic fand diesen Vorschlag ziemlich verlockend, denn insgeheim hatte er Gefallen an Mrs. Westenholz gefunden, die so aussah, als hätte sie im Bett einiges zu bieten. Das Problem war nur, daß sie ausschließlich Augen für den großen, blonden Rick Hunter hatte. Zu seinem Leidwesen mußte Cernic sich darüber hinaus eingestehen, daß er mit seinen 44 Jahren auch bei der gutaussehenden Tochter aus dem Rennen war, ein Umstand, der seiner Frau und seinen drei Söhnen zu Hause in San Diego vermutlich ganz recht war.

Rick lächelte Jane Westenholz an. »Okay. Gehen Sie doch schon mal vor in die Bar. Wir sehen uns noch rasch die Insel an und kommen in fünf Minuten nach. Aber für uns keinen Brandy bitte. Unser Fred ist nämlich ein trockener Alkoholiker, der keinen Tropfen trinken darf, sonst wird er rückfällig. Wir beide unterstützen ihn dabei und trinken aus Solidarität ebenfalls nichts.«

Chief Cernic hob angesichts dieser frechen Lüge die Augenbrauen.

»Ach, lieber Freddie, das wußte ich gar nicht«, flötete Mrs. Westenholz. »Sie müssen sich wirklich vom bösen, bösen Alkohol fernhalten. Aber keine Angst, wir helfen Ihnen. Ab heute gibt es keine Drinks mehr am Nachmittag. Für niemanden.«

Ray Schaeffer schüttelte den Kopf. »Himmel«, murmelte er leise. »Diese Schreckschraube wird immer nerviger. Wenn das so weitergeht, müssen wir sie und ihre Tochter noch ausschalten und über Bord werfen.«

Rick Hunter hatte genau denselben Gedanken gehabt, aber er hoffte, daß sie ihre Mission auch ohne eine so drastische Maßnahme würden erfüllen können. »Ich finde, wir sollten uns heute abend ein bißchen rar machen«, sagte er leise.

Die *Michail Lermontow* hatte inzwischen die Insel umfahren, und der Kapitän steuerte das 10000-Tonnen-Schiff nun auf die schmale Wasserstraße zwischen der Landzunge Bojaschina und der Insel Kurgenicy zu, hinter der dann der 80 Kilometer lange Belomorski-Kanal begann.

Als sie die Insel Kischi passiert hatten, hörte der Regen auf, und ein wäßriges Sonnenlicht glitzerte hier und da auf der Oberfläche des Sees. Die dichten Wolkenbänke im Südwesten hatten sich allerdings noch immer nicht verzogen. Die sanfte Nachmittagsbrise hatte das Tiefdruckgebiet auf seinem Weg nach Nordosten zwar ein wenig aufgehalten, aber Lieutenant Commander Hunter hegte trotzdem nicht viel Hoffnung, daß das Wetter sich in der Nacht bessern würde. Schon jetzt durchlief ihn ein Schaudern, wenn er an die Bedingungen dachte, unter denen er und sein Team höchstwahrscheinlich würden arbeiten müssen.

Für Rick war dieser seltsame und fremdartige Ort nichts weiter als ein Operationsgebiet, das er leidenschaftslos begutachtete, aber einen anderen, weniger voreingenommenen Betrachter hätten die von rosa Nebelfetzen umwaberten Hügel hinter dem silbrig glänzenden Spiegel des Sees gut und gern in Verzückung versetzen können. Lieutenant Commander Hunter, der sich zu Hause in Kentucky durchaus an der rauhen Schönheit der Landschaft ergötzen konnte, schüttelte den Kopf und dachte an die drei in Nischnij Nowgorod gebauten Unterseeboote, die wie obszöne Wesen aus einer anderen Welt auf diesem See transportiert werden würden. Mit ihren plumpen, schwarzen Rümpfen würden sie auf den riesigen Lastkähnen ein wenig an tote Nacktschnecken erinnern und überhaupt nicht zu der idyllischen Umgebung passen.

Die Sonne verschwand wieder hinter den Wolken, und sofort wurde die Luft kälter. Die drei SEALs verließen das Deck und gingen nach unten in die Bar, wo Jane Westenholz und ihre Tochter bereits mit zwei großen Kannen Kaffee und Tellern voller Gebäck auf sie warteten. Rick und Fred, die mit dem Nahen des Halts im Grünen zunehmend nervöser wurden, nippten lediglich an ihren Kaffeetassen, während Ray, dessen gesundes Selbstvertrauen so schnell nichts erschüttern konnte, in atemberaubender Geschwindigkeit sieben kleine Kuchenstücke in sich hineinschlang.

Bis sechs Uhr hatte sich die Bar gut gefüllt, und die aromatischen Gerüche von Kaffee und Alkohol mischten sich mit dichtem Zigaretten- und Pfeifenrauch. Viele der 140 Amerikaner an Bord nahmen hier vor dem Essen, das bald im großen Speisesaal serviert werden würde, noch einen Aperitif. Jetzt, im Frühling, konnten die Passagiere noch alle zusammen essen, im Sommer dann, wenn die Schiffe mit 300 Fahrgästen ausgebucht waren, würde in zwei Schichten zum Abendessen gebeten werden. Nach dem Essen stand in der großen, hufeisenförmigen Bar ein russischer Folkloreabend auf dem Programm und dann eine Disco für die jüngeren Passagiere, von denen aber nur ganze 16 an Bord waren.

Draußen hatte es wieder zu regnen begonnen, und Rick Hunter machte sich Sorgen um den Zustand des Geländes, in dem er und seine Kameraden bald ihren Einsatz haben würden. Bestimmt waren die Wiesen ganz aufgeweicht und schlammig. Rick fragte sich, was sie wohl tun könnten, um wenigstens halbwegs normal auszusehen, wenn sie lange nach Mitternacht wieder an Bord kamen.

Jane Westenholz, die in einem fort ungeniert vor sich hingeplappert hatte, lud die drei Amerikaner zum Abendessen an ihren Tisch ein. Rick, der nun nicht einmal mehr Freds »Alkoholismus« als Entschuldigung vorbringen konnte, ließ sich widerstrebend darauf ein, sich um halb acht mit den beiden Frauen zu treffen, und wußte schon, daß er sich verspäten würde. Genau um diese Zeit nämlich sollte das Schiff seinen Halt im Grünen erreichen, und er wollte mittels GPS die genauen Koordinaten des Anlegeplatzes bestimmen und, falls sie sich auch tatsächlich am richtigen Ort befanden, schon einmal einen intensiven Blick auf die Gegend werfen.

In der kommenden Nacht würden zwei Zahlen, die Rick längst auswendig wußte, eine überragende Bedeutung für die drei SEALs haben: 62.38 Nord, 34.47 Ost. Genau an dieser Position mußte sich die *Michail Lermotow* befinden, wenn sie tatsächlich den von Fort Meade vorausbestimmten Halt im Grünen angelaufen hatte, und genau 8 Kilometer nordwestlich davon würden Rick und seine Männer mitten in der gottverlassenen russischen Einöde ihren Laserstrahl in den Himmel richten und darauf hoffen, daß die Behälter mit der Ausrüstung, die genau um 2330 aus einem amerikanischen Flugzeug abgeworfen werden würden, an diesem Strahl entlang zielgenau zur Erde fielen.

Während das Touristenboot weiter den See entlangglitt und gerade den Ort Sunga an Backbord hinter sich ließ, donnerte in 13 Kilometern Höhe ein 220 Tonnen schwerer B-52H Langstreckenbomber der U.S. Air Force mit einer Geschwindigkeit von 700 Stundenkilometern durch den eiskalten Himmel über dem Polarkreis.

Lieutenant Colonel Al Jaxtimer, ein erfahrener Pilot des auf der Minot Air Force Base in North Dakota stationierten Fünften Bombergeschwaders, saß an der Steuersäule und konzentrierte sich darauf, in dem aus Nordwest wehenden Jetstream die exakte Geschwindigkeit über Grund zu halten. Er und seine Crew, die aus dem Kopiloten Major Mike Parker, dem Elektronikoffizier Captain Charlie Ullman und den beiden Navigatoren Lieutenant Chuck Ryder und Lieutenant Sam Segal bestand, hatten einen langen Tag hinter sich.

Zuerst hatten sie ihre B-52H von Minot zur Edwards Air Base nördlich von Los Angeles geflogen und waren von dort aus um 1000 Moskauer Zeit wieder gestartet. In Kalifornien war es allerdings noch 2400 in der vorhergehenden Nacht gewesen. Von Edwards aus hatten sie das große Tankflugzeug angesteuert, das schon auf sie gewartet hatte, um in der Luft den beim Start verbrauchten Treibstoff zu ersetzen, so daß die B-52H mit vollen Tanks ihre lange Reise antreten konnte. Die Nutzlast des schweren Bombers war ungewöhnlich gering, denn in seinen Bombenschächten befanden sich lediglich drei jeweils 120 Kilo schwere Behälter, hinter deren aerodynamisch gestalteter Außenhülle sich neben der Ausrüstung für die Navy-SEALs auch eine komplizierte Steuerungselektronik verbarg. Die Fallschirme, die in schwarzen Kästen an den hinteren Enden der Behälter befestigt waren, wogen zusammen noch einmal 80 Kilo. Mit dieser geringen Beladung hatte die B-52H eine Reichweite von über 16000 Kilometern.

Jeden Behälter im Bauch des Flugzeugs hatten die Petty Officers in Coronado sorgfältig gepackt und dabei darauf geachtet, daß nichts fehlte, bis hin zu den Schaufeln, Taschenlampen und sauberen Handtüchern, die in jedem Behälter ganz oben lagen.

Nach dem Auftanken hatte Al Jaxtimer direkten Kurs auf die Eiskappe über dem Nordpol genommen, und nun raste der schwere Bomber durch eine Zeitzone nach der anderen auf den Abwurfpunkt über dem Westufer des Onegasees zu. Das Adrenalin in den Adern der Männer an Bord verhinderte, daß auch nur einer von ihnen auf der langen Reise gelangweilt oder müde wurde. Sie wußten genau, daß auch der geringste Fehler beim Abwurf der Behälter den USA eine hochnotpeinliche internationale Krise bescheren würde, und jeder von ihnen war fest entschlossen, solch einen Fehler nicht zu machen. Soweit es die MT058, ihren Bomber, betraf, würde die Aktion glatt und ohne Schwierigkeiten über die Bühne gehen.

Es war jetzt 1830 Moskauer Zeit, und die B-52H *Stratofortress* überflog gerade die Nordküste von Grönland. Das riesige, 50 Meter lange und dunkelgrau gestrichene Flugzeug mit seiner haifischartigen Schnauze und seinen 57 Metern Flügelspannweite schlug jetzt einen südöstlichen Kurs ein, der es über die Barentssee direkt nach Nordrußland bringen sollte.

Lieutenant Colonel Jaxtimer besah sich die Daten des Bordcomputers und stellte fest, daß sie genau im Zeitplan lagen. Um Sprit zu sparen, flogen sie absichtlich 10000 Fuß höher, als ihr Flugplan vorsah. Die voraussichtliche Ankunftszeit am Abwurfpunkt würde bei gleichbleibender Geschwindigkeit 2336 sein – nur sechs Minuten zu spät also. Nicht schlecht, dachte Jaxtimer. In vier Stunden und sechs Minuten würde die B-52H in den russischen Luftraum eindringen.

In seiner Fliegertasche hatte Major Mike Parker den Flugplan dabei, den die American Airlines am Vortag offiziell bei den Russen eingereicht hatten. Grundsätzlich ähnelte Flug Nummer AA294 einem ganz normalen Flug über die Polarroute von Los Angeles nach Bahrain. Eine Boeing 747, gestartet um 2400 von LA International Airport, die um 2230 Moskauer Zeit 650 Kilometer westlich von Murmansk den russischen Luftraum erreichen sollte. Der Flugplan beschrieb die Route über Rußland, die östlich an Moskau weiter über den Kaukasus und dann über den Iran nach Bahrein führte.

Bei ihrem Anflug auf Nordeuropa meldete sich Major Parker pünktlich bei jedem Luftkontrollzentrum an, das der schwere Bomber ansteuerte. Zuerst waren es die norwegischen, dann die finnischen und schließlich die russischen Fluglotsen. Die B-52H hatte ihr militärisches Radar ausgeschaltet, und wenn sie später auf ihre vom Flugplan vorgegebene Höhe von 35 000 Fuß hinunter ging, würde niemand sie von einem ganz normalen Passagierflugzeug unterscheiden können. Vorausgesetzt natürlich, die Russen verzichteten darauf, einen Abfangjäger zur visuellen Kontrolle aufsteigen zu lassen, aber das passierte nur höchst selten und in der Nacht so gut wie nie.

Jane Westenholz goß den drei SEALs noch einmal Kaffee nach und verkündete dann, daß sie und Cathy jetzt in ihre Kabine gehen und sich für das Abendessen umziehen würden. Sie freue sich darauf, die drei um halb acht an ihrem Tisch zu sehen. Rick erhob sich und sagte, daß auch er und seine Freunde sich darauf freuten, und fragte, ob er den Oberkellner von dem Platzwechsel unterrichten solle. Veränderungen dieses Kalibers brachten das starr geschulte russische Personal normalerweise an den Rand des Nervenzusammenbruchs.

Jane versicherte lächelnd, daß sie sich bereits darum gekümmert habe, und verließ mit ihrer Tochter den Tisch. Die drei SEALs blickten ihr nach, wobei Fred Cernics Blicke fast etwas Bewunderndes an sich hatten. »Wie zum Teufel kommen wir jetzt aus diesem Schlamassel wieder heraus?« sagte Lieutenant Schaeffer.

Die drei Männer sahen sich an, sagten aber kein Wort. Jedem SEAL wird während seiner Ausbildung immer wieder eingebleut, daß praktisch überall ein unsichtbares Mikrofon versteckt sein kann. Viele erinnerten sich noch nach Jahren an die Worte ihres Ausbilders in Coronado, der zu ihnen gesagt hatte: »Wenn ihr irgendwann einmal zu zweit oder zu dritt mitten in der Prärie zusammensteht und meilenweit in jede Richtung schauen könnt, dann *müßt ihr trotzdem davon ausgehen, daß in irgendeinem Rattenloch zwei Meter von euch entfernt ein beschissener russischer Spion mit einem Mikrofon hockt. Habt ihr das verstanden?«*

Jetzt, auf einem russischen Schiff, hatte dieses professionelle Schweigen für die drei natürlich noch viel höhere Priorität. Ohne ein Wort zu sagen, wußten sie unwillkürlich, daß sie sich unauffällig und normal verhalten mußten, damit diese aufdringliche, aber aufregende Dame niemals etwas anderes über sie zu erzählen hatte, als was für reizende Burschen sie alle drei doch wären.

Auch wenn die Frau ihnen auf die Nerven ging, so würden sie erst dann wirkliche Schwierigkeiten bekommen, wenn Mrs. Westenholz auf einmal herumerzählen würde, daß sie unhöflich, merkwürdig oder gar verdächtig seien. Längst hatten die drei SEALs nämlich erkannt, daß einige der Schiffsoffiziere in der früheren sowjetischen Marine gedient hatten.

Das traf besonders auf einen Mann zu, der offenbar ein Bevollmächtigter der Reederei war, und dessen Benehmen suggerierte, daß er in der Rangordnung sogar noch über dem Kapitän stand. Die Mannschaft nannte ihn »Oberst« Karpow, und Rick vermutete, daß es sich bei ihm um einen Ex-KGB-Offizier handeln mußte. Der Mann war schlank und aalglatt und hatte blaue Augen und eine helle Haut. Er trug einen perfekt sitzenden Zivilanzug und war von einer übertriebenen, fast schon grotesken Höflichkeit. Mit seiner durchtrainierten, gepflegten Erscheinung war er das diametrale Gegenteil der teigig-drögen Beamten, die viel zum schlechten Image Rußlands während der letzten 60 Jahre beigetragen hatten.

Der Oberst hingegen hätte mit seinen 45 Jahren durchaus als ein Frauenheld durchgehen können, wenn ihm nicht etwas Entscheidendes gefehlt hätte. So tat er manchmal so, als würde er mit den gutaussehenden weiblichen Passagieren flirten, Mrs. Westenholz eingeschlossen, aber dieses Flirten kam nie so richtig in die Gänge, und Karpow wirkte dabei so, als würde ihn irgend etwas an der Entfaltung seiner wahren

Persönlichkeit hindern. Cathy Westenholz, die im Herbst ihr Psychologiestudium in Yale beginnen wollte, hatte ihrer Mutter gesagt, daß Oberst Karpow ihr »sexuell unklar definiert« vorkäme.

Rick Hunter hielt den mißtrauischen, aufmerksamen und intelligenten Mann für verdammt gefährlich. Wenn er ihm an Bord begegnete, grüßte er ihn zwar, ansonsten aber zog er es vor, den Oberst aus der Ferne zu betrachten. Karpow, dessen war sich Hunter schon nach kurzer Zeit sicher gewesen, entging nichts, was sich auf der *Michail Lermontow* abspielte.

Rick wußte, daß er nicht einmal daran denken durfte, den Oberst auszuschalten, selbst wenn dieser seine Nase in Dinge stecken sollte, die ihn nichts angingen. Würde Karpow etwas zustoßen, so wäre das Schiff im Handumdrehen ein Tummelplatz für SWR- beziehungsweise GRU-Agenten, und die SEALs würden es niemals schaffen, das Land zu verlassen. Nein, sie durften Karpow kein Haar krümmen, sondern mußten einfach noch unauffälliger und sorgfältiger arbeiten als sonst. Der Oberst durfte nichts Verdächtiges sehen, hören oder riechen, und Lieutenant Commander Hunter würde weiterhin wie ein Zivilist durch das Schiff schlurfen und einen weiten Bogen um den Russen machen. Und darüber hinaus würde er alles tun, um Jane Westenholz bei guter Laune, voller Hoffnung und vor allem ohne Argwohn zu erhalten.

Um 1914 spürte Fred Cernic, wie die Maschinen des Schiffs langsamer liefen. Die drei SEALs sahen durch die Fenster der Bar, wie die *Michail Lermontow* sich dem Land näherte. Sie zogen ihre Parkas an und setzen ihre Baseballmützen wieder auf – die von Rick hatte das große »C« der Cincinnati Reds an der Stirn, die von Fred war im Blau der Dodgers, und auf Rays Mütze schließlich prangte das rot-weiße »B« der Boston Red Sox.

Draußen auf dem zweiten Deck gab es einen wettergeschützten Teil, aber direkt am Heck des Schiffs war man dem strömenden Regen ausgesetzt. Soweit Fred sehen konnte, war kein Passagier außer ihnen draußen. Die drei lehnten sich an die Reling und schauten durch den Regen an Land. In

Richtung Norden dehnte sich den Onegasee entlang flaches Acker- und Weideland aus, das sich bis zum Horizont erstreckte. Rings um die Anlegestelle, auf die das Schiff mit langsamer Fahrt zusteuerte, wuchsen Binsen und hohes Gras.

Der Kapitän hielt auf einen niedrigen Anleger aus grauen Steinen zu, der etwa einen Meter hoch hinaus in den See ragte. »Ich vermute, er wird an dem Anleger längsseits gehen«, murmelte Fred. »Dann braucht er nur noch die Gangway herunterzulassen, und die Passagiere können an Land gehen.«

»Hoffentlich macht er das heute abend auch, trotz dem schlechten Wetter«, sagte Rick. »Laut Reiseprogramm müßten wir eigentlich Gelegenheit zu einem Abendspaziergang haben.«

Die *Michail Lermontow* glitt nun mit einer Geschwindigkeit von weniger als einem Knoten an den Anleger heran. Lieutenant Schaeffer spürte, wie sie sich mit der Bordwand sanft gegen die Dalben legte und wie gleich darauf der Kapitän die Backbordmaschine rückwärts laufen ließ. Wenige Augenblicke später lag das 10000-Tonnen-Schiff bewegungslos neben dem Anleger. »Der Bursche versteht sein Handwerk«, sagte der Lieutenant aus Marblehead anerkennend.

Die drei begaben sich rasch ans Heck des Schiffs, wo Rick Hunter im strömenden Regen das GPS aus seiner Parkatasche nahm und anschaltete. Es dauerte eine Weile, bis das kleine, schwarze Gerät eine Satellitenverbindung aufgebaut hatte. Erst nach anderthalb Minute erschienen zwei Zahlen-Buchstabenkombinationen auf seinem Display: »62.38N; 34.47E.«

»Wir sind genau da, wo wir sein sollen«, sagte Rick und steckte das GPS rasch zurück in seinen Parka. »Ganz schön einsam hier, oder?«

»Aber da drüben ist ein Haus«, sagte Fred.

»Ja, da verkaufen die Russen Andenken an die Touristen, vielleicht bekommt man auch einen Kaffee oder einen Wodka.«

»Bei diesem Wetter wird wohl kaum jemand große Lust verspüren, das Schiff zu verlassen«, meinte Ray. »Es würde mich nicht wundern, wenn wir die einzigen wären, die an Land gehen.«

»Hoffentlich nicht«, sagte Fred, und in diesem Augenblick hörten sie das metallische Geräusch, mit dem die Gangway auf dem Anleger aufsetzte. Die drei Männer gingen auf die Backbordseite des Schiffs und sahen ein paar Russen auf dem Anleger stehen. Vermutlich hatten sie beim Festmachen geholfen, oder sie waren auf ein rasches Geschäft mit den Touristen aus. Die Mannschaft begrüßte sie auf Russisch und wechselte ein paar Worte mit ihnen.

»Ich hoffe bloß, daß der Regen bald aufhört«, sagte Rick, während er sich umdrehte. »Sonst können wir Mrs. Westenholz niemals klarmachen, daß wir nach dem Abendessen noch von Bord wollen.«

»Na ja, Sie haben Mrs. Westenholz sowieso schon gesagt, daß ich Alkoholiker sei, warum erzählen Sie ihr nicht, daß ich an irgendeiner exotischen Krankheit wie Fleckfieber oder so was erkrankt sei und früh ins Bett müsse?« schlug Fred vor. »Sie beide wären meine Krankenschwestern.«

»Wie wäre es denn mit Aids?« meinte Ray Schaeffer mit einem maliziösen Grinsen.

»He, Moment mal!« protestierte Chief Cernic. »Schlimm genug, daß Sie mich zu einem Alkoholiker machen, aber ein Säufer *und* ein Schwuler kommt nicht in Frage. Was soll denn meine Frau dazu sagen?«

»Überlassen Sie die Sache nur mir«, sagte Rick grinsend. »Mir wird schon was Passendes einfallen.«

Die SEALs gingen wieder unter Deck und begaben sich in den Speisesaal. Es war bereits Viertel vor acht, und Rick mußte sich bei Jane Westenholz und ihrer Tochter für die Verspätung entschuldigen. Das Abendessen war, wie alle Mahlzeiten an Bord, einfach und reichhaltig, und obwohl es um ein Vielfaches besser war als das russische Essen in den 70er und 80er Jahren, hatte es vielleicht gerade mal das Niveau eines amerikanischen Schnellrestaurants erreicht. Als Mrs. Westenholz bei der jungen, diensteifrigen Kellnerin eine Flasche bulgarischen Rotwein bestellte, beugte Rick sich zu ihr hinüber und flüsterte ihr verschwörerisch ins Ohr: »Für uns bitte nicht… Sie wissen ja, wegen Fred.«

»Natürlich, Ricky«, flüsterte Mrs. Westenholz zurück und

berührte ihn verständnisvoll am Arm. »Vielleicht können wir zwei ja später noch zusammen ein Gläschen Wein trinken.«

Nachdem sie ihre Bestellung in Mineralwasser abgeändert hatte, kam auch schon das Essen: gut durchgebratenes Huhn mit Kartoffelbrei und Kohl. Während Mrs. Westenholz und Cathy nur ein paar Bissen von ihren Portionen aßen, langten die drei SEALs ordentlich zu. Sie wußten, daß ihnen eine lange, kalte Nacht bevorstand, in der ihre Körper eine Menge Brennstoff brauchen würden. Weil dabei Kohlenhydrate besonders wichtig waren, ließen sie sich alle noch eine Extraportion Kartoffelbrei nachreichen, und Ray aß sogar noch eine zweite Portion Hühnchen.

»Wie können die nur soviel essen?« flüsterte Jane ihrer Tochter zu, als die drei von der Kellnerin noch etwas russisches Schwarzbrot verlangten. »Dabei sehen sie doch ganz schlank und fit aus. Wenn ich so viel zu mir nehmen würde, dann würde ich bald hundert Kilo wiegen.«

»Genausoviel wiege ich auch fast«, sagte Rick, der den letzten Satz mitgehört hatte. »Und ich muß soviel essen, damit es auch so bleibt.«

Die Uhr zeigte 20 Uhr 40 an, und draußen begann es gerade zu dämmern. Jane und Cathy tranken noch ein Glas Mineralwasser, und Rick Hunter überlegte sich, wie er sich und seine Leute am besten aus dem Speisesaal brachte. Langsam wurde es Zeit, daß sie sich in ihren Kabinen mit ein paar Dingen versorgten und dann an Land gingen, aber er mußte es auf jeden Fall so anstellen, daß sie dabei keinen Verdacht erregten.

»Jane«, sagte er schließlich. »Ich fürchte, ich muß mich mit diesen beiden lasterhaften Geschöpfen für eine Weile entschuldigen. Können Sie sich vorstellen, daß sie jede Woche hohe Wetten auf die Ergebnisse der amerikanischen Baseball-Liga abgeben? Es ist eine schreckliche Angewohnheit, eine Schwäche, die ich mir selbst niemals erlaubt habe. Aber so sind meine Freunde nun einmal, und jetzt wollen sie unbedingt die Ergebnisse auf Kurzwelle hören, aber das geht leider nur oben an Deck.«

»Aber Ricky, da oben schüttet es in Strömen. Sie werden sich alle erkälten!«

»Nein, wir gehen unter das kleine Dach auf Deck zwei. Dort geht das Radio ziemlich gut, ich habe es schon ausprobiert. Immerhin haben diese beiden Clowns jeder 300 Dollar gewettet. Fred wird sein Geld wohl verlieren, denn er glaubt doch tatsächlich, daß die Reds gegen die Dodgers verlieren, aber das ist nun mal völlig unmöglich.«

»Ich gehe nur rasch in meine Kabine und hole Block und Bleistift«, sagte Ray. »Wir sehen uns dann in fünf Minuten oben an Deck.«

»Kommen Sie nachher noch auf einen Drink in die Bar?« fragte Jane Westenholz.

»Gern, aber erst, wenn wir Fred ins Bett gebracht haben. Dann genehmigen wir beide uns ein großes Glas armenischen Brandy.«

Mrs. Westenholz lachte und sah Rick fragend an. Der Mann war ihr nach wie vor ein Rätsel. Er hatte zwar das Aussehen und das Benehmen eines Jungen vom Lande, aber dann sahen seine Augen auf einmal wieder so wissend und manchmal sogar richtig hart aus. Und sie waren so schön blau, und seine Figur war so traumhaft knackig. Aber er aß wie ein Scheunendrescher, was in krassem Gegensatz zu seinen galanten Südstaatenmanieren stand. Ich frage mich wirklich, dachte Mrs. Westenholz nicht zum ersten Mal, wer oder was er ist.

In Kabine 289 schnallte sich Lieutenant Commander Hunter das große Jagdmesser an den Gürtel, das er sich in St. Petersburg gekauft hatte und nahm den kleinen Laser aus seinem Koffer. Er steckte frische Batterien in das Hightech-Gerät, das die Techniker ins Gehäuse eines Transistorradios eingebaut hatten. Dann stopfte er es in eine Tasche seines Parkas, in der sich schon das GPS in seinem Lederetui befand. In die Innentaschen der Jacke steckte er ein paar russische Turnschuhe, während zwei große Müllsäcke flach zusammengefaltet in die zweite Außentasche kamen. Dann setzte er seine Baseballmütze wieder auf und verließ die Kabine.

Draußen an Deck standen bereits Ray und Fred und unterhielten sich, was an und für sich völlig in Ordnung gewesen wäre, hätten sie nicht ausgerechnet mit Cathy Westenholz gesprochen. Der Regen hatte inzwischen aufgehört, und

Cathy sah so aus, als wollte sie noch einen kleinen Landausflug machen, bevor es dunkel wurde. Rick konnte nicht mehr zurück, denn die drei hatten ihn bereits gesehen. Also ging er festen Schrittes auf sie zu. »Hallo Cathy«, sagte er. »Irgendwie kriege ich heute den Sender nicht richtig herein. Ich schätze, wir müssen an Land gehen und dort unser Glück versuchen. Irgendein Generator auf dem Schiff ist offenbar nicht richtig entstört.«

Cathy lachte. »Dann können wir ja zusammen gehen«, sagte sie. »Ich möchte mir mal den kleinen Laden dort drüben ansehen. Kommen Sie mit?«

»Lieber nicht«, sagte Rick, während er fieberhaft überlegte, wie er die junge Frau am Landgang hindern konnte. »Sie sollten übrigens lieber an Bord bleiben. Ihre Mutter sitzt ganz allein in der Bar, und ein paar russische Passagiere dort sind ziemlich angetrunken. Ich habe sie gehört, als ich aus meiner Kabine kam. Nicht einmal der Oberst konnte sie zur Vernunft bringen.«

»Ach, Mama kann schon allein auf sich aufpassen«, sagte Cathy fröhlich. »Nun kommen Sie schon, lassen Sie uns einen kleinen Spaziergang machen. Gerade hat der Regen aufgehört.«

Rick legte Cathy den Arm um die Schulter und zog sie beiseite. »Cathy«, sagte er leise. »Ich möchte trotzdem, daß Sie mir einen Gefallen tun. Gehen Sie in die Bar, und holen Sie Ihre Mutter da raus. Ich hätte es selbst tun sollen, aber dann hätte ich womöglich die Baseball-Ergebnisse versäumt, und das würden mir meine Freunde nie verzeihen. Außerdem dachte ich, Sie wären bei ihr. Also seien Sie doch so nett, und sehen Sie nach ihr, okay?«

»Okay«, sagte Cathy. »Vielleicht sehen wir uns ja gleich wieder. Ich werde Mama fragen, ob sie mit an Land geht.«

»Dann bis bald«, sagte Rick. »Und vielen Dank.«

Kaum hatte Cathy das Deck verlassen, begaben sich die drei SEALs über die Gangway von Bord und strebten einem kleinen Wäldchen in der Nähe des Anlegers zu. Als sie weit genug im Unterholz waren, um vor neugierigen Blicken verborgen zu sein, zogen sie die Turnschuhe an und steckten sich ihre Straßenschuhe in die Innentaschen ihrer Parkas. Danach schlüpften sie in ihre Goretex-Überhosen, die sie eng zusammengefaltet ebenfalls in einer der Taschen mitgenommen hatten. Hinter dem Wald, der sich etwa zwei Kilometer weit ins Landesinnere erstreckte, befand sich eine große, offene Weidefläche, auf der die Behälter mit dem Sprengstoff und der Ausrüstung landen sollten. Rick hatte sich den Weg dorthin auf unzähligen Satellitenaufnahmen eingeprägt. Er sah auf die Uhr. Es war 2114. In einer Dreiviertelstunde würde es dunkel sein.

Es war gut, daß sie noch so viel Zeit hatten, denn zwei Kilometer durch einen dichten Wald sind etwas ganz anderes als zwei Kilometer, die man auf der Straße geht. Während Hunter das GPS überprüfte, holte Chief Cernic seinen kleinen Marschkompaß aus der Tasche und peilte damit die Richtung drei-zwei-null. Die drei SEALs würden versuchen, diesen Kurs zu halten und später, in der Dunkelheit, auf Kurs eins-vier-null zurückkehren.

Der »Alkoholiker« ging voraus und versuchte, das dichteste Unterholz zu umgehen, ohne von der eingeschlagenen Richtung zu sehr abzuweichen. Eine Viertelstunde hatten sie sich so durch den Wald gekämpft, als es wieder zu regnen begann. Der Himmel war so wolkenverhangen, daß kaum noch Licht durch die Kronen der Bäume drang. Die Schritte der Männer machten auf dem feuchten Boden leise, schmatzende Geräusche, die nur ab und zu vom Knacken eines Zweiges unterbrochen wurden.

Irgendwo im Dickicht schrie ein Vogel, und einmal hörte Fred ein seltsames Rascheln im Gebüsch direkt neben sich. »Jesses, was ist das?« sagte er und blieb stehen.

»Vermutlich ein Grizzlybär«, antwortete Lieutenant Schaeffer, der direkt hinter ihm war. »Aber keine Angst. Rick wird ihn mit bloßen Händen erwürgen.«

Nach einem Marsch, der ihnen schier endlos vorgekommen war, erreichten sie den Waldrand. Es war 2158, und die letzten Reste der Dämmerung verschwanden. Vor sich konnten die SEALs gerade noch die niedrige Steinmauer erkennen, jenseits deren sich eine große, freie Weidefläche erstreckte. Jetzt, wo sie das schützende Blätterdach des Waldes verlassen hatten, prasselte der Regen gnadenlos auf die drei Männer herab, die froh um ihre wasserdichte Kleidung waren.

Ray steckte einen chemischen Leuchtstab, der ein schwaches, rötliches Licht abgab, zwischen die Steine der Mauer. Später würde er ihnen den raschen Rückweg erleichtern. Rick Hunter holte sein GPS hervor und las die genaue Position ab. Sie waren an der Stelle angelangt, die sich ihre Vorgesetzten anhand der Satellitenbilder als Abwurfpunkt für die Behälter herausgesucht hatten. Was sie allerdings nicht vorausgesehen hatten, war der starke Dauerregen, der den Boden in einen tiefen Morast verwandelt hatte. Auch in dieser Hinsicht war die Weidefläche die einzig mögliche Stelle für die geplante Aktion, denn in den Feldern ringsum, auf denen niedriger, noch grüner Winterweizen wuchs, wären die SEALs vollends im Schlamm versunken.

Das Wetter war der einzige Faktor, den die Planer in Coronado nicht hatten vorausberechnen können. Schließlich hatten sie sich dafür entschieden, das Risiko einzugehen und zu hoffen, daß es während der Reise der SEALs nach Norden nicht regnen würde. Diese Hoffnung hatte sich als trügerisch herausgestellt, denn ausgerechnet in dieser Woche war ein Tief nach dem anderen über den Norden Rußlands gezogen. Natürlich hätte Rick Hunter die Aktion abbrechen können, und niemand hätte ihm deshalb einen Vorwurf gemacht. Er aber vertraute auf seine Kraft und auf die seiner Kameraden und glaubte, daß sie die Arbeit auch unter diesen widrigen Bedingungen würden erledigen können.

Langsam stapften die drei hinaus auf die offene Weide. In kurzer Zeit hatten sich ihre Turnschuhe in dicke, schwere Schlammklumpen verwandelt, und als sie sich 300 Meter weit vom Waldrand entfernt hatten, konnten sie im Dämmerdunkel den Leuchtstab an der Mauer kaum mehr erkennen. Es war 2236, und 800 Kilometer weiter nördlich flog die B-52H unter Lieutenant Colonel Jaxtimer gerade über Finnland auf Rußland zu.

Der Eintritt in den russischen Luftraum war vollkommen problemlos. Major Parker gab den russischen Fluglotsen die Identifikationsnummern der vermeintlichen Boeing 747 durch und bekam sofort die Erlaubnis zum Weiterflug. Und so rauschte die schwere B-52H mit dem offiziellen Segen der Behörden auf den Onegasee und auf die vorausbestimmte Abwurfposition von 62.38 Grad nördlicher Breite und 34.47 Grad östlicher Länge zu.

Lieutenant Colonel Jaxtimer wußte, daß er seine dreiteilige Last nur innerhalb eines Kreises von sieben Kilometern Durchmesser um diesen Punkt abwerfen durfte, damit die Behälter den Leitstrahl fanden, den die SEALs mit ihrem Hightech-Laser nach oben schickten.

Beide, das Flugzeug und die SEALs, konnten ihre Position mittels GPS mit einer Genauigkeit von wenigen Metern bestimmen. Wenn die SEALs also dort unten waren, dann würde Jaxtimer sie finden. Der große Lasersensor in der Nase der B-52H würde den Strahl bereits aus 30 Kilometern Entfernung erfassen, was für den Bomber eine Flugzeit von zweieinhalb Minuten bedeutete. Die Behälter würden dann abgeworfen werden, wenn der Sensor ein bestimmtes Signal gab. Danach liefe dann alles vollautomatisch ab.

Lieutenant Chuck Ryder, der im Kontrollraum hinter dem Piloten saß, gab Jaxtimer alle 20 Kilometer die verbleibende Entfernung bis zum Abwurfpunkt durch, und Lieutenant Segal meldete, daß er bisher weder aus der Luft noch vom Boden ein Anzeichen von militärischem Radar empfangen habe. Für die Russen war die B-52H nichts weiter als ein normales Passagierflugzeug auf dem Weg in den Mittleren Osten.

Niemand in den Kontrollstationen am Boden ahnte, daß an dem eingereichten Flugplan so gut wie nichts stimmte. Die B-52H flog nicht einmal nach Bahrain, sondern zu der großen Basis der U.S. Air Force in Dahran an der Ostküste von Saudi-Arabien. Für den Fall, daß wegen ungünstiger Winde dem Bomber vorher der Treibstoff ausging, stand dort bereits ein Tankflugzeug bereit, um ihn über dem Nordende des Persischen Golfs noch einmal in der Luft mit Treibstoff zu versorgen.

Um 2310 froren die SEALs unten auf der Wiese trotz ihrer warmen Kleidung so jämmerlich, daß sie sich durch Bewegung warmhalten mußten. Die Luft war frostig geworden, und der Regen hatte immer noch nicht aufgehört. Längst waren ihre Turnschuhe durchgeweicht, so daß sie eiskalte Füße hatten. Die Parkas hielten immer noch dicht, aber ihre Gesichter waren schon ganz taub vom Regen. Trotzdem hatte noch keiner von ihnen ein Wort der Klage geäußert. Rick Hunter betete darum, daß das Flugzeug pünktlich kommen und der Regen endlich aufhören würde. Aber das tat er nicht.

Während sie geduldig auf ihrer nassen, windigen Wiese warteten, donnerte die B-52H über dem Weißen Meer weiter nach Süden. Ihre Route führte sie über die Stadt Belomorsk und den nach ihr benannten Kanal ans Westufer des Onegasees. Lieutenant Chuck Ryder sorgte dafür, daß das Flugzeug nicht vom Kurs abkam und betrachtete ständig den Bildschirm, auf dem die noch verbleibende Entfernung zum Abwurfpunkt über dem Onegasee angezeigt wurde, der tief unter ihnen in der Dunkelheit lag.

Alle eineinhalb Sekunden holte sich das GPS des Bombers von den Satelliten eine neue Position. Im Augenblick überflogen sie 65.30 Grad nördlicher Breite. Auf 63.42 Grad mußten sie ihren Kurs leicht nach Westen korrigieren, so daß sie über die Stadt Segescha hinweg direkt auf die Nordspitze des 100 Kilometer entfernten Onegasees zusteuerten. Von diesem Punkt aus waren es noch genau elf Minuten bis zur Abwurfzone. Für Lieutenant Colonel Jaxtimer waren jetzt zwei Dinge wichtig: einerseits durfte er nicht zu früh an den vereinbarten Punkt kommen, andererseits mußte er Kurs und Geschwindigkeit möglichst beibehalten, denn jede Veränderung hätte unten bei der russischen Flugsicherung die Alarmglocken schrillen lassen.

Die erste Forderung war leicht zu erfüllen, denn die B-52H hinkte dem vereinbarten Zeitplan immer noch sechs Minuten hinterher, und auch die zweite machte Jaxtimer nicht viel Mühe, denn er und seine Leute hatten bisher ihren Auftrag in bester Air-Force-Manier ausgeführt. Major Parker meldete sich gerade beim nächsten Flugkontrollzentrum an, gab seine Identifikationsnummern durch und erhielt abermals die routinemäßige Erlaubnis zum Weiterflug.

Unten am Boden lauschte Lieutenant Commander Rick Hunter in die feuchte, kalte Nacht, ob er nicht doch das Geräusch eines sich nähernden Flugzeugs hören konnte. Natürlich wußte er, daß die B-52H dafür viel zu hoch flog und daß er sie, wenn überhaupt, erst dann hören würde, wenn sie längst über ihn und seine Leute hinweggeflogen war. Trotzdem strengte er weiter sein Gehör an und fragte sich, wie lange sie noch würden warten müssen. Der Regen hatte in den letzten Minuten sogar an Heftigkeit zugenommen, und Rick kämpfte gegen einen leichten Schüttelfrost an, der sich in seinen durchgefrorenen Gliedern breitzumachen drohte.

Um 2325 hatte er den Laser auf den Boden gestellt, nach Norden ausgerichtet und eingeschaltet. Daraufhin hatten sich die SEALs jeweils 20 Meter voneinander entfernt in einem Dreieck aufgestellt, was ihnen die größte Chance gab, die Behälter, die demnächst vom Himmel fallen sollten, zu sehen oder zu hören. Aus dem kleinen Gerät am Boden stieg ein Laserstrahl hinauf in den dunklen Himmel über Rußland. Dabei gab es kein Geräusch von sich, so daß es auf der Wiese bis auf das Aufklatschen der schweren Regentropfen völlig still war. Einen Augenblick lang fragte sich Rick Hunter, was er in dieser eiskalten Einöde überhaupt verloren hatte.

Das Problem war, daß er die Antwort auf diese Frage nur zu genau wußte. Er versuchte, sich den riesigen Langstreckenbomber vorzustellen, der jetzt von Norden kommend auf sie zuflog. Auf dem Leuchtzifferblatt seiner Uhr sah er, daß es 2334 war. Lieutenant Colonel Jaxtimer befand sich zu diesem Zeitpunkt genau über der Nordspitze des Sees, und der Sensor in der Nase der B-52H hatte soeben ersten Kontakt mit dem Laserstrahl der SEALs aufgenommen. Auf seinem Sitz hinter dem Kommandanten sah Lieutenant Ryder, wie viele Sekunden es noch bis zum Abwurf der Behälter waren.

»Rotes Licht, Sir«, sagte er. »Bombenschächte geöffnet... Sieht gut aus, Sir, ... Wir sind genau auf Kurs. Jetzt ein bißchen links, noch mehr... wieder auf Kurs... auf Kurs... sechs-zwei-drei-acht, Sir... Das war's. Behälter abgeworfen.«

Unter dem riesigen Rumpf der *Stratofortress* begannen sich die zwischen den beiden Fahrwerksgruppen gelegenen Klappen der Bombenschächte langsam wieder zu schließen, während die drei Behälter, dem Leitstrahl des Lasers folgend, durch die Dunkelheit nach unten fielen.

Mit einem ohrenbetäubenden, gurgelnden Geräusch seiner acht mächtigen Pratt and Whitney TF 33 Mantelstromtriebwerke flog die B-52H in Richtung Moskau weiter, aber die SEALs unten am Boden hörten noch immer nichts davon.

Lieutenant Commander Hunter und seine beiden Männer starrten nach wie vor im strömenden Regen zum Himmel hinauf und erwarteten die Ankunft der Behälter. Dabei reichte ihre Sicht kaum zehn Meter nach oben in die Dunkelheit. »Sie hätten schon vor ein paar Minuten kommen müssen«, sagte Rick leise vor sich hin. »Ob diese Heinis von der Airforce unseren Laserstrahl wohl übersehen haben? Die Kerle sind doch zu nichts zu gebrauchen. Und wenn sie die Dinger wirklich abgeworfen haben sollten, könnten sie uns gut und gern auf den Kopf fallen, ohne daß wir sie vorher sehen. Sollten sie aber nicht direkt in unserer Nähe herunterkommen, dann gute Nacht. In dem Schlamm hier draußen finden wir die nie.«

Dann aber drang ganz leise das Geräusch von Jettriebwerken an seine Ohren. Das müssen sie sein, dachte er, während sich sein Herzschlag merklich beschleunigte. Und dann sah er auch schon den ersten Fallschirm aus dem Nichts herunterschweben und ganz in der Nähe niedergehen. Er sah aus wie ein riesiger Vampir, der auf seinen Fledermausflügeln herbeigesegelt kam. Noch bevor der SEAL drei Schritte machen konnte, schlug der Transportbehälter keine zehn Meter von dem Lasergerät entfernt auf dem weichen Boden auf. Rick spürte den Aufprall und rannte hinüber, um den im Wind flatternden Fallschirm zu bergen. »Einen habe ich«, zischelte er seinen Gefährten zu. »Achtet auf die anderen zwei.«

»Da ist einer«, sagte Chief Cernic aus der Dunkelheit, »... links ... links ... jetzt schlägt er auf.« Die SEALs hörten ein leises Geräusch, und fünf Sekunden später fiel etwa 20 Meter links von ihnen auch der dritte Behälter zu Boden.

»So was habe ich noch nie erlebt«, sagte Lieutenant Commander Hunter. »Das war verdammte Präzisionsarbeit.«

Rick und Ray gingen auf einen der Behälter zu. »Was meinen Sie, Boss?« fragte der Lieutenant aus Massachusetts. »Sollen wir ihn aufmachen und einen Blick hineinwerfen, oder sollen wir erst alle drei Container zum Waldrand bringen?«

»Letzteres«, flüsterte Rick. »Wir müssen sie so schnell wie möglich von der Wiese hier herunterbringen. Fred, Sie kümmern sich um die Fallschirme, und dann suchen Sie am Waldrand eine Stelle, wo wir die Schirme und die Behälter vergraben können. Setzen Sie dort einen Leuchtstab, damit wir wissen, wo wir die Dinger hinbringen sollen. Wie sind eigentlich die Handgriffe?«

»Vom Feinsten«, antwortete Cernic. »Breit und sogar mit Leder gepolstert. Da kann man sogar mit zwei Händen zupacken, wenn's sein muß.« Er hob einen der Behälter an, ließ ihn aber sofort wieder fallen. »O Gott«, sagte er. »Die Dinger sind echt schwer.«

Rick runzelte die klatschnasse Stirn und hoffte, daß die Jungs in Coronado die Behälter nicht so vollgepackt hatten, daß er und Ray sie nicht mehr schleppen konnten. Er steckte eine seiner kräftigen Rancherhände in den Handgriff und zog. Der Behälter ließ sich ohne allzuviel Mühe anheben. »Ist nicht so schlimm«, sagte er. »Wir kriegen die schon von hier bis an den Waldrand, aber leicht wird es auf dem glitschigen Boden hier nicht werden.«

»Okay, Sir«, sagte Chief Cernic. »Ich habe den ersten Fallschirm losgemacht. »Sie können losgehen.«

Wunderbar, dachte Ray, endlich *die* Gelegenheit, sich einen Bruch zu heben.

Cernic verkündete leise, daß er alle drei Fallschirme gelöst habe und nun hinüber zum Waldrand gehen werde. »Ich suche uns einen Platz zum Einbuddeln aus«, sagte er. »Wenn ich ihn habe, markiere ich ihn mit dem zweiten Leuchtstab. Bis dahin können Sie ja auf den ersten Stab zuhalten. Wenn Sie in Schwierigkeiten kommen, stoßen Sie drei Käuzchenrufe aus, und ich komme Ihnen sofort zu Hilfe.«

»Okay, Chief«, sagte Rick Hunter. »Ray, nehmen Sie den linken Handgriff des Behälters, dann können Sie ihn mit dem rechten Arm tragen. Alle 100 Schritte wechseln wir die Seiten.«

Die beiden SEALs hoben den über 100 Kilo schweren Behälter an. Als Ray das Gewicht spürte, hörte sein Herz den Bruchteil einer Sekunde lang zu schlagen auf, und er dachte daran, daß er diese Last nun im Regen quer über ein aufgeweichtes, glitschiges Feld schleppen mußte. Er schloß die Augen und sagte sich das, was er sich immer in solchen Situationen sagte: Das wird hart, mein Junge. Also nimm dich zusammen, Ray. Und bitte, lieber Gott, laß mich nicht versagen. Es war dasselbe Gebet, das ihm bei seiner Ausbildung durch die grauenvolle Höllenwoche geholfen hatte.

Damals hat es geholfen, dachte er. Hoffentlich hilft es jetzt auch. Zusammen mit Rick Hunter setzte er sich langsam in Bewegung und versuchte, einen Rhythmus für seine Schritte zu finden und die Erkenntnis zu verdrängen, daß das Gewicht für den kräftig gebauten Lieutenant Commander sehr viel leichter zu tragen war als für ihn.

Die ersten 20 Schritte wären gar nicht mal so schlimm gewesen, wenn der Wind ihm nicht den Regen ins Gesicht gepeitscht hätte. Während die beiden Männer schwer keuchend durch die Dunkelheit auf das schwache Glühen des Leuchtstabs zusteuerten, zitterten sie am ganzen Leib vor Kälte und Anstrengung. Nach 40 Schritten rutschte Rick Hunter auf dem glatten Gras aus und fiel nach vorn auf die Knie.

Das Gewicht des kippenden Behälters schleuderte Ray Schaeffer ebenfalls nach vorn in den aufgeweichten Wiesenboden, wo er heftig atmend liegenblieb.

Rick rappelte sich auf und stieß rasch hintereinander drei Käuzchenschreie aus. »Was ist?« hörten sie den Chief aus der Dunkelheit rufen.

»Bringen Sie mir einen Müllsack«, sagte Rick und wandte sich an Ray. »Wir müssen uns die Kleider ausziehen, Ray, sonst sehen wir bald aus wie ein Paar zweitklassige Schlammringkämpfer. Wenn wir so aufs Schiff zurückgehen, müssen wir eine Menge Fragen beantworten. Wir werden unseren Job in Unterhosen und Turnschuhen beenden, der Rest unserer Klamotten kommt in den Kleidersack.«

»Na toll. Dann kommt zum Bruch auch noch eine Lungenentzündung hinzu«, sagte Ray. Er stand auf, zog sich seine Kleider aus und stopfte sie in den Sack, den der inzwischen herbeigeeilte Fred Cernic für ihn aufhielt. Dann packte er den Handgriff des Behälters, und machte sich halbnackt zusammen mit Rick Hunter wieder auf den Weg. Obwohl die Temperatur nicht mehr als fünf Grad betragen konnte und der eiskalte Regen ihnen jetzt auf die nackte Haut prasselte, beklagte sich keiner der beiden SEALs auch nur mit einem einzigen Wort. Schweigend kämpften sie sich vorwärts, immer auf das rötliche Licht des Leuchtstabs zu.

Nach 60 Schritten wechselten sie die Seiten. Ray schwitzte und zitterte gleichzeitig, und schon nach einer kurzen Strecke tat ihm sein linker Arm weh. Er versuchte, den Griff mit beiden Händen zu fassen, machte dabei aber einen falschen Schritt und fiel in den Schlamm. Der schwere Behälter kippte zur Seite und drückte Rays Bein in die Erde, wobei sein Knie gegen einen scharfkantigen Stein schlug.

Er hörte, wie Rick Hunter »Scheiße«, murmelte und spürte kurz darauf, wie der Behälter angehoben wurde, so daß er sein Bein darunter hervorziehen konnte.

»Sind Sie okay, Ray?«

»Ja. Alles halb so schlimm. Ich bin nur ausgerutscht und hingefallen.«

Er rappelte sich auf und spürte, wie ihm das warme Blut das Bein hinunterlief. Der kühle Regen wusch es fort, und Ray hoffte, daß die Wunde nicht tief war, aber er hatte keine Zeit, sie zu untersuchen. Er packte den Griff und setzte sich wieder in Bewegung. Ray zählte seine Schritte und wußte, daß die Mauer nicht mehr weit entfernt sein konnte. Mit all seiner Kraft zog er an dem Behälter, setzte einen Fuß vor den anderen und tat alles, um den Schmerz in seinem Arm zu ignorieren. Tief in seinem Inneren mobilisierte er seine letzten Reserven, so wie er es während seiner harten Ausbildung immer wieder getan hatte. Dabei fragte er sich, ob er diese Tortur noch zwei weitere Male aushalten würde. Aber er mußte sie aushalten, und so murmelte er im strömenden Regen leise vor sich hin: »Bitte, laß mich nicht versagen, bitte, laß mich nicht versagen.«

»Wir sind an der Mauer, Ray«, sagte Rick Hunter. Der Wind riß ihm die Worte aus dem Mund. Und dann fügte der Lieutenant Commander an: »Okay, Ray, ruhen wir uns ein wenig aus, bevor wir dieses Baby auf die andere Seite der Mauer wuchten.« Chief Cernic kam aus der Dunkelheit herbei und verkündete, daß er hinaus auf die Wiese zu den anderen beiden Behältern gehe.

Nachdem Hunter Ray eine Minute hatte verschnaufen lassen, hoben sie den schweren Behälter auf die Mauer, kletterten auf die andere Seite und trugen ihn zu dem schwach grün schimmernden Leuchtstab, den Cernic zwischen den Bäumen in den Waldboden gesteckt hatte.

Der Weg hinaus in die Mitte der Wiese kam den beiden fast nackten Männern trotz des eisigen Windes, der ihnen den Regen gegen die Körper peitschte, fast wie das Paradies auf Erden vor. Allein der Umstand, daß sie ihre fürchterliche Last für ein paar Augenblicke los waren, verschaffte den beiden durchtrainierten Männern ein schwer zu beschreibendes Glücksgefühl. Mit kräftigen Schritten, bei denen der Schlamm unter ihren Füßen schmatzte, näherten sie sich der Mitte der Wiese. Nach 300 Schritten blieben sie stehen und riefen leise nach Fred Cernic. Überraschend nahe kam direkt rechts von ihnen die prompte Antwort: »Hier«.

Weil Rick Hunter nicht wollte, daß sich die drei Männer zu weit voneinander entfernten, beschloß er, die beiden verbleibenden Behälter in Etappen von etwa 50 Metern zum Waldrand zu schaffen und jedes Mal, wenn sie einen Behälter um diese Strecke nach vorn transportiert hatten, zurückzugehen und den anderen nachzuholen. »So können wir öfter rasten«, erklärte er, »und außerdem ist Fred immer in unserer Nähe, falls wir Hilfe brauchen sollten.«

Psychologisch gesehen hätte Rick gar keine bessere Entscheidung treffen können, denn 50 Meter mit Pausen dazwischen traute Ray sich viel eher zu als die ganze Strecke, und so griff er mit frischer Kraft nach dem Handgriff des zweiten Behälters und ging los in die Dunkelheit. Als er 25 Schritte abgezählt hatte, setzten die Schmerzen im Unterarm wieder ein, aber er sagte nichts. Auch Rick Hunter spürte die Anstrengung, und zudem weichte der Boden von Minute zu Minute mehr auf. Diesmal kam Ray als erster ins Straucheln und fiel hin, dann Rick, und dann wieder Ray. Zweimal sogar. Bei seinem Sturz hatte Rick sich das Knie fast so schlimm aufgeschlagen wie zuvor Ray.

Dem ungeschriebenen Gesetz der SEALs folgend, ließ sich keiner der beiden Männer die Schmerzen und die Erschöpfung anmerken. Keiner sagte ein Wort, keiner beklagte sich. Wenn sie hinfielen, standen sie einfach wieder auf, und auch wenn die Schmerzen unerträglich zu werden drohten, ignorierten sie sie und gingen weiter. Wenn Ray spürte, daß er nicht mehr konnte, murmelte er sein stilles Gebet und stapfte weiter. Entweder er schaffte es, oder er fiel hier auf dieser elenden russischen Weide tot um.

Sie brauchten eine Stunde, bis sie die beiden Behälter an der Mauer hatten, und es war eine grauenvolle Stunde, die normale Männer nicht durchgestanden hätten. Selbst die körperlich topfiten SEALs waren, als sie schlammbespritzt und klatschnaß vom Regen den letzten Behälter an der Mauer absetzten, am Ende ihrer Kräfte. Beide zitterten sie am ganzen Körper, und jeder Muskel tat ihnen weh. Immerhin hatten sie mehr als eine Dritteltonne bei denkbar schlechtem Wetter quer über eine aufgeweichte Wiese geschleppt.

Nun war es an Chief Cernic, sich bis auf Unterhose und Turnschuhe auszuziehen und seinen beiden Kameraden zu helfen, die beiden Behälter über die Mauer zu wuchten. Dann zerrten die drei Männer sie gemeinsam zu der ausgewählten Stelle zwischen den Bäumen, wo Lieutenant Ray Schaeffer lautlos zusammenbrach und ins nasse Laub fiel.

»Wir dürfen ihn nicht liegen lassen, Sir«, keuchte Cernic. »Er kühlt sonst völlig aus. Wir müssen ihn aufrichten und irgendwie warm kriegen.«

Gemeinsam hoben sie Ray auf die Füße, und Rick Hunter holte einen der Parkas aus dem wasserdichten Sack und legte ihn dem erschöpften Lieutenant über die Schultern. Chief Cernic hatte aus dem Nirgendwo eine kleine Flasche Brandy hergezaubert und hielt sie Schaeffer an die Lippen. Der Schnaps wirkte Wunder. Als die wärmende Flüssigkeit dem jüngsten der drei SEALs hinab in den Magen lief, holte er tief Luft, schüttelte den Kopf und sagte: »Tut mir leid, Leute, tut mir wirklich leid. Nur einen Augenblick, dann bin ich wieder völlig okay ...«

»Sie müssen in Bewegung bleiben, Sir«, sagte Fred Cernic, der wußte, wie man mit Unterkühlung umgehen mußte. »Und reden Sie mit uns. Sie dürfen ans Einschlafen nicht einmal denken.«

Er beugte sich hinab zu dem ersten Behälter und öffnete ihn. Ganz oben lagen zwei Schaufeln und eine Taschenlampe. Cernic nahm sie heraus und verschloß den Behälter wieder. Er gab Rick Hunter eine der Schaufeln. »Wir sollten uns eine geeignete Stelle suchen und schon mal zu graben anfangen, Sir«, sagte er. »Wie steht es mit Ihnen, Ray? Helfen Sie uns?«

»Gleich, gleich. Aber lassen Sie mich noch eine Minute lang durchschnaufen.«

Fred und Rick gingen tiefer in den Wald hinein und suchten unter sparsamem Einsatz der Taschenlampe im Unterholz herum. Schließlich schlug Chief Cernic eine Stelle unter einem Busch mit weit ausladenden Zweigen vor. »Wir könnten den Busch ausgraben und über den vergrabenen Behältern wieder einpflanzen.«

»Einverstanden, Fred. Fangen wir an.«

Ohne sich um die kratzenden Zweige zu kümmern, krochen die beiden Männer unter den Busch und lockerten die Erde rings um seine Wurzeln. Schließlich packten sie den Hauptstamm des Buschs und zogen ihn mitsamt den Wurzeln heraus. Nachdem sie ihn zur Seite gelegt hatten, fingen sie an, drei zwei Meter lange, eins zwanzig breite und einen Meter tiefe Löcher auszuheben. Sie sahen aus wie großzügig angelegte Gräber.

Fred Cernic war ein zäher Bursche. Er stammte aus New Jersey und konnte mit einer Schaufel umgehen, trotzdem hatte er noch nie jemanden so graben gesehen wie Rick Hunter, den Bauernburschen aus Kentucky. Hunter arbeitete nach seinem eigenen Rhythmus, der etwa dreimal so schnell war wie der seine.

Das erste »Grab« hatten sie nach 40 Minuten ausgehoben, aber für das zweite brauchten sie schon eine Stunde. Der Regen ließ nicht nach, im Gegenteil, er wurde sogar schlimmer. Es war jetzt 0330, und es dämmerte bereits wieder, aber sie mußten noch ein weiteres Loch graben. Ray Schaeffer war noch immer halb tot, und Chief Cernic konnte nicht mehr. Schlammbespritzt, zerkratzt von Dornen und Zweigen, blutend und zitternd, ließ er die nasse Schaufel aus seinen Händen gleiten und lehnte sich schnaufend an einen nahen Baum. Nun war es nur noch Rick Hunter, der schweigend weiterarbeitete. Der Mann, der über eine schier unerschöpfliche Energie verfügte, wußte genau, daß bestens trainierte SEALs wie seine beiden Kameraden nur dann aufgaben, wenn sie mit ihren Kräften wirklich am Ende waren.

Unermüdlich stieß er seine Schaufel in den Boden und schippte die schwere, feuchte Erde aus dem Loch. Sein Atem ging in raschen, wütenden Stößen, und die Milchsäure, die sich von der harten Arbeit in den Muskeln aufbaute, bereitete ihm stechende Schmerzen in den Armen. Rick wußte genau, daß er am Rande der Ohnmacht arbeitete und motivierte sich jedes Mal, wenn er die Schaufel in die Erde stieß, indem er das Wort *»Jetzt!«* hervorkeuchte.

Nachdem er eine Weile so gearbeitet hatte, sah er, wie sich neben seiner Schaufel eine zweite in die Erde bohrte. Er sah das bleiche Gesicht von Ray Schaeffer, der trotz seiner tiefen Erschöpfung wieder mithelfen wollte. Hunter kam er vor wie ein Boxer, der dreimal hintereinander zu Boden geht und sich immer wieder aufrappelt. Er wußte nicht, daß Ray früher tatsächlich einmal Amateurboxer gewesen war und genau das erlebt hatte.

Das hier aber war noch härter und ging noch mehr an die Substanz. Ray Schaeffer, dem weißer Schaum vor dem Mund stand, war jetzt allein mit seinem Gott, den er leise anflehte, ihn und seine Kameraden durchhalten zu lassen. Abwechselnd rammten er und Rick Hunter ihre Schaufeln in den Boden und schöpften aus der bloßen Gegenwart des anderen neue Kraft.

So schaufelten sie fünf Minuten verbissen weiter, ständig am Rand ihrer Leistungsfähigkeit, bis Ray Schaeffer schließlich ein zweites Mal zusammenbrach. Mit dem Gesicht nach unten lag er im kalten Wasser, das sich zehn Zentimeter tief am Boden des Lochs gesammelt hatte. Fred Cernic sprang sofort hinab und zog Rays Kopf aus der braunen Brühe. Rick Hunter ließ die Schaufel fallen und half dem Chief, den jungen Lieutenant aus dem Loch zu heben.

Oben lehnten sie den bewußtlosen SEAL an einen Baum und wickelten ihn in alle drei Parkas ein. Mit Brandy war hier nichts mehr zu machen, Ray mußte zu einem Arzt oder in ein Krankenhaus, und beides gab es weit und breit nicht. Fred Cernic blieb nichts anderes übrig, als ihn, nachdem er sich davon überzeugt hatte, daß Ray gleichmäßig atmete, einfach sitzen zu lassen, die zweite Schaufel zu nehmen und wieder weiterzugraben.

Es dauerte noch einmal 20 Minuten, bis auch das dritte »Grab« ausgehoben war. Mühsam schleppten Cernic und Hunter die Behälter heran und ließen sie mit den Öffnungen nach oben in die Löcher sinken. Während Lieutenant Commander Hunter sich völlig erschöpft auf den Rücken legte, kontrollierte Cernic noch einmal den Inhalt der Behälter und holte aus einem drei trockene Handtücher. Danach begannen Rick Hunter und er, die Behälter mit nasser Erde zu bedecken.

Das Problem dabei war, daß dazu nur ein Drittel des ausgehobenen Erdreichs benötigt wurde, und als die beiden mit ihrer Arbeit fertig waren, blieb noch ein großer Haufen davon übrig. Gemeinsam schaufelten sie auch diesen über die drei vergrabenen Behälter und bedeckten den Erdhaufen mit feuchtem Laub, so daß er wie eine natürliche Erhebung aussah. Schließlich pflanzten sie den vorher ausgegrabenen Busch mitten auf die Stelle, unter der nun Ausrüstung und Sprengstoff für das nächste SEAL-Team schlummerten. Als sie die Schaufeln unter dem Busch in die lockere Erde steckten und mit Laub und kleinen Zweigen tarnten, war es genau 0500 und schon längst wieder hell. Rick stellte mit dem GPS die genaue Position des Erdhaufens fest und prägte sie in seinem Gedächtnis ein. Immer noch prasselte der Regen auf das Blätterdach über ihnen und tropfte beständig auf die durchweichte Erde.

»Okay, Chief, gehen wir«, sagte Hunter. »Packen Sie die Kleidung und die Handtücher in die Müllsäcke, und sammeln Sie die Leuchtstäbe ein, und dann marschieren wir, so schnell wir können, zurück zum Schiff.« Der Lieutenant Commander drehte sich zu Ray um und zog den Reißverschluß von dessen Parka zu. Dann hob er Ray auf die Schulter und setzte sich in Bewegung. Kurs eins-vier-null.

Sie schafften den Rückweg rascher, als sie erwartet hatten, denn Ray kam auf einmal wieder zu sich und bestand darauf, selbst zu gehen. Um 0534 konnten sie die *Michail Lermontow* von ferne sehen. Versteckt hinter einem Busch wuschen sie sich mit Hilfe des Regens so gut es ging den Schlamm und das Blut von den Körpern. Die frischen Handtücher kamen ihnen wie ein Gottesgeschenk vor, und nachdem sie sich unter einer alten Fichte abgetrocknet hatten, zogen sie sich wieder ihre Hemden und Pullover an, die in dem Plastiksack trocken geblieben waren, dazu frische Socken und die Hosen und die Straßenschuhe. Die nassen Handtücher und ihre schlammverkrusteten Turnschuhe steckten sie in den Müllsack, den sie mit Steinen beschwerten und hinaus in den See schleuderten, wo er im zwei Meter tiefen Wasser versank. Rick bestimmte noch einmal mit dem GPS ihre Position, damit er bei seinem nächsten Besuch wußte, wo er aus dem Wald herausgekommen war.

Eine halbe Stunde später spazierten sie mehr oder weniger normal aussehend über die Gangway auf das noch schlafende Schiff. Der Matrose, der Deckwache hatte, war auf seinem Stuhl eingenickt und schnarchte leise vor sich hin, so daß die SEALs völlig unbemerkt in ihre Kabinen schlüpfen konnten.

An Rick Hunters Tür steckte ein kleiner Umschlag, auf den eine zarte Hand »Ricky« geschrieben hatte. »Oho, ein Liebesbrief«, feixte Fred Cernic.

Hunter war zu müde, um zu antworten. Er nahm den Umschlag, sperrte seine Kabine auf und ließ sich in die Koje fallen. Die anderen beiden gingen weiter zu ihren Kabinen, und als Fred seinen Schlüssel aus der Hosentasche holte, sagte Ray: »Es tut mir leid, daß ich umgefallen bin. Es tut mir wirklich leid.«

Chief Petty Officer Cernic drehte sich um und flüsterte dem jungen Lieutenant ganz leise zu: »Sie haben Ihr Bestes gegeben, Sir. Ich kenne Männer, die für sehr viel weniger ihren Orden bekommen haben.«

KAPITEL ACHT

Fred Cernic fühlte sich in seiner Kabine wie eingesperrt. Lieutenant Commander Hunter hatte ihm den ganzen Vormittag nicht erlaubt, sie zu verlassen, und ihm von einem Steward das Mittagessen bringen lassen, das aus Kartoffelsuppe, kurz gebratenem Lendensteak, rote Bete, Käse, Schwarzbrot und einer Kanne Kaffee bestand. Er aß es allein, während seine beiden Kameraden oben im Speisesaal Mrs. Westenholz und ihrer Tochter eine Lüge nach der anderen auftischten.

»... und dann trafen wir zwei russische Bauern, die uns in ihr Haus einluden und uns schwarzgebrannten Wodka zu trinken gaben ... und ehe wir uns versahen, hatte sich Fred die zweite Flasche geschnappt ... er ist herumgetorkelt und hat Sachen umgeworfen, und am Schluß mußten wir ihn in der Scheune einsperren, bis er vor lauter Suff das Bewußtsein verlor, und dann haben Ray und ich ihn am frühen Morgen zurück aufs Schiff geschleppt. Die Russen haben sich halb tot gelacht.«

»Oh, wie schrecklich«, sagte Jane. »Dabei ist Fred doch so ein netter Mann.«

»Das ist er, wenn er nüchtern ist, Jane, aber Sie würden ihn nicht wiedererkennen, wenn er etwas getrunken hat. Wir haben ihn unter anderem auch deshalb mit auf diese Reise genommen, um ihn von den Bars zu Hause fernzuhalten. Wie konnten wir auch ahnen, daß er sich hier, am Ende der Welt, eine Flasche Wodka schnappen würde?«

»Und wo ist er jetzt? Sind Sie sicher, daß es ihm gut geht?«

»Doch, doch. Er ist in seiner Kabine und schläft seinen Rausch aus. Er wollte nichts zum Mittagessen. Ich schätze, daß er gegen abend wieder halbwegs auf den Beinen sein dürfte, aber es ist wohl besser, wenn wir allein unser Abendbrot essen. Ich möchte nicht, daß er in die Nähe von Wein oder irgendwelchem sonstigem Alkohol kommt.«

»Dafür habe ich vollstes Verständnis, Ricky. Sollte ich Fred später sehen, werde ich ihn nicht darauf ansprechen ... aber ich bin froh, daß Sie es mir gesagt hatten. Ach, übrigens, haben Sie meinen Brief bekommen.«

»Natürlich, Jane. Und ich weiß zu schätzen, was Sie über mich geschrieben haben. Vielleicht können wir uns ja heute abend auf einen Drink treffen, wenn wir Fred zu Bett gebracht haben.«

Jane Westenholz lächelte und legte ihre Hand auf die des großgewachsenen SEALs. »Dann können Sie mir ja vielleicht erzählen, was Sie daheim in den Staaten machen«, sagte sie. »Ich finde, Sie sind in dieser Hinsicht ein bißchen zu geheimniskrämerisch.«

»Da gibt es nicht viel zu erzählen, Jane«, sagte der Lieutenant Commander. »Aber wenn es Sie nicht langweilt, werde ich Ihnen die Höhepunkte schildern.«

Rick schenkte Mrs. Westenholz sein schönstes Bauernburschen-Lächeln und verließ zusammen mit Ray den Speisesaal. Die *Michail Lermontow* fuhr mit 25 Knoten Geschwindigkeit durch das flache Wasser des Onegasees nach Süden. Am Nachmittag des nächsten Tages würde sie in St. Petersburg ankommen.

Nachdem er Ray in seine Kabine geschickt hatte, begab sich Rick zum Büro des Zahlmeisters und fragte, ob man über Funk ein Telegramm in die USA schicken könne. »Damit meine Freundin weiß, daß es mir gutgeht«, sagte er lächelnd zu dem dunkelhaarigen Mädchen, das ihm ein Formular reichte. Als Empfänger trug er Sally Harrison ein, gefolgt von einer Telefonnummer mit der Vorwahl 301. Darunter schrieb er folgende Worte: »Alles in Ordnung. Freddie geht es gut. Rick.«

Er gab der jungen Frau einen Fünf-Dollar-Schein und bat sie, das Telegramm so rasch wie möglich durchzugeben.

Zwei Stunden später hob 10000 Kilometer weiter östlich in Maryland Lieutenant John Harrison einen Telefonapparat in

Admiral Morris' Büro ab und notierte um 0600 Ortszeit die Meldung, die ihm der Mann der Telegrammgesellschaft durchgab. Er hatte keine Ahnung, von wem sie kam und was sie bedeutete, aber er hatte strikte Anweisung, jedes mit »Rick« unterschriebene Telegramm unverzüglich Admiral Morgan persönlich zu melden.

Sofort griff er zu einem anderen Apparat, der direkt mit dem Büro des Nationalen Sicherheitsberaters verbunden war und berichtete Arnold Morgan, der nach dem ersten Klingeln abhob, von dem erhaltenen Telegramm.

»Sehr schön«, sagte der Admiral und legte auf. Er sprang auf und machte vor Freude ein paar Boxhiebe in die Luft. »Die Jungs haben es geschafft!« rief er aus. »Jetzt werden wir diesen verdammten Russen mal zeigen, daß wir uns von ihnen nicht auf der Nase herumtanzen lassen.«

Im Norden Rußlands steuerte das Ausflugsboot weiter seinen Kurs und erreichte kurz nach dem Mittagessen das südliche Ende des Onegasees. Mit verminderter Geschwindigkeit fuhr es in den gewundenen und an vielen Stellen seichten Fluß Swir ein, der den Onegasee mit dem 150 Kilometer entfernten Ladogasee verbindet. Als die *Michail Lermontow* diesen See erreichte, war bereits der Abend angebrochen.

Rick Hunter ging Mrs. Westenholz unter dem Vorwand aus dem Weg, daß er sich um Fred kümmern müsse, der seine Kabine immer noch nicht verlassen durfte. Auch am folgenden Vormittag, als das Schiff 100 Kilometer lang den Ladogasee an der Südflanke durchquerte, konnte der Chief Petty Officer nicht an Deck. Vom Südwestende des Sees waren es dann nur noch knappe 50 Kilometer die Newa hinauf bis nach St. Petersburg.

Als das Schiff dort angekommen war, verabschiedeten sich Lieutenant Commander Hunter und seine Männer von Jane und ihrer Tochter und stiegen in einen Wagen, der dort bereits auf sie wartete und sie direkt zum Flughafen brachte.

Kaum eine Stunde später saßen sie bereits in einem Flugzeug der Finnair, das sie ins 300 Kilometer entfernte Helsinki brachte. Jane Westenholz sollte nie erfahren, wer ihre Reisebekanntschaften in Wirklichkeit waren.

Unter dem wachsamen Auge des amerikanischen Satelliten KH-111 bewegten sich die beiden Lastkähne majestätisch langsam auf der Wolga nach Norden. Kapitän Igor Wolkow fuhr den riesigen, drei Fußballfelder großen Tolkatsch-Doppelschubverband vom hinteren Steuerhaus aus, während sein 24jähriger Sohn Iwan 300 Meter vor ihm am vorderen Ruder stand. Dahinter folgte ein kleinerer, 200 Meter langer Lastkahn.

Am Abend des 25. April hatten sie die Stadt Wolsk mit ihren großen Zementwerken erreicht, aus deren Schornsteinwald gelblicher Qualm aufstieg. Die enorme Staubwolke, die ständig über der Stadt lag, hatte Admiral Morgan sogar auf den Satellitenfotos erkennen können.

Die beiden Schiffe, die zusammen einen halben Kilometer der Wolga einnahmen, fuhren in ihrem behäbigen Konvoi langsam durch ein sich an beiden Ufern des Flusses erstreckendes Industriegebiet auf die alte Universitätsstadt Kasan zu.

Am 27. April glitten sie bei leichtem Nieselregen an Sysran vorbei, einer Stadt mit vielen rußgeschwärzten Schloten und alten, aus Ziegeln erbauten Fabriken, die aussahen, als stammten sie noch aus der Zeit der Industriellen Revolution. Die Satellitenbilder waren auf diesem Abschnitt der Reise wegen der Regenwolken von leider nur schlechter Qualität, zeigten aber dennoch die Position der beiden Kähne. »Spätestens am 6. Mai dürften sie Nischnij Nowgorod erreicht haben«, informierte Admiral Morris Arnold Morgan.

Vier Tage später, in der Nacht des 1. Mai, als sich die SEALs im regendurchnässten Wald am Onegasee mit den Behältern abplagten, erreichten die riesigen Lastkähne Uljanowsk, die Geburtsstadt von Wladimir Iljitsch Lenin. Kapitän Wolkow sah den Namenszug der Stadt in roten Neonlettern an dem neuerbauten Anleger prangen. Als die beiden Tolkatschs daran vorbeifuhren, ließ er einmal kurz das Horn seines Schiffs ertönen. Die Arbeiter vom Nachtdienst kannten Igor Wolkow und winkten zurück, während die beiden Tolkatschs, ohne größere Wellen zu verursachen, auf dem glatten, schwarzen Wasser des Flusses an den Docks vorbeiglitten.

Von hier aus waren es nur noch 160 Kilometer bis Kasan. Die Wolga war hier bis zu 30 Kilometer breit und glich mehr einem See als einem Fluß. Kurz vor Kasan machte sie eine scharfe Linkskurve um 90 Grad, welche die Tolkatschs am frühen Morgen des 3. Mai durchfuhren. Auf den 400 Kilometern, die noch bis Nischnij Nowgorod zurückzulegen waren, wurde der Fluß wieder bedeutend schmäler.

Die amerikanischen Satelliten ließen die Kähne die ganze Strecke über nicht aus den Augen. George Morris und Arnold Morgan saßen jede Nacht in Fort Meade und sahen sich die Fotos von den drei Kilo-Booten auf der Sormowo-Werft und den drei Tolkatschs an, die sich ihnen langsam, aber beständig näherten. Eines der U-Boote war noch immer eingerüstet, aber die beiden anderen kamen den amerikanischen Admirälen so gut wie fertiggestellt vor.

Zwischen Kasan und Nischnij Nowgorod fließt die Wolga an Wäldern und sanften grünen Hügeln entlang, zu deren Füßen sich ab und zu kleine Ortschaften ducken. Es ist eine stille, ländlich geprägte Landschaft, in welche die beiden riesigen Transportkähne in etwa so gut hineinpaßten wie Rambo ins Ballett *Schwanensee*.

Am Morgen des 7. Mai erreichten sie Nischnij Nowgorod, fuhren auf dem eineinhalb Kilometer breiten Fluß eine Wende um 180 Grad und machten am Verladekai der *Strelka* fest, der sich genau an der Mündung des Flusses Oka in die Wolga befindet. Dort lagen sie vor einem Wald von Lastkränen, hinter denen die große Alexander-Newski-Kathedrale aufragte. Die Kähne befanden sich nun mit dem Bug nach Nordosten im Wasser der Oka, keine 400 Meter von den Kilos entfernt.

Ein paar Stunden später starrten die Admiräle Morgan und Morris und Fort Meade auf die neuesten Satellitenbilder.

»Wie lange werden sie dort wohl liegenbleiben, George?« fragte Arnold Morgan.

»Nun, wenn wir annehmen, daß alle drei Kilos abgeholt werden, ist das Gerüst an dem dritten Boot ein guter Anhaltspunkt. Ich weiß zwar nicht genau, wie lange es dauert, so eine schwere Last zu verladen und auf den Kähnen zu sichern, aber einen Tag wird das pro Boot mindestens dauern. Ich schätze, daß die Lastkähne frühestens in zehn Tagen ablegen dürften – das wäre der 17. Mai. Noch wahrscheinlicher wäre meiner Meinung nach allerdings die erste Juniwoche.«

»Wissen Sie, wie man die Dinger verlädt?«

»An Land werden die Rümpfe auf mehrachsigen Gleisfahrzeugen transportiert, so, wie wir das mit unseren Booten auch machen. Wir lassen sie dann allerdings mit hydraulischen Kränen direkt ins Wasser. Ob das auch mit Lastkähnen funktioniert, weiß ich nicht, aber es muß wohl möglich sein. Wenn es uns gelingt, genau im richtigen Moment eine Aufnahme zu machen, erfahren wir vielleicht etwas, was wir bisher noch nicht wußten.

Manchmal verladen die Russen ihre U-Boote ja auch auf spezielle Hochseefrachter, aber das funktioniert dann nach dem Prinzip des Schwimmdocks: Die Rümpfe der Frachter werden geflutet, so daß das U-Boot in die Ladebucht gezogen werden kann. Dann pumpen sie die Tanks wieder leer, und die Frachter kommen mitsamt dem U-Boot aus dem Wasser. Die Lastkähne sehen zwar ein wenig anders aus, aber es wäre möglich, daß der Verladevorgang bei ihnen ähnlich abläuft. Das würde dann allerdings meiner Schätzung nach drei Tage pro Boot dauern.«

»Gut«, sagte Arnold Morgan. »Bei einer Geschwindigkeit von fünf Knoten brauchen die Kähne dann fünf Tage bis hinauf zum Onegasee. Somit könnten sie frühestens am 22. Mai dort ankommen.«

Im Kopf rechnete er sich aus, daß ein Touristenboot, das zur selben Zeit wie die Lastkähne am Nordende des Sees seinen Halt im Grünen machte, drei Tage zuvor in St. Petersburg ablegen müßte.

»Wir sollten sicherstellen, daß wir Plätze auf jedem Ausflugsdampfer buchen, der ab dem 19. Mai von St. Petersburg losfährt«, sagte er mehr an sich selbst als an Admiral Morris gewandt. »Wenn wir die erst mal haben, brauchen wir nur noch für den entscheidenden Tag ein paar Namen auszuwechseln.«

Und so kam es, daß die CIA wieder einmal bei verschiedenen Reisebüros Reisen nach Rußland buchte – und zwar zwei Doppelkabinen auf dem Oberdeck und eine Einzelkabine weiter unten an Bord eines jeden Ausflugsschiffs der Odessa-American Line, das zwischen dem 19. Mai und dem 10. Juni von St. Petersburg hinauf zum Onegasee fuhr. Solange die Kilos noch auf der Werft verblieben, würde eine unbestimmte Anzahl von jungen Amerikanern in den Genuß einer kostenlosen Reise durch die idyllische Kanal- und Seenlandschaft Nordrußlands kommen.

Bis zum 31. Mai waren 50 in ganz Europa tätige Angestellte von amerikanischen Konsulaten und Firmen in diesen vom Staat bezahlten Genuß gekommen, als sich am 1. Juni in Nischnij Nowgorod etwas tat. Der Satellit KH-111 fotografierte eines der Kilos auf dem Weg von der Werft zum Kai, und 20 Stunden später zeigte das nächste Bild, daß sich das Boot bereits an Bord des ersten Lastkahns befand. Auch das Gerüst am dritten Kilo war auf einmal nicht mehr da.

»O Gott«, sagte George Morris. »Jetzt geht's los. Ich schätze, daß die Kähne am 3. oder 4. Juni ablegen dürften.«

Arnold Morgan rief Admiral Bergstrom in Coronado an, der ihm mitteilte, daß die SEALs jederzeit einsatzbereit seien. Morgan müsse ihm nur den Tag mitteilen, an dem sie von St. Petersburg abfahren sollten und auf welchem Schiff für sie reserviert war. Fürs erste werde Bergstrom das Team schon mal nach St. Petersburg fliegen und sich dort in einem Hotel einquartieren lassen.

Als sich Lieutenant Commander Rick Hunter einen Tag später unter falschem Namen im Hotel Pulkowskaja in der Nähe des Flughafens von St. Petersburg einschrieb, hatte er nicht mehr das gleiche Team bei sich wie bei seinem ersten Einsatz in Nordrußland. Zwar war Lieutenant Ray Schaeffer wieder mit von der Partie, aber Chief Petty Officer Fred Cernic war zu Hause in Kalifornien geblieben. Dafür waren zwei weitere SEALs, ein 30 Jahre alter Petty Officer namens Harry Starck und Jason Murray, ein sehr viel jüngerer Seemann, bereits vor Ort und erwarteten ihn. Am 29. Mai war auch Angela Rivera, eine erfahrene CIA-Agentin Ende dreißig in St. Petersburg eingetroffen. In ihrem Gepäck hatte sie einen Koffer mit Schminke und einigen Perücken, von denen sie manche offenbar noch nie zuvor gesehen hatte.

Als sie die Perücken nacheinander aufprobierte, sagte sie bei einer, deren Haare ihr tief in die Stirn hingen, etwas, was bei Ray Schaeffer einen hysterischen Lachanfall auslöste. »Gott im Himmel«, stöhnte sie, »das ist ja so, als würde man einem Yak aus dem Arschloch schauen.«

Am Nachmittag des 4. Juni waren alle drei Kilos auf die Tolkatschs verladen, und im Morgengrauen des nächsten Tages zogen vier Schlepper die schweren Kähne mit ihrer 900-Millionen-Dollar-Fracht vom Verladekai der Sormowo-Werft hinaus in den Fluß. Als sie in der Mitte der Wolga waren, ließ Kapitän Wolkow die Maschinen an, und sein riesiger Schubverband setzte sich, in fünfzig Metern Abstand vom kleineren Tolkatsch gefolgt, langsam in Bewegung.

Jedem Kilo waren drei bewaffnete russische Soldaten zugeteilt, die es nach einem genau eingeteilten Turnus bewachen sollten. Der Leutnant, dem die neun Soldaten unterstellt waren, befand sich auf Kapitän Wolkows Schiff. Wenn der Verband das Weiße Meer erreicht hatte, würden die Kilos vermutlich mit ihren Dieselmotoren in Oberflächenfahrt bis Poljarny marschieren, wo sie ihr Testprogramm zu absolvieren hatten. Wenn dieses abgeschlossen war, würden sie wohl den Atlantik hinunter nach China fahren, höchstwahrscheinlich eskortiert von vier schwerbewaffneten russischen Lenkwaffenfregatten mit U-Boot-Jagd-Ausrüstung, die aus Torpedos, Wasserbomben und speziellen U-Boot-Abwehrmörsern bestand, die eine Reichweite von über 6000 Metern hatten.

Der Satellit KH-111 fotografierte die Kähne mit den Kilos kurz nach ihrem Auslaufen. Zwei Stunden später, um 2346 amerikanischer Ostküstenzeit, hatte George Morris die Bilder in seiner Hand. Er verständigte Admiral Morgan, der wiederum in Coronado anrief, wo Admiral Bergstrom, um 2122 Pazifikzeit das Startzeichen für die Operation »Nördliche

Hochzeit« gab. Am Morgen des 7. Juni sollten die SEALs um 0800 mit dem russischen Ausflugsschiff *Juri Andropow* in St. Petersburg ablegen.

Das bedeutete für Rick und seine Leute, daß sie weitere zwei entsetzlich langweilige Tage im Hotel verbringen mußten. Inzwischen verließen die Lastkähne die in Teilen aus dem 13. Jahrhundert stammende Stadt Nischnij Nowgorod, die sich mit ihren eineinviertel Millionen Einwohnern gern als die dritte Hauptstadt Rußlands bezeichnete.

Kapitän Wolkow fuhr mit einer beständigen Geschwindigkeit von fünf Knoten stromauf an den dunkelgrünen Wäldern vorbei, die sich am rechten Flußufer erstreckten und den Grundstock für die Holzindustrie am Mittellauf der Wolga bildeten. An vielen Stellen des Flusses kamen die Menschen aus den umliegenden Dörfern zusammen, um die drei tiefschwarzen Unterseeboote vorbeigleiten zu sehen.

Langsam arbeiteten sie sich nach Norden in Richtung Jurewets vor, wo die Wolga abrupt nach links abbiegt und sehr viel schmäler wird. Diese Strecke gehört zu den schönsten am ganzen Fluß und führt unter anderem durch die malerische, im 19. Jahrhundert entstandene Künstlerkolonie von Plyos, wo weiße, an Schweizer Chalets erinnernde Häuser die Ufer säumen. Danach durchfließt der Fluß die neoklassizistische Stadt Kostroma, die für ihre Literatur, ihre Kunstwerke und ihre filigranen Silberarbeiten bekannt ist. In diese Stadt, die Leo Tolstoi häufig besucht hatte, wäre Zar Nikolaus II. nach seinem Sturz gern verbannt worden.

Die Tolkatschs mit den drei Kilo-Booten hielten hier ebensowenig an wie in Jaroslawl, einer alten Gebietshauptstadt, der man in moderner Zeit eine häßliche, stinkende Reifenfabrik verpaßt hatte.

Am 7. Juni um 2200 glitten sie an der 30 Meter hohen Statue einer Kriegerin vorbei, welche die Einfahrt zum Stausee von Rybinsk bewacht. Sie befanden sich jetzt etwa auf halber Strecke zwischen Nischnij Nowgorod und der Mitte des Onegasees, und Kapitän Wolkow fuhr unbeirrt weiter durch die Nacht, wobei er manchmal mit seinem Sohn im 300 Meter entfernten vorderen Steuerhaus telefonierte. Die Wachsoldaten der russischen Marine versahen weiterhin ihren Dienst, indem sie mit slawischem Gleichmut vor den U-Booten auf und ab liefen.

Auf dem 9500-Tonnen-Schiff *Juri Andropow*, benannt nach dem einstmaligen KGB-Chef, der Anfang der 80er Jahre für kurze Zeit der Führer des Sowjetimperiums war, ging es zur selben Zeit hoch her. Das Schiff war bis auf den letzten Platz ausgebucht, und auch die begehrten Luxuskabinen auf dem Oberdeck, dem Deck Nummer vier, waren alle belegt. Jede dieser Suiten bestand aus zwei Schlafzimmern mit eigenen Bädern, die durch einen kleinen Salon miteinander verbunden waren, und boten sehr viel mehr Komfort als die zehn Einzelkabinen, die vor dem Umbau des Schiffs an ihrer Stelle gewesen waren.

Die ersten beiden Suiten hatten vier Amerikaner gebucht. In Nummer 400 wohnten der 76 Jahre alte Boris Andrews und sein ein Jahr jüngerer Schwager Sten Nichols, die beide aus einem Vorort von Minneapolis kamen. In Suite Nummer 401 residierte Andre Maklov, ein 78jähriger Diabetiker aus White Bear Lake bei St. Paul. Sein »Zimmergenosse« war der vollbärtige Tomas Rabovitz, ein fast jugendlich wirkender 74jähriger aus dem nördlich von Minneapolis gelegenen Coon Rapids.

Die vier Männer kannten sich schon lange und hatten monatelang auf diese Reise gespart. Alle hatten sie Vorfahren in Nordrußland und wollten die Heimat ihrer Väter besuchen, solange es ihnen ihre Gesundheit noch erlaubte. Mr. Andrews war allerdings jetzt schon nicht mehr so gut auf den Beinen. Er würde bald ein neues Hüftgelenk bekommen und konnte sich bis dahin nur mit Hilfe eines Stocks und häufig eingenommener Schmerztabletten bewegen.

Die vier alten Herren hatten zusammengelegt und sich für die Fahrt ins Land ihrer Herkunft eine Krankenschwester angeheuert, die in einer eigenen Kabine zwei Decks unter den ihren wohnte. Zu ihren Aufgaben gehörte es, ihre Schützlinge während der Reise zu betreuen und dafür zu sorgen, daß keiner von ihnen zu lange allein blieb. Ihr Name war Edith

Dubranin, und obwohl auch sie russische Vorfahren hatte, war die 52jährige noch nie in ihrem Leben aus dem Mittelwesten der Vereinigten Staaten herausgekommen. Edith war eine streng wirkende, patente Frau, die lange Jahre in einem Krankenhaus von Chicago gearbeitet hatte. Sie war einsvierundfünfzig groß und hatte helle Haut und ganz offensichtlich gefärbte, blonde Haare. Ihren neuen Job als Privatschwester übte sie in grauem Rock und weißem Blazer aus, und sah dabei so förmlich aus, wie auch ihr Umgang mit ihren Schützlingen war.

So nannte sie die vier älteren Herren niemals beim Vornamen, sondern stets Mr. Andrews, Mr. Nichols, Mr. Maklov und Mr. Rabovitz. Sie kümmerte sich um ihre Wäsche, sorgte dafür, daß sie rechtzeitig ihre Medikamente einnahmen und begleitete sie zu den Mahlzeiten, wo sie mit ihnen an einem Fünfertisch saß und dafür sorgte, daß die Bedienung reibungslos funktionierte.

Am ersten Morgen an Bord hatten die fünf nach dem Frühstück einen langsamen Verdauungsspaziergang über die Decks gemacht und sich die Ufer der Newa angesehen, die hier, auf den 60 Kilometern zwischen St. Petersburg und dem Ladogasee ausladend breit war. Mr. Andrews, ein großer Mann, der wegen der Schmerzen in seiner Hüfte immer etwas gebückt daherkam, sprach nur sehr wenig und wenn, dann nur mit Mr. Nichols. Mr. Rabovitz hingegen redete fast ständig mit Edith Dubranin, während Mr. Maklov ein Spaziergang an Deck schon nach wenigen Minuten zu ermüden schien.

Die Krankenschwester hatte dafür gesorgt, daß auf dem abgeschirmten Promenadedeck direkt vor den beiden Suiten fünf Liegestühle für sie und ihre Schützlinge aufgestellt wurden.

Erst am Spätnachmittag des ersten Reisetages hatte die kleine Gruppe aus dem Mittelwesten ihren ersten Kontakt mit den Offizieren des Schiffs, als ein gewisser Oberst Borsow ihnen in makellosem Englisch seine Aufwartung machte. Er sei, so sagte er, der ranghöchste Offizier an Bord und wolle sich persönlich vergewissern, daß es seinen am meisten geschätzten Passagieren an nichts fehle. Der Mann hatte, wie viele Offiziere auf diesen Ausflugsschiffen, eine eindeutig militärische Ausstrahlung.

Überraschenderweise war es der alte Mr. Andrews, der die Unterhaltung in die Hand nahm, seine Freunde vorstellte und dem Schiffskommissar mit zittriger Stimme versicherte, wie wohl sie sich an Bord fühlten und wie sehr ihnen die Landschaft gefiel. Er sagte auch, was für ein erhebendes Gefühl es für ihn sei, als erster seiner Familie seit vier Generationen wieder in Rußland, dem Land seiner Väter, zu sein. Oberst Borsow fragte, woher denn seine Familie stamme, und lächelte, als Andrews antwortete: »Aus Archangelsk, oben am Weißen Meer.«

»Meine Familie kommt ursprünglich aus der Ukraine«, sagte er. »Wie die von Leonid Breschnew.«

»Vielleicht werden Sie ja auch einmal Präsident«, meldete sich Mr. Maklov zu Wort, der sich mit dem Zeigefinger über seinen weißen Schnurrbart strich. »Einem so höflichen und wohlerzogenen Mann wie Ihnen müßte das doch eigentlich gelingen.«

Der Oberst lächelte abermals. »Vielen Dank für das Kompliment, Sir, aber mit der Politik habe ich nichts am Hut. Aber vielleicht werde ich ja eines Tages der Direktor dieser Schiffahrtsgesellschaft, wer weiß?«

»Dazu wünsche ich Ihnen alles Gute«, sagte Mr. Andrews. »Ein bißchen gesunder Ehrgeiz hat noch keinem geschadet.«

»Stimmt«, sagte Mr. Maklov. »Zumindest, solange man jung ist. Wenn ich damals in meinen ersten Jahren in der Versicherungsbranche keinen Ehrgeiz gezeigt hätte, wäre ich heute nicht da, wo ich jetzt bin.«

»Und das wäre sehr schade, was Ihre Anwesenheit auf der *Juri Andropow* betrifft«, sagte der Oberst galant. »Haben Sie übrigens schon einmal einen Blick in das kleine Museum geworfen, das wir an Bord haben? Es befindet sich unten auf Deck Nummer zwei und ist Juri Andropow gewidmet, nach dem das Schiff benannt ist. Ich kann Ihnen einen Besuch dort nur wärmstens ans Herz legen. Sie werden es bestimmt sehr interessant finden. Wußten Sie, daß Juri Andropow ein Liebhaber von amerikanischem Jazz war? Er stammte aus Zentralrußland und ist leider viel zu früh verstorben.« Daß Andropow ein kommunistischer Hardliner und ein rücksichtsloser Chef des KGB gewesen war, erwähnten weder Oberst Borsow noch das Museum.

»Vielen Dank für den Tip«, sagte Mr. Andrews. »Wir werden uns das Museum noch vor dem Abendessen anschauen. Es war sehr anregend, mit Ihnen zu plaudern.«

Miss Dubranin brachte den Oberst nach draußen. »Die Herren fühlen sich sehr geehrt durch Ihren Besuch«, sagte sie. »Sie sind so reizende alte Männer, finden Sie nicht auch? Wie schade, daß Mr. Maklov und Mr. Andrews sich so schwer mit dem Laufen tun. Trotzdem habe ich noch kein Wort der Klage von ihnen gehört.«

»Es war mir ein Vergnügen, Miss Dubranin«, sagte der Oberst. »Was haben die Herren eigentlich zu Hause in den USA gemacht?«

»Mr. Andrews war Großhändler für Automobilersatzteile und Mr. Maklov Versicherungsvertreter. Mr. Nichols hat, soviel ich weiß, früher einmal für Mr. Andrews gearbeitet, und Mr. Rabovitz war Einkäufer für ein Bekleidungshaus in Minneapolis.«

»Dann waren sie ja wohl alle Säulen des westlichen Kapitalismus«, meinte Oberst Borsow schmunzelnd.

»Soviel ich weiß, hat dieser Kapitalismus mittlerweile auch bei Ihnen Einzug gehalten, Herr Oberst«, gab die Krankenschwester zurück.

»Zweifelsohne«, sagte der Russe. »Zweifelsohne. Aber ich muß jetzt weiter, Miss Dubranin. Ich hoffe sehr, daß wir unsere interessante Unterhaltung recht bald einmal fortsetzen können.«

Miss Dubranin sah ihm nach, wie er hinunter zum nächsten Deck stieg. Dann kehrte sie in die Kabine zurück und setzte sich an den Tisch. »Sehr schön«, sagte sie vorsichtig.

Als sie und die vier Herren eine Weile später hinunter in den hufeisenförmigen Speisesaal gingen, schauten sie im Schiffsmuseum vorbei und betrachteten die Ausstellungsstücke, die sich alle mit dem 1984 verstorbenen Generalsekretärs der Kommunistischen Partei befaßten: Bilder seines

Geburtsorts Rybinsk, Bilder von Andropow im Kreml und in Marineuniform beim Abnehmen einer Paradeformation der in Rybinsk beheimateten Marineakademie. Andropow, der den totalen Kollaps des sowjetischen Wirtschaftssystems nicht mehr miterlebt hatte, war als einer der letzten der alten Politgarde bis zu seinem Tod ein glühender Anhänger von Wladimir Iljitsch Lenin gewesen, der wie er an der Wolga geboren worden war und im Kommunismus das Heil der Menschheit gesehen hatte.

»Was für ein Arschloch«, murmelte Andre Maklov, als er und seine Freunde das Museum verließen und zusammen mit ihrer Krankenschwester langsam zum Speisesaal schlurften. Mr. Andrews humpelte sichtbar stärker als am Vormittag, und zwei ältere Damen, an deren Tisch er vorbeiging, blickten ihm mitleidig hinterher. Sie wußten, was es bedeutete, alt und körperlich nicht mehr fit zu sein.

Nach dem Abendessen standen die vier alten Herren mit vielen anderen Passagieren an Deck und blickten hinüber zum Ufer. Um acht Uhr drosselte der Kapitän die Maschinen für die Nacht.

Am nächsten Tag sollte die Reise zu einigen Inseln im Ladogasee gehen und dann wieder nach Süden in den Fluß Swir, der am Südostufer aus dem See floß. Etwa 160 Kilometer weiter nordöstlich mündete der Swir in der Nähe der Hafenstadt Wosnessenje in den Onegasee, wo das Schiff, das auf dem Fluß nicht schneller als acht Knoten fahren konnte, am frühen Morgen des 9. Juni eintreffen und für den Rest der Nacht vor Anker gehen würde.

Danach würde die *Juri Andropow* einen Tag lang nach Norden fahren bis zur Insel Kischi mit ihren spektakulären Holzkirchen und dann zwischen den Inseln in der Mitte des Sees vor Anker gehen. Am 10. Juni ging es dann noch weiter nach Norden hinauf, wo das Schiff gegen Abend am Nordwestufer des Sees seinen Halt im Grünen machen würde.

Langsam kannten alle Passagiere an Bord die vier Herren aus Minnesota, die bei den Mahlzeiten immer unter sich blieben und auch dann, wenn sie einmal in der kleinen Bar am Heck des Schiffs ihren Kaffee und ab und zu ein Glas armenischen Brandy tranken, nur selten mit anderen Reisenden ins Gespräch kamen. Dafür waren sie sehr an den wehmütigen Liedern interessiert, welche die russischen Passagiere unweigerlich anstimmten, wenn sie genügend Wodka intus hatten. Außerdem schlossen sie Freundschaft mit Pjotr, einem jungen, blonden Steward, der am Nachmittag und frühen Abend in der Bar bediente. Pjotr erzählte Mr. Andrews häufig davon, wie gern er sich eines Tages einen gebrauchten amerikanischen Wagen kaufen würde. Mr. Andrews hörte wohlwollend zu, sagte aber nur selten etwas.

Jeden Morgen weckte Schwester Dubranin ihre vier Schützlinge und brachte ihnen frische Wäsche. Die Tatsache, daß sie zwischen Viertel vor sieben und dem Frühstück, das um acht Uhr serviert wurde, in den Kabinen blieb, hätte sicherlich für einigen Klatsch auf dem Oberdeck gesorgt, wenn sie und ihre Klienten etwas jünger gewesen wären.

Auch am 10. Juni standen die fünf früh auf und sahen von Deck aus zu, wie das Schiff ankerauf ging und mit langsamer Fahrt auf die Nord-Süd-Durchfahrt im Nordosten des Sees zufuhr. Den größten Teil des Vormittags steuerte der Kapitän am landschaftlich wunderschönen Westufer entlang, während eine Führerin über die Lautsprecheranlage des Schiffs die Sehenswürdigkeiten und Geschichte dieser abgelegenen, bäuerlich geprägten Gegend erklärte.

Gegen Mittag beschleunigte die *Juri Andropow* und machte sich auf den Weg zu ihrem Halt im Grünen, den sie um halb sieben am Abend erreichen sollte. Auf Boris Andrews' Uhr war es genau 12 Uhr 52, als das Schiff den Konvoi mit den drei U-Booten erreichte, der schwerfällig die zentrale Fahrrinne entlangtuckerte.

Obwohl an diesem Tag nicht viel Schiffsverkehr auf dem See war, warteten bereits fünf große Frachter darauf, daß sie die langsamen Tolkatsch-Kähne überholen konnten. Die *Juri Andropow* mit ihrem geringeren Tiefgang war nicht auf das tiefe Wasser der Hauptfahrrinne angewiesen und konnte deshalb mühelos an den Schiffen vorbeiziehen. Zusammen mit den meisten anderen Passagieren standen Schwester Dubranin und ihre vier alten Herren an der Reling und bestaunten die drei russischen Kilo-Boote und die Kähne, auf denen sie transportiert wurden. So riesige Binnenschiffe hatte keiner der Passagiere jemals zuvor gesehen. Aus der Lautsprecheranlage des Schiffs kam der Hinweis, daß dieser Anblick eigentlich nichts Ungewöhnliches sei, denn die Kähne befuhren die übliche Sommerroute für Schiffe, die in der berühmten Sormowo-Werft in Nischnij Nowgorod neu erbaut oder überholt worden seien. Außerdem erklärte die Führerin, daß zu Sowjetzeiten diese »geheime« Binnenwasserstraße über ein halbes Jahrhundert lang als Transportweg für Kriegsschiffe gedient habe. Allerdings nur im Sommer, fügte die Frau an, denn zwischen Oktober und April seien die Seen, Flüsse und Kanäle allesamt zugefroren.

Die Wasserstraße von der Wolga bis zum Weißen Meer, so tönte es weiter aus den Lautsprechern, sei ein großartiger Beweis für die weise Voraussicht der kommunistischen Führung, auf deren Geheiß diese »beispiellosen« Kanäle angelegt worden seien, die Flüsse, Seen und Meere miteinander verbanden. Ein derart gut ausgebautes System von für große Schiffe befahrbaren Binnenwasserstraßen suche man in der westlichen Welt vergebens. Was die Frau nicht erwähnte, waren die Tausenden von Menschenleben, die der Bau des Belomorski-Kanals gekostet hatte.

Als die *Juri Andropow* die Kähne mit den U-Booten an Steuerbord passierte, bemerkten Mr. Andrews und Mr. Maklov die drei Wachsoldaten, die den Passagieren des Ausflugsschiffs freundlich zuwinkten, während der Kapitän das Schiffshorn betätigte. Mr. Nichols bewunderte in sprachlosem Staunen die schiere Größe der drei auf den Tolkatschs festgezurrten Unterseeboote.

Die vier alten Männer verbrachten den Nachmittag teils in ihren Kabinen, teils an Deck, aber um sechs Uhr kamen sie alle an der Reling zusammen, um die Annäherung des Schiffs an seinen Halt im Grünen mitzubekommen. Während der Kapitän die *Juri Andropow* langsam an den Anleger gleiten und die Maschinen rückwärts laufen ließ, blinzelten sie hinüber ans sonnenbeschienene, mit hohem Gras bewachsene Ufer.

Boris Andrews konnte sich ein leises Kichern nicht verkneifen, als Mr. Maklov murmelte: »Ach, du Scheiße. Das hatten wir doch alles schon mal.« Schwester Dubranin ging ans Heck des Schiffs und blickte nach hinten zu den weit entfernt ankernden Kähnen mit den Unterseebooten. Die Sonne stand noch hoch am Himmel und glitzerte auf dem Wasser des Sees. Die Krankenschwester wußte, daß sie erst in fünf Stunden untergehen und daß selbst dann der Himmel die ganze Nacht über noch hell schimmern würde. Dieses Phänomen nannte man hier, im hohen Norden Rußlands, die »Weißen Nächte«.

Nachdem sie der Mannschaft beim Festmachen des Schiffs zugesehen hatte, ging Edith Dubranin wieder zurück zu ihren Arbeitgebern. Als sie dort ankam, wurde gerade die große Gangway auf den Anleger hinuntergelassen.

Bald gingen die ersten Passagiere an Land, wo sie von einer kleinen Armee von Händlern empfangen wurden, die auf wackeligen Tischen ihre Waren anboten: filigrane Silberarbeiten, eine Unmenge von Schnitzereien, allen möglichen Schmuck, Antiquitäten, kleine Gemälde der Gegend und Gläser mit selbst eingekochter Marmelade.

Fünfzig Meter links vom Anleger entfernt befand sich an einer Sandstraße ein kleines Bauernhaus, das man mit einer gelb-weiß gestreiften Markise und ein paar Tischen im Schatten einer alten Weide in eine Kaffeebar umgewandelt hatte. Auf einem handgemalten Schild stand auf Englisch WELCOME INN. Im Inneren des Gebäudes gab es eine Bar mit drei messingnen Samowaren, zwei Kaffeekannen und diversen Flaschen mit Schnäpsen und Likören.

Etwas weiter im Landesinneren war ein halbes Dutzend Häuser im Bau, die vermutlich einmal Andenkenläden beherbergen sollten, was bei den sechs Touristenschiffen, die im Sommer hier pro Tag anlegten, nicht weiter verwunderlich war.

Aus dem Lautsprechersystem wurde verlautbart, daß die Mannschaft in Anbetracht des schönen Wetters ein Grillfest an Land vorbereiten werde. Die Passagiere könnten es entweder als Picknick betrachten oder ihr gegrilltes Fleisch an Bord verzehren. Gegen eine kleine Gebühr könne man auch an Tischen

Platz nehmen, die Leute aus der Umgebung in der Wiese neben dem Bauernhaus aufgestellt hatten. Zumindest eine der Grundregeln des Kapitalismus hatten die Russen inzwischen begriffen: Man kann immer mehr Geld machen, wenn man mit seinen Rivalen zusammenarbeitet.

Schwester Dubranin zahlte rasch zehn Dollar für einen Tisch am Rand der Wiese und stellte ein mit ihrem Namen versehenes »Reserviert«-Schild darauf. Um halb acht machten ihre Schützlinge noch einmal einen Spaziergang über das Oberdeck, wobei sie noch behäbiger gingen als sonst. An der Steuerbordreling blieben sie stehen und blickten hinüber zu den beiden riesigen Tolkatschs, auf denen in eineinhalb Kilometern Entfernung die drei Unterseeboote K-6, K-7 und K-8 sich dunkel vor dem sonnenhellen Horizont abhoben.

Boris Andrews nickte bedächtig, dann drehten sich die vier ohne ein Wort zu sagen um und schlurften die Gangway hinunter zu gegrillten Steaks und Kartoffeln mit Butter und Sauerrahm. Danach würden sie mit ziemlicher Sicherheit noch viel russisches Schwarzbrot und Käse essen, denn es erwartete sie eine lange Nacht.

Um zehn Uhr, als das Grillfest vorbei war, stand die Sonne immer noch am Himmel und tauchte die Landschaft und den See in ein warmes, gelbliches Licht. Ein sanfter, warmer Wind wehte aus dem Südwesten und strich um den Tisch mit den vier alten Männern.

Stewards gingen mit kleinen Umschlägen, in denen sie Trinkgeld für die Köche, das Reinigungspersonal und die anderen hinter den Kulissen arbeitenden Mannschaftsmitglieder sammelten, von Tisch zu Tisch. Es wurden keine Unsummen erwartet, ein paar Dollar vielleicht, mit denen reiche Leute aus dem Westen unterprivilegierten russischen Arbeitern eine große Freude machen konnten. Auf der Rückfahrt am nächsten Tag würden die Umschläge wieder eingesammelt werden. Um halb elf hatte Boris Andrews fünf von diesen Umschlägen in seiner Tasche.

Eine Viertelstunde später, als an die 50 Passagiere noch immer auf der Wiese saßen, wo man zum Brandy übergegangen war, stand Schwester Dubranin ziemlich ostentativ auf und verkündete, daß sie nun mit ihren Schützlingen noch einen kleinen Verdauungsspaziergang die Straße entlang machen werde. »Aber dann geht es ab ins Bett«, sagte sie mit einer gewissen Strenge in ihrer Stimme zu den Leuten am Nebentisch. »Die Herren haben eindeutig genug von diesem Brandy, oder wie das Zeug hier auch heißen mag, getrunken.«

Ein paar Leute sagten lachend so etwas wie: »Ach seien Sie doch nicht so hart mit den alten Knaben, Edith, lassen Sie ihnen doch ihren Spaß. Schließlich sind sie auf Urlaub hier ...« Aber die Krankenschwester aus Chicago ließ sich nicht beirren. Mit herrischer Stimme befahl sie den alten Männern, mit ihr zu kommen und tief durchzuatmen. »Besonders Sie, Mr. Nichols, mit Ihrem Asthma.«

Kurz darauf konnte man die fünf langsam die kleine Sandstraße hinter der Wiese entlangtapern sehen, wobei Boris Andrews, dem das Gehen sichtlich Schmerzen bereitete, das Tempo der Gruppe bestimmte. »Der arme alte Kerl«, sagte ein Texaner am Nebentisch. »Sie hätte ihn ruhig sitzen lassen können, er hat sich gerade so gut amüsiert.«

Nach zehn Minuten hatten die vier Alten und ihre Krankenschwester erst 600 Meter zurückgelegt und näherten sich unter den Augen der restlichen Passagiere dem Waldrand. Die Sonne sank langsam auf den Horizont zu und glänzte rötlich auf dem See, wo weit entfernt die zwei Tolkatschs mit den Unterseebooten lagen.

Andre Maklov, der vorausging, umrundete langsam eine sanfte Linkskurve, hinter der der nahe Wald die Gruppe vor den Blicken der anderen Passagiere verbarg. Dann blieb er vor einer hohen Fichte stehen und wartete, bis die anderen bei ihm waren. »Seht euch um, Jungs«, sagte er leise. Alle vier spähten zusammen mit Schwester Dubranin in alle Richtungen. Rings um sie war es still, und nirgends war mehr eine Menschenseele zu sehen.

»Okay«, sagte Boris Andrews ruhig und starrte auf das elektronische Instrument, das er auf einmal aus der Tasche gezogen hatte. »Hier sind wir richtig. Es geht los, Leute!«

Er duckte sich und rannte durch das Unterholz hinein in den Wald. Seine drei Gefährten folgten ihm mit erstaunlicher

Behendigkeit, und Schwester Dubranin, die das Ende der kleinen Gruppe bildete, riß sich im Laufen die Perücke vom Kopf. »Ich hasse dieses verdammte Ding«, murmelte sie. Die alten Männer vor ihr bewegten sich mit raschen, sicheren Schritten, und Boris Andrews an ihrer Spitze hatte ein GPS in der Hand, mit dessen Hilfe er eine Stelle ansteuerte, an der er einige Wochen zuvor schon einmal gewesen war.

Hier in diesem Wald, in dem es wegen des dichten Blätterdachs dunkler war als draußen auf der Straße, hörten die Herren Andrews, Nichols, Maklov und Rabovitz mit einemmal auf zu existieren und verwandelten sich in vier Navy-SEALs, an denen die aufgeklebten grauen Bärte, die geschminkten Falten und die Altherren-Polyestheranzüge auf einmal extrem lächerlich aussahen. Auch die strenge, ein wenig ältlich wirkende Krankenschwester Edith Dubranin gab es nicht mehr. Statt ihrer lief die CIA-Agentin Angela Rivera durchs Dämmerlicht des nordrussischen Waldes.

Mit Hilfe des GPS dauerte es nicht lange, bis Rick Hunter den Busch gefunden hatte, unter dem die Behälter vergraben waren. Durch die Bäume konnten sie den Himmel sehen, der jetzt, nach Sonnenuntergang, noch immer in einem klaren, weißen Licht schimmerte.

Nachdem alle ihre Verkleidung abgelegt und auf einen Haufen geworfen hatten, krabbelte Ray Schaeffer unter den Busch und grub mit bloßen Händen nach den Schaufeln. Zwanzig Sekunden später hatte er sie gefunden und lockerte mit einer davon die Erde um die Wurzeln des Buschs, den er und Rick Hunter daraufhin aus der Erde zogen. Der junge Seemann Jason, der vor kurzem noch Mr. Rabovitz gewesen war, mußte ihnen den Rücken freihalten.

»Gehen Sie Patrouille durch den Wald«, sagte Rick Hunter. »Wenn Sie irgend jemanden sehen, warnen Sie uns mit zwei Käuzchenrufen, dann warten Sie, ob derjenige näherkommt. Sollte Gefahr bestehen, daß er uns entdeckt, töten Sie ihn sofort mit dem Kampfmesser. Wir dürfen uns bei diesem Einsatz keinen Fehler leisten.«

Rick Hunter gab ihm das Messer, dann wandte er sich an den Asthmatiker Sten Nichols, der nun Petty Officer Harry

Starck hieß und gar nicht mehr asthmatisch wirkte. »Fangen Sie an, hier zu graben, und legen Sie die Behälter frei. Sie befinden sich nur ein paar Zentimeter unter der Oberfläche, und die Klappen zeigen nach oben.«

Fünf Minuten später war die Klappe des ersten Behälters von der Erde befreit und geöffnet. Während Harry Starck schon den zweiten ausgrub, holte Lieutenant Commander Hunter aus dem ersten vier wasserdicht versiegelte Säcke, in denen je ein Taucheranzug aus Neopren und ein paar Flossen steckten. Auf jeder dieser Ausrüstungen stand in weißen Ziffern eine Nummer, die man als SEAL nach dem Absolvieren der Ausbildung zugeteilt bekommt und für den Rest seiner Karriere in dieser Elitetruppe der U. S. Navy behält.

Angela Rivera breitete Anzüge und Flossen in einer Reihe auf dem Waldboden aus und legte für jeden SEAL dessen Draeger Mk V, einen Atmungsapparat, der unter Wasser weder verräterische Luftblasen noch Atmungsgeräusche von sich gibt, die einen wachsamen Feind auf sich nähernde SEALs aufmerksam machen könnten. In dem Metallzylinder befanden sich 370 Liter Sauerstoff unter einem Druck von 140 Atmosphären. Damit hatte ein ausgebildeter SEAL unter normalen Bedingungen vier Stunden lang Luft zum Atmen, aber bei starkem Streß und hoher Adrenalinausschüttung konnte der Sauerstoff auch in der Hälfte dieser Zeit aufgebraucht werden. Die Ausrüstung wog auf dem trockenen Land zwar satte 15 Kilo, unter Wasser aber war sie praktisch nicht zu spüren.

Zu jedem Taucheranzug gehörte eine hochmoderne, handelsübliche Tauchermaske. Solche kommerziellen Produkte haben zwar eine hervorragende Paßform, werden aber gern in grellbunten Leuchtfarben hergestellt, weshalb die SEALs ihre Masken mit Klebeband oder Farbe schwärzen. Im Stützpunkt in Coronado hatten die Ausbilder sie noch einmal sorgfältig überprüft und dann erst zu den Neoprenanzügen gepackt.

Unter der Taucherausrüstung fand Rick Hunter vier kleine, mit Kompaß, Tiefenmesser und Uhr ausgestattete Schwimmbretter, die ein SEAL unter Wasser mit beiden Händen faßt und vor sich her hält. Diese »attack boards« genannten Vorrichtungen halten einen Taucher unter Wasser gerade, helfen ihm, gleichmäßiger zu schwimmen und damit Sauerstoff zu sparen, und versorgen ihn über ihre Instrumente ständig mit allen Informationen, die er unter Wasser benötigt. Normalerweise teilen sich jeweils zwei SEALs abwechselnd ein solches Brett, aber für diese Mission hatte Rick Hunter es besser gefunden, wenn jeder seiner Leute eines hatte. Schließlich mußten sie eine lange Strecke unter Wasser zurücklegen und sich bei den Lastkähnen aufteilen und jeder auf sich gestellt arbeiten.

Ganz unten im ersten Behälter lagen zwei leichte, in Rußland hergestellte Maschinenpistolen mit jeweils sechs Magazinen. »Die sind für Ray und mich«, sagte Rick, während er hinüber zum inzwischen freigeschaufelten zweiten Behälter trat. »Hier drinnen müßten noch fünf Pistolen sein.«

Er öffnete die zweite Klappe und holte zwei alte Leinenbeutel heraus, in denen unauffällige Zivilkleidung für die SEALs war: Jeans, Hemden und Sakkos, Socken und Schuhe. Darunter lagen vier Päckchen mit jeweils 20 Kilo Semtex-Sprengstoff, die sich wiederum in jeweils acht 2,5 Kilo schwere, mit Magnet und Zeitzünder versehene Portionen aufteilten.

Ray öffnete den dritten Behälter und entnahm ihm weitere Sprengstoffpäckchen sowie fünf Sig-Sauer-Pistolen vom Kaliber neun Millimeter nebst passender Munition. Außerdem waren in dem Behälter fünf Kaybar-Kampfmesser und ein gut ausgestatteter Verbandskasten, sowie diverse Überlebensutensilien und Zeltbahnen-Ponchos für den Fall, daß die SEALs sich nach Erfüllung ihres Auftrags ein paar Tage im Gelände verstecken mußten. Ganz unten am Boden des Behälters lagen noch eine Taschenlampe, ein starkes Fernglas, zehn Tafeln Schokolade und fünf große Flaschen Mineralwasser. Als letztes entnahm Ray ihm einen weiteren Klumpen Sprengstoff, eine Batterie und ein mit einem Zündmechanismus versehenes Brett, aus denen sich rasch eine Sprengstoff-Falle bauen ließ.

Als die Behälter leer waren, warfen die SEALs ihre Altmännerkleidung in einen von ihnen und fingen an, ihre Taucheranzüge anzuziehen. In vollständiger Ausrüstung machten sie sich dann auf den Weg zum See, wobei sie ihre Flossen und Tauchbretter in den Händen trugen und die Waffen und den Sprengstoff an ihren Kampfgürteln befestigten. Sie hatten lediglich fünf Minuten gebraucht, um sich kampfbereit zu machen.

Nachdem sie abmarschiert waren, räumte Angela Rivera die Stelle auf, die für diese Nacht ihr Basislager bilden würde. Der Plan, den sie schon unzählige Male durchgegangen waren, sah vor, daß die SEALs nach ihrem Unterwassereinsatz hierher zurückkommen, sich umziehen und dann zusammen mit Angela querfeldein zu der Hauptstraße gehen sollten, die eineinhalb Kilometer westlich in Nord-Südrichtung verlief.

Angela hatte sich eine Pistole und ein Messer in den Gürtel gesteckt. Für den Fall, daß hier oder unten am See, wo sie in einer Stunde auf die SEALs warten sollte, jemand zum falschen Zeitpunkt auftauchen sollte, würde sie ihn, ohne mit der Wimper zu zucken, töten. Angela hatte damit keine Probleme.

Die SEALs gaben ihr noch einmal die Hand und setzten sich in Bewegung. Als sie um 0145 am Waldrand anlangten und hinaus auf den See spähten, war es immer noch hell.

Rick Hunter und seine Männer blieben stehen und überzeugten sich, daß am Rand des Sees niemand zu sehen war. Dann huschten sie über die Sandstraße und verschwanden im hohen Gras direkt am Ufer. Dort hielten sie wieder inne und lauschten auf jedes Geräusch, das anders geklungen hätte als das Seufzen des Sommerwinds im Schilf, das Plätschern der Wellen oder das Surren der Mücken.

Und tatsächlich war da etwas. Ein Geräusch wie von einem Bootsmotor. Durch die Binsen blickten die SEALs hinüber zur *Juri Andropow*, die hell erleuchtet etwa einen dreiviertel Kilometer weiter südlich ankerte. Das Geräusch kam aber nicht aus Richtung des Schiffs, sondern von der anderen Seite. Das bedeutete nichts Gutes und kam noch dazu zur denkbar ungünstigsten Zeit. Jason, dem das offenbar nicht klar war, wollte gerade Rick sein Jagdmesser zurückgeben und warf es ihm zu. Doch er warf zu weit, und zu seinem großen Entsetzen flog es an Ricks ausgestreckter Hand vorbei und fiel mit einem laut hörbaren Platschen ins Wasser.

»Verdammte *Scheiße*«, zischte Schaeffer. »Das ist ein Außenbordmotor, etwa 50 Meter entfernt. Eines der kleinen Schlauchboote vom Schiff. Hat Pjotr nicht gesagt, daß er für einen Dollar die Passagiere auf dem See herumfahren will? *Mist, es ist* Pjotr. Und er kommt direkt auf uns zu. *Und da ist noch jemand mit an Bord ...* Er muß gesehen haben, wie das Messer ins Wasser gefallen ist. Sie werden uns finden, und dann ...«

»Ray, legen Sie Ihre Ausrüstung ab, stehen Sie auf und grüßen Sie das Boot, aber halten Sie Ihr Messer bereit«, befahl Rick Hunter. »Rufen Sie Pjotr auf Russisch an. Und lächeln Sie.«

Der Anführer der SEALs setzte seine Taucherbrille auf und ließ sich ins Wasser gleiten, wo er unter der Oberfläche verschwand. Das Geräusch des Außenborders wurde jetzt lauter, und aus dem Wasser sah Rick, wie Ray aufstand und dem Russen zuwinkte. Er hatte Gürtel und Sauerstoffflasche abgelegt und trug nur noch seinen Neoprenanzug. »Hallo, Pjotr«, rief er in der ältlichen Stimme von Andre Maklov. »Haben Sie vielleicht einen Käscher dabei? Hier sind jede Menge Fische! Helfen Sie mir doch, sie zu fangen, dann können wir sie zum Frühstück auf den Grill legen.«

Rick hörte, wie der junge Russe zögernd fragte: »Wer ist da? Sind Sie es, Mr. Maklov?« Er klang wie jemand, der sich nicht sicher war, daß er einen Menschen auch wirklich erkannt hatte. »Wo ist Mr. Andrews?«

Das Boot kam näher und drosselte seine Fahrt, bis es direkt vor Lieutenant Schaeffer zum Stehen kam. Der SEAL erkannte jetzt, daß der zweite Mann im Boot Torbin, der Oberkellner vom hinteren Teil des Speisesaals war. Ray grüßte die beiden Männer freundlich und ging mit keinem Wort darauf ein, daß er nicht mehr wie 78 aussah. Rick hörte, wie der Steward fragte: »Kennen wir uns ...?«

Dann kam Rick an die Oberfläche. Er stemmte die Füße in den Boden des Sees und stieß das Schlauchboot so fest er konnte nach oben. Pjotr, der aufgestanden war, verlor das Gleichgewicht, fiel aber nicht aus dem Boot.

Ray Schaeffer sprang nach vorn, packte den Russen bei seinen blonden Haaren und zerrte ihn ins Wasser. Dann stieß er sein langes Kaybar-Kampfmesser genau zwischen der fünften und der sechsten Rippe hindurch direkt in Pjotrs aufgeregt schlagendes Herz.

Torbin, der noch immer auf dem hinteren Sitz des Boots saß, wollte gerade um Hilfe rufen, als Harry Starck ins Boot sprang und ihm mit der rechten Hand die Luftröhre abdrückte. Gleichzeitig rammte er dem Oberkellner sein Messer in den Rücken und traf dessen Herz mit derselben Sicherheit wie Ray Schaeffer das des Stewards. Das Boot schlug um, und der Außenbordmotor, der anstatt Luft Wasser ansaugte, starb urplötzlich ab.

»Ziehen Sie das Boot ins Schilf, Ray, ich bringe die Toten«, befahl Rick Hunter, dessen Fähigkeit, in Situationen wie dieser genau das Richtige zu tun, ihn zu einem der besten Gruppenführer in Coronado gemacht hatte. »Wir legen das Boot über die Leichen, lassen die Luft heraus und beschweren das Ganze mit dem Außenbordmotor. In diesem Schilf kann es Monate dauern, bis jemand die beiden findet.«

Die Aktion dauerte sechs Minuten, dann waren die beiden SEALs wieder bei ihren Kameraden, die im hüfthohen Wasser auf sie warteten. Zum x-ten Mal ging Rick Hunter den Einsatzplan durch. Er blickte auf seine Uhr, sah, daß es 0210 war, und sagte: »Wir warten noch ein paar Minuten, bis unser Adrenalinspiegel sich wieder normalisiert hat, sonst geht euch hinterher die Luft aus. Wenn ihr dann losschwimmt, haltet ihr auf den hinteren Teil des Schubverbands zu. Bei den Kähnen trennt ihr euch. Harry und Jason übernehmen den Schubverband und bringen ihre Ladungen in 15-Meter-Abständen an der Steuerbordseite an, die erste 15 Meter hinter dem Bug. Ray, Sie nehmen den hinteren Kahn und bringen ihre Ladungen auf dieselbe Weise an, aber backbord und erst 30 Meter hinter dem Bug. Die Zeitzünder sind synchronisiert und so eingestellt, daß sie 24 Stunden nach dem Anbringen der Ladungen explodieren, alles klar?«

»Jawohl, Sir.«

»Jason, denken Sie daran, daß Sie die Entfernungen richtig abmessen. Jeder Flossenschlag bringt Sie drei Meter nach vorn, also müssen Sie alle fünf Schläge eine Ladung setzen. Atmen Sie langsam und gleichmäßig, suchen Sie sich den Kimmkiel und befestigen Sie Ihre Ladungen direkt dahinter. Ich weiß zwar nicht, wie tief und durchsichtig das Wasser dort ist, aber paßt auf, daß ihr nicht gesehen werdet. Ich rechne damit, daß ihr 40 Minuten bis zu den Kähnen brauchen werdet, 40 Minuten, um die Ladungen anzubringen, und noch einmal 40 Minuten, um zurückzuschwimmen. Wenn einer von euch in zwei Stunden und 15 Minuten nicht wieder hier bei mir ist, nehme ich an, daß er tot ist und schwimme hinaus, um seine Ladungen zu plazieren. Ist soweit alles klar?«

Die drei SEALs nickten knapp, und Ray verkündete, daß er nun kein Adrenalin mehr spüre und fertig zum Losschwimmen sei. Lieutenant Commander Hunter nickte. »Nun denn, Leute. Tut eure Pflicht.«

Als Lieutenant Schaeffer und die beiden anderen SEALs sich leise ins Wasser gleiten ließen, war es 0220. Mit kräftigen, ruhigen Flossenschlägen schwammen sie unter Wasser auf die ankernden Lastkähne zu. Am Kompaß auf seinem Tauchbrett konnte Ray Schaeffer den Kurs ablesen, den sie schwimmen sollten: null-vier-vier, ein Grad weniger als Nordost. Rick Hunter hatte ausgerechnet, daß es bis zu den Lastkähnen an die 1200 Meter waren, was bedeutete, daß die SEALs etwa 400 Flossenschläge machen mußten, um dorthin zu gelangen. Zehn Schläge pro Minute waren ein Tempo, bei dem man relativ wenig Sauerstoff verbrauchte, und so zählte Ray nach jedem Schlag bis vier, und bald ging ihm und den beiden anderen der Rhythmus in Fleisch und Blut über: Flossenschlag … eins … zwei … drei … vier … Flossenschlag … eins … zwei … drei … vier. Flossenschlag und gleiten lassen … Flossenschlag und gleiten lassen, bis sie bei den Kähnen mit den chinesischen Unterseebooten waren.

Weil die SEALs die ganze Strecke über nicht auftauchten, würden sie die Kähne erst dann sehen, wenn sie in ihrer unmittelbaren Nähe waren. Wenn sie nicht vom Kurs abkamen, würde kein Russe die drei schwarzen Gestalten bemerken, die sich lautlos in vier Metern Tiefe dem Ziel ihrer Aktion näherten, ohne an der Wasseroberfläche auch nur eine einzige Welle zu hinterlassen.

Rick Hunter, der von allen der beste Schwimmer war, blieb im seichten Wasser am Ufer zurück und beobachtete die Lastkähne durch sein Fernglas. Wenn einer der SEALs bis 0435 nicht zurückkam, würde er selbst sofort hinüber zu den Kähnen schwimmen und die Sprengladungen, die er an seinem Gürtel trug, dort anbringen, wo der verschwundene Mann die seinen nicht mehr hatte setzen können. Danach würde er nach dem verschollenen Kameraden suchen, und ihn hoffentlich noch lebend finden, um ihn zurück ans Ufer zu bringen. Wenn seine Suche nach einer bestimmten Zeit keinen Erfolg zeigte, würde er sie abbrechen und ebenfalls zurückschwimmen, bevor er all seinen Sauerstoff verbraucht hatte.

Vorerst aber war seine Aufgabe eine sehr viel einfachere. Er mußte nur im seichten Wasser sitzen und auf jede Bewegung der Tolkatsch-Kähne achten. Bisher hatte er keine bemerken können.

Ray Schaeffer schwamm weiter. Nach 20 Minuten hatte er bis 240 gezählt und wußte, daß er schneller war als geplant. Neben ihm schwammen seine Kameraden mit gleichmäßigen Bewegungen durch das klare Wasser. Auch jetzt, wo sie die Hälfte der Strecke schon geschafft hatten, blieb die Kompaßpeilung immer noch auf null-vier-vier. Nach 30 Minuten hatte Ray bis 300 gezählt. Sie waren zwar etwas langsamer geworden, lagen aber immer noch über der Zeit. Die letzten zehn Minuten, das wußte Ray, würden am anstrengendsten werden. Der Trick war, nichts erzwingen zu wollen und sich nicht übermäßig anzustrengen, denn das kostete nur Sauerstoff.

Ray schwamm absichtlich ein wenig langsamer. Er spürte leichte Schmerzen in den Oberschenkeln an einer Stelle, die ihm bei längerem Schwimmen schon immer weh getan hatte. Das kam von der Milchsäure, die sich in seinen Muskeln aufbaute, aber damit würde er fertig werden. In der Nacht, in der sie die Behälter vergraben hatten, war es viel schlimmer gewesen. Er brauchte nur noch 100 Flossenschläge zu machen, dann waren er und seine Leute am Ziel. Kein Problem. Das schaffte er allein mit seiner Willenskraft.

Und er schaffte es schneller, als er gedacht hatte, denn Rick Hunter hatte die Länge der Strecke ein wenig überschätzt. So kam es, daß die SEALs zu ihrem Erstaunen bereits nach 36 Minuten in die Dunkelheit unter den riesigen Rümpfen der Tolkatschs hineinschwammen.

Ray streckte seinen rechten Arm aus und brachte die kleine Gruppe zum Halten. Wie vorher abgemacht, würden sie am Boden des Kahns entlangschwimmen, bis sie entweder die Nahtstelle zwischen den beiden Rümpfen des Schubverbands oder das freie Wasser zwischen zwei Schiffen erreicht hatten und wußten, wo sie sich genau befanden.

Es stellte sich heraus, daß sie, wie geplant, die hintere Hälfte des Schubverbands getroffen hatten. Als sie das offene Wasser am Heck des hinteren Kahns erreichten, schwamm Ray allein weiter zu dem dritten Schiff, und Jason und Petty Officer Starck begannen damit, ihre Ladungen an den beiden Teilen des Schubverbands anzubringen. Von der Nahtstelle aus würde Jason fünf Flossenschläge nach hinten schwimmen und dann nach dem Kimmkiel suchen. Harry würde sich nach vorn arbeiten und sich um den vorderen Teil des Schubverbands kümmern. Die drei würden sich erst am Ufer wiedersehen, das sie auf Kurs zwei-zwei-vier ansteuern sollten.

Ray Schaeffer war als erster in Position. Er schwamm zehn Flossenschläge an der Backbordseite des hinteren Tolkatschs entlang und tastete sich mit einer Hand an der Bordwand nach unten, bis er die dicke, stählerne Flosse erreichte, die sich in einem Winkel von 45 Grad fast auf der gesamten Länge des Lastkahns an dessen geraden Rumpf entlangzog und einer der beiden Kimmkiele war, die dem Kahn die nötige Stabilität verliehen. Ray wußte, daß er seine Ladungen genau darunter plazieren mußte.

Als er unter den Kimmkiel schwamm, stellte Ray zu seinem Entsetzen fest, daß er mit seinen Flossen den Boden berührte. Unter dem Tolkatsch war nicht mehr als ein Meter Wasser, und Ray war heilfroh, daß es am Onegasee keine Gezeiten gab. Zwischen Kimmkiel und Rumpf richtete sich Ray auf.

Mit den Füßen am Boden des Sees tastete er mit den Händen die Rumpfwand ab, weil er sie in der Dunkelheit nicht sehen konnte. Sie fühlte sich rauh an und war mit Muscheln und Algen überkrustet. Das war kein gutes Zeichen.

Ray nahm das erste der zweieinhalb Kilo schweren Sprengstoffpäckchen von seinem Gürtel, überprüfte den Sitz der Magnetplatte und aktivierte den Zeitzünder, dessen rötlich schimmerndes Display 24 Stunden anzeigte. Als er es an die Bordwand setzte, blieb es, wie er erwartet hatte, nicht haften. Also hängte Ray den Sprengstoff wieder an seinen Gürtel und zog zum zweiten Mal in dieser Nacht sein Kampfmesser. Mit der kräftigen Klinge kratzte er vorsichtig den Muschelbelag des Rumpfs an einer kleinen Stelle ab, bevor er es noch einmal mit dem Sprengstoff versuchte. Diesmal spürte er, wie sich der kräftige Magnet mit einem leisen Klacken an den stählernen Rumpf des Lastkahns zog.

Ray beschloß, nicht unter dem Kimmkiel zu bleiben, sondern schwamm seine fünf Flossenstöße neben dem Tolkatsch her, bevor er die Prozedur wiederholte. Die Uhr auf seinem Tauchbrett zeigte ihm, daß er jeweils sechs Minuten zum Anbringen einer Ladung brauchte. Sechs Sprengstoffportionen hatte er noch zu setzen. Er wußte, daß er das schaffen würde und fühlte sich im dunklen Wasser unter dem Tolkatsch relativ sicher. Mehr Sorgen als um sich selbst machte er sich um Jason, der in dieser Nacht seinen ersten Kampfeinsatz absolvierte. Während er den Zeitzünder der zweiten Ladung auf genau 360 Sekunden früher als den der ersten einstellte, fragte er sich, wie es dem jungen SEAL jetzt wohl ergehen würde.

Um exakt 0340 hatte Lieutenant Schaeffer alle seine Ladungen angebracht, insgesamt hatte er dazu 48 Minuten gebraucht. Nun löste er sein Tauchbrett vom Gürtel und schlug unter Wasser den Kurs zwei-zwei-vier ein. Er bemühte sich, so gleichmäßig wie möglich zu atmen und fragte sich, wo wohl seine beiden Kameraden jetzt waren.

Auf dem Rückweg ließ er sich zwischen den einzelnen Flossenschlägen gleiten und zählte bis vier, bevor er das nächste Bein bewegte. Die ersten 15 Minuten fühlte er sich todmüde, und die pochenden Schmerzen in seinen Oberschenkeln wurden immer stärker. Aber er hörte nicht auf mit dem Schwimmen und Zählen und bekämpfte die Schmerzen mit seinen bewährten, kurzen Gebeten. Niemand, so dachte er, hätte diese Arbeit schneller und besser erledigen können als er.

Um so erstaunter war er, als er nach Erreichen des Ufers Rick Hunter zusammen mit Jason und Harry zwischen den Binsen hocken sah.

»Wo, zum Teufel, haben Sie so lange gesteckt?« fragte der Lieutenant Commander. »Ich habe mich schon gefragt, ob Ihnen etwas passiert ist.«

»Wie Sie sehen, lebe ich noch«, gab Ray unnötig heftig zurück. »Der Boden von dem Kahn war völlig verkrustet, da mußte ich für jede Ladung erst mal ein gottverdammtes Loch in die Muscheln kratzen.«

»Ach so«, sagte Harry. »Der Boden des Schubverbands war nämlich so glatt wie ein Kinderpopo. Vermutlich war er erst kürzlich in der Werft. Jason und ich brauchten für unsere Klunker gerade mal drei Minuten pro Stück. Witzigerweise waren wir genau zur selben Zeit fertig und konnten gemeinsam zurückschwimmen.«

»Dann habe ich mal wieder das schlechteste Los gezogen«, brummte Ray. »Und mein Messer habe ich mir vermutlich auch ruiniert. Hoffentlich brauche ich es heute nacht nicht mehr.«

»Bestimmt nicht – oder sagen wir besser hoffentlich«, sagte Rick. »Und jetzt sollten wir zusehen, daß wir zurück in den Wald kommen. Es beginnt schon wieder heller zu werden. Angela ist übrigens schon wie geplant aufgebrochen. Wir treffen sie später.«

Gebückt krabbelten die SEALs aus dem Wasser und spähten die leere Sandstraße zwischen dem Wasser und dem Wald entlang. Als sie niemanden entdeckten, überquerten sie sie im Laufschritt, was ihnen jetzt, wo sie den schweren Sprengstoff los waren, sehr viel leichter fiel. Mit Tauchbrettern und Flossen in der Hand liefen sie durch den Wald zu der Stelle, an der die Behälter versteckt waren. Angela hatte zwei von ihnen schon wieder eingegraben und in den letzten die Schokolade, das Mineralwasser und die frische Kleidung für die SEALs gelegt.

Die vier Männer legten Preßluftflaschen und Gürtel ab und schälten sich aus ihren Taucheranzügen. Nachdem sie die Zivilkleidung angezogen hatten, tranken sie von dem Mineralwasser und aßen die Schokolade, bevor sie ihre Ausrüstung zusammen mit den beiden Maschinenpistolen und den Tauchbrettern in den Behälter warfen. Den Abmarsch würden sie mit so leichtem Gepäck wie möglich antreten.

Rick Hunter machte die Sprengfalle scharf und verband sie mit der Klappe des Behälters, so wie Angela es schon bei den anderen beiden Containern getan hatte. Sollte jemand in den nächsten 50 Jahren die Behälter finden und einen von ihnen öffnen, dann würde er sich zusammen mit ihnen in die Luft sprengen.

Als auch der dritte Behälter wieder mit Erde bedeckt war, pflanzte Ray Schaeffer den alten Busch wieder ein und tarnte die Stelle mit loser Erde und welkem Laub. Nachdem Rick sich noch einmal vergewissert hatte, daß alles so aussah, als wäre hier nie etwas geschehen, marschierten die vier ab. Außer ihren Kampfmessern und Pistolen hatten sie nur noch die letzte Schaufel bei sich.

Diesmal gingen sie nicht in Richtung See, sondern nach Westen durch den im Sonnenlicht taghell erleuchteten Wald. Nach zwei Kilometern erreichten sie die Hauptstraße, wo sie sich hinter einem Busch im Straßengraben versteckten. Ein paar hundert Meter rechts von ihnen konnten sie eine Bauersfrau mit rotem Kopftuch sehen, die auf einem Stein saß und darauf wartete, daß sie jemand mitnahm. Sie tat damit genau das gleiche wie die vier SEALs.

Um 0655 hielt schließlich ein alter VW-Bus an, ließ die Frau einsteigen und fuhr dann langsam weiter, bis er direkt oberhalb der Stelle war, an der die SEALs im Straßengraben kauerten. Die alte Frau kurbelte das Beifahrerfenster herunter und sagte: »Okay, Jungs, steigt ein. Es wird höchste Zeit, daß wir jetzt von hier verschwinden.« Es war Angela Rivera, die sich wieder einmal perfekt verkleidet hatte.

Schnell wie die Hasen krochen die SEALs aus dem Straßengraben, warfen die übriggebliebene Schaufel auf die kleine Ladefläche des Wagens und stiegen ein.

»Darf ich vorstellen, das ist Wladimir«, sagte Angela und deutete auf den Fahrer. »Er ist ein Kollege von mir, der für uns in Moskau tätig ist. Wladimir hat unsere Pässe und Papiere dabei und fährt uns jetzt zur Autobahn und dann nach St. Petersburg. Nur zur Erinnerung: Wir arbeiten alle für eine Zitrusplantage in Florida. Aber das wissen Sie ja selber.«

Der Fahrer nickte den vier neuen Passagieren zu und fuhr los.

»Walodja bringt uns direkt zum Flughafen, von wo aus uns ein Privatflugzeug der Firma nach London bringt. Die Sache müßte eigentlich reibungslos über die Bühne gehen, denn die Russen kontrollieren ausländische Geschäftsleute so gut wie nie. Besonders dann nicht, wenn es sich bei ihnen um Amerikaner handelt.«

»Sehr schön«, sagte Lieutenant Commander Hunter.

»Ach, übrigens, haben Sie ihre Ladungen gut angebracht?«

»Darauf können Sie Gift nehmen«, antwortete Ray Schaeffer.

KAPITEL NEUN

Um halb neun am Morgen des 11. Juni verließen die Kähne mit den drei Kilos ihren Ankerplatz und fuhren den Onegasee hinauf nach Nordosten. Für so langsame, mit einer Durchschnittsgeschwindigkeit von nur fünf Knoten fahrende Schiffe dauerte die Reise von hier bis zum Weißen Meer gute 24 Stunden. Kapitän Wolkow hatte den Zeitpunkt des Ablegens mit Bedacht gewählt, denn so war er gegen halb elf abends im Kanal und würde am nächsten Tag rechtzeitig in Belomorsk eintreffen, so daß er noch ohne große Hektik seine beiden Kähne auftanken konnte.

Weil alle großen Tolkatschs auf ihrem Weg nach Norden um dieselbe Zeit aufbrachen, war man in Fort Meade nicht allzu erstaunt, als die kurz nach zwei Uhr früh eingetroffenen Satellitenbilder die Abfahrt von Kapitän Wolkows Konvoi bestätigten.

Admiral Morgan war guter Dinge. Bisher hatten sich weder die SEALs gemeldet, noch hatte es wütenden Protest aus dem Kreml gegeben, also lief offenbar alles nach Plan. Der Admiral war so zufrieden, daß er sogar Charlie anlächelte, als dieser ihn am frühen Morgen von Fort Meade nach Washington zurückfuhr. Immer noch zufrieden vor sich hingrinsend, stellte er sich im Fond des Wagens vor, welche Empörung und Wehklagen kurz nach 19 Uhr amerikanischer Ostküstenzeit in Moskau und Peking ausbrechen würden.

»Sie fahren heute besonders gut, Charlie«, bemerkte er, was seinen leidgeprüften Chauffeur so verblüffte, daß er fast auf einen Greyhound-Bus aufgefahren wäre.

Um 13 Uhr russischer Zeit kamen Lieutenant Commander Hunter und seine Männer, die sich in dem VW-Bus erneut umgezogen hatten und jetzt wie ganz normale amerikanische Geschäftsleute aussahen, am Flughafen von St. Petersburg an. Ohne Aufsehen zu erregen, stiegen sie aus dem Wagen und ließen Waffen, Kleidung und Schaufel bei Wladimir zurück, der sie in die amerikanische Botschaft in der Petra-Lawrowa-Straße bringen würde.

Um 15 Uhr saßen die vier SEALs in einem Learjet nach London, und fünf Stunden später waren sie bereits hoch über dem Atlantik in einer regulären Boeing 747 der American Airlines mit Ziel New York. Rick hatte sich ausgerechnet, daß sie sich etwa über der Küste von Maine befinden würden, wenn mitten im Belomorski-Kanal die Zeitzünder unter den Rümpfen der Tolkatschs detonierten.

Der Steward Pjotr und Torbin, der Oberkellner, hatten erst zum Mittagessen wieder Dienst auf der *Juri Andropow*. Als sie nicht erschienen, wurde der Kapitän verständigt, der die Angelegenheit sofort Oberst Borsow mitteilte. Die beiden Offiziere ordneten eine gründliche Durchsuchung des Schiffs an, die über zwei Stunden Zeit in Anspruch nahm, wobei sie nur feststellten, daß die beiden Männer einfach nicht an Bord waren.

Das Schiff war inzwischen schon wieder auf dem Weg nach Süden, und so mußten der Oberst und der Kapitän die schwierige Entscheidung fällen, ob sie die nächstliegende Polizeidienststelle verständigen oder zum Halt im Grünen zurückfahren sollten. Es fiel schwer, sich vorzustellen, daß den beiden Männern in der ruhigen, ländlichen Gegend etwas zugestoßen sein könnte, aber bei der Durchsuchung des Schiffs war an den Tag gekommen, daß eines der Schlauchboote mit Außenbordmotor fehlte. Einige der Passagiere sagten aus, daß Pjotr damit gegen Bezahlung private Rundfahrten veranstaltet habe.

Oberst Borsow kam die Angelegenheit nun doch ziemlich merkwürdig vor. Er befahl dem Kapitän, die *Juri Andropow* zu wenden und zum Halt im Grünen zurückzufahren, wo sämtliche Mannschaftsmitglieder nach ihren verschwundenen Kollegen suchen sollten.

Beim Mittagessen war außerdem aufgefallen, daß die vier alten Herren aus Minnesota und ihre Krankenschwester nicht anwesend waren. Ihr Tisch war leer, so wie er es schon beim Frühstück gewesen war. Als man das Oberst Borsow meldete, befahl er einem Steward, in den beiden Suiten auf dem Oberdeck nach ihnen zu suchen.

Der Steward öffnete die Kabinen mit dem Generalschlüssel und fand dort zwar die Sachen der alten Herren, aber keine Spur von ihnen selbst. Als Oberst Borsow klarwurde, daß die *Juri Andropow* an dem Halt im Grünen nicht nur zwei Besatzungsmitglieder, sondern auch fünf Passagiere verloren hatte, bestärkte ihn das noch zusätzlich in seinem Entschluß, so schnell wie möglich dorthin zurückzukehren.

Kapitän Wolkow war den ganzen Tag über mit gleichbleibender Geschwindigkeit nach Norden gefahren. Bis zum Weißen Meer würde er keinen Halt mehr machen. Diese letzten 180 Kilometer der langen Reise kamen ihm immer besonders mühsam und nicht enden wollend vor. Er hatte sie schon häufig und in verschiedenen Schiffen hinter sich gebracht, aber den Transport von Unterseebooten mochte er am wenigsten, weil er dabei keine Sicht nach vorn hatte. Es war unmöglich, aus der am Heck des Schubverbands befindlichen Brücke an den beiden riesigen Rümpfen vorbeizuschauen, und so blieb ihm nichts anderes übrig, als darauf zu achten, daß die Maschinen ordentlich liefen und darauf zu vertrauen, daß sein Sohn im Ruderhaus am Bug den schwerfälligen Verband sicher durch den Kanal steuerte. Eigentlich konnte er ja beruhigt sein, denn Iwan hatte bisher seine Sache stets gut gemacht.

Bei Sonnenuntergang – oder besser bei dem kurzzeitigen Verschwinden der Sonne hinter dem Horizont, das während der Weißen Nächte als Sonnenuntergang gilt – liefen sie gerade wieder einmal durch einen kleinen, zur nördlichen Binnenwasserstraße gehörenden See in der Nähe des Ortes Segescha. Vor ihnen wartete das nächste Kanalstück, für das sie bei ihrer langsamen Fahrt vier Stunden brauchen würden.

Als sie es gegen Mitternacht erreichten, war Kapitän Wolkow froh, daß er und sein Sohn sich am frühen Abend ein paar Stunden aufs Ohr gelegt und dem Maat und dem Navigator die beiden Ruder überlassen hatten.

Am 12. Juni kurz vor zwei Uhr nachts steuerte der Schubverband unter dem noch immer hellen Himmel des hohen Nordens durch das ruhige Wasser des Kanals auf den sieben Kilometer entfernten nächsten See zu, als Kapitän Wolkow auf einmal ein heftiges Rumpeln unter dem Kiel spürte. Er kannte dieses Geräusch und wußte sofort, was los war. *»Verdammte Scheiße!«* schrie er. *»Wir sind auf Grund gelaufen!«*

Er hob das Bordtelefon ab und rief Iwan an. Sein Sohn mußte vorn am Steuer einen Fehler gemacht haben. In diesem Augenblick hörte Wolkow von unten ein weiteres lautes Geräusch. *»Iwan, geh doch ran, verdammt noch mal!«* schrie er. *»Was ist bloß mit dir los?«*

Das Telefon war tot. Rasch schaltete Kapitän Wolkow die Motoren ab und rannte den Niedergang hinunter aufs Ladedeck und backbord an dem hinteren Kilo-Boot vorbei. Als er die Stelle erreichte, an der der Schubverband zusammengehalten wurde, traute er seinen Augen nicht. Der vordere Kahn hatte eine starke Schlagseite nach Steuerbord! Wolkow sah, wie sich der Wachsoldat verzweifelt an einem der großen Holzblöcke festhielt, auf denen das Unterseeboot aufgebockt war. Wieder rumpelte es unter dem Kiel, und der vordere Kahn neigte sich noch mehr nach Steuerbord. Das zweieinhalbtausend Tonnen schwere U-Boot kam ins Schwanken und begann, unaufhaltsam nach unten zu rutschen. Erst zerschmetterte es das Deck des Lastkahns, dann fiel es mit einem mächtigen Klatschen ins Wasser und verschwand dort, nur um Bruchteile einer Sekunde später wie ein riesiger, schnaubender Wal wieder an die Oberfläche zu schießen, wo es von dem kenternden Tolkatsch abermals nach unten gedrückt wurde. Der Aufprall auf das Deck des Kahns hatte ein langes Leck in den Rumpf des Boots geschlagen, durch das nun das Wasser des Kanals in das nagelneue Kilo drang.

Kapitän Wolkow blieb nicht viel Zeit, sich darüber Gedanken zu machen, denn der gekippte vordere Kahn übte eine immense Kraft auf die Kupplung zwischen den beiden Teilen aus. Dadurch, daß die vordere Hälfte abrupt zum Stehen gekommen war, brach die hintere aus und stellte sich im Kanal quer. Außerdem bekam nun der Teil des Schubverbands, auf dem Wolkow sich befand, immer stärkere Schlagseite nach Steuerbord. In quälend langsamer Bewegung neigte sich das Deck nach unten, bis der Kapitän das Gleichgewicht verlor, über das Deck rutschte und direkt in den Spalt zwischen den beiden Teilen des Schubverbands fiel, wo er von den beiden gegeneinander reibenden Kähnen regelrecht zerquetscht wurde. Gleichzeitig löste sich das zweite U-Boot aus seinen Verankerungen, polterte das schräge Deck hinunter und knallte an die östliche Wand des Kanals.

Das schwere U-Boot traf mit solcher Wucht auf, daß nicht nur sein Rumpf aufplatzte, sondern auch die massive Betonwand einen großen Riß bekam. Wie ein stählerner Fußball prallte es zurück auf den kenternden Kahn und rutschte von dort ins Wasser, das sogleich durch einen langen Riß unterhalb des Turms in sein Inneres strömte. Der Tolkatsch kenterte nun vollends und begrub das Boot, das er durch halb Rußland transportiert hatte, unter sich. Iwan Wolkow, der die Katastrophe wie durch ein Wunder überlebt hatte, schwamm ans linke Ufer des Kanals. Er wußte noch nicht, daß sein Vater tot war.

Er kletterte gerade noch rechtzeitig aus dem Wasser, um die gedämpften Explosionen der von Ray Schaeffer mit etwas Zeitverzögerung an dem dritten Lastkahn angebrachten Ladungen hören zu können. Sie rissen acht klaffende Löcher in den Rumpf des Tolkatschs, was Iwan natürlich nicht wissen konnte. Wie sein Vater vier Minuten zuvor wunderte er sich über die dumpfen Geräusche und sah dann mit atemlosem Staunen, wie sich der fast 200 Meter lange Kahn dramatisch auf die Backbordseite neigte, genau so, wie John Bergstrom und Arnold Morgan es geplant hatten.

Aus Iwans Perspektive sah es so aus, als wälzte sich der Tolkatsch mit grauenerregender Langsamkeit auf die Seite, und mit gesteigertem Entsetzen sah er, wie das dritte Kilo-Boot zu wackeln begann, bevor es sich aus seinen Verankerungen riß, wie in Zeitlupe zur Seite kippte und aus sechs Metern Höhe ins Wasser stürzte. Wenn man sich vorstellt, einer der beiden Pfeiler der Brooklyn Bridge würde umstürzen und in den East River fallen, hätte man ein ziemlich gutes Bild von dem, was in dieser Nacht im Belomorski-Kanal geschah. Iwan stockte der Atem, als er die Erschütterung des Aufpralls spürte, mit dem das Unterseeboot an die Wand des Kanals krachte. Der stählerne Rumpf schlug ein tiefes Loch in den Beton, bevor er wie seine beiden Vorgänger zerborsten ins Wasser des Kanals klatschte, das augenblicklich die elektrischen Schaltkreise der Waffensysteme, des Sonars und Radars zerstörte und die Batterien und Dieselmotoren unbrauchbar machte.

In weniger als sechs Minuten hatten die von Admiral Bergstroms SEALs angebrachten Sprengladungen drei Unterseeboote im Wert von 900 Millionen Dollar und drei der größten Lastkähne Rußlands zerstört und den Belomorski-Kanal für Monate, wenn nicht gar ein ganzes Jahr unpassierbar gemacht. Selbst mit großen Kränen waren die riesigen Rümpfe nicht aus dem Wasser zu bringen, das würde nur mit Tauchern und Hebeleichtern gelingen.

Iwan Wolkow war der einzige Überlebende der Katastrophe. Er stand, zitternd vor Kälte und Schock, am Ufer des Kanals und sah zu, wie sich die Wogen über der Zerstörung wieder glätteten. Im Nordosten konnte er sehen, wie die Sonne allmählich wieder zum Zenit stieg. Alles war still, und Iwan wußte unwillkürlich, daß außer ihm niemand mit dem Leben davongekommen war. Daß er selbst nicht tot war, verdankte er nur dem Umstand, daß er einem Impuls folgend sofort ins dunkle Wasser gesprungen und von dem Schubverband weggeschwommen war, als er spürte, wie sein Kahn Schlagseite bekam. Als dieser kurz darauf kenterte, war Iwan schon 40 Meter davon entfernt und damit in Sicherheit.

Der junge Iwan Wolkow wußte genau, daß es sich bei dem schrecklichen Geschehen, das seinen Vater und alle anderen Menschen an Bord der beiden Schiffe getötet hatte, nicht um einen Unfall gehandelt hatte. Er hatte die dumpfen Explosionen gehört, die sich kurz hintereinander nicht nur auf dem Doppelschubverband, sondern auch auf dem dahinter fahrenden Einzelkahn ereignet hatten. Er war sich sicher, daß irgendeine diabolische Macht die Schiffe in die Luft gejagt hatte, und er mußte das so schnell wie möglich jemandem mitteilen. Aber wem? Er befand sich viele Kilometer von der nächsten menschlichen Ansiedlung entfernt.

Nachdem er eine Weile nachgedacht hatte, entschloß er sich, nach Norden zu marschieren. Er zog Jacke und Hemd aus, die beide klatschnaß waren, und bereute es, daß er, um besser Schwimmen zu können, im Wasser seine Schuhe abgestreift hatte. So mußte er sich barfuß auf den Weg zum nächsten Ort machen, von dem er wußte, daß er noch weit entfernt war.

Während Iwan Wolkow frierend in den rasch heller werdenden Morgen hineinhumpelte, befand sich das schwer mit Holz aus Zentralrußland beladene 1700-Tonnen-Binnenschiff *Baltika* 35 Kilometer südlich von der Katastrophenstelle. Vier Stunden später, um halb acht, sah der Maat am Steuer der *Baltika* einen Kilometer vor dem Bug seines Schiffs die Trümmer der Tolkatschs aus dem Wasser ragen. »Was ist denn *das*, um Gottes willen?« fragte er den Kapitän, der neben ihm gerade etwas ins Logbuch eintrug.

»Wo? *Verdammt! Volle Fahrt zurück!*« schrie der Kapitän.

Selbst im unbeladenen Zustand brauchte das schwerfällige Schiff eine ganze Weile, bis es zum Stillstand gebracht werden konnte, jetzt aber, als es mit mehreren hundert Tonnen Bauholz beladen mit sieben Knoten Geschwindigkeit auf das unerwartete Hindernis zufuhr, war es fast unmöglich, eine Kollision zu vermeiden. Die altersschwache Maschine wurde langsamer, blieb stehen und begann dann zögerlich, rückwärts zu laufen. Das schwere Schiff erzitterte in allen Nähten, als die Schraube verzweifelt gegen den Vorwärtsschub ankämpfte. Aber es war zu spät. Obwohl die *Baltika* ihre Fahrt verlangsamte, glitt sie unaufhaltsam auf das schräg im Wasser liegende Heck des Tolkatschs zu. Kaum gebremst durch die dicken Lastwagenreifen, mit denen Kapitän Perow sein Schiff vor Beschädigungen in den engen russischen Flußhäfen schützte, rauschte es mit einem lauten Krachen in das Wrack.

Kapitän Perow rannte nach vorn und besah sich den Schaden, der zum Glück geringer war, als er zunächst angenommen hatte. Dafür aber bot sich dem Binnenschiffer und seiner Mannschaft ein Anblick des Grauens. Überall schwammen Wrackteile auf dem Wasser herum, und vor dem zerstörten Kahn konnten sie die Reste von zwei weiteren riesigen Tolkatschs ausmachen. Daneben lag, direkt neben der angeschlagenen Betonwand des Kanals, unverkennbar der geborstene Rumpf eines Unterseeboots.

Kapitän Perow kam aus dem Staunen nicht mehr heraus, als er weiter vorn am östlichen Kanalufer noch zwei weitere zerstörte U-Boote entdeckte. Eines lag da wie eine Rennjacht in starker Schräglage. Sein Rumpf, der halb unter dem gekenterten Tolkatsch lag, hatte einen großen Riß, durch den das Wasser in sein Inneres eingedrungen war. Von dem anderen ragte nur noch das Heck mit Schraube und Tiefenruder aus dem Wasser. Der Beton daneben sah aus, als hätte eine Bombe eingeschlagen. Kapitän Perow hatte das Gefühl, von einer Minute auf die andere in die Kampfzone eines Kriegs geraten zu sein.

Niemand schien das Unglück überlebt zu haben, und noch etwas war Kapitän Perow sofort klar: Der Belomorski-Kanal war völlig blockiert, und zwar in beiden Fahrtrichtungen, und das würde er voraussichtlich auch noch lange Zeit bleiben. Sämtliche Schiffe, die auf dieser Wasserstraße unterwegs waren, mußten sofort gewarnt werden. Rasch ging Kapitän Perow nach hinten ins Steuerhaus und griff zum Mikrofon seines Funkgeräts, um die Wasserpolizei zu verständigen. Es war genau 7 Uhr 36 am Morgen des 12. Juni.

Gegen neun Uhr erreichte die Nachricht von den Ereignissen im Belomorski-Kanal den Kreml und sorgte dort für helle Aufregung. Im Büro des Obersten Admiralstabs herrschte eine Atmosphäre mühsam unterdrückter Wut. Stabschef Admiral Witali Rankow, der hier residierte, war nach dem Oberbefehlshaber der Seestreitkräfte, der gleichzeitig als Verteidigungsminister fungierte, und dessen Stellvertreter der drittwichtigste Mann in der russischen Marine. Während die beiden anderen Männer die verschiedenen, noch aus der Sowjetzeit stammenden Flottenverbände im Baltikum, dem

Schwarzen Meer, dem Pazifik und im Norden hauptsächlich für ihre politischen Machenschaften mißbrauchten, war es Admiral Rankow, dessen Name bei den 270 000 Angehörigen der russischen Marine den meisten Respekt hervorrief. Probleme, die eine klare Entscheidung erforderten, landeten ziemlich rasch auf seinem Schreibtisch, ganz besonders dann, wenn mit ihnen eine Bedrohung für die nationale Sicherheit verbunden war. Jetzt starrte der frühere Leiter des russischen Marinegeheimdienstes auf einen kurzen Bericht über drei zerstörte Tolkatschs und Unterseeboote und eine Totalblockade des Belomorski-Kanals.

Tausend Fragen drängten sich ihm gleichzeitig auf, von denen es auf die meisten, darüber machte er sich keine Illusionen, wohl nie eine zufriedenstellende Antwort geben würde. Eine entscheidende Frage allerdings konnte er sich sofort beantworten, auch wenn er diese Antwort wohl nur schwer würde beweisen können.

Diese Frage lautete: Wer war verantwortlich für diesen barbarischen Sabotageakt?

Und die Antwort war: Admiral Arnold Morgan, der Sicherheitsberater des Präsidenten der Vereinigten Staaten von Amerika.

Warum bist du dir da so sicher, Witali? fragte sich der Admiral selbst. »*Weil ich den verdammten Bastard in- und auswendig kenne!*« donnerte er in den großen, leeren Raum hinein. »Er hat unserem Botschafter in Washington kaum verhohlen gedroht ... *Fünf Boote hat uns dieser Irre schon zerstört. Zwei im Nordatlantik und jetzt drei weitere im Belomorski-Kanal!*«

Volle zehn Minuten lief er in seinem geräumigen Büro auf und ab, bis er sich wieder einigermaßen beruhigt hatte. Während die stahlbeschlagenen Absätze seiner auf Hochglanz polierten Schuhe über den Marmorboden klapperten, versuchte er, wieder klare Gedanken zu fassen. Rankow hatte zwar keine Ahnung, wie sich die Politiker letztendlich entscheiden würden, aber er persönlich hielt es für unklug, die Bevölkerung mit irgendwelchen wilden Vorwürfen an die Adresse der USA zu beunruhigen. Zumindest, solange man keine ausreichenden Beweise in der Hand hatte.

Nein, man mußte die Angelegenheit zunächst als einen bedauerlichen Unfall behandeln, eine schlimme Havarie, aber nicht mehr. Vielleicht gelang es Rankow ja, die Öffentlichkeit weitgehend aus der Sache herauszuhalten. Schließlich hatte es nicht allzu viele Tote gegeben, und außerdem hatte sich das Unglück in einem sehr abgelegenen Gebiet ereignet.

So sehr sich Admiral Rankow auch über die unverschämte Dreistigkeit aufregte, mit der dieser Wahnsinnige im Weißen Haus vorgegangen war, noch viel wütender machte ihn der Gedanke, daß Arnold Morgan sich vielleicht sogar einbildete, damit ungestraft davonzukommen. Witali Rankow wartete, bis sein erster Zorn verraucht war, dann rief er bei der Vermittlung des Kreml an und ließ sich mit dem Weißen Haus in Washington verbinden. Er müsse, so sagte er, in einer äußerst dringenden Angelegenheit sofort mit Arnold Morgan sprechen.

»Aber in Washington ist es jetzt zwei Uhr nachts«, sagte die Frau von der Vermittlung.

»Dessen bin ich mir voll und ganz bewußt«, antwortete Admiral Rankow, den Arnold Morgan schon wiederholte Male mitten in der Nacht aus dem Bett geholt hatte, und grinste dabei schadenfroh.

Es dauerte nur drei Minuten, bis die Vermittlung im Weißen Haus den Anruf nach Fort Meade durchgestellt hatte, wo der Admiral noch immer mit George Morris zusammensaß.

»Witali, alter Freund! Wie geht es Ihnen?« meldete sich Morgan gutgelaunt.

»Guten Morgen, Arnold. Muß ich mich jetzt dafür entschuldigen, daß ich mitten in der Nacht bei Ihnen anrufe?«

»Aber nein. Ich habe Ihnen doch schon oft gesagt, daß ich für Sie zu jeder Tages- und Nachtzeit erreichbar bin. Ich bin immer Gewehr bei Fuß.«

»Das ist mir nicht verborgen geblieben«, sagte der Russe kühl.

»Und was kann ich für Sie tun, mein Freund?«

»Heute morgen haben wir drei U-Boote der Kilo-Klasse auf dem Belomorski-Kanal hinauf ins Weiße Meer transportiert, als die Lastkähne plötzlich kenterten und die Boote beim Aufprall auf die Kanalufer kaputtgingen. Alle drei sind Totalschäden, von den Kähnen ganz zu schweigen. Der Schaden dürfte über eine Milliarde Dollar betragen, und der Kanal wird voraussichtlich ein halbes Jahr lang unpassierbar sein.«

»Ist das Ihr Ernst? Das klingt aber gar nicht gut.«

»Ich frage mich, ob Sie vielleicht etwas Licht in diese Geschichte bringen können, Arnold. Schließlich haben Sie Nikolaj Ryabinin unmißverständlich klargemacht, daß Sie die Lieferung der Boote an China aufs schärfste mißbilligen.«

»Wollen Sie damit etwa sagen, daß die drei Kilos auf dem Weg nach China waren?«

»Genau das.«

»Sieh mal einer an. Nun, Witali, leider kann ich Ihnen da überhaupt nicht weiterhelfen. Ich habe nämlich mit der Sache nicht das geringste zu tun ... ich war den ganzen Tag über an meinem Schreibtisch. Aber Spaß beiseite, alter Freund, Sie sind ganz offenbar der Meinung, daß irgend jemand mitten in Rußland und direkt unter den Augen Ihres Sicherheitsapparats die drei Kähne umgeworfen und die Unterseeboote zerstört hat. Haben Sie denn schon einen Verdächtigen? Wie wäre es mit King Kong?«

»Arnold, manchmal weiß ich Ihren Humor wirklich zu schätzen, aber heute bin ich überhaupt nicht zu Scherzen aufgelegt. Ich wollte vorhin nur sagen, daß die Vereinigten Staaten ein *Motiv* dafür hätten, einen solchen ›Unfall‹ zu inszenieren. Außerdem möchte ich Ihnen im Namen der Russischen Marine ganz offiziell versichern, daß wir nicht ruhen werden, bis wir die Angelegenheit vollständig aufgeklärt haben. Und sollte dabei herauskommen, daß die USA ihre Hand im Spiel hatten, dann werde ich persönlich dafür sorgen, daß Ihr Land vor aller Welt als eine Nation von egoistischen, gesetzlosen und gemeingefährlichen Bastarden gebrandmarkt wird. Wir werden eine Resolution bei den Vereinten Nationen einbringen, die Sie zur vollständigen Kompensation für die verlorenen Menschenleben und den materiellen Schaden verpflichtet. Außerdem werden wir verlangen, daß Sie sich öffentlich bei uns für diese Ungeheuerlichkeit entschuldigen, die nicht nur ich persönlich als einen kriegerischen Akt ansehe. Ich weiß, daß wir in Ihren Augen als ein rückständiges Dritte-Welt-Land im Vergleich mit den mächtigen USA gelten. Aber ganz machtlos sind wir nicht, lassen Sie sich das gesagt sein.«

»Aber ich bitte Sie, Witali, wir würden Ihr Land doch niemals für machtlos oder gar rückständig halten. Und Ihre Feinde sind wir auch nicht. Was die Kilos anbetrifft, so hatten wir tatsächlich etwas dagegen, daß sie an China geliefert werden, aber deshalb würden wir doch *niemals* solche entsetzlichen Dinge tun, wie Sie sie mir soeben geschildert haben. Wie hätten wir das denn außerdem mitten in Rußland bewerkstelligen sollen? Ich schätze, Sie gehen davon aus, daß jemand die Boote in die Luft gejagt hat?«

»Nein, Arnold. Nicht *jemand*. Ich gehe davon aus, daß *Sie* sie in die Luft gejagt haben.«

»Nein, nein und nochmals nein. Das wäre zwischen befreundeten Nationen doch ein extrem unfreundlicher Akt. So etwas tun wir nicht. Ich könnte an so was vielleicht denken, aber es auch wirklich ausführen? Niemals.«

»Ich wollte nur ein offizielles Dementi von Ihnen hören, Arnold.«

»Und das haben Sie ja nun, alter Freund. Wenn ich Sie wäre, würde ich mir einmal alle meine potentiellen Feinde genauestens unter die Lupe nehmen. Was ist zum Beispiel mit den Tschetschenen? Die sind doch immer noch ziemlich sauer auf euch. Und eines kann ich Ihnen sagen: Für diese Typen wäre es sehr viel einfacher als für uns, mitten in Rußland ein paar Lastkähne zu versenken. Mir kommt die Geschichte jedenfalls wie ein klassischer Terrorakt vor.«

»Vielen Dank für den Hinweis, Arnold. Und ich weiß Ihre Anteilnahme wirklich zu schätzen. Aber halten Sie mich nicht für einen Idioten.«

»Wie könnte ich das, Witali? Wir sind doch Freunde! Wenn es irgend etwas gibt, was ich für Sie tun kann, dann lassen Sie es mich wissen. Ach, übrigens, hatten Sie denn Sicherheitskräfte an dem Kanal? Wachmannschaften, Polizei, irgendwas in der Richtung?«

»Kaum. Bisher gab es *innerhalb* von Rußland keine ernstzunehmende Bedrohung.«

»Du meine Güte, Witali, ihr müßt euren Sicherheitsapparat wirklich mal auf Vordermann bringen. Die Welt, in der wir leben, ist verdammt gefährlich, glauben Sie mir. Ständig geschehen die schrecklichsten Dinge. Hören Sie auf meinen Rat, und geben Sie in Zukunft auf die U-Boote, die Sie exportieren wollen, besser acht. Die Dinger sind schließlich teuer genug.«

Obwohl Admiral Rankow Arnold Morgan am liebsten eigenhändig den Hals umgedreht hätte, sagte er lediglich: »Vielen Dank, Arnold, daß Sie mir so viel von Ihrer wertvollen Zeit gewidmet haben. Und hoffentlich haben Sie auch Verständnis dafür, daß ich nicht an Ihre Unschuld glaube.«

»Wenn es Ihnen hilft, dann soll es mir recht sein, Witali. Trotzdem schmerzt es mich, daß Sie mir solche schrecklichen Dinge zutrauen …«

»Sie sind ein echter Bastard, Arnold«, murmelte der Russe und schüttelte sein großes Löwenhaupt. Dann legte er auf.

Er hatte sich von diesem Gespräch nicht viel mehr versprochen als Morgans falsche Ahnungslosigkeit und seine gespielte Empörung darüber, daß jemand es auch nur in Erwägung zog, die USA für einen Sabotageakt wie diesen in Betracht zu ziehen, aber er hatte den Anruf einfach machen müssen.

Nun aber war es an der Zeit, eine umfassende Untersuchung der Vorfälle am Belomorski-Kanal in die Wege zu leiten, denn bisher hatte es nur unklare, zum Teil einander widersprechende Berichte gegeben. Der Chef der Wasserschutzpolizei hatte gemeldet, daß der vordere Lastkahn des Schubverbands zuerst gekentert sei, unmittelbar gefolgt vom hinteren Teil, auf dem der Kapitän und die Mannschaft ums Leben gekommen seien. Der dritte Kahn sei nur ein paar Augenblicke später nach der anderen Seite umgeschlagen. Soviel der Polizeichef wußte, war der hintere Kahn mit den beiden vorderen nicht verbunden gewesen.

»*Einen* gekenterten Lastkahn könnte man als Unfall gerade noch durchgehen lassen«, murmelte Admiral Rankow. »Und zwei zusammengekoppelte zur Not auch noch. Bei dreien aber, von denen einer getrennt fuhr, *muß* es sich entweder um einen Sabotageakt oder einen terroristischen Anschlag handeln.«

Wieder begann er, in seinem Büro herumzutigern. Könnten es nicht vielleicht doch die Tschetschenen gewesen sein? Theoretisch wäre das möglich, aber andererseits hätten deren Untergrundkämpfer viel einfachere und effektivere Möglichkeiten, der Moskauer Regierung zu schaden. Bei diesem Anschlag aber lag der Schaden, vom entgangenen Geld für die Kilos einmal abgesehen, eigentlich bei den Chinesen.

»Nein, vom Motiv her kommen nur die USA in Frage«, sagte Admiral Rankow leise. »Obwohl ich mir kaum vorstellen kann, wie sie das bewerkstelligt haben. Allein schon die Dreistigkeit, mitten in Rußland so ein Ding durchzuziehen, ist schier unglaublich. Und wie sind sie an die Kähne herangekommen? Wie haben sie den Sprengstoff ins Land geschafft? Und wo sind die Schuldigen jetzt? Haben sie Rußland längst verlassen, oder sind sie noch immer hier? Planen sie vielleicht gerade einen weiteren Anschlag?«

Admiral Rankow zuckte zusammen. Je mehr er darüber nachdachte, desto weniger schien die einzelnen Tatsachen tatsächlich miteinander zu verbinden, und handfeste Beweise gab es für seine Theorie praktisch keine. Trotzdem sagte ihm sein Gefühl, daß Arnold Morgan einfach hinter dieser Sache stecken *mußte*. Er und kein anderer.

Admiral Rankow ging wieder zum Telefon und ließ seine beiden Adjutanten, die Korvettenkapitäne Lewizki und Kasakow kommen, denen er ganze Listen von dringend zu erledigenden Aufgaben diktierte. Bevor er die Angelegenheit dem Oberbefehlshaber der Marine vortrug, wollte er, daß die Untersuchungen in vollem Gang waren.

Die Situation am Unglücksort war mittlerweile unter Kontrolle. Die Wasserschutzpolizei hatte ihn weiträumig abgesperrt und gleichzeitig eine Ringfahndung eingeleitet, bei der alle Fahrzeuge, gleich ob einheimisch oder nicht, in einem Umkreis von zehn Kilometern kontrolliert wurden. Aus der weiteren Umgebung waren Polizeikräfte als Verstärkung im Anmarsch, und Spezialtaucher der Marine wurden per Hubschrauber von Sewerodwinsk her eingeflogen. Aus dem Weißen Meer hatte man bereits ein speziell ausgerüstetes Bergungsschiff der Nordflotte in Marsch gesetzt, auf dem sich auch ein Stabsoffizier der Marine befand, der die Arbeiten an der Unglücksstelle koordinieren sollte. An Bord dieses Schiffs würde auch die Operationszentrale für die Untersuchungen des Marinegeheimdienstes eingerichtet werden.

Admiral Rankow verlangte von seinen Adjutanten, daß sie ihm vollständige Passagier- und Besatzungslisten sämtlicher Schiffe besorgten, die in den vergangenen drei Tagen irgendwo auf dem Onegasee Halt gemacht hatten. Außerdem wollte er eine Aufstellung sämtlicher Personen haben, die in der Umgebung das vergangene Jahr über als vermißt gemeldet worden waren, ganz gleich, ob an Land oder auf dem Wasser.

Darüber hinaus ließ sich Rankow die Namen aller Ausländer besorgen, die in den letzten drei Monaten nach Rußland eingereist waren. Diese Listen sollten seine Leute dann mit den offiziellen Ausreiselisten vergleichen. »Ich will wissen, wer noch hier ist, warum er noch hier ist und was zum Teufel er hier treibt«, sagte der Admiral zu seinen Adjutanten. »Und sehen Sie zu, daß Sie auch die Gegenprobe machen. Vielleicht sind ja Leute ausgereist, die bei der Ankunft gar nicht registriert wurden. Wenn das der Fall sein sollte, dann will ich, daß diese Personen genau überprüft werden, ganz gleich, wo sie zu Hause sind.«

Einer der beiden Korvettenkapitäne war so unvorsichtig zu bemerken, daß man für eine solche Operation mehr als tausend Leute brauchen würde, und erhielt von Rankow die barsche Antwort, daß ihm das scheißegal sei. Von ihm aus könnten es auch zehntausend sein, Hauptsache, es werde geklärt – und *bewiesen* –, wer die Kilos auf dem Gewissen habe. »Als wüßte ich das nicht schon längst«, murmelte er dann mehr an sich selbst gewandt.

In Washington versuchte Admiral Morgan ohne viel Erfolg, sein Gefühl der Schadenfreude in Zaum zu halten. Trotz aller Zufriedenheit über den gelungenen Coup wußte er, daß Admiral Rankow nichts unversucht lassen würde, die Schuldigen für die Zerstörung der drei U-Boote zweifelsfrei zu überführen. »John Bergstrom und ich haben zwar versucht, allen Eventualitäten vorzubeugen«, murmelte er vor sich hin. »Aber Witali wird bestimmt jede Fährte aufnehmen, auch wenn sie ihm noch so absurd und lächerlich erscheint. Ich hoffe bloß, daß er dabei jedesmal in einer Sackgasse endet.«

Arnold Morgan hatte recht: Admiral Rankow hetzte seine Spürhunde tatsächlich auf jede nur erdenkliche Fährte. »Beschafft mir eine Liste aller Schiffe, die auch nur entfernt für den Transport von Sprengstoff in Frage kommen«, forderte er finster dreinblickend, während er mit klackernden Absätzen über den Marmorfußboden tigerte. »Außerdem will ich wissen, ob die Radarüberwachung in den letzten drei Wochen ein unangemeldetes Flugzeug über unserem Luftraum entdeckt hat. Außerdem brauche ich eine Aufstellung *sämtlicher* Flugzeuge, die in diesem Zeitraum den Norden unseres Landes überflogen haben.«

»Auch Passagierflugzeuge?« fragte Korvettenkapitän Lewizki.

»Jeden beschissenen Papierflieger!« polterte der Admiral. »Wenn eine fremde Macht hinter dieser Geschichte steckt, dann werden wir mit ziemlicher Sicherheit ein paar Sprenglöcher im Boden der Tolkatschs finden, und irgendwie muß der Sprengstoff dazu ja ins Land gekommen sein. Niemand, der noch ganz bei Trost ist, würde es riskieren, ihn per Lastwagen, Zug oder Schiff hereinzubringen. Die Gefahr, dabei entdeckt zu werden, wäre einfach zu groß. Mein Instinkt sagt mir, daß das Zeug von einem Flugzeug abgeworfen wurde, aber fragen Sie mich bitte nicht, wie.«

»Von wieviel Sprengstoff sprechen wir denn überhaupt, Herr Admiral?«

»Das weiß ich selber nicht genau. Aber diese Kähne waren riesig, und alle drei miteinander hatten eine Gesamtlänge von 450 Metern. Will man, daß so ein großes Schiff plötzlich kentert, dann muß man etwa alle 15 Meter eine Ladung setzen, und dazu braucht man schon eine Menge Sprengstoff. Ich bin mir sicher, daß er mit dem Flugzeug abgeworfen wurde. Es gibt keine andere Möglichkeit, außer daß das Zeug im Lauf vieler Monate in kleinen Portionen über die Grenze geschmuggelt und irgendwo in der Nähe des Kanals versteckt wurde. Aber das möchte ich bezweifeln. Es ist zu aufwendig, zu riskant und viel zu schlecht unter Kontrolle zu halten.«

»Wollen Sie damit etwa andeuten, daß etwa 80 Kilo hochexplosiven Sprengstoffs aus einem Flugzeug abgeworfen, von Froschmännern aufgesammelt und dann unerkannt an den Lastkähnen befestigt wurden?«

»Genau das wollte ich eigentlich, aber so, wie Sie es sagen, klingt es ziemlich unwahrscheinlich.«

»Ich dachte nur daran, daß es sehr schwierig sein dürfte, den Sprengstoff nach dem Abwurf einzusammeln. Dinge, die aus Flugzeugen abgeworfen werden, können sich über einen Umkreis von über fünf Kilometern verteilen. Um das Zeug in so einem weiten Gebiet zu finden, brauchen sie 15 bis 20 Leute, und so eine Suchaktion ist nur sehr schwer unbemerkt durchzuführen.«

»Das ist mir auch klar«, entgegnete Rankow. »Außerdem wissen wir weder, wo der Sprengstoff abgeworfen, noch, wo er an den Kähnen befestigt wurde. Mit einem Zeitzünder kann man das Zeug schließlich zu jeder gewünschten Zeit detonieren lassen.«

»Aber während die Kähne fahren, kann man nur schlecht eine Ladung anbringen«, sagte Korvettenkapitän Kasakow.

»Das ist richtig«, bestätigte der Admiral und blieb mitten im Büro stehen. »Von der Wasserschutzpolizei weiß ich, daß Iwan Wolkow, der Sohn des Kapitäns, das Unglück überlebt hat. Er ist jetzt auf der Polizeistation in Kotschkoma. Holen Sie ihn mir doch rasch mal an die Strippe. Der Junge wird uns sagen können, wo sie überall angehalten haben. Vielleicht weiß er ja auch sonst noch etwas. Möglicherweise sollten wir ihn sogar zu uns nach Moskau holen.«

»Es wäre natürlich möglich, daß der Sprengstoff bereits in Nischnij Nowgorod angebracht wurde«, sagte Korvettenkapitän Kasakow, während sein Kollege ans Telefon ging. »Da hatten die Kähne immerhin einen Aufenthalt von mehreren Tagen.«

»Möglich ist alles, Andrej, aber ich glaube das eigentlich nicht. Über einen so langen Zeitraum ist es schwierig, alles unter Kontrolle zu halten. Niemand kann sagen, wo die Ladungen dann genau hochgehen... Nein, wer immer das getan hat, wäre so ein Risiko nicht eingegangen. Und von einem Zeitzünder, der auch noch weiß, wo er sich genau befindet, habe ich noch nie etwas gehört. Sie etwa?«

»Nein, Herr Admiral. Und außerdem bleibt die wichtigste Frage immer noch unbeantwortet: Wie gelang es einer fremden Macht – sofern eine solche für den Anschlag verantwortlich sein sollte –, den Sprengstoff unbemerkt in unser Land zu bekommen?«

»Nun ja, ich habe da mal was von einer hübschen kleinen Erfindung gehört, die nur die Amerikaner haben sollen. Es soll ein System zum präzisen Fallschirmabsprung sein und auf dem Prinzip ihrer lasergesteuerten Bomben basieren. Ich habe darüber allerdings nur in einem Artikel aus einer westlichen Fachzeitschrift gelesen und weiß nicht, ob das System überhaupt schon einsatzreif ist. Es wurde von einer Firma in Kalifornien entwickelt und heißt HALO – High Altitude, Low Opening. In unserer Sprache würde das soviel wie ›Große Höhe, niedriger Öffnungspunkt‹ bedeuten. In der Praxis heißt das, daß ein Fallschirmjäger in einer Höhe von 35 000 Fuß aus einem Flugzeug springt und an einem Laserstrahl entlang zur Erde fällt. Auf 1 000 Fuß öffnet sich dann sein Fallschirm, und er landet genau auf einem zuvor bestimmten Punkt. Dieses Prinzip ließe sich bestimmt auch auf Lastenbehälter anwenden, vielleicht sogar noch leichter als auf Menschen, die ja für einen Absprung aus so großer Höhe ein intensives Training brauchen. Bomben und Raketen können die Amerikaner ja auch schon an einem Laserstrahl entlang ins Ziel lenken. Sollte das der Fall sein, dann könnte man eine Last aus zehn Kilometern Höhe abwerfen und im Umkreis von zehn Metern um einen exakt vorherberechneten Punkt landen lassen.«

»Meine Güte!« sagte Korvettenkapitän Lewizki. »Dieser Artikel ist mir entgangen.«

»Wie gesagt, ich weiß nicht, ob das System überhaupt schon einsatzbereit ist, aber es wäre immerhin eine Möglichkeit.«

»Jawohl, Herr Admiral. Ich werde sehen, ob ich mehr darüber herausfinden kann.«

Zur Mittagszeit des 12. Juni lag die *Juri Andropow* noch immer an ihrem Anleger im Nordteil des Onegasees, und die Passagiere wurden langsam unruhig. Viele von ihnen hatten der Mannschaft bei der Suche nach dem Steward Pjotr, dem Oberkellner Torbin und den fünf vermißten Amerikanern geholfen, aber bisher hatte man noch niemanden von ihnen gefunden, obwohl bereits mehrere Suchtrupps in nur zehn Metern Abstand an den im Schilf versteckten Leichen der beiden Russen vorbeigekommen waren.

Oberst Borsow, der die Suche leitete, war sich seiner Pflichten gegenüber den Passagieren bewußt und verkündete, daß das Schiff um zwei Uhr ablegen werde. Über Funk verständigte er die Wasserschutzpolizei, daß sieben Personen vermißt würden. Man sagte ihm, er solle sich in 36 Stunden, wenn die *Juri Andropow* in St. Petersburg festmachen würde, bei der dortigen Polizei melden.

Um vier Uhr nachmittags erhielt Admiral Rankow ein ausführliches Dossier über das Unglück im Belomorski-Kanal, in dem der überlebende Iwan Wolkow als letzten Halt des Konvois einen bestimmten Punkt am Nordende des Onegasees nannte. Auch bestätigte er, daß der dritte Kahn nicht mit dem vorn fahrenden Tolkatsch verbunden gewesen war, und außerdem berichtete er aus erster Hand von dem unheimlichen Rumpeln unter dem Schiffsboden, das er kurz vor dem Unfall gehört hatte, und von den deutlich hörbaren Explosionen, die sich später unterhalb der Wasserlinie des dritten Kahns ereignet hatten.

Iwan Wolkow hatte der Wasserschutzpolizei genau erzählt, wie der dritte Kahn zur Seite kippte und das Unterseeboot erst gegen die Kanalwand schlug und dann ins Wasser fiel, und noch hinzugefügt, daß es seiner Meinung nach Sprengladungen gewesen sein mußten, die die Löcher in die Kähne gerissen hatten, denn sonst wären sie nicht alle drei binnen weniger Sekunden gekentert – und zwar zwei nach Steuerbord, und einer nach backbord. So, als hätte jemand das vorausberechnet, damit der Kanal auch wirklich blockiert wurde.

Gegen sechs Uhr kam Admiral Rankow von einem Treffen mit dem Oberbefehlshaber der Marine und hohen Politikern in sein Büro zurück. Allesamt hatten sie nicht glauben wollen, daß die Amerikaner eine solche Aktion mitten in Rußland durchgezogen haben sollten. Eine halbe Stunde lang waren sie ausgesprochen skeptisch, aber dann hatte Admiral Rankow sie davon überzeugt, daß der Sicherheitsberater des amerikanischen Präsidenten trotz seiner Dementis dazu sehr wohl in der Lage war und auch mit ziemlicher Sicherheit hinter der Vernichtung der Kilos steckte. Am Schluß der Sitzung kam man überein, daß Admiral Rankow seine Untersuchung des Vorfalls mit Nachdruck vorantreiben und nach Beweisen für eine Verstrickung der USA suchen solle. Für den Fall, daß sich eindeutige Beweise dafür finden ließen, wollte man die Amerikaner vor der internationalen Öffentlichkeit als rücksichtslose Gangster bloßstellen.

Admiral Zhang Yushu, der Oberbefehlshaber der chinesischen Volksbefreiungsmarine, wollte zunächst nicht glauben, was er soeben gehört hatte, aber der Marineattaché der russischen Botschaft in Peking ließ keinen Zweifel an seinen Worten aufkommen: Die drei von China bestellten Kilo-Boote, so sagte er nun schon zum zweiten Mal, seien bereits auf der ersten Etappe ihrer Reise durch eine Art Unfall im Belomorski-Kanal zerstört worden. Die Boote seien von ihren Lastkähnen gerutscht und hätten sich an der Betonwand des Kanals die Rümpfe aufgeschlagen, sagte der Attaché, Anzeichen für einen Sabotageakt einer fremden Macht gebe es keine. Leider seien die Kilos durch den Unfall völlig unbrauchbar geworden, so daß sie nun nicht mehr an China ausgeliefert werden könnten. Die Volksbefreiungsmarine, so der Attaché, würde sie wohl abschreiben müssen.

Admiral Zhang lauschte den vorsichtigen, emotionslos vorgetragenen Worten des Dolmetschers. Es gab keinen Zweifel an dem, was geschehen war. Die drei Kilos waren auf ihrem Weg ins Weiße Meer, wo ihre chinesischen Besatzungen bereits auf sie gewartet hatten, zerstört worden. Er legte den Telefonhörer auf und fluchte leise vor sich hin. Seit dem Verlust der ersten beiden Kilos hatte er die russischen Unterseeboote zu seiner ganz persönlichen Angelegenheit erklärt, ganz im Gegensatz zu anderen Militärs und Politikern in China, die sich von Dingen, die schiefgehen konnten, gern distanzierten.

Zhang war da aus anderem Holz geschnitzt. Sofort vermutete er, daß die Amerikaner auch diese drei Kilos auf dem Gewissen hatten, genauso wie ihre beiden Vorgänger. Schließlich hatten sie dem russischen Botschafter in Washington ja kaum verhohlen damit gedroht, daß sie die Auslieferung der Boote mit allen Mitteln verhindern wollten. Zhang wußte, daß ihm dieser Umstand, von dem ihn Admiral Rankow vor einigen Monaten unterrichtet hatte, politisch einige Schwierigkeiten bereiten konnte.

Der Große Vorsitzende hatte keinen Zweifel daran gelassen, daß er eine Auseinandersetzung mit den Vereinigten Staaten unter allen Umständen vermeiden wolle. Nichts sollte die Handelsbeziehungen zwischen den beiden Ländern trüben, die in China zu einem nie dagewesenen Wohlstand geführt hatten.

Zhang wußte, daß ihn die anderen Militärs bei seiner Forderung nach einem Vergeltungsschlag gegen die Vereinigten Staaten wohl kaum unterstützen würden. Er konnte schon froh sein, wenn man ihm grünes Licht für die Lieferung der letzten beiden Boote gab, an der ihm persönlich sehr viel gelegen war.

Zunächst aber mußte er sich um ein finanzielles Problem kümmern. China hatte für die drei zerstörten Kilos eine Anzahlung von 300 Millionen US-Dollar geleistet. Weitere 300 Millionen wären im Sommer nach Abschluß der Probefahrten in der Barentssee fällig gewesen und der Rest der Kaufsumme bei Ankunft der Boote in chinesischen Gewässern. Die Russen würden bestimmt nicht scharf darauf sein, die ersten 300 Millionen zurückzuzahlen, aber die chinesische Marine mußte trotzdem darauf bestehen. Erst wenn diese Hürde genommen war, würde Admiral Zhang von den Russen massiven Geleitschutz für die Fahrt der letzten beiden Kilos nach Shanghai fordern können.

Aber auch hier in China galt es einige Widerstände zu überwinden. Viele seiner Kollegen, das wußte Zhang genau, fragten sich inzwischen, ob die russischen U-Boote den ganzen Ärger wirklich wert waren.

Wenn sich diese Auffassung durchsetzte, dann hatte Arnold Morgan in Washington gewonnen. »Wenn man ihnen nur entschlossen und fest genug zwischen die Hörner haut, dann geben die Chinesen klein bei«, hatte er schon öfters verlauten lassen. »Irgendwann werden sie schon einsehen, daß sie ihre U-Boote niemals bekommen werden.«

Admiral Zhang wußte besser als jeder andere, was für einen empfindlichen Schlag China mit der Versenkung der Boote hatte einstecken müssen. Und ebenso wie Admiral Rankow war ihm auch klar, wer diesen Schlag ausgeteilt hatte.

In den folgenden Tagen suchte Admiral Rankow unermüdlich nach einer Schwachstelle im Plan der Amerikaner. Als seine Spürhunde herausfanden, daß fünf Manager einer amerikanischen Zitrusplantage nach Rußland ein-, aber offenbar nicht an dem in ihren Visa angegebenen Tag wieder ausgereist waren, glaubte er schon daran, eine vielversprechende Spur gefunden zu haben.

Er konnte natürlich nicht wissen, daß diese fünf Amerikaner noch am Abend ihrer Einreise in der Nähe des kleinen Hafens Kurgolowo von einem geheimnisvollen Fischerboot wieder abgeholt und außer Landes gebracht worden waren und daß ihre Pässe später von fünf anderen Amerikaner verwendet worden waren, die nicht das geringste mit dem Anbau von Zitrusfrüchten zu tun gehabt hatten.

Admiral Rankow hatte sich zu früh gefreut, denn es erwies sich, daß die Amerikaner mit 24stündiger Verspätung das Land doch noch von St. Petersburg aus in einem Geschäftsflugzeug verlassen hatten. Allerdings waren diese fünf die einzigen amerikanischen Staatsbürger, welche die ihnen gewährte Aufenthaltsfrist überschritten hatten.

Erst am 19. Juni erfuhr Rankow, daß vier ältere US-Bürger zusammen mit ihrer Krankenschwester vermißt wurden. Die vier Männer aus der Gegend von Minneapolis und die Frau aus Chicago waren bei einem Halt im Grünen verschwunden, den das Touristenschiff *Juri Andropow* zwei Nächte vor dem Unglück im Kanal am Nordende des Onegasees eingelegt hatte.

Rankow wurde darauf aufmerksam, weil sich die amerikanische Botschaft in Moskau darüber beschwerte, daß vier US-Bürger auf irgendeinem gottverlassenen See in Rußland verschwunden seien und die dortigen Behörden bisher noch nichts in dieser Angelegenheit unternommen hätten.

Die Beschwerde roch geradezu nach einer von Arnold Morgans typischen vorbeugenden Aktionen, mit denen er seine Gegner unter Druck zu setzen und sich zu entlasten versuchte. Der verärgerte Ton der Botschaft, die auf direkte Anweisung des amerikanischen Außenministeriums handelte, ließ die Beamten der russischen Tourismusbehörde kopfstehen und sorgte für einige Konsterniertheit bei den Schiffahrtsunternehmen, die mit den als hypernervös und leicht zu verschrecken geltenden Urlaubern aus den USA einen Großteil ihres Umsatzes machten.

Witali Rankow jedoch ließ sich von alledem weder beeindrucken noch hinters Licht führen. Sein Gefühl sagte ihm, daß Arnold Morgan die ganze Aufregung bewußt inszeniert hatte, und bestellte Oberst Borsow, den Ex-KGB-Mann an Bord der *Juri Andropow*, zum Rapport in sein Büro.

Der Offizier, so stellte sich heraus, hatte mit den verschwundenen Amerikanern persönlich gesprochen, und er war es auch gewesen, der ihr Fehlen als erster bemerkt und sofort eine Durchsuchung ihrer Kabinen angeordnet hatte.

»Was waren das für Männer?« fragte Admiral Rankow.

»Alte Männer.«

»Wie alt?«

»Sehr alt.«

»Was meinen Sie damit? Sechzig? Neunzig?«

»Nun, einer von ihnen, Mr. Andrews, war wohl so knapp achtzig. Er ging nur sehr langsam und stützte sich auf einen Stock. Mr. Maklov war vielleicht etwas älter, und auch er tat sich mit dem Gehen schwer, aber er war ein reizender alter Herr. Die anderen beiden waren etwas jünger, aber nicht viel.

Ich würde sie etwa auf Mitte siebzig schätzen. Ihr Verschwinden ist für mich nach wie vor ein Rätsel.«

»Haben Sie die Amerikaner denn aus der Nähe gesehen?«

»So nahe, wie ich Sie jetzt sehe, Herr Admiral.«

»Und hatten Sie jemals Zweifel daran, daß sie wirklich so alt waren, wie sie sagten?«

»Niemals, Herr Admiral. Diese Amerikaner waren wirklich so alt. Ich habe sie mehrmals täglich zu den Mahlzeiten und auch sonst häufig gesehen und mit ihnen gesprochen.«

»Wirkten sie auf Sie, als wären sie gute Schwimmer?«

»*Schwimmer?* Nein, Herr Admiral. Das waren wirklich alte Männer, die vielleicht die letzte Reise ihres Lebens unternahmen. Sie hatten übrigens alle russische Vorfahren.«

»Und wer war die fünfte Person in ihrer Gruppe?«

»Das war ihre Krankenschwester Edith Dubranin. Die Frau war mindestens über fünfzig. Sie hat mir erzählt, daß sie viele Jahre lang in einem großen Krankenhaus in Chicago gearbeitet habe.«

»Könnten Sie sich vorstellen, daß es sich bei den fünfen möglicherweise um Terroristen gehandelt hat?«

»Um *Terroristen?* Nein, beim besten Willen nicht. Zwei von ihnen haben es ja kaum von einem Ende des Decks zum anderen geschafft.«

»Haben Sie eine Theorie, was ihnen zugestoßen sein könnte?«

»Nein, Herr Admiral. Es sind auf dieser Reise übrigens auch zwei Besatzungsmitglieder auf mysteriöse Weise verschwunden, und zwar an derselben Stelle, an unserem Halt im Grünen. Das waren beide junge Männer, ein Steward namens Pjotr, der in der Bar am Heck bedient hat, und der Oberkellner Torbin. Sie haben das Schiff in einem Schlauchboot verlassen und sind seitdem spurlos verschwunden.«

Die knappen, präzisen Antworten von Oberst Borsow gefielen Admiral Rankow, und nachdem er dem Oberst das Versprechen abgenommen hatte, ihn sofort zu verständigen, sollte jener etwas von den sieben Vermißten erfahren, brachte er den Offizier der *Juri Andropow* noch hinaus auf die Straße.

Auf dem Rückweg durch die langen, kahlen Korridore dachte er weiter über das Verschwinden der sieben Personen in der Nacht auf den 11. Juni nach, das sich 29 Stunden vor dem angeblichen Unglück im Belomorski-Kanal ereignet hatte. Obwohl es auf der Hand lag, daß diese beiden ungewöhnlichen Ereignisse miteinander in Zusammenhang standen, hatte Rankow keine Veranlassung, an den Worten des früheren KGB-Offiziers zu zweifeln, der ausgesagt hatte, die alten Männer aus Amerika seien keinesfalls in der Lage gewesen, einen Sabotageakt wie die Versenkung der beiden Tolkatschs durchzuführen.

Blieben also nur der Steward und der Oberkellner, die beide über vier Jahre lang für die Schiffahrtslinie gearbeitet hatten, russische Staatsbürger waren und bisher nie negativ aufgefallen waren. Witali Rankow konnte sich eigentlich nicht vorstellen, daß diese beiden Männer sich des Hochverrats schuldig gemacht haben könnten, aber er würde sie trotzdem überprüfen lassen.

Zwei Tage später, am 22. Juni, fand ein Steward der *Alexander Puschkin*, die gerade ihren Halt im Grünen einlegte, das versunkene Schlauchboot der *Juri Andropow*. Er war mit einem fast identischen Boot unterwegs und hatte sechs amerikanische Damen dabei, die für den Ausflug jede einen Dollar bezahlt hatten. Im hellen Sonnenlicht sah er eineinhalb Meter unter der Wasseroberfläche den weißen Außenborder des anderen Boots, der von Land aus nicht zu erkennen war. Er fuhr näher und sah, daß das kaputte Schlauchboot zwar nicht mit bloßen Händen, aber immerhin mit einem Bootshaken zu erreichen war.

Der Steward beschloß, zuerst seine Passagiere zurückzubringen und dann zusammen mit ein paar anderen Besatzungsmitgliedern das Wrack zu bergen. So ein Außenbordmotor kostete eine Stange Geld, und vielleicht konnte man ihn ja trocknen, säubern und wieder zum Laufen bringen. Möglicherweise war auch der Rumpf des Schlauchboots noch zu reparieren.

Als der Steward und seine Kollegen gegen elf Uhr abends von dem Ausflugsschiff ablegten, war die Sonne noch nicht einmal untergegangen. Auch später in der Nacht würde sie nur wenig unter den Horizont sinken und den Himmel mit einem hellen, leicht rosafarbenen Schein überziehen und so auf dem riesigen See und der weiten Landschaft ringsum für spektakuläre Lichtspiele sorgen. Die »Weißen Nächte« sind ein ergreifendes Naturschauspiel, dessen eigentümlichem Zauber sich kaum jemand entziehen kann.

Alex, der Steward, der das kaputte Schlauchboot entdeckt hatte, wurde auf seiner Bergungsaktion von dem Kellner Nikolaj und dem Maschinisten Anton unterstützt. Mit langsamer Fahrt tuckerten die drei durchs flache Wasser direkt am Ufer entlang und suchten den weißen Außenborder, der genauso aussah wie der ihres eigenen Schlauchboots.

Die jungen Russen hatten drei Säcke und zwei große Bootshaken bei sich. Sie hatten vor, den Außenborder zu bergen, im Laderaum der *Alexander Puschkin* zu verstecken und mit nach St. Petersburg zu nehmen. Dort sollte Anton ihn trocknen und wieder auf Vordermann bringen, und dann wollten sie ihn für viel Geld verkaufen. Ein solcher Außenborder war 4000 Dollar wert, was für die jungen Leute, die 60 Dollar die Woche verdienten, ein kleines Vermögen war.

Das Problem war nur, daß Alex sich keinen markanten Punkt an Land gemerkt hatte, anhand dessen er das Wrack hätte wiederfinden können. So mußten die drei ziemlich lange suchen, bis Nikolaj schließlich kurz vor Mitternacht den Motor im klaren Wasser zwischen dem Schilf entdeckte.

Alex fuhr das Boot ganz nahe an die Stelle heran, wo Anton und Nikolaj ihre Bootshaken an dem Außenborder festmachten und versuchten, ihn aus dem Wasser zu ziehen. Er kam ein wenig nach oben, ließ sich dann aber nicht weiterbewegen. »Das Ding hängt noch an dem Boot«, sagte Anton. »Einer von uns muß wohl ins Wasser und ihn losmachen – alles zusammen kriegen wir nie nach oben.«

»Dann mach du das«, sagte Alex. »Ich bin für das Boot verantwortlich, und Nikolaj ist der Stärkste von uns und muß den Motor aus dem Wasser heben. Das verdammte Ding wiegt bestimmt ein paar Zentner.«

Der eins neunzig große Anton murrte zwar ein wenig, weil er die Drecksarbeit machen sollte, zog sich dann aber Schuhe,

Hemd und Hose aus und ließ sich hinab ins kalte Wasser gleiten. Dort holte er tief Luft und tauchte hinunter zu dem Außenbordmotor, wo er sogleich erkannte, was das Problem war: Die Metallspitze der Schraubenverkleidung am unteren Teil des Motors hatte den Holzboden des Schlauchboots durchgeschlagen und sich dort verklemmt.

Anton tauchte wieder auf und sagte Nikolaj, er solle den Motor mit dem Bootshaken in eine senkrechte Position bringen, damit er ihn von dem Boot befreien könne. Er ging abermals nach unten, wartete, bis Nikolaj den Motor angehoben hatte, und drehte ihn dann so, daß er aus dem Loch im Holzboden herauskam. Nikolaj zog den Außenborder hoch, und als Anton wieder an die Oberfläche kam, waren seine beiden Kollegen schon dabei, ihn ins Boot zu hieven.

Jetzt, wo der der schwere Motor es nicht mehr am Boden festhielt, begann das luftleere Schlauchboot langsam nach oben zu steigen. Anton, der immer noch am Wulst des eigenen Boots hing, trat mit den Füßen danach, um es wieder nach unten zu befördern, und stieß auf einmal einen lauten Schrei des Ekels aus: »*Pfui Teufel!* Da ist wohl ein toter Hund oder so was. Zieht mich sofort ins Boot!«

Alex lachte. »Das ist doch bloß Schilf. Das Wasser ist voller abgestorbener Pflanzen.«

»Das war keine Pflanze!« entgegnete Anton, als er wieder im Schlauchboot saß. »Das war etwas Weiches und Pelziges. Richtig ekelhaft!«

»Dann zeig uns doch, was es war«, sagte Nikolaj, der mit seinem zweieinhalb Meter langen Bootshaken im vom aufgewühlten Schlamm ganz trüb gewordenen Wasser herumstocherte. »Da, ich glaube, ich habe etwas. Pack mal mit an, Anton.«

Die beiden jungen Männer zogen an dem Haken und lösten etwas aus dem Morast am Boden des Sees. Es war größer und schwerer als ein Hund und driftete ganz langsam nach oben. An der Wasseroberfläche sah es aus wie ein Teil eines dicken Baumstamms, nur daß dieser Baumstamm Augen hatte, weiße, weit aufgerissene Augen und ein aufgedunsenes, schlammgeschwärztes Gesicht.

Wie eine Erscheinung, die direkt aus der Hölle aufgestiegen war, schaukelte die Wasserleiche in den kleinen Wellen rings um das Boot. An ihrer linken Brust erkannten die drei entsetzten jungen Leute eine kleine Wunde, die sich wie ein grausiges, rotes Ordensband von der immer noch weißen Uniformjacke abhob.

Anton, der sich vor Übelkeit fast übergeben mußte, ließ den Bootshaken los und wandte sich ab, aber Nikolaj, der aus härterem Holz geschnitzt war, blickte hinunter ins Wasser, wo er die Form eines weiteren »Baumstamms« erkannte.

Nikolaj nahm den Bootshaken und stocherte damit herum, bis er auf etwas Weiches stieß. Kurze Zeit später hatte er eine zweite Leiche aus dem Schlamm am Boden gelöst, die, anders als die erste, mit dem Rücken nach oben an die Oberfläche kam. Dieser Tote trug eine hellblaue Jeansjacke, auf der ebenfalls ein Einstich zu sehen war. Er befand sich auf der linken Seite des Rückens etwa auf derselben Höhe wie die Wunde auf der Brust der ersten Leiche.

Die beiden Toten sahen so aus, als hätten sich da zwei gegenseitig mit langen Jagdmessern getötet, oder als seien sie ein und demselben Mörder zum Opfer gefallen, der genau gewußte hatte, wo er mit einem solchen Messer hinstechen mußte.

Alex und seine Freunde hatten die Leichen von Pjotr und Torbin entdeckt, und eine Dreiviertelstunde nachdem sie ihren Fund dem Kapitän der *Alexander Puschkin* gemeldet hatten, war die Wasserschutzpolizei zur Stelle.

Als Oberst Borsow über Funk von dem grausigen Fund erfuhr, meldete er sich sofort bei Admiral Rankow und informierte ihn darüber, daß die Zahl der Vermißten von sieben auf fünf gesunken sei.

Rankow stand nun erst recht vor einem Rätsel. Bisher hatte er im Hinterkopf immer noch die Möglichkeit erwogen, daß die beiden Russen die Amerikaner wegen ihres Geldes getötet hatten und dann geflohen seien. Er wußte, daß das ein ziemlich abwegiger Gedanke war, aber in Ermangelung einer besseren Theorie war es die einzige Erklärung gewesen, die Rankow für das Verschwinden der sieben Menschen gehabt hatte.

Jetzt mußte er sich etwas anderes einfallen lassen, und dabei stand er vor einer ganzen Reihe von neu aufgeworfenen Fragen wie zum Beispiel der, wer den Steward und den Oberkellner getötet hatte. Und konnten die alten Amerikaner vielleicht doch etwas mit der Zerstörung der Kilos zu tun haben? Admiral Rankow glaubte es eigentlich nicht. Wie sollten sie auch? Immerhin hatten die Lastkähne mit den Booten mehr als einen Kilometer von dem Ausflugsschiff entfernt geankert, und die verschwundenen Männer waren gehbehinderte alte Herren gewesen, keine ausgebildeten Froschmänner.

Schließlich gelangte der Admiral zu der Überzeugung, daß diese Überlegungen nur in eine Sackgasse führten, aber dennoch fragte er sich, ob Oberst Borsow mit seinen Beteuerungen, daß es sich bei den Amerikanern wirklich um hinfällige, alte Leute und ihre Krankenschwester gehandelt hatte, nicht vielleicht seine eigene Haut retten wollte. Er nahm sich vor, den persönlichen Hintergrund der fünf Touristen genauer untersuchen zu lassen. Wenn es sich bei ihnen wirklich um Agenten gehandelt haben sollte, dann hatten sie ja vielleicht den einen oder anderen Fehler gemacht. Allerdings wußte Witali Rankow auch, daß Arnold Morgan so eine Aktion ausgesprochen gründlich und gekonnt eingefädelt hätte, und ein dumpfes Gefühl der Hoffnungslosigkeit machte sich in seiner Magengrube breit.

Rankow beschloß, sich lieber auf vielversprechendere Fragen zu konzentrieren. Zum Beispiel auf die des Flugzeugs.

Vor ihm auf dem Schreibtisch lag eine Liste von Maschinen, die in den vergangenen Wochen Rußland vom Norden kommend in Richtung Türkei, Arabien und Persischer Golf überflogen hatten. Normalerweise kamen diese Flugzeuge aus dem Westen der USA oder Kanada und flogen auf der kürzesten Strecke über den Nordpol in den Mittleren Osten. In den vergangenen zwei Monaten hatten Rankows Leute acht solcher Flüge feststellen können. Sie hatten sie überprüft und dabei herausgefunden, daß bis auf eine alle an ihrem angegebenen Ziel angekommen waren.

Diese eine Maschine war der Flug Nummer AA294 der American Airlines, eine Boeing 747, die am 1. Mai von Los

Angeles nach Bahrein in den Vereinten Arabischen Emiraten unterwegs gewesen war. Das Flugzeug war ziemlich pünktlich um 22 Uhr 30 Moskauer Zeit in den russischen Luftraum eingeflogen und hatte seine Reise am 34. Längengrad entlang nach Süden fortgesetzt. Den Aufzeichnungen der Flugsicherung zufolge hatte es dabei ständig eine konstante Höhe von 10700 Metern und eine Geschwindigkeit von 700 Stundenkilometern beibehalten. Dabei war es nie schneller oder langsamer geworden.

Ein ganz normaler Flug also, bis auf einen merkwürdigen Umstand: Die Landung der Maschine wurde, laut Aussagen russischer Agenten vor Ort, vom Flughafen in Bahrein nicht registriert. Mehr noch: Für den fraglichen Vormittag wurde dort überhaupt keine Boeing 747 erwartet.

Admiral Rankow blätterte eine Seite weiter. »Hier steht es«, murmelte er. »American Airlines sagt, daß das Flugzeug pünktlich in Bahrein gelandet sei ... ein Charterflug für arabische Geschäftsleute ... und niemand weiß, weshalb der dortige Flughafen es nicht verzeichnet hat. American Airlines führt das auf die typisch arabische Schlamperei zurück.«

Resigniert legte Admiral Rankow den Bericht beiseite. Schon wieder eine Sackgasse, bei der es nichts weiter zu ermitteln gab. Das Flugzeug hatte ja nicht einmal vorgehabt, in Rußland zu landen, sondern es lediglich überflogen, und so war es sehr schwer für seine Leute, weitere Erkundigungen darüber einzuholen. Außerdem gab es keinen Grund zur Annahme, daß Flug AA294 keine arabischen Geschäftsleute zurück in ihre Heimat gebracht hatte, und Sprengstoff über dem Onegasee hatte der Jumbo bestimmt nicht abgeworfen, denn das war bauartbedingt gar nicht möglich. Außer, natürlich, es wäre gar kein Verkehrsflugzeug gewesen, sondern eine Maschine der U.S. Air Force auf dem Weg zur Luftwaffenbasis in Bahrein. Aber wie sollte Admiral Rankow das jemals herausfinden? Wundern würde es ihn allerdings nicht, wenn dieser Bastard Arnold Morgan ...

Es war wie verhext: Jedesmal, wenn Witali Rankow eine auch nur halbwegs vielversprechende Spur hatte, erwies sie sich entweder als zu unwahrscheinlich oder als schlichtweg unmöglich. Dennoch aber hatte der russische Admiral jedesmal, wenn er wieder in eine Sackgasse gelaufen war, das unbestimmte Gefühl, als habe Arnold Morgan hinter den Kulissen die Fäden gezogen. Noch hatte Rankow nicht aufgegeben, aber langsam machte sich bei ihm der Verdacht breit, daß er mit dieser Untersuchung auf keinen grünen Zweig kommen werde und daß die Vögel, nach denen er suchte, längst ausgeflogen waren, ohne auch nur eine einzige verräterische Feder zurückzulassen.

Am 24. Juni erhielt Rankow einen ersten vorläufigen Bericht von der Unglücksstelle. Die Arbeit kam nur schleppend voran, hieß es darin, weil die Wracks der riesigen Lastkähne tief im Schlamm am Boden des Kanals steckten. An Rumpf Nummer zwei, dem hinteren Teil des Schubverbands, hatte der Korvettenkapitän, der die zur Bergung eingesetzten Marinetaucher kommandierte, aber schon die Ursache des vermeintlichen Unglücks gefunden: acht in einer Linie liegende Löcher im Abstand von 15 Metern, die alle zwischen einem und eineinhalb Meter groß waren.

»Saubere Arbeit«, brummte Witali Rankow, während er den Rest des Berichts überflog. Er beinhaltete das, was der Admiral erwartet hatte: »Deutliche Brandspuren… Metallproben wurden mit Unterwasserschweißgeräten aus dem Rumpf geschnitten und zur Untersuchung nach Moskau gebracht… Ergebnis steht noch aus.«

»Ich weiß jetzt schon, wie das Ergebnis lauten wird«, murmelte der hünenhafte Chef des russischen Admiralstabs. »Semtex, hergestellt in der Tschechischen Republik. Da waren Vollprofis am Werk, verdammte Scheiße.«

Es war Rankows Pflicht, Admiral Karl Rostow, den Oberbefehlshaber der Marine und Stellvertretenden Verteidigungsminister, unter dem Siegel der Verschwiegenheit darüber zu informieren, daß die Lastkähne von professionell arbeitenden, bisher noch nicht identifizierten Saboteuren gesprengt und versenkt worden waren. Die Frage war nun, wie, wenn überhaupt, man diese beunruhigende Tatsache der russischen Öffentlichkeit beibringen sollte.

Witali Rankow wußte schon jetzt, daß man den Vorfall am Ende zum Unglück erklären würde. Das würden später auch die internationalen Medien melden, und Arnold Morgan würde sich die Hände reiben. Die Vorstellung, wie sein amerikanischer Widersacher selbstzufrieden vor sich hingrinsen würde, war fast zuviel für Rankow. *Du meine Güte, Witali, ihr müßt euren Sicherheitsapparat wirklich mal auf Vordermann bringen.*

»O je!« sagte Admiral Rankow und zog zum ersten Mal seit der Versenkung der Lastkähne die Möglichkeit in Betracht, daß die USA mit ihrem üblen Spiel durchkommen würden, so wie es ihnen auch schon nach der Zerstörung der ersten beiden Kilos gelungen war.

Er ging zum Telefon und befahl Korvettenkapitän Kasakow, er solle sich die Unterlagen von der Autopsie der beiden Toten aus dem Onegasee besorgen. Die Marine hatte die Leichen im Hubschrauber nach St. Petersburg geflogen, und mittlerweile müßte wenigstens ein Zwischenbericht mit der genauen Todesursache vorliegen.

Nach einer halben Stunde kam Kasakow in Rankows Büro und brachte dem Admiral ein Fax, das er soeben von der St. Petersburger Gerichtsmedizin erhalten hatte. Als Todesursache hatte man bei beiden Männern einen Stich direkt ins Herz festgestellt. Bei der Tatwaffe, so der Bericht weiter, handelte es sich um ein großes Messer, das genau zwischen zwei Rippen eingedrungen war und das Organ mit tödlicher Präzision in zwei Hälften gespalten hatte. Obwohl beide Leichen Wasser in den Lungen gehabt hatten – die von Steward Pjotr, den der Messerstich von vorn getroffen hatte, mehr als die andere – schied Ertrinken als Todesursache mit Sicherheit aus.

»Das war eine Spezialeinheit«, sagte Admiral Rankow. »Präzise Arbeit. Ein einziger, genau gezielter Stich. Ich würde auf professionelle Kampftaucher tippen. Die beiden Clowns haben sie aus Zufall entdeckt und mußten sterben, bevor die Saboteure hinaus zu unseren Lastkähnen geschwommen sind, um die Sprengladungen anzubringen.

Es ist schon seltsam. Ich weiß genau, was passiert ist, aber ich kann nichts davon beweisen. Überhaupt nichts. Alles, was ich habe, sind vier verschwundene, altersschwache Amerikaner, von denen zwei nicht einmal richtig laufen konnten und die nicht einmal ein erfahrener KGB-Offizier für verdächtig hält.«

Der Admiral stand auf und strich sich mit einer ärgerlichen Geste seine dichten, schwarzen Locken aus dem Gesicht. Dann ging er mit langsamen Schritten durch sein Büro, wobei die Eisenplättchen an seinen Schuhen wie das Ticken einer großen, unsichtbaren Uhr klangen. »Ich weiß alles«, sagte er, »und doch weiß ich *überhaupt* nichts.«

Er gab Korvettenkapitän Kasakow den Befehl, die Seeufer und die angrenzenden Wiesen und Wälder rings um den Anleger durchkämmen zu lassen.

»Darf ich fragen, wonach unsere Leute suchen sollen, Herr Admiral?« fragte Kasakow.

»Sie dürfen. Nach fünf weiteren Leichen.«

»Denen der Amerikaner?«

»Genau. Ich habe das ungute Gefühl, daß das Kommando, das die Kähne versenkt hat, von den beiden Besatzungsmitgliedern überrascht wurde. Möglicherweise haben die Amerikaner die Terroristen auch gesehen und wurden ebenfalls von ihnen ermordet. Lassen Sie die Leute vor allem direkt am Ufer und in den Wäldern suchen, und fordern Sie Marinetaucher an, die den See absuchen sollen. Wenn ich dort oben mitten in der Nacht vier alte Männer und ihre Krankenschwester getötet hätte, dann hätte ich die Leichen wahrscheinlich mit irgendwas beschwert und im See versenkt. Trotzdem bestehe ich darauf, daß auch die Wälder durchsucht werden.«

Schon drei Stunden später begann eine große Suchaktion rings um den Anleger im Norden des Onegasees. Kein Touristenschiff durfte den Halt im Grünen anlaufen, und der Leiter der Wasserschutzpolizei kam mit zwei per Helikopter eingeflogenen Befehlshabern der Nordflotte überein, einen Streifen von 500 Metern landeinwärts abzusuchen.

An diesem Punkt protestierte der örtliche Polizeichef und wies darauf hin, daß die Wälder 20 Kilometer lang seien und sie dreieinhalb Kilometer davon absuchen müßten. »Jemand, der fünf Leichen ins Unterholz zerrt, schleppt diese höchstens

100 Meter«, argumentierte er, »keine 500. Wir sprechen hier von einem Suchgebiet von 125 Hektar. Wenn ich 100 Leute zur Verfügung hätte, müßte jeder davon 12500 Quadratmeter absuchen. Aber ich habe insgesamt nur 100 Männer, und von denen müssen 50 das Seeufer absuchen. Deshalb muß jeder von ihnen 25000 Quadratmeter übernehmen, die noch dazu voller Gestrüpp, Büschen und altem Laub sind. Wenn wir das alles gründlich durchkämmen, sind wir Weihnachten noch immer nicht fertig damit.«

»Befehl ist Befehl«, antwortete der Einsatzleiter. »Und dieser Befehl kommt von ganz oben. Wir suchen also so lange, bis man uns sagt, daß wir aufhören sollen, so wie wir es schon zu Zeiten des Kommunismus gemacht haben.«

Der Polizeichef lachte. »Sie haben hier das Sagen«, meinte er. »Wenn Sie wollen, daß 500 Meter abgesucht werden, dann tun wir das auch. Sollen wir Metalldetektoren verwenden?«

»Nein, wir suchen schließlich nach Leichen, da genügen Rechen und spitze Stöcke. Lassen Sie Ihre Leute paarweise arbeiten, das ist am effektivsten.«

»Danke für den Rat, aber das hätten wir sowieso getan.«

Sie suchten neun Tage lang, und am Schluß hatten sie noch immer keine toten Amerikaner gefunden, denn diese befanden sich die ganze Zeit über bei bester Gesundheit über 11000 Kilometer von den Suchmannschaften entfernt. Etwas näher schlummerten die drei unter einem Busch einen guten Kilometer außerhalb des Suchgebiets vergrabenen und mit einer Sprengfalle versehenen Behälter der SEALs, die Arnold Morgan und Admiral Bergstrom vorsorglich mit der Herkunftsbezeichnung »Made in Ukraine« hatten versehen lassen.

Fast wäre Witali Rankow von dem Ergebnis der Suchaktion enttäuscht gewesen, denn er hatte sich für eine Weile tatsächlich eingeredet, daß man vielleicht sogar tatsächlich die Leichen der vier Amerikaner und ihrer Krankenschwester finden würde. Nun aber sagte ihm sein Instinkt, daß es sich bei den vermißten Amerikanern um das Spezialteam gehandelt haben mußte, das die Lastkähne mit den Kilos gesprengt hatte. Derselbe Instinkt sagte ihm aber auch, daß er niemals auch nur die Spur eines Beweises finden würde, mit der er den Drahtzieher des Anschlags würde überführen können.

Die nächste Frage war nun, ob er die ganze Untersuchung der Unterabteilung der Armee übergeben sollte, die für die Bekämpfung von Terrorismus zuständig war. Er hätte das ohne Zögern getan, wenn er nicht genau gewußt hätte, welche Nation hinter dem Anschlag stand. Die Spezialeinheiten, die unter dem Sternenbanner operierten, galten nicht als Terroristen. Und beide – die Army Rangers wie die Navy SEALs – waren für russische Vergeltungsschläge unerreichbar, außer man würde deshalb einen Krieg beginnen.

Admiral Witali Rankow hatte sich noch nie so machtlos gefühlt. Der Kreml konnte nicht einmal offiziell zugeben, daß er wußte, was wirklich passiert war. Die ohnehin schon unter Druck stehende russische Regierung konnte nie und nimmer zugeben, daß Spezialeinheiten der USA innerhalb der Russischen Föderation vollkommen ungehindert Sabotageunternehmen durchführen konnten.

Dieser verdammte Arnold Morgan!

Das Ganze war eine »schwarze Operation« gewesen, und Admiral Rankow wußte, daß bei diesen Einsätzen genau darauf geachtet wurde, keine Spuren zu hinterlassen. Beim Verschwinden der beiden ersten Kilos im Nordatlantik war es dasselbe gewesen. Zum Glück hatten sich die Chinesen nicht sonderlich aufgeregt, aber ihre 300 Millionen Dollar Anzahlung für die drei Boote wollten sie jetzt zurückhaben.

Admiral Rankow lag die Marine, in der er fast sein ganzes Leben lang gedient hatte, sehr am Herzen. Wenn die Chinesen jetzt aus den Verträgen für die Kilo-Boote ausstiegen, würde das nicht nur der gesamten russischen Werftindustrie sondern auch der Marine schweren Schaden zufügen. Auch die Ukraine, die ihren halbfertigen Flugzeugträger an die Chinesen verkaufen wollte, würde eine Stornierung dieses Auftrags empfindlich treffen.

Seine oberste Priorität war jetzt, dafür zu sorgen, daß die restlichen zwei Kilos sicher an China ausgeliefert werden konnten. Mit etwas Glück, dachte er, gelingt es uns vielleicht sogar, daß sie uns die 300 Millionen Dollar als Anzahlung für die beiden letzten Boote lassen. Aber dazu brauche ich eine narrensichere Methode, die Kilos nach China zu bringen, ohne daß sie uns dieses Arschloch Morgan wieder unter dem Hintern wegschießt.

Der Admiral saß allein in seinem Büro und betrachtete lange die Karte der den Nordpol umgebenden Meere, die teilweise bis zu 4000 Meter tief waren. Dann zog er einen Kalender zu Rate und schaute nach, wann das Eis im Sommer seine geringste Ausdehnung in Richtung Süden hatte.

Als nächstes prüfte er die Verfügbarkeit der Akula-Boote, der größten Atom-U-Boote, die jemals gebaut wurden. Die frühere Sowjetunion hatte diese riesigen Unterwasserschiffe, die von den Amerikanern »Typhoon« genannt wurden, als Träger für ihre seegestützten Interkontinentalraketen entwickeln lassen. Niemand, nicht einmal die USA, konnte einem Boot der Typhoon-Klasse Paroli bieten. Mit seinen zwei Atomreaktoren erreichte es getaucht eine Geschwindigkeit von 30 Knoten und konnte auch unter dem Eis des Nordpols operieren und im Notfall beim Auftauchen eine bis zu drei Meter dicke Eisdecke durchstoßen. Bewaffnet war es mit fast 40 Torpedos und U-Boot-Abwehrraketen und damit ein Gegner, dem kein anderes Unterseeboot auf der ganzen Welt gewachsen war.

Sie sollen es nur probieren, sich mit einem Akula anzulegen, dachte Admiral Rankow grimmig. Sie sollen es nur probieren.

KAPITEL ZEHN

Mehr als 300 Verwandte und Freunde nahmen an einem Gedenkgottesdienst für Dr. Kate Goodwin teil, der gestern in der St. Francis-Kirche in Brewster abgehalten wurde. Dr. Goodwin gehörte zu den 29 Amerikanern, die vermutlich mit dem Forschungsschiff *Cuttyhunk* aus Woods Hole untergegangen sind, das vor 18 Monaten auf den Kerguelen im südlichen Indischen Ozean spurlos verschwand. Die Lesung bei dem Gottesdienst hielt Frederick J. Goodwin, der Chefreporter dieser Zeitung und Cousin der Toten.

Cape Cod Times vom 28. Juni 2004

Die Note, die Admiral Zhang Yushu nach Peking zurückbeorderte, hatte einen ungewöhnlich scharfen und dringenden Ton. Weil der normale Weg per Hubschrauber vom Hauptquartier der Südflotte in Zhanjiang nach Kanton und dann per Linienflug weiter nach Peking dem Politbüro nicht schnell genug erschienen war, saßen der Oberbefehlshaber der Volksbefreiungsmarine und Vizeadmiral Zu Jicai in einem Marineaufklärer vom Typ Tu-16 und flogen mit 900 Stundenkilometern auf die Hauptstadt der Volksrepublik China zu.

Keiner der beiden hohen Offiziere wußte, um was es bei dem für zwölf Uhr mittags anberaumten Treffen gehen sollte. Jetzt war es sieben Uhr, und bis nach Peking waren es noch 1300 Kilometer. Der umgebaute Langstreckenbomber flog gerade über den Mittellauf des Yangtse, wo sich der große Fluß durch ein Labyrinth von Binnenseen, Dämmen, Schluchten und Kanälen seinen Weg sucht. Bei klarem Wetter war der Anblick dieser Flußlandschaft, die zum industriellen und landwirtschaftlichen Kernland Chinas zählt, ein beeindruckendes Schauspiel, aber heute verbarg sich der vom

Regen der vergangenen Wochen braungeschwollene Yangtse unter einer dichten, grauen Wolkendecke.

»Was meinen Sie, um was es geht?« fragte Admiral Zu. »Um die verlorenen U-Boote?«

»Nein, Zu«, antwortete der Oberkommandierende nachdenklich. »Das glaube ich eher weniger. Als diese ganzen Probleme anfingen, sollten wir sieben Kilo-Boote von den Russen geliefert bekommen. Fünf davon wurden zerstört, und die letzten beiden sind noch nicht so weit, daß sie Rußland verlassen könnten. Damit liegt die Angelegenheit mit den Kilos erstmal auf Eis. Ich kann mir nicht vorstellen, daß etwas in diesem Zusammenhang so dringend ist, daß man uns dafür extra nach Peking beordern muß.«

»Dann geht es bestimmt wieder um Taiwan, wie immer, wenn die Politiker nervös werden.«

»Das ist zweifelsohne richtig. Trotzdem kann ich mir nicht recht vorstellen, worum es bei dem Treffen gehen soll… Nun ja, wir werden es ja bald erfahren.«

»Was ist eigentlich mit dem Geld, das wir für die drei Unterseeboote angezahlt haben?« wollte Admiral Zu wissen. »Geben es uns die Russen zurück?«

»Da wird ihnen wohl kaum etwas anderes übrigbleiben. Sie können von uns ja wohl schlecht erwarten, daß wir die 300 Millionen Dollar einfach abschreiben, bloß weil ihnen die Boote mitten in Rußland von den Lastkähnen gerutscht sind.«

»Haben sie es denn schon zurückgezahlt?«

»Nein, sie haben es als Anzahlung für die letzten beiden Kilos behalten. Das bedeutet, daß wir ihnen noch mal 300 Millionen zahlen müssen, wenn diese Boote unbeschadet bei uns angekommen sind. Admiral Rankow arbeitet gerade einen Plan aus, um den Booten sicheres Geleit bis in unsere Gewässer zu geben. Er schwört, daß diesmal die amerikanischen Banditen keine Chance haben werden.«

»Hoffentlich. Es würde die Russen nämlich eine ganze Stange Geld kosten, wenn es wieder schiefgehen würde.«

»Und ob. Sie haben sich bereit erklärt, uns in diesem Fall die 300 Millionen Dollar komplett zurückzuzahlen.«

»Haben sie sich eigentlich beim Verlust der beiden Boote im Nordatlantik auch so kooperativ gezeigt?«

»Nicht ganz. Da bestanden sie darauf, daß der Vertrag buchstabengetreu erfüllt wurde. Wir hatten 200 Millionen Dollar Anzahlung geleistet und noch einmal 200 Millionen nach Abschluß der Erprobungsfahrten, als die Boote die russischen Gewässer verließen. Die letzte Rate wäre fällig gewesen, wenn die Boote Xiamen erreicht hätten. Dummerweise war die zweite Zahlung gerade unterwegs, als die Boote verschwanden. Die Hongkong-Shanghai-Bank hat sie nicht mehr aufhalten können.«

»Das war Pech«, sagte Admiral Zu.

»Sie sagen es. Und die Russen waren dummerweise auch noch im Recht. Sie sagten, es sei ein bedauerlicher Unglücksfall gewesen, für den der Vertrag keine Rückzahlung des Geldes vorsah. Und sie haben recht, denn die Erprobungsfahrten *waren* nun einmal abgeschlossen, und deshalb gehörte das Geld ihnen. Schließlich hatten sie ihren Teil des Vertrags erfüllt, und der ›Unglücksfall‹ war nicht ihre Schuld.«

»Dann haben wir also bisher 700 Millionen Dollar gezahlt und dafür kein einziges U-Boot erhalten.«

»Genau. Und wenn sie uns die letzten beiden liefern, dann haben wir eine Milliarde Dollar für zwei U-Boote ausgegeben. Ganz schön teuer, finden Sie nicht?«

»Natürlich. Aber würden wir nicht Schadensersatz bekommen, wenn die Russen vor den Vereinten Nationen beweisen könnten, daß die Amerikaner für den Verlust der U-Boote verantwortlich sind?«

»Das denke ich schon. Ich habe persönlich dafür gesorgt, daß eine diesbezügliche Klausel in den neuen Vertrag kommt. Rußland würde in diesem Fall von Washington die vollen eineinhalb Milliarden Dollar für die fünf zerstörten U-Boote verlangen, und wir bekämen davon unsere 400 Millionen zurück. Außerdem müßten die Amerikaner für die Reparatur des Belomorski-Kanals bezahlen und den Russen eine hohe Entschädigung für die Menschenleben zukommen lassen, die diese Piratenakte gekostet haben.«

»Würden wir denn dann auch Geld für unser 100 Seeleute bekommen, die mit den ersten beiden Kilos umgekommen sind?«

»Ganz bestimmt... Wenn es den Russen gelingt, ihre Vorwürfe zu beweisen, dann kommen die USA in ernsthafte Schwierigkeiten.«

»Aber besteht dazu überhaupt die Chance? Kommen die Russen denn mit den Untersuchungen voran?«

»Sie sagen, daß sie zwar ziemliche Fortschritte gemacht hätten, es aber noch nicht gelungen sei, den Schurken im Pentagon etwas konkret nachzuweisen. Meiner persönlichen Ansicht nach wird das auch nicht geschehen, denn dazu sind die Amerikaner viel zu gerissen. Ich hoffe nur, daß es Admiral Rankow gelingen wird, die letzten beiden Kilos ohne Zwischenfälle zu uns zu bringen. Dann hätten wir immerhin fünf von diesen Booten, und damit könnten wir den amerikanischen Flugzeugträgern schon ziemlich gefährlich werden. Und genau das ist es, was ich will, darauf richtet sich mein ganzes Streben. Die drei Kilos, die wir bisher haben, sind für eine solche Operation einfach nicht genug. Außerdem sind zwei von ihnen miteinander zusammengestoßen und befinden sich momentan zur Reparatur auf der Werft, und das dritte muß demnächst dringend überholt werden. Deshalb sind wir momentan auf unsere Boote der Song-Klasse angewiesen, und die sind schrecklich unzuverlässig.«

Kurz vor neun Uhr setzte die große Tu-16 mit ihren zwei Passagieren auf dem Flughafen von Peking zur Landung an. Am Boden wurde sie bereits von einem Fahrzeug der Marine erwartet, und sechs Minuten nach dem Aufsetzen befanden sich die beiden Admiräle schon auf der Fahrt in die Stadt. Das Flugzeug tankte auf und flog sofort weiter nach Kanton.

Admiral Zhang sagte dem Fahrer, er solle zunächst zu seiner offiziellen Dienstwohnung fahren, wo er und Admiral Zu sich duschen, umziehen und frühstücken wollten, bevor sie dann um halb zwölf weiter zur Halle des Volkes fuhren. Der Große Vorsitzende haßte es, wenn jemand zu spät kam, und würde auch bei den beiden hohen Militärs, die über 2000 Kilometer mit dem Flugzeug zurückgelegt hatten, keine Ausnahme machen.

Als die Admiräle zehn Minuten vor zwölf am Platz des Himmlischen Friedens aus dem Auto stiegen, wurden sie von einer aus vier Soldaten bestehenden Ehrenwache der Marine empfangen, die sie durch die langen Korridore zu dem Konferenzraum geleiteten, in dem das Treffen stattfinden sollte.

Drinnen saßen bereits der Generalsekretär der Kommunistischen Partei und der Generalstabschef, die mit dem Leiter des chinesischen Geheimdienstes sprachen, der sich hier nur sehr selten sehen ließ. Auch Vizeadmiral Li Yong, der neue Politische Kommissar der Marine, war anwesend und unterhielt sich gerade mit Vizeadmiral Yibo Yunsheng, dem Oberbefehlshaber der Ostflotte.

Zwei Minuten nach Zhang und Zu erschien der Große Vorsitzende mit seinen beiden Sekretären. Alle Anwesenden standen auf, als der mächtige Mann den Raum betrat. Er lächelte und nickte seinen geschätzten Kollegen zur Begrüßung zu. Die acht bewaffneten Leibwächter, die ihn auf Schritt und Tritt begleiteten, hatten bereits im Korridor Aufstellung bezogen.

Der Große Vorsitzende wünschte allen einen guten Morgen und bat General Fang Wei, den Chef des Geheimdienstes, die Anwesenden über die jüngsten Entwicklungen in Taiwan zu informieren. Admiral Zu warf Admiral Zhang einen bedeutungsvollen Blick zu, während der General aufstand und den Versammelten einen Bericht zur Kenntnis brachte, den er von einem seiner Top-Agenten in Taiwan erhalten hatte.

Es ging darum, daß auf der Insel im Lauf von einigen Jahren mehrere der wichtigsten Atomphysiker, allesamt Professoren an den angesehensten Universitäten des Landes, spurlos verschwunden waren.

»Zunächst«, sagte General Fang, »gab es keine weiteren Informationen über die Vorfälle. Freunde, Kollegen, sogar Verwandte – niemand sagte etwas. Aber dann bemerkten wir, daß die Professoren nach zwei oder drei Jahren plötzlich wieder auftauchten und an ihren Universitäten lehrten, als wäre überhaupt nichts geschehen. Niemand wußte, wo sie gewesen waren.

Vor einem Jahr habe ich die 25 wichtigsten taiwanischen Atomphysiker rund um die Uhr beschatten lassen. Und dann, vor drei Monaten, geschah es: Zwei von ihnen waren auf einmal verschwunden, und zwar beide am selben Tag. Natürlich hat man bis heute nichts mehr von ihnen gesehen oder gehört. Oder zumindest haben meine Leute es nicht erfahren.

Wir haben selbstverständlich sämtliche Flug- und Seehäfen überwacht, allerdings ohne Erfolg. Dabei ist Taiwan eine relativ kleine Insel, auf der sich kaum etwas geheimhalten läßt. Wenn die beiden Männer noch dort wären, dann müßte irgend jemand sie inzwischen gesehen haben. Und außerdem würden Freunde oder Verwandte ihr Verschwinden öffentlich machen – außer, natürlich, man hätte es ihnen verboten.

Nun, wie ich bereits sagte, war uns dieses Phänomen schon seit mehreren Jahren bekannt. Wir haben immer ein waches Auge auf Atomphysiker in Taiwan, denn wir wollen verhindern, daß die abtrünnige Provinz eines Tages eigene Atomwaffen baut. Bisher sah es nicht danach aus, auch wenn manchmal bis zu elf taiwanische Atomphysiker auf einmal verschwunden waren – einer von ihnen, der hochangesehene Professor Liao von der Taiwanischen Nationaluniversität, sogar zweimal, jedes Mal für 18 Monate.

Und nun komme ich zu dem, weshalb wir Sie heute hierhergebeten haben: Vor einer Woche nämlich haben unsere Agenten in Taiwan gemeldet, daß zwei der verschwundenen Professoren, nämlich der eben erwähnte Liao und Professor Nhung von der Universität Tamkang, in zwei Tagen wieder an ihrem Arbeitsplatz erwartet würden. Wir haben daraufhin jedes ankommende Flugzeug und jedes Schiff überwacht, aber nirgends war auch nur eine Spur von den beiden Professoren zu entdecken. Aber trotzdem erscheinen sie, wie durch ein Wunder, genau zur angegebenen Zeit an ihren Universitäten.

Ich brauche wohl nicht besonders zu betonen, daß wir zunächst vor einem völligen Rätsel standen. Wo waren die Professoren gewesen? Und wie waren sie wieder nach Taiwan gekommen? Nach längerem Überlegen kamen wir zu dem Schluß, daß sie ein militärisches Transportmittel benützt haben mußten, aber weder ein Militärflugzeug noch ein Schiff der Marine waren während der fraglichen Zeit auf der Insel angekommen. Damit blieben eigentlich nur noch die taiwanischen Unterseeboote, und bei denen wurden wir schließlich fündig: Unser Geheimdienst bestätigte, daß ein Boot der Hai-Lung-Klasse vor drei Tagen nach elfwöchiger Abwesenheit im Stützpunkt Suao angelegt hatte.

Dieses U-Boot war das *einzige* hochseetaugliche Fahrzeug, das die beiden Professoren nach Taiwan zurückgebracht haben konnte. In unseren Aufzeichnungen fanden wir heraus, daß dieses Hai Lung Taiwan am 5. April verlassen hatte. Und hier gibt es einen merkwürdigen Zufall: Erinnern Sie sich noch an die zwei Professoren, die ich eingangs erwähnt habe? Die beiden, die wir beobachtet hatten und die am selben Tag verschwanden? Nun, dieser Tag war der 4. April.«

Der General hielt inne und blickte in die Runde, bevor er langsam hinzufügte: »Ich bin deshalb zu dem Schluß gekommen, daß die Wissenschaftler auf U-Booten von Taiwan weg- und später wieder zurückgebracht werden.«

Der Große Vorsitzende nickte nachdenklich. Als er dann etwas sagte, richtete er seine Worte nicht an den General, sondern an Admiral Zhang. »Was wissen wir eigentlich über die Aktivitäten dieser U-Boote?« fragte er.

»Leider nicht genug, Genosse Vorsitzender. Wir beobachten ihre Aktivitäten schon seit längerer Zeit, haben aber lediglich herausfinden können, daß es sich bei den Booten, auf die sich der Genosse General bezieht, um zwei dieselelektrische U-Boote der Hai-Lung-Klasse handeln dürfte, die abwechselnd operieren. Wenn sie den Stützpunkt Suao verlassen haben, verschwinden sie ziemlich rasch unter der Oberfläche, und wir sehen sie erst wieder, wenn sie elf Wochen später wieder zurückkommen. Getaucht können sie maximal acht bis neun Knoten laufen, so daß sie etwa 200 Meilen am Tag zurücklegen können.

Interessant ist die Tatsache, daß die Boote elf Wochen lang fortbleiben, was für in Küstengewässern operierende U-Boote sehr ungewöhnlich ist. Ich bin mir deshalb sicher, daß sie nicht nur in der Formosastraße oder vor der koreanischen Küste herumtauchen, denn sonst wären sie innerhalb von 60 Tagen wieder zurück. Elf Wochen Abwesenheit hingegen bedeuten, daß sie eine weite Strecke zurücklegen und irgendwo aufgetankt werden.

Wenn wir eine Woche Aufenthalt am Zielort einrechnen, dann haben die Boote fünf Wochen Zeit, um dorthin zu kommen, und weitere fünf Wochen für die Rückfahrt. In fünf Wochen kann ein Hai Lung etwa 7000 Meilen schaffen, vielleicht sogar mehr. Wohin sie allerdings fahren, wissen wir nicht, denn ein paar Meilen außerhalb des Hafens von Suao fällt der Festlandsockel ziemlich steil auf eine Tiefe von 3000 Metern ab. So können die Boote rasch sehr tief tauchen, und wir wissen nicht mehr, welche Richtung sie eingeschlagen haben.

Diese neue Information über die Wissenschaftler bestätigt unsere Vermutungen, daß Taiwan an einem ganz bestimmten Projekt arbeitet, möglicherweise an einem Ort in 7000 Meilen Entfernung.«

»Ich glaube, es ist an der Zeit, daß wir mehr über dieses Projekt erfahren«, sagte der Große Vorsitzende. »Es liegt auf der Hand, daß Taiwan langsam, aber sicher auf eine nukleare Bewaffnung zusteuert. Und da drängen sich mir zwei ganz einfache Fragen auf: Wie tun sie das? Und wo?«

General Fang bat um die Erlaubnis zu sprechen und teilte der Versammlung einen weiteren Umstand mit, den seine Agenten herausgefunden hatten: »Schon vor drei Jahren haben wir die Meldung erhalten, daß ein Kürschner in Taipeh einen Auftrag für eine große Anzahl von Pelzjacken, -hosen, -mützen und -stiefeln bekommen hat. Vor zwei Monaten sind wir der Sache noch einmal nachgegangen und haben herausgefunden, daß der Auftrag seitdem jedes Jahr erneuert worden war. Einer unserer Agenten konnte sogar beobachten, wie eine Kiste mit Pelzkleidung in ein U-Boot verladen wurde.«

»Das beweist, daß diese Boote entweder in den kalten Norden oder in den kalten Süden fahren, denn einen kalten Westen oder Osten gibt es meines Wissens nicht«, sagte der Große Vorsitzende, und alle lächelten über den kleinen Scherz des großen Mannes.

»Genosse Vorsitzender«, meldete sich Admiral Zhang wieder zu Wort. »Ich stimme mit Ihnen überein, daß wir herausfinden müssen, was die Taiwaner im Schilde führen, und fühle mich geehrt, daß Sie mich zu dem heutigen Treffen gebeten haben. Ich habe mir auch schon einen vorläufigen Plan zurechtgelegt. Ich habe mich nämlich schon des öfteren gefragt, wo die beiden Hai Lungs wohl hinfahren könnten, und bin zu dem Schluß gekommen, daß es wohl eher der Süden sein dürfte als der Norden. Für das, was die Taiwaner vorhaben, brauchen sie ein sehr abgeschiedenes Fleckchen Erde, wo so schnell niemand hinkommt.

Zwar könnten sie rein theoretisch hinauf zu den Alëuten fahren, die eine weit verstreute und sehr einsame Inselgruppe sind, aber sie liegen in der Nähe der Beringstraße zwischen Rußland und Amerika, und die wird von diesen beiden Mächten strengstens überwacht. Wenn ich also etwas vorhätte, was niemanden etwas angeht, würde ich es niemals auf den Alëuten tun.

Abgesehen davon gibt es auf dem Weg nach Norden keine Engstelle, an der wir ein Hai Lung abpassen können. Ich schlage deshalb vor, daß wir die Alëuten zunächst einmal außer acht lassen und uns auf die Hypothese konzentrieren, daß die Boote ein Ziel im Süden ansteuern.«

»Gibt es denn dort Stellen, an denen man sie abpassen könnte?« fragte Admiral Li Yong, der neue politische Kommissar der Marine.

»Sogar mehrere«, antwortete Admiral Zhang. »Als erstes bietet sich die Malakkastraße an, die aber in diesem Fall wohl eher weniger in Frage kommt, denn ich glaube, daß die taiwanischen U-Boote die ganze Strecke getaucht zurücklegen, und die Malakkastraße hat einige sehr gefährliche Untiefen. Ich vermute eher, daß die Hai Lungs auf Süd-Südostkurs 2000 Meilen lang mitten durchs Südchinesische Meer fahren werden, bis sie nach Indonesien kommen. Dort werden sie die Sundastraße zwischen Sumatra und Java nehmen, durch die sie getaucht in den Indischen Ozean fahren können.«

Er hielt einen Augenblick inne, um den mit den geographischen Gegebenheiten weniger vertrauten Anwesenden Gelegenheit zu geben, sich den Kurs der Boote vorzustellen. Dann fuhr er fort: »Die einzige Route, die alternativ dazu in Frage käme, wäre für mich die um Bali herum. Zwischen dieser Insel und Java gibt es eine weitere Wasserstraße, aber bisher ist mir noch kein U-Boot bekannt, das in getauchtem Zustand dort durchgefahren wäre.«

»Admiral Zhang«, sagte der Politische Kommissar, »Sie wollen doch hoffentlich nicht vorschlagen, daß wir die Hai Lungs in der Sundastraße abpassen und versenken sollen?«

»Natürlich nicht«, antwortete Zhang. »Aber wir sollten uns dort auf die Lauer legen und feststellen, wann eines der Boote dort vorbeikommt. Wenn wir es identifiziert haben, dann können wir aus der seit seinem Abfahrtsdatum verstrichenen Zeit seine Geschwindigkeit errechnen und wissen immerhin, daß es in Richtung Süden unterwegs ist. Damit hätten wir schon einmal den ersten Teil einer Spur, die uns am Ende hoffentlich zu einem Ort führen wird, wo Taiwans Atomwissenschaftler verbotene Dinge tun.«

»Ist es denn schwer, so ein U-Boot aufzuspüren?«

»Nicht, wenn man die richtige Ausrüstung dazu hat und wenn man es an einer Engstelle abpaßt, durch die es hindurch muß. Sie kennen doch sicher alle die mit elektronischer Ausrüstung vollgepackten Fischtrawler, mit denen sich Amerikaner und Russen gegenseitig bespitzeln. Diese Schiffe können jedes Unterseeboot mit aktivem Sonar aufspüren, aber das hat den großen Nachteil, daß das U-Boot es mitbekommt. Wir haben jetzt etwas Neues entwickelt, ein hochempfindliches, passives Sonar, das hinter dem Fischerboot hergezogen wird. Damit sind wir in der Lage, die Geräusche von U-Booten aufzufangen, ohne daß diese etwas davon merken.

Wir sollten also einen unserer als normales Fischereifahrzeug getarnten Trawler in die Sundastraße entsenden, und wenn eines von den beiden Hai Lungs vorbeikommt, dann wird er es hören und identifizieren. Aus der Abfahrtzeit des Boots in Taiwan können wir ja ungefähr berechnen, wann es in indonesischen Gewässern ankommen wird. Für die Strecke von 2200 Meilen dürfte es etwa elf Tage brauchen.«

»Und was ist, wenn es nicht dort vorbeikommt?«

»Dann versuchen wir es beim nächsten Mal in der Malakkastraße und in der Balistraße, und wenn sich auch dort kein Hai Lung zeigt, dann müssen wir es wohl doch im Norden probieren. Aber ich glaube nicht, daß das der Fall sein wird.«

»Haben Sie denn schon eine Idee, wo die Boote hinfahren könnten, Zhang?« fragte der Große Vorsitzende.

»Sie schmeicheln mir, Genosse Vorsitzender, indem Sie mich nach meiner unbedeutenden Meinung fragen«, sagte Zhang. »Aber in diesem Fall möchte ich niemanden aus diesem geschätzten Kreis mit bloßen Spekulationen langweilen. Natürlich habe ich mir meine Gedanken darüber gemacht, aber keine der Theorien, die ich aufgestellt habe, läßt sich mit konkreten Fakten untermauern.«

»Ich würde sie aber trotzdem gern hören, Zhang«, sagte der Große Vorsitzende.

»Nun, die Taiwaner könnten zu den Inseln Amsterdam oder St. Paul fahren, die etwa 4000 Meilen südlich der Sundastraße liegen. Vermutlich würden sie es sogar zu den 5800 Meilen entfernten Îles Crozet schaffen. Aber es gibt drei Orte, die besser in unser Fünf-Wochen-Schema passen: Heard Island, die drei nur 23 Meilen west-südwestlich davon gelegenen McDonald-Inseln und die Kerguelen, einen Archipel von vielen kleinen und größeren Inseln 230 Meilen nordwestlich von Heard Island. Alle drei Orte sind unbewohnt und verlassen, nur auf der Hauptinsel der Kerguelen gibt es eine französische Wetterstation. Die Inseln sind extrem unwirtlich und die meiste Zeit des Jahres mit Eis und Schnee bedeckt.

Wenn die Taiwaner im Süden an der Atombombe bauen, dann sicherlich an einem dieser Orte. Aber es dürfte schwierig werden, sie dort aufzustöbern. Auf keiner der Inseln gibt es eine Möglichkeit, mit einem Flugzeug zu landen, und das Wetter ist das ganze Jahr über enorm schlecht. Man müßte mindestens ein nuklear getriebenes, mit einem Hubschrauber ausgerüstetes Kriegsschiff dorthin entsenden, das die Taiwaner natürlich sofort entdecken würden.«

»Und wie wäre es mit einem Unterseeboot?« fragte der Große Vorsitzende.

»Das wäre möglich, Genosse Vorsitzender«, antwortete Zhang, der dabei aber wenig überzeugt aussah.

»Irgendwie will mir nicht so recht in den Kopf, wie die Taiwaner an einem solchen Ort ein Forschungslabor einrichten können«, sagte Admiral Li Yong. »Dazu braucht man doch Gebäude und Strom, und beides gibt es auf diesen Inseln wohl nicht.«

»Das mit dem Strom ist kein großes Problem«, antwortete Zhang. »Dazu braucht man lediglich ein Atom-U-Boot, mit dessen Reaktor und ein paar Generatoren man eine ganze Kleinstadt mit elektrischer Energie versorgen könnte.«

»Aber Taiwan hat kein Atom-U-Boot«, warf der Große Vorsitzende ein.

»Das ist richtig, Genosse Vorsitzender. Zumindest keines, von dem wir wissen. Aber es gab vor ein paar Jahren einmal Gerüchte, daß die Taiwaner den Franzosen billig ein altes 2500-Tonnen-Boot der Rubis-Klasse abgekauft haben sollen. Das war 1999, wenn ich mich richtig erinnere. Angeblich wurde das Boot nie geliefert, und man geht allgemein davon aus, daß es auf der Fahrt nach Taiwan gesunken ist. Aber das sind alles wilde Spekulationen, denn es ist nicht einmal sicher, daß das Boot überhaupt seinen Stützpunkt in Brest verlassen hat.«

»Aber vielleicht ist es auch direkt nach Heard Island gefahren und arbeitet dort als kleines Atomkraftwerk«, sagte der Große Vorsitzende.

»Das wäre durchaus möglich, Genosse Vorsitzender. Und wenn das so wäre, dann müßte es ständig unter Wasser liegen, um seinen Reaktor zu kühlen, und niemand könnte es sehen.«

»Gibt es denn Schiffahrtsstraßen in der Nähe dieser Inseln?«

»Nein, Genosse Vorsitzender. Nicht einmal eine internationale Luftverkehrsstraße, die über sie hinwegführt. Alle drei Inselgruppen sind nichts weiter als die Gipfel einer unter Wasser gelegenen Gebirgskette – kahle, unwirtliche Granitfelsen am Ende der Welt, um die sich niemand sonderlich kümmert.«

»Dann finde ich, sollten wir unseren Trawler so rasch wie möglich in die Sundastraße entsenden, damit wir wissen, ob wir uns die Inseln näher ansehen müssen«, sagte der Große Vorsitzende. »Wären Sie und Admiral Zu so freundlich, einen diesbezüglichen Plan auszuarbeiten und ihn uns so bald wie möglich zu unterbreiten?«

Der Generalsekretär der Kommunistischen Partei, dessen Amt ihn zum Vorsitzenden der Kommission für Militärische Angelegenheiten machte, nickte zustimmend. Als niemand sonst einen Einwand hatte, meldete sich Admiral Zhang Yushu abermals zu Wort.

»Darf ich noch einmal auf die beiden noch zu liefernden Kilo-Boote zurückkommen, Genosse Vorsitzender? Ich finde, daß wir sie jetzt dringender benötigen denn je.«

»Ich habe schon darauf gewartet, daß Sie das ansprechen würden, Zhang«, sagte der Große Vorsitzende lächelnd. »Erklären Sie mir doch, weshalb.«

»Weil wir, sollten wir auf diesen verlassenen Inseln im südlichen Indischen Ozean das finden, was ich vermute, einen Angriff auf die dortigen Einrichtungen in Erwägung ziehen müßten. Und für den Fall würde ich ein nagelneues Unterseeboot der Kilo-Klasse allen anderen Schiffen vorziehen.«

»Sollten wir irgendwo auf der Welt ein taiwanisches Atomlabor finden, Zhang, dann *müssen* wir es zerstören, daran besteht überhaupt kein Zweifel. Ich hoffe, ich habe mich klar ausgedrückt, meine Herren. Und jetzt hätte ich gern eine Tasse Tee.«

Der Druck, den der Nationale Sicherheitsberater des Präsidenten seit einigen Tagen auf die CIA ausübte, war beträchtlich. Kaum eine Stunde war ohne neue Anweisungen oder Nachfragen aus dem Weißen Haus vergangen, und alle waren sie auf dem Schreibtisch von Frank Reidel gelandet, dem leidgeprüften Chef der Fernost-Abteilung: Admiral Morgan will dies… Admiral Morgan will das… Admiral Morgan wünscht, daß Sie sofort ins Weiße Haus kommen… Admiral Morgan will wissen, was los ist… Admiral Morgan sagt, wenn er nicht innerhalb eines Tages weiß, was diese ›Scheiß-Hai-Lungs‹ vorhaben, dann werden Köpfe rollen.

»O Mann!« sagte Reidel.

Schon vor Tagen hatte er seinen Agenten in Taiwan Feuer unter dem Hintern gemacht. Diese Leute hatten von der mit

Amerika befreundeten Regierung praktisch freie Hand bekommen und konnten für gewöhnlich völlig ungehindert recherchieren wie Journalisten, was manche von ihnen auch tatsächlich waren.

Es gab allerdings einen Ort in Taiwan, den kein Unbefugter besuchen durfte, und das war der U-Boot-Stützpunkt am Ende der Sutong-Zhong-Straße, die von der 53 Kilometer südöstlich von Taipeh in der Provinz Ilan gelegenen Küstenstadt Suao aus zum Meer führt.

Die Straße endet 300 Meter von einem Postamt entfernt an einer Art Kasernentor, neben dem sich ein viele hundert Meter langer Stacheldrahtzaun erstreckt. Schwerbewaffnete Polizisten bewachen es rund um die Uhr, und ohne einen besonderen Ausweis darf niemand dieses Tor passieren, nicht einmal dort beschäftigte Arbeiter, die ihre Papiere zu Hause vergessen haben.

Frank Reidels Abteilungsleiter in Taipeh hatten zwei Agenten in diesem streng bewachten Stützpunkt, die dort unter großen Risiken operierten und dennoch nur wenig Informationen beschaffen konnten. Beide waren Chinesen, denen man versprochen hatte, daß sie eines Tages in die USA geholt werden würden. Carl Chimei, der 44 Jahre alte Vorarbeiter an der Verladerampe für die U-Boote, war einer davon. Seit seine Eltern vor 30 Jahren auf dem Festland von Maos Roter Armee ermordet worden waren, haßte der verbitterte Mann alles, was mit China zu tun hatte, Taiwan mit eingeschlossen, in das er als 18jähriger geflohen war.

Chimei war wohl derjenige unter Reidels Agenten, der sich am leichtesten hatte anwerben lassen. Er lebte nur für den Tag, an dem man ihn in die Vereinigten Staaten ausfliegen würde. Seine Frau und seine beiden Kinder sollten Anfang nächsten Jahres schon einmal den Anfang machen.

Jetzt aber, in der Nacht vom 28. auf den 29. Juni, kauerte Carl Chimei im Schatten mehrerer am Verladekai des U-Boot-Stützpunkts aufeinandergestapelter Kisten. Als am Abend seine Kollegen das Gelände verlassen hatten, war er zurückgeblieben und hatte sich bis zum Einbruch der Dunkelheit versteckt. Damit hatte er am Tor auch keinen Stempel in seinen Arbeitsausweis bekommen, und am nächsten Tag oder vielleicht noch in dieser Nacht würde er den Wachtposten überreden müssen, ihm den Stempel doch noch zu geben. Er hoffte, daß ihm das gelingen würde, denn schließlich arbeitete er schon seit 20 Jahren als Verladearbeiter auf diesem Stützpunkt.

Alle 15 Minuten gingen zwei bewaffnete Wachsoldaten ganz nahe an seinem nur zehn Meter von einem am Kai festgemachten Hai-Lung-Boot entfernten Versteck vorbei. Wenn man ihn hier entdeckte, das wußte Chimei, würde man ihn auf der Stelle erschießen. Nur die Hoffnung auf ein Leben in den USA und eine Prämie von 250 000 US-Dollar ließen ihn zum wiederholten Mal sein Leben riskieren. In der Hand hielt Chimei ein Stemmeisen, mit dem er eine bestimmte Kiste öffnen wollte, aber diese Kiste stand in drei Metern Höhe auf einem Stapel anderer Kisten, und wenn er sein Vorhaben ausführen wollte, bevor die Wache wieder vorbeikam, mußte er im schwachen Licht einer Laterne am Kai schnell und entschlossen handeln.

Er hatte das Muster, nach dem die Wachen operierten, genau im Kopf. Sie gingen zuerst an den aufgestapelten Kisten entlang, blieben kurz vor dem festgemachten U-Boot stehen und riefen der Wache am Heck des Hai Lungs etwas zu. Dann gingen sie am Kai entlang und kamen nach genau 15 Minuten aus der anderen Richtung wieder.

Nun hörte Chimei, wie sich ihre Schritte näherten und preßte sich flach an die hoch aufgetürmten Kisten. Er schloß die Augen und versuchte, sein wild schlagendes Herz zu beruhigen. Die Schritte wurden erst lauter und dann wieder leiser.

Chimei zählte bis zehn, dann steckte er das Stemmeisen in seinen Gürtel und kletterte auf die erste Kiste, die etwa einen Meter hoch war. Die Kisten standen nicht genau aufeinander, so daß das Hinaufklettern einem kräftigen Mann wie ihm nicht viel Mühe machte. Allerdings mußte er noch sechs weitere Kisten hinaufsteigen und durfte sich dabei keinen Fehltritt erlauben. Mit seinen schmalen, weichen Arbeitsschuhen suchte er sich Halt, bevor er sich mit den Fingern an den Rand der übernächsten Kiste klammerte und hochzog. Er brauchte drei Minuten, bis er am oberen Ende des Stapels war und die Kiste gefunden hatte, nach der er suchte. *793* stand in roten Lettern auf ihren Deckel geschrieben. Geschickt stemmte er sein Werkzeug in den Spalt zwischen Kistenwand und Deckel und fing an zu hebeln, aber der Deckel bewegte sich nicht.

Mit fliegenden Händen tastete Chimei den Deckel ab und bemerkte zwei Stahlbänder, die um die ganze Kiste herumliefen. Mit einem unterdrückten Fluch holte er den Seitenschneider aus einer Tasche seiner Arbeitshose und zwickte damit die beiden Bänder so vorsichtig wie möglich durch. Trotzdem gaben sie dabei ein knackendes, metallisches Geräusch von sich, das Chimei mit klopfendem Herzen innehalten ließ. Zum Glück schienen die Wachen nichts gehört zu haben.

Nun ließ sich der zwei Meter lange Deckel der Kiste nach und nach aufhebeln. Chimei arbeitete mit kurzen, geübten Bewegungen, so daß die Nägel beim Herausziehen nicht quietschten. Sieben Minuten waren seit dem Vorbeigehen der Wachen vergangen, als Chimei den Deckel ein wenig zur Seite schob, die wasserdichte Folie im Inneren der Kiste aufriß und mit seiner winzigen Taschenlampe hineinleuchtete. Er sah ein Stück Fell, das ihn zunächst an ein totes Tier erinnerte, aber dann sah er, daß die Kiste voller Pelzjacken und -mützen war. Das war es, wonach Chimei gesucht hatte. Jetzt stand es außer Zweifel, daß das Hai Lung unten am Kai in eine Gegend fuhr, in der es sehr kalt war.

Vorsichtig zog er den Deckel der Kiste wieder zu und drückte die Nägel mit dem flachen Ende seines Stemmeisens in ihre Löcher zurück. Ein Problem bereiteten abermals die Stahlbänder, die er nicht einfach so hängen lassen konnte, denn sonst wäre am nächsten Morgen sofort aufgefallen, daß sich jemand an der Kiste zu schaffen gemacht hatte.

Er hatte nur noch drei Minuten, bis die Wachen wieder vorbeikamen, und deshalb beschloß er, an der Kiste zu bleiben und zu hoffen, daß die Wachen im Vorbeigehen nicht nach oben blicken würden.

Chimei hatte Glück. Die Wachen kamen und gingen. Indem er dann die Kiste erst an der einen und dann an der anderen Seite mit seinem Stemmeisen anhob, gelang es ihm, die Stahlbänder eins nach dem anderen darunter herauszuziehen. Er faltete sie zusammen und nahm sie mit nach unten, wo er sie in kleine Stücke zerschnitt und in einen Mülleimer warf. Am nächsten Tag würde er mit etwas Glück derjenige sein, der das Beladen des Hai Lung beaufsichtigen würde, dann konnte er die Kiste mit neuen Stahlbändern versehen. Jetzt aber mußte er zusehen, daß er aus dem Stützpunkt kam, was um elf Uhr abends alles andere als einfach war. Zum Glück war Chimei einer der dienstältesten Arbeiter, der seit vielen Jahren in Suao lebte. Wenn ihm auch nur eine halbwegs plausible Erklärung dafür einfiel, weshalb er so spät noch im Stützpunkt war, würden die Polizisten am Tor sie ihm höchstwahrscheinlich abnehmen.

Und so zog er seine Jacke an, nahm ein Klemmbrett, auf dem eine lange Liste von Kistennummern stand, und ging die Hauptstraße des Stützpunkts entlang auf das Tor zu, das nach 800 Metern hinaus in Richtung Stadt führte. Als er sich dem Ausgang näherte, trat einer der Polizisten aus seinem Häuschen und rief ihn an: »He, Carl, was tust du denn mitten in der Nacht noch hier?«

»Jemand hat eine der Kisten, die morgen verladen werden soll, falsch abgestellt, und ich habe fünfeinhalb Stunden danach gesucht... Sie war im falschen Stapel ganz unten, kannst du dir so was vorstellen? Ich war so wütend, daß ich aus Versehen sogar mein Klemmbrett mitgenommen habe. Könntest du das vielleicht bis morgen früh bei dir im Häuschen aufbewahren? Dann hole ich es mir wieder ab, wenn ich zur Arbeit komme, falls meine Frau mich bis dahin nicht umgebracht hat. Wir wollten heute abend nämlich miteinander ausgehen.«

Der Wachhabende lachte. »Das läßt sich machen, Carl. Aber wenn du morgen früh kommst, dann bin ich nicht mehr im Dienst. Sag einfach meinem Kollegen, daß dein Klemmbrett in meiner Schreibtischschublade liegt. Und jetzt gib mir deinen Arbeitspaß, damit ich ihn dir abstempeln kann.«

Die beiden Männer plauderten noch ein paar Minuten, dann ging der Vorarbeiter die dunkle Sutong-Zhong-Straße entlang auf die Stadt zu, wobei er leise die Nationalhymne der Vereinigten Staaten von Amerika vor sich hinsummte.

Frank Reidel hatte noch immer keine Ahnung, wozu die ganze Aufregung gut sein sollte, aber die Anweisung von Admiral Morgan war unmißverständlich: »Wenn Sie irgend etwas Neues aus Suao erfahren, dann lassen Sie es mich auf der Stelle wissen.« Carl Chimeis Führungsoffizier hatte zwar fast einen ganzen Tag gebraucht, um die Nachricht aus einem sicheren Haus in Taipeh in die USA zu senden, aber schließlich war es ihm auf dem Umweg über Pearl Harbor doch gelungen. Von dort ging sie via Satellit direkt nach Langley: »Kiste geöffnet. Pelzjacken und Pelzmützen. Wird ein kalter Urlaub für den Holländer werden.«

Kurz nachdem Reidel die Botschaft am 29. Juni um sechs Uhr abends erhalten hatte, rief er über eine sichere Leitung im Weißen Haus an und gab Admiral Morgan die 13 Wörter durch, die er soeben aus Taiwan erhalten hatte. »Wunderbar, Frank«, sagte der Nationale Sicherheitsberater. »Ich bin Ihnen sehr dankbar.« Und ohne auch nur an die Möglichkeit eines Abschiedsgrußes zu denken, knallte der Admiral den Hörer auf die Gabel, sprang auf und boxte triumphierend in die Luft.

»Ich wußte es«, jauchzte er in sein leeres Büro hinein. »Die Taiwaner ziehen irgendein krummes Ding auf den Kerguelen ab. Die Entfernung stimmt. Die Zeit stimmt. Und der Funkspruch von der *Cuttyhunk* war auch richtig, nur daß die vermeintlichen Japaner in Wirklichkeit Taiwaner waren. Und was meine Jungs in der Choiseul-Bucht gesehen haben, war das Periskop eines in Holland gebauten Hai-Lung-Boots. Jetzt gibt es zwei Fragen. Erstens: Was machen die dort unten? Zweitens: Kümmert mich das? Die Antwort auf Frage eins ist: Ich weiß es nicht. Die Antwort auf Frage zwei: Ja, ich denke schon.«

Er trat an die schwere Eichentür zum Vorzimmer und rief: »*Kaffeeee!*«, ohne sich zu kümmern, wer jenseits der Tür war.

Dann sah er auf seine Armbanduhr und steckte sich eine dicke Zigarre in den Mund, die er mit dem luxuriös vergoldeten Feuerzeug anzündete, das ihm seine zweite Frau vor vielen Jahren zu Weihnachten geschenkt hatte. Jedesmal, wenn er sich am Abend seine Zigarre anzündete, dachte er an Mary-Ann, und manchmal wünschte er sogar, es wäre mit ihr noch einmal so wie früher. Aber das würde nie wieder der Fall sein, denn die ehemalige Mrs. Morgan war inzwischen glücklich mit einem Rechtsanwalt aus Philadelphia verheiratet, der für den Admiral zu den traurigsten Gestalten gehörte, die er jemals gesehen hatte. Die Tatsache, daß dieser Tränensack auch noch der Scheidungsanwalt seiner Frau gewesen war, war ihm noch immer ein Dorn im Auge.

Arnold Morgan steckte das Feuerzeug wieder ein und dachte an die eiskalte Insel am anderen Ende der Welt, wo Boomer Dunning und Bill Baldridge das Unterseeboot gesehen hatten, das höchstwahrscheinlich den Taiwanern gehörte.

»Was immer die da unten tun, es ist nicht ganz koscher«, verkündete er gerade, als sich die Tür öffnete und Kathy O'Brien, Morgans 34 Jahre alte, rothaarige Sekretärin, mit einer Tasse Kaffee hereinkam.

»Nicht koscher?« fragte sie.

»Nicht koscher heißt nicht korrekt, Mädchen. Nicht in Ordnung, nicht richtig. Mit anderen Worten: oberfaul. Kapiert?«

»Kapiert«, sagte Kathy, eine bildhübsche, geschiedene Frau aus Chevy Chase. Sie liebte ihren Chef über alles, wenn auch nicht in einem romantischen Sinne, sondern einfach deshalb, weil sie noch nie einen Menschen getroffen hatte, der so war wie er: so ungehobelt, gescheit und knallhart zugleich und von jedermann, den Kathy kannte, respektiert. Geduldig erklärte er ihr all die Dinge, die sie nicht verstand, und wenn er sie manchmal im Zorn »die dümmste Kuh an der ganzen Ostküste, alle meine Frauen mit eingeschlossen« nannte, dann lachten sie meistens kurz darauf beide darüber. Admiral Morgans Gabe, eine vernichtende Beleidigung mit einem gewissen Funken von Humor zu würzen, war fast so etwas wie eine eigene Kunstform. Obwohl er mit praktisch jedem kurzangebunden, taktlos und unhöflich umsprang, hatten bisher nur ausgemachte Mimosen und absolute Ignoranten daran ernsthaft Anstoß genommen.

»Und wer macht etwas, das nicht koscher ist?« fragte Kathy.

»Die gottverdammten Taiwaner.«

»Tatsächlich? Was haben sie denn getan?«

»Bis jetzt noch nichts, aber ich mag es nun mal nicht, wenn sie in ihren verdammten Unterseebooten durch die Weltmeere schleichen und ich nicht weiß, was genau sie damit treiben.«

»Aber warum sollten Sie das? Taiwan ist doch keine Provinz der Vereinigten Staaten, oder etwa doch?«

Das Gesicht des Admirals verzog sich zu einem Grinsen, das er selbst bei anderen als ein ›Scheißefressergrinsen‹ bezeichnet hätte und paffte selbstzufrieden an seiner Zigarre. »Kathy, diese Schlitzaugen sind hinterhältige kleine Bastarde.«

»Jawohl, Herr Admiral, aber was ...«

Sie wurde vom Klingeln zweier Telefone unterbrochen, die fast gleichzeitig im Vorzimmer losschrillten. Schnell ging sie zur Tür und wäre fast mit dem Präsidenten zusammengestoßen, der gerade in Morgans Büro wollte.

»Morgen, Admiral«, sagte er. »Das ist ein kleiner inoffizieller Besuch. Was machen die Dinge östlich vom Himalaja?«

»Hallo, Sir. Es tut sich was. Ich bin mir ziemlich sicher, daß die Taiwaner uns eine große Geschichte verheimlichen. Es sieht ganz so aus, als hätten sie eine Art Unterseeboot-Pendelverkehr zwischen ihrer Insel und dem südlichen Indischen Ozean aufgebaut. Das läßt nichts Gutes ahnen.«

»Was glauben Sie denn, was sie dort unten machen?«

»Ich weiß es nicht, aber es ist bestimmt etwas Verbotenes. Einen kleinen Inselstaat wie Taiwan, der jährlich mehr Güter exportiert als das große Festlandchina, muß man immer im Auge behalten. Die Leute dort verdienen sich dumm und dusselig, und wer so reich ist, der kommt leicht in die Versuchung, sich gefährliches Spielzeug anzuschaffen. Diese Unterseeboote fahren bestimmt nicht zum Spaß bis zu den gottverlassenen Kerguelen am Arsch der Welt.«

»Und woher wissen Sie denn das alles?«

»Wir haben dort vor ein paar Monaten ein U-Boot gesichtet, das in dieser Ecke der Welt eigentlich nichts verloren hat. Auf den Kerguelen hält sich niemand freiwillig auf, es sei denn, er hat etwas Bestimmtes vor. Kein Land der Erde führt dort regelmäßige militärische Patrouillen durch, und deshalb mußte dieses Boot entweder jemanden versorgen, der bereits auf den Inseln ist, oder etwas auskundschaften. Und so etwas macht mich nun mal neugierig, zumal es da auch noch die Möglichkeit gibt, daß die Taiwaner die *Cuttyhunk* angegriffen und versenkt haben.«

»Das Forschungsschiff aus Woods Hole?«

»Ganz genau, Sir.«

»Großer Gott. Haben Sie die Taiwaner danach gefragt?«

»Das hat keinen Sinn. Wenn sie es versenkt haben, dann werden sie es abstreiten, und wenn nicht, dann müssen sie mich für komplett verrückt halten.«

»Waren sie es denn?«

»Ich denke schon. Aber viel mehr Kopfzerbrechen bereitet mir im Augenblick die Frage, was da unten auf den Kerguelen vor sich geht.«

»Was könnte denn dort vorgehen?« fragte der Präsident.

»Dazu müssen Sie sich mal in die Lage der Taiwaner versetzen, Sir. Sie sind ein kleines, hart arbeitendes Volk, das viele Jahrhunderte lang mit sehr wenig Wohlstand auskommen mußte. Jetzt aber, unter der schützenden Hand von Uncle Sam, scheffeln sie auf einmal Reichtümer, von denen sie vor 50 Jahren noch nicht einmal zu träumen wagten. Plötzlich haben sie eine Menge, das sich zu schützen und bewahren lohnt. Damit meine ich Geld, industrielle Anlagen, eine rasch wachsende Infrastruktur und eine Bevölkerung, die kaum mehr weiß, was Armut bedeutet. Taiwan hat eigene Banken, seine eigene Kultur und eigene Universitäten. Der Analphabetismus seiner Bevölkerung liegt bei niedrigen sechs Prozent, und auf 21 Millionen Taiwaner kommen 500000 Studenten, von denen etwa ein Drittel ein Ingenieursstudium absolviert. Taiwan hat seine eigenen Streitkräfte, gegliedert in Heer, Marine und Luftwaffe. Militärisch gehört die Insel zu den Nationen, die man durchaus ernstnehmen muß.«

»Das stimmt«, sagte der Präsident bedächtig. »Wenn man es genau betrachtet, dann ist sie in ziemlich guter Verfassung.

Aber warum schleichen die Taiwaner dann in U-Booten herum?«

»Das liegt doch auf der Hand, Sir«, sagte der Admiral mit milder Stimme. »Wie wir ja alle wissen, haben die Taiwaner einen feuerspeienden Drachen namens Rotchina quasi in ihrem Hinterhof, der jeden ihrer Erfolge neidisch beäugt und sich die Insel lieber heute als morgen wieder einverleiben würde, wenn nötig auch mit militärischer Gewalt. Für Peking war Taiwan nie etwas anderes als eine abtrünnige Provinz, die wieder unter die strenge Herrschaft des Festlands gestellt werden muß.«

»Aber das würden die Taiwaner nie akzeptieren.«

»Richtig. Und so haben wir also ein Volk, das verzweifelt versucht, sich gegen einen zahlenmäßig überlegenen Feind zu schützen ... und das Angst davor hat, daß die Amerikaner nicht bis in alle Ewigkeit schützend hinter ihm stehen werden. Bei solchen Ländern findet sich unweigerlich irgendwann einmal eine Regierung, die sich Gedanken darüber macht, wie sie ihren Staat und seinen Wohlstand aus eigener Kraft vor einem Überfall seiner Nachbarn schützen kann.«

»Und zwar mit einer Atombombe.«

»Möglicherweise, aber nicht unbedingt. Die Taiwaner könnten zum Beispiel auch einen Ort suchen, an den sich ihre Elite im Falle einer Invasion Rotchinas zurückziehen kann. Vielleicht bereiten diese Unterseeboote auf den Kerguelen ja irgendwelche luxuriös ausgestatteten Bunker für Politiker und Wirtschaftsbosse vor.

Es gibt natürlich noch eine ganz andere Möglichkeit: Vielleicht hat ja die Volksrepublik China etwas im südlichen Indischen Ozean am Laufen, und die Taiwaner schicken ihnen ihre U-Boote dorthin, um ihnen hinterherzuspionieren.

Falls aber Taiwan wirklich ein nukleares Abschreckungspotential aufbauen wollte, dann könnte es das niemals im eigenen Land tun, denn innerhalb von drei Tagen wüßte man in Peking davon. Es könnte also durchaus sein, daß sie einen Ort suchen, um Kernwaffen herzustellen, aber auf den Kerguelen dürfte das ziemlich schwierig sein, denn dort gibt es nicht mal elektrischen Strom ... Wenn ich mir das alles noch mal durch den Kopf gehen lasse, dann sehe ich eine Menge Dinge, die Taiwan dort unten tun könnte, aber was genau, kann ich im Moment noch nicht sagen. Ich werde auf jeden Fall so bald wie möglich ein Kriegsschiff dort hinunterschicken, das auf den Inseln nach dem Rechten sieht. Und diesmal wird es keine Fregatte sein, sondern ein Atom-U-Boot, das sich unbemerkt anschleichen und eine unbegrenzte Zeit operieren kann. Außerdem kann es unter Wasser nach fremden U-Booten suchen. Vielleicht findet es ja etwas Interessantes heraus.«

»Klingt plausibel«, meinte der Präsident. »Wie immer war mein kurzer Besuch bei Ihnen höchst instruktiv, Arnold. Ich sehe Sie dann später.«

Als der große Mann das Büro verlassen hatte, kam Kathy noch einmal kurz herein. »Brauchen Sie noch etwas, Sir? Wenn nicht, würde ich dann gern heimgehen.«

»Von mir aus«, brummte Morgan. »Ich fasse es zwar als grobes Desinteresse an Ihrer Arbeit auf, aber tun Sie, was Sie nicht lassen können. Wir sehen uns morgen wieder, aber kommen Sie bloß nicht zu spät. Wenn Sie Charlie treffen, dann sagen Sie ihm, daß er warten soll. Ich werde wohl noch eine Stunde hier sein.«

»Jawohl, Sir.«

Arnold Morgan ging weitere zehn Minuten in seinem Büro auf und ab und überlegte sich, wie dringend die Situation auf den Kerguelen einer Klärung bedurfte. Nach einigem Überlegen kam er zu dem Schluß, daß sie noch eine Weile warten konnte. Der schlimmste denkbare Fall war der, daß die Taiwaner unter strengster Geheimhaltung an einer »Scheißwasserstoffbombe« arbeiteten, um sie über der Volksrepublik China abzuwerfen, aber den hielt Morgan für wenig wahrscheinlich. Doch selbst wenn sie es taten, dann würden sie bestimmt noch mehrere Jahre brauchen, bis sie damit fertig waren. Also würde Morgan einen Bericht schreiben und in seinem Computer ablegen. Bei der nächsten passenden Gelegenheit konnte er ja ein Atom-U-Boot hinunter in den südlichen Indischen Ozean schicken.

In der Zwischenzeit wollte er bei Admiral Morris nachfragen, ob es irgendwelche Aktivitäten in Hinblick auf die letzten beiden Kilo-Boote gab, die China in Rußland bestellt hatte und die in Sewerodwinsk am Weißen Meer gebaut wurden. Wenn diese auf die Reise gingen, war die Kacke am Dampfen. »Und diesmal wird Rankow bestimmt nicht pennen«, dachte Arnold Morgan grimmig.

Nur selten gab es rings um den im parkähnlichen Behördenviertel östlich des Danshui-Flusses gelegenen Präsidentenpalast von Taipeh so strenge Sicherheitsvorkehrungen wie jetzt. Vor dem Eingang und im Foyer patrouillierten bewaffnete Armeesoldaten, und Wachen der Marine standen auf allen Stockwerken in den Gängen. Die Polizei hatte einen ganzen Abschnitt der Zhongjing-Straße für den Verkehr gesperrt, so daß es in den umliegenden Straßen zu Staus und Behinderungen kam.

Es war fast wie am Nationalfeiertag, an dem in der Gegend um den Präsidentenpalast Aufmärsche und Militärparaden stattfinden, nur daß jetzt nicht der 10. Oktober, sondern der 29. Juni war. Der Grund für die strengen Sicherheitsmaßnahmen befand sich im zweiten Stock des Gebäudes, wo nicht weniger als 36 Wachen in den umliegenden Korridoren einen verschlossenen Raum bewachten, in dem zehn Männer zusammengekommen waren.

In dem großen, mit dicken Teppichen ausgelegten Raum hingen zwei riesige Portraits von Chiang Kai-schek und seines Sohnes Chiang Ching-Kuo. Unter den wohlwollenden Blicken seiner beiden verstorbenen Vorgänger saß der gegenwärtige Präsident Taiwans zusammen mit seinem Premierminister Ku Chi-Chen, dem Außenminister Liu Chien-Pei, dem neuernannten Verteidigungsminister General Chou Jin-Chun und Admiral Ye Shi-Ta, dem Chef des Admiralstabs der taiwanischen Marine.

Hauptsächlich wegen dieser Männer hatte man die außergewöhnlichen Sicherheitsmaßnahmen angeordnet, aber es waren noch weitere fünf Persönlichkeiten anwesend, die ebenfalls ihre Feinde hatten. Da waren zunächst George Longchen und Liao Li, zwei wichtige Nuklearphysiker, die beide Professuren an der Nationalen Universität von Taiwan innehatten, dann einer der größten Bauunternehmer des Landes, ein Mann namens Chiang Yi und schließlich zwei weitere Militärs: ein Fregattenkapitän, der eine Landungseinheit der 66. Marineinfanteriedivision befehligte, und der Kapitän eines Unterseeboots.

Die beiden letzteren waren am Morgen mit einem Hubschrauber von der großen taiwanischen Marinebasis in Tsoying eingeflogen worden, in der sich dicht neben dem Flottenkommando und den Hauptquartieren der Marineflieger und der Marineinfanterie, auch die Taiwanische Marineakademie befand. Die Basis ist ein relativ unscheinbarer, abgeschiedener Ort im Einzugsbereich von Taiwans zweitgrößter Stadt Kaohsiung, die immerhin über den viertgrößten Containerhafen der Welt verfügt. Die direkt an der Formosastraße und damit gegenüber dem chinesischen Festland gelegene Basis Tsoying gilt den taiwanischen Militärs als ein Symbol für die Angriffs- und Verteidigunskraft des kleinen, aber unbeugsamen Inselstaats und ist so geheim, daß sie in keinem offiziellen Reiseführer Erwähnung findet.

Die Männer, die an diesem schwülen Vormittag Ende Juni im Präsidentenpalast von Taipeh zusammenkamen, gehörten sicherlich zu den wichtigsten des Landes, aber dennoch galten die strengen Sicherheitsvorkehrungen nicht nur ihren Personen, sondern auch dem geballten Wissen, das mit ihnen in einer Stadt zusammenkam, in der es von rotchinesischen Spionen nur so wimmelte. Hier in Taipeh war man in keinem Restaurant, keinem Friseurgeschäft, keiner Wäscherei und keinem Taxi vor Lauschern sicher.

Das aber, was die zehn Männer an diesem Vormittag besprachen, durfte keinesfalls in fremde Ohren gelangen, denn es ging um das größte Verteidigungsprojekt in der Geschichte Taiwans. Nicht zuletzt deshalb waren diese Treffen relativ selten: Seit der letzten ähnlichen Konferenz waren ganze zwei Jahre vergangen. Es war eine seltsame Zusammenkunft, ganz ohne Sekretäre, Assistenten und Adjutanten. Daß der Präsident mit diesen Männern die richtige Wahl getroffen hatte, zeigte sich unter anderem daran, daß in den fünf Jahren, die sie sich nun schon zu diesen Besprechungen trafen, kein einziges Wort darüber an die Öffentlichkeit gelangt war. Zumindest nicht in Taiwan.

Die Konferenz war jetzt etwas über eine Stunde im Gange, und der 46jährige, millionenschwere Bauunternehmer Chiang Yi beendete gerade seinen Bericht über den Fortschritt der Bauarbeiten auf den Kerguelen. Seine Arbeiter hatten ein wahres Labyrinth von Tunnels in den Fuß des 925 Meter hohen Guynemer Peak gegraben, eines Berges am geschützten westlichen Ende der zwölf Kilometer langen Baie du Repos. Die massiven Stahlbetonpfeiler, welche die Decken dieser unterirdischen Stadt abstützten, hatten Chiang Yis Leute aus mit U-Booten herangeschafften Grundstoffen vor Ort gegossen.

Während der Jahre dauernden Tunnelarbeiten war Chiang auf den Kerguelen geblieben und hatte unter anderem dafür gesorgt, daß der Tausende von Tonnen betragende Abraum ohne sichtbare Spuren in dem 100 Meter tiefen Fjord versenkt wurde.

Die Energie für die schweren, vollautomatisch betriebenen Bohrroboter lieferte der Reaktor an Bord eines 2500-Tonnen-U-Boots. Die *Émeraude* der französischen Rubis-Klasse, die ohne einmal aufzutauchen von Brest zu den Kerguelen gefahren war, lag nun schon seit fünf Jahren zwischen zwei alten, grauen Bojen festgemacht unter dem Wasser der Baie du Repos. Nur ab und zu kam es an die Oberfläche, um durchzulüften und neue Vorräte an Bord zu nehmen.

Der Reaktor der *Émeraude* lief noch immer ohne jedes Problem und versorgte eine 14 Hektar umfassende unterirdische Stadt mit elektrischem Strom – von Beleuchtung und Klimaanlagen in den Wohn- und Arbeitsbereichen bis hin zu den Baumaschinen und dem elektrischen System des Druckwasserreaktors, der eines Tages die Aufgabe seines Gegenstücks auf dem Unterseeboot übernehmen sollte.

Bis dieser einsatzbereit war, bildete das veraltete Rubis-Boot das Herz des gesamten Projekts, denn mit seinem Strom wurden unter anderem auch die 50 großen, metallenen Gaszentrifugen betrieben, in denen langsam, mühevoll und zu atemberaubend hohen Kosten über viele Jahre hinweg Uran

238 von Uran 235 getrennt wurde, jenem gefährlichsten aller Elemente, das mit seinem extrem unstabilen Kern unter anderem den Grundstoff für Atombomben darstellt.

Der Bauunternehmer Chiang hatte sich bei diesem Projekt für die taiwanische Regierung als unbezahlbar erwiesen. Nachdem seine Leute die große künstliche »Höhle« und das dazugehörige Tunnelsystem ausgebaut und mit einem Strom- und Wassernetz versehen hatten, war er für ein weiteres halbes Jahr auf die Kerguelen gekommen, um persönlich den Bau der Urananreicherungsanlage und des Atomreaktors zu überwachen. Beim Bau des unterirdischen Docks, das durch ein speziell konstruiertes, graues Stahltor vor der Außenwelt verborgen wurde, fuhr er sogar selbst den Betonmischer. Weder für seine noch für die Arbeit seiner Männer nahm Chiang Yi auch nur einen Pfennig Geld, aber er hatte sich ausbedungen, daß in Zukunft jeder von der Regierung vergebene Bauauftrag erst einmal ihm angeboten wurde.

Chiangs Bericht, den er an diesem Vormittag im streng bewachten Präsidentenpalast von Taipeh vortrug, erfüllte alle Teilnehmer des Treffens mit Zufriedenheit. An der Betonkonstruktion waren bisher keinerlei Risse aufgetreten, sämtliche Systeme arbeiteten fehlerfrei, und auch die behaglich ausgestatteten Wohnräume für die Professoren befanden sich in bestem Zustand. Die beiden in Holland gebauten Hai-Lung-Boote, die alle drei Monate Nachschub auf die Kerguelen brachten, sorgten dafür, daß die Lebensumstände in der unterirdischen Basis erträglich, wenn auch nicht luxuriös waren. Die Arbeit dort war allerdings hart: die Schichten waren lang, die zu lösenden Probleme groß, und es gab kaum Zeit und Möglichkeit zur Erholung. Niemand, der seine 18 Monate dort hinter sich hatte, war besonders scharf auf einen zweiten Aufenthalt. Trotzdem hatte bisher keiner der Professoren, die für die eineinhalb Jahre ein Honorar von einer halben Million Dollar bekamen, sich geweigert, auf diesen einsamen Inseln am Ende der Welt seinem Vaterland zu dienen.

Im Winter waren die Bedingungen auf den Kerguelen besonders schlimm. Nur wenige Stunden am Tag war es hell, und das Wetter war so schlecht, daß es völlig unmöglich war, sich auch nur kurz im Freien aufzuhalten. Der sogenannte Sommer war zwar etwas besser, aber auch dann war es gefährlich, sich mehr als ein paar Schritte vom unterirdischen Stützpunkt zu entfernen, weil häufig urplötzlich auftretende Stürme mit Windgeschwindigkeiten von 100 Stundenkilometern den Fjord entlangfegten und nicht selten Schnee- oder Hagelschauer mit sich brachten. Besonders schlimm waren die Fallwinde, die von den Gipfeln der Berge herabstürzten und eine hinterhältige Sogwirkung entfalteten, vor der selbst Seeleute mit langjähriger Erfahrung in diesen Gewässern einen Heidenrespekt hatten.

Der Präsident der Republik Taiwan, der gleichzeitig nomineller Oberbefehlshaber sämtlicher Streitkräfte des Inselstaats war, dankte Chiang Yi für seinen Vortrag und wandte sich mit sorgfältig gewählten Worten an die versammelten Männer. Zweimal, so berichtete er, hätten sich innerhalb der vergangenen zwölf Monate Kriegsschiffe der Volksrepublik China bedrohlich nahe den taiwanischen Küstengewässern genähert, was allgemein als eindeutige Drohgebärde angesehen wurde. Bei diesen Manövern habe es von einer Fregatte der Jiangwei-Klasse auch zwei Abschüsse von scharfen Boden-Luftraketen vom Typ HQ-61M gegeben. Auch diese Tests seien eine massive Drohung von Seiten Pekings gewesen, meinte der Präsident. Die Volksrepublik, so fuhr er fort, habe darüber hinaus im letzten Jahr ständig Zerstörer und Fregatten zu den Spratly-Inseln entsandt, jenen 53 Felsen, Sandbänken und Riffen im Südchinesischen Meer, die Taiwan für sich beansprucht. Auf der größten dieser Inseln unterhält die Marine des Inselstaats sogar eine Militärstation.

»Obwohl wir uns nach wie vor zumindest theoretisch des Schutzes der USA erfreuen«, fuhr der Präsident fort, »ist es uns in den vergangenen zwei Jahren nicht gelungen, unsere Unterseebootflotte weiter auszubauen. Dabei haben wir in Frankreich, Holland und Deutschland Boote zu bestellen versucht, und jedes Mal signalisierten uns zwar die Werften postwendend ihr Einverständnis zu deren Bau, wurden dann aber rasch von ihren Regierungen wieder zurückgepfiffen. Alle Länder hatten schlichtweg Angst, durch die Lieferung der

U-Boote ihre guten Handelsbeziehungen zu Rotchina zu gefährden. Nicht einmal die Amerikaner unterstützen einen solchen Kauf, und darüber hinaus weigern sie sich, uns ihre Aegis-Luftabwehrraketen zu verkaufen. Dabei wissen sie genau, daß wir einem Luftangriff der Volksrepublik schutzlos ausgeliefert wären. Immerhin liegt unser gesamtes Staatsgebiet in der Reichweite ihrer Jagdbomber.

Deshalb bin ich abermals zu dem Schluß gekommen, daß wir uns aus eigener Kraft verteidigen müssen. Die ständigen Manöver von Seiten Rotchinas in der Formosastraße sollen uns zeigen, daß man uns jederzeit unter Blockade stellen kann. Diese Bedrohung ist meiner Meinung nach ständig vorhanden.

Wie ich bereits des öfteren gesagt habe, können wir uns nicht mehr hundertprozentig auf die Unterstützung der USA verlassen, meine Herren. Die Zeiten ändern sich, und es könnte der Tag kommen, an dem Rotchina für die Vereinigten Staaten wichtiger ist als wir. Ein neuer Präsident könnte zum Beispiel keinen Grund mehr für ein militärisches Eingreifen im Fernen Osten sehen. Wer weiß schon, was in den Köpfen zukünftiger amerikanischer Politiker vor sich gehen wird?

Während meines Studiums in Harvard habe ich die Flexibilität der Amerikaner kennengelernt. Sie sind ein Volk, das seine Meinung rasch den jeweiligen Zeitläuften anpassen kann. Sie erinnern sich sicherlich noch alle daran, wie die Amerikaner Ende der 80er Jahre des vorigen Jahrhunderts Saddam Hussein innerhalb von drei Jahren vom großen Garanten für Stabilität im Mittleren Osten zum Staatsfeind Nummer eins gemacht haben.

Selbst auf die Gefahr hin, mich zu wiederholen, möchte ich noch einmal ausdrücklich betonen, daß wir, wenn wir die Volksrepublik China auf Dauer daran hindern wollen, sich unser Land einzuverleiben, unser eigenes Abschreckungspotential benötigen. Und da der Westen uns eine wirksame konventionelle Bewaffnung verweigert, geht das nur dadurch, daß wir eigene Kernwaffen entwickeln. Diese Waffen sind in Wahrheit keine Kriegswaffen, sondern Waffen des Friedens. Ich bin davon überzeugt, daß wir sie niemals werden einsetzen müssen, denn allein das Wissen, daß ein mit dem Rücken zur Wand kämpfendes Taiwan in der Lage wäre, mehrere große Städte auf dem Festland mit Atombomben auszuradieren, wird jede rotchinesische Regierung vor einer Invasion unserer Insel zurückschrecken lassen.

Seit Hiroshima und Nagasaki sind nie wieder Atomwaffen zum Einsatz gekommen, und ich bin mir sicher, daß das auch so bleiben wird. Das Vorhandensein der Atombomben ist auch der Grund dafür, daß selbst die mächtigsten Militärmächte der Welt über ein halbes Jahrhundert lang, außer kleineren, lokalen Konflikten, keinen größeren Krieg geführt haben. Und deshalb, meine Herren, betone ich noch einmal, daß es für unser Land im Augenblick nichts Wichtigeres gibt als unser Nuklearlabor im südlichen Indischen Ozean.

Für Ihre Mitarbeit an diesem Projekt schulde ich Ihnen allen meinen persönlichen Dank, aber der ist nichts im Vergleich mit dem, was Ihnen das taiwanische Volk schuldet. Und jetzt bin ich, wie jedes Mal, schon sehr gespannt auf den Vortrag von Professor Liao. Wenn Sie also so freundlich wären, Herr Professor ...«

Der Atomphysiker, ein kleiner Mann Ende fünfzig, der das bei seinen Kollegen in aller Welt so beliebte Tweedjackett, ein kariertes Hemd und eine Clubkrawatte trug, erhob sich und verneigte sich vor dem Präsidenten. In seinem pedantisch genau formulierten Vortrag sprach er von der Schwierigkeit, eine Atombombe zu bauen und der langen Zeit, die man braucht, um das flüchtige Isotop U-235 herzustellen. Schließlich berichtete er noch darüber, wie sich aus diesem U-235 in einem Atomreaktor waffenfähiges Plutonium herstellen ließ.

Für die beiden Militärs und die Politiker erklärte der Professor kurz, wie das Schwermetall Uran 238 in ein Gas verwandelt wurde, von dem in den Zentrifugen dann die darin zu 90 Prozent vorhandenen schweren Bestandteile »fortgewirbelt« wurden, bis nur noch das unbezahlbare Uran 235 übrigblieb. »Natürlich ist das ein langer, schwieriger und mühevoller Prozeß, bei dem man viel Sorgfalt walten lassen muß«, sagte er. »Aber wir machen große Fortschritte. Unsere Produktion läuft so gut, daß wir in einem halben Jahr genügend Uran 235 für den ersten Brennstab unseres Druckwasserreaktors haben werden.

Das ist zwar noch lange nicht genug, um eine Atombombe zu bauen, aber ein wichtiger Schritt dorthin. Ich schätze, daß wir in etwa drei Jahren unseren ersten atomaren Sprengkopf haben werden, der dann allerdings erst noch getestet werden müßte. Ich glaube zwar nicht, daß wir dazu jemals Gelegenheit haben werden, aber das ist auch nicht unbedingt nötig. Wichtig ist jetzt erst einmal, daß wir mit der Produktion des Uran 235 vorankommen. Mein Kollege, Herr Professor Longchen, wird deshalb im November zum zweiten Mal auf die Kerguelen gehen ...«

Der Präsident lächelte, aber es war kein triumphierendes, sondern ein erleichtertes Lächeln. Viele Jahre lang hatte er sich fast täglich Sorgen wegen des militärisch hochgerüsteten Drachens auf der anderen Seite der Formosastraße gemacht, und nun sah er in nicht mehr allzu ferner Zukunft eine Möglichkeit, diesen Drachen in Zaum zu halten. Er träumte schon von dem Tag, an dem Taiwan öffentlich verkünden konnte, daß jeglicher Aggressor mit einem vernichtenden atomaren Vergeltungsschlag zu rechnen habe, auch Rotchina mit seiner ständig wachsenden Marine, die im Augenblick 285 000 Mann stark war und 140 größere Kriegsschiffe sowie 450 schnelle Kleinkampfschiffe besaß. Nur durch die Atombombe war Taiwan in der Lage, das Kräfteverhältnis wieder auszugleichen.

Nun aber war es an der Zeit, sich mit der Frage zu befassen, wie sicher das geheime Atomlabor auf den Kerguelen war, und so bat er den Befehlshaber der Marineinfanterie, ein paar Worte dazu zu sagen. Der Mann hatte vier Jahre auf den Kerguelen verbracht und sämtliche Vorkehrungen für die Sicherung der Anlage getroffen. So hatte er beispielsweise auch einen Beobachtungsposten auf dem Pointe Bras an der Einfahrt zur Baie Blanche eingerichtet.

»Diese Inseln sind ein sehr einsamer Ort, Herr Präsident«, sagte der Fregattenkapitän. »Bis auf ein paar Hochseetrawler, die weit draußen auf dem Meer vorbeigezogen sind, haben wir in den vergangenen sechs Monaten außer unseren eigenen U-Booten nur ein einziges Fahrzeug gesehen, eine in Australien registrierte Segeljacht, die in der Choiseul-Bucht offenbar Schutz vor schlechtem Wetter gesucht hat. Von unserem Beobachtungspunkt aus war sie nicht zu sehen, aber eines der Hai Lungs hat sie durch sein Periskop entdeckt. Sie blieb nicht lange und verschwand noch am selben Nachmittag.«

Der Präsident nickte. »Es gab also keine Vorfälle mehr wie diese bedauerliche Sache mit dem amerikanischen Schiff vor eineinhalb Jahren?«

»Nein, Herr Präsident. Nichts dergleichen. Die ganze Zeit über ist kein einziges fremdes Schiff in unseren Fjord eingefahren.«

»Soviel ich weiß, waren Sie bei dem damaligen Zwischenfall auf den Kerguelen mit beteiligt, Herr Fregattenkapitän«, sagte der Präsident.

»Jawohl, Herr Präsident.«

»Wissen Sie, daß die Amerikaner eine Riesenaffäre daraus gemacht haben?«

»Nein, Herr Präsident, das weiß ich nicht.«

»Das amerikanische Außenministerium hat sich an mehrere Nationen gewandt, darunter an uns, Japan, Südkorea und, soviel ich weiß, auch an Rotchina. Die US-Regierung war sehr besorgt wegen des Forschungsschiffs und seiner Mannschaft. Sie hat sogar eine Fregatte der Siebten Flotte auf die Kerguelen geschickt.«

»Die habe ich gesehen, Herr Präsident. Wir hatten sie vom Pointe Bras aus immer im Blick. Sie hat mehrere Wochen lang herumgesucht und fuhr einmal sogar die Baie Blanche entlang, drehte dann aber in letzter Minute ab.«

»Soviel ich weiß, haben Sie das Feuer auf das amerikanische Forschungsschiff eröffnet. Was hätten Sie eigentlich getan, wenn die Fregatte weiter in die Baie du Repos gefahren wäre und den Eingang zum Labor entdeckt hätte?«

»Das kann ich nicht genau sagen, Herr Präsident. Auf so ein Ereignis sind wir nicht vorbereitet, denn wir haben nicht damit gerechnet, daß sich jemals ein Kriegsschiff auf den Kerguelen umsehen würde. Mit einer voll ausgerüsteten amerikanischen Fregatte hätten wir es aber ohnehin nicht aufnehmen können, das wäre reiner Selbstmord gewesen. Ich vermute, wir hätten versucht, mit ihnen zu verhandeln und gleichzeitig eine Evakuierung des Labors in die Wege geleitet.«

»Das wäre vermutlich das einzig richtige gewesen. In diesem Fall hätten wir versuchen müssen, auf diplomatischem Weg zu retten, was zu retten ist. Wie dem auch sei, dieser Vorfall mit dem amerikanischen Forschungsschiff beschäftigt mich noch immer sehr. War es denn unbedingt nötig, auf die Leute an Bord zu schießen?«

»Ja, Herr Präsident. Wir haben das Schiff erst geentert, als man dort bereits unsere beiden Bojen erblickt hatte, zwischen denen das Rubis-Boot festgemacht ist. Ich hatte damals das Kommando und wollte die Amerikaner zunächst mit friedlichen Mitteln zum Umkehren bewegen. Ich wollte sagen, daß wir im Fjord geheime Experimente durchführten, über die wir die französische Regierung nicht informiert hätten, und dabei nicht gestört werden wollten. Auf keinen Fall aber durften wir das Schiff näherkommen lassen, denn sonst hätten die Amerikaner an Bord den Eingang zum Labor entdeckt, der zu dieser Zeit sogar offen stand.

Leider waren meine Leute sehr aufgeregt, und als plötzlich einer der Amerikaner mit einer Maschinenpistole an Deck kam und das Feuer auf uns eröffnete, haben wir zurückgeschossen. Der Mann hat vier meiner Männer getötet, bevor ich ihn erschießen konnte. Daraufhin ist die Situation völlig außer Kontrolle geraten. Wir mußten verhindern, daß der Funker eine Meldung absetzen konnte, weshalb meine Männer auch ihn getötet haben, ebenso den Kapitän und seinen ersten Offizier und alle anderen Besatzungsmitglieder, die sich inzwischen ebenfalls bewaffnet hatten. Es hat eine Stunde gedauert, bis wir das Schiff in unserer Hand hatten. Unsere eigenen Verluste beliefen sich dabei auf sechs Tote und zwei Verwundete.«

»Und was war mit den Amerikanern?«

»Wir mußten leider die gesamte Mannschaft töten. Aber es gab auch Passagiere an Bord. Unter Deck fanden wir eine Gruppe unbewaffneter und völlig verängstigter Wissenschaftler. Ich weiß, daß wir sie ebenfalls erschießen hätten müssen, um alle Zeugen zu beseitigen. Aber ich konnte es einfach nicht, Herr Präsident. Ich bin Soldat, kein kaltblütiger Mörder.«

»Soviel ich weiß, haben Sie die Leute gefangengenommen.«

»Ja, Herr Präsident. Wir haben das Schiff in eine kleine Bucht hinter dem Eingang zum Labor geschleppt und unter einem Tarnnetz versteckt. Dann haben wir sämtliche Dokumente und Papiere eingesammelt und verbrannt. Das Schiff war noch vollkommen intakt, und so konnten wir die Maschine laufen lassen, damit sie es mit elektrischem Strom versorgte. Die Wissenschaftler haben wir an Bord interniert, und da können sie noch eine Weile bleiben, denn das Schiff hat noch Treibstoff und Vorräte für viele Monate. Ein Soldat genügt, um die Gefangenen an der Flucht zu hindern. Ich denke, wir sollten die Wissenschaftler so lange auf dem Schiff lassen, bis wir genügend Uran erzeugt haben und die Anlage wieder abbauen können. Soweit ich es bei mehreren Verhören herausfinden konnte, weiß keiner von ihnen, wer wir sind und was wir vorhaben. Sie wissen ja nicht einmal genau, *wo* sie sind.«

»Verstehe. Dann sind sie also jetzt immer noch auf dem Schiff?«

»Ja, Herr Präsident.«

»Es wird nicht leicht sein, sie eines Tages zu entlassen.«

»Das stimmt, Herr Präsident. Aber Sie erinnern sich bestimmt daran, daß im Mittleren Osten auch schon Menschen mehrere Jahre lang von Terroristen gefangen gehalten wurden. Die Täter wurden nur selten identifiziert, weil die Geiseln nicht wußten, wo sie waren. Ich glaube, daß wir in einer ähnlichen Situation sind. Und deshalb scheue ich immer noch davor zurück, unbewaffnete US-Bürger ohne triftigen Grund erschießen zu lassen.«

»Das kann ich verstehen. Aber wenn jemals herauskommen sollte, was wir auf den Kerguelen tun, wären die Konsequenzen fürchterlich. Die Regierung der Vereinigten Staaten müßte wohl auf die Empörung der öffentlichen Meinung reagieren und drastische Maßnahmen gegen uns ergreifen. Vielleicht wäre es doch besser, die Geiseln zu beseitigen.«

»Ich habe mit meinen Vorgesetzten darüber gesprochen, Herr Präsident, und glaube nicht, daß es jemanden in unserer Armee gibt, der solche Exekutionen durchführen möchte.«

»Wie sehen Sie das, Admiral Ye?«

»Herr Präsident, auch ich würde einen solchen Befehl lieber nicht geben. Es wäre etwas anderes, wenn es sich um militärische Gefangenen handeln würde.«

»Ich denke auch, daß die Exekution von amerikanischen Zivilisten keine gute Idee wäre«, sagte der Präsident, »und ich schließe mich in diesem Punkt dem weisen Rat meiner Befehlshaber an. Allerdings müssen wir uns sehr gut überlegen, wie wir die Gefangenen eines Tages entlassen werden, selbst wenn sie nicht wissen, wo sie waren und wer wir sind.«

»Das werden wir, Herr Präsident.«

»Nun hätte ich aber noch eine andere Frage. Was tun wir, wenn ein rotchinesisches Kriegsschiff vor den Kerguelen auftaucht? Gibt es für diesen Fall schon irgendwelche Pläne?«

»Nein, Herr Präsident, die gibt es nicht. Allerdings glaube ich, daß uns nichts anderes übrig bleiben würde, als es zu versenken.«

»Das sehe ich auch so. Aber das würde wohl bedeuten, daß wir möglicherweise ein weiteres Unterseeboot auf den Kerguelen stationieren sollten, welches wir aber leider nicht besitzen ... Doch ist das ein anderes Thema, das ich gern nach dieser Konferenz mit Admiral Ye Shi-Ta und General Chou Jin-Chun gesondert besprechen würde.«

Nun war der Kapitän des Hai Lung an der Reihe. Sein Bericht war knapp und präzise. Beide Boote hatten sämtliche Fahrten zu den Kerguelen ohne nennenswerte Verspätungen und ohne einmal aufzutauchen absolviert. Inzwischen konnten sie sogar unter Wasser in den Fjord einfahren.

Der Transport des nicht angereicherten Uran 238 war völlig problemlos vonstatten gegangen. Das radioaktive Material, das auch unter Umgehung der internationalen Kontrollgremien relativ leicht zu beschaffen war, wurde in speziell entwickelten, mit Blei ausgeschlagenen Polyäthylenbehältern im sichersten Element transportiert, das es gab: unter Wasser, wo es von keinem Beobachter an Land oder in der Luft entdeckt werden konnte.

Nach dem Vortrag des Kapitäns wurde die Konferenz für die Mittagspause unterbrochen. Adjutanten reichten Tee in wunderschön bemalten Porzellantassen, die zwar wie Royal Doulton aussehen, aber, kaum verwunderlich, den Stempel »Made in Taiwan« trugen.

Der Präsident trank seinen Tee am Fenster zusammen mit seinem Außenminister Liu Chien-Pei. Gedankenverloren blickten die beiden Männer hinaus in den herrlichen Garten rings um das eigenwillig gestaltete Chiang-Kai-schek-Denkmal.

Es gab so viel Verteidigenswertes auf dieser malerischen Insel, nicht nur die erfolgreiche Wirtschaft, die Jahr für Jahr breite Ströme von US-Dollars ins Land lenkte. »Wir können hier in Taiwan das erste reale Schangri-la schaffen«, sagte der Präsident, »denn wir haben Möglichkeiten wie kein zweites Land auf der Erde. Nur eine einzige Nation gönnt uns das nicht, und die müssen wir abschrecken. Und zwar für immer.«

Der Präsident ahnte nicht, daß gerade diese Nation genau wußte, was er vorhatte, wenn auch nicht genau, *wo*, ebensowenig wie er ahnte, daß die Amerikaner genau wußten, *wo* seine Unterseeboote hinfuhren, aber nicht, *was* sie dort machten.

KAPITEL ELF

Ein warmer, subtropischer Regen ging auf den schmalen, drei Kilometer langen Damm nieder, der hinaus zu dem auf einer Insel gelegenen Hafen Xiamen führt. Mitten auf dem Damm stemmte sich einsam die unverkennbare Silhouette von Admiral Zhang Yushu gegen die steife, vom Südwesten hereinwehende Brise. Der Oberbefehlshaber der Marine trug einen dunkelblauen Regenmantel, hatte aber keine Mütze auf dem Kopf. Seine Hornbrille war voller Regentropfen. Es war sieben Uhr früh, und der Himmel war bis hin zum Horizont im Osten, hinter dem sich die abtrünnige Insel Taiwan verbarg, von einer dichten Wolkendecke überzogen.

Ab und zu kam ein Hafenarbeiter auf seinem Fahrrad vorbei und grüßte Zhang mit einem Kopfnicken. Der Admiral war für die Leute in Xiamen ein gewohnter Anblick, besonders in den Sommermonaten, wenn er mit seiner Familie in seiner großen Villa auf der Insel Gulang versuchte, ein ganz normales Leben zu führen. Das Eiland, dessen Name soviel wie »Insel der donnernden Wogen« bedeutet, liegt direkt vor der Stadt, von der es durch den Lujiang-Kanal getrennt wird.

Hier, im grünen Vorort der geschäftigen Hafenstadt, hatte Zhang seine Jugend verbracht, wenn auch nicht in einer Villa, sondern in einer Holzhütte unten am Hafen. Nicht weit davon entfernt war er auf dem Wasser geboren worden, in einer Kabine auf dem Frachter seines Vaters. So kam es, daß er zunächst Decksplanken und dann erst festes Land unter den Füßen gehabt hatte. Schon in seiner Kindheit hatte er den Weg von Xiamen hinüber zum Festland geliebt, diese lange Wanderung auf dem aus großen Steinen aufgeschütteten Damm, bei der man zu beiden Seiten das Meer sah, auf dem langsame

Dschunken unter der für sie typischen Takelung schwerfällig über die Mündung des Neun-Drachen-Flusses segelten.

Als Zhangs Vater starb und sein Frachter verkauft wurde, hatte der junge Marineoffizier sein Erbe in ein heruntergekommenes Grundstück an der schönen Südküste der Insel Gulang investiert, von dem aus man einen herrlichen Blick aufs Festland hatte. Im Lauf der Jahre hatte er das Grundstück saniert und darauf ein wunderschönes Haus mit einem geschwungenen roten Dach gebaut, das nun mitten in einem Garten voller Bäume und üppiger Blumenbeete stand. Sollte er das Grundstück jemals verkaufen, wäre er ein reicher Mann, aber das hatte er gar nicht vor. Er und seine Frau Lan, die er an der Universität kennengelernt hatte und die ebenfalls aus Xiamen stammte, hatten nämlich vor, hier ihren Lebensabend zu verbringen. Schließlich waren ihrer beider Familien seit über tausend Jahren hier, in Chinas grüner, gebirgiger Südprovinz Fujian ansässig.

Zhang war der Marine für vieles dankbar, nicht zuletzt dafür, daß sie in Xiamen einen Stützpunkt unterhielt, der auch noch Unterseeboote beherbergte. So konnte der Admiral, der den Rest des Jahres über in Peking lebte, in den Sommermonaten sein Büro hierher verlegen. Jeden Morgen kam ein Boot der Marine an den Anleger der Insel Gulang und brachte den Oberbefehlshaber der chinesischen Streitkräfte an seinen Arbeitsplatz.

An diesem Morgen aber, dem des 21. Juli, hatte er das Boot abbestellt und war mit Auto und Fähre gefahren, weil er wieder einmal den Damm entlanggehen wollte. Hier, wo der frische Seewind ihm den Kopf freiblies, konnte er eine Stunde lang ungestört nachdenken, und genau das tat er auch, während er mit raschen, entschlossenen Schritten auf den Hafen Xiamen zumarschierte.

Um neun wollte er wieder in seiner Villa sein, wo er Admiral Zu Jicai, den Befehlshaber der Südflotte, zu einem vertraulichen Gespräch erwartete. Die Unterredung, bei der sie einen Plan zum Aufstöbern der taiwanischen Hai Lungs ausarbeiten wollten, war so geheim, daß Zhang sie nicht in seinem Büro stattfinden lassen wollte. Der Admiral war fest davon überzeugt, daß die Regierung in Taipeh an der Entwicklung von Atomwaffen arbeitete. Er wußte nur nicht, wo das geschah, und genau das wollte er mit Zu Jicais Hilfe herausfinden und dem Großen Vorsitzenden, seinem Förderer und Mentor, möglichst bald mitteilen. Dazu aber mußte er erst einmal eine Methode entwickeln, mit der er Taiwans verstohlen operierende U-Boote verfolgen konnte.

Entschlossener denn je marschierte Zhang den Damm entlang und kümmerte sich nicht um den strömenden Regen. Er platschte mit seinen Seestiefeln durch die Pfützen auf der Straße und machte ein grimmiges Gesicht, das so düster wie die Gewitterwolken war, die im Südwesten am Himmel standen. Wenn er die Hai Lungs abpassen wollte, dann mußte er das in Indonesien mit seinen Tausenden von Inseln und Meerengen tun. Die Unterseeboote legten ihre Reise ganz offensichtlich unter Wasser zurück, und es gab nicht viele Stellen, an denen sie ohne aufzutauchen an den Inseln des Malaiischen Archipels vorbei in den Indischen Ozean gelangen konnten.

Die Malakkastraße zwischen der gleichnamigen Halbinsel und Sumatra hatte er nach längeren Überlegungen bereits verworfen, denn sie war an vielen Stellen zu seicht und wurde darüber hinaus zu stark befahren, als daß man mit einem U-Boot unbemerkt hätte hindurchfahren können. Besonders die unzähligen Sandbänke und Inseln südöstlich von Singapur machten die Tauchfahrt durch die Malakkastraße für die Hai Lungs zu einem unkalkulierbaren Risiko. So hatte Zhang am vergangenen Abend, kaum daß er aus Peking in Xiamen angekommen war, sich in seinem Büro noch einmal die alternative Route durch die Sundastraße angesehen, eine 13 Meilen breite Meerenge zwischen Sumatra und Java.

Die Sundastraße war mit ihren 55 Metern in der Mitte tief genug für ein getauchtes U-Boot, aber am Rand hatte auch sie einige seichte Stellen. Darüber hinaus wurde sie von mehreren Fähren befahren, und auf der Seekarte war außerdem ein Hinweis darauf zu finden, daß sich hier ein Übungsgebiet für die Unterseeboote der indonesischen Marine befand.

»Wenn ich ein taiwanischer U-Boot-Kapitän auf geheimer Mission wäre, würde ich vermutlich nicht durch die Sundastraße fahren«, hatte Admiral Zhang gemurmelt. »Ich würde mir einen anderen Weg suchen.« Aber er war gestern abend zu müde gewesen, um noch lange darüber nachzudenken. So hatte er beschlossen, ins Bett zu gehen und am nächsten Morgen den Marsch über den Damm zu machen, bei dem er ungestört und mit frischen Kräften nachdenken konnte, bevor er die ganze Sache mit seinem Freund Zu Jicai noch einmal durchging. Zhang hatte zwar nicht mit dem Regen gerechnet, aber davon wollte er sich nun auch nicht aufhalten lassen.

Jetzt schritt er tapfer mit gesenktem Kopf und rhythmischen Armbewegungen in diesen grauen, nassen Morgen hinein. Er genoß die körperliche Bewegung und ließ seinen Gedanken freien Lauf. Wie, so fragte er sich, konnte er die taiwanische Atomwaffenfabrik, die sich seiner Meinung nach irgendwo in der Nähe der Antarktis versteckte, aufspüren und vernichten? Es mußte doch eine Antwort auf diese Frage geben.

Er hatte schon fast die Insel erreicht, als er im Schutz einer niedrigen Mauer vier Männer unter einem Schirm sitzen sah. Sie hatten eine Flasche Whisky in ihrer Mitte und hielten Karten in den Händen. »Spieler«, murmelte Zhang verächtlich. »Wie idiotisch, sich aufs pure Glück zu verlassen. Damit bringt man es nicht weit.« Aber zumindest hatte die kleine Szene etwas sehr Traditionelles, denn immerhin waren es die Chinesen, die Schirme, Spielkarten und Whisky erfunden hatten. Und im Errichten von Mauern waren sie auch nicht schlecht.

Admiral Zhang war im Herzen ein überzeugter Traditionalist, einer von jenen Chinesen, die beharrlich die Anschauung vertreten, ihr Land sei der Ursprung jeglicher Zivilisation. Für Zhang war China die Wiege von Gelehrsamkeit und Wissenschaft. Von der ersten Druckerpresse im 11. Jahrhundert über den ersten Seismographen bis hin zum ersten Stahl, der ersten Hängebrücke, dem ersten Schiffsruder und natürlich dem ersten Papiergeld stammten alle wirklich großen Erfindungen aus dem Reich der Mitte. China war bereits auf dem Weg in die moderne Zivilisation gewesen, als die Engländer und andere primitive Stämme des Westens sich noch am Fell gekratzt und Baumwurzeln gefressen hatten.

Es schmerzte Zhang unsäglich, wenn der Westen seine Nation wie eine Art Dritte-Welt-Land behandelte, dem man nicht einmal zutraute, daß es seine militärischen Angelegenheiten selbst regelte. Aber das wird sich ändern, dachte Zhang, wenn wir erst einmal eine Flottille von Kilo-U-Booten haben und Taiwan zur Ordnung rufen können.

Eigentlich bedauerte es Admiral Zhang, der früher einmal Kapitän eines Lenkwaffenzerstörers gewesen war, daß er es jetzt so viel mit unter Wasser operierenden Fahrzeugen zu tun hatte. In der Tat drehte es sich bei den beiden wichtigsten Angelegenheiten, mit denen er sich während der letzten Wochen hatte befassen müssen, fast ausschließlich um Unterseeboote: um die mysteriösen, für viele Wochen verschwundenen Hai Lungs und die ebenfalls verschwundenen Kilos, die ein perfider Feind vernichtet hatte.

»Verdammte Bastarde«, sagte Admiral Zhang leise und dachte, daß die Amerikaner mindestens ebenso hinterhältige, ehrlose Schurken waren wie die Taiwaner.

Als er an der Insel anlangte, stieg er in seinen Wagen und fuhr zur Fähre, die ihn nach Gulang brachte. Als er zu Hause ankam, hatte der Regen aufgehört. Die Sonne brach gerade durch die Wolkendecke und schien warm auf die üppigen Gärten direkt am Wasser herab. Zu Jicai war bereits da und trank mit Lan und den Kindern Tee. Der Befehlshaber der Südflotte entschuldigte sich dafür, daß er über eine Stunde zu früh gekommen war, aber er hatte sich nach dem Hubschrauber richten müssen, der ihn von Kanton her mitgenommen hatte.

Die Admiräle, die beide ihre weiße Sommeruniform trugen, zogen sich sofort in Zhangs Arbeitszimmer zurück, wo bereits die Karten der indonesischen Inseln auf dem Schreibtisch ausgebreitet waren.

»Was halten Sie von der Sundastraße?« fragte Zhang, nachdem er Zu mit seinen Überlegungen vertraut gemacht hatte.

»Nicht viel«, antwortete dieser. »Zumindest nicht, wenn es darauf ankommt, mit einem getauchten U-Boot hindurchzufahren. Für meinen Geschmack ist dort viel zu dichter Schiffsverkehr, aber was mir noch viel weniger gefällt, sind die verdammten Ölfelder nördlich davon.« Er deutete auf eine Stelle etwa 50 Meilen östlich von Sumatra. »Sehen Sie hier. Ein Ölfeld neben dem anderen… Cintra, Kitty, Nora und Rama im Süden und nördlich davon Yvonne, Farida, Zelda und Tita. Die ganze Gegend ist über viele Meilen gespickt mit Bohrinseln, Tankerliegeplätzen und Pipelines, und seicht ist sie zu allem Überfluß auch noch. Mit einem getauchten Unterseeboot würde ich mich da nicht freiwillig in die Nähe wagen, und deshalb können wir die Sundastraße meiner Meinung nach vergessen.«

»Und was ist mit der nächsten Durchfahrt 650 Meilen östlich zwischen Java und Bali?« fragte Zhang, der froh war, daß er sich mit dem Befehlshaber der Südflotte beraten konnte. Zu Jicai war viele Jahre lang Kommandant des Atom-U-Boots *Han 405* gewesen, eines 5000-Tonnen-Boots, das mit einer französischen Radaranlage und hochmodernen russischen Torpedos ausgerüstet war. Mitte der 90er Jahre hatte er kurze Zeit sogar für internationale Schlagzeilen gesorgt, als er mit seinem Boot vor der nordkoreanischen Küste von einer amerikanischen Trägerkampfgruppe geortet und gejagt worden war.

Die chinesische Propaganda hatte damals seine geschickte Führung des Boots gerühmt und damit geprahlt, daß Zu Jicai dem amerikanischen Adler unerschrocken die Stirn geboten habe. Tunlichst verschwiegen wurde allerdings die Tatsache, daß die Amerikaner Zu Jicais Boot jederzeit hätten versenken können, wenn ihnen der Sinn danach gestanden hätte.

Nichtsdestotrotz war Zu Jicai einer der besten U-Boot-Kommandanten, die China je hatte, auch wenn Arnold Morgan ihn damals ebenso trocken wie unbarmherzig als »den größten Zwerg der Welt« bezeichnete.

Dennoch wußte Zu Jicai als Angehöriger einer Nation, die zumindest in militärischem Sinn jahrhundertelang keine Seefahrt betrieben hatte, mehr über Unterseeboote als die meisten seiner Landsleute.

»Auch die Bali-Enge mag ich nicht besonders«, sagte er. »Viel zu seicht an ihrer engsten Stelle, wo sie gerade mal eine halbe Meile breit ist. Im Süden ist sie nur 30 Meter tief, was an und für sich nicht schlimm ist, aber mit Uran an Bord würde ich die Durchfahrt trotzdem nicht riskieren.«

»Wollen Sie damit sagen, daß es überhaupt keine Möglichkeit für ein U-Boot gibt, getaucht an den indonesischen Inseln vorbei zu kommen?« fragte Admiral Zhang und machte ein ratloses Gesicht.

»Nein, das will ich nicht. Man könnte zum Beispiel die Lombokstraße nehmen, genau hier, zwischen der Ostküste von Bali und der Insel Lombok. Sie ist 25 Meilen breit, und das Fahrwasser teilt sich in zwei tiefe Rinnen. Selbst an der seichtesten Stelle ist es noch immer mindestens 180 Meter tief, und erst am südlichen Ende der Straße muß noch einmal eine Stelle mit 120 Metern Wasser unter dem Kiel passiert werden.«

»Aber die Lombokstraße ist sehr weit im Osten, Zu«, sagte Zhang. »Da könnten die Hai Lungs nicht mehr die kurze Route durchs südchinesische Meer nehmen.«

»Das stimmt. Sie müßten kurz hinter Taiwan auf Südostkurs gehen und dann östlich der Philippinen nach Süden fahren. Danach ginge es durch die Celebessee in die Makasarstraße, die nicht nur 150 Meilen breit, sondern auch sehr tief ist. Sehen Sie die Zahlen auf der Karte? Zwischen 2000 und 4000 Meter.

Natürlich kann ich mich irren, aber wenn ich unter höchster Geheimhaltung eine gefährliche Fracht von Taiwan nach Süden bringen müßte, dann würde ich östlich an den Philippinen vorbei und dann durch die Lombokstraße fahren.«

»Was für Entfernungen würde man denn auf dieser Route zurücklegen, Zu?«

»Etwa 1000 Meilen sind es von Taiwan bis zum Südende der Philippinen und dann noch einmal 1200 zur Lombokstraße. Sehen Sie hier, im Norden der Engstelle ist das Wasser 1200 Meter tief, und keine seichte Stelle weit und breit. Geradezu ideal, um mit einem U-Boot durchzuschlüpfen.«

»Wissen wir denn, wann das nächste Hai Lung Suao verläßt?«

»Ja, in zwei Tagen. Am 23. Juli.«

»Dann müßte es in zwei Wochen an der Lombokstraße sein.«

»Richtig.«

»Was halten Sie davon, wenn wir zwei von unseren Horchtrawlern direkt am Eingang zur Straße stationieren? Würden sie das Hai Lung orten können? Wenn ja, wüßten wir, in welche Richtung es fährt und wären sehr viel schlauer, als wir es jetzt sind.«

»Zwei würden genügen, aber drei wären besser.«

»Gut, dann eben drei. Wir müssen wissen, wohin das Hai Lung fährt, denn nur so haben wir eine Chance, irgendwann einmal die Atomfabrik der Taiwaner zu finden. Und finden *müssen* wir sie, Zu.«

»Wir haben drei Trawler in Hainandao, die innerhalb eines Tages auslaufen könnten. Wir haben also noch Zeit, ihnen genaue Instruktionen zu geben, und dann wären sie immer noch vor dem Hai Lung in der Lombokstraße.«

»Dann werden wir sie sofort losschicken, Zu. Lassen Sie uns unverzüglich nach Hainandao fliegen.«

Am letzten Juliwochenende zeigte sich der Sommer auf Cape Cod endlich einmal von seiner schönsten Seite. Der warmfeuchte Seenebel, der an so vielen Tagen in diesem Monat die Sonne verdeckt hatte, war endlich nach Norden abgezogen, und auf dem Wasser des Nantucket Sound herrschte hochsommerliche Hitze.

Nicht eine Wolke war am rosafarbenen Abendhimmel zu sehen, als Commander Boomer Dunning und seine beiden Töchter in ihrem Segelboot mit der Abendflut in die Bucht einliefen und die Sonne hinter dem weißen Kirchturm von Cotuit untergehen sahen.

Jo, Boomers Frau und die Mutter der beiden Mädchen, hatte von dem großen Haus der Familie Dunning, dessen Fassade nach Südosten ausgerichtet war, einen ganz anderen Blick. Für sie beleuchtete das fast surrealistisch anmutende Licht der untergehenden Sonne wie ein Scheinwerfer den Sandstrand von Deadneck Island.

Aus jedem Blickwinkel war die Cotuit Bay an diesem Abend ein herrlicher Anblick. Jo Dunning, die sich im Haus von Boomers Eltern wie im Paradies auf Erden fühlte, winkte Mann und Töchtern schon von weitem zu. Die 13jährige

Kathy saß am Ruder der *Sneaker* und steuerte sie mit sicherer Hand an den Strand, wo Boomer an Land sprang und das Boot an Land zog. Mit vereinten Kräften zerrten sie es noch ein paar Meter weiter, bevor Kathy und ihre jüngere Schwester das große, gaffelgetakelte Segel bargen. Natürlich hätten sie, wie alle anderen Leute auch, an einer Boje festmachen können, aber Boomer hatte sein Leben lang seine Segelboote an ruhigen Sommerabenden wie diesem an Land gezogen, und jetzt war er der Meinung, daß seine Töchter das auch tun sollten.

Für Jo war dieser Sonntagabend, an dem sie schon alles fürs Grillen vorbereitet hatte, einer der Höhepunkte des ganzen Sommers. Boomer war am Freitag unerwartet nach Hause gekommen und hatte verkündet, daß er erst Montag früh wieder in New London sein müsse. Jos Schwiegereltern waren für drei Wochen nach Maine gefahren, so daß das weiße Holzhaus ihnen ganz allein gehörte. Zwar sollte ihr wirklicher Urlaub, den sie ebenfalls hier verbringen wollten, erst am 5. August beginnen, wenn Boomer zehn Tage dienstfrei hatte, aber Jo war jetzt schon so glücklich, wie sie es seit langem nicht mehr gewesen war.

Am vergangenen Tag, einem langen, sonnigen Samstag, hatte sie zusammen mit Kathy die Cotuit-Regatta gewonnen, während Boomer und Jane dem Baseball-Team des Dorfes beim Spiel gegen die *Hyannis Mets* zugesehen hatten. Die großartigen *Cotuit Kettleers* hatten ihre Gegner mit 9:0 vom Platz gefegt.

Während Boomer seine Mannschaft begeistert anfeuerte, wußte er nicht, daß nicht allzu weit von ihm entfernt Frederick J. Goodwin, der Chefreporter der *Cape Cod Times* auf der Tribüne saß und mit versteinertem Gesicht zusah, wie seine *Hyannis Mets* einen Fehler nach dem anderen machten. Es war schade, daß der Marineoffizier und der Journalist nichts voneinander wußten, denn sie waren bestimmt die einzigen beiden Männer auf dem Baseballplatz, die jemals auf den Kerguelen gewesen waren, von den profunden persönlichen Interessen, die sie mit diesem weit entfernten und düsteren Ort verbanden, ganz zu schweigen.

Boomers zweites Versäumnis an jenem herrlichen Wochenende war sehr viel ernsterer Natur. Er hatte bisher noch nicht den Mut aufgebracht, Jo zu sagen, daß man ihren gemeinsamen Urlaub gestrichen hatte. Wenn er am Montag früh zum U-Boot-Stützpunkt fuhr, würde er erst in mehreren Wochen wieder nach Hause kommen, vielleicht sogar erst in einigen Monaten. Der Auftrag, den er auszuführen hatte, war wieder einmal eine schwarze Operation, so daß Jo nicht einmal erfahren würde, wo er war und wie lange er fort sein würde. Boomer war nicht gerade scharf darauf, ihr das mitzuteilen.

Um der unangenehmen Pflicht noch für eine Weile zu entgehen, beschäftigte er sich intensiv damit, den Grill vorzubereiten und genügend Glut für die dicken Lendensteaks zu erzeugen, die Jo gekauft hatte. Während die Holzkohlen vor sich hinbrannten, ging er ins Haus und mischte nach altem Marinerezept zwei Drinks für sich und Jo: Rum mit Preiselbeerensaft in eisgekühlten Gläsern. Nachdem er sich Arme und Beine mit Mückenöl eingerieben hatte, ging er wieder hinaus zu Jo.

Er gab seiner schönen Frau erst einen Kuß und dann das Glas und sagte ihr, wie viel sie ihm bedeute und daß er immer an sie denken würde, ganz gleich, wo er sei und was er gerade tue.

Jo, die solche Aussprüche von ihrem Mann nicht gewöhnt war, wurde sofort hellhörig. »Boomer«, sagte sie lächelnd und sah ihn an wie einen ungezogenen Schulbuben, »du willst mir doch etwas sagen, oder etwa nicht? Und zwar etwas ziemlich lausiges, habe ich recht?«

Der Kommandant der *Columbia* merkte, daß er sich verraten hatte, und beschloß, die Gelegenheit beim Schopf zu packen und mit seiner Eröffnung nicht bis nach dem Abendessen zu warten. »Jo«, sagte er langsam, »ich muß fort … und zwar für einige Wochen.«

Sie starrte ihn einen Augenblick lang an, und ihr Gesicht bekam einen traurigen Ausdruck. Sie wußte, daß es nicht seine Schuld war. Schließlich hatte sie gewußt, worauf sie sich einließ, als sie einen Marineoffizier geheiratet hatte. Solche

Männer mußten eben manchmal von einem Tag auf den anderen plötzlich fort. Nur leider passierte das bei Boomer etwas zu oft.

»Wann?« fragte sie.

»Morgen. Ich werde nach dem Dienst nicht mehr nach Hause kommen.«

»Wie lange?«

»Das kann ich dir nicht sagen. Schon eine Weile.«

»Darfst du mir sagen, wohin du mußt?«

»Nein.«

»Eine schwarze Operation?«

»Mhm.«

»O je! Wird es wieder Monate dauern?«

»Vielleicht nur ein paar Wochen.«

Einmal mehr sah sich Jo mit dem ständigen Albtraum aller Ehefrauen von aktiven Marineoffizieren konfrontiert. Sie wußte genau, daß die Wochen, die vor ihr lagen, endlos werden würden und daß während dieser Zeit ihr niemand sagen würde, wo Boomer war. Jo würde ebenso einsam sein wie ihr Mann in der Kommandozentrale seines atomgetriebenen Jagd-U-Boots. Beide würden sie ganz allein für sich der Gefahr ins Auge blicken müssen, einer Gefahr, die so groß war, daß man am besten nicht darüber nachdachte.

Obwohl die Marine ihr wieder einmal die Sommerferien verpatzt hatte, zwang sich Jo, nicht zu weinen. Was hätte es auch geholfen? Sie ging hinüber zum Grill und sagte mit einem traurigen Ton in der Stimme: »Ich liebe dich, Boomer.« Und dann spürte sie, wie er einen seiner starken Seemannsarme um sie schlang, und ließ sich vor den lodernden Holzkohlen und den Augen ihrer beiden Töchter ohne Hemmungen an seine breite Brust sinken.

Ein fast voller, kalter Mond ging hinter den Bootsschuppen an der Brücke von Osterville auf, und sehr bald in dieser klaren Nacht würde das Sternbild des Orion aus dem Atlantik steigen, das hell leuchtende Symbol des Jägers, bei dessen Anblick Jo immer an Boomer denken mußte.

Am Montagmorgen um 0845 kam Commander Dunning im U-Boot-Stützpunkt New London an. Für die Fahrt auf der Interstate 195 hatte er zwei Stunden gebraucht, und jetzt fuhr er rasch zum Kai, wo die *Columbia* wartete und klar zum Auslaufen gemacht wurde.

Gerade wurden die Torpedos an Bord genommen; die Raketen, größere Ersatzteile, Schweißgerät, Computer, mechanische Verschleißteile wie Dichtungen, Gummi- und Plastikschläuche, Ventile, zahllose Tuben mit Fett, Farbe, Poliermittel und die Kohlensäurebehälter für den Cola-Automaten waren bereits verstaut.

Die Lebensmittelvorräte wie Steaks, Schweinebraten, Schinken, Speck, Eier, Kartoffeln, Früchte, Salat, Gemüse, Fisch, Kaffee, Tee und Mineralwasser würden erst kurz vor dem Auslaufen übernommen werden. Brot kam dabei übrigens nicht an Bord, das wurde von den Köchen der *Columbia* jeden Tag frisch gebacken.

In zwei Tagen würde der Reaktor des Boots hochgefahren werden, und danach würde es eine Probefahrt unternehmen, bevor es am 7. August um 1400 in See stechen sollte.

Boomer ging sofort unter Deck, wo sich sein Erster Offizier Lieutenant Commander Mike Krause dafür entschuldigte, daß er ihn nicht oben an der Gangway begrüßt hatte. Boomer sagte ihm, daß er mit zu einer kurzen Besprechung kommen solle, bei der außer ihm auch der Waffensystemoffizier Lieutenant Commander Jerry Curran, der Leitende Ingenieur Lieutenant Commander Lee O'Brien und der Navigator Lieutenant David Wingate teilnehmen sollten. Boomer informierte seine Offiziere, soweit es ihm möglich war, über die neue Mission der *Columbia* und erklärte, daß er nun gleich mit einem Hubschrauber zum SUBLANT-Hauptquartier nach Norfolk, Virginia, fliegen und erst in zwei Tagen wiederkommen würde. Bis dahin würde er die *Columbia* ihren mehr als kompetenten Händen anvertrauen.

Niemand an Bord hatte Zeit, dem Hubschrauber hinterherzublicken, der 20 Minuten später mit dem Kommandanten der *Columbia* an Bord nach Süden flog. Dort, in der Hitze Virginias, wartete auf Boomer Dunning wieder ein »Raum mit beschränktem Zugang«, wo er zusammen mit den intelligentesten Köpfen der Navy die schwarze Operation zur Versenkung der beiden letzten für China bestimmten Kilos K-9 und K-10 planen würde.

Auf dem über 600 Kilometer langen Flug war Boomer nachdenklich und zurückgezogen. Der Pilot flog über den Montauk Point hinweg hinaus aufs Meer und steuerte dann bei klarem Wetter einen Süd-Südwestkurs, der den Hubschrauber vorbei an Long Island, New York, Philadelphia und über das ausgedehnte Mündungsgebiet des Delaware und schließlich die langgezogene Chesapeake Bay führte.

Mit jedem Kilometer weiter nach Süden entfernte sich Boomer ein Stück mehr von allem, was er liebte. Er versuchte, nicht an Jo und die Mädchen und die ruhigen Gewässer rings um Cape Cod zu denken, und konzentrierte sich statt dessen auf die Aufgabe, die vor ihm lag: auf die schwarzen Tiefen des Meeres und die beiden in Rußland gebauten Kilo-Boote, die er dort zu jagen hatte. Zweifelsohne würden seine Gegner diesmal mit den modernsten Waffensystemen ausgerüstet sein und von mehreren Kriegsschiffen eskortiert werden. Boomer wußte, daß seine *Columbia* ganz allein einem Konvoi von Schiffen gegenüberstehen würde, die es nur darauf abgesehen hatten, ein angreifendes amerikanisches U-Boot mitsamt seiner Mannschaft auf den Grund des Meeres zu schicken.

Aber Boomer wußte auch, daß er und seine Leute schneller, intelligenter und vor allem ungleich gefährlicher als jedes russische Überwasserschiff waren. Jedermann wußte, daß es kein Zerstörer, keine Fregatte, ja nicht einmal ein Schlachtkreuzer mit einem gut geführten amerikanischen Jagd-U-Boot aufnehmen konnte. Jetzt, so dachte Boomer, war es wohl an der Zeit, das auch in der Praxis zu beweisen. Um dieses zu bewerkstelligen, gab es noch einiges zu überlegen, aber Boomers Gedanken waren nicht ganz bei der Sache. Hartnäckig kehrten sie immer wieder in das große, weißgestrichene Haus an der Cotuit Bay zurück. Die uralte Angst aller U-Boot-Fahrer machte Boomer zu schaffen: Was geschieht, wenn ich nicht wiederkehre? Was werden Jo und die Kinder ohne mich tun? Schließlich stellte er sich auch noch die unvermeidliche Frage, die bei ihm zwar nicht ›Habe ich sie auch genug geliebt?‹ lautete, sondern ›Habe ich ihr oft genug gezeigt, wie sehr ich sie geliebt habe?‹ Er schloß die Augen und stellte sich Jo mit ihren roten Haaren und langen Beinen vor und rief sich wieder einmal ins Gedächtnis, wie groß ihre Liebe zu ihm war. Der Gedanke, daß er sie wieder einmal allein ließ, machte ihn sehr traurig, und er wünschte nichts sehnlicher, als jetzt mit ihr zusammenzusein und ihrer beider gemeinsames Lieblingslied zu singen, Willie Nelsons »You Were Always On My Mind«.

Boomer wußte, daß er sich aus seiner Melancholie befreien mußte, um den Admirälen gegenübertreten zu können, die ihn im SUBLANT-Hauptquartier erwarten würden. Arnold Morgan würde dort sein, Dixon und vielleicht sogar Joe Mulligan, der CNO höchstpersönlich. Nicht zum ersten Mal überkamen Boomer Zweifel daran, ob er den vor ihm liegenden Aufgaben auch gewachsen war.

Unter sich konnte er jetzt die nach Süden ragende Landzunge von Cape Charles entdecken und spürte, wie der Hubschrauber tiefer ging. Direkt vor ihnen lagen die ausgedehnten Hafenanlagen von Norfolk. Der Pilot drehte den Helikopter gegen den Wind, ließ ihn einen Augenblick lang fünf Meter über der Landeplattform schweben und setzte ihn dann sanft auf. Boomer löste seinen Sicherheitsgurt, klopfte dem Piloten auf die Schulter und stieg durch die Tür, die jemand von außen für ihn geöffnet hatte, nach draußen. Unter den sich noch immer drehenden Rotorblättern ging er zu einem wartenden Wagen, der ihn zum Hauptquartier von SUBLANT bringen sollte.

In der Operationszentrale für die schwarze Operation warteten bereits Admiral Dixon und Arnold Morgan auf ihn, die sich von ihren Plätzen erhoben und ihn freundlich begrüßten. Der Sicherheitsberater des Präsidenten goß sich und den anderen beiden starken, schwarzen Kaffee ein und süßte ihn ungefragt mit seinen »Schrot«-Kügelchen. Als er den anderen die Tassen reichte, erinnerte er sich offenbar an seine Manieren – oder an das Fehlen derselben – und sagte mit einem amüsierten Kichern: »Zu einer schwarzen Operation gehört nun mal schwarzer Kaffee, oder nicht?« Dem Teller mit Plätzchen, den jemand offenbar bereits für den CNO hingestellt hatte, würdigte Morgan keines Blickes. In seinen Augen war das nichts für richtige Männer.

Trotz seiner rauhen Umgangsformen strahlte der Despot aus dem Weißen Haus soviel Positives aus, daß man ihm unmöglich böse sein konnte, auch dann nicht, wenn man lieber einen halben Liter Sahne in seinem Kaffee gehabt und für sein Leben gern Plätzchen aß, was beides auf Boomer zutraf.

»Der CNO wird bald hier sein«, sagte Admiral Dixon, »und da dachte ich, daß ich Sie vor seiner Ankunft noch einmal kurz über den Stand der Dinge im Hinblick auf K-9 und K-10 informieren könnte.«

»Das wäre gut, Sir.«

»Nun, wie Sie alle wissen, haben die Russen die Boote im April in Sewerodwinsk vom Stapel gelassen. Das hat eine Weile gedauert, weil sie Schwierigkeiten mit den hydraulischen Kränen hatten. Der Satellit hat uns jeden Tag ein Foto geschickt, so daß wir bestens informiert waren. Manchmal hat sich eine ganze Woche lang überhaupt nichts getan, und es sah so aus, als wäre alles irgendwie blockiert. Aber irgendwie haben es die Russen schließlich doch geschafft, und danach haben wir viele Arbeiter gesehen, die sich an den beiden am Ausrüstungsdock liegenden Kilos zu schaffen machten. Aus einer anderen Quelle haben wir erfahren, daß auch einige Chinesen darunter waren.

Anfang Mai bewegten sich die Boote dann plötzlich, und wir haben leichte Panik bekommen, weil wir meinten, sie würden sich schon nach Shanghai aufmachen. Aber sie sind nur durchs Weiße Meer nach Poljarny gefahren, so wie damals unsere beiden Freunde K-4 und K-5.«

»Für mich waren das eher Feinde, Sir«, warf Commander Dunning ein.

»Stimmt«, sagte Admiral Dixon konziliant. »Nun gut, jedenfalls haben wir die beiden Boote seitdem nicht mehr aus den Augen gelassen. Unseren Schätzungen zufolge brauchten sie drei Wochen für ihre Sicherheitserprobung und mußten dann mindestens noch drei Monate lang Übungsfahrten in der Barentssee unternehmen, um voll einsatzfähig zu werden.

Sie wissen ja selbst am besten, Commander Dunning, daß wir es bei K-4 und K-5 mit noch nicht ganz kampfbereiten Booten zu tun hatten, die – sagen wir einmal – arglos waren. Inzwischen hat sich bei den Russen und Chinesen einiges grundlegend geändert.«

»Jawohl, Sir.«

»In der ersten Maiwoche hat für uns der Countdown begonnen, denn da haben die Kilos mit ihren Übungsfahrten vor Murmansk angefangen. Seitdem konnten wir jede Woche beobachten, wie sie am Montagmorgen ausliefen und am Freitagabend wieder zurückkamen. Soweit wir es beurteilen können, haben sie die Sicherheitsprüfungen ohne größere Probleme hinter sich gebracht, so daß wir davon ausgehen können, daß sie ohne unsere Mithilfe nicht sinken werden.

Als nächstes haben wir zugesehen, wie sie ihre Torpedoübungen absolvierten. Sie haben genügend Probeschüsse abgegeben, daß ihre Mannschaften jetzt wissen, wo sie hinlangen müssen. Die Ausbildung war sehr gründlich, aber wir hatten auch nichts anderes erwartet.«

Admiral Dixons Stimme wurde leiser, als er anfügte: »Diesmal wissen die Chinesen, daß wir hinter ihren Booten her sind, Boomer. Dafür hat Admiral Rankow bestimmt gesorgt. Sie können davon ausgehen, daß die gesamte russische Marine in höchste Alarmbereitschaft versetzt wurde und daß die Kilos stärker bewacht werden als je ein Unterseeboot zuvor.«

An dieser Stelle meldete sich Arnold Morgan, der Dixons Ausführungen bisher in Gedanken versunken gelauscht hatte, zu Wort. »Wenn K-9 und K-10 auch noch verlorengingen, wäre das für Moskau eine finanzielle Katastrophe, denn die Chinesen würden mit Recht ihr gesamtes Geld bis auf den letzten Heller zurückverlangen. Das dürfen wir nie vergessen. Sollten sie es nicht bekommen, würden sie ihren Auftrag für den Flugzeugträger stornieren, und damit gingen dem Kreml fünf Milliarden Dollar durch die Lappen. Ich erwähne das nur, um Ihnen zu zeigen, wie wichtig es für die Russen ist, daß die Kilos diesmal auch wirklich ankommen.«

»Vielen Dank, Sir«, sagte Boomer.

»Gern geschehen, Commander«, gab der Nationale Sicherheitsberater mit einem breiten Grinsen zurück. »Wollen Sie, daß ich ich mitkomme und Ihnen bei ihrer Operation über die Schulter schaue?«

Allein der Gedanke daran ließ Boomer erschaudern, aber er war klug genug, sich das nicht anmerken zu lassen, und alle drei Männer lachten. Dann ergriff Admiral Dixon wieder das Wort. »Ich könnte Ihnen ein zweites Boot mitschicken, Boomer, aber rein gefühlsmäßig würde ich das lieber bleiben lassen. Wenn man zwei Boote zu einer Operation entsendet, bei der schnelles, entschlossenes Handeln das A und O ist, kann es leicht passieren, daß sie sich gegenseitig versenken.«

In der Operationszentrale machte sich nachdenkliches Schweigen breit. Alle drei Männer waren erfahrene U-Boot-Kommandanten und wußten nur zu gut, daß Boomer Dunning mit seiner *Columbia* diese Mission ganz allein durchstehen mußte. Nur Admiral Dixon und Admiral Morgan würden via Satellit bei ihnen sein.

»Wann denken Sie, daß die Boote Poljarny verlassen werden, Sir?« fragte Boomer.

»Wir haben dafür die dritte Augustwoche ausgerechnet.«

»Dann bleibt es also beim Auslaufen am 7. August?«

»Richtig. Sie werden wieder auf direktem Weg zu den Färöer-Inseln fahren und dort darauf warten, daß die Kilos sich in Bewegung setzen.«

»Und was ist, wenn sie das nicht tun?«

»Dann werden wir nach sechs Wochen ein anderes Boot schicken, das Sie ablöst. Bis jetzt habe ich noch keines dafür ausgesucht, denn ich möchte die Sache so geheim wie möglich halten. Je weniger Leute davon wissen, desto besser. Im Augenblick kann ich sie noch an den Fingern abzählen, und dabei soll es nach Möglichkeit auch bleiben.«

»Das hoffe ich auch«, sagte Boomer. »Ich nehme an, daß die Operation in der GIUK-Enge so ablaufen wird wie letztes Mal...«

»Nur für den Fall, daß die Boote von keiner Eskorte begleitet werden. Wir halten Sie ständig darüber auf dem laufenden, und *wenn* die Kilos allein sind, dann schalten Sie sie aus, wenn sie zum Schnorcheln auftauchen.«

»Und was mache ich, wenn es eine Eskorte gibt?«

»Das würden wir weitgehend Ihrem Urteil überlassen«, sagte Admiral Morgan. »Aber versenken Sie mir um Gottes willen kein Überwasserschiff, nicht einmal in Notwehr. Wenn Sie nicht an die Boote herankommen, dann verfolgen Sie den Konvoi so lange, bis die Eskorte abdreht oder sonst was passiert. Irgendwo im Atlantik oder im Indischen Ozean muß es doch eine Gelegenheit geben, die Kilos im tiefen Wasser abzuschießen. Denken Sie an die alte U-Boot-Regel: Wenn du zuschlägst, dann rasch und entschlossen. Bloß keine halben Sachen. Aber das wissen Sie ja. Wie immer überlassen wir Ihnen die Entscheidung über Zeit und Ort. Sie haben unser vollstes Vertrauen, Boomer.«

»Vielen Dank, Sir. Ich weiß das zu schätzen.«

In diesem Augenblick ging die Tür auf, und der schlacksige Admiral Joe Mulligan betrat an zwei salutierenden Wachsoldaten vorbei den Raum. Noch bevor er sich setzte, nahm sich der CNO ein Plätzchen, und Commander Dunning, der rangniedrigste Offizier im Raum, sprang auf, um ihm eine Tasse Kaffee einzuschenken.

»Danke, Boomer, aber das mache ich schon selber«, sagte der CNO lächelnd. »Sie sind heute unser Ehrengast.« Als der U-Boot-Kommandant aus Cape Cod das hörte, wußte er ganz genau, wie unglaublich gefährlich die Mission sein mußte, auf die man ihn schickte.

Der Admiral setzte sich so, daß die Plätzchen strategisch günstig an seiner rechten Seite standen, und während er eines von ihnen aß, blickte er geistesabwesend in die Runde. »Ich schätze, meine Kollegen haben Sie bereits weitgehend informiert«, sagte er zu Boomer. »Im Grunde läuft alles wie gehabt. Sie lauern den Booten an der GIUK-Enge auf und versenken sie, sobald sich die Gelegenheit dazu ergibt.«

Admiral Mulligan hielt einen Augenblick inne und wandte sich an die ganze Runde. »Meine Herren«, sagte er, »in Wirklichkeit sind wir uns doch alle einig, daß sich diese Mission gravierend von der Versenkung von K-4 und K-5 unterscheidet. Diesmal nämlich sind die Kilos nicht nur gewarnt, sondern sie werden auch aktiv nach der *Columbia* Ausschau halten, so wie die *Columbia* nach ihnen Ausschau hält. Und wenn sie unser Boot zuerst entdecken, dann werden sie keinen Augenblick zögern, es ohne Vorwarnung zu versenken. Immerhin steht es in diesem Spiel fünf zu null für uns, und die anderen haben einen gewaltigen Rückstand aufzuholen.«

Alle vier Männer schwiegen eine Weile, dann fügte Admiral Mulligan hinzu: »Es ist ziemlich lange her, seit ein amerikanischer CNO ein Kriegsschiff in eine so große und klar erkennbare Gefahr schicken mußte, und ich tue das nur ausgesprochen ungern. Wäre da nicht die enorme Bedeutung, die diese Mission für Amerika und darüber hinaus für den freien Welthandel hat, könnte mich nichts und niemand dazu bringen, einem meiner Kommandanten eine so gefährliche Aufgabe aufzubürden.

Mir ist bewußt, was die U. S. Navy Ihnen bedeutet, Boomer, und deshalb weiß ich genau, daß Sie diese Mission ablehnen würden, wenn Sie den Eindruck hätten, sie wäre nicht machbar. Sie würden uns die Gründe dafür nennen, und wir würden sie akzeptieren und uns etwas anderes ausdenken. Da Sie sich aber bisher noch nicht dahingehend geäußert haben, nehme ich an, daß Sie die Aufgabe für lösbar halten.«

»Jawohl, Sir. Das tue ich. Und ich möchte noch hinzufügen, daß ich schon als zehnjähriger Junge davon träumte, später einmal Captain bei der Navy zu werden. Diesen Traum habe ich bis heute nicht aufgegeben, und deshalb werde ich nicht zulassen, daß mich irgendein dahergelaufenes Chinesenboot kurz vor seiner Erfüllung auf den Meeresgrund schickt.«

Die drei Admiräle lachten, aber es war Joe Mulligan, der frühere Kapitän eines U-Boots der Trident-Klasse, der aufstand und dem Kommandanten der *Columbia* die Hand drückte.

»Es ist zwar leichter gesagt als getan, aber Sie dürfen diese hinterhältigen Schlitzaugen gar nicht erst zum Schuß kommen lassen«, sagte Arnold Morgan. »Ich möchte nämlich kein zweites Mal in die mißliche Lage kommen, ein wichtiges Kriegsschiff verloren zu haben und nicht einmal jemanden öffentlich dafür anprangern zu können. Die Geschichte mit der *Thomas Jefferson* hat mir in dieser Hinsicht vollauf genügt.«

»Das verstehe ich voll und ganz, Sir«, sagte Boomer. »Aber die Chinesen werden nicht zum Schuß kommen, das verspreche ich Ihnen. Wir werden nämlich schneller sein als sie, und zwar aus einem einfachen Grund: Wir werden wissen, wo sie sind und wo sie hinfahren, und wir werden ihnen eine Falle stellen. Vielleicht ahnen sie, daß wir irgendwo da draußen sind, aber die genaue Position der *Columbia* werden sie nicht kennen. Und solange ich das Kommando auf diesem U-Boot führe, werden sie es erst dann bemerken, wenn es für sie schon zu spät ist.«

»Genau so muß man die Sache angehen, Boomer«, sagte Admiral Mulligan. »Sie haben das bessere Schiff, die bessere Mannschaft, die besseren Waffen, die bessere Aufklärung und den Vorteil der höheren Geschwindigkeit. Außerdem genießen Sie unser volles Vertrauen. Wenn Sie sonst noch irgend etwas brauchen, müssen Sie es nur sagen.«

»Jawohl, Sir.«

»Aber torpedieren Sie mir unter keinen Umständen ein russisches Kriegsschiff und schon gar nicht eines, das auf der Wasseroberfläche schwimmt. Das könnte in null Komma nichts den Dritten Weltkrieg auslösen, und den wollen wir wohl alle nicht. Die beiden Kilos müssen so versenkt werden, daß niemand etwas davon mitbekommt. Ist das zuviel verlangt?« Der CNO lächelte.

»Ich hoffe nicht, Sir«, sagte Boomer, dem immer mehr klar wurde, wie schwierig seine Aufgabe unter den von seinen Vorgesetzten geforderten Einschränkungen werden würde.

Nach einer Weile verabschiedeten sich der CNO und Arnold Morgan und verließen den Raum, um sich von ihren Hubschraubern nach Washington bringen zu lassen. Boomer und Admiral Dixon blieben noch den Rest des Nachmittags in der Operationszentrale und gingen sorgfältig alle Einzelheiten des Plans durch, der die USA von der Bedrohung durch die chinesischen Kilo-Boote befreien sollte. Die beiden aßen zusammen zu Abend, und am nächsten Vormittag kamen sie mit dem gesamten Team für die schwarze Operation zusammen. Gleich nach dem Mittagessen flog Boomer nach New London zurück.

Nachdem er am späten Nachmittag gelandet war, ging er in sein Büro und rief Jo an. Er sagte ihr, daß es ihm gut gehe, daß seine Mission eine reine Routineangelegenheit sei und daß sie sich keine Sorgen zu machen brauche. Er rechne damit, daß er in vier bis fünf Wochen wieder zu Hause sein werde und daß er plane, sich den ganzen Dezember freigeben zu lassen. Sie würden dann zusammen mit den Kindern im Haus seiner Eltern das schönste Weihnachtsfest seit langem feiern.

Gegen Ende des Telefongesprächs spürte Jo, wie angespannt Boomer war, und sagte, ohne lange zu überlegen: »Boomer, sag mir die Wahrheit: Ist diese Mission wirklich so ungefährlich wie du behauptet hast?«

»Aber natürlich. Wir gehen morgen auf eine kleine Probefahrt, und danach läuft alles wie am Schnürchen. Ich darf bloß nicht darüber reden, das ist alles.«

»Bitte, versprich mir, daß du vorsichtig sein wirst«, bat Jo.

»Mach dir keine Sorgen, Jo«, sagte er. »Ich werde verdammt vorsichtig sein und dafür sorgen, daß ich so bald wie möglich wieder zu Hause bin.«

Er sagte ihr, wie sehr er sie liebe und daß er sie immer lieben werde, aber er konnte Jo nicht hinters Licht führen. Vielleicht war sie selbst keine ganz so begnadete Schauspielerin gewesen, aber sie erkannte sofort, wenn jemand anders ihr etwas vorspielte. Sie hatte schon öfters ähnliche Gespräche mit Boomer geführt, aber bei keinem davon war er ihr so angespannt vorgekommen. Als sie den Hörer auflegte, zitterte ihre Hand. Sie ging zurück in die Küche, schaute hinaus aufs Meer und murmelte dabei immer wieder: »O mein Gott ... o mein Gott ... bitte, laß ihn heil zurückkommen.«

Fast 200 Kilometer südwestlich von Cape Cod tat Lieutenant Commander Mike Krause alles dafür, daß Jo Dunnings Gebete in Erfüllung gingen. Immer wieder hatte er die elektronischen Waffenleitsysteme der *Columbia* überprüft und konnte jetzt sagen, daß das Boot uneingeschränkt kampfbereit war. An Bord hatte es sein volles Kontingent an 14 drahtgelenkten Torpedos vom Typ Mk 48, die effizientesten Unterwasserwaffen der Welt. Die Russen behaupteten zwar, ein Kilo könne einen Torpedotreffer überstehen, aber das traf zumindest dann nicht zu, wenn es sich bei dem Torpedo um einen Mk 48 handelte. Boomer Dunning hoffte, daß er zwölf dieser todbringenden Hightech-Waffen wieder mit nach Hause bringen würde, ebenso wie die acht *Tomahawk*-Marschflugkörper, die eine Reichweite von jeweils 1400 Meilen hatten, und die vier *Harpoon*-Raketen mit ihren aktiv radargesteuerten Gefechtsköpfen. Mit dieser Bewaffnung war die 110 Meter lange *Columbia* ein gefährlicher Gegner, mit dem man sich besser nicht anlegte.

Auch ihre passive Kampfausrüstung war beeindruckend. So hatte sie ein ganzes Arsenal von Täuschkörpern, die dazu da waren, ein ankommendes Torpedo in die Irre zu führen und von der *Columbia* abzulenken. Dazu kamen ein tieffrequentes, passives Schleppsonar, mit dem auch das leiseste Geräusch eines sich nähernden Feindes aufgefangen werden konnte. Außerdem war Commander Dunnings Boot eines der ersten der Los-Angeles-Klasse, die mit dem neuen akustischen Abfang- und Störsystem vom Typ WLY-1 ausgerüstet waren, und es verfügte über ein modernes EHF-Kommunikationssystem und spezielle, an der Außenhaut des Rumpfs aufgeklebte Akustikkacheln, die sein Erscheinungsbild bei einem aktiven Sonarkontakt verschleiern sollten. Mit all diesen Einrichtungen konnte sich die *Columbia* besser tarnen und war weniger gut zu orten als jedes andere Atom-U-Boot.

Unter Wasser schaffte sie ohne Probleme eine Geschwindigkeit von 30 Knoten, und dabei konnte sie in Tiefen von bis zu 450 Metern operieren. Sie war doppelt so schnell, doppelt so groß und doppelt so gefährlich wie ein Kilo. Die russischen Boote hatten ihr gegenüber nur einen einzigen Vorteil: Wenn sie mit ihrem Elektroantrieb langsamer als fünf Knoten fuhren, waren sie völlig unhörbar, was der *Columbia* nie vollständig gelingen würde. Das lag an ihrem GE PWR S6G Druckwasserreaktor, der dem stromlinienförmigen Jagd-U-Boot zwar eine unbegrenzte Reichweite verlieh, aber immer ein gewisses Restgeräusch von sich gab. Kein atomgetriebenes

U-Boot konnte so leise wie ein dieselelektrisches auf Schleichfahrt sein. Dieses Handicap mußte die *Columbia* mit dem entscheidenden Vorteil wieder wettmachen, den sie gegenüber den Kilos hatte: ihre hervorragend ausgebildete Mannschaft, der die beste Ausrüstung der Welt zur Verfügung stand.

Und dann gab es noch einen weiteren Vorteil, der Boomer Dunning hieß und vielleicht der alles entscheidende war. Der Commander aus Cape Cod war möglicherweise der beste U-Boot-Kommandant, den die Navy je hervorgebracht hatte, ein Draufgänger, der gleichzeitig unendlich vorsichtig war. Zu dieser einmaligen Mischung fast unvereinbarer Eigenschaften kam die Tatsache, daß Boomer sämtliche Systeme des Boots bedienen und viele von ihnen sogar selbst reparieren konnte. Er war ein ebenso hervorragender Hydrologe wie Ingenieur und ein Experte in Elektronik, Waffenkunde, Navigation, Sonar, Radar, Nachrichtentechnik und Kernphysik. In seiner Mannschaft hieß es, daß Boomer Dunning sogar den Turm der *Columbia* wieder anschweißen könnte, sollte dieser aus irgendeinem Grund einmal vom Rumpf fallen. Allein die Gegenwart des großgewachsenen Regattenseglers sorgte in der Operationszentrale der *Columbia* dafür, daß die Zuversicht sämtlicher Anwesenden sprunghaft stieg.

»Morgen, Mike«, sagte Boomer, als er an Bord kam. »Wann ist dieses Wrack denn endlich fertig zum Auslaufen?«

Lieutenant Commander Mike Krause, der ebenso wie sein Kommandant aus New England stammte, war froh, daß dieser wieder zurück war. »Hallo, Sir«, sagte der Mann aus Vermont. »Wie ist es denn bei SUBLANT gelaufen?«

»Es ging so«, sagte Boomer. »Wie Sie sehen, bin ich schon ein wenig früher als erwartet zurückgekommen. Ich wollte bei unserer Erprobungsfahrt morgen nicht fehlen, denn es wartet ein wirklich harter Job auf uns. Ich würde vorschlagen, daß Sie heute mit mir, Jerry Curran und Dave Wingate zu Abend essen.«

»An Bord, Sir?«

»Ich denke schon. Es handelt sich dabei natürlich um eine schwarze Operation, und bei der kann man nicht vorsichtig genug sein.«

Mike Krause lachte über den Scherz seines Vorgesetzten, aber er bemerkte auch, daß dieser sich Sorgen wegen der bevorstehenden Mission machte. Doch erst beim Abendessen, als Boomer seine Offiziere über die vor ihnen liegenden Schwierigkeiten aufklärte, erkannte der Lieutenant Commander, wie groß diese Sorgen wirklich waren.

Mit einemmal wurde Mike Krause und seinen Kameraden der grundlegende Unterschied zwischen diesem Auftrag und der Versenkung von K-4 und K-5 bewußt. Diesmal würde es keine Jagd auf zwei zwar bewaffnete, aber dennoch im großen und ganzen lahme Peking-Enten werden. Diesmal kämpften sie gegen gut ausgebildete und sehr gefährliche Drachen, die sie nicht nur erwarten, sondern Tag und Nacht nach ihnen suchen würden. Und sie würden nicht zögern, bei der erstbesten Gelegenheit das Feuer auf die *Columbia* zu eröffnen. »Wenn man fünf zu null zurückliegt, hat man nichts mehr zu verlieren«, murmelte Jerry Curran, der Waffensystemoffizier.

»Wenn wir diesen Einsatz überleben wollen, dann sollten wir dafür sorgen, daß alle in der Mannschaft ständig ihre volle Leistung bringen«, sagte Boomer. »Wir haben das beste Boot, das es auf der Welt gibt, und es ist für jeden von uns ein Privileg, auf der *Columbia* dienen zu dürfen. Bei dieser Mission werden wir uns dieses Privileg hart erarbeiten müssen, meine Herren.«

6. August. Später Nachmittag. Admiral Zhang Yushu hob das abhörsichere Telefon in seinem Büro in Xiamen ab und sprach mit Admiral Zu Jicai, der sich im Hauptquartier der Südflotte in Zhanjiang befand. Zu Jicai sprach langsam und kontrolliert. »Wir haben Sie, Herr Admiral«, sagte er. »Um 14 Uhr 25 hatten wir Kontakt auf 8.30 Grad südlicher Breite und 115.50 Grad östlicher Länge am nördlichen Ende der Lombokstraße. Es muß sich um Nummer *794* handeln, die Suao am 23. Juli verlassen hat. Unsere Trawler haben sie aufgespürt, als sie mit siebeneinhalb Knoten unter Wasser nach Südwesten fuhr. Zwei Wochen hat das Hai Lung von Suao zur Lombokstraße gebraucht und liegt damit genau im von uns berechneten Fahrplan. Drei Wochen hat es noch, um weiter zu fahren, und

in dieser Zeit käme es gut bis nach Heard Island, zu den McDonalds oder zu den Kerguelen. Wenn unsere Überlegungen richtig waren, dann müßte es in 21 Tagen, von heute gerechnet, an einem dieser Orte ankommen.«

»Vielen Dank, Zu Jicai. Und jetzt seien Sie so gut und lassen Sie mich eine Weile darüber nachdenken. Ich würde gern noch einmal die Seekarten zu Rate ziehen und werde Sie gegen halb sieben zurückrufen.«

Der Oberbefehlshaber legte auf und ging hinüber zu seinem Kartenschrank, wo er eine große, blau, weiß und braungelb gefärbte Karte der Royal Australian Navy herausholte. Rechts unten zeigte die Karte die weit auseinandergezogene Westküste Australiens, und etwa 600 Meilen nordwestlich davon die Lombokstraße. Admiral Zhang fuhr mit dem Finger über die große Wasserfläche südlich der Meerenge und murmelte dabei leise vor sich hin: »Genau hier über den Javagraben mit seinen 3000 Metern Wassertiefe ... dann durch das Wharton-Becken mit einer Tiefe von 5500 Metern ... weiter nach Südwesten am Östlichen Indischen Rücken entlang, wo es immer noch 2800 Meter tiefes Wasser gibt ... und dann einfach weiter südwestlich zu den Inseln. So ein Hai Lung schafft 200 Meilen am Tag, und die Entfernung ist ... Moment ... 4400 Meilen ... Also müßte es in 22 Tagen bei den McDonald-Inseln sein, genau wie der gute Zu es gesagt hat.«

Der Admiral trat vom Kartentisch zurück und setzte sich wieder an seinen Schreibtisch, auf dem eine neue Ausgabe des *Antarctic Pilot* lag, des von der Royal Navy herausgegebenen nautischen Handbuchs für die gesamte Küste der Antarktis und »sämtliche Inseln südlich der üblichen Schiffahrtsstraßen«.

Als erstes schlug Zhang die Hauptinsel der McDonalds auf, die sich auf 53.03 Grad südlicher Breite und 72.35 Grad östlicher Länge befand. Das merkwürdig aussehende Felseneiland war ein etwa eineinviertel Kilometer langer und 400 Meter breiter, schräg abfallender Granitklotz, der auf der einen Seite 30 und auf der anderen 320 Meter aus dem Meer ragte. Es war eine kahle, frostige Insel, auf der man nur schwer etwas verstecken konnte. »Wenn die Taiwaner wirklich in diesem Felsen hocken und an einer Atombombe basteln, dann bin ich Chiang Kai-schek«, brummte Admiral Zhang.

Er blätterte um und besah sich Heard Island, eine 16 Kilometer lange und acht Kilometer breite Insel mit einem großen, runden Vulkan namens Big Ben. Heard Island lag auf 53.06 Grad südlicher Breite und 73.31 Grad östlicher Länge, und der Admiral konnte sich auch bei ihr nicht vorstellen, daß sie als Ort für eine Kernwaffenfabrik in Frage kam. Erstens war sie das ganze Jahr über eisbedeckt, und zweitens spuckte der an die 2800 Meter hohe Mawson's Peak ziemlich häufig Feuer und Rauch. »Nur ein Verrückter würde seine Atombomben zu Füßen eines noch aktiven Vulkans bauen«, sagte Zhang.

Darüber hinaus sagte ihm seine seemännische Erfahrung beim Lesen der Beschreibung von Heard Island im Buch der britischen Hydrographen, daß das Anlegen an der Steilküste dieses rauhen Eilands selbst bei gutem Wetter der reinste Albtraum sein mußte. »Die Insel kann man auch vergessen«, sagte er zu sich selbst. »Damit bleiben nur noch die Kerguelen … und je länger ich darüber nachdenke, desto mehr komme ich zu dem Schluß, daß die Atomfabrik auf den Kerguelen sein muß. Die Hauptinsel ist ziemlich groß und voller Buchten und Fjorde mit steil aufragenden Wänden, die einen guten Wetterschutz bieten und in denen man unbemerkt ankern kann. Im *Pilot* steht sogar, daß sich hier im Zweiten Weltkrieg deutsche Kriegsschiffe versteckt haben sollen.«

Admiral Zhang dachte noch eine Weile über sein Problem nach und fällte danach eine Entscheidung. »Man könnte wahrscheinlich hundert Jahre lang diese zerklüftete Küste absuchen und würde nichts finden. Außer … außer, wenn die Fabrik, nach der wir suchen, ihren Strom vom Reaktor eines Atom-U-Boots bezieht. Dann müßte man ihn mit einem anderen U-Boot aufspüren können. Ob das allerdings unseren alten Pötten gelingt, ist fraglich … aber ein neues Kilo mit seinem modernen Sonar schafft das ganz bestimmt.«

Um 0800 am siebten August wurde der Reaktor der *Columbia* hochgefahren, die bis zum Sonnenaufgang von den großen Lampen am Dock angestrahlt worden war. Im Maschinenleitstand überwachte Lieutenant Commander Lee O'Brien, wie durch das langsame Herausziehen der Steuerstäbe die Leistung des Reaktors kontinuierlich anstieg, bis er schließlich genügend Kraft für die beiden mächtigen 35 000-PS-Turbinen der *Columbia* lieferte.

Obwohl Lee O'Brien im Teil des Schiffs arbeitete, der von Laien als besonders gefährlich angesehen wurde, wußte er ebenso wie sein Stellvertreter Chief Rick Ames, daß der Reaktor hervorragend abgeschirmt war. Boomer Dunning bekam bei einem Spaziergang am Strand von Cotuit mehr radioaktive Strahlung ab als die beiden im Raum direkt neben der atomaren Antriebseinheit des Boots.

Kurz nach 0800 bemerkten sie eine kleinere Störung im System – eine Fehlfunktion im elektronischen Regelkreis zur automatischen Reaktorabschaltung. An und für sich war das nichts Ernstes, aber für die Reparatur mußte der Reaktor wieder heruntergefahren werden. Danach wurde die defekte Leiterplatte ausgetauscht und das ganze System überprüft. Als O'Brien den Reaktor schließlich zum zweiten Mal hochfuhr, wußte er, daß die geplante Auslaufzeit um 1400 nicht mehr zu halten war.

Lee O'Brien wirkte zwar ruhig, aber wer ihn gut kannte, der wußte, daß der breit gebaute Ire innerlich kochte. Er haßte jeden Defekt in der Nähe des Reaktors, auch wenn er nur einen noch so unbedeutenden Riß in dem ausgeklügelten Sicherheitsnetz darstellte. O'Brien haßte es, dem Kommandanten mitteilen zu müssen, daß in *seiner* Abteilung ein Fehler aufgetreten sei, daß ein Defekt *seiner* Ausrüstung das Auslaufen des Boots um Stunden verzögerte. In seinen Augen war das sein persönliches Versagen. O'Briens gesteigertes Verantwortungsbewußtsein und seine fast schon fanatische Detailbesessenheit machten ihn zu einem der verläßlichsten Männer im ganzen Boot.

Nun mußte er Boomer Dunning zähneknirschend darüber informieren, daß er vier Stunden für die Reparatur des Schadens brauchen werde. Als neue Auslaufzeit schlug er 1830 vor. Boomer war damit einverstanden und ging in die Offiziersmesse, um eine Tasse Kaffee zu trinken.

Während die Ingenieure im hinteren Teil des Boots zugange waren, konnte die restliche Mannschaft nichts tun, außer warten. Manche schrieben noch einen Brief nach Hause, obwohl sie genau wußten, daß die Marine ihn erst dann zustellen würde, wenn die Mission der *Columbia* entweder beendet oder fehlgeschlagen war. Das war bei einer schwarzen Operation so üblich.

Nach dem Abendessen zog Boomer sich für eine halbe Stunde in seine Kabine zurück. Sie war ein kleiner, spartanisch eingerichteter Raum, in dem sich nur eine Koje, eine Garderobe, ein Stuhl und ein Schreibtisch befanden. In einer Nische gab es noch eine Toilette mit Waschgelegenheit, das war alles. Dennoch war dieses Minibüro mit Schlafgelegenheit der einzige Ort an Bord, an dem man für sich allein war.

Boomer war, wie Jo sicher hätte bestätigen können, alles andere als ein sentimentaler Mensch, und noch nie zuvor hatte er in letzter Minute vor dem Auslaufen einen Brief an seine Frau verfaßt. Bisher hatte er immer geglaubt, damit das Schicksal herauszufordern, und nicht verstanden, weshalb Seeleute kurz vor dem Ablegen noch ihr Testament niederschrieben, so wie es auch jetzt einige an Bord der *Columbia* taten.

Nun aber nahm er selbst ein Blatt Papier und einen Umschlag aus seinem Aktenkoffer und setzte sich, von einer plötzlichen Wehmut getrieben, an seinen Tisch, wo er die folgenden, knappen Sätze zu Papier brachte:

Liebe Jo,
wenn Du das liest, dann bedeutet das, daß unsere große Liebe auf die einzig mögliche Art und Weise ihr Ende gefunden hat. Wir waren uns beide immer der Risiken meines Berufs vollauf bewußt, und Du weißt, daß ich immer dazu bereit war, im Dienst meines Landes zu sterben. Wenn ich vor meinen Schöpfer trete, dann guten Mutes und mit einem ruhigen Gewissen.

Ich bin kein Mann großer Worte, aber ich möchte Dir nur sagen, daß ich heute mit den Anwälten meines Vaters gesprochen und alles für Dich und die Mädchen in Ordnung gebracht habe. Ihr werdet keine finanziellen Sorgen haben. Das Haus in Cotuit gehört Dir, und Geld ist genügend für Euch da.

Nur um es noch einmal zu sagen: Ich liebe Dich. Denke oft an mich, meine geliebte Jo, so wie ich immer an Dich gedacht habe.

Boomer

Nachdem er den Umschlag zugeklebt hatte, schrieb er mit Blockbuchstaben »IM FALLE MEINES TODES AN MRS. JO DUNNING AUSZUHÄNDIGEN« darauf und setzte sorgfältig seinen Namen und Dienstgrad darunter: »Lieutenant Commander Cale Dunning, USS *Columbia*«.

Danach ging er an Land und brachte den Brief ins Büro des Postmeisters, wo ihn ein junger Schreiber in Empfang nahm. Boomer sah nicht, wie der 19jährige strammstand, während er das Büro verließ und zurück an Bord seines für eine schwarze Operation auserwählten U-Boots ging. Es war genau 1600.

Als er wieder auf der *Columbia* war, beschloß er, um 1730, also eine Stunde vor dem Ablegen, eine Ansprache an die Mannschaft zu halten. Dann setzte er sich an seinen Schreibtisch und machte ein paar Notizen, bevor er Lee O'Brien einen kurzen Besuch abstattete. Der Reaktor war schon wieder aktiviert, und die sekundären Systeme befanden sich im Endstadium der Aufwärmphase. Es hatte keine weiteren Probleme gegeben.

Um 1710 kündigte Lieutenant Commander Krause der Mannschaft an, daß der Kapitän vor dem Auslaufen ein paar Worte an sie richten wolle, und 20 Minuten später war aus der Lautsprecheranlage des Boots der tiefe Bariton von Boomer Dunning zu hören.

»Hier spricht der Kommandant. Wir werden bald zu einer wichtigen Mission aufbrechen, die uns wieder einmal quer über den Atlantik zur GIUK-Enge führen wird. Die meisten von Ihnen waren Anfang dieses Jahres schon einmal mit mir dort und haben in einer reibungslos abgelaufenen Aktion zwei Unterseeboote versenkt, die vom Pentagon und vom

Präsidenten der Vereinigten Staaten als potentielle Feinde der USA angesehen wurden. Unsere Maxime heißt: Vernichte lieber den Bogenschützen als den Pfeil, und deshalb haben wir rasch und hart zugeschlagen, bevor unsere Gegner überhaupt wußten, wie ihnen geschah.

Unsere jetzige Mission, zu der wir in einer Stunde auslaufen werden, wird ungleich schwieriger werden, und ich möchte nicht verschweigen, daß sie durchaus gefährlich werden kann. Sie wurden von Ihren unmittelbaren Vorgesetzten bereits so gründlich wie möglich über diesen Einsatz informiert und wissen, wieviel Wichtigkeit ihm von ganz oben beigemessen wird.

Ich habe vollstes Vertrauen in jeden einzelnen von Ihnen und in Ihre Fähigkeiten. Sie sind die beste Mannschaft, die ich jemals gehabt habe. Aber man hat uns vor eine schwierige Aufgabe gestellt, und deshalb möchte ich Sie jetzt alle bitten, auf dieser Reise ihren Dienst noch gewissenhafter zu erfüllen als bisher. Bleiben Sie jede Sekunde ihrer Wache aufmerksam. Dieses Boot wird nicht allein von den Offizieren gefahren, sondern von jedem einzelnen von Ihnen. Sie alle spielen eine wichtige Rolle für das Gelingen dieses Einsatzes, sonst wären Sie jetzt nicht an Bord.

Denken Sie immer daran, daß unser Leben in unseren eigenen Händen liegt. Wir haben ein phantastisches Schiff, und wir sind unseren Gegnern gegenüber eindeutig im Vorteil. Wir müssen nur noch darauf achten, daß wir auch unser Bestes geben. Wenn dieser Einsatz vorbei ist, wird man uns alle zu strengster Geheimhaltung verpflichten, aber trotzdem werden wir alle wissen, was wir getan haben und daß unser großes Volk mit gutem Grund stolz auf uns sein könnte ... wenn es nur wüßte, was wir getan haben.

Aber *wir* werden es wissen, und das ist das einzige, was unter dem Strich letztendlich zählt. Wir wollen nur dafür sorgen, daß wir alle im Herbst von diesem Boot gehen und mit Stolz sagen können: ›Ich war bei dieser für das Wohl unseres Landes entscheidenden Mission mit auf der *Columbia* ... und das kann mir niemand mehr wegnehmen, ganz gleich, was sonst noch in meinem Leben geschieht.‹

Wir wollen nun also unseren Auftrag so gut wie möglich erledigen und dabei unser Bestes geben. In einer knappen Stunde werden wir ablegen. Gott segne Sie alle.«

Im Inneren des Boots ballten sich viele entschlossene Fäuste, und 112 Männer waren bereit, mit Commander Dunning notfalls auch durch die Hölle zu gehen.

Um 1829 wurde die *Columbia* nur noch von einer einzigen Leine an der Pier gehalten. Hoch oben auf der Brücke standen Lieutenant Commander Dunning und sein Navigator, Lieutenant Wingate, zusammen mit Lieutenant Abe Dickson, der Wachoffizier war, im leichten, aus West wehenden Abendwind. Ein paar Leute an Land sahen dem auslaufenden Boot zu, darunter auch der Geschwaderkommandeur, der jedes seiner Boote immer persönlich verabschiedete. Es liegt in der Natur der Sache, daß Reisen mit Unterseebooten etwas Angespanntes an sich haben, aber die bedrückende Atmosphäre, die diesmal Boomer Dunnings *Columbia* umgab, wirkte auf alle ansteckend. Keiner der Zuschauer wußte etwas über die Mission, aber dennoch hatten fast alle, die das Auslaufen des Boots mitverfolgten, ein unheimliches Gefühl, als Commander Dunning die Flaggen wechseln ließ.

Es waren noch etwa 90 Minuten bis Sonnenuntergang, als auf dem Turm der *Columbia* das Sternenbanner gehißt wurde und in der Abendbrise zu flattern begann. Der Kapitän nickte dem Wachoffizier zu, der sich nach vorn beugte und in die Sprechanlage sagte: »*Beide Maschinen drittel Fahrt zurück ...*«

Tief unter ihm im Maschinenraum setzten sich die gigantischen Dampfturbinen in Bewegung, und unter dem Heck der *Columbia* begann das Wasser zu brodeln. Langsam bewegte sich das Boot achteraus. Als Boomer Dunning befahl: »Maschinen drittel Fahrt voraus«, stoppte es auf und setzte sich dann langsam und zögernd wieder voraus in Bewegung. Die Fahrt hinauf zur GIUK-Enge hatte begonnen.

Als die *Columbia* auf dem sonnenbeschienenen Fluß an der Werft der Electric Boat Division von General Dynamics vorbeiglitt, winkte ihr eine Gruppe von Werftarbeitern begeistert zu. Vor zehn Jahren war das 7000-Tonnen-Boot hier am Ufer der Thames gebaut worden. Jetzt fuhr es mit langsamer Fahrt auf den Long Island Sound zu und weiter in die kalten Gewässer Nordeuropas, wo es mehr als 100 fremde Seeleute in den Tod schicken sollte. Die Männer auf der *Columbia* hatten natürlich nichts Persönliches gegen ihre Gegner. Sie taten nur ihre Pflicht.

»Normale Marschfahrt voraus«, befahl Abe Dickson.

»Kurs null-sieben-neun«, sagte der Navigator, was soviel wie Ost-Nordost bedeutete. Erst wenn das Boot auf seinem Weg durch die Nantucket Shoals die 50-Meter-Tiefenlinie erreicht hatte, würde es tauchen.

Alle drei Offiziere blieben auf der Brücke, als die *Columbia* mit 16 Knoten durch die relativ seichten Gewässer rings um Block Island glitt. Dieser kurze, über Wasser stattfindende Teil der Reise würde noch vor Sonnenuntergang vorbei sein. Wenn die Nacht anbrach, würde sich das Boot bereits außerhalb der amerikanischen Hoheitsgewässer befinden und östlich von Martha's Vineyard seine Fahrt in der Tiefe fortsetzen. Getaucht verbrauchte die *Columbia* bei einer Geschindigkeit von 20 Knoten weniger Energie, als wenn sie an der Oberfläche 15 Knoten laufen würde.

Boomer sah zu, wie das Wasser über den plumpen, rundlichen Bug des U-Boots spülte und über den Rumpf nach hinten ablief, wo es zu beiden Seiten des Hecks einen gurgelnden Strudel erzeugte. Wie so oft blickte er vom Turm hinab auf das Wasser, das am Bug noch glatt und leise und am Heck laut und brüllend um das Unterseeboot strömte.

So erreichten sie die von sanfter Dünung bewegten Gewässer am Nordende des Long Island Sound. Unterseeboote fühlen sich über Wasser eigentlich nie richtig wohl, denn sie sind für den Unterwassereinsatz gebaut. Ihr Element ist die dunkle Tiefe, in der sie heimlich und verborgen ihrem schrecklichen Geschäft nachgehen.

Und so ist eine komfortable Reise in der Vorstellung des U-Boot-Fahrers das stille Dahingleiten in 100 Metern Tiefe, möglichst in einem nukleargetriebenen Boot, das nie zum Schnorcheln auftauchen muß und so nichts von Stürmen oder rauher See mitbekommt. Das einzige Geräusch auf dieser leisen Fahrt ist das sanfte Summen der Klimaanlage; die Temperatur ist angenehm und das Essen ausgezeichnet. Die Gefahr eines Zusammenstoßes ist ebenso gering wie die eines überraschenden Angriffs. Auch wenn Unterseeboote unter Wasser praktisch blind sind, so können sie hervorragend hören. Die Reichweite ihrer hochempfindlichen »Ohren« ist so enorm, so daß sie in den weiten Räumen des Ozeans Geräusche auch über große Entfernungen auffangen können. Geräusche, die an- und abschwellen, Echos erzeugen und sich wiederholen und ebenso beruhigend wie verräterisch sein können.

Niemand an Bord hatte etwas dagegen, als der Kommandant 20 Meilen südöstlich von Nantucket Island befahl, zu tauchen und Fahrt aufzunehmen. Für die Mannschaft begann die Reise erst jetzt richtig, als die *Columbia* auf östlichen Kurs ging und die südlichen Unterwasserhänge der Grand Banks ansteuerte, wo 4000 Meter unter der Wasseroberfläche der geborstene Rumpf der *Titanic* ruht.

Die Fahrt zu den Färöer-Inseln dauerte für das amerikanische Unterseeboot, das seinen Weg nach Nordosten über die tief im Meer versunkenen Berggipfel des Nordatlantischen Rückens nahm, eine knappe Woche. Am 13. August steuerte Boomer die *Columbia* über das weite, 3000 Meter tiefe Islandbecken und ging um 1700 Ortszeit südwestlich der kleinen dänischen Inselgruppe auf Sehrohrtiefe. Boomer, der diese kalten, grausamen Gewässer gut kannte, nahm Verbindung mit dem Nachrichtensatelliten auf und meldete, daß er sein Einsatzgebiet erreicht habe und so lange hier patrouillieren werde, bis er weitere Befehle erhalte.

Eine Woche später, am Mittag des 22. August, stieg die Temperatur im Einsatzraum für die schwarze Operation bei SUBLANT in Norfolk, Virginia, gewaltig an. Natürlich nur bildlich gesprochen, denn die Klimaanlage funktionierte hervorragend. Arnold Morgan hatte aus dem Weißen Haus angerufen und alle in höchste Alarmstufe versetzt. Er werde, so sagte er, so rasch wie möglich per Hubschrauber von Fort Meade nach Virginia fliegen.

In Fort Meade stürmte der Admiral in sein früheres Büro, wo George Morris gerade über einer Serie von Satellitenbildern brütete. Sie zeigten eine überraschend neue Entwicklung: Die beiden Kilos hatten Murmansk an der Wasseroberfläche fahrend verlassen, und zwar im Konvoi mit einer Fregatte und drei Zerstörern, von denen einer der 9000-Tonnen-Lenkwaffenzerstörer *Admiral Tschabanenko* war.

Ebenfalls mit von der Partie waren ein riesiges, aufgetaucht fahrendes 25000-Tonnen-U-Boot der Typhoon-Klasse und die *Ural*, ein Eisbrecher der Arktika-Klasse. Letzterer war ein 23500-Tonnen-Monstrum mit drei Schrauben, das auch zweieinhalb Meter dickes Eis dadurch knacken konnte, indem es sich mit drei Knoten Geschwindigkeit darüberschob und es durch sein schieres Gewicht zum Zerbrechen brachte.

Zu guter Letzt hatten die Russen dem Konvoi noch ein 35000-Tonnen-Versorgungsschiff der Verezina-Klasse mitgegeben, das vermutlich Raketen, Ersatzteile, Munition, Vorräte und Diesel an Bord hatte und dazu seine normale Mannschaft von 600 russischen Seeleuten. Dieses schwimmende Warenhaus transportierte Güter im Wert von zwei bis drei Milliarden US-Dollar über die Weltmeere.

All das waren an sich schon keine besonders guten Nachrichten für Arnold Morgan, aber noch viel schlimmer war die Tatsache, daß der Satellit den aus neun Schiffen bestehenden, eine Geschwindigkeit von acht Knoten fahrenden Konvoi 100 Meilen *östlich* von Poljarny fotografiert hatte.

Als der Direktor von Fort Meade die Bilder vor einer Stunde auf seinen Schreibtisch bekommen hatte, hatte er »Mist!« gemurmelt und sofort über die direkte Leitung eine Verbindung zum Sicherheitsberater des Präsidenten hergestellt. Morgan hatte aufmerksam zugehört, war dann einige Sekunden still gewesen und hatte dann ins Telefon gebrüllt: »Bin schon unterwegs. Warten Sie, bis ich bei Ihnen bin!«

Und jetzt war er da, und ein Blick auf die Bilder sagte ihm alles, was er wissen mußte. Eine ganze Weile stand er bewegungslos da und machte sich bittere Vorwürfe, daß er an diese Variante nicht gedacht hatte.

Schießlich lief er in seinem alten Büro auf und ab, wie er es schon unzählige Male zuvor getan hatte und verfluchte laut

»den schlimmsten und unverzeihlichsten Fehler meiner ganzen Karriere.«

»Das kann ich einfach nicht glauben«, sagte er. »Wie konnte mir das entgehen?«

Aber es war ihm nun einmal entgangen. Admiral Witali Rankow hatte die beiden Kilos unter starker Bewachung nach China losgeschickt … und zwar *andersherum*, auf der östlichen Route knapp oberhalb des Polarkreises an der Nordsibirischen Küste entlang, die im Winter völlig zugefroren ist, sich aber im Sommer mit Hilfe eines starken Eisbrechers befahren läßt. Die Kilos würden nicht einmal in die Nähe des Nordatlantiks kommen, sondern binnen zwei Wochen durch die Beringstraße in den Pazifik einlaufen.

Boomer Dunning wartete mit seiner *Columbia* vor den Färöer-Inseln vergeblich auf K-9 und K-10 und konnte ihnen nicht einmal hinterherfahren, denn bei dem relativ seichten Wasser und wegen der Nähe des Packeises kam er auf dieser Route auch nicht viel schneller voran als der Konvoi, der bereits 1000 Meilen Vorsprung hatte. Nicht einmal in einem Monat, geschweige denn in zwei Wochen, würde er unter diesen Bedingungen die Kilos und ihre Eskorte einholen.

»Da steckt doch dieser verdammte Bastard Rankow dahinter!« grollte Arnold Morgan. »Aber er soll sich nicht zu früh freuen. Noch gebe ich mich nicht geschlagen!«

KAPITEL ZWÖLF

Arnold Morgan war in Eile, als er mit den Satellitenbildern, die zeigten, daß Admiral Rankow ihn zumindest kurzzeitig hinters Licht geführt hatte, Fort Meade verließ. Er begab sich direkt zum Hubschrauberlandeplatz und schnallte sich auf einem Passagiersitz der großen *Super Cobra* der U.S. Marines fest, die an diesem Tag für ihn persönlich zur Verfügung stand.

Der Pilot gehörte zu der in Quantico, Virginia, stationierten Staffel und hatte am Morgen den Befehl bekommen, 40 Kilometer den Potomac entlang nach Norden zu fliegen und direkt auf dem Gelände des Weißen Hauses zu landen, wo der Nationale Sicherheitsberater des Präsidenten bereits auf ihn warten würde. Die Methoden Arnold Morgans waren vielleicht ein wenig unorthodox, aber keiner, den er schon einmal mit seinem typischen *»Und zwar sofort!«* angeschnauzt hatte, konnte dieses Erlebnis jemals wieder ganz aus seinem Bewußtsein tilgen.

Der Staffelchef in Quantico hatte neun Minuten nach dem Gespräch mit dem mächtigen Mann seinen einzigen flugbereiten Hubschrauber in der Luft und auf dem Weg nach Washington gehabt, und jetzt war der Pilot schon wieder mit Arnold Morgan unterwegs und hob zum dritten Mal an diesem Vormittag vom Boden ab, diesmal von Fort Meade. Arnold Morgan saß als einziger Passagier in der 16 Plätze umfassenden Kabine direkt hinter ihm und murmelte schlechtgelaunt »Gib Gas, mein Junge« und »dieser verschlagene russische Bastard!« Wie immer bei solchen Gelegenheiten sah der Admiral, der direkt neben den beiden 7,62-mm–Maschinengewehren der *Cobra* saß, so aus, als wollte er gleich jemandem den Krieg erklären.

Als der Hubschrauber im Hauptquartier der U.S. Navy in Norfolk landete, wartete dort bereits ein Wagen auf Arnold Morgan, der ihn direkt zu SUBLANT brachte. Genau um 1410 betrat der Sicherheitsberater des Präsidenten die Operationszentrale für die schwarze Operation. Admiral Dixon und dessen Flaggleutnant waren bereits da, der CNO wurde jeden Augenblick erwartet.

»Leute, wir stecken in der Scheiße«, sagte Morgan an Stelle einer Begrüßung.

»Das habe ich mir nach Ihrem Telefonanruf schon gedacht«, sagte Dixon. »Was ist denn passiert?«

»K-9 und K-10 sind mit einer Eskorte von vier Kriegsschiffen und einem Atom-U-Boot ausgelaufen. Außerdem haben sie einen Eisbrecher und ein Versorgungsschiff dabei. Aber sie fahren nicht in die Richtung, in die wir dachten, sondern mit acht Knoten an der sibirischen Küste entlang nach Osten, und die *Columbia* liegt 1200 Meilen entfernt von ihnen im Nordatlantik und kann sie niemals mehr einholen, denn im seichten Wasser am Packeis entlang kann sie kaum Fahrt machen.«

»Verdammt«, sagte Admiral Dixon. »Sieht so aus, als wären wir aus dem Rennen.«

»Und ob. Ich habe mal durchgerechnet, ob wir die *Columbia* nicht durch den Panamakanal in den Nordpazifik schicken könnten, aber das würde mindestens drei Wochen dauern. Die Kilos hingegen dürften in 13 oder 14 Tagen durch die Beringstraße kommen... Hier, sehen Sie sich die Bilder an. Der Satellit hat den Konvoi 100 Meilen östlich von Murmansk fotografiert.«

»Hm. Da sind ja die beiden Boote. Aber was ist das hier? Sieht aus wie ein ausgewachsenes Typhoon. Was für ein dicker Brocken.«

»Das können Sie laut sagen. Es ist tatsächlich ein Typhoon. Das größte U-Boot, das jemals gebaut wurde.«

»Aber ein Typhoon nimmt man doch nicht her, um ein paar Dieselboote zu eskortieren.«

»Stimmt. Ich vermute, daß die Russen das Boot ohnehin vom Nordmeer in den Pazifik verlegen wollten und damit so lange gewartet haben, bis der Konvoi zusammengestellt war.«

»Und was ist mit den anderen Kriegsschiffen? Sie stellen ohne Frage eine mächtige Eskorte für die Kilos dar. Wie heißt das große Schiff, das auf dem Bild ganz vorn zu sehen ist?«

»Das ist die *Admiral Tschabanenko*, ein 9000-Tonnen-Lenkwaffenzerstörer.«

»Und die anderen beiden? Sie sehen fast gleich aus.«

»Das sind zwei Zerstörer vom Udaloj-Typ. Wir glauben, daß es sich um die *Admiral Lewtschenko* und die *Admiral Charlamow* handelt. Sie gehören zur Nordflotte, haben beide fast dieselbe Größe und sind mit der modernsten U-Boot-Abwehrbewaffnung ausgerüstet.«

»Und das Schiff ganz hinten im Konvoi?«

»Das ist die Lenkwaffenfregatte *Nepristupny*, 4000 Tonnen, ein verbesserter Kriwak-Typ. Gehört zu den besten U-Boot-Jägern, die die Russen haben.«

»Ist ja toll. Und was ist das für ein Monster, das vor den anderen fährt?«

»Das ist die *Ural*, ein riesiger Eisbrecher, der so gut wie alles knacken kann.«

»O Gott. Diesmal meinen die es ernst, was? Die wollen die Kilos unter allen Umständen nach Shanghai bringen.«

»Sieht ganz so aus. Mich ärgert bloß, daß ich diese Entwicklung eigentlich hätte voraussehen müssen. In der jetzigen Jahreszeit schicken die Russen öfter mal einen Konvoi durch die Nordwestpassage. Trotzdem habe ich felsenfest angenommen, daß sie wieder den Atlantik hinunterfahren werden, nur diesmal mit einer starken Eskorte. Ich schätze, ich werde langsam alt. Dieser verfluchte Rankow hat mich aufs Kreuz gelegt.«

Trotz des offensichtlichen Ernstes der Lage konnte Admiral Dixon ein Lächeln nicht unterdrücken. Er ging zum Kartenschrank und holte die von den Hydrographen der Royal Navy angefertigte, über einen Meter breite Seekarte heraus, auf der die gesamte Arktis abgebildet war. Nachdem er das in Blau-, Gelb- und Grautönen gehaltene Blatt auf dem schrägen Kartentisch ausgebreitet hatte, maß er die Entfernung zwischen Murmansk und der Beringstraße ab. Es waren etwas weniger als 3000 Meilen. »Wenn sie die Geschwindigkeit von acht Knoten beibehalten, schaffen sie die Strecke in genau zwei Wochen«, sagte er. »Wenn die *Columbia* jetzt sofort mit voller Geschwindigkeit losfährt, kann sie eine Menge Boden gutmachen ...« Er hielt inne und stellte eine Reihe von weiteren Messungen an. »... aber es wird trotzdem nicht reichen, denn sie müßte weit nach Norden, um sie vor der Bäreninsel abzufangen. Aber die Russen könnten mit ihrem verdammten Eisbrecher sogar noch weiter nördlich fahren und diese langgestreckte Insel hier umrunden – wie heißt sie gleich noch mal – Nowaja Semlja – und in die Karasee einlaufen. Großer Gott, ist das seicht dort ... Danach werden sie sich an der sibirischen Küste halten, wo das Eis nicht ganz so dick ist. Spätestens hier bekommt Boomer große Probleme, weil das Wasser bei den Sewernaja-Inseln nicht einmal 50 Meter tief ist. Wenn er da volle Fahrt macht, hinterläßt er eine große Welle an der Oberfläche.«

»Sieht aus, als wäre es außerdem ziemlich eng da oben.«

»Das ist es auch. Je näher man der nördlichen Packeisgrenze kommt, desto schwieriger wird es für ein U-Boot. Das Eis ist auf dem Sonar nicht zu erkennen, und ein Zusammenstoß damit kann verdammt gefährlich sein. An manchen Stellen ist es nicht einmal möglich, das Periskop aus dem Wasser zu stecken, ohne daß es von einer Eisscholle verbogen wird.

Sehen Sie sich das einmal an, Arnold. Direkt hinter Sewernaja werden die Verhältnisse sogar noch schlechter. Das Wasser wird seichter, und die Eisdecke ist fast ganz geschlossen. Die *Columbia* könnte kaum Fahrt machen. Und außerdem wüßte sie nicht einmal, wo die Kilos sind, außer wir geben es ihr über den Satelliten durch. Und die nächste Stelle, um ihnen aufzulauern wäre an der anderen Seite der Beringstraße.«

Er wollte gerade weitersprechen, als die Tür aufging und Admiral Joe Mulligan hereinkam. Er blickte in die besorgten Gesichter seiner beiden Kollegen und sagte knapp: »Okay, meine Herren, heraus mit den schlechten Nachrichten.«

Admiral Dixon faßte die Situation kurz zusammen, und der frühere Kapitän eines Trident-Boots trat an die Karte, auf der der COMSUBLANT bereits die entscheidenden Punkte markiert hatte. Mulligan betrachtete sie eine halbe Minute lang und sagte dann: »Ich fürchte, Sie haben recht. Die *Columbia* kommt einfach nicht schnell genug voran, um den Konvoi einzuholen. Das Meer entlang des Packeises ist ein einziger Albtraum für ein U-Boot. Man kann nichts sehen, man kann nichts hören, und das Wasser ist so seicht, daß man sich nicht einmal unbemerkt davonschleichen kann. Wo sind die Kilos jetzt? Aha, genau hier ... Die Situation sieht hoffnungslos aus. Oder sagen wir mal, fast hoffnungslos.«

»Warum nur fast, Sir?« fragte Admiral Dixon, obwohl er genau wußte, was jetzt kommen würde.

»Nun, es gibt einen Ausweg aus diesem Dilemma ... ich glaube, wir müssen Commander Dunning und seine Mannschaft unter dem Nordpol hindurchschicken. Das Boot taucht im Atlantik unter und im Pazifik wieder auf.«

Die drei Männer schwiegen eine Weile und dachten über den Vorschlag des CNO nach. Als Ex-U-Boot-Fahrer waren sie mit den Problemen einer solchen Reise wohlvertraut. Obwohl in der Vergangenheit schon etliche Atom-U-Boote eine Unterquerung des Nordpols unternommen hatten, war sie noch immer keine Standardroute und alles andere als narrensicher. So hatten einige Boote zum Beispiel die Fahrt abbrechen müssen, weil sie in dem seichten Wasser der nördlichen Beringstraße nicht genügend Platz unter dem Eis gefunden hatten.

Anders als beim Südpol, der in der Mitte eines Kontinents liegt, befindet sich der Nordpol auf einer riesigen schwimmenden Eisscholle unter der das Wasser an manchen Stellen bis zu 5220 Meter tief ist.

Einer der ersten U-Boot-Fahrer, die unter dem Nordpol hindurchgetaucht waren, hatte einmal folgendes Bild gebraucht: »Stellen Sie sich ein vier Meter hohes Zimmer vor, dessen Decke das Eis und dessen Boden der Meeresgrund ist. Das Atom-U-Boot auf seiner Fahrt unter dem Nordpol wäre in diesem Bild ein Streichholz, das zehn Zentimeter unterhalb der Decke dieses Zimmers hängt.«

Admiral Mulligan ergriff wieder das Wort. »Seit vor 40 Jahren die *Nautilus* unter Kapitän Andy Anderson als erstes U-Boot unter dem Packeis hindurchgefahren ist, haben wir eine Menge dazugelernt. Wir wissen zum Beispiel, daß man so eine Fahrt gewissenhaft vorbereiten muß, und da sehe ich bei der wenigen Zeit, die der *Columbia* dazu bleibt, ein großes Problem.«

»Wie würde das Ganze denn zeitmäßig überhaupt aussehen?« fragte Admiral Morgan.

»Rechnen wir doch mal ... Boomer kann unter dem Eis eine Geschwindigkeit von 20 Knoten fahren. Wenn er die Route von Island über den Norden von Grönland nach Alaska nimmt, wäre er in siebeneinhalb Tagen vor Point Barrow. Die Russen, die an der Oberfläche unter diesen Bedingungen höchstens zehn Knoten schaffen, wären erst in elf Tagen dort. Boomer könnte sie also bereits erwarten.«

»Hervorragend«, sagte Arnold Morgan erfreut. »Dann hätten wir sie in der Falle.«

»Ja, das hätten wir. Aber nur, wenn es Commander Dunning gelingt, ohne Probleme unter dem Nordpol hindurchzutauchen«, sagte Admiral Mulligan grimmig. »Außerdem müssen in der Tschuktschensee günstige Bedingungen herrschen. Aber wenn die Russen ihren Konvoi durch das Eis bringen, dann müßte es doch die *Columbia* eigentlich auch schaffen, ihn zu überholen. Hat Boomer denn jemanden an Bord, der über einschlägige Erfahrungen verfügt?«

»Er selbst war schon einmal unter dem Eis«, antwortete Admiral Dixon, »aber Mike Krause, sein Erster Offizier, ist da noch viel beschlagener. Ich bin mir zwar nicht ganz sicher, ob er ganz unter dem Pol durchgetaucht ist, aber unter dem Eis war er schon ein paarmal.«

»Aber wissen wir denn, ob die *Columbia* für eine solche Reise die nötigen Karten und Handbücher an Bord hat?« fragte Mulligan.

»Ja, das wissen wir«, sagte Admiral Dixon. »Und die Antwort ist nein.«

»Na wunderbar«, meinte Arnold Morgan. »Haben Sie denn einen Plan, John?«

»Vielleicht sollten wir uns Schlittschuhe anziehen und Boomer die benötigten Karten vorbeibringen«, sagte Admiral Dixon. »Aber im Ernst, ich schlage vor, wir schicken der *Columbia* über Satellit eine Nachricht, daß wir ihr mit einem Flugzeug Kartenmaterial, Ausrüstung und bestimmte Ersatzteile abwerfen. Wo meinen Sie, daß ein guter Platz dafür wäre, Sir? Vielleicht in der Nähe der Insel Jan Mayen? Dann müßte Boomer nicht vor den Färöern liegen bleiben und auf das Flugzeug warten.«

»Gute Idee. Westlich von Jan Mayen, würde ich sagen«, antwortete der CNO. »Am besten, Sie leiten alles so rasch wie möglich in die Wege.«

22. August, Mitternacht Ortszeit, 62.00N, 07.00W. Südwestlich von Torshavn auf den Färöer-Inseln durchbrach das Sehrohr der USS *Columbia* die Oberfläche des rauhen, sturmgepeitschten Nordatlantiks. Der Kommunikationsoffizier funkte den Satelliten an, meldete die Position des Boots und lud sich die neuesten Nachrichten von SUBLANT herunter.

Danach ließ Commander Dunning die *Columbia* wieder hinab in ruhigeres Wasser tauchen und wartete darauf, daß der Funkspruch von SUBLANT entschlüsselt und ausgedruckt wurde.

Auf das, was er las, war er auf keine Weise vorbereitet:

K-9 und K-10 fahren an der nordsibirischen Küste entlang nach Osten, *begleitet von einem Typhoon-U-Boot, vier modernen U-Boot-Jagdschiffen, einem arktischen Eisbrecher und einem Versorgungsschiff. Ein Angriff auf den Konvoi in den nordsibirischen Gewässern oder der Beringstraße wird von SUBLANT als wenig erfolgversprechend und zu gefährlich eingeschätzt.*

Fahren Sie auf der Subpolarroute das tiefe Wasser im Aleütenbecken an. Geben Sie sofort durch, welche Handbücher, Karten, Ausrüstungsgegenstände und Ersatzteile Sie dafür benötigen. Diese werden am 24. August westlich von Jan Mayen von einem Seeaufklärer abgeworfen. Geben Sie uns rechtzeitig Zeit und Position für den Abwurf durch.

Innerhalb von 24 Stunden werden wir Ihnen die neuesten Eisberichte für die Gewässer vor Point Barrow und die Beaufortsee durchgeben.«

Boomer schluckte schwer. »Unter dem Nordpol hindurch... verdammte Scheiße... *Mike!*... Sehen Sie sich das mal an...«

Lieutenant Commander Mike Krause las die Botschaft von SUBLANT und hob die Augenbrauen. »Ich bin nie vollständig unter dem Pol durchgetaucht, Sir«, sagte er. »Aber zweimal bis zur Hälfte und wieder zurück, und zwar von der anderen Seite aus, durch die Beringstraße. Solange man im tiefen Wasser ist, gibt es keine Probleme, aber nördlich von Point Barrow wird es manchmal ziemlich seicht, weil da der Meeresboden ansteigt und Verwerfungen das Eis unter Wasser drücken. Man nennt diese Stellen, die bis zu 40 Meter unter Wasser reichen können, auch Druckrücken. Ein paar unserer Unterseeboote mußten da schon umdrehen, weil ihnen zwischen dem Eis und Meeresboden einfach kein Platz mehr blieb.«

»Verdammter Mist«, fluchte Boomer. »Sind Sie sicher, daß wir damit klarkommen.«

»Das müssen wir wohl, denn diese Botschaft von SUBLANT hier ist ja wohl ein Befehl, an dem es nichts herumzudeuteln gibt.«

»Stimmt. Was brauchen wir für die Polunterquerung?«

»Hauptsächlich ein paar Seekarten und Navigationshandbücher. Commander Andersons Reisebericht aus dem Jahr 1958 wäre auch nicht schlecht, ebenso wie Beschreibungen der letzten Unterquerungen, die amerikanische Boote gemacht haben. Unsere Leute haben eine Menge Erfahrungen gemacht, wenn auch manchmal ziemlich schmerzliche. Außerdem sollten wir uns ein paar zusätzliche Ersatzteile für das nach oben arbeitende Echolot und die Periskope abwerfen lassen, denn das sind die Teile, die bei einem Kontakt mit der Eisdecke am ehesten kaputtgehen. Zum Glück ist jetzt die beste Zeit im Jahr für so ein Unterfangen, also könnten wir es durchaus schaffen... Ich werde mir gleich mal unseren Navigator schnappen und die Sache mit ihm besprechen. Dann überprüfe ich unsere Ausrüstung und teile SUBLANT mit, was wir noch brauchen.«

Boomer studierte die Seekarte und schätzte die Entfernung bis zu der felsigen, zu Norwegen gehörenden Insel Jan Mayen auf 750 Meilen. »Teilen Sie ihnen mit, daß die Sachen um 0600 auf 72 Grad Nord und 10 Grad West abgeworfen werden sollen«, sagte er zu Mike Krause. »Wir warten westlich von dieser Stelle auf Sehrohrtiefe. Sagen Sie SUBLANT, daß sie einen schwimmfähigen Behälter mit Farbmarkierung verwenden sollen. In genau 30 Stunden von jetzt an werden wir auf Kanal 31 auf Funkverbindung mit dem Flugzeug warten.«

»Aye, Sir.«

Kurz darauf beschleunigte die *Columbia* und nahm Kurs auf den Island-Färöer-Rücken und die Eggvin-Bank. Westlich von dieser Untiefe liegt die Insel Jan Mayen, an der im Winter die Packeisgrenze verläuft.

»Wir steuern die nächsten 650 Meilen Kurs drei-fünf-fünf«, sagte Boomer dem Navigationsoffizier. »Geschwindigkeit 25 Knoten, Tiefe 185 Meter. Danach laufen wir vier Stunden lang Kurs null-eins-fünf, und dann müßten wir eigentlich unseren Behälter aufnehmen können.«

Danach berief der Commander eine Navigationsbesprechung mit Lieutenant Commander Krause und Lieutenant Wingate ein, die in einer Stunde beginnen sollte. Die Zeit verstrich wie im Flug. Zuerst ging die *Columbia* auf Sehrohrtiefe, um Kontakt mit dem Satelliten aufzunehmen, und dann entschied Boomer sich dafür, 20 Minuten lang knapp unterhalb der Wasseroberfläche weiterzufahren und auf die Antwort von SUBLANT zu warten. Sie kam schneller, als er gedacht hatte. »*Abwurfpunkt bestätigt auf 72.00N, 10.00W. Schwimmfähiger Behälter mit Farbmarkierung. Kanal 31. Abwurfzeit 0600 Ortszeit am 24. August. Ein Seeaufklärer vom US-Marinefliegerhorst Keflavik auf Island wird den Behälter abwerfen. Seine Funkkennung ist* Bluebird eins-fünf. *Schicken Sie ihm um 0550 ein Signal für den Zielanflug.*«

Nach dem Funkspruch verschwand die *Columbia* wieder in der Tiefe, und die Navigationsbesprechung konnte stattfinden. Als die drei Offiziere sich vor dem Kartentisch versammelt hatten, fragte Boomer Lieutenant Wingate, ob er sich schon einen Plan für die Polunterquerung überlegt habe.

»Ja, Sir, das habe ich. Ich schlage vor, daß wir im tiefen Wasser so weit wie möglich nach Norden fahren und dann an der Lena-Rinne unter das Packeis gehen. Das würde bedeuten, daß wir nach dem Aufnehmen des Behälters Kurs null-drei-fünf fahren und nach 200 Meilen auf Kurs null-null-null gehen. Das wäre über dem Grönlandbecken, Sir, und über dem Boreasbecken, da ist der Nordatlantik 4600 Meter tief.«

»Ja, Dave, ich sehe, was Sie meinen. Und danach planen Sie wohl, daß wir 700 Meilen lang direkt auf den Nordpol zulaufen?«

»Jawohl, Sir. Genau bis hierhin, wo auf der Karte Morris-Jessup-Plateau steht. Dort wird das Wasser ganz abrupt seichter. An der Nordspitze des Plateaus sehen Sie auf der Karte die 1000-Meter-Linie. Dort befindet sich eine Art Unterwasserklippe, die auf einer Strecke von 20 Meilen von 3000 Metern auf 1000 ansteigt. Wir gehen dort auf Kurs drei-eins-null, der uns bis auf ein paar hundert Meilen an den Pol heranbringt.«

»Ein guter Plan, Dave«, sagte Lieutenant Commander Mike Krause. »Auf diese Weise vermeiden wir, daß unser Kompaß verrückt spielt und sich wie wild dreht. Wie nennt man das gleich noch mal? Roulette der Längengrade?«

»Ich war zwar noch nie unter dem Eis, Sir, aber ich weiß, daß nördlich des 87. Breitengrades mit einem Magnetkompaß nicht mehr viel anzufangen ist. Das hat etwas damit zu tun, daß der Coriolis-Effekt abnimmt, wenn man sich der Erdachse nähert. Wenn man direkt am Nordpol ist, dann gibt es nur noch eine Himmelsrichtung, nämlich Süden.«

»Genau. Vom Nordpol aus betrachtet liegt alles südlich: Rußland, Kanada, der Atlantik, der Pazifik, was auch immer. Man weiß nicht mehr, was wo ist. Eben ein Roulette der Längengrade.«

»Ja, Sir. Und deshalb müssen wir größere Kursänderungen vermeiden, denn sonst verlieren wir die Orientierung. Ich habe zwar ein Buch, in dem das alles genau erklärt wird, aber ich plädiere dafür, daß wir dem ganzen Schlamassel aus dem Weg gehen und uns südlich vom Nordpol vorbeimogeln ...

sehen Sie hier, direkt über Hall Knoll hinweg. Von unserer jetzigen Position bis zur Beringstraße sind es 4000 Meilen, von denen wir 1500 unter der polaren Eiskappe fahren werden. Wenn wir unsere Geschwindigkeit beibehalten, sind wir in drei Tagen durch. Nicht schlecht, oder?«

»Gut gemacht, Dave«, sagte Boomer. »Ich schätze, Hall Knoll dürfte etwa in der Mitte unserer Reise liegen … Und genau dort müßten wir auch unseren Kurs ändern.«

»Jawohl, Sir. Wir werden eine ganze Serie von kleineren Kurskorrekturen vornehmen, damit wir am Pol vorbeikommen und uns dann von Norden her auf Point Barrow zubewegen. Die Fahrt durch das Kanadabecken dürfte etwa eineinhalb Tage dauern, und danach müßten wir an der Küste der Beaufortsee direkt vor Point Barrow eigentlich das Packeis hinter uns lassen.«

»Diese letzten 120 Meilen in der Beaufortsee sind der einzige wirklich schwierige Teil der Reise«, sagte Lieutenant Commander Krause. »In einem warmen Sommer befindet sich weniger als ein Zehntel der See vor Point Barrow unter einer Eisdecke. Dann hätten wir an der Packeisgrenze immer noch 900 Meter Wasser unter dem Kiel, und selbst die stärksten Verwerfungen des Eises, die es bis zu 40 Meter unter die Oberfläche drücken, könnten uns nichts anhaben.

Wenn es aber ein kalter Sommer war, dann reicht das Packeis mitunter bis fast an die Küste, und dort ist das Wasser so seicht, daß man nicht mehr getaucht fahren kann. Wir müßten also an die Oberfläche, und da kann es verdammt gefährlich werden. Ich war einmal in einem besonders kalten Sommer dort, und es war einfach fürchterlich. Überall schwammen riesige Eisschollen herum, und zudem herrschte dichter Nebel. An der Oberfläche hatte man keine Sicht, und unter Wasser war ein sicheres Vorwärtskommen nicht mehr gewährleistet.«

»Wenn es sich vermeiden ließe, würde ich am liebsten überhaupt nicht auftauchen«, sagte Boomer, »aber wir werden wohl zwischendrin einen neuen Eisbericht vom Satelliten holen müssen, der uns sagt, wie es drüben in der Beaufortsee aussieht. Den ersten bekommen wir noch bevor wir unters

Packeis gehen, und dann wissen wir ja in etwa, was uns erwartet. Wenn das Eis dick ist, müssen wir vielleicht noch einen Tag länger drunter bleiben, aber je weiter wir nach Süden kommen, desto dünner dürfte es werden. Außerdem bleibt es um diese Jahreszeit den ganzen Tag über hell.«

Lieutenant Wingate, der von den dreien als einziger noch nie unter dem Eis gewesen war, wollte vom Ersten Offizier mehr über die Süßwasserseen wissen, die im Sommer auf der arktischen Eiskappe entstehen. Die Russen nennen sie *Polynja*, und jedes Unterseeboot, das unter dem Eis ist und zum Bestimmen der Position per GPS oder zur Satellitenkommunikation auftauchen will, muß einen davon finden, und seinen dünnen Eisboden durchstoßen. Das ist mitunter nicht ungefährlich, denn die Größe dieser Seen kann sehr unterschiedlich sein. Zwischen teichgroßen Pfützen und ausgedehnten, Hunderte von Metern breiten Wasserflächen sind sämtliche Variationen zu finden.

»Wie findet man diese Süßwasserseen?« fragte der junge Navigator.

»Nur unter größten Schwierigkeiten«, antworte Lieutenant Commander Krause. »Die einzige Möglichkeit, sie zu erkennen, ist das Licht, das unter diesen Seen viel heller ist als unter dem dicken Packeis. Man muß also auf dem Monitor, der mit der Videokamera am Turm verbunden ist, nach einem von oben herabscheinenden Lichtkegel suchen.«

»Und wie kommt man durch das Eis am Boden des Süßwassersees?« fragte der Navigator. »Das kann doch immer noch meterdick sein.«

»Man muß direkt nach oben auftauchen und es mit dem Turm durchstoßen.«

»Und dann bricht das Eis?«

»Wenn es dünn genug ist, ja. Dann schwimmt man plötzlich auf einem See mitten in der Arktis und kann sich an der frischen Luft umsehen.«

»Aber wenn das Eis doch dicker ist, als man dachte?«

»Dann hat man Pech gehabt. Man schlägt sich sozusagen den Kopf an der Decke an und kann nur hoffen, daß dabei nichts Wesentliches beschädigt wird.«

»O Gott… das bedeutet, daß man sich das Periskop oder einen Mast verbiegt und immer noch unter dem Eis gefangen ist?«

»Wir würden den Mast bei einer solchen Aktion zwar einziehen, aber im Prinzip haben Sie recht, Dave. Man bleibt unter dem Eis gefangen, bis man einen Süßwassersee mit dünnerem Boden findet. Aber vergessen Sie nicht, daß wir unser nach oben gerichtetes Echolot haben, das uns eine grobe Vorstellung von der Dicke des Eises gibt.«

»Dann sollten wir also immer die hellen Stellen suchen«, meinte Lieutenant Wingate.

»Sie haben's erfaßt, Dave«, sagte Mike Krause lächelnd. »So sind wir eben. Wir denken immer positiv.«

Schließlich schaltete sich Boomer wieder in die Unterhaltung ein und sagte, daß die Mannschaft innerhalb der nächsten 24 Stunden das komplette Boot auf etwaige Schwachstellen durchchecken solle. »Wenn man schon unter der Eiskappe durchtauchen muß, dann sollte man alle Probleme an Bord tunlichst vermeiden, und mit Problemen meine ich Dinge wie Feuer, Strahlenlecks, geplatzte Dampfleitungen, verklemmte Tiefenruder und was es sonst noch alles gibt. Ganz besonders aber können wir uns keine Notabschaltung des Reaktors erlauben. Das wäre in etwa das Schlimmste, was uns passieren könnte, denn dann wären wir auf die Batterien angewiesen, und die halten nicht lange vor. Besonders das Wiederhochfahren des Reaktors benötigt viel Strom, und in den Batterien ist gerade genügend Energie für einen einzigen Versuch gespeichert. Wenn der nicht klappt, dann müssen wir den Dieselmotor laufen lassen, um sie wieder aufzuladen, und der braucht nun mal Sauerstoff, und der ist praktisch das einzige, an dem es uns mangelt. In diesem Fall müßten wir in einen Süßwassersee durchstoßen, um zu überleben.«

»Dann wäre es wohl ratsam, sich die Position dieser Seen zu notieren, die man auf der Reise sieht«, sagte Lieutenant Wingate.

»Ganz genau«, sagte der Erste Offizier. »Genau das werden wir auch tun.«

»Im Falle einer Reaktor-Notabschaltung kämen wir in ein ziemliches Dilemma«, fuhr Boomer fort. »Die Frage wäre dann nämlich, ob wir den Reaktor abgeschaltet lassen und mit Batteriestrom zum nächsten Süßwassersee fahren oder alles auf eine Karte setzen und *sämtliche* Energie der Batterien dazu verwenden sollten, den Reaktor wieder in Gang zu setzen. Das ist eine Entscheidung über Leben und Tod.«

»Mist«, sagte der Navigator.

»Aber zum Glück kommt eine Notabschaltung des Reaktors nur äußerst selten vor«, beruhigte ihn Boomer. »Es ist viel wahrscheinlicher, daß ein Feuer an Bord ausbricht oder eine Dampfleitung platzt. Auch dann muß man so rasch wie möglich auftauchen, und um das zu vermeiden, lassen wir jetzt dieses Baby von oben bis unten auf mögliche Fehlerquellen untersuchen, die zu einem solchen Unfall führen könnten.«

Die *Columbia* lief weiter nach Norden, bis sie in den frühen Morgenstunden des 24. August eine Position westlich von Jan Mayen erreichte. Dave Wingate dirigierte sie zu dem vereinbarten Abwurfpunkt auf 72.00N und 10.00W, und der Kapitän befahl, das Boot auf Sehrohrtiefe hinauf, um SUBLANT seine Position durchzugeben. Danach tauchte die *Columbia* wieder und wartete, bis es 0550 wurde und sie damit beginnen mußte, ihr Peilsignal für den Seeaufklärer zu senden.

Pünktlich auf die Minute ging die *Columbia* wieder auf Sehrohrtiefe, fuhr ihren Funkmast aus und begann, auf Kanal 31 ihre Signale zu senden. Jede volle Minute hielt sie damit für zehn Sekunden inne, um dem Flugzeug die Möglichkeit zur Antwort zu geben. Um 0558 fing der Funkoffizier die erste Meldung auf. *»Hier Bluebird eins-fünf. Erbitte gelbes Rauchsignal.«*

Boomer veranlaßte sofort das Nötige, und bald darauf donnerte das Flugzeug mit einer Geschwindigkeit von 550 Stundenkilometern heran. Um zu vermeiden, daß sein Funkverkehr in einem größeren Umkreis abgehört werden konnte, flog es in einer Höhe von nur 30 Metern über dem Wasser dahin.

Der Navigator, der neben dem Piloten saß, entdeckte den dichten Rauch, der von der Wasseroberfläche aufstieg. »Okay.

Hier Bluebird eins-fünf, werfen Behälter über markierter Stelle ab … und zwar … *Jetzt!* … Blackbird over.«

Der große, wasserdichte Behälter, der alles enthielt, was die *Columbia* angefordert hatte, raste nach unten und klatschte mitten in der gelben Rauchwolke aufs Wasser.

»Bluebird, hier Blackbird. Vielen Dank! Over und out.«

Das Seeaufklärungsflugzeug flog eine scharfe Kurve nach Steuerbord und drehte in Richtung Süden ab, wo sich die auf Island gelegene US-Marinefliegerbasis befand. Langsam tauchte der schwarze Rumpf der *Columbia* aus dem Atlantik auf, und während das Wasser noch über die Seiten ablief, waren die zur Bergung des Behälters eingeteilten Matrosen schon an Deck und zogen ihn mit langen Bootshaken heran. Zwei Minuten später waren bereits wieder alle Luken dicht, und das schwarze Jagd-U-Boot glitt unter die Oberfläche des von langer Dünung bewegten Ozeans weiter nach Norden.

Den ganzen Tag und den Großteil der Nacht über arbeitete die Mannschaft der *Columbia* daran, ihre Instrumente für die 1500 Meilen lange Fahrt unter dem Polareis vorzubereiten. Als sie sich nach 200 Meilen auf Kurs null-drei-fünf im tiefen Wasser am nördlichen Rand des Grönlandbeckens befanden, gab Boomer den Befehl zur entscheidenden Kursänderung, die das Boot direkt nach Norden in die Lena-Rinne schickte.

»Kommandant an Rudergänger … neuer Kurs null-null-null. Geschwindigkeit 25 Knoten, Tiefe 185 Meter.«

Alle an Bord spürten den sanften Ruck, mit dem die schnell laufende *Columbia* ihren Kurs änderte und auf das Packeis zuhielt, das die nördliche Spitze der Erdachse bedeckte. Bald würde das amerikanische Unterseeboot in den dunklen, eiskalten Wassern darunter verschwinden, aus denen es für 1500 Meilen kein Auftauchen mehr gab.

Je mehr man sich dem Rand des Packeises nähert, desto tiefer wird das Grönlandbecken, und das ist gut so, denn an der Wasseroberfläche treiben hier große Eisblöcke, von denen manche bis zu 20 Meter Durchmesser haben. Diese tückischen Brocken, die so hart wie Beton sind, warten nur darauf, daß ein zu weit oben fahrendes U-Boot an ihnen seinen Turm zerschmettert.

Die Mannschaft der *Columbia* spürte die wachsende Anspannung ihrer Offiziere, als das große Atom-U-Boot immer weiter nach Norden vordrang. Zuerst erschienen nur vereinzelte Eisbrocken auf dem Monitor der nach oben gerichteten Videokamera, dann wurden es immer mehr. Fünf Stunden nach dem Kurswechsel, als die *Columbia* noch 50 Meilen von der Packeisgrenze entfernt war, schwammen so viele von diesen gefährlichen Klumpen im Wasser, daß sie es fast vollständig bedeckten.

Nach längerer Suche fanden Boomer und Mike Krause 30 Meilen vor dem Packeis und direkt auf dem 81. Breitengrad eine freie Stelle, wo sie das Boot ganz langsam und vorsichtig auf Sehrohrtiefe gehen lassen konnten. Über dem Wasser verbarg sich die Sonne hinter dichtem Nebel, der die Sicht auf weniger als 30 Meter einschränkte, aber unter dem Kiel hatte die *Columbia* 4300 Meter Wasser.

Das Boot nahm Kontakt mit dem Satelliten auf, meldete den Empfang des abgeworfenen Behälters und gab seine Position und den geplanten Kurs an SUBLANT durch. Danach holte es sich seine Nachrichten ab, von denen die wichtigste der Eisbericht von der anderen Seite des Pols war. Um einigermaßen sicher wieder auftauchen zu können, mußte Boomer wissen, wie die Bedingungen in den Gewässern südlich des Kanadabeckens und nördlich der Beringstraße waren. Dort nämlich, vor der Landspitze Point Barrow in Alaska, wartete auf die *Columbia* eine 125 Meilen lange Reise durch die trostlosen, halbvereisten Gewässer der Beaufortsee, der sich im Südwesten die nicht weniger gefährliche Tschuktschensee anschloß.

Hier kam alles darauf an, was es für ein Sommer war. War er relativ warm, würde auf das Boot relativ freies Wasser mit nur wenigen Eisschollen warten, war er aber kalt, dann hatte es dort bis Ende Juli eine geschlossene Eisdecke gegeben, und die *Columbia* mußte sich darauf gefaßt machen, daß sie 80 Meilen der Strecke getaucht zurücklegen mußte, und das bei rasch ansteigendem Meeresboden am Beaufortschelf, wo der Meeresboden auf einer relativ kurzen Strecke von 3000 auf 200 und noch weniger Meter Tiefe anstieg. Diese kurze Strecke vor der Nordküste von Alaska konnte zum Albtraum für eine U-Boot-Besatzung werden.

Der Eisbericht verhieß nichts sonderlich Gutes. Als Mike Krause und Dave Wingate ihn gemeinsam durchlasen, konnte Boomer sehen, wie sich ihre Stirnen in Falten legten. Der junge Navigator nahm seinen Stechzirkel und griff einige Entfernungen auf einer Karte ab, die die pazifische Seite der Arktis zeigte.

Boomer, der wegen der Eisschollen rings um die *Columbia* langsam nervös wurde, befahl, auf eine Tiefe von 200 Metern zu gehen. Dort angelangt, nahm die *Columbia* wieder Fahrt auf und ging abermals auf direkten Nordkurs, der sie der Eiskappe über dem Pol immer näher brachte – den Millionen Tonnen von gefrorenem Wasser, unter denen sie die nächsten drei Tage gefangen sein würde. Während dieser Zeit würde das Leben jedes Mannes an Bord vom perfekten Funktionieren des Atomreaktors vom Typ GE PWR S6G abhängen.

Als der Kurs sicher anlag, ging Boomer zu seinem Ersten Offizier, um zu erfahren, was in dem Eisbericht gestanden hatte. Der Lieutenant Commander aus Vermont druckste ein wenig herum, bevor er sagte: »Es hat keinen Sinn, lange um den heißen Brei herumzureden, Sir. Die Bedingungen drüben in der Beaufortsee sind alles andere als rosig. Dieses Jahr war der Winter besonders lang, und es gab praktisch keinen Sommer. Das bedeutet, daß wir auf den letzten 100 Meilen vor Point Barrow ein Problem bekommen werden. Die ersten 50 Meilen gibt es dort eine geschlossene Treibeisdecke, die auf den folgenden 20 bis 30 Meilen nur zögerlich aufbricht. Wie Sie ja wissen, Sir, beginnen genau dort die Untiefen. Wenn wir über Wasser fahren, kommen wir nicht schnell genug voran, und wenn wir unter Wasser bleiben, haben wir nur 60 Meter Tiefe zur Verfügung. Wenn uns da eine Verwerfung im Eis nach unten zwingt, setzen wir womöglich mit dem Rumpf auf dem Meeresboden auf, und wenn wir oben bleiben, fahren wir uns eine Beule in den Turm. Das wird bestimmt interessant.«

Boomer lächelte trotz der offensichtlichen Probleme, die vor ihnen lagen. »Wir müssen eben improvisieren und zu Gott beten, daß die Verhältnisse sich ein wenig verbessert haben, wenn wir erst einmal drüben sind.«

»Aye, Sir.«

Am 24. August um 2200 erreichte die *Columbia* nördlich des 81. Breitengrads das Packeis nordöstlich von Grönland und glitt in 185 Metern Tiefe über die unsichtbare Grenze zwischen dem Nordatlantik und dem Nordpolarmeer. Wenn sie das nächste Mal an die Oberfläche kam, würde das im Pazifik sein, auf der anderen Seite der Welt.

Etwa zur selben Zeit befanden sich die beiden Kilos, auf die die *Columbia* Jagd machte, 1000 Meilen weiter östlich mitten in dem aus neun Schiffen bestehenden russischen Konvoi und fuhren mit zehn Knoten Geschwindigkeit an der Wasseroberfläche durch die Barentssee. Um 2355 befanden sie sich 42 Meilen nordwestlich der Spitze von Nowaja Semlja, einer langgestreckten Insel vor der westsibirischen Küste. Boomer Dunning, der unter dem Packeis in gerader Linie auf den Nordpol zuhielt, war schon jetzt 250 Meilen näher an der Beringstraße als der Konvoi, der nur halb so schnell fuhr wie die *Columbia*. Wenn der Reaktor des amerikanischen Atom-U-Boots weiterhin so gut funktionierte wie bisher und das Eis es erlaubte, dann hatte es das Wettrennen praktisch schon gewonnen, genau so, wie man es in der Operationszentrale von SUBLANT vorhergesehen hatte.

Um 0030 begab sich Commander Dunning zu Commander Lee O'Brien im schiffstechnischen Leitstand. Der Erste Ingenieur hatte selbst gerade Wache zusammen mit einem Dreimannteam, dem ein Elektriker und Earl Connard, der Chefmechaniker angehörten. Connard und O'Brien standen vor der Kontrolltafel für den Reaktor, wo sie jede Fehlfunktion des urangetriebenen Kraftwerks in Sekundenschnelle erkennen konnten.

Lieutenant Commander O'Brien blickte auf, als der Kommandant hereinkam. »Hi, Sir«, sagte er gutgelaunt. »Wir machen ganz schön Dampf. Ehrlich gesagt, die Maschine ist noch nie so gut gelaufen wie jetzt. Sie schnurrt wie ein Kätzchen. Keine besonderen Vorkommnisse.«

»Gute Arbeit, Lee«, sagte Boomer. »Wir haben ziemlich tiefes Wasser hier. Hätten Sie was dagegen, wenn ich auf 30 Knoten gehe?«

»Nein, Sir. Das geht in Ordnung. Je früher wir aus dieser gefrorenen Mausefalle wieder rauskommen, desto besser.«

»Das will ich aber auch meinen, Lee. Wenn Ihre Wache vorüber ist, kommen Sie doch nach vorn und trinken Sie eine Tasse Kaffee mit mir.«

Boomer ging weiter zwei Decks nach unten, wo die großen Maschinen der Luftreinigungsanlage standen. Dort hantierte der Maschinist Cy Burman gerade mit einem Schraubenschlüssel an der Kohlensäurebindungsanlage herum, die aus einer langen, grauen Reihe von Filtern bestand. Diese Filter hatten die Aufgabe, den Kohlendioxidgehalt der Luft zu reduzieren, der, sollte er eine Konzentration von vier Prozent übersteigen, die Mannschaft der *Columbia* töten würde. Boomer wechselte ein paar Worte mit Burman und spürte, wie angespannt der Mann war, von dessen Arbeit das Leben der ganzen Besatzung abhing.

»Gibt es ein größeres Problem, Cy?« fragte Boomer.

»Nein, Sir. Nicht mal ein kleines. Ich wollte nur ein paar Einstellungen ändern, damit die Lufterneuerung hier unter dem Eis auch wirklich einwandfrei funktioniert.«

Die *Columbia* hatte noch keine 100 Meilen unter dem Packeis zurückgelegt, und schon war die allgemeine Anspannung überall im Schiff deutlich spürbar. Oben in der abgedunkelten Operationszentrale, dem Herzen des Boots, saßen die Seeleute konzentriert vor ihren schwach schimmernden Schirmen und wachten darüber, daß die *Columbia* auf ihrer Fahrt unter dem dicken Eispanzer Kurs und Tiefe hielt.

In einer Ecke des Raums, in der die Navigatonssysteme zusammengefaßt waren, sah Boomer die Anzeige des Echolots, das regelmäßig seine Signale durch das eiskalte Wasser zum Meeresboden schickte und wieder auffing. Zur Zeit hatte die *Columbia* beruhigende 4800 Meter Wasser unter dem Kiel.

Im rötlichen Licht der Operationszentrale konnte Boomer die über ihre Instrumente gebeugte Gestalt des jungen Lieutenant Wingate erkennen. Direkt daneben saß ein Seemann am Echolot, dessen Schreiber mit hektischen Ausschlägen die Form der 150 Meter über dem Turm der *Columbia* dahinziehenden Eisdecke aufzeichnete.

Boomer ging hinüber zu den beiden und fragte: »Na, wie läuft's?«

»Das Eis verhält sich ziemlich normal, Sir«, antwortete der Seemann am Echolot. »Etwa zwölf Meter dick. Aber vor etwa 15 Meilen spielte es auf einmal verrückt und hat sich tief nach unten ausgebeult wie ein riesiger Stalaktit, der bestimmt 30 Meter tief herab ins Wasser ragte.«

»Das war ein Druckrücken«, sagte Boomer. »Auf diese Biester müssen wir verdammt aufpassen, wenn wir nicht mehr so tief fahren können wie jetzt. Sie können bis zu 40 Meter hinabreichen und ziemliche Schäden am Boot verursachen, denn sie sehen nicht nur häßlich aus, sondern sind auch noch fast so hart wie Beton.«

»Ich weiß eigentlich nicht so recht, was diese Druckrücken überhaupt verursacht, Sir«, sagte Lieutenant Wingate.

»Daran sind Spannungen im Eis schuld. Sie müssen sich zwei riesige Schollen vorstellen, die Wind oder Strömung aus verschiedenen Richtungen gegeneinandertreibt. Durch den enormen Druck werden an den Rändern Teile der Schollen unter Wasser gepreßt und bilden richtiggehende Wülste, die weit nach unten ragen und unsere ärgsten Feinde bei einer Polunterquerung sind. Es gibt sie praktisch überall im Packeis, bis hinüber zur Nordküste von Alaska. Wenn Sie auf dem Echolot einen starken Ausschlag nach unten sehen, dann nähern wir uns wieder einem von den Bastarden.«

»Jawohl, Sir. Werden wir denn auch Eisberge sehen?«

»Nein, so weit nördlich gibt es keine. Das Packeis über uns ist dafür viel zu dicht zusammengepreßt. Vom Flugzeug aus betrachtet sieht es wie ein riesiger Flickenteppich aus, der sich aus Tausenden von Bruchstücken zusammensetzt. Manche von ihnen sind relativ klein, aber andere haben einen Durchmesser von bis zu mehreren Meilen. Sie sind zwar dicht aneinandergepreßt, aber hängen nicht unbedingt zusammen und bilden keine in sich geschlossene, homogene Fläche. Im Gegenteil, die Schollen sind ständig gegeneinander in Bewegung. Sie reiben sich an den Rändern und schieben sich über- und untereinander. Eisberge hingegen sind große Eisbrocken, die von einem Inlandsgletscher oder vom Rand des Packeises abbrechen und dann einzeln durchs Meer treiben. Vielleicht werden wir später in der Beringstraße welchen begegnen. Auch diese Biester sind für uns nicht ungefährlich, denn sie liegen tief im Wasser und versperren uns in seichten Gewässern den Weg.«

»Aye, Sir.«

Die ganze arktische Nacht hindurch, in der es über dem Packeis nicht dunkel wurde, lief die *Columbia* die Lena-Rinne entlang direkt nach Norden. Um 0700 meldete Lieutenant Wingate, daß sie sich über dem Morris-Jessup-Plateau befanden, einer der berühmtesten Erhebungen des arktischen Meeresbodens, der hier ziemlich rasch von 3400 Metern auf 1000 Meter Tiefe ansteigt. Die ausgedehnte Erhebung war ein ausgezeichneter Markierungspunkt für ein U-Boot auf seiner Fahrt unter dem Nordpol hindurch. Auf dem nach unten gerichteten Echolot konnte Dave Wingate kontinuierlich sehen, wie das Plateau unter der *Columbia* vorbeiglitt.

Auf halbem Weg über dem Plateau befahl Boomer eine Kursänderung. »Kommandant an Operationszentrale … Langsame Drehung nach backbord auf Kurs drei-drei-null, Umdrehungen für 25 Knoten, Tiefe 185 Meter.« Dieser Befehl brachte die *Columbia* auf einen Kurs, der sie 200 Meilen südlich am Pol vorbeifahren ließ und sie über den 86. Breitengrad hinweg in Gewässer steuerte, die wieder bis zu 3000 Meter tief waren. So vermied Boomer, daß der Kompaß in der Nähe des Pols verrückt spielte und die Navigation zum Glücksspiel wurde.

Boomer beschloß, den ganzen Tag lang 25 Knoten Geschwindigkeit beizubehalten und gegen 2300 nach einem Süßwassersee zu suchen, wo die *Columbia* auftauchen und Verbindung mit SUBLANT aufnehmen konnte. Er ging hinüber in den Navigationsraum und ließ sich die Position berechnen, an der sich das Boot eine Stunde vor Mitternacht voraussichtlich befinden würde. Mit Befriedigung stellte er fest, daß sie dann schon über Hall Knoll sein würden, einer Erhebung jenseits des Nordpols.

Um 0800 übergab Boomer das Boot dem Ersten Offizier, dessen Wache gerade begann, und beschloß, ein paar Stunden zu schlafen. Schließlich war er die ganze Nacht über auf den Beinen gewesen. Nach fünf Stunden stand er wieder auf und ließ sich von den Köchen sein spezielles Mittagessen zubereiten: einen großen Teller Minestrone, gefolgt von einem innen noch ganz blutigen Lendensteak und einem Riesenberg Pommes frites.

Boomer aß mit großem Appetit und salzte die Pommes mit genußvollem Grinsen noch einmal extra nach, wohl wissend, daß Jo ihm den Salzstreuer aus der Hand gerissen hätte, bevor auch nur ein Korn auf den Teller gelangt wäre. Auch das dicke Gorgonzola-Dressing auf dem Salat hätte vermutlich Jos Mißfallen erregt. Es gab nicht viele Gelegenheiten, bei denen Boomer sich über Jos Abwesenheit freute, aber das war eine davon. Dieses herrliche Essen war es wert, daß er seine Frau einmal 15 Minuten lang vergaß, dachte Boomer, noch immer grinsend.

Um 1530 hatten sie die halbe Strecke zwischen dem Morris-Jessup-Plateau und Hall Knoll zurückgelegt und fuhren nach Dave Wingates Berechnungen in 200 Meilen Entfernung am Nordpol vorbei. Damit hatten sie den nördlichsten Punkt ihrer Fahrt erreicht, und Boomer stellte fest, daß der Kreiselkompaß immer noch einwandfrei funktionierte. Nach backbord waren es hier 300 Meilen bis zu den Queen Elizabeth Islands, einem ausgedehnten, schneebedeckten Archipel vor der Nordküste Kanadas. Von nun an würde die *Columbia* auf ihrem Weg zur Beringstraße direkt nach Süden laufen.

Obwohl sich das Boot 170 Meter tief unter dem Packeis befand, herrschte an Bord eine gleichmäßige Temperatur von 22 Grad Celsius. Während über der Eiskappe vielleicht gerade ein arktischer Eissturm tobte, saß man an Bord der *Columbia* hemdsärmelig in der Mannschaftsmesse und sah sich einen der fast ununterbrochen gezeigten Filme an. Die Lebensbedingungen in einem nukleargetriebenen U-Boot sind trotz der harten Arbeit, bei der man auch Wache leisten mußte, durchaus erträglich. Auf dieser Reise allerdings gab es etwas, was den Männern im Rumpf der *Columbia* permanent Sorgen machte: das Wissen, unter dem dicken Packeis gefangen zu sein und auch im Notfall nicht sofort auftauchen zu können. Im Fall eines größeren Defekts konnte sich das komfortable Boot rasch in eine Todesfalle verwandeln, wenn es Boomer und Mike Krause nicht gelang, mit dem Turm das steinharte Packeis zu durchstoßen, das Boot und Besatzung im Wasser gefangen hielt.

Den ganzen Nachmittag über war die *Columbia* mit 3000 Metern Wasser unter dem Kiel unterwegs zu Hall Knoll. Jetzt befand sie sich mitten unter der Eiskappe und konnte nicht mehr umkehren. Würde der Reaktor jetzt zusammenbrechen, käme sie mit der in ihren Batterien gespeicherten Energie nicht bis an den Rand des Packeises. Weil den Menschen an Bord die Gefahr, in der sich die *Columbia* befand, nur allzu klar war, bemühte sich jeder einzelne, auf Wache oder Freiwache so normal wie möglich zu wirken. Dennoch ließen sich der Streß und die Angespanntheit nicht völlig verdrängen, und so war es in der *Columbia* stiller als sonst. Es schien fast so, als hörte ein jeder auf dieser Reise durch diese stillen, nur selten befahrenen Gewässer ständig eine leise Stimme in seinem Inneren, die ihm beständig zuraunte: »Paß auf! Paß auf! Paß auf!«

Von Zeit zu Zeit hatte das nach oben gerichtete Sonar Flächen freien Wassers gemeldet, und mehrmals war das Packeis direkt über der *Columbia* richtiggehend aufgeplatzt. Jetzt aber, am Abend des 25. August, hatten Dave Wingate und Mike Krause schon drei Stunden lang weder ein Loch im Eis noch einen Süßwassersee entdecken können.

Um 2300 befahl der Wachoffizier, die Geschwindigkeit auf 20 Knoten zu drosseln, und einer von Lieutenant Wingates Untergebenen wurde extra dazu abgestellt, auf dem Videoschirm nach dem hellen Fleck eines Süßwassersees in der Eisdecke über dem Boot zu suchen. Eine halbe Stunde lang konnte er nichts entdecken, aber das Wasser hatte einen leicht bläulichen Schimmer angenommen, der ein Zeichen dafür war, daß die Packeisdecke ganz allgemein dünner geworden war. Allerdings konnte es immer noch drei Meter dick sein, wenn auch nicht 15 bis 18 Meter, wie Wingate an einzelnen Eisblöcken noch vor einer Stunde gemessen hatte.

Nachdem die *Columbia* unter einer Eisverwerfung hindurchgeglitten war, die 30 Meter tief nach unten ragte, befahl Boomer, mit noch langsamerer Fahrt etwas näher an der Oberfläche zu fahren. »Neue Tiefe 78 Meter, neue Geschwindigkeit 15 Knoten.«

Eine Dreiviertelstunde später entdeckte Lieutenant Commander Mike Krause, der den Videoschirm jetzt ebenso im Blick hatte wie das nach oben arbeitende Echolot, einen kleinen Süßwassersee, der wie ein heller, klarer Fleck durch das Eis schimmerte. Er war etliche hundert Meter lang, aber sehr schmal.

»Der könnte passen«, sagte Krause. »Aber wir müssen sehr vorsichtig auftauchen und immer auf der Hut sein, sofort wieder nach unten zu gehen.«

Er meldete sich über die Sprechanlage beim Kommandanten. »Wir haben einen Süßwassersee, Sir.«

Kurze Zeit später war Boomer in der Operationszentrale und befahl: »Maschinen stopp. Drehen Sie das Boot so, daß wir uns den See noch einmal ansehen können.«

Die *Columbia* fuhr einen langsamen Williamson-Turn, eine Drehung um 360 Grad, und Boomer befahl dem Tiefenrudergänger, vorsichtig auf 45 Meter hinaufzugehen. Dann ließ er das Periskop 15 Meter aus dem Turm herausfahren und blickte hinein. Was er sah, war alles andere als herzerwärmend. Die *Columbia* schwebte fast bewegungslos unter einer Art umgestülpter Gletscherspalte, von der scharfkantige Eisstacheln mit sechs Metern Durchmesser in alle Richtungen abstanden. Nur wenn die *Columbia* genau senkrecht aufstieg, konnte sie unbeschadet den dünnen Boden des Süßwassersees erreichen. Wich sie aber nur geringfügig von dieser Linie ab, würde sie sich an den gefährlichen Eisstacheln, die den Süßwassersee bewachten, den Rumpf verletzen.

»O Mann«, sagte Boomer. »*Sofort* die Tanks fluten und auf 150 Meter hinuntergehen. Und dann nichts wie weg hier.«

Die *Columbia* sank hinunter in die sichere Tiefe und beschleunigte wieder. Es wurde Mitternacht, und noch immer suchten die Männer an Bord des U-Boots nach dem Lichtschimmer in der Eisdecke, der ihnen einen Zugang zur Oberfläche gewähren würde. Um 0106 entdeckte Mike Krause einen großen, hellen Fleck, über dem sich ein Süßwassersee mit dünnem Boden befinden konnte. Krause schätzte, daß der See etwa 30 Meter breit war.

Obwohl die *Columbia* nur 15 Knoten fuhr, konnte sie nicht mehr rechtzeitig aufstoppen, und der Rudergänger mußte einen weiteren Williamson-Turn fahren. Es dauerte zehn Minuten, bis die *Columbia* wieder direkt unter dem Süßwassersee war und Boomer Dunning kommandieren konnte: »Beide Maschinen stopp… Seiten- und Tiefenruder mittschiffs. Alle Masten einziehen… Wir tauchen senkrecht nach oben auf.«

Das Boot wurde noch einmal durchgetrimmt, und dann begann es ganz langsam nach oben zu steigen. Mike Krause hatte die Rolle des Tauchoffiziers übernommen, und Lieutenant Commander Abe Dickson, der gerade Wachoffizier war, sah ihm über die Schulter, um etwas vom Ersten Offizier zu lernen und ihm notfalls zur Hand zu gehen.

Während die *Columbia* nach oben stieg, rief der erste Offizier laut die aktuelle Tiefe aus. Boomer starrte auf den Videoschirm und war abermals vom Anblick der dicken Eislanzen schockiert, die am südlichen Ende des Süßwassersees hinab ins Wasser reichten. Diesmal allerdings kamen sie der *Columbia* nicht so nahe wie beim letzten Mal. Boomer rief Mike Krause zu, das Boot langsam weitersteigen zu lassen. Was ihm Sorgen machte, war die Tatsache, daß er keine Wellen auf der hellen Fläche über ihnen erkennen konnte. Es sah so aus, als würden sie einer soliden Eisschicht entgegensteigen, die die *Columbia* mit ihrem Turm durchbrechen mußte. Die Frage war nur, wie dick diese Eisschicht war.

Mike Krause warf einen Blick auf den Monitor und sagte, daß das Eis seiner Meinung nach relativ dünn sei, sonst würde das Licht nicht so hell durchscheinen. Er schätzte, daß der See über dem Eis etwa eineinhalb Meter tief war.

Inzwischen war die *Columbia* der Eisdecke immer näher gekommen, und obwohl sie nur zentimeterweise nach oben stieg, gab es, als sie mit dem Turm von unten dagegenrammte, einen donnernden Schlag, der das ganze Boot erbeben ließ. Sie hatten das Eis durchbrochen, aber zu welchem Preis? Boomer befahl, die Haupttanks anzublasen, und genau um 0127 schob sich der schwarze Rumpf der *Columbia* durch den Eisboden und das Wasser des kleinen Sees ans trübe Licht einer polaren Sommernacht. Zerborstene Eisplatten glitten an ihrer Seite hinab ins Süßwasser, das sich nun mit dem von unten eindringenden Salzwasser des Polarmeers vermischte. Unten im Boot überprüfte der Erste Offizier die Instrumente und stellte fest, daß das obere Echolot nicht mehr funktionierte. Offenbar war sein an der Oberkante des Turms angebrachter Sensor beim Durchstoßen der Eisdecke beschädigt worden. »War wohl doch ein wenig dicker als wir dachten«, brummte er. »Weiß der Teufel, was mit dem Echolot los ist, aber jetzt können wir wenigstens hinaus und nachsehen, was kaputt ist.«

Boomer befahl, die Trimm- und Regelzellen vollends auszublasen, bevor er, gefolgt von Abe Dickson, nach oben in den Turm stieg. Er öffnete zwei Luken und kletterte hinaus in die leichte, aus dem Norden wehende Brise, die sich auf seinem Gesicht anfühlte wie die Schnitte von unzähligen eiskalten Rasierklingen. Das schneebedeckte Packeis rings um das amerikanische Unterseeboot lag weiß, flach und endlos im matten Licht der arktischen Sommernacht vor ihm. Ein dünnes Rinnsal, das aus dem Süßwassersee austrat, wand sich kilometerweit an den Fugen zwischen den einzelnen Eisschollen entlang nach Westen. Das Licht war nicht so hell, wie es Boomer aus der Tiefe von 50 Metern erschienen war. Dafür war die Luft so klar, daß er sehr weit blicken konnte.

Innerhalb weniger Augenblicke erschienen mehrere Techniker auf dem Turm und untersuchten den defekten Sensor des Echolots. Nach ein paar Minuten hatten sie herausgefunden, daß der Schwinger beim Durchstoßen der Eisdecke zerstört worden war. Es gab zwar zwei Ersatzschwinger an Bord, aber das Auswechseln war bei diesen Temperaturen, bei denen die Männer höchstens 20 Minuten am Stück im Freien arbeiten konnten, nicht ganz leicht. Oben auf dem Turm war es so kalt, daß die Hände der Mechaniker ohne Handschuhe am eisigen Metall der Schraubenschlüssel festgefroren wären.

Das Thermometer zeigte 34 Grad unter Null, und Boomer schickte die Männer nach unten, damit sie sich warme Kleidung anzogen. Obwohl er selbst bereits seine Polarjacke und -hose sowie Pelzmütze und dicke Handschuhe trug, begann er bereits nach acht Minuten in dieser Kälte am ganzen Leib zu zittern. Wenn die Mechaniker den Schwinger ausgewechselt hatten, würden sie ein Heißluftgebläse brauchen, um die Dichtungen vulkanisieren zu können.

Boomer befahl, den Funkmast auszufahren und Verbindung mit dem Satelliten aufzunehmen. Dann ließ er die Position und den vorausberechneten Kurs der *Columbia* durchgeben und die auf dem Satelliten gespeicherten Nachrichten abrufen. Wie sich herausstellte, hatte SUBLANT erst vor einer halben Stunde eine neue Botschaft für das U-Boot hinterlegt.

»K-9 und K-10 immer noch auf Ostkurs in der Karasee. Eskorte wie bereits bekannt. 260001Aug; 78.00N, 90.00E. Geschwindigkeit 10 Knoten an der Oberfläche. Haben Kurs auf die Wilkizkistraße südlich der Bolschewikinsel. Waidmannsheil!«

Boomer brachte die Mitteilung in den Navigationsraum, wo Lieutenant Wingate die passende Karte heraussuchte und mit einem Kreuz die Position einzeichnete, an der ein amerikanischer Satellit den Konvoi zuletzt fotografiert hatte. Der Navigator maß ein paar Entfernungen ab und sagte dann zuversichtlich: »Wir werden es schaffen, Sir. Schon jetzt sind wir 480 Meilen näher an der Beringstraße als die Russen… und wenn wir erst wieder in Fahrt sind, dann können wir noch mehr Vorsprung herausholen.«

Oben auf dem Turm waren die Mechaniker und Elektriker immer noch mit dem Einbau des neuen Schwingers beschäftigt. Normalerweise wäre diese Arbeit in einer Stunde zu schaffen gewesen, aber unter diesen widrigen Bedingungen brauchten die Leute doppelt so lange dafür.

Während sie in der eisigen Kälte herumschraubten, spürten und hörten sie, wie eine Schlechtwetterfront aus dem Norden herannahte. Der Wind frischte auf, und ein paar Meilen vom Boot entfernt war ein dumpf grollendes, unheimliches Geräusch zu vernehmen. Um 0300 konnten sie draußen am Horizont eine Art Welle in den Eisschollen sehen, die knirschend und knackend langsam auf sie zurollte. Der Kommandant wurde auf den Turm gerufen und betrachtete durch sein Fernglas das gewaltige Naturschauspiel einer riesigen Eiswelle, die sich von Norden her unaufhaltsam der *Columbia* näherte.

»In einer Stunde ist sie bei uns und zerschmettert unser Boot wie eine Konservendose«, sagte er. »Wann seid ihr mit dem Einbau des neuen Schwingers fertig, Leute?«

»In 40 Minuten, Sir!« rief einer der Mechaniker. »Wir müssen noch zwei Dichtungen anbringen.«

Boomer blickte durch sein Fernglas abermals nach Norden und versuchte, die Entfernung der etwa drei bis fünf Meter hohen Eiswelle noch besser abzuschätzen. Die zerklüftete Eiswand befand sich etwa zwei Meilen Steuerbord vor der *Columbia* und kam über die glatte, schneebedeckte Ebene, die sie auf hundert Metern Breite zu splitternden Eisplatten auftürmte, immer näher.

Boomer legte das Fernglas auf die Umrandung der Brücke und versuchte, die Bewegung der Eiswelle mit dem Splittergeräusch der Schollen zu vergleichen. Aus der Differenz zwischen Ereignis und Geräusch hätte er die Entfernung abschätzen können, aber weil ihm der eisige Wind zwischen das Fernglas und seine Augen fuhr und sie zum Tränen brachte, konnte er kein klares Bild mehr erkennen. Dafür hörte er ein Geräusch, das ihm durch Mark und Bein ging. Es war ein lautes, mächtiges Knacken, gefolgt von einem gefährlich klingenden Knirschen. Boomer blickte nach backbord und sah, wie sich direkt neben der *Columbia* ein mehrere hundert Meter langer Riß im Eis bildete und sich ebenso rasch wieder schloß.

Selbst Boomer Dunning als erfahrener Seemann hatte noch nie so etwas Gefährliches erlebt wie diesen Liegeplatz der *Columbia* mitten im Packeis. Trotzdem wollte er nicht tauchen, bevor nicht das Echolot am Turm wieder in Ordnung war, denn das war in diesen Gewässern lebenswichtig.

»Wie lange brauchen Sie noch für die Dichtungen?« fragte er mit ruhiger Stimme den Chefelektriker.

»Dreißig Minuten, Sir… es ist so kalt, daß ich die Finger kaum mehr bewegen kann, aber mit Handschuhen kann man diese diffizile Arbeit einfach nicht machen…«

»Okay, machen Sie weiter, so schnell Sie können«, sagte Boomer. Es stand zu befürchten, daß dieses Wettrennen mit dem Eis nicht zu Gunsten der *Columbia* ausgehen würde. Als er das Fernglas wieder hob und nach Norden blickte, war die gewaltig donnernde Eiswelle schon wieder ein Stück nähergekommen.

Mike Krause kam auf die Brücke. Er hatte eine dicke Felljacke mit Kapuze an, in der seine schmale, schlacksige Gestalt irgendwie verloren wirkte. Unwillkürlich wandte er sich sofort der rumpelnden Eiswand zu und sah sie durch sein Fernglas an. »Gott im Himmel«, murmelte er. »Der dürfen wir nicht in die Quere kommen, Sir.«

»Das weiß ich, Mike«, sagte Boomer, »aber ohne Echolot zu tauchen ist mindestens ebenso gefährlich. Wir stecken da in einer Zwickmühle.«

»Wie lange dauert das noch mit dem Wandler, Sir?«

»Die letzte Schätzung war 30 Minuten.«

»O Mann, Sir. Diese Eiswelle sieht so aus, als würde sie uns in zehn Minuten unter sich begraben.«

»Ich habe schon versucht, die Entfernung abzuschätzen, aber es ist schwierig … Eines ist jedoch sicher: Die Welle war vor einer Viertelstunde noch sehr viel weiter von uns entfernt als jetzt.«

»Was mich beunruhigt, ist das Geräusch, Sir. Hören Sie, wie hoch es klingt? Fast wie ein Schrei. Das sind die Eisschollen, die aneinanderreiben. Können Sie sich vorstellen, was da für ein Druck dahintersteckt?«

»Ich versuche es. Und ich frage mich, woher diese Welle kommt, wie viele Meilen entfernt Wind oder Seegang diese Kräfte auf das Eis ausüben.«

In diesem Moment wurde das Brüllen noch stärker, und plötzlich gab es drei laute Knallgeräusche auf der Steuerbordseite der *Columbia*, wo die eineinhalb Meter hohe Eiswand, die das Ufer des Süßwassersees bildete, an mehreren Stellen aufplatzte und geborstene Eisstücke ins Wasser rings um das U-Boot klatschten.

»Wir müssen von hier verschwinden, Leute«, sagte Boomer zu der Reparaturmannschaft. »Wie schnell könnt ihr die Dichtungen hinkriegen.«

»In 15 Minuten, Sir, wenn alles gut geht.«

Das Rumpeln des Eises war jetzt so laut, daß der Kommandant laut schreien mußte, damit seine Männer ihn verstanden. Über dem Rumpeln lag ein schrilles Heulen, das wie das Kreischen eines Sturms in einer Schiffstakelage klang.

Viel schlimmer noch als dieses höllische Getöse aber war das Knirschen der Eiswände rings um das Boot, die der *Columbia* immer näher kamen. Die Breite des Süßwassersees war bereits von 30 Metern auf zehn Meter zusammengeschrumpft und wurde von Minute zu Minute weniger.

Boomer rechnete sich aus, daß ihnen höchstens noch zehn Minuten blieben, aber Mike Krause hätte diesen Zeitraum eher auf fünf Minuten geschätzt. Beide Männer konnten die sich auftürmenden Schollen der Eiswelle, die mit einem mächtigen Krachen wie in die Luft gehobene, halb durchsichtige Betonplatten ineinanderstürzten schon mit bloßen Augen sehen. Sie näherte sich der *Columbia* mit beängstigender Geschwindigkeit von Steuerbord her.

»Zwei Minuten Sir«, sagte der Chefelektriker, »geben Sie mir noch zwei Minuten. Wir haben es fast geschafft … ist vielleicht nicht perfekt, aber für ein paar Tage wird es schon halten.«

Boomer behielt die Nerven und sagte ruhig: »Gut gemacht, Leute«, während er die Hände fester um den Rand der Brücke schloß und zusah, wie eine der Wände des Süßwassersees vollständig in sich zusammenbrach. Eisbrocken polterten gegen den Rumpf der *Columbia* und erzeugten dabei in ihrem Inneren ein ohrenbetäubendes Geräusch, das allen Besatzungsmitgliedern zum ersten Mal auf dieser Reise so richtig eine eiskalte Angst einjagte.

Aber noch immer befahl Boomer nicht, die Brücke zu räumen und die *Columbia* zu tauchen. Zwei weitere Minuten vergingen, und nun preßte sich die Wand des Süßwassersees bereits gegen die Steuerbordseite des Boots und drängte es immer weiter nach backbord in den sich rasch verengenden Wasserstreifen hinein. Das Bersten und Krachen des Eises war jetzt so laut, daß man auf der Brücke sein eigenes Wort nicht mehr verstand.

So konnten Boomer und sein Erster Offizier den Ruf des Chefelektrikers – *»Reparatur ausgeführt, Sir!«* – nicht hören, sondern merkten erst daran, daß das fünfköpfige Mechanikerteam nach unten verschwand, daß die Reparatur ausgeführt war.

Gerade als Boomer Mike Krause zuschrie: *»Runter von der Brücke!«*, stürzte die steuerbordseitige Wand des Süßwassersees vollends in sich zusammen. Die beiden Offiziere kletterten so schnell sie konnten ins Boot, wo bereits zwei Matrosen der Wache bereitstanden, um das Turmluk zu schließen. Kurz vor 0400 gab Boomer Befehl, die Hauptventile zu öffnen und zum raschen Untertauchen zu trimmen.

Sofort begann die *Columbia* zu sinken, während ein paar Meter riesige Eisschollen den Süßwassersee unter sich begruben, auf dem sie noch vor wenigen Augenblicken geschwommen war. Das reparierte Echolot arbeitete hervorragend, und als das Boot auf 50 Meter abgesunken war, befahl Boomer: »Kurs eins-neun-null, Umdrehungen für 25 Knoten, Tiefe 185 Meter.«

Vor ihnen lag eine 800 Meilen lange Fahrt, die sie in einer leichten Kurve quer über das 3000 Meter tiefe Kanadabecken führen würde. Bei einer Geschwindigkeit von 25 Knoten würden sie in 32 Stunden das Packeis hinter sich gelassen haben und in der Beaufortsee sein. Ob sie dort allerdings würden auftauchen können, stand noch in den Sternen. Der neueste Eisbericht von SUBLANT hatte von unveränderten Bedingungen nördlich der Beringstraße gesprochen und Boomer nur wenig Hoffnung gemacht. Allerdings konnte den Kommandanten nach dem Erlebnis auf dem Süßwassersee so leicht nichts mehr schrecken. Danach konnte es eigentlich nur noch besser werden. Sehr viel besser.

Auf der halben Strecke zu ihrem Ziel, etwa 400 Meilen südlich von Hall Knoll, würde die *Columbia* den 80. Breitengrad überqueren. Boomer fand es ziemlich unwahrscheinlich, daß sie dort eine Stelle zum Auftauchen finden würden, und außerdem wollte er keine Zeit mehr verlieren. Die *Columbia* mußte unbedingt vor dem Eintreffen der Kilos ihre Position eingenommen haben, denn das Überraschungsmoment war bei dieser Art von Aktion ein unabdingbarer Vorteil des Jägers gegenüber seinen Opfern. Den wollte Boomer auf keinen Fall dadurch verspielen, daß er noch einmal das verdammte Eis durchstieß, um erneut Verbindung mit SUBLANT aufzunehmen. Außerdem war seiner Meinung nach ohnehin alles klar. Die Russen wollten genauso wie er zur Beringstraße. Er wußte, was sie für einen Kurs steuerten, er wußte die Geschwindigkeit, mit der sie fuhren, und er wußte, wo sie hinwollten. Vor allem aber wußte er, daß er vor ihnen dort sein würde.

Boomer ging in den Navigationsraum und holte sich die große Karte vom Arktischen Ozean. Er maß mehrere Entfernungen ab und stellte eine ganze Reihe von Berechnungen an, bis er zu folgendem Ergebnis kam: Wenn die *Columbia* am 27. August vor Point Barrow unter dem Packeis hervorkam, dann war sie 600 Meilen nordöstlich der Beringstraße und ihr damit viel näher als der russische Konvoi, der sich 1200 Meilen davon entfernt südlich der Neusibirischen Inseln durch das flache, vereiste Wasser der Ostsibirischen See quälte. Wenn die Bedingungen auf seiner Seite der Tschuktschensee nicht extrem schlimm waren, würde er das Wettrennen mit großem Vorsprung gewinnen, und die Russen würden ihm in die Falle gehen.

Die 32 Stunden, die die Columbia noch unter dem Eis fahren mußte, vergingen ziemlich rasch. Boomer ging seine Wachen, aß seine geliebten Pommes frites und freute sich darüber, daß beide Echolote einwandfrei funktionierten. Das untere maß ständig die Entfernung zwischen Schiffsrumpf und Meeresboden, während das obere ohne Unterlaß die zerklüftete, unregelmäßige Unterseite des Packeises über der *Columbia* abtastete.

Die ganze Fahrt über schimmerte schwaches Licht durch die Eisschicht, und keine der Verwerfungen, unter denen das Boot vorbeiglitt, reichte mehr als 30 Meter in die Tiefe. Kurz nach 1100 am 27. August erreichte die *Columbia* die Beaufortsee, aber ein Ende des Packeises war noch nicht abzusehen. Boomer ließ das Boot direkt nach Süden laufen, auf Point Barrow zu.

Langsam begann nun der Meeresboden anzusteigen. War er am Anfang der Beaufortsee noch fast 1000 Meter tief, so waren es zwei Stunden später nur noch 150 Meter. Weil Boomer nicht darauf erpicht war, sich der Küste noch weiter zu nähern, befahl er eine Kursänderung. *»Neuer Kurs zwei-zwei-fünf, Umdrehungen für zwölf Knoten, Tiefe 60 Meter.«*

Die *Columbia*, dessen war sich Boomer bewußt, hatte nun den gefährlichsten Teil ihrer Reise erreicht, die mit Untiefen gespickte östliche Tschuktschensee. Über sich hatte das Boot noch immer dichtes Treibeis, so daß es nicht auftauchen konnte. In der vergangenen Stunde hatte es sogar zwei tief ins Wasser reichende Eisverwerfungen umfahren müssen, ein Manöver, vor dem Boomer grauste, sollte das Wasser noch seichter werden. Auch vor Eisbergen mußte man sich in diesen Gewässern in acht nehmen. Hier, nordwestlich der Küste von Alaska zwischen Point Barrow und Point Hope, hatte das Meer stellenweise nur noch eine Tiefe von 20 Metern, während seine Oberfläche noch immer mit einer dichten Treibeisschicht bedeckt war.

Ein schlechter Sommer in der Tschuktschensee ist mindestens so grimmig wie der Winter vor der Küste Grönlands. Hier kommt es häufig vor, daß die großen Eisschollen vor der Küste Alaskas und Sibiriens losbrechen und auf dem Wasser nach Süden treiben. Diese Schollen können einen Durchmesser von bis zu zwei Meilen haben und schieben sich häufig so übereinander, daß ihre unteren Kanten 20 Meter tief ins Wasser ragen. Diese Gebilde ähneln Eisbergen, die sich nicht von der Stelle bewegen. Zum Glück waren sie ziemlich selten, aber angesichts des schlechten Eisberichts, den die *Columbia* von SUBLANT erhalten hatte, mußte Boomer trotzdem mit ihnen rechnen.

So tastete sich die *Columbia* nur langsam an der Küste von Alaska entlang, als plötzlich der Schreibstift des oberen Echolots zwei gewaltige Zacken nach unten zeichnete. Der Gefreite, der das Echolot bediente, machte Lieutenant Commander Dickson darauf aufmerksam, der sofort zusammen mit Mike Krause an das Gerät eilte.

»Das eine Echo ist ein Druckrücken im Eis«, sagte Krause bedächtig. »Hier stoßen vermutlich zwei Schollen aufeinander. Aber das andere kommt mir merkwürdig vor... was könnte das nur sein?« Er deutete auf den Ausschlag des Echolots, der fast bis zur 40-Meter-Marke hinabreichte. Ein paar Minuten lang starrte Krause den Zacken nachdenklich an, bevor er herausplatzte: »Gott im Himmel! Das ist ein beschissener Eisberg! Und niemand kann sagen, wie groß der Bastard ist!«

Inzwischen war auch Boomer zur Stelle. »Tiefe?« fragte er.

»61 Meter, Sir«, antwortete der Rudergänger. »Laut Echolot sind noch 18 Meter Wasser unter dem Kiel.«

»Wir müssen tiefer«, sagte der Kommandant. *»Fahrt auf drei Knoten reduzieren... Boot langsam und ohne Anstellwinkel nach unten sinken lassen. Singen Sie Wassertiefe und Geschwindigkeit aus.«*

»Jawohl, Sir. Geschwindigkeit fünf Knoten, abnehmend.«

»Noch 15 Meter Wasser unter dem Kiel, Sir.«

»Drei Knoten, Sir.«

»Zwölf Meter, Sir.«

Nur wenige Meter vor der *Columbia* zeigte der Monitor jetzt den riesigen, blaugrauen Fuß des Eisbergs. Das obere Echolot zeichnete immer tiefere Zacken. *»Maschinen stopp!«* befahl Boomer. Noch tiefer zu gehen war unmöglich, jetzt konnte er nur noch hoffen, daß das Boot unter dem Eisberg hindurchgleiten würde. Sollte es gegen ihn stoßen, würde es möglicherweise am Turm schwere Beschädigungen davontragen, am schlimmsten aber wäre es, wenn es zwischen Eisberg und Meeresboden eingeklemmt werden würde. Dann waren die Männer an Bord der *Columbia* zu einem langsamen, grausamen Hungertod verurteilt, obwohl der Atomreaktor noch jahrelang frische Luft, Wärme und Trinkwasser produzieren würde.

Die vier Männer am Echolot starrten gespannt auf den Schreibstift, der immer tiefere Zacken zeichnete. Keiner sagte ein Wort, während die *Columbia* mit nur noch einem Knoten Geschwindigkeit weiter vorwärtsglitt. Unter dem Kiel waren jetzt weniger als fünf Meter Wasser, und das 7000-Tonnen-

Boot schlich mit eingezogenen Periskopen und Masten so vorsichtig am Meeresboden entlang wie ein Wilddieb, der unter einem Schutzzaun hindurchkriecht.

Der momentane »Zaun« war fast 200 Meter lang, seine Unterseite war zerklüftet und uneben, und der Turm der *Columbia* war nur einen knappen Meter davon entfernt.

»Tiefe unter Kiel drei Meter, Sir.«

Das war knapp, aber es sollte noch knapper werden. Der Stift des Echolotschreibers machte einen noch tieferen Ausschlag, der eine Ausbeulung von einem halben Meter an der Unterseite des Eisbergs zeigte und zwar keinen einzelnen Zapfen, sondern einen richtiggehenden Wulst. Die *Columbia* konnte weder ausweichen noch stehenbleiben. Das einzige, was ihr übrigblieb, war langsam weiter nach vorn zu gleiten.

»Wasser unter Kiel eineinhalb Meter, Sir«, sagte der Gefreite am unteren Echolot mit ruhiger Stimme, während alle darauf warteten, daß der Turm Kontakt mit der Unterseite des Eisbergs bekam oder der Kiel am Meeresgrund entlangschrammte.

Die 200 Meter, die das Boot unter dem Eisberg zurücklegte, kamen allen an Bord wie eine Ewigkeit vor. Irgendwann einmal dann ging die Linie, die der Schreiber des oberen Echolots zeichnete, ein Stück nach oben, und als der Stift kurz darauf einen richtiggehenden Satz machte, hatte die *Columbia* mitsamt ihrer Mannschaft die knappe Durchfahrt geschafft, ohne den Meeresgrund oder die Unterseite des Eisbergs berührt zu haben.

»*Umdrehungen für drei Knoten!*« befahl Boomer. »Tiefenrudergänger, bringen Sie das Boot auf 45 Meter.«

Drei Stunden später, um 0530 am 28. August, hatte die *Columbia* endlich das geschlossene Eis hinter sich. Zwar trieben noch immer einzelne Schollen an der Oberfläche, aber Boomer konnte das Boot trotzdem gefahrlos auf Sehrohrtiefe gehen lassen. Die auf dem Satelliten wartende Nachricht von SUBLANT hatte nicht viel Neues zu bieten. Die Kilos befanden sich etwas weiter als 1000 Meilen oder vier Tage Fahrtzeit von der Beringstraße entfernt. Boomer hatte also

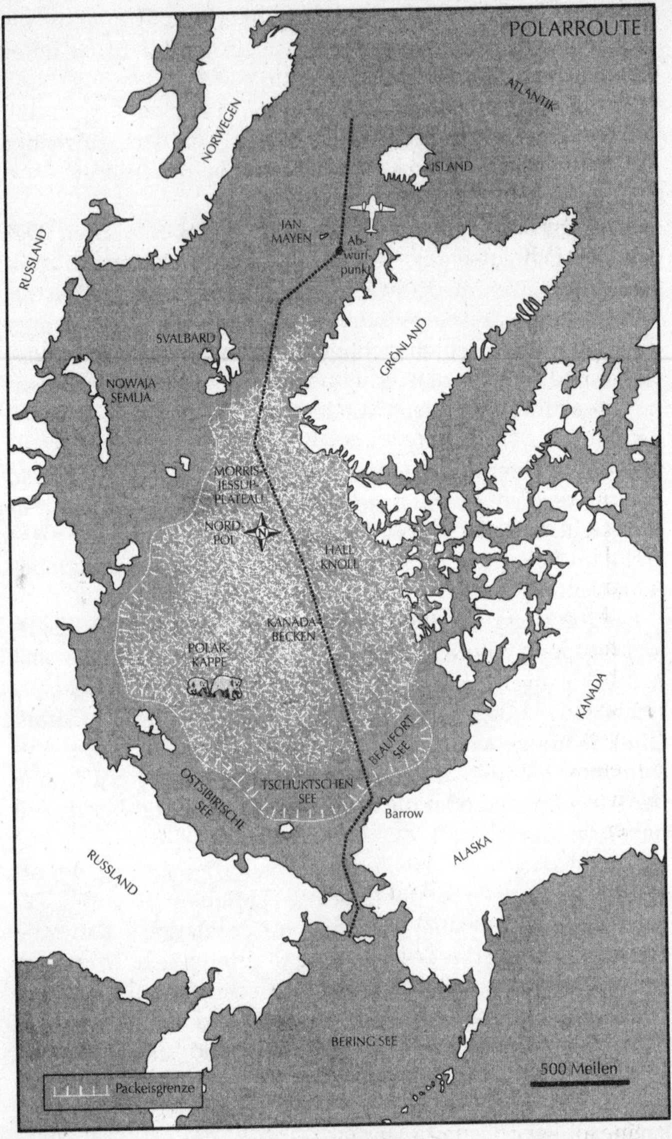
POLARROUTE
ATLANTIK
NORWEGEN
ISLAND
RUSSLAND
JAN MAYEN
Ab-
wurf-
punkt
SVALBARD
GRÖNLAND
NOWAJA SEMLJA
MORRIS-JESSUP-PLATEAU
NORD POL
HALL KNOLL
KANADA-BECKEN
POLAR-KAPPE
KANADA
BEAUFORT SEE
OSTSIBIRISCHE SEE
TSCHUKTSCHEN SEE
Barrow
RUSSLAND
ALASKA
BERING SEE
500 Meilen
Packeisgrenze

mehr als genug Zeit, um die *Columbia* in Angriffsposition zu bringen.

Er gab seinen momentanen Standort durch und informierte seine Vorgesetzten in Norfolk, Virginia, davon, daß er vor Point Hope nach Süden abdrehen und durch die schmale, von Rußland wie den USA radarüberwachte Beringstraße zwischen Alaska und Sibirien tauchen werde.

Die Straße selbst war nur 30 Meter tief und selbst zu dieser Jahreszeit nicht völlig eisfrei. Boomer plante, sie in der Mitte auf Sehrohrtiefe zu durchfahren und sich dann westlich der St.-Lawrence-Insel zu halten, wo er immer noch in amerikanischen Hoheitsgewässern war. Bei dieser geringen Tiefe mußte er mit geringer Geschwindigkeit fahren und außerdem aufpassen, daß er mit dem Sehrohr nicht eine der zwar weniger werdenden, aber immer noch vorhandenen Eisschollen rammte, die hier an der noch dazu häufig von Stürmen aufgewühlten Wasseroberfläche lauerten.

Mit etwas Glück hatte er drei oder sogar vier Tage, um seinen Hinterhalt vorzubereiten. Einen Hinterhalt, der verdammt gut ausgedacht sein mußte, denn obwohl die russische Marine nicht gerade für ihre rasche Auffassungsgabe berühmt war, so hatte sie bisher den Kilos sicheres Geleit gegeben und sich keinen Fehler erlaubt. Und wenn die Russen schon einen Angriff auf die beiden Boote befürchteten, dann würden sie südlich der Beringstraße besonders gut aufpassen, weil dort ein amerikanisches Unterseeboot aus dessen eigenen Hoheitsgewässern heraus angreifen konnte, die an dieser Stelle direkt an die russischen grenzten. Nur würden K-9 und K-10 nicht so leicht zu überraschen sein wie ihre beiden Vorgänger. Diese Boote würden bewaffnet und kampfbereit sein und wurden zudem noch von einer schlagkräftigen Überwasserflotte beschützt.

Commander Dunnig war sich vollauf bewußt, daß die *Columbia* dieses Mal mit Gegenwehr rechnen mußte. Aber er wußte auch, daß seine Mannschaft ihr Letztes geben würde. Und er dankte Gott für den einen kurzen Abschnitt in seinen schriftlichen Befehlen, der ihm die Möglichkeit gab, sein Boot in eine tödliche Waffe zu verwandeln.

Es war der Absatz, den der Chief of Naval Operations in Abstimmung mit dem Präsidenten der Vereinigten Staaten gesondert unterschrieben hatte. »Im Falle eines drohenden Angriffs auf die *Columbia* von seiten einer fremden Macht hat der Kommandant das Recht zur präventiven Notwehr.«

Was nichts anderes hieß, daß Boomer als erster das Feuer eröffnen durfte. Denn wenn er darauf warten mußte, daß seine Gegner auf ihn schossen, war es vielleicht schon zu spät.

KAPITEL DREIZEHN

Am späten Nachmittag des 2. August glitt die *Columbia* vollkommen unbemerkt durch die Beringstraße. Boomer lenkte sie an Kap Gambell auf der St.-Lawrence-Insel vorbei und verlangsamte die Fahrt an der Stelle, wo die Beringsee in den in Nord-Süd-Richtung 200 Meilen breiten und nach Westen 150 Meilen langen Anadyrgolf überging.

»Wenn ich Grund zu der Annahme hätte, die Kilos wollten quer über den Eingang dieses Golfs nach Süden fahren, dann würde ich ihnen genau hier auflauern«, murmelte Boomer. »Aber ich an ihrer Stelle würde das nicht tun. Ich würde mich an der Küste des Golfs entlangtasten, wo ich ständig in russischen Hoheitsgewässern bin und meinen Feind dazu zwinge, allein durch dessen Anwesenheit internationales Recht zu verletzen. Außerdem ist das Wasser dort ziemlich seicht, was Leuten wie uns die Arbeit kolossal erschwert.«

Getaucht rundete die *Columbia* die St.-Lawrence-Insel an deren Leeseite. Alle an Bord waren froh, daß sie die rasche und gefährliche Polunterquerung hinter sich hatten. Die Mechaniker nutzten die etwas ruhigere Zeit für kleinere Routinekontrollen und Reparaturarbeiten, und die Torpedoleute überprüften noch einmal ihr komplettes Waffensystem. Von ihrer Schnelligkeit und Präzision hing der Erfolg des Unternehmens ab: Ein Fehler von ihnen zum falschen Zeitpunkt, und die ganze Mission wäre umsonst gewesen.

Die *Columbia* war viele tausend Meilen von zu Hause entfernt, und weil ihr Auftrag eine schwarze Operation war, wußten nur sehr wenige Menschen, wo sie sich gerade befand. Sie war völlig auf sich allein gestellt, und deshalb wollte ihr Kommandant nichts dem Zufall überlassen. Häufig nahm er Kontakt mit dem Satelliten auf und ließ sich die neueste

Position von K-9 und K-10 und der kleinen, aber kampfstarken Armada durchgeben, die sie bewachte.

Am frühen Morgen des 1. September fotografierte der Satellit den Konvoi, wie er sich westlich der Wrangel-Insel durchs Treibeis kämpfte. Die Insel lag etwa auf halber Strecke zwischen dem Packeis und der endlosen, unwirtlichen Küste Sibiriens direkt auf dem 180. Längengrad. SUBLANT vermutete, daß die Schiffe kurz nach Mitternacht am 3. September den 70. Breitengrad und gegen 1400 am selben Tag die Beringstraße erreicht haben dürften. Boomers Vorgesetzte waren ebenso wie er der Meinung, daß die Russen dann weiter dicht an der Küste entlangfahren würden.

Boomer dachte über die günstigste Position zum Abfangen der Kilos nach und beschloß, sich weiter südwestlich an der Küste einen geeigneten Ort zu suchen. Hier, am Eingang zum Anadyrgolf, gab es einfach zu viele Unwägbarkeiten. Niemand konnte sagen, wo genau die Kilos hinsteuern und ob sie getaucht oder an der Oberfläche fahren würden. Zusammen mit Mike Krause studierte Boomer die Karten und kam zu dem Schluß, daß die beste Stelle für einen Hinterhalt 230 Meilen weiter südwestlich war, etwa 30 Meilen vor Kap Oljutorski.

»Wenn sie sich an der Küste halten, dann laufen sie uns genau in die Arme, und wenn sie es sich anders überlegen und ins freie Wasser hinausfahren, sieht das der Satellit, und wir können volle Kraft nach Süden laufen und sie dort stellen.

Den ganzen 2. September über arbeitete sich der Konvoi mit acht Knoten Geschwindigkeit zwischen den Eisschollen der südlichen Tschuktschensee hindurch. Die beiden Kilos hielten sich dabei, flankiert von den Zerstörern, immer hinter dem riesigen Eisbrecher, der ihnen den Weg durch das Treibeis freimachte. Auf diese Weise überquerten sie den Polarkreis und umrundeten die weit ins Meer ragende Halbinsel Südostsibiriens.

Am Mittag des 3. September fuhren K-9 und K-10 in die Beringstraße ein und änderten ihren Kurs auf zwei-zwei-fünf, wobei sie sich immer in Nähe der Küste hielten. Um 1900 Ortszeit fotografierte der Satellit dieses Meeresgebiet, aber als die

Bilder in Fort Meade eintrafen, zeigten sie nur die vier eskortierenden Kriegsschiffe, den Eisbrecher und das Versorgungsschiff. Die Kilos und das Unterseeboot der Typhoon-Klasse waren verschwunden. Sie mußten irgendwo westlich der St.-Lawrence-Insel, vermutlich noch in russischen Hoheitsgewässern, getaucht sein.

An der amerikanischen Ostküste war es 0430, als Lieutenant John Harrison, der diensthabende Offizier in Fort Meade, die Bilder auf den Tisch bekam. Harrison fand die Tatsache so alarmierend, daß er sofort zum Telefon griff, um Admiral Morris zu verständigen. Damit hatte er allerdings keinen Erfolg, denn wie üblich hörte der für seinen festen Schlaf berüchtigte Chef von Fort Meade das Klingeln des Telefons nicht. Nachdem Harrison es minutenlang hatte läuten lassen, legte er auf und ging, nachdem er sich bei seinem Stellvertreter abgemeldet hatte, zur Tür.

Vier Minuten später stand er im Schlafzimmer des selig schlummernden Admirals und knipste sämtliche Lichter an. Dann trat er ans Bett und begann, seinen Chef wachzurütteln. Wie immer raunzte der noch schlaftrunkene Morris seinen Untergebenen mit einer Mischung aus Verärgerung und trockenem Humor an.

»Ich hoffe für Sie, daß es sich um etwas Wichtiges handelt, Lieutenant«, brummte er. »Um etwas verdammt Wichtiges.«

»Jawohl, Sir!«

»Dann rücken Sie endlich mit der Sprache heraus! Was zum Teufel ist denn los?«

»Ich habe eben die neuesten Satellitenbilder aus Ostsibirien hereinbekommen, und auf denen sind K-9 und K-10 nicht mehr zu sehen, Sir. Die Boote sind entweder getaucht oder haben irgendwie das Weite gesucht. Auch das Typhoon ist verschwunden, auf den Bildern sind nur noch die Überwasserschiffe erkennbar.«

»Großer Gott! Warten Sie draußen im Wagen auf mich, in drei Minuten bin ich bei Ihnen.«

Um 5 Uhr 30 war auch Arnold Morgan in Fort Meade und sah sich zusammen mit Admiral Morris die Satellitenbilder an. »Die Überwasserschiffe scheinen immer noch Position zu halten«, sagte der Nationale Sicherheitsberater. »Ich könnte mir vorstellen, daß die Kilos unter Wasser noch immer im Verband fahren.«

»Das wäre durchaus möglich«, sagte Admiral Morris. »Aber verlassen können wir uns nicht darauf. Theoretisch könnten sie auch den Konvoi verlassen haben und jetzt versuchen, sich auf eigene Faust durchzuschlagen. Kurz bevor Sie hier ankamen, habe ich mir mal die Entfernungen ausgerechnet. Von der Beringstraße bis nach Shanghai, wo die Kilos vermutlich hinwollen, sind es etwas mehr als 4000 Meilen. Wenn sie sich südlich der Straße an dem Versorgungsschiff noch einmal die Tanks aufgefüllt haben, könnten sie die Reise bei einer Geschwindigkeit von acht Knoten in 19 Tagen schaffen... und zwar hauptsächlich unter Wasser. Sie müßten lediglich ein dutzend Mal schnorcheln, und unsere Chancen, sie im Pazifik rings um Japan aufzustöbern, gehen meiner Meinung nach gegen Null.«

»So eine Scheiße«, sagte Arnold Morgan.

Und so kam es, daß kurz nachdem die Sonne über dem warmen Wasser der Chesapeake Bay aufgegangen war, ein Hubschrauber der U.S. Marines über den Leuchtturm von Cape Charles hinweg nach Süden flog. Sein Ziel war die Marinebasis in Norfolk, und sein Passagier war Arnold Morgan. Der Hubschrauber landete nur sieben Minuten nach einem ähnlichen Helikopter, der soeben den CNO höchstpersönlich aus Washington nach Virginia geflogen hatte.

»Morgen, Arnold«, sagten Joe Mulligan und Admiral Dixon fast gleichzeitig, als Morgan den Raum für die schwarze Operation betrat, und der CNO fügte der Begrüßung noch hinzu: »Wie ich höre, stecken wir mal wieder in der Scheiße.«

»Möglicherweise«, antwortete Arnold Morgan, »aber nicht unbedingt. Es ist nur so, daß wir K-9 und K-10 nicht mehr auf dem Satellitenbild haben. Das muß aber noch lange nicht heißen, daß die Scheißkerle wirklich verschwunden sind.«

»Kann ich mal die Bilder sehen?«

»Na klar doch. Wenn du dir die Eskorter anschaust, wirst du bemerken, daß sie immer noch Position halten.«

»Stimmt. Sieht ganz so aus. Wo befindet sich die *Columbia* im Augenblick?«

»Die letzte Meldung von Boomer besagt, daß er nach Südwesten läuft. Er hat richtigerweise angenommen, daß ein Angriff an der Einfahrt zum Anadyrgolf zu kompliziert wäre und deshalb beschlossen, auf 60.15 Grad Nord und 171.30 Grad Ost in Lauerstellung zu gehen. Das wäre etwa 30 Meilen nordöstlich von Oljutorski, wo es nahe an der Küste ziemlich tiefes Wasser gibt. Boomer und Mike Krause glauben, daß sich die Russen ziemlich nahe unter Land halten werden, um möglichst in ihren eigenen Gewässern zu bleiben.«

»Wir müssen Boomer helfen«, sagte Admiral Dixon »und aufpassen, daß der Konvoi nicht plötzlich einen Haken schlägt und hinaus aufs Meer fährt. Ich persönlich bin froh, daß Boomer die Kilos weiter südlich abpassen will, das gibt uns mehr Zeit zum Nachdenken und mehr Handlungsspielraum. Wenn alles gut gegangen ist, müßte er jetzt schon in Position sein.«

»Wann erhalten wir denn das nächste Satellitenbild?« fragte der CNO.

»Erst in 18 Stunden«, antwortete Arnold Morgan. »Bis dahin hat der Konvoi 160 Meilen zurückgelegt – entweder ist er dann fast am anderen Ende des Anadyrgolfs oder, wie Boomer meint, noch immer dicht an der Küste im Südwesten.«

»Das nächste Bild dürfte entscheidend sein«, sagte Joe Mulligan.

»Absolut«, bestätigte Admiral Dixon. »Wenn die Schiffe quer über den Eingang des Golfs gefahren sind, dann können wir meiner Meinung nach davon ausgehen, daß die U-Boote immer noch bei ihnen sind. Sollten sie noch immer an der Küste entlangfahren, dann ist das etwas weniger wahrscheinlich, es sei denn, die Überwasserschiffe haben auf dem nächsten Satellitenbild immer noch dieselbe Formation und fahren nach wie vor mit nur neun Knoten Geschwindigkeit ... was ja genau die richtige Schnorchelgeschwindigkeit für die Kilos wäre.«

»Ist das nicht typisch für diese Boote?« sagte Admiral Morgan nachdenklich. »Genau das hassen wir ja so sehr an diesen Biestern, daß sie praktisch nicht zu finden sind. Sobald die

Bastarde tauchen, sind sie verschwunden. Könnte man besser illustrieren, wie gefährlich die Dinger sind, wenn sie erst einmal in die Hände der Chinesen geraten?«

»Da hast du sicher recht«, sagte Admiral Mulligan. »Aber jetzt sollten wir schleunigst die *Columbia* über die neue Lage informieren. Wir müssen Boomer unsere Überlegungen mitteilen und ihm sagen, daß er mit dem Sonar nicht nur die Küste, sondern auch die Gewässer östlich von seiner Position überwachen soll. Aber ich bezweifle, ob das viel bringt. Der Golf ist dazu einfach zu groß.«

»Für ein U-Boot allein sicherlich, Sir«, sagte Admiral Dixon. Es sei denn, wir finden die Kilos und können Boomer ihre Position durchgeben.«

»Okay, Gentlemen«, sagte der CNO. »Ich glaube, wir haben alles besprochen. Was wir jetzt noch tun können, ist wachsam sein und warten.«

Am 4. September um 0400 holte Boomer die schlechten Nachrichten vom Satelliten. Es gab nicht viel, was er tun konnte, denn er befand sich mittlerweile 400 Meilen von der letzten bekannten Position der Kilos entfernt, und niemand konnte sagen, welchen Weg sie oder der Konvoi auf der langen Reise um die Welt bis nach China nehmen würden. Der Kommandant der *Columbia* konnte nur horchen und warten. Und hoffen.

Um 1900 am selben Tag zog der amerikanische Spionagesatellit in 30 000 Kilometern Höhe über den einsamen Anadyrgolf. Es war ein klarer Abend, und so waren die Bilder, die der Satellit zur Erde funkte, ausgezeichnet. Ihr Inhalt gab den Admirälen George Morris und Arnold Morgan, die um 0230 Ortszeit in Fort Meade beieinandersaßen und schwarzen Kaffee tranken, neue Hoffnung, denn das, was sie aus der Position der russischen Schiffe herauslasen, war nicht so beunruhigend, wie es hätte sein können.

Der Satellit hatte die drei Zerstörer *Admiral Tschabanenko, Admiral Lewtschenko* und *Admiral Charlamow* sowie die U-Boot-Jagdfregatte *Nepristupny* knapp vor der Küste in derselben halbmondförmigen Formation fotografiert, in der sie auch auf den vorhergehenden Bildern gefahren waren. Das Wasser war in diesem Gebiet laut Karte 50 Meter tief. Vor den Kriegsschiffen fuhr der Eisbrecher *Ural* und hinter ihnen das riesige Versorgungsschiff. Wichtig für die beiden amerikanischen Admiräle war die Erkenntnis, daß die Russen nicht nach Westen abgedreht hatten und ins offene Wasser des Golfs hinausgefahren waren, sondern sich immer noch an der Küste hielten. In den vergangenen 24 Stunden hatten sie zudem nur 210 Meilen zurückgelegt, was bedeutete, daß sie noch immer nicht schneller als neun Knoten liefen – K-9 und K-10 hätten also getaucht durchaus mithalten können. Ohne die U-Boote hätte der Konvoi jetzt, wo kein Eis ihn mehr behinderte, gut und gern eine Geschwindigkeit von 15 Knoten fahren können. Von dem 25 000-Tonnen-Boot der Typhoon-Klasse fehlte auch auf dem aktuellen Bild jede Spur, was möglicherweise bedeutete, daß es den Konvoi verlassen hatte und sich inzwischen anderen Aufgaben widmete.

»Diese Geschwindigkeit ist gerade recht für meine beiden Babys«, sagte Admiral Morgan. »Neun Knoten. Diese verschlagenen Biester sind wohl getaucht, weil sie Angst haben, wir könnten ihnen eine Falle stellen. Erfreulich finde ich, daß das Typhoon ganz offensichtlich das Weite gesucht hat.«

George Morris packte die Bilder wieder zusammen, und Arnold Morgan beschloß, sich in seinem Haus im nahen Montpelier drei Stunden Schlaf zu gönnen, bevor er mit dem Hubschrauber hinunter nach Norfolk flog. Sein Chauffeur Charlie würde die ganze Nacht über im Auto warten, bis er seinen Chef sicher in den Hubschrauber der Marines gesetzt hatte, der auf dem Landeplatz von Fort Meade bereitstand.

Am folgenden Tag trafen sich die drei Admiräle wieder in der Zentrale für die schwarze Operation im Hauptquartier von SUBLANT. Admiral Dixon glaubte, daß der Konvoi bis Petropawlowsk zusammenbleiben würde, der großen russischen Marinebasis im Nordpazifik, die sich 700 Meilen südwestlich von Kap Oljutorski am Ende der Halbinsel Kamtschatka befand. Es war dies der Hafen, zu dem nach Dixons Meinung auch das Typhoon unterwegs war, aber der Satellit hatte es dort bisher noch nicht fotografieren können. Daraus schloß Dixon, daß es möglicherweise auf Patrouillenfahrt im Ochotskischen Meer gegangen war.

»Wenn das Typhoon wirklich weg ist, verbessert das unsere Chancen. Das Wasser vor dem Kap Oljutorski ist zwölf Meilen vor der Küste 185 Meter tief. Das bedeutet, daß sich die *Columbia* außerhalb der russischen Hoheitsgewässer auf die Lauer legen und von dort aus die Kilos torpedieren kann.«

Die drei Admiräle kamen überein, die *Columbia* zu informieren, daß sich ihrer Meinung nach die Kilos noch beim Konvoi befanden, das Typhoon aber mit ziemlicher Sicherheit weg war. Die Botschaft schloß mit folgendem Satz: *Falls Sie die Kilos* EINDEUTIG *identifizieren können, haben Sie die Erlaubnis, sie nach eigenem Gutdünken anzugreifen.*

Am 5. September um 0430 ließ Boomer die *Columbia* auf Sehrohrtiefe gehen und holte sich die Nachricht vom Satelliten. Er las das, was seine Vorgesetzten ihm schrieben, und schickte ihnen dann seine Einschätzung der Lage. Er informierte die Admiräle, daß er noch das abendliche Foto des Spionagesatelliten abwarten wolle, um zu wissen, wie nahe der Konvoi an seiner Position war. Weil die Nachricht keine Antwort erforderte, ließ Boomer die *Columbia* zurück auf ihre Warteposition in der stillen, kalten Tiefe des Pazifiks zurücktauchen.

Diese Position befand sich 14 Meilen östlich der sibirischen Küste und eine Meile außerhalb der 180-Meter-Tiefenlinie. Sieben Meilen näher an Land war die 45-Meter-Linie, und an dieser, so glaubte Boomer, würde der Konvoi entlangfahren. Wenn seine Vorgesetzten recht hatten, dann würden die Kriegsschiffe einen Halbkreis um die beiden getauchten Kilos bilden, die zwischen ihnen und dem Land fahren würden. Boomer und Mike Krause hatten über die Situation gesprochen und waren sich einig, daß sie ein paar Vorteile gegenüber den Russen hatten. So befanden sie sich im tieferen Wasser und konnten bei einem etwaigen Gegenangriff rasch nach See hin ausweichen. Auch würde das tiefe Wasser ihnen guten Sonarempfang garantieren, obwohl sie »bergauf« sondierten, auf die geräuschreiche Küste zu.

Um 2030 nahm Boomer Kontakt mit dem Satelliten auf und erfuhr von SUBLANT, daß der Konvoi, wie vorausberechnet, mit neun Knoten Geschwindigkeit an der Küste entlanglief. Der Spionagesatellit hatte die Schiffe um 1900 auf der Position 60.40 Grad Nord und 173.30 Grad Ost fotografiert. Wenn sie ihre Geschwindigkeit beibehalten hatten, dann mußten sie jetzt 16 Meilen nordöstlich der *Columbia* sein.

Als Boomer den Funkmast einfahren ließ, meldete der Sonarraum bereits die ersten Geräusche des nahenden Konvois. Lieutenant Commander Jerry Curran, der Waffensystemoffizier, meldete an den Kommandanten, daß seine Sonarleute den Eindruck hätten, als käme eine ganze Flotte auf sie zu. Es seien wild durcheinander extrem laute Schraubengeräusche und aktives Sonar zu hören.

Ein paar Minuten später stand Boomer im Sonarraum. Auch er war zunächst verblüfft von dem entsetzlichen Lärm, den die Russen machten und der verhinderte, daß die *Columbia* ein passables Hörbild des Konvois bekam. »Da ist kein Muster zu erkennen«, sagte der Seemann am Sonar. »Nur lautes Chaos, aus dem man unmöglich einzelne Kennlinien heraushören kann. Es kommt mir so vor, als ob da mehrere Dutzend verschiedener Schiffsschrauben wären. Ich kann einfach kein klares Geräusch herausfiltern.«

Lieutenant Commander Curran machte ein nachdenkliches Gesicht. Der großgewachsene Brillenträger aus Connecticut war ein ausgesprochener Sonarexperte, der in Fordham je einen Universitätsabschluß in Computertechnik und Elektronik gemacht hatte. Außerdem war er ein hervorragender Bridgespieler und damit auch ein Spezialist für brillante Täuschungsmanöver. Und genau das waren die chaotischen weißen Linien, mit denen sich die Monitore seiner Sonargeräte füllten. »Die wissen, daß wir auf sie warten«, sagte er langsam. »Und deshalb erzeugen sie einen Geräuschvorhang, der die beiden Kilos schützen soll. Die Schrauben solcher Zerstörer drehen sich bei Vorwärtsfahrt normalerweise mit 100 Umdrehungen pro Minute, aber wir hören nicht nur vorwärtslaufende Schrauben, sondern gleichzeitig auch welche, die sich rückwärtsdrehen, und zwar mit 60 Umdrehungen pro Minute. Die

Kombination beider Geräusche ist es, was diese enormen Störungen verursacht. Die Russen lassen eine Schraube der Zerstörer vorwärts und die andere rückwärts laufen. Das kostet sie zwar jede Menge Sprit, aber davon haben sie ja genug.«

»Was immer es kostet, es funktioniert«, sagte der Seemann am Sonar. »So eine Geräuschbarriere habe ich bisher noch nie erlebt.«

»Sie haben recht, das ist tatsächlich eine Barriere«, sagte Boomer. »Angefangen vom Eisbrecher ganz vorn bis zu dem Versorgungsschiff, das die Nachhut bildet, formen die sechs Schiffe eine sieben Meilen lange Geräuschwand, hinter der sich bestimmt die Kilos verbergen. Jetzt sind sie nicht nur unsichtbar, sondern auch unhörbar für uns, selbst wenn sie schnorcheln, um ihre Batterien wieder aufzuladen. In dieser Formation fährt der Konvoi, seit er die Beringstraße passiert hat, und er nimmt uns damit jede Chance, die Kilos anzugreifen. Wenn wir sie nicht orten können, sind unsere Torpedos nicht zu gebrauchen. Wir wissen nicht, *wo* unsere Ziele sind, ja nicht einmal, ob sie sich überhaupt hinter den Schiffen befinden. Von einer eindeutigen Identifizierung ganz zu schweigen. Und eines ist so sicher wie das Amen in der Kirche: Wenn die Russen sich solche Mühe machen, unser Sonar lahmzulegen, dann schleppt bestimmt jedes der vier Kriegsschiffe auch noch mehrere Täuschkörper hinter sich her, die für noch mehr Geräuschverwirrung sorgen.«

Die *Columbia* war sechs Meilen von dem nächsten russischen Schiff entfernt, das zufälligerweise die Fregatte war. »Die Russen sind offenbar alle auf aktivem Sonar«, sagte Lieutenant Commander Curran, »und deshalb sollten wir verdammt vorsichtig sein. Wenn wir auf Sehrohrtiefe gehen, dann werden sie uns wohl auch noch auf den Radarschirmen haben. Ich nehme an, daß sie uns sofort angreifen, wenn sie auch nur das geringste von uns sehen oder hören.«

»*Verdammter Mist*«, sagte Boomer laut fluchend, dem dieser Rollentausch überhaupt nicht gefiel. »*Wir* sollten die Russen angreifen, nicht umgekehrt. Aber ich komme ja nicht einmal in Schußposition. So eine gottverfluchte Scheiße. Und ich kann nichts dagegen tun.«

Boomer dachte einige Augenblicke nach, bevor er eine Entscheidung traf.

»Okay, Leute«, sagte er dann. »Wir ziehen uns in tieferes Wasser zurück und begleiten den Konvoi weiter nach Südwesten. Bei dem Lärm, den er macht, kann man ihn ja kaum verlieren ... Vermutlich hört man ihn schon bis nach Shanghai. Ich brauche Zeit, um nachzudenken.

Hier jedenfalls können wir nichts ausrichten, soviel steht fest. Wir können nicht an die Kilos ran und laufen sogar Gefahr, selbst angegriffen zu werden. Trotzdem möchte ich ganz kurz auf Sehrohrtiefe gehen und mich ein wenig umsehen. Es könnte ja sein, daß die Kilos wieder aufgetaucht sind. Und dann machen wir, daß wir von hier wegkommen.«

Vorsichtig stieg die *Columbia* nach oben und schob ihr Sehrohr und den Mast der Radarwarnanlage aus der langen Dünung des Pazifiks. Unten im Rumpf des Boots blickte Boomer ins Periskop und sah sieben Meilen Steuerbord voraus die beiden Masten des Zerstörers *Admiral Tschabanenko*, der zu den neuesten Schiffen der Udaloj-Klasse, Typ zwei gehörte. Boomer erkannte ihn sofort an seinen beiden palmenwedelartigen Antennen über der Brücke. Hinter der *Admiral Tschabanenko* sah er die beiden anderen Zerstörer der Klasse eins, aber keine weiteren Schiffe.

Die *Columbia* war erst ein paar Sekunden auf Sehrohrtiefe, als Boomer die Stimme des Mannes an der Radarwarnanlage hörte. »*Elektronikmeßstation an Kommandant ... Empfange mindestens acht verschiedene Radaremissionen, drei davon in der Gefahrenzone ... erfasse Kontakt 2405, 2406 und 2407.*«

Commander Dunning reagierte wie alle U-Boot-Kommandanten mit einem akuten Anfall von Verfolgungswahn. Er hatte nicht die geringste Lust, vom hocheffizienten Radar der Russen erfaßt zu werden. »Mast und Periskop einfahren, befahl er. »Fünf Grad nach unten ... Tiefe 90 Meter einsteuern ... acht Knoten ... Ruder backbord ... Kurs eins-acht-null ... Nichts wie weg hier!«

Rasch glitt die *Columbia* ins tiefere Wasser zurück. Boomer Dunning hatte genug gesehen. Nun war ihm klar, daß die Schiffe des Konvois tatsächlich eine Schutzmauer um die

Kilos bildeten, die offenbar noch immer unter Wasser fuhren. Und das Ansprechen der Radarwarnanlage hatte unmißverständlich klargemacht, daß die Russen für den Angriff eines amerikanischen Unterseeboots gewappnet waren.

052120SEPT04. 60.40Nord, 173.30E. Im Radarraum des russischen 9000-Tonnen-Zerstörers Admiral Tschabanenko. Der Maat an Monitor drei: »Herr Leutnant, ich hatte gerade einen Radarkontakt... nur drei Durchgänge... Computer hat die automatische Kontaktnummer 0416 vergeben.«

Wachoffizier an Kommandant: »Wir hatten soeben einen flüchtigen Radarkontakt... Peilung eins-fünf-fünf, Entfernung sechs Meilen backbord voraus.«

Kommandant an Wachoffizier: »Könnte ein amerikanisches U-Boot gewesen sein. Würde mich jedenfalls nicht überraschen. Aber es kann uns nicht gefährlich werden. Nicht einmal einer von diesen verrückten amerikanischen Cowboys würde ein russisches Kriegsschiff an der Wasseroberfläche angreifen. Und von den U-Booten hört und sieht er nichts!«

Die *Columbia* lief mit hoher Geschwindigkeit nach Osten. Nachdem sie ihre Marschtiefe erreicht hatte, rief Boomer Mike Krause in sein kleines Büro und verfaßte mit ihm zusammen eine Nachricht an SUBLANT. Danach warteten sie noch eine Stunde, bis 25 Meilen zwischen ihnen und dem russischen Konvoi lagen und gingen dann um 2300 auf Sehrohrtiefe, um die folgende Nachricht abzusetzen:

Situation:

1. Können nicht angreifen. Russischer Konvoi bewegt sich an der 50-Meter-Tiefenlinie entlang, wobei die Oberflächenschiffe zwei bis drei Meilen seewärts von den Kilos einen Schutzschirm für diese bilden.
2. Konvoi produziert absichtlich intensive Störgeräusche, um Sonarkontakt mit Kilos unmöglich zu machen. Eindeutige Identifizierung ist deshalb unmöglich.
3. *Dichte Staffelung der Oberflächenschiffe, die aktive Radar- und Sonaraufklärung betreiben, Annäherung für visuellen Kontakt*

mit Kilos – falls diese an Oberfläche kommen sollten – dadurch nicht möglich.

4. *Es ist m.E. nicht ratsam, auf Verdacht Torpedos in die schwierigen, seichten Gewässer jenseits russischer Oberflächenschiffe hineinzufeuern.*

Vorschläge für weiteres Vorgehen:

1. *Konvoi in Petropawlowsk einlaufen lassen. Möglicherweise wird danach Eskorte geringer.*
2. *Im tiefen Wasser so bald wie möglich Hinterhalt legen. Nächste Gelegenheit dazu wäre Position 49.90N, 154.54E zwischen den nördlichen Kurileninseln Paramuschir und Onekotan, 300 Meilen südlich von Petropawlowsk. Voraussichtliche Ankunftszeit 100800SEPT.*

Als Boomers Nachricht in Fort Meade eintraf, war es dort 0630 am Morgen. Admiral Morris und Arnold Morgan hatten die ganze Nacht darauf gewartet, daß die *Columbia* sich mit SUBLANT in Verbindung setzte und dabei insgeheim, aber ohne großen Enthusiasmus gehofft, sie würde die Versenkung der beiden Kilos vor Kap Oljutorski melden. Beide Männer wußten, daß die Mission des Boots ausgesprochen schwierig war und daß Boomer Dunning unter widrigsten Umständen arbeiten mußte. Zwei getauchte U-Boote anzugreifen, die diesen Angriff erwarten, ist nun mal kein Pappenstiel, besonders dann nicht, wenn diese Boote auch noch von einer starken Überwasserstreitmacht eskortiert werden, die nicht zögern wird, sofort das Feuer auf jeden Angreifer zu eröffnen, ganz gleich, ob dieser sich über oder unter Wasser befindet.

Boomers Nachricht war zwar frustrierend, zeugte aber von seinem fachmännischen Verstand. Zumindest war die *Columbia* immer noch unbeschädigt und einsatzbereit und konnte bei günstiger Gelegenheit vielleicht doch einen Angriff auf die Kilos wagen. Beide Admiräle wußten, daß Commander Dunning, sollte er es wirklich schaffen, die beiden U-Boote zu versenken, sich die Beförderung zum Captain mehr als verdient hätte. Arnold Morgan persönlich würde sie augenblicklich für den Meister der schwarzen Operationen verlangen, und niemand würde etwas dagegen einwenden können.

Als die *Columbia* eine halbe Stunde später wieder auf Sehrohrtiefe ging, konnte sie sich die folgende knappe und unmißverständliche Nachricht vom Satelliten holen: »*Vorschläge für weiteres Vorgehen gebilligt.*«

Admiral Zhang Yushu war vor einer Woche mit seiner Familie aus seinem Sommerhaus im Süden nach Peking zurückgekehrt, aber jetzt, als mit dem nahenden Eintreffen der russischen Kilos die Spannung stieg, befand er sich in der Marinebasis Shanghai und hielt gerade eine Besprechung mit Vizeadmiral Yibo Yunsheng ab, dem Befehlshaber der Ostflotte, der normalerweise 100 Meilen weiter südlich in seinem Hauptquartier in Ningbo auf der anderen Seite der Hangzhou-Bucht zu finden war.

Die beiden Admiräle, die zusammen mit ihrem russischen Kollegen Witali Rankow den genau durchdachten Eskortenplan für die Kilos ausgearbeitet hatten, sahen ihr Ziel langsam in greifbare Nähe rücken. Drei Kilos besaßen sie bereits, fünf weitere hatten sie – möglicherweise durch illegale amerikanische Aktionen – verloren. Nun aber konnte niemand mehr verhindern, daß zwei weitere russische U-Boote in den nächsten Tagen den großen Kriegshafen Shanghai erreichten.

Die Russen hatten versprochen, das Geld, das die Chinesen für die fünf verlorenen Boote angezahlt hatten, für die Bezahlung der beiden letzten Kilos gutzuschreiben – ein Umstand, der Admiral Zhang und seinen Freund Yibo Yunsheng besonders freute. Sie hatten immer wieder betont, daß die russischen U-Boote rein defensiven Aufgaben dienen und nur dafür eingesetzt werden sollten, die amerikanische Marine am Einlaufen in chinesische Hoheitsgewässer zu hindern. Was sie allerdings gern verschwiegen, war die Tatsache, daß mit Hilfe der Kilos in wenigen Monaten eine Rückeroberung Taiwans möglich werden würde, die China noch mehr finanziellen Gewinn als die Wiedereingliederung von Hongkong und Macao bescheren würde.

Der Große Vorsitzende verstand die Motive von Zhang Yushu und hatte keine Einwände dagegen. Er kannte den Oberbefehlshaber der Marine und die Admiräle seines Vertrauens als Männer, die Chinas Probleme zu ihren eigenen gemacht hatten. Alle von ihnen hätten mit Freude ihr Leben für die Volksrepublik China gegeben, und solche Männer waren heutzutage eine Seltenheit. Der Große Vorsitzende wußte das und ließ ihnen auch deshalb mit ihren ehrgeizigen Plänen freie Hand.

In den vergangenen zwei Wochen hatten die Admiräle Zhang und Yibo gespannt die Nachrichten verfolgt, die ihnen täglich via Satellit aus dem Kommunikationszentrum der Russischen Pazifikflotte in Wladiwostok übermittelt wurden. Alle 24 Stunden hatten sie in etwa das gleiche erfahren: Der Konvoi mit den beiden Kilos kam auf seiner Fahrt entlang der eisigen Küste Sibiriens planmäßig und ohne besondere Vorkommnisse voran.

Wie Admiral Rankow war auch der chinesische Oberbefehlshaber der Meinung, daß die Amerikaner den Kilos vermutlich an der GIUK-Enge aufgelauert hatten, so wie schon zweien dieser Boote zuvor. Er konnte sich richtiggehend vorstellen, wie wütend die Macher im Pentagon gewesen sein mußten, als ihnen klar geworden war, wie genial Admiral Rankow sie hinters Licht geführt hatte. Der Plan, anstatt nach Westen nach Osten zu fahren und die Kilos zusätzlich durch eine starke Eskorte zu schützen, war schlichtweg brillant gewesen.

Und trotzdem fiel mit jedem Tag, an dem die Russen und Admiral Yibo sich schon über ihren bevorstehenden Sieg freuten, ein Schatten auf das Gemüt von Zhang, dem Straßenjungen, der im Hafen von Xiamen großgeworden war und es bis zum Oberbefehlshaber der chinesischen Streitkräfte geschafft hatte. Zwar glaubte auch er, daß die Amerikaner diesmal das Nachsehen gehabt hatten, aber dennoch ... Zhang kannte die schrecklichen Männer im Pentagon, kannte ihre rücksichtslose Entschlossenheit, mit der sie ohne jegliche moralischen Bedenken die militärische Großmachtstellung der USA verteidigten. Er wußte es, weil er aus genau demselben Holz geschnitzt war. Zhang kam zwar aus einem anderen Land und einer anderen Kultur, aber dennoch war er wie sie.

Jetzt hatte er die neueste Nachricht in der Hand, die der Zerstörer *Admiral Tschabanenko* vor zwei Stunden, um 21 Uhr 30, von seiner Position an der Ostküste Sibiriens an sein Hauptquartier gefunkt hatte. Er las sie zum wiederholen Mal: *»5. September, 21 Uhr 20, Position 60.40N, 173.30E. Vorübergehender Radarkontakt sechs Meilen backbord voraus. Zu kurz für Identifikation. Möglicherweise amerikanisches Atom-U-Boot. Kein weiterer Kontakt. Kein Angriff auf Konvoi. Zusätzliche Verteidigungsmaßnahmen nicht nötig. Akustische Barriere wird weiterhin aufrechterhalten. Amerikaner chancenlos, besonders solange wir uns in russischen Hoheitsgewässern befinden.«*

Das war's. Nicht mehr, nicht weniger. Admiral Zhang war der einzige im chinesischen Oberkommando, der sich deshalb Sorgen machte. Er fragte sich, woher das amerikanische U-Boot – sollte es sich bei dem Radarkontakt um ein solches gehandelt haben – denn gekommen sein könnte. »Wahrscheinlich war eines im Nordatlantik stationiert, das vergeblich auf die Kilos gewartet hat«, dachte er. »Aber was haben die Amerikaner wohl getan, als sie den Schwindel bemerkt haben? Die Route durch den Panamakanal dauert zu lang ... Vielleicht haben sie ein anderes Boot von Pearl Harbor oder San Diego in den Nordpazifik geschickt, aber das würde mich wundern ... schließlich handelt es sich um eine illegale Aktion, von der so wenig Menschen wie möglich etwas erfahren sollten. Da weiht man nicht ohne Not eine zweite U-Boot-Besatzung ein. Außerdem muß ein Boot, das die beiden Kilos mitten in einem starken Konvoi angreifen soll, das beste sein, das die Amerikaner haben. Und das bedeutet, daß wir sehr vorsichtig sein müssen. Ich mag den Ton des russischen Zerstörerkapitäns nicht. Er ist mir zu selbstgefällig ... und wenn man es mit den Amerikanern zu tun hat, kann das enorm gefährlich werden. Vielleicht sogar tödlich.«

Er ging hinüber ins nächste Büro, wo Admiral Yibo seinen Arbeitsplatz hatte. Auch er hatte natürlich die Nachricht von der *Admiral Tschabanenko* gelesen.

»Haben Sie sich darüber schon Gedanken gemacht?« fragte Zhang.

»Ja, das habe ich. Und ich halte es für wenig wahrscheinlich, daß die Amerikaner den Kilos ein Atom-U-Boot hinterhergeschickt haben. Wo hätte es auch herkommen sollen? Von der Westküste der Staaten?«

»Möglich wäre es schon. Aber es ist ein weiter Weg von dort nach Sibirien.«

»Da haben Sie vollkommen recht. Aber wenn ich der Kapitän der *Admiral Tschabanenko* wäre, dann wäre ich trotzdem vorsichtig.«

»Ich auch, mein Freund, ich auch. Trotzdem scheinen unsere russischen Kollegen zu glauben, daß die Amerikaner niemals einen Angriff auf ihre Überwasserschiffe wagen würden, solange diese sich in russischen Hoheitsgewässern befinden. Und außerdem sind sie vollkommen davon überzeugt, daß die Amerikaner die Kilos weder sehen noch hören können.«

»Und bisher hatten sie damit wohl auch recht.«

»Stimmt. Aber ich glaube, daß sie eines übersehen: Möglicherweise liegt das amerikanische U-Boot auf der Lauer und legt sich erst einen Angriffsplan zurecht.«

»Die Russen halten ihre Geräuschbarriere für narrensicher. Sie glauben, daß das amerikanische Jagd-U-Boot mindestens zwei Schiffe der Eskorte ausschalten müßte, um an die Kilos heranzukommen, und das wird es ganz bestimmt nicht tun, denn das wäre ein offener Akt der Piraterie, den sich die Amerikaner vor der Weltöffentlichkeit nicht leisten können.«

»Das Problem ist nur, daß wir uns alle miteinander nicht vorstellen können, was in diesen amerikanischen Gehirnen vor sich geht. Sie sind uns so fremd. Wir haben alle unseren Stolz, unser Bedürfnis, das Gesicht zu wahren, aber wir denken eben ganz anders als sie. In zweihundert Jahren sind wir Chinesen aus dem westlichen und besonders aus dem amerikanischen Denken nicht schlau geworden.«

»Das zwar nicht so ganz, aber immerhin fangen wir jetzt damit an.«

»Tatsächlich?«

»Jawohl. Hier in Shanghai gibt es an der Fudan-Universität einen neuen Studiengang, der ›Amerikanisches Denken‹ heißt. Dafür hat man Professoren aus der ganzen Welt geholt, die Politik, Publizistik, Kunst und Militärgeschichte lehren. Zum ersten Mal lernen chinesische Studenten mit echten amerikanischen Zeitungen und Zeitschriften und nicht nur mit von unserer Regierung abgesegnetem Material.«

»Nun, das scheint mir ein echter Fortschritt zu sein. Und es ist höchste Zeit dafür. Jeder moderne Führer in der jüngeren chinesischen Geschichte hat ein Studium absolviert, mich eingeschlossen – und Sie ja auch, Yibo.«

»Stimmt, das habe ich. Aber dennoch müssen wir der Tatsache ins Auge blicken, daß weitergehende Studien in westlichem politischem Denken und freier Kunst in diesem Land viele Jahrzehnte lang verboten waren.«

»Ich frage mich, was die in Fudan wohl für Fortschritte machen. Meinen Sie, es gibt dort ein paar besonders begabte Studenten, die uns erzählen könnten, was die Amerikaner mit den letzten beiden Kilos vorhaben?«

Yibo Yunsheng lachte. »Wohl eher nicht. Aber selbst wenn wir das nicht wissen, würde ich, wenn ich der Kapitän eines russischen Zerstörers wäre, mir keinen Moment der Unachtsamkeit erlauben.«

»Das würde ich auch nicht, mein Freund. Und wenn ich auch nur den winzigsten Anhaltspunkt für die Anwesenheit eines amerikanischen U-Boots hätte, dann würde ich es versenken, und zwar ohne einmal mit der Wimper zu zucken.«

»Vorausgesetzt, Ihnen bleibt noch Zeit dafür.«

»Richtig, Yibo. Vorausgesetzt, mir bliebe noch Zeit dafür.«

061100SEPT. Im Navigationsraum der USS *Columbia*, die mit 20 Knoten Geschwindigkeit 130 Meilen vor der sibirischen Küste tief unter Wasser nach Südwesten fuhr, beugten sich Boomer Dunning, Mike Krause, Jerry Curran und Dave Wingate über die ausgebreiteten Seekarten.

»Von der letzten uns bekannten Position des Konvois vor Kap Oljutorski«, sagte der Erste Offizier, »sind es fast 800 Meilen bis zur Pazifikseite der Halbinsel Kamtschatka. Ich schätze, daß der Konvoi am Nachmittag des 10. September dort ankommen dürfte. SUBLANT ist der Meinung, daß das Typhoon sich bereits entfernt hat, und ich glaube, daß der Eisbrecher und das Versorgungsschiff in Petropawlowsk bleiben werden, wo der Konvoi vermutlich am 8. September einläuft. Vielleicht bleiben auch eines oder zwei von den Kriegsschiffen der Eskorte dort.«

»Das könnte sein«, sagte Boomer. »Aber wenn ich der Befehlshaber dieses Konvois wäre, dann würde ich alle vier Schiffe bei den Kilos lassen, bis sie sicher in Shanghai sind.«

»Jawohl, Sir. Aber das sagen Sie nur, weil Sie wissen, was Sie wissen. Die Russen hingegen wissen ja nicht einmal, daß wir hier sind.«

»Vielleicht doch. Ich würde mich jedenfalls nicht wundern, wenn sie uns kurz auf ihren Radarschirmen gehabt hätten, als wir vor Kap Oljutorski auf Sehrohrtiefe gingen.«

»Möglicherweise, Sir. Aber selbst wenn sie fit genug gewesen wären, um uns auf den Schirm zu bekommen, müssen sie den ›Wischer‹ ja noch lange nicht als ein amerikanisches Atom-U-Boot erkannt haben.«

»Vielleicht haben sie das, vielleicht auch nicht. Aber wenn mir jemand fünf nagelneue U-Boote unter dem Hintern weggeschossen hätte, dann würde ich sogar auf einen verdammten Hummer schießen, wenn der mit seinen Scheren in meine Richtung schnappen würde.«

Lieutenant Wingate lachte über den Vergleich, den sein Kommandant gewählt hatte, aber trotzdem hatten alle verstanden, was Boomer damit sagen wollte. Die Russen wären verrückt, wenn sie ihre Schiffe nicht in höchste Gefechtsbereitschaft versetzt hätten.

»Und jetzt sollten wir uns lieber mit unserem Einsatzgebiet vertraut machen«, sagte Boomer und wandte sich mit seinem Stechzirkel der großen Seekarte zu, die das Gebiet rings um die Kurileninseln zeigte. »Okay. Hier haben wir Kap Lopatka, die südlichste Spitze der Halbinsel Kamtschatka. Das Kap liegt 200 Meilen südlich von Petropawlowsk und ist eine ziemlich einsame Gegend. Dahinter erstrecken sich die Kurilen etwa 800 Meilen nach Südwesten bis zu der großen Bucht vor Hokkaido, der nördlichsten Insel Japans.

Die Sowjetunion hat die Inseln 1945 okkupiert, was natürlich schon damals auf starken japanischen Widerspruch gestoßen ist, denn Tokio beansprucht die südlichen vier für sich. Wenn man sich die Karte hier ansieht, kann man das auch gut verstehen.

Na ja, uns kann dieses Ende der Inselkette egal sein, denn uns kümmert nur die etwa 100 Kilometer lange Insel Paramuschir im Norden, direkt unterhalb von Kap Lopatka. Die nächste Insel im Süden heißt Onekotan und ist nur ein Viertel so groß. Uns interessiert vor allem die Wasserstraße zwischen den beiden Inseln. Sie ist 40 Meilen breit, und hier hat der russische Konvoi zum ersten Mal, seit wir ihn verfolgen, kein Land an seiner Steuerbordseite. Bei seiner Geschwindigkeit von 9 Knoten braucht er viereinhalb Stunden von der Südspitze Paramuschirs bis zum Nordkap Onekotans. Und zwischen diesen beiden Punkten habe ich vor, die Kilos zu versenken.«

»Was ist mit der Geräuschbarriere, Sir?« fragte Lieutenant Wingate.

»Die wird nicht mehr so schlimm sein, weil einige Schiffe vermutlich in Petropawlowsk geblieben sind. Der Rest kann nicht mehr nur eine halbmondförmige Formation zwischen den Kilos und der offenen See bilden, sondern muß sich rings um die Boote verteilen, was die Effektivität des Geräuschschilds voraussichtlich drastisch reduzieren wird. Außerdem wird das Gebiet, in dem sich die Kilos aufhalten können, damit etwas kleiner. Weiterhin kommt zu unseren Gunsten hinzu, daß im tiefen Wasser alle unsere Ortungssysteme voll einsatzfähig sind. Alles spricht also dafür, genau hier den Kilos aufzulauern.«

Boomer deutete mit seinem Lineal auf einen Punkt 49.40N, 154.55E, wo das Wasser 185 Meter tief war. »Zum ersten Mal seit der Beringstraße ist das Wasser tief genug für einen Angriff. Vertrauen Sie mir, meine Herren, das hier ist ein hervorragendes Jagdgebiet für Unterseeboote. Außerdem werden wir uns außerhalb der Zwölfmeilenzone befinden und damit nicht in russischen Hoheitsgewässern operieren.«

»Ich habe schon einmal den Kurs in unser Patrouillengebiet ausgerechnet, Sir«, sagte der Navigator.

»Sehr gut, Dave«, sagte Boomer. »Aber wir müssen uns zunächst fragen, auf welcher Seite der Kurilen der Konvoi fahren wird – draußen im Pazifik oder innen im Ochotskischen Meer, das die Russen als eine Art Binnengewässer betrachten, das nur ihnen gehört. Möglicherweise glauben sie, daß sie auf der Innenseite sicherer sind, und deshalb sollten wir uns dort an der Durchfahrt postieren. Sollten die Russen wider Erwarten draußen bleiben, können wir ihnen ja folgen. Zumindest haben wir den Vorteil der schnelleren Geschwindigkeit und das Überraschungsmoment auf unserer Seite.

In Fort Meade war es 0300, als das neueste Satellitenbild eintraf. Was Arnold Morgan und Admiral Dixon sahen, erstaunte sie nicht: Der Konvoi, der sich jetzt 200 Meilen südlich von Kap Oljutorski befand, war auf vier Oberflächenschiffe zusammengeschmolzen. Der Eisbrecher und das Versorgungsschiff waren in Petropawlowsk zurückgeblieben, so daß der langgezogene Halbkreis, hinter dem sich vermutlich die Kilos befanden, nur noch aus den drei Zerstörern und der Fregatte bestand. Auch das Typhoon blieb weiterhin verschwunden.

»Keine Neuigkeiten sind gute Neuigkeiten«, brummte Morgan. »Zumindest im Fall des Typhoons. Nicht einmal die Russen wären so blöd, ein mit Atomraketen bestücktes 25 000-Tonnen-U-Boot zum Schutz von zwei dieselelektrischen Exportbooten einzusetzen. Und wenn sie es trotzdem täten, dann würden Sie es nur tun, um uns einzuschüchtern. In diesem Falle aber dürften sie es nicht verstecken, sondern müßten es offen im Konvoi mitfahren lassen. Damit würden die Russen auch verhindern, daß es aus Versehen getroffen wird, wenn die *Columbia* versucht, die Kilos zu versenken. Weil wir das Typhoon jetzt schon drei Tage in Folge nicht mehr gesehen haben, können wir wohl davon ausgehen, daß es sich dem Konvoi nur vorübergehend angeschlossen hatte. Wir wollen diese Information noch an Boomer absetzen, und dann nichts wie ab ins Bett.«

082030SEPT. Admiral Zhang nahm in der Marinebasis Shanghai wie jeden Abend Verbindung mit dem Hauptquartier der russischen Pazifikflotte auf und erfuhr, daß die Eskorte der Kilos trotz erhöhter Wachsamkeit keine weiteren Sonar- oder Radarkontakte gehabt hatte, die auf die Nähe von amerikanischen Unterseebooten hätten schließen lassen können. Der Eisbrecher und das Versorgungsschiff waren in Petropawlowsk geblieben, so daß nur noch die vier Kriegsschiffe als Oberflächeneskorte für die beiden Kilos übrigblieben. Diese allerdings würden sie auch die restlichen 3200 Meilen nach Shanghai begleiten. Zum ersten Mal nannte man Zhang auch einen Termin für das Eintreffen des Konvois in China. »Wir gehen davon aus, daß wir am späten Nachmittag des 24. September in Shanghai einlaufen.« Der Oberbefehlshaber der Volksbefreiungsmarine verspürte ein aufgeregtes Prickeln unter der Kopfhaut. Bald würde sein sehnliches Warten auf die Kilos ein Ende haben.

100200SEPT. 49.40N, 155.54E. Die *Columbia* glitt leise mit fünf Knoten Geschwindigkeit in 60 Metern Tiefe zwischen den Kurileninseln Paramuschir und Onekotan hindurch. Zwei Tage zuvor hatte ein Funkspruch von SUBLANT sie darüber informiert, daß der Eisbrecher und das Versorgungsschiff den Konvoi verlassen hatten, und die letzte Nachricht besagte, daß auch auf dem neuesten Satellitenbild die vier verbliebenen Schiffe des Konvois noch immer ihre gewohnte halbmondförmige Formation eingehalten hatten. Aus der Entfernung, die sie zwischen den beiden letzten Aufnahmen zurückgelegt hatten, ließ sich abermals eine Geschwindigkeit von genau neun Knoten errechnen.

Auf dem um 1900 aufgenommenen Satellitenbild vom Vortag befanden sich die drei Zerstörer und die Fregatte auf Nordwestkurs an einer Position von 51.00N, 152.80E, also etwa 30 Meilen von Kap Lopatka entfernt. Bis zu der Position, an der die *Columbia* wartete, hätten sie zum Zeitpunkt der Aufnahme noch fünfzehneinhalb Stunden gebraucht, aus denen inzwischen nur noch vier Stunden geworden waren. Nach allen Informationen, die Boomer bisher erhalten hatte, würden sie sich östlich der Inselkette halten.

Commander Dunning ließ die *Columbia* auf Sehrohrtiefe gehen, um sich vom Satelliten den neuesten Wetterbericht zu holen. Im Augenblick sah alles sehr gut aus: Es herrschte klare Sicht, und im Ochotskischen Meer wehte eine frische Brise mit Windstärke vier. Dieser Wind sorgte dafür, daß sich weiße Schaumkappen auf dem Wasser bildeten und das Erkennen eines Sehrohrs erschwerten; er peitschte aber das Meer noch nicht so sehr auf, daß die sich brechenden Wellen den Sonarempfang störten. »Wunderbar«, sagte Boomer. »Besser könnte es gar nicht sein.«

»Ich denke, wir sollten uns darauf einrichten, daß die Eskorten im tiefen Wasser zwischen den Inseln ihre Formation verändern«, sagte Mike Krause.

»Das werden sie bestimmt«, sagte Boomer. »Vermutlich werden sie ein Viereck bilden und die Kilos in ihre Mitte nehmen. Damit entstehen Lücken in ihrer Geräuschbarriere, und wir können die Kilos wesentlich besser orten und vielleicht ein paar Torpedos in das Viereck hineinjagen. Wenn die Kilos da drinnen sind, dann wird das neue Leitsystem der Torpedos sie auch finden.«

»Sie sind da, machen Sie sich deshalb keine Sorgen«, sagte Lieutenant Commander Mike Krause. »Sonst wäre der Konvoi wohl nicht die ganze Strecke von der Beringstraße bis hierher mit nur neun Knoten gefahren. Außer natürlich, das Ganze war ein gigantisches Ablenkungsmanöver und die Kilos haben sich längst allein aus dem Staub gemacht. Aber das werden wir ja bald herausfinden.«

100350SEPT. Die *Columbia*, die inzwischen wieder auf 60 Meter Tiefe hinabgetaucht war, hielt ihre Warteposition auf 49.40 N, 155.54E. Die Schiffsführung befand sich in den Händen von Lieutenant Commander Mike Krause, während der Kommandant sich im Navigationsraum befand. Im angrenzenden Sonarraum starrte Sonaroffizier Lieutenant Bobby Ramsden auf die verschiedenen Bildschirme seiner Untergebenen. »Wir kriegen was rein, Sir«, wandte er sich an Lieutenant Commander Jerry Curran, der direkt hinter ihm stand. »Peilung null-drei-null … mehrere Schiffe … ungewöhnlich hoher Geräuschpegel … zugewiesener Kontakt 4063.«

»Sonar an Kommandant«, sagt Jerry Curran in sein Mikrofon. »Wir haben sie. Peilung null-drei-null. Entfernung 20 Meilen. Können Sie bei uns vorbeikommen, Sir?«

Sekunden später war auch Boomer im Sonarraum. »Okay, Jerry. Wir sollten sie in 75 Minuten mit unserem Infrarotperiskop sehen können, was meinen Sie?«

»Das denke ich auch, Sir.«

»Okay. Diesmal werden wir das neue Leitsystem für die Torpedos zum Einsatz bringen. Ich werde zwei Mk 48 in das Quadrat zwischen den Eskorten schicken. Langsame Fahrt, passives Sonar, immer unter genauer Kontrolle. Keine automatische Zündung bei Kontakt. Wenn wir sie so am führenden Zerstörer vorbeigebracht haben, schalten wir das Sonar der Torpedos auf aktiv, behalten sie aber weiterhin unter manueller Kontrolle. Ausgelöst werden sie erst, wenn ich es sage. Ich möchte sichergehen, daß wir nicht einem Täuschungsmanöver aufsitzen.«

»Ich sehe da keine Probleme. Wenn wir in dem Quadrat zwischen den Eskortern einen Unterwasserkontakt haben, muß es ja wohl ein Kilo sein.«

»Stimmt. Wir werden die Torpedos so einstellen, daß sie nur unterhalb einer Tiefe von zwölf Metern explodieren. Damit können sie kein Oberflächenschiff treffen, nur U-Boote. Sollten sie keine finden, laufen sie so lange, bis ihnen der Treibstoff ausgeht und sinken dann auf den Meeresgrund. Bei dem Geräuschpegel, den die Zerstörer und die Fregatte erzeugen, werden sie wohl kaum einen Torpedo orten können. Wahrscheinlich würden sie es nicht mal hören, wenn eines der Kilos explodiert, und selbst wenn sie es tun, dann sind wir längst fort von hier.«

0505. *»Sonar an Kommandant … Russen sieben Meilen entfernt, Sir. Peilung null-zwei-fünf …«*

Commander Dunning ließ die *Columbia* auf Sehrohrtiefe gehen und fuhr das Infrarot-Suchperiskop aus. Er ließ es am dunklen Horizont entlang auf Peilung null-zwei-fünf wandern und wartete darauf, daß sich das Infrarotbild aufbaute.

Und dann sah der amerikanische U-Boot-Kommandant aus Cape Cod zum zweiten Mal in einer Woche die große, abgewinkelte Radarantenne des Zerstörers *Admiral Tschabanenko.* Links davon erkannte er die ähnlichen Antennen eines der beiden Zerstörer der Udaloj-Klasse, der sich etwa zwei Meilen Steuerbord von der *Admiral Tschabanenko* befand.

»Sieht so aus, als hätte das Quadrat zwei Meilen Seitenlänge«, sagte Boomer zu Mike Krause, der hinter ihm stand. Nach fünf Sekunden zog er das Periskop wieder ein und betrachtete auf einem Monitor das Bild, das es eben aufgenommen hatte. »Werfen Sie auch mal einen Blick drauf, Mike ...«

Der Erste Offizier schaute auf den Monitor und sagte langsam: »Ich bin derselben Meinung wie Sie, Sir. In 15 Minuten müßten wir eigentlich die Antennen der anderen beiden Schiffe sehen.«

Krause sollte recht behalten. »Das Schiff, das uns am nächsten ist, müßte der dritte Udaloj-Zerstörer sein, während die *Nepristupny* an der nordwestlichen Ecke des Quadrats fährt. Die *Tschabanenko* ist jetzt sechs Meilen von uns entfernt.«

Die *Columbia* blieb mit eingefahrenen Masten weiterhin auf Sehrohrtiefe. Der Kommandant und Mike Krause hatten zwar schon berechnet, daß der Konvoi sie westlich passieren würde, aber Boomer wollte mindestens acht Meilen von den Russen entfernt sein und änderte deshalb den Kurs. *»Gehen Sie auf null-neun-null«*, sagte er zum Rudergänger. *»Wir ziehen uns eine kurze Strecke zurück und schließen dann zum Angriff wieder heran.«*

Sechzehn Minuten später, um 0527, als der russische Konvoi noch 15 Meilen entfernt war, befand sich die *Columbia* auf der vorgesehenen Position. Der südöstlich fahrende Zerstörer war jetzt auf Peilung drei-null-null und machte soviel Lärm, wie er nur konnte. Seine Schrauben drehten sich gegenläufig, und sein aktives Sonar war voll aufgedreht. Die hinter dem Schiff hergezogenen, tropfenförmigen Täuschkörper trugen ihren Teil zu der Kakophonie bei, die auf den Sonarschirmen der *Columbia* ein heilloses Durcheinander erzeugte. Selbst die niedrigen Frequenzen löschten die Russen, den Signalen nach zu schließen, die man im Sonarraum des amerikanischen

Boots empfing, mit neuartigen, sündhaft teuren akustischen Störgeräten aus.

Die russischen Kapitäne fühlten sich ihrer Sache sehr sicher. Zusätzlich zu ihrer Geräuschbarriere vor den Kilos suchten die vier Kriegsschiffe ständig das Meer in weitem Umkreis mit Radar ab, und außerdem hatten sie ständig zwei Hubschrauber in der Luft. Hatte ein amerikanisches U-Boot auch nur die geringste Chance gegen einen so massiven Abwehrschirm? Die Antwort war *njet*. Jedenfalls nicht, wenn es nicht vorher die Eskorter beseitigen würde.

Was die russischen Kommandanten nicht wußten, war die Tatsache, daß Boomer Dunning, der sich mit der *Columbia* nur wenige Meter unterhalb der Wasseroberfläche verbarg, gar kein klares Sonarbild brauchte. Er sah die vier Kriegsschiffe und wußte, daß sich die Kilos in dem vier Quadratmeilen großen Gebiet zwischen ihnen aufhalten mußten. Er würde es seinen drahtgelenkten, intelligenten Torpedos überlassen, sie zu finden. Wenn die Kilos nicht da waren, würde niemandem ein Schaden entstehen, Arnold Morgans bereits ziemlich angekratztes Nervenkostüm einmal ausgenommen.

Jerry Curran hatte seinen Leuten genaue Anweisungen gegeben, so daß die Torpedoleute ebenso bereit waren wie die Männer an den Waffenleitständen. Sämtliche Systeme der *Columbia* waren angriffsbereit, als der Konvoi sich langsam ihrer Position näherte.

»*Sonar an Kommandant … Kontakt 4063 auf Peilung zwei-neun-fünf.*«

»Damit hat das südöstlichste Schiff der Eskorte Peilung zwei-neun-sieben und eine Entfernung von 3400 Metern«, fügte der Waffenleitoffizier an. Kurs zwei-zwei-fünf, gute Schußposition.«

»*Rohr eins bereit zum Feuern!*«

»Rohr eins ist bereit, Sir.«

»*Rohr eins, Achtung*. Peilung überprüfen zum Feuern.«

»*Periskop ausfahren …* Peilung … *Setzen! …* Entfernung … *Setzen! …* Periskop einfahren.«

»Letzte Überprüfung der Peilung …«

»Zwei-neun-sechs … *Computer eingestellt*.«

»Rohr eins los! Rohr zwei, Achtung ...«

»Kontakt 4063 peilt zwei-neun-drei ... *Computer eingestellt.«*

»Rohr zwei los!«

Im Sonarraum hörte man die dumpfen Schläge, mit denen die Torpedos ihre Rohre verließen. Die tödlichen Waffen, die mit ihren extrem leisen Motoren kaum zu orten waren, liefen direkt hinter dem Heck der *Admiral Tschabanenko* auf das von den vier russischen Kriegsschiffen gebildete Quadrat zu. Im Rumpf der bewegungslos im Wasser liegenden *Columbia* war vom Abschuß der beiden Torpedos nur ein ganz leichtes Zittern zu spüren.

»Beide Torpedos unter Fernsteuerung, Sir.«

»Torpedos scharfmachen.«

»Torpedos sind scharfgemacht, Sir.«

Der Torpedoleitoffizier, der direkt neben Boomer in der Operationszentrale stand, konnte auf seinen Monitoren genau verfolgen, wie die beiden Aale mit auf passiv geschaltetem Sonar und niedriger Geschwindigkeit durchs tiefe Wasser glitten. Von großen Spulen in ihrem Innern liefen die dünnen, extrem reißfesten Drähte ab, durch die ihre computergesteuerten Gefechtsköpfe mit der Operationszentrale der *Columbia* verbunden waren.

Für die etwa vier Meilen lange Fahrt ins Innere des Rechtecks brauchten die Torpedos neun Minuten und 36 Sekunden. Kurz darauf fing Torpedo Nummer zwei von Backbord einen passiven Sonarkontakt auf.

»Signal ignorieren!« befahl Boomer. »Das ist der Täuschkörper der *Tschabanenko.* Waffe NICHT auslösen. Ich wiederhole: *Nicht* auslösen. Torpedo auf aktives Sonar umschalten.«

Der Torpedoleitoffizier zögerte nur den Bruchteil einer Sekunde, dann lenkte er seine Waffe an der Boje des Zerstörers vorbei und schaltete ihr aktives Sonar ein, das eine Reichweite von 1 000 Metern hatte. Es suchte nach getauchten Zielen, die sich irgendwo zwischen den vier russischen Kriegsschiffen in der Tiefe verbergen mußten.

Eine Minute später trafen die scharfen *Ping*-Geräusche, die es jetzt in regelmäßigen Abständen ausstieß, auf ein Ziel an Backbord des Torpedos.

»Torpedo eins auf Zielautomatik schalten«, befahl Boomer.

Das Mk 48 änderte augenblicklich seinen Kurs und beschleunigte auf 45 Knoten. Mit mechanischer Gleichgültigkeit raste es auf den Rumpf von K-9 zu, das mit neun Knoten Geschwindigkeit in 60 Metern Tiefe nach Südosten steuerte und nichts von der tödlichen Gefahr ahnte, die ihm von dem amerikanischen Torpedo drohte. Die akustische Barriere, die Boomers Aufgabe so schwierig gemacht hatte, verhinderte auch, daß die Sonargeräte des russischen U-Boots das *Ping* des aktiven Sonars aufspürten, mit dem der Torpedo sich an seine Beute geheftet hatte.

Boomer Dunnings todbringende Waffe traf das Kilo 35 Meter hinter dem Bug und riß bei ihrer Explosion ein eineinhalb Meter breites Loch in dessen Druckkörper, das dem Boot und seiner Besatzung keine Chance ließ. Das eisige Wasser des Nordpazifiks strömte in den Rumpf, tötete innerhalb einer Minute jeden Mann an Bord und drückte K-9 nach unten in Richtung Meeresboden.

An Bord der *Columbia* hörte Boomer den unverkennbaren, scharfen Knall der Torpedoexplosion. Aber das war alles, denn die Geräusche des Konvois überdeckten das schrecklichste Geräusch, das ein Sonar auffangen kann: das leise Klirren von zerbrechendem Glas und berstendem Metall, an dem man erkennt, daß ein getroffenes Kriegsschiff auf den Grund des Ozeans sinkt. Es war 0555 am 10. September, und der östliche Horizont zeigte immer noch keine Spuren von Morgendämmerung.

»Das war K-9«, sagte der Kommandant der USS *Columbia*.

Sofort wandte er seine Aufmerksamkeit dem zweiten Torpedo zu, der ebenfalls unter manueller Kontrolle etwa eine Meile hinter dem Heck der *Admiral Tschabanenko* in das Seegebiet zwischen den Kriegsschiffen eingedrungen war. Langsam und leise lief er durch das Seegebiet zwischen den vier Eskortern.

Boomer sah am Bildschirm des Torpedoleitoffiziers, wie der Suchkopf der Waffe die Schraubengeräusche der Fregatte *Nepristupny* empfing, mußte aber den Offizier nicht erst davor warnen, den Torpedo jetzt schon zu aktivieren. Bald nachdem Boomer Befehl gegeben hatte, den Torpedo auf aktives Sonar zu stellen, meldete dieser einen neuen Kontakt backbord voraus, der nur ein Unterseeboot sein konnte. »Da ist es«, flüsterte Boomer. »Stellen Sie den Torpedo auf automatische Zielerfassung.«

»Kontakt auf 600 Meter. Entfernung abnehmend ...«

»Fehlfunktion, Sir ... Torpedo-Fehlfunktion ... Aktiven Kontakt verloren ...«

»Gehen Sie auf passives Sonar ...«

»Fehlfunktion, Sir ... Keine Informationen mehr durch den Draht zu empfangen. Muß abgerissen sein, Sir.«

»Rohr drei, Achtung ...«

»Sonar an Kommandant ... Empfange Unterwassertelefongespräch ...«

»Gott im Himmel, der spricht wohl mit sich selbst ...«

»Nein, Sir. Er spricht mit einem zweiten Partner.«

»Haben Sie jemanden in der Nähe, der Russisch versteht?«

»Ja, Sir. Er sagt, es sei ein Gespräch zwischen zwei U-Booten ... wir überprüfen gerade die Identifikationscodes, Sir ... Die beiden Boote versuchen, ein drittes Boot zu erreichen ...«

»Großer Gott!«

»Sonar an Kommandant ... das dritte Boot antwortet nicht. Laut Codes handelt es sich bei den beiden Booten, die miteinander kommunizieren, um ein russisches U-Boot und um einen Exportrumpf. Sie versuchen, einen zweiten Exportrumpf zu erreichen.«

Ein eiskalter Schauer lief Boomer den Rücken hinab. Für dieses Telefongespräch konnte es nur eine Erklärung geben: Das Typhoon war doch noch beim Konvoi! Das war unglaublich. Das war grotesk. Und er, Commander Cale Dunning, hätte um ein Haar aus Versehen den Dritten Weltkrieg ausgelöst. »Jesus, Maria und Josef«, murmelte der Kommandant der *Columbia*. Dann sagte er laut: *»Rohr drei, Achtung!* Torpedo wird nicht, wiederhole: *nicht* abgefeuert.«

Auf einmal wurde Boomer alles klar. Er hatte geglaubt, daß nur die beiden Kilos zwischen den Eskortern seien und daß er eines von ihnen versenkt hätte. Dann hatte sein zweiter Torpedo, kurz bevor der Draht abgerissen war, aktiven Sonarkontakt mit dem vermeintlichen anderen Kilo gehabt, das aber genausogut das Typhoon hätte sein können. Jetzt sprach das zweite Kilo mit dem Typhoon, das offenbar die ganze Zeit über bei den beiden Booten geblieben war. Die Kommandanten fragten sich wohl, wo K-9 geblieben war ... das Kilo, das zu dieser Zeit vielleicht gerade mit seiner gesamten Besatzung auf dem Boden des Pazifiks aufschlug.

Boomer hatte keinen Zweifel mehr: Wenn sich in dem Gebiet zwischen den Überwasserschiffen noch ein drittes russisches Boot befand, dann mußte es das Typhoon sein. Die Frage war nun, ob er es riskieren konnte, noch einen weiteren Torpedo abzufeuern, und die Antwort lautete: Nein, auf keinen Fall! Boomer hatte verdammtes Glück gehabt, daß er nicht ein russisches Atom-U-Boot voller strategischer Interkontinentalraketen versenkt und damit einen Krieg ausgelöst hatte. Dieses Risiko durfte er nicht noch einmal eingehen.

Ich stecke ohnehin schon tief genug in der Scheiße, dachte Boomer. Ich hatte das Kilo nicht zweifelsfrei identifiziert, weder akustisch noch visuell. Wenn man es genau nimmt, habe ich einfach ins Blaue hinein gefeuert. Und deshalb sollte ich mich jetzt zurückziehen und hoffen, daß mir SUBLANT nicht den Schädel abreißt.

Boomer ließ die *Columbia* tiefer gehen und mit Höchstgeschwindigkeit nach Osten fahren, um sie möglichst schnell aus der Gefahrenzone zu bringen. Dann übergab er das Boot an Lieutenant Commander Krause und zog sich in seine Kabine zurück, um eine Nachricht an die Kommandozentrale für schwarze Operationen bei SUBLANT zu verfassen. In Norfolk, das wußte er, war es jetzt etwa 1300.

Er formulierte die Antwort sorgfältig und knapp. Als er damit fertig war, las sie sich wie folgt: »*Konvoi mit Kilos nördlich von Onekotan angegriffen. Da eine eindeutige Zielidentifizierung nicht möglich war, habe ich zwei Mk 48 in das Seegebiet zwischen den Eskortern geschickt. Torpedos wurden auf aktive Sonarsuche geschaltet. Nachdem ein Torpedo explodiert war, fing Sonar Unterwassertelefonat auf, aus dem hervorging, daß mit größter Wahrscheinlichkeit ein Exportrumpf versenkt wurde. Telefonat legt außerdem nahe, daß Boot der Typhoon-Klasse noch immer beim Konvoi war. Weiterer Angriff* nicht *geplant*. Mea culpa. Mea maxima culpa.«

Boomer ließ die *Columbia* auf Sehrohrtiefe gehen und nahm Kontakt mit dem Satelliten auf. Um 6030 Ortszeit schickte er die Nachricht ab, und 17 Minuten später erlitt Admiral Arnold Morgan fast einen Herzinfarkt. Er saß gerade bei einer Tasse Kaffee und einem Roastbeef-Sandwich in Admiral Mulligans Büro im Pentagon.

»Was soll der Scheiß? *Mea maxima culpa?* Was bedeutet denn das, verdammt noch mal?«

»Du warst wohl nie Ministrant, was?« sagte der katholisch erzogene Ire Mulligan.

»*Was?*«

»Ein Ministrant. Du weißt schon, das sind die Jungen, die dem Priester während der Heiligen Messe zur Hand gehen. Sie läuten die Schellen, reichen ihm den Wein und das Wasser bei der Wandlung und so weiter.«

»Nein, so was war ich nicht. In Texas, wo ich aufgewachsen bin, hat man am Sonntagmorgen Baseball gespielt. Ich war Fänger.«

»Es gehört nun mal leider zu meinem hohen Amt, daß ich mich mit Heiden wie dir abgeben muß, Arnie. Trotzdem täte es dir nicht schlecht, wenn du ein wenig mehr über die Lebensweise einer gottesfürchtigen Familie wie der meinen wüßtest. Ich *war* nämlich Ministrant, und so habe ich zusammen mit einem anderen Jungen jeden Sonntag vor dem Altar gekniet, habe mir auf die Brust geklopft und gebetet: ›*Mea culpa, mea culpa, mea maxima culpa.*‹ Das heißt so viel wie: Ist alles meine Schuld.«

»Dann will Boomer uns mit seinem Latein wohl sagen, daß er seine Kompetenzen überschritten hat?«

»Genau. Und das ist in meinen Augen ein Kennzeichen für einen hervorragenden Offizier. Boomer ist ein Mann, der seines Ranges würdig ist, und dem das Zugeben eines Fehlers nicht gefährlich werden kann.

»*Nicht gefährlich werden?*« polterte Morgan los. »Und ob ihm das gefährlich wird. Ich werde *höchstpersönlich* dafür sorgen, darauf kann er Gift nehmen. Der Junge ist ein verdammter Vollidiot! Was wäre denn gewesen, wenn er statt dem Kilo das beschissene Typhoon getroffen hätte? … Guten Morgen,

Mr. President, wir hatten da einen kleinen Unglücksfall im Nordpazifik… Einer unserer besten U-Boot-Kommandanten hat aus Versehen ein großes russisches Atom-U-Boot mit einem Torpedo in die Luft gejagt. Die radioaktive Wolke von seinen 20 Interkontinentalraketen ist gerade dabei, halb Asien zu verseuchen. Gut, nicht?«

Joe Mulligan mußte über die bittere Ironie in Morgans Worten schmunzeln. »Nun mal langsam, Arnie. Bei einer Operation wie der hier gibt es immer eine ganze Reihe von Risiken. Warum freuen wir uns nicht einfach, daß wir Glück gehabt haben? Boomer hat immerhin eines der beiden Kilos versenkt. Daß er dabei unbewußt eine 33prozentige Chance einging, den Dritten Weltkrieg auszulösen, ist eine andere Geschichte. Aber er hatte Glück und wurde dabei nicht erwischt. Und Glück braucht man nun einmal bei diesem gefährlichen Spiel, in das wir Boomer hineingeschickt haben.«

»Richtig, Joe. Glück brauchen wir alle. Trotzdem haben wir bei allen Nachrichten an die *Columbia* immer wieder betont, daß sie nur bei *eindeutiger* Identifizierung die Kilos angreifen darf. Boomer hat mit seiner eigenmächtigen Aktion gegen seine ausdrücklichen Befehle gehandelt. Er hatte das Kilo nicht nur nicht *eindeutig* identifiziert, sondern *überhaupt* nicht! Der Kerl hat einfach ins Blaue hineingeballert!«

Admiral Mulligan fand den Wutanfall des Nationalen Sicherheitsberaters so komisch, daß ihm vor lauter Lachen Kaffee in die Nase stieg und er laut losprusten mußte. »Reg dich doch nicht so auf, Arnie«, sagte er, nachdem er sich wieder beruhigt hatte. »Wenn wir Boomer jetzt zur Schnecke machen, dann erreichen wir damit nur, daß die Moral an Bord der *Columbia* sinkt.

Und denk daran, was Commander Dunning bisher für uns getan hat. Immerhin hat er drei von diesen Kilos versenkt, hat gerade eine Untertauchung des Nordpols hinter sich gebracht und verfügt immer noch über ein einsatzbereites Boot, das von den Russen bisher nicht entdeckt wurde.«

»Erspar mir seine verdammte Lebensgeschichte, Joe, die kenne ich selber. Ich rede nicht davon, was Boomer alles getan *hat*, denn das hätte jeder andere gute U-Boot-Kapitän genauso gemacht. Ich rede vielmehr davon, was er beinahe getan *hätte*. Der Mann hätte uns ja bloß um ein Haar in einen gemütlichen, kleinen Weltkrieg gehetzt, weiter nichts. Und das nur, weil er sich nicht an seine gottverdammten Befehle halten kann, die eine eindeutige Identifizierung seines Ziels forderten. Ist das zuviel verlangt? Ist das so weltbewegend? Einen so simplen Befehl müßte doch jeder befolgen können, der noch halbwegs bei Verstand ist. Für mich ist und bleibt der Mann ein Vollidiot.«

»Und was hättest du gesagt, wenn er in seiner Nachricht von einer eindeutigen Identifizierung des Kilos gesprochen hätte?«

Admiral Morgan rang nach Worten, aber zum ersten Mal in seinem Leben fand er keine passenden.

»Commander Dunning *hätte* das tun können«, sagte Mulligan, »und wir hätten es ihm nicht widerlegen können. Und wenn wir ihm jetzt, wie du es offenbar vorzuhaben scheinst, eine ernste Rüge erteilen, dann wird er uns möglicherweise daran erinnern, daß wir ihm gemeldet haben, das Typhoon habe den Konvoi verlassen. Ja, ich weiß, wir könnten kleinlich sein und uns auf den Standpunkt stellen, daß wir es ihm nie *direkt* gesagt haben. Aber wir waren nun mal der festen Überzeugung, daß es so sei, und das haben wir Boomer wissen lassen. Seien wir doch ehrlich, Arnie, *keiner von uns hat geahnt, daß das Typhoon noch beim Konvoi war*. Wir haben ja nicht einmal die Möglichkeit dazu in Betracht gezogen. Meiner Meinung nach hat sich Commander Dunning vorbildlich verhalten, und, ehrlich gesagt, ich hätte an seiner Stelle vermutlich nicht anders gehandelt.«

»Ich doch auch, verdammt noch mal«, brummte der Nationale Sicherheitsberater. »Aber ich will jetzt einfach noch nicht auf die Stimme der Vernunft hören.«

Joe Mulligan lachte. »Jetzt komm schon, alter Freund. Sieh den Tatsachen ins Gesicht. Wir haben gerade eine große Gefahr heil überstanden. Das ist doch schön, oder? Und jetzt müssen wir nach vorn schauen. Schon vergessen, daß K-10 immer noch irgendwo da draußen herumschwimmt?«

»Okay. Du hast recht. Dann lassen wir Boomer eben ungeschoren davonkommen. Aber ich möchte, daß du ihm meine Gedanken unmißverständlich mitteilst. Und ich will nicht, daß er befördert wird. Gottverdammte Irre wie ihn darf man einfach nicht zum Captain machen.«

Admiral Mulligan grinste und sagte: »Wie Sie wünschen, Herr Admiral. Boomer ist genauso ein Irrer, wie du und ich in unserer Jugend welche waren. Ich wünschte, wir hätten mehr von diesen Irren bei der Marine. Aber jetzt sollten wir wieder übers Geschäft reden. Im Augenblick können wir wohl nicht viel gegen K-10 unternehmen. Es wäre sinnlos, es bis nach Shanghai beschatten zu lassen, denn jetzt, wo K-9 verschwunden ist, wird das Typhoon es bestimmt die ganze Strecke über begleiten.«

»Darauf kannst du Gift nehmen. Dieser Bastard Rankow hat sich wieder einmal selber ausgetrickst. Das Typhoon hat Boomer nicht von einem Angriff auf die Kilos abgeschreckt, weil wir gar nicht wußten, daß es da war. Und dann haben seine blöden Zerstörer so viel Lärm gemacht, daß Boomer das Kilo nicht identifizieren konnte. Aber eines hat mir dieser Vorfall gezeigt: Die Russen tun wirklich alles, um die Kilos diesmal heil nach Shanghai zu bringen.«

»Nun, bei einem zumindest ist ihnen das schon mal nicht gelungen«, gab Joe Mulligan zu bedenken. »Und wenn ich das andere Kilo wäre, dann würde ich mich jetzt auf eigene Faust nach China durchschlagen. Im freien Wasser hat Boomer keine Chance, das Boot wieder aufzuspüren. Ich glaube, wir sollten die *Columbia* zur Überholung nach Pearl Harbor schicken. Das ist nur etwa 3000 Meilen von ihrem jetzigen Standort entfernt. In sechs Tagen wäre sie dort, und vielleicht könnten wir sie ja im Oktober mit der neu zusammengestellten Trägerkampfgruppe in den Persischen Golf schicken. Inzwischen, finde ich, hat sich ihre Mannschaft eine Erholungspause verdient.«

»Okay, Joe. Das ist ein guter Vorschlag. Und was K-10 betrifft, so sollten wir das Boot im Auge behalten. Vielleicht ergibt sich ja mal die Gelegenheit, es still und leise zu versenken. Immerhin haben wir von sieben Kilos sechs erwischt, das ist doch auch nicht schlecht, oder?«

Eine Stunde später ging eine Nachricht von SUBLANT an die *Columbia* heraus, die das Boot am nächsten Tag, dem 11. September, um 0900 Ortszeit vom Satelliten holte. Sie lautete: »*An Commander Dunning persönlich: Haben Ihre Nachricht erhalten. Gute Arbeit. Laufen Sie Pearl Harbor an. Was fehlende Identifikation anbelangt, läßt Ihnen der Nationale Sicherheitsberater ausrichten, Sie seien ein V. V. I. Mulligan.*«

Drei Stunden später, als die *Columbia* in der Tiefe des Nordpazifiks auf Südkurs dahinrauschte, las Boomer in seinem Büro die Nachricht zerknirscht noch einmal durch. Eigentlich hatte er Schlimmeres erwartet. Der CNO hätte ihn sogar seines Kommandos entheben können, denn er hatte klar gegen seine Befehle verstoßen, die unmißverständlich eine eindeutige Identifikation seines Ziels verlangt hatten. Aber Boomer war nicht der erste Kommandant an vorderster Front, dem klar wurde, wie einfach es war, am Schreibtisch in Washington Befehle zu verfassen, und wie schwer, diese Befehle buchstabengetreu auszuführen, wenn man irgendwo weit draußen auf einem fremden Meer war und versuchen mußte, seinen Auftrag zu erfüllen und gleichzeitig für die Sicherheit seines Schiffs Sorge zu tragen.

Es war typisch für die Navy, daß man ihm jetzt zum Abschuß des einen Kilos gratulierte und seinen befehlswidrigen Angriff damit verklausuliert guthieß. Und trotzdem ließ man keinen Zweifel daran, daß man den Kommandanten zur Rechenschaft ziehen werde, sobald man der Auffassung war, er habe seine Kompetenzen überschritten.

»Man kann nicht alles haben, Admiral Mulligan«, murmelte er. »Man kann die Plätzchen nicht gleichzeitig essen und für später aufheben.« Boomer fragte sich, ob er nun jemals seine Beförderung zum Captain erhalten würde, die ihm so viel bedeutete. Aber wie sollte er sie jetzt noch kriegen, jetzt, wo er sich Arnold Morgan zum Feind gemacht hatte. Der Nationale Sicherheitsberater würde von nun an seine Karriere mit Argusaugen verfolgen. Boomer wußte leider nur zu genau, was die Abkürzung V. V. I. in der Nachricht des CNO bedeutete: »Verdammter Vollidiot.« Boomer wußte nicht, wann es zum letzten Mal jemand gewagt hatte, ihn einen Idioten zu nennen, auch wenn es nicht kryptisch abgekürzt und über den halben Erdball hinweg geschehen war.

KAPITEL VIERZEHN

Der Stabswagen machte vor dem verschlossenen Tor des Gartens von Yu dem Mandarin halt und ließ einen großen Mann, der auf dem Rücksitz gesessen hatte, aussteigen. Sofort eilten zwei Männer in blauen Mao-Anzügen herbei, öffneten die Schlösser und ließen den Mann in Marineuniform in das Prunkstück von Shanghais am Meer gelegenen Gärten eintreten. Es war jetzt elf Uhr vormittags, und der Garten war bis um 14 Uhr für die Öffentlichkeit gesperrt. Für Chinas Kriegsherren freilich hatten solche Verbote noch nie Gültigkeit gehabt.

Die stahlbeschlagenen Absätze des Mannes klapperten über den Betonweg, der von der Halle zur Erlangung der Gnade zwischen dichten Hecken hinunter zu einem langgestreckten See führte, an dessen Ufer der Turm der Zehntausend Blüten stand. Hier hielt der Mann inne und ging durch den leichten Sprühregen hinüber zu einem riesigen Gingkobaum, der diesen Teil des Gartens beherrschte. Unter dem dichten Blätterdach dieses beeindruckenden Baums, dessen Spezies seit 200 Millionen Jahren in Nordchina heimisch ist, blieb der Mann stehen und suchte Schutz vor dem Regen.

In einsamer Wut stand er unter den Zweigen und atmete schwer, als müßte er die Kontrolle über sich wiedererlangen, als müßte er sich irgendwie daran hindern, einen Mord zu begehen. Er schlug sich mit der geballten rechten Faust in die Fläche der linken Hand und zischte erbost: »Wenn ich könnte, würde ich dieses verdammte Pentagon in die Luft sprengen!« Wenn ihn die Wut übermannte, war Admiral Zhang Yushu fast eine chinesische Ausgabe von Admiral Arnold Morgan. Im Augenblick konnte Zhang unmöglich die Gegenwart anderer Menschen ertragen. Ihm grauste schon vor dem Anruf von Admiral Witali Rankow, den er mittlerweile für den dümmsten Menschen von ganz Rußland hielt.

Vor einer Stunde hatte Zhang per Satellit eine Nachricht aus Moskau erhalten, die in knappen Worten von einem Unfall vor der Südspitze der Kurileninsel Paramuschir gesprochen hatte, seit dem leider eines der beiden Kilos vermißt werde. Zur Zeit des Unfalls sei es unter Bewachung von drei russischen Zerstörern und einer U-Boot-Jagdfregatte in 60 Metern Tiefe unterwegs gewesen. Zudem sei es unter Wasser von einem 25 000-Tonnen-Boot der Typhoon-Klasse begleitet und vor der Entdeckung durch feindliche U-Boote durch eine von den russischen Überwasserschiffen erzeugten Geräuschbarriere geschützt worden.

Die Russen standen vor einem Rätsel. Keines ihrer Schiffe hatte auf seinem Sonar einen herannahenden Torpedo entdeckt, und obwohl drei von ihnen ein Geräusch aufgefangen hatten, das eine Explosion hätte sein können, war sich niemand wirklich sicher, daß es sich auch wirklich um eine solche gehandelt hatte. Fest stand nur, daß eines der Kilos auf einmal auf ein Unterwassertelefonat nicht mehr reagiert hatte, und jetzt, fünf Stunden nach dem Vorfall, suchten die Zerstörer noch immer die mögliche Unglücksstelle ab und hatten dazu Verstärkung aus Petropawlowsk angefordert. Bisher hatte man bereits etwas Öl und ein paar Wrackteile auf dem Wasser gefunden, aber angesichts der starken Eskorte für die Kilos war man in Moskau der Meinung, daß man es hier mit einem Unfall, möglicherweise einer Knallgasexplosion in der Batterie, zu tun habe.

In seinem ganzen Leben hatte Zhang nichts Dümmeres und Beschwichtigenderes gelesen als diese Nachricht. Seine erste Reaktion darauf war nur eine einzige Frage gewesen: Hatte ein potentieller Angreifer wissen können, daß die Kilos von einem U-Boot der Typhoon-Klasse begleitet wurden? Und die Antwort darauf war nein gewesen. Das Typhoon, das Feinde eigentlich hätte abschrecken sollen, war seiner Aufgabe nicht gerecht geworden. Selbst Rankow mußte mittlerweile klargeworden sein, daß er das Typhoon den Amerikanern hätte *zeigen* müssen.

Beim Lesen der Nachricht hatte Zhang eine eiskalte Wut auf die Russen, »diese sturen, unbelehrbaren slawischen Bauernschädel«, ergriffen. In seinem Büro hatte er die eigenen Gefühlswallungen auf einmal nicht mehr ausgehalten und den unwiderstehlichen Drang verspürt, der Enge der Mauern zu entfliehen, an welchen er am liebsten irgendwelche Gegenstände zerschmettert hätte. So hatte er seinen Wagen kommen lassen und Befehl gegeben, daß man den Garten des Mandarins für ihn aufsperren solle.

Zhang liebte die Einsamkeit und wäre niemals in den Garten gekommen, wenn er von Besuchern gewimmelt hätte, wie er das von acht bis zehn und von 14 bis 17 Uhr tat. Jetzt aber konnte er ganz allein um den riesigen Gingkobaum herumspazieren und in Ruhe seine sich überschlagenden Gedanken ordnen. »Diese blöde russische Geheimniskrämerei!« schimpfte er laut. »Und diese abgrundtiefe Dummheit! Sie hätten doch bloß den Amerikanern *sagen* müssen, daß das Typhoon bei den Kilos war, und überhaupt nichts wäre geschehen. Kein amerikanischer U-Boot-Kommandant hätte es gewagt, einen Torpedo abzuschießen, wenn auch nur der Hauch einer Chance bestanden hätte, daß er damit ein mit Interkontinentalraketen vollgepacktes russisches Atom-U-Boot trifft ... und noch dazu in russischen Hoheitsgewässern!«

Für Admiral Zhang Yushu gab es überhaupt keinen Zweifel daran, daß die Amerikaner das Kilo abgeschossen hatten, so wie sie es schon einmal mit den beiden Booten im Nordatlantik getan hatten. Und auch die drei anderen Boote, die auf dem Belomorski-Kanal in die Luft gesprengt worden waren, gingen mit Sicherheit auch aufs Konto der Amerikaner. Trotz allen Beteuerungen der Russen hätte Zhang jetzt nicht einmal eine gebrauchte Rikscha darauf verwettet, daß das letzte Kilo unbeschadet den Hafen von Shanghai erreichte. Er schüttelte verärgert den Kopf und dachte voller Wut noch einmal an das, was sich vor wenigen Stunden in den Gewässern südlich von Paramuschir ereignet haben mußte. Er konnte sich sehr gut den Geräuschvorhang vorstellen, den die Zerstörer und die Fregatte mit ihren gegenläufig arbeitenden Schrauben und ihrem aktiven Sonar erzeugt hatten, und wußte, daß dieser infernalische Lärm für ein amerikanisches Jagd-U-Boot ein ernstes Problem darstellen mußte. Sicherlich war die Sonaranlage des Boots nicht in der Lage gewesen, die Kilos zu identifizieren.

Aber diese Methode hatte auch ihre Schattenseite. Mehrere sogar. Die wesentliche davon war die, daß die Amerikaner über hochentwickelte Unterwasserwaffen verfügten, die sie ständig verbesserten. Schon seit längerer Zeit waren ihre Torpedos in der Lage, selbständig ein Unterwasserziel zu verfolgen und zu vernichten. Durch die Tiefeneinstellung der Waffe konnte man sicherstellen, daß man ausschließlich ein U-Boot und kein Überwasserfahrzeug traf.

Zhang war bekannt, daß alle vier russischen Schiffe Täuschkörper hinter sich herschleppten, die einen anlaufenden Torpedo mit den von ihnen ausgestoßenen akustischen Signalen auf sich ziehen sollten. Aber er hatte auch von einer neuen Entwicklung der USA gehört, die es dem Torpedoleitoffizier gestattete, seine drahtgelenkte Waffe an solchen Schleppbojen vorbeizumanövrieren und sie dann nach einem neuen Ziel suchen zu lassen.

Mit dieser Technik wäre es sogar möglich gewesen, den Torpedo durch das von den vier Schiffen begrenzte Gebiet hindurchfahren, wenden und, von der anderen Richtung kommend, mit seinem aktiven Sonar ein zweites Mal nach seinem hilflosen Opfer suchen zu lassen. Zhang konnte sich gut vorstellen, daß etwas Ähnliches dem vermißten Kilo zugestoßen war. Er war bereit, die technologische Überlegenheit der USA neidlos anzuerkennen, aber er konnte nicht verstehen, wie man so dumm sein konnte, 24 Stunden am Tag absichtlich einen wahren Höllenlärm zu erzeugen, der es völlig unmöglich machte, einen sich leise nähernden Hightech-Torpedo auf dem Sonar zu erkennen.

Ebensowenig Verständnis hatte er dafür, daß die Russen es versäumt hatten, die Amerikaner von der Anwesenheit des Typhoons zu informieren oder es wenigstens offensichtlich zu machen, daß ein Angriff auf eines der Kilos mit einer 33prozentigen Chance verbunden war, den Dritten Weltkrieg auszulösen.

Zhangs Meinung nach war das der Schlüssel zu der ganzen schrecklichen Angelegenheit. Und während er nach oben blickte und ganze Trauben von noch unreifen Gingkonüssen erblickte, die in China als Delikatesse gelten, dachte er an die breiten, baltischen Gesichter der russischen Marineangehörigen, mit denen er es bisher zu tun gehabt hatte, und meinte fast, dabei die pompös scheppernden, für chinesische Ohren schrecklich unmelodischen Militärmärsche seines großen, grauen Nachbarn im Westen zu hören. Und er fragte sich allen Ernstes, was er wohl mehr haßte: die stumpfe, gänzlich unsubtile und leicht durchschaubare Mentalität der Russen oder die aufschneiderische, gesetzlose und ganz auf ihren technologischen Vorsprung vertrauende Überheblichkeit der Amerikaner.

Er ging ein paar Schritte weiter zu einem Aussichtspunkt, von dem aus man einen herrlichen Blick auf den 200 Meter breiten Huangpu-Fluß hatte, und sagte sich, daß die Antwort auf diese Frage eigentlich ganz einfach sei: Auch wenn er die Russen in vielerlei Hinsicht verachtete, so waren es doch die Amerikaner, die er aus ganzem Herzen verabscheute.

Obwohl sein Fahrer am Ausgang zur Fu-Yu-Straße wartete, beschloß der Oberbefehlshaber der chinesischen Marine, noch einen Spaziergang über den breiten Boulevard zu machen, der sich in einer weiten Rechtskurve unterhalb des Damms entlangzog. Auf diese Weise konnte er sich vielleicht seinen Ärger von der Seele laufen. Manchmal blieb er stehen und lauschte den Geräuschen von Chinas größtem und geschäftigstem Seehafen, dessen Docks sich über mehr als 50 Kilometer am Wasser entlangziehen.

Zhang hörte die ihm ein Leben lang vertrauten Schiffssirenen und betrachtete die überfüllten Fähren, die einer ganzen Flotte von alten Frachtschiffen mit plattem Bug den Platz streitig machten. Dazwischen kreuzten Dschunken unter vollen Segeln zwischen schwarzen Kohlekähnen umher, und nahe am Ufer steuerten unzählige lokale Händler ihre *Sampans* mit einem einzigen, *Yuloh* genannten Ruder durch das geschäftige Treiben.

Der Herr über die chinesische Marine hatte für dieses Chaos auf dem braunen Wasser des Huangpu nur ein Kopfschütteln übrig. Was für eine Disziplinlosigkeit diesem wilden Durcheinander zugrundelag! Und dabei war es nicht einmal typisch für Shanghai, das immerhin als die Wiege der chinesischen Marine galt. In den großen Werften von Jiangnan, Hudong und Huangpu wurden die besten Kriegsschiffe der Volksrepublik gebaut: die 4000-Tonnen Lenkwaffenzerstörer der Luhu-Klasse, dazu bisher 25 Fregatten der Jianghu-Klasse und die Zerstörer der Luda-Klasse, die ebenfalls über Lenkwaffen verfügten und von denen einer, der 3670 Tonnen verdrängende *Nanjing*, mehrere Jahre unter Admiral Zhangs Kommando gefahren war.

Wenn er die Augen schloß, konnte er das Schiff noch heute vor sich sehen: seine kurzen, nach hinten abgeschrägten Schornsteine, seinen schlanken, 133 Meter langen Rumpf, den modernen Wasserbombenwerfer am Bug, direkt vor der 130-mm-Kanone. Kapitän Zhang hatte dieses Schiff, das die Nummer 131 trug, hervorragend geführt. Er stellte sich die 120 Wasserbomben vor, die dieser Zerstörer damals an Bord gehabt hatte. Was hätte er nicht alles dafür gegeben, wenn er diese Wasserbomben jetzt in das Wasser des Nordpazifiks östlich der Kurileninseln hätte werfen können, in denen sich ein amerikanisches Atom-U-Boot verbarg und nur auf eine weitere Chance wartete, um auch das letzte von China bestellte Kilo zu versenken.

Admiral Zhang dachte an jenen frühen Morgen des 5. September, an dem er via Wladiwostok die Nachricht vom russischen Zerstörer *Admiral Tschabanenko* erhalten hatte, der sich damals vor der sibirischen Kap Oljutorski befand: »*Vorübergehender Radarkontakt sechs Meilen backbord voraus ... Möglicherweise amerikanisches Atom-U-Boot ...*« Außerdem erinnerte er sich an die Selbstzufriedenheit des russischen Kapitäns: *Zusätzliche Verteidigungsmaßnahmen nicht nötig. Akustische Barriere wird weiterhin aufrechterhalten. Amerikaner chancenlos.*«

Und wie, dachte Admiral Zhang grimmig, während er wieder in Richtung Garten ging, zurück zu dem großen Gingkobaum, der für ihn die uralte Seele seines Landes symbolisierte. Jedesmal, wenn er in Shanghai war, besuchte er den Garten und stellte sich minutenlang schweigend unter diesen Baum, der schon über 400 Jahre alt war und weitere 600 Jahre leben würde – ein Baum, dessen Art schon so lange in diesem von Zhang geliebten Land zu Hause war, daß er die Dinosaurier zu neuzeitlichen Emporkömmlingen machte.

Der Regen hatte aufgehört, und Zhangs Wut begann langsam zu verfliegen. Der Admiral ging am langgestreckten Ostufer des mitten im Garten gelegenen Sees herum zum Pavillon der neun Löwen. Den Turm der Erbauung ließ er links liegen, denn der paßte heute nicht zu seiner Stimmung. Zhang fragte sich, was er dem Großen Vorgesetzten sagen sollte. Er war sich sicher, daß er eine private Audienz bei dem mächtigen Mann erwirken könnte, aber er beschloß, noch einige Zeit damit zu warten. Denn sollte innerhalb der nächsten zwei Wochen das letzte Kilo-Boot unbeschadet im Hafen von Shanghai einlaufen, würde er beim Führer Chinas sehr viel bessere Karten haben als jetzt.

Müde trat Zhang aus dem Garten von Yu dem Mandarin und stieg in den wartenden Wagen. Bald würde er sich den peinlichen Fragen der Politiker stellen müssen, würde, wie immer bei solchen Gelegenheiten, militärisch unbeleckten Zivilisten geduldig erklären, weshalb die einfache Lieferung von ein paar Unterseebooten so enorm schwierig sein konnte, selbst in Friedenszeiten und in Gewässern, die Chinas Freunden, den Russen gehörten.

Admiral Witali Rankow, der seine volle Uniform trug, hatte fast die ganze Nacht im Kreml verbracht. Um zwei Uhr früh war die Nachricht von der Pazifikflotte gekommen, daß eines der beiden nach China fahrenden Kilos vor den nördlichen Kurilen verloren gegangen war. Rankow hatte versucht, Ruhe zu bewahren und sich erst einmal die Berichte der Konvoikapitäne vorgenommen. Keiner von ihnen glaubte daran, daß das Boot durch Feindeinwirkung untergegangen war, was aber möglicherweise nur Schutzbehauptungen waren.

Keiner von ihnen hatte irgendwelche Anhaltspunkte für einen Angriff bemerkt. Wie hätten die Amerikaner auch das Kilo auf ihren Sonargeräten orten sollen? Und sehen konnten sie es gleich zweimal nicht, denn es fuhr ja unter Wasser. Es war völlig *unmöglich*, die Kilos anzugreifen, sagten die Kapitäne. Kein amerikanischer Kommandant hätte einen Torpedo an den Eskortern mit ihren Täuschkörpern und an einem der größten U-Boote der Welt vorbei auf das Kilo lenken können. In diesem Punkt mußte Admiral Rankow ihnen recht geben.

Der großgewachsene frühere Geheimdienstoffizier war vielleicht kein solcher Experte für U-Boot-Waffen wie sein chinesischer Kollege Admiral Zhang, aber er wußte, was machbar war und was nicht, auch mit modernen amerikanischen Waffensystemen.

Dennoch *wußte* er auch, wider alle Logik, wer hinter all dem steckte. Es war derselbe, der mit einem teuflischen Handstreich drei nagelneue U-Boote, zwei Tolkatsch-Kähne und ein ganzes Stück des Belomorski-Kanals zerstört hatte: Admiral Arnold Morgan. Nicht zum ersten Mal in diesem Jahr hätte Witali Rankow den aggressiven Exchef des amerikanischen Marinegeheimdienstes eigenhändig erwürgen können – und zwar ohne dabei ein schlechtes Gewissen zu haben.

Am liebsten hätte er Morgan im Weißen Haus angerufen und ihm mit allem gedroht, was ihm gerade einfiel: mit Vergeltungsschlägen, dem Gerichtshof für Menschenrechte, den Vereinten Nationen, mit Bloßstellung vor der Weltöffentlichkeit. Aber er scheute sich vor der Demütigung, die ein Gespräch mit dem messerscharf argumentierenden Morgan mit sich bringen würde. Rankow glaubte fast, die süffisante, texanisch gefärbte Stimme des Admirals hören zu können: *He, Witali, altes Haus ... so was kann vorkommen ... Ihr müßt halt beim nächsten Mal besser aufpassen ...*

Nein. Das hätte er jetzt nicht ertragen können. Außerdem mußte er die Chinesen beruhigen und vor allen Dingen dafür sorgen, daß wenigstens das letzte Kilo in Shanghai ankam, trotz der Bemühungen des ruchlosen Verbrechers, der sich mit dem Titel eines Nationalen Sicherheitsberaters des amerikanischen Präsidenten schmückte.

Die *Columbia* befand sich 150 Meilen von der Stelle entfernt, an der sie K-9 versenkt hatte, und glitt durch 3700 Meter tiefes Wasser in rascher Fahrt auf die Midway-Inseln zu. Das Boot lief immer noch zu Boomers vollster Zufriedenheit, obwohl er Schiff und Mannschaft nun schon über einen Monat lang bis an die Grenze ihrer Leistungsfähigkeit beansprucht hatte. Jetzt war er froh, den hervorragend ausgestatteten amerikanischen U-Boot-Stützpunkt in Pearl Harbor anlaufen zu dürfen, wo die *Columbia* überholt werden sollte und die Mannschaft sich ausruhen konnte. Nach dem Eintreffen in Pearl Harbor würden der Reaktor abgeschaltet, Vorräte ergänzt und beschädigte Teile des Boots ausgewechselt werden. Ins Trockendock mußte die *Columbia* allerdings nicht, denn in den eiskalten Gewässern der Arktis gab es keine Pflanzen und Krustentiere wie solche, die sich in wärmeren Meeren an die Außenhaut eines Unterseeboots setzten und von Zeit zu Zeit eine komplette Säuberung des gesamten Rumpfs nötig machten.

Die siebentägige Reise der *Columbia* quer durch den Pazifik, die sie nördlich an Midway vorbei und über den Hawaiirücken führte, verlief ruhig und friedlich. Boomer ließ die Insel Kauai an Steuerbord liegen und steuerte die *Columbia* in den Kauai-Kanal, vorbei an Barbers Point und der felsigen Südküste von Honolulu. Am 17. September, genau eine Woche nachdem es K-9 im Nordpazifik vor der Insel Paramuschir versenkt hatte, lief das Boot in Pearl Harbor ein.

Die Mannschaft der *Columbia* genoß nach so vielen Wochen unter Wasser das helle Sonnenlicht Hawaiis. Sie würde vier Wochen hierbleiben, während ihr Boot auf Vordermann gebracht wurde. Während die Offiziere ihren aufgelaufenen Papierkram erledigten, half die Mannschaft, sofern das nötig war, den Mechanikern des Stützpunkts bei der Instandsetzung des Schiffs, während andere Seeleute das Stauen von Ausrüstung und Vorräten überwachten. Trotzdem hatten alle genügend Freizeit, um die Insel zu besuchen, und die Unverheirateten unter den Männern freuten sich schon auf Honolulus legendäres Nachtleben.

Obwohl es in Connecticut noch entsetzlich früh war, rief Boomer gleich nach seiner Ankunft bei Jo an und machte ihr die unangenehme Mitteilung, daß die *Columbia* nach ihrer Überholung möglicherweise für drei Wochen mit einer neu gebildeten Trägerkampfgruppe ins Arabische Meer mußte. Obwohl noch nichts definitiv feststand, konnte es gut sein, daß er bis Ende Dezember nicht nach Hause käme. Jo nahm die Nachricht relativ gelassen auf, obwohl das möglicherweise bedeutete, daß sie und die Kinder ein weiteres Weihnachtsfest ohne Boomer verbringen müßten. Für sie war zunächst einmal wichtig, daß ihr Mann in Sicherheit war.

Als Boomer ihr sagte, daß er eine Weile in Pearl Harbor bleiben würde, wagte Jo die Frage, wie er denn dorthin gekommen sei. »Ich dachte immer, du wärst im Atlantik und nicht im Pazifik«, sagte sie.

»Tut mir leid, Liebling, aber das darf ich dir nicht sagen«, antwortete er ausweichend. »Du weißt doch, daß unsere Mission streng geheim ist.« Dann senkte er die Stimme und fügte an: »Mein Name ist Dunning. Cale Dunning. Agent null-null-sechsdreiviertel.«

171630SEPT. 34.00N, 142.00E. 150 Meilen vor der Ostküste Japans, wo das Meer über 9000 Meter tief ist, fuhr ein jetzt unter chinesischem Kommando stehendes russisches Kiloboot nach Süden. Angetrieben von seiner Batterie machte es 90 Meter unter der Wasseroberfläche neun Knoten Fahrt.

Kapitän zu See Kan Yu-Fang, der bisher Chinas neues 8000-Tonnen-Atom-U-Boot der Xia-Klasse (Typ 093) befehligt hatte, war inzwischen ein Meister im Umgang mit den dieselelektrischen Booten russischer Bauart, die seinem Oberbefehlshaber so viel bedeuteten. Kapitän Kan war der ranghöchste Offizier der chinesischen Marine, der noch aktiven Dienst auf einem U-Boot tat. Auf dem für seine Defekte berüchtigten Xia-Boot, dessen mit atomaren Sprengköpfen ausgestatteten CSS-NX-4-Raketen auch nicht viel zuverlässiger waren, hatte er sich große Verdienste erworben.

Kan hatte sich schließlich versetzen lassen, weil es ihm vollkommen unwahrscheinlich erschienen war, daß China jemals eine Flotte von drei funktionierenden U-Booten mit Interkontinentalraketen auf die Beine stellen würde. Außerdem hatte Admiral Zhang in Kan einen idealen Kommandanten für eines der neuen Kilo-Boote gesehen, die von Rußland nach

China gebracht werden mußten. Der in Shanghai geborene Kapitän war noch ein Kommandant der alten Schule und hatte, als das Schwesterboot vor Paramuschir verschwand, den russischen Offizieren an Bord seines Boots gesagt, daß er nun auf eigene Faust nach Shanghai fahren werde und zwar untergetaucht und mit fünf Knoten Geschwindigkeit, bei denen sein Boot nicht zu orten sein würde. Er hatte den russischen Korvettenkapitän gebeten, den Befehlshaber des Konvois von dieser Absicht zu informieren, und von diesem Zeitpunkt an hatte Kan sämtliche Signale von den anderen Schiffen ignoriert. Heimlich, still und leise hatte er sich vom Konvoi entfernt und auf den Weg in Richtung Shanghai gemacht. Im Westen hätte man vielleicht gesagt, er habe Fersengeld gegeben.

Kapitän Kan hatte keine Lust gehabt, den Helden zu spielen, und noch viel weniger Lust, sich mit einem amerikanischen Jagd-U-Boot zu messen. Für ihn gab es nur eine Möglichkeit, sich der Dankbarkeit seines Oberbefehlshabers zu versichern: Er mußte das letzte Kilo sicher nach Shanghai bringen.

Und jetzt war er seit dem Vorfall vor den Kurilen sieben Tage unterwegs und ziemlich sicher, daß er das amerikanische U-Boot abgeschüttelt hatte. Er würde das Kilo in China abliefern. Kan gefiel sein neues Schiff, das sich hervorragend manövrieren ließ, und er mochte das Gefühl von Zuverlässigkeit und Stabilität, das es ihm vermittelte. Kan erwartete, daß er am Nachmittag des 23. September Shanghai erreichen würde. Als er östlich der Kurilen schnorcheln mußte, um die Batterien aufzuladen, hatte er Admiral Zhang über Funk seine Absichten mitgeteilt. Zwei Stunden später war er wieder getaucht und hatte den Weg nach Süden fortgesetzt, der ihn schließlich nach Hause nach China und in seine geliebte Heimatstadt Shanghai führen sollte. Trotz seiner Vorfreude wurde Kan nicht leichtsinnig und ließ die ganze Fahrt über schußbereite Torpedos in den Rohren seines Boots. Der 52jährige Kapitän Kan war ein gefährlicher Mann, den Admiral Zhang nicht umsonst für seinen Posten ausgewählt hatte. Zu dieser Entscheidung hatte nicht nur die Tatsache beigetragen, daß er der erfahrenste U-Boot-Kommandant war, den

China derzeit hatte, sondern auch sein persönlicher politischer Hintergrund.

Kan Yu-Fang war schon als Teenager Rotgardist und einer von Maos glühendsten Verehrern gewesen. In der Kulturrevolution war er an vorderster Front bei dem blutigen Kampf mit dabeigewesen, den Mao gegen große Teile des eigenen Volkes geführt hatte. Er war gerade mal 15 Jahre alt gewesen, als er 1966 die Erste Brigade der berüchtigten Schule Nummer 28 in Shanghai angeführt hatte. Dieser Verband aus 20 blutjungen Rotgardisten hatte damals für Furore gesorgt, weil sie vier ihrer Lehrer gefoltert hatten. Zweien davon hatten die fanatisierten Schüler die Augen ausgestochen, und zwei weitere hatten sie gezwungen, aus dem 5. Stock in den sicheren Tod zu springen. Damals hatte Kan Yu-Fang sich »Kan, der persönliche Leibwächter des Vorsitzenden Mao« genannt. Er hatte ständig eine Pistole und eine Viehpeitsche bei sich getragen und nachts unter dem Banner der Kulturrevolution die Straßen von Shanghai durchstreift, ständig auf der Suche nach dem »Klassenfeind«, der praktisch jeder war, der wirtschaftlichen Erfolg hatte.

Während der zwölf Monate, in denen Mao jugendlichen Gewalttätern unumschränkte Macht über die Erwachsenen gab, folterte und tötete Kan unzählige Lehrer und Intellektuelle. Er requirierte zu diesem Zweck sogar ein ganzes Theater in der Mitte von Shanghai und prügelte dort mit seinen Kumpanen regelmäßig Wissenschaftler und Universitätsprofessoren fast zu Tode. Weil Kan Frau und Kinder der Gefolterten zwang, bei seinen Exzessen zuzuschauen, stieg die Selbstmordrate in dem von ihm kontrollierten Stadtteil sprunghaft an. Seine Spezialität war es, seine Opfer in die »Düsenjägerposition« zu bringen. Dabei mußten sie sich auf den Bauch legen, und Kan riß ihnen die Arme so hoch über den Rücken bis er ihnen beide Schultern ausgekugelt hatte. Besonders bei Frauen machte er das gern, und öfters kam es bei diesen Gewaltorgien vor, daß seine Kumpane deren aufbegehrende Ehemänner zu Tode prügeln mußten.

Kan, der nie geheiratet hatte, nahm keine Rücksicht auf Frauen. Er war in einem zynischen Sinne das, was man heutzutage »geschlechtsneutral« nennen würde.

Als das abscheuliche und verhaßte Regime der jungen Roten Garden vorbei war, schaffte Kan einen nahtlosen Übergang zu den Roten Rebellengarden, die ohne Unterlaß durch die Straßen zogen und Maos Parolen skandierten: »Der wilde Tumult, mit dem eine Klasse die andere besiegt.«

Gegen Ende der 60er Jahre fiel Kans Brutalität einer der grausamsten Frauen in der Geschichte Chinas auf: der früheren Schauspielerin Jiang Qing, die Mao Zedong geheiratet hatte. Sie machte Kan zu einem der jüngsten Führer ihrer marodierenden Bande, die kreuz und quer durchs Land zog und Schulen, Universitäten und Bibliotheken zerstörte, Bücher verbrannte und Fenster einwarf und die wissenschaftlichen Gemeinden in den größeren Städten in Angst und Schrecken versetzte.

Madame Mao beschäftigte den jungen Kan vier Jahre lang, und dann erfüllte sie ihm seinen sehnlichsten Wunsch und nahm ihn in die Marine der Volksbefreiungsarmee auf. Als ein Junge, der nur einen Häuserblock vom Hafen aufgewachsen war, machte er das Beste aus dieser Chance und stieg rasch zum Offizier auf. Er war ein großer, distanzierter Mann mit dunkler, glatter Haut, der keine Freunde besaß, aber bald zu einem der besten Schiffsführer in der ganzen Marine wurde. Er war nie sonderlich beliebt, und einmal wurde er sogar verdächtigt, einer Prostituierten in Shanghai die Kehle durchgeschnitten zu haben. Die Tat konnte ihm allerdings nie bewiesen werden, und das Verfahren gegen ihn wurde rasch eingestellt.

Als Kan sich zu den U-Booten versetzen ließ, machte er einen großen Sprung in seiner Karriere. Er wurde zu einem furchtlosen Unterwasserkrieger, dem man nachsagte, der beste Waffensystemoffizier der ganzen Marine zu sein. Einige seiner Vorgesetzten allerdings wußten um seine Vergangenheit, und die meisten seiner Kameraden machten einen weiten Bogen um ihn. Admiral Zhang allerdings hatte in diesem seltsamen und emotionslosen Mördertyp von vornherein den Kommandanten eines der neuen Kilo-Boote gesehen. Der Admiral wußte, daß die Amerikaner, wenn sie Jagd auf diese Boote machten, ein speziell für schwarze Operationen ausgerüstetes U-Boot zum Einsatz bringen würden. Er wußte auch, daß der Kommandant eines solchen Boots ein gnadenloser Gegner sein würde. Wer immer dieser Amerikaner auch sein mochte, er würde in Kapitän Kan einen würdigen Gegner finden, der ihn bei der geringsten Provokation versenken würde. Und Admiral Zhang zögerte unter den gegebenen Umständen keinen Augenblick, ihm genau dieses Vorgehen zu befehlen. Die neuen Befehle, die das Kilo während seiner kurzen Schnorchelfahrt von seinem Satelliten empfing, ließen in dieser Hinsicht keinen Zweifel aufkommen.

231730SEPT. Als Kapitän Kan im Marinestützpunkt Shanghai von Bord des soeben angekommenen Kilos ging, schloß Admiral Zhang Yushu ihn vor lauter Begeisterung spontan in die Arme. Zhang befahl seinem Stab, die sechs russischen Berater, die den chinesischen Kapitän auf seiner Reise um die halbe Welt begleitet hatten, mit allen Ehren zu empfangen und für den heutigen Abend zu einem Essen mit dem Admiral und anderen hohen chinesischen Offizieren einzuladen.

Vorher allerdings führte er mit Kapitän Kan ein Gespräch unter vier Augen, bei dem er allerdings nicht allzuviel erfuhr, was er nicht ohnehin schon gewußt hatte.

Die beiden Kilos, so erzählte Kan, hatten zu keiner Zeit bemerkt, daß sie von einem amerikanischen U-Boot verfolgt wurden. Die schützende Geräuschbarriere hatte ihr Sonar vollkommen lahmgelegt, so daß sie keinerlei Anzeichen für einen Angriff entdeckt hatten. Wenn das andere Kilo wirklich von einem Torpedo getroffen worden sein sollte, dann hätte dieser über eine ausgeklügelte Steuerung verfügen müssen. Zur Zeit seines Verschwindens war das Boot weniger als eine Meile von Kans Kilo entfernt gewesen, in dessen Sonarraum man so etwas wie eine Explosion aufgezeichnet hatte. Aber bei all dem Lärm ringsum, so Kan, sei es unmöglich gewesen, irgendwelche sicheren Schlüsse darüber zu ziehen, was sie ausgelöst hatte.

Ganz zum Schluß stellte Admiral Zhang seinem besten U-Boot-Kommandanten die Frage, die ihn nun schon seit Tagen beschäftigt hatte. »Glauben Sie, es wäre besser gewesen, die Amerikaner irgendwie darauf aufmerksam zu machen, daß das Typhoon-Boot zusammen mit den Kilos unterwegs war?«

»Jawohl, Herr Admiral, das wäre allerdings besser gewesen. Ehrlich gesagt, ich bin eigentlich immer davon ausgegangen, *daß* die Amerikaner es wußten. Es erstaunt mich, daß Sie mir das Gegenteil erzählen ... Ich kann kaum glauben, daß die Russen die Anwesenheit des Typhoons verheimlicht haben.«

Am 1. Oktober schickte Admiral Zhang das neue Kilo zur südlichen Marinebasis in Kanton. Das Boot, das jetzt unter einer ausschließlich aus Chinesen bestehenden Mannschaft fuhr, brauchte für die 1200 Meilen lange Reise sechs Tage.

Und so kam das Kilo in dem neuen U-Boot-Dock am Perlfluß unter den Befehl von Vizeadmiral Zu Jicai, den Oberbefehlshaber der Südflotte. Zhang fand, daß das Kilo in Kanton besser aufgehoben war als in Shanghai, denn er hatte vor, es bald auf eine Reise in den Süden zu schicken. Mit Hilfe dieses Boots hoffte er herauszufinden, wo genau die Taiwaner ihre geheimnisvollen Nuklearexperimente durchführten. Die tatsächliche Wiedereroberung der abtrünnigen Insel würde allerdings noch warten müssen, bis Zhang von den Russen noch ein paar weitere Kilo-Boote erhalten hatte.

Am 14. Oktober traf in Peking um halb elf der Bericht eines in Taiwan arbeitenden Geheimagenten ein. Obwohl er aus einem sicheren Haus anrief, klang er gehetzt und wollte nur mit General Fang Wei persönlich sprechen.

Das, was er zu sagen hatte, klang äußerst kryptisch: »Professor Liao Lee von der Nationaluniversität ist plötzlich mitten in einer wichtigen Reihe von Vorlesungen verschwunden. Nach den Ferien um den Nationalfeiertag kam er nicht mehr auf die Universität zurück. Die Studenten sind verwirrt, und die Fakultät will sich zu seinem Verschwinden nicht äußern.«

General Fang rief über eine sichere Leitung sofort bei Admiral Zhang in Peking an, unterrichtete ihn von dem Telefongespräch und fragte, ob er denn wisse, wann das Hai Lung 793 wieder auslaufen würde.

Admiral Zhang schlug vor, daß der General sofort in sein Büro kommen sollte, und eine Stunde später hatten sie zweifelsfrei festgestellt, daß das in Holland gebaute U-Boot bereits vor zwei Tagen ausgelaufen war. Die beiden Männer waren sich sicher, daß der bekannte Atomphysiker an Bord war. Ebenso sicher waren sie sich, daß etwas Wichtiges in dem mysteriösen Nuklearlabor irgendwo im Süden geschehen sein mußte.

Zhang hatte schon eine ziemlich genaue Vorstellung, wo sich dieses Labor befinden könnte und schickte sofort eine Nachricht an Admiral Zu Jicai in Kanton: »*Schicken Sie das jüngst eingetroffene Kilo unter dem Kommando von Kapitän Kan Yu-Fang innerhalb der nächsten 24 Stunden zu der im südlichen Indischen Ozean gelegenen Inselgruppe der Kerguelen. Die Entfernung von Kanton bis dorthin beträgt etwa 8000 Meilen. Das Boot wird südlich der Lombokstraße aufgetankt. Detaillierte Anweisungen folgen.*«

Zwölf Stunden später, immer noch am 14. Oktober, um elf Uhr Ortszeit, erhielt Frank Reidel, der Abteilungsleiter für den Fernen Osten im CIA-Hauptquartier in Langley, Virginia eine verschlüsselte Satellitennachricht aus Taipeh. Sie kam von Carl Chimei, dem unersetzlich wichtigen Vorarbeiter im U-Boot-Stützpunkt Suao.

Chimei berichtete, er habe in der Morgendämmerung des 12. Oktober gesehen, wie ein Zivilist an Bord von Hai Lung *793* gegangen sei. Chimei hatte den Mann erkannt, weil er dessen Bild ein paar Tage zuvor in einer Broschüre der Nationaluniversität gesehen hatte, und schwor, daß derjenige Professor Liao Lee, Taiwans berühmtester Atomphysiker gewesen sei.

Frank Reidel pfiff aufs Protokoll und rief über eine ultrasichere Leitung direkt bei Arnold Morgan im Weißen Haus an.

»Morgan. Was gibt's?«

»Hier spricht Frank Reidel, Sir.«

»Hi, Frank. Schießen Sie los.«

»Unser Mann in Taipeh meldet, er habe den wichtigsten Nuklearphysiker Taiwans am Morgen des 12. Oktober an

Bord eines Hai-Lung-Unterseeboots gehen sehen. Kurz darauf ist das Boot ausgelaufen. Wohin, weiß wie üblich niemand.«

»Tja, Frank, das sind ja wirklich gute Nachrichten. Aber behalten Sie sie für sich, okay?«

Morgan knallte den Hörer auf die Gabel.

»Ungehobelter Kerl«, murmelte der CIA-Mann grinsend. »Aber er macht seinen Job verdammt gut... Und, was das schlimmste ist, ich mag den Kerl sogar.«

Admiral Morgan sagte seiner Sekretärin, sie solle sofort Charlie herbestellen und ihn vor dem Weißen Haus warten lassen.

Eine Stunde später saßen Admiral Morgan und Admiral Mulligan im Pentagon zusammen und kamen nach einem Gespräch von wenigen Minuten überein, daß es höchste Zeit sei, den Taiwanern auf den Kerguelen endlich einmal ernsthaft auf die Finger zu sehen. »Diese verrückten Bastarde basteln am Ende noch an irgendwelchen biologischen Waffen oder sonstwas herum... In ihrer pathologischen Angst vor Rotchina sind sie zu allem fähig.«

»Ich schätze eher, daß es eine Atombombe ist, an der sie basteln«, brummte der CNO. »Wozu sollten sie sonst diesen Professor in einem U-Boot dort hinschicken?«

Um 1237 schickte Admiral Mulligan per Satellit eine verschlüsselte Nachricht an die *Columbia* in Pearl Harbor:

»An Commander Dunning persönlich. Laufen Sie sofort zu den Kerguelen aus. Suchen Sie zwei Wochen lang gründlich die Inseln ab.

Operationsziel: Finden Sie geheime taiwanische Anlage. Bleiben Sie dabei unbemerkt, wiederhole: unbemerkt. COMSUBPAC ist darüber informiert, daß Sie weiterhin unter dem Kommando von SUBLANT OPCON stehen. Taiwaner betreiben auf Kerguelen vermutlich Anlage zur Produktion biologischer oder nuklearer Waffen, höchstwahrscheinlich auf Hauptinsel Courbet. Darüber hinaus vermuten wir geheimen Bunker für taiwanische Regierungsmitglieder für den Fall rotchinesischer Invasion Taiwans.

Taiwanisches Hai Lung 793 hat Suao am 12. Oktober verlassen. Voraussichtliche Ankunft auf Kerguelen 18. oder 19. November. Mission des Boots vermutlich Versorgungsfahrt für taiwanische Anlage.

Ihre Aufgabe: Finden Sie heraus, wo sich Anlage befindet. Sonst nichts. Erlaubnis zum Einsatz von Waffen nur zur Selbstverteidigung erteilt. – Präventive Selbstverteidigung nicht erlaubt.

Wenn Sie Operationsziel erreicht haben, verlassen Sie unverzüglich Operationsgebiet und erstatten Sie Bericht. Danach wird Ihr Auftrag möglicherweise erweitert.«

151200OCT. Chinas neuestes U-Boot der Kilo-Klasse verließ Kanton und fuhr 50 Meilen den Perlfluß entlang an den sich gegenüberliegenden Städten Kowloon und Macao vorbei ins vielbefahrene Südchinesische Meer. Nachdem es an den unzähligen kleinen Inseln vor Macao vorbeigeglitten war, ging es auf Tauchfahrt und strebte mit neun Knoten Geschwindigkeit hinaus ins offene Wasser. Auf diese Weise brauchte es dreieinhalb Tage, bis es an der Nordinsel der Philippinen vorbei war und direkten Kurs auf die Lombokstraße nehmen konnte. Sein Ziel waren die Kerguelen, und sein Kommandant hieß Kapitän Kan Yu-Fang.

151936OCT. Auch die USS *Columbia* verließ ihren Liegeplatz und glitt hinaus in die geschichtsträchtigen Gewässer von Pearl Harbor. Auf der Brücke stand, wegen der kühlen Abendbrise in seine dunkelblaue Marinejacke gehüllt, Commander Boomer Dunning neben seinem Ersten Offizier und dem Navigator Lieutenant Winsgate. Bis zu den 11 700 Meilen entfernten Kerguelen hatten sie zwar eine lange Reise vor sich, aber das Atom-U-Boot schaffte im kalten, jedoch ruhigen Wasser in 90 Metern Tiefe 550 Meilen am Tag. Die *Columbia* war in bester Verfassung, und der von Lee O'Brien in Pearl Harbor gewartete Reaktor lief einwandfrei. Wäre da nicht die Verstimmung mit dem Nationalen Sicherheitsberater gewesen, hätte Boomer mit sich und der Welt zufrieden sein können.

Noch immer dachte Boomer an den Rüffel, den er von Arnold Morgan erhalten hatte. Der Kommandant der *Columbia* wußte, daß Morgan furchtbar wütend gewesen sein mußte, als er Admiral Mulligan seine bitterböse Botschaft an ihn aufgetragen hatte. Und er wußte auch, daß er in dieser Angelegenheit eigentlich nichts zu seiner Verteidigung vorbringen konnte. Morgan hatte ja recht, Boomer *hätte* auch das verdammte Typhoon versenken können. Großer Gott, was wäre das schrecklich gewesen! Arnold Morgan hatte mit der ihm eigenen Klarheit Boomers Pflichtversäumnis erkannt.

Fünfzehn Minuten vor dem Auslaufen der *Columbia* hatte Boomer noch einmal eine persönliche Nachricht von SUBLANT erhalten, die ihn darüber informierte, daß K-10 Kanton verlassen habe und zu einem unbekannten Ziel unterwegs sei.

Boomer fröstelte trotz seiner dicken Jacke, als die *Columbia* die Inseln von Hawaii hinter sich ließ und hinaus in den Pazifik steuerte. Um 2030 verließ er zusammen mit den beiden anderen Offizieren die Brücke und gab Befehl zum Tauchen. Das Boot würde die ganze Fahrt an der Ostküste von Australien entlang und rund um Tasmanien unter Wasser bleiben und erst im südlichen Indischen Ozean, vor einer verlassenen, eiserstarrten Inselgruppe wieder auftauchen, der Boomer schon einmal unter sehr viel angenehmeren Umständen einen Besuch abgestattet hatte.

Gott allein weiß, was ich jetzt dort vorfinden werde, dachte er. Aber ich werde mich diesmal bis aufs i-Tüpfelchen genau an meine Befehle halten. Meine Karriere ist zwar ohnehin schon ruiniert, und ich werde es wohl nie bis zum Captain bringen, aber wenn ich mich jetzt noch einmal ins Fettnäpfchen setze, dann kehre ich möglicherweise als Zivilist nach New London zurück.«

Der chinesische Geheimdienst versuchte ohne Unterlaß, mehr Informationen von seinen Spitzeln in Taipeh zu bekommen, und langsam liefen diese Informationen im Büro von General Fang Wei ein. Am 24. Oktober gab es keinen Zweifel mehr daran, daß die Taiwaner auf einer der 300 Inseln der Kerguelen eine geheime Anlage zur Herstellung von Atombomben betrieben.

Der General traf sich mit Admiral Zhang im Marinehauptquartier in Peking und legte ihm die neuesten Informationen vor. Die Taiwaner, so hatten seine Spione herausgefunden, hatten unter strengster Geheimhaltung aus zweien ihrer Atomkraftwerke je einen Behälter zum Unterseebootstützpunkt in Suao gebracht. Mit großer Wahrscheinlichkeit hatte sich in diesen Behältern Uran befunden.

Zhang blieb zwei Stunden allein in seinem Büro und studierte die detaillierte Seekarte der Kerguelen, die englische Marinehydrographen unter der Oberleitung von Rear Admiral Sir David Haslam angefertigt hatten. Dann, um 16 Uhr 30, verfaßte er eine Nachricht an seinen Freund und Kollegen Zu Jicai im Süden und bat ihn, dem Kilo folgenden Befehl zukommen zu lassen: *»Finden und zerstören Sie taiwanisches Atomlabor auf den Kerguelen. Meiden Sie das Gebiet südöstlich der französischen Wetterstation in Port-aux-Français (49.21N, 70.11E) an der Südküste der Insel Courbet. Westküste der Insel kommt für Labor auch kaum in Frage, da ungeschützte Steilküste.*

Am wahrscheinlichsten dürfte Labor in den großen Buchten an Nordostküste zu finden sein – Choiseul-Bucht, Rhodes Bay und Golfe du Baleiniers. Möglicherweise erzeugt Reaktor von U-Boot französischer Bauart Strom für Labor, vielleicht ist es daran zu erkennen. Sorgen Sie mit allen Mitteln für Zerstörung des taiwanischen Labors.«

Die *Columbia* fuhr mit 20 Knoten Geschwindigkeit durch die Tiefe des Pazifiks und kam nur einmal täglich auf Sehrohrtiefe, um Kontakt mit dem Satelliten aufzunehmen. Am 18. Oktober hatten die Amerikaner 1600 Meilen ihrer Reise geschafft und das Zentralpazifische Becken schon fast durchquert. Am 21. Oktober passierten sie die Fidschi-Inseln, und drei Tage später erreichten sie die australische Tasmansee. Um 1200 am 26. Oktober befanden sie sich auf dem 45. Breitengrad vor Hobart in Tasmanien, wo Boomer und Bill Baldridge am letzten Februartag die *Yonder* abgeliefert hatten.

Vor dem Unterseeboot in schwarzer Mission lagen nun 3500 Meilen durch den südlichen Indischen Ozean, wo schwere Stürme, abrupte Wetterumschwünge und rauhe See Überwasserschiffen schwer zu schaffen machten. Der *Columbia* in ihrer stillen Tiefe konnte das alles natürlich nicht das geringste anhaben.

Die Stimmung an Bord war bestens, so wie sie seit dem Verlassen des Packeises die ganze Zeit über gewesen war. Selbst das Schlamassel vor den Kurilen hatte die Mannschaft nicht sonderlich aus dem Gleichgewicht gebracht, denn schließlich waren sie kurz davor dem Albtraum eines jeden U-Boot-Mannes entkommen: unter Wasser eingeschlossen zu werden und nicht mehr auftauchen zu können. Danach hatte es eigentlich nur noch bergauf gehen können.

Für die meisten an Bord war die jetzige Suchmission auf ein paar verlassenen Inseln nichts weiter als ein Kinderspiel. Sie würden niemanden torpedieren, und niemand würde das Feuer auf sie eröffnen. Und außerdem konnten sie auftauchen, wann immer ihnen danach war. Auch wenn das Wetter noch so ekelhaft sein mochte, es war jedenfalls angenehmer im Vergleich zu dem Gefühl, unter dem Packeis gefangen zu sein.

In Pearl Harbor hatten sie neue Videos an Bord genommen, alle waren gebräunt und fit, und Lieutenant Commander Curran hatte ein Dauer-Bridgeturnier ins Leben gerufen, bei dem allerdings niemand eine wirkliche Chance gegen ihn hatte. »Jerry muß einen verdammten Röntgenblick haben«, sagte Lee O'Brien, der Mathematiker aus dem Maschinenraum, der einfach nicht begreifen wollte, daß jemand sich die ausgespielten Karten besser merken konnte als er. Der einzige halbwegs ernstzunehmende Gegner für Curran war Chief Spike Chapman, dem die Konsole unterstand, von der aus bis auf den Reaktor alle mechanischen und elektrischen Funktionen des Boots gesteuert wurden. Er konnte sich die Karten merken und einigermaßen gut spielen, aber sein Partner, Lieutenant Commander Dickson, machte mit seinem hazardeurhaften Spiel meistens alles wieder zunichte. So hörte man beim Bridgespiel manchmal Chief Chapman, der wieder mal erkennen mußte, daß sein Partner sein Blatt total überreizt hatte, leise und verzweifelt stöhnen: »O Mann, Abe, Sir, können wir nicht mal ein bißchen auf Nummer Sicher spielen?« Sein nur mühsam verschleierter Ärger darüber, daß er oft fälschlicherweise von mehr Trümpfen ausging, als sein Partner dann bieten konnte, ließ die anderen manchmal in schallendes Gelächter ausbrechen.

Boomer Dunning war kein Bridgespieler und verbrachte die Reise in sich gekehrt und zurückgezogen, was sonst eigentlich nicht seine Art war. Seine Offiziere waren deshalb ein wenig ratlos, denn schließlich wußte keiner von der Nachricht, die ihr Kommandant von Arnold Morgan erhalten hatte.

Aber es ging Boomer noch etwas anderes im Kopf herum, und das war ein allgemeines Unbehagen in Hinblick auf die Kerguelen. Er war der einzige an Bord, der schon einmal dort gewesen war, und darüber hinaus auch der einzige, der sich näher mit dem verschwundenen Forschungsschiff *Cuttyhunk* befaßt hatte.

Boomer hatte keinen so messerscharf arbeitenden Verstand wie Arnold Morgan, Joe Mulligan oder gar Admiral Dunsmore, aber er war ein guter Seeoffizier und ein hervorragender Kommandant, dessen Urteil fast immer Hand und Fuß hatte. Noch nie hatte er bisher eine Lage grundlegend falsch eingeschätzt

In seiner Freizeit las er gern Bücher über große Sensationsprozesse und erzählte jedem, der es hören wollte, daß sich die meisten Fälle nur um eine einzige, meist sehr einfache Tatsache drehen, die niemand wegdiskutieren und ignorieren kann außer der Verteidigung, die oft behauptet, daß dieses eine, entscheidende Beweisstück manipuliert worden sei.

Auch beim Verschwinden der *Cuttyhunk* gab es eine solche Tatsache, die niemand ignorieren konnte. Boomer hatte sich die Worte aus dem Artikel dieses Freddie… wie war doch gleich der Name… Goodwin genau eingeprägt:

»*Mayday… Mayday… Mayday!… Cuttyhunk*, 49 Süd, 69… werden angegriffen… Japaner…«, hatte Dick Elkins, der Funker des Forschungsschiffs als letzte Nachricht nach Woods Hole gesendet.

In Boomers Augen konnte das nichts anderes bedeuten, als daß die *Cuttyhunk* angegriffen worden war, denn wieso hätte der Funker sonst so eine dramatische Nachricht losschicken sollen? Und die Tatsache, daß der letzte Funkspruch des Forschungsschiffs so abrupt abbrach, ließ kaum einen anderen Schluß zu als den, daß es an Bord zu einem Handgemenge gekommen war. Diese Vermutung wurde auch von der Tatsache erhärtet, daß die *Cuttyhunk* seither mitsamt ihrer Mannschaft und den sich an Bord befindlichen Wissenschaftlern verschwunden war.

Aufgrund der Informationen, die Boomer inzwischen hatte, war ihm klar, daß die vom Funker als Japaner bezeichneten Angreifer in Wirklichkeit die Taiwaner gewesen sein mußten, nach denen er jetzt suchen sollte. Sie mußten die *Cuttyhunk* damals mit ziemlich massiven Mitteln angegriffen haben und zwar aus Gründen, die für Boomer ziemlich offensichtlich waren: Das Forschungsschiff aus Woods Hole, das keinerlei militärische Gefahr darstellte, mußte etwas entdeckt haben, was die Taiwaner unter allen Umständen geheimhalten wollten.

Und wenn die taiwanische Marine wirklich ohne Zögern das Feuer auf US-Bürger eröffnet und deren Schiff entweder versenkt oder konfisziert hatte, dann würde sie wohl auch nicht davor zurückschrecken, die *Columbia* anzugreifen. Boomer wußte aus eigener Erfahrung, daß die Taiwaner Unterseeboote in der Nähe der Kerguelen hatten – schließlich waren Bill Baldridge und er diejenigen gewesen, die hier vor einigen Monaten das Periskop entdeckt hatten.

Was für Verteidigungsmaßnahmen die Taiwaner ergriffen hatten, konnte Boomer nicht sagen, aber er nahm sich vor, seinen Auftrag mit äußerster Sorgfalt auszuführen. Er hatte ausdrücklichen Befehl, nur dann das Feuer zu eröffnen, wenn er sich nach den international geltenden Regeln der Notwehr selbst verteidigen mußte. Ansonsten sollte die *Columbia* unbemerkt bleiben. Diesmal war Boomer fest entschlossen, seine Instruktionen buchstabengetreu zu erfüllen.

Alle diese Überlegungen führten dazu, daß der Kommandant der *Columbia* auf dieser Reise in den tiefen Süden die gute Laune seiner Mannschaft nicht ganz teilen konnte. Aber bis sie sich den Kerguelen auf 100 Meilen genähert hatten, wollte er seinen Leuten die gute Stimmung nicht vermiesen. Er ließ sie ein Video nach dem anderen anschauen und sah zu, wie Abe Dickson entgegen aller Spielvernunft sein Blatt draufgängerisch überreizte und damit ein Verhalten an den Tag legte, das Arnold Morgan an Boomer selbst heftig kritisiert hatte.

Fort Meade, Maryland. 26. Oktober. Admiral George Morris gab telefonisch seinen Vormittagsbericht an den Nationalen Sicherheitsberaters durch. Seit elf Tagen, als am 15. Oktober um 1500 Ortszeit der Satellit den leeren Liegeplatz von K-10 in Kanton fotografiert hatte, glichen sich diese Berichte wie ein Ei dem anderen.

»Schon wieder nicht die geringste Spur von dem verdammten Ding, Sir. Wenn es mit neun Knoten unter Wasser fährt, kann es jetzt 2500 Meilen von seiner Basis entfernt sein, und das in jeder beliebigen Richtung. Im Norden, Süden, wo auch immer. Ich habe keine Ahnung.«

»Ich auch nicht, George. Es kann natürlich auch rings um Taiwan Patrouille fahren oder hinauf nach Südkorea unterwegs sein. Das ist ja das Schlimme an diesen kleinen Bastarden: Man kann sie nicht sehen und bei langsamer Geschwindigkeit nicht einmal hören. Wer kann da schon sagen, wo sich so ein Kilo gerade herumtreibt? Lassen Sie mich auf jeden Fall wissen, wenn es etwas Neues gibt. Ich kann es nun mal nicht leiden, wenn so ein Biest unbemerkt durch die Weltmeere schleicht.«

Am 2. November um 21 Uhr glitt die *Columbia* über den Indisch-Antarktischen-Rücken und näherte sich von Osten her den Kerguelen. Am 5. November kurz vor 0800, als das Unterseeboot in 185 Metern Tiefe noch 100 Meilen von der Insel Courbet entfernt war, wandte sich Boomer Dunning über die Lautsprecheranlage an seine Mannschaft.

»Hier spricht der Kommandant«, sagte er. »Wie Sie alle wissen, kommen wir langsam in die Nähe der Kerguelen. Bisher wollte ich Sie nicht beunruhigen, und ich will es auch jetzt nicht mehr als nötig. Aber ich möchte jeden einzelnen ausdrücklich darauf hinweisen, daß ich diese Suchoperation weder als eine Routinemission noch als ungefährlich betrachte.

Ich weiß nicht, wem von Ihnen bekannt ist, daß auf den Kerguelen ein Schiff des Ozeanographischen Forschungsinstituts in Woods Hole mit 29 Menschen an Bord verschwunden ist.

Vielleicht haben manche von Ihnen die Zeitungsartikel über die Tragödie gelesen und wissen, wie der letzte Funkspruch der *Cuttyhunk* lautete, bevor der Funker des Schiffs abrupt verstummte. Er rief *Mayday* und dann, daß das Schiff von Japanern angegriffen werde.

Auch ich bin der Meinung, daß die *Cuttyhunk* überfallen wurde, und zwar von einem Fahrzeug einer fremden Marine, das die Leute schützen sollte, nach denen wir jetzt suchen. Kurz gesagt, dieses Fahrzeug könnte gut und gern auch *uns* angreifen, und wir können nicht sagen, ob es Wasserbomben oder andere U-Boot-Abwehrwaffen an Bord hat. Ich jedenfalls hätte solche Waffen, wenn ich auf einer Inselgruppe wie den Kerguelen mit ihren vielen schmalen Wasserarmen und Fjorden etwas zu bewachen hätte.«

Mit dieser Bemerkung erntete Boomer einiges Gelächter bei der Mannschaft. »Aber keine Angst, Leute«, fuhr er fort, »wir wissen, daß es niemand ernsthaft mit uns aufnehmen kann. Dazu sind wir und unser Schiff einfach zu gut. Aber meine Befehle sind klar und deutlich: Wir sind lediglich hier, um etwas zu suchen und unseren Fund COMSUBLANT zu melden, nicht um irgend jemanden anzugreifen.

Trotzdem sollten wir uns immer vor Augen führen, daß wir *möglicherweise* in gefährlichen Gewässern operieren, und deshalb müssen wir immer auf der Hut sein und ständig Augen und Ohren offenhalten. Wir wollen diese Suche wie die Profis durchführen, die wir alle sind. Und denken Sie dabei immer daran, daß wir nur dann unsere Waffen einsetzen dürfen, wenn klar und eindeutig erkennbar ist, daß wir selbst angegriffen oder ernsthaft bedroht werden. Dann gilt, wie immer, der Satz: ›Wer uns versenken will, den versenken wir zuerst!‹«

Dieser Ausspruch gefiel allen an Bord. »Das wär's eigentlich schon, Leute«, schloß der Kommandant. »Morgen bei Tagesanbruch beginnen wir mit unseren Suchfahrten. Wir pirschen uns unauffällig an und tun unsere Arbeit. Wir wissen zwar nicht, wer oder wo unser möglicher Feind ist, aber wir sollten immer dafür sorgen, daß wir ihn sehen, bevor er uns sieht. Das war alles.«

Ein paar Stunden später stieg die *Columbia* durch das kalte Wasser nach oben und kam neun Meilen vor den hohen Granitklippen von Cape George, der Ostspitze der Insel Courbet auf Sehrohrtiefe. Über dem Wasser tobte ein antarktischer Sturm aus Nordwest, der bis zu zehn Meter hohe Wellen aufpeitschte.

»Bei diesem Seegang ist nicht viel zu sehen«, brummte Boomer. »Okay, Tiefenrudergänger, bleiben Sie auf Sehrohrtiefe. Wir werden die Küste mit Infrarot und ESM beobachten und gehen langsam näher ran, um besser sehen zu können. Behalten Sie das Echolot im Auge. Jetzt haben wir 92 Meter Wassertiefe, und weniger als 60 dürfen es nicht werden. Aber vertrauen Sie nicht der Karte, die ist schon etwas älter und möglicherweise nicht mehr ganz zutreffend.«

Langsam näherte sich die *Columbia* der Insel, so daß Boomer immer mehr von ihrer schroffen, kahlen Felsenküste sehen konnte. Inzwischen war auch das Wetter etwas besser geworden, und im Windschatten der Küste waren auch die Wellen nicht mehr ganz so hoch. Das Licht an diesem grauen, wolkenverhangenen Tag war allerdings nicht sonderlich gut, besonders jetzt nicht, wo die Sonne noch nicht über die zerklüfteten, in einem weiten Bogen geschwungenen Granitklippen von Cape George gestiegen war.

Boomer brauchte eine ganze Weile, bis er sich wieder an das trübsinnige Bild gewöhnt hatte, das ihm diese düstere, feindselig wirkende Insel bot, die er vor neun Monaten zum ersten Mal in seinem Leben gesehen hatte. Nachdem er die Küste eine Weile betrachtet hatte, schüttelte er sich und übergab das Periskop an den wachhabenden Offizier.

Boomer hatte vor, solange das Wetter hielt, auf Sehrohrtiefe an der Südküste von Courbet entlangzufahren. Die *Columbia* würde dabei bei fünf Knoten ständig ihr Infrarotperiskop auf die Küste richten und auch das Radarwarngerät und das passive Sonar ständig auf Empfang lassen. Die Infrarotsensoren der *Columbia* reagierten weniger auf Licht als auf Wärme, aber das war gut so. Das, wonach Boomer suchte, würde sich nämlich eher an der abgestrahlten Wärme als am Licht erkennen lassen.

Der Kommandant der *Columbia* beschloß, sich für die 70 Meilen lange Südküste der Insel Courbet 48 Stunden Zeit zu nehmen und dann Cap Bourbon zu runden und die einsame, 80 Meilen lange Westküste abzusuchen.

Im Süden fand Boomer mehr oder weniger das, was er sich vorgestellt hatte, nämlich nichts bis auf die französische Wetterstation. Weil die *Columbia* ständig auf Sehrohrtiefe war, wurde sie bei ihrer Suche von den riesigen Wellen hin und her geschaukelt wie ein gestrandeter Wal. In der Messe zerbrachen in diesen zwei Tagen und Nächten mehr Tassen und Teller als sonst in einem ganzen Jahr, und zweimal verlor das Boot den Trimm, so daß es die Wasseroberfläche nach oben durchbrach. Nach dem zweiten dieser Vorfälle ließ Boomer die Geschwindigkeit auf sieben Knoten erhöhen, damit die *Columbia* mehr Druck auf ihre Ruder bekam.

Mike Krause bemerkte, daß die Orte, an denen sie vorbeikamen, mit Namen wie Cape Challenger und Savage Bay dem Charakter ihrer Mission entsprachen, und Lieutenant Wingate meinte, daß die Wellen, die sich an den Eingängen zu den langgestreckten Fjorden aufbauten, gut und gern einen Öltanker zum Kentern bringen konnten.

Nachdem die *Columbia* zweimal an der Südküste entlanggelaufen war, hielt Boomer ihre Aufgabe dort für erledigt. Sie hatten nichts von Interesse gefunden, und es gab keine Bucht und keinen Fjord, in den man ohne Gefahr für Schiff und Mannschaft hätte einlaufen können. Die Bay of Swains, die Larose-Bucht und der zwölf Meilen lange Fjord mit Namen Table Bay sahen wie Todesfallen aus.

Wenn die Taiwaner es schaffen, dort drin eine Atomfabrik oder was auch immer zu unterhalten, dachte Boomer, dann dürfen sie ihre Bomben von mir aus basteln: Heil bringen die sie da sowieso nicht heraus!

In der Morgendämmerung des 7. November rundete die *Columbia* Cap Bourbon und lief nach Norden. Mike Krause war der Meinung, daß laut Seekarte eine der tristesten Küstenlinien der Welt auf sie warte, mit zerklüfteten Inseln, kahlen Felsen knapp ober- und unterhalb der Wasserlinie, vor denen sicherlich einige Wracks von Schiffen lagen, deren unglückliche Kapitäne im Lauf der Jahrhunderte unter den hier zumeist vorherrschenden katastrophalen Wetterbedingungen das Glück verlassen hatte.

Sie fuhren an der Île de l'Ouest vorbei und blickten ehrfurchtsvoll hinüber zum 678 Meter hohen, schneebedeckten Peak Philippe d'Orléans, der die sechs Meilen vor der Küste von Courbet gelegene Insel dominierte. Lieutenant Winsgate riet Commander Dunning, sich wegen einer gefährlichen, felsigen Untiefe vor der Einfahrt zur Baie de Bénodet und der Baie de l'Africain für die nächsten 20 Meilen mindestens sieben Meilen von der Küstenlinie entfernt zu halten.

Die *Columbia* passierte die messerscharfen Unterwasserfelsen mit gebührendem Abstand, während ein Westwind der Stärke sechs das Meer aufpeitschte. Boomer sah durch sein Periskop, daß die großen Wellen sich an den Riffen drei Meilen vor der Küste weiß schäumend brachen. »Was für ein fürchterlicher Ort«, sagte er. »Dieser Wind würde jedes Oberflächenschiff auf das Riff drücken.«

Ein weiterer Tag und eine weitere Nacht vergingen auf dieser langsamen, quälenden Fahrt, bei der niemand an Bord der *Columbia* so recht daran glauben wollte, daß das, wonach sie suchten, auf dieser schrecklichen, menschenleeren Insel, auf der es keine Tiere außer Möwen und Pinguinen gab, überhaupt existierte. Trotzdem mußte die Arbeit getan werden, und Boomer führte seine Mission sorgfältig und hartnäckig durch.

Im letzten Licht des 8. November passierte die *Columbia* die Îles Nuageuses, die Wolkigen Inseln, die direkt vor der Nordwestspitze Courbets lagen. Auch hier gab es keinen Schutz vor dem Sturm, so daß Boomer nach steuerbord abdrehte und das Boot ins tiefe Wasser bei Bligh's Cap steuerte, das den Namen von Kapitän Cooks Navigator trug. Anhand des GPS war die Position der *Columbia* punktgenau zu bestimmen, und Boomer dachte nicht zum ersten Mal, daß ohne das satellitengestützte Navigationssystem eine Suchaktion wie diese sich zu einem echten Albtraum auswachsen konnte.

Am nächsten Morgen, der wieder einmal düster und sturmdurchbraust war, ging Boomer auf Südostkurs und steuerte Cap Aubert an, nur um zu überprüfen, ob die Taiwaner so verrückt waren, ihre Anlage in einer Höhle oder einem Tunnel an der dem Wetter ausgesetzten Nordseite von Courbet zu installieren.

Während sich im Nordwesten gewaltige Sturmwolken zusammenballten, fuhr die *Columbia* in fünf Meilen Entfernung am Cap d'Estaing vorbei und glitt, nachdem sie einer Untiefe ausgewichen war, in den 15 Meilen langen Fjord namens Baie de Recques, wo das Wasser stellenweise über 100 Meter tief war, um dort die Nacht zu verbringen. Als am Abend ein Blizzard mit starkem Schneetreiben losbrach, bemerkten ihn die amerikanischen U-Boot-Fahrer an ihrem windgeschützten Liegeplatz unter Wasser kaum.

Der nächste Tag, der 10. November, war etwas heller, und Boomer beschloß, 70 Meilen weit nach Ost-Südost zu fahren und an dem hinter ausgedehnten Seegrasfeldern gelegenen Cape Sandwich an der Ostseite der Insel nach dem Rechten zu sehen. Danach wollte er langsam zurückfahren und die kleinen Inseln im Golfe des Baleiniers und in der Baie de Rhodes absuchen. Danach wollte er Kurs auf Cox's Rock nehmen, einen schwarzen, im Meer liegenden Granitfelsen, den Bill Baldridge und er in Sicht gehabt hatten, als Bill das Periskop entdeckt hatte.

Wer weiß, dachte sich Boomer, vielleicht nimmt ja das Hai Lung *793*, von dem SUBLANT gesagt hat, daß es in einer Woche bei den Kerguelen sein könnte, denselben Weg wie das U-Boot damals.

Unter dieser Voraussetzung hatte er noch genügend Zeit, um die kleinen Inseln im Herzen des Archipels abzusuchen, bevor er in einer Woche wieder an diese Position zurück-

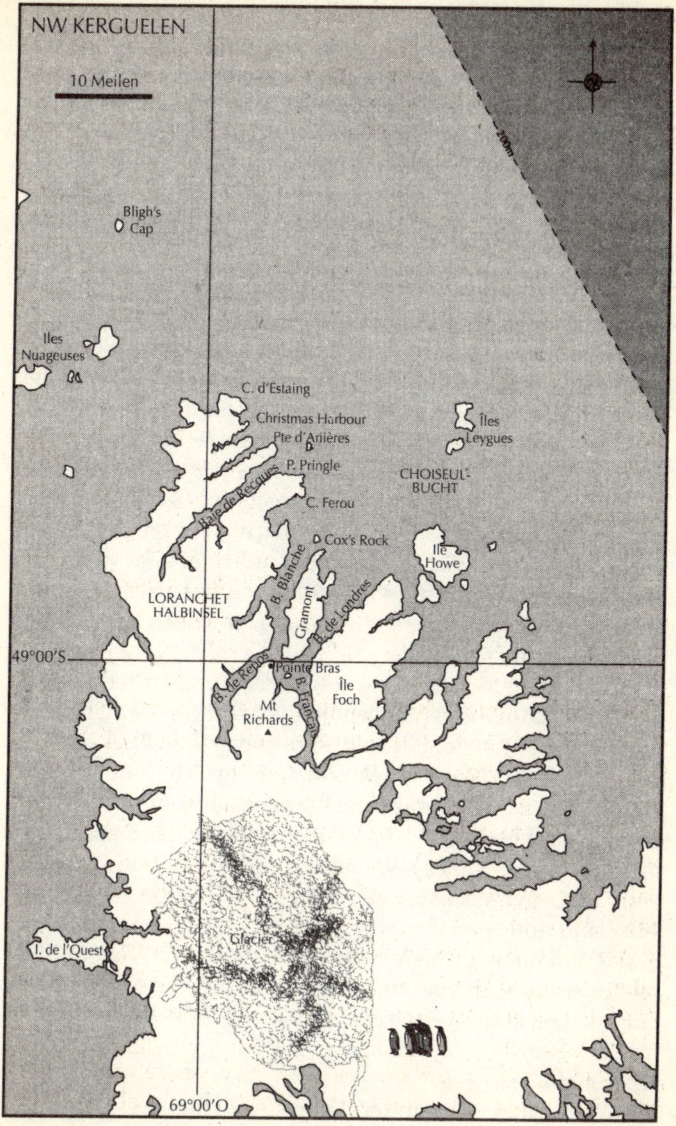
NW KERGUELEN
10 Meilen
200m
Bligh's Cap
Iles Nuageuses
C. d'Estaing
Christmas Harbour
Pte d'Anières
P. Pringle
Baie de Recques
C. Ferou
Îles Leygues
CHOISEUL-BUCHT
Cox's Rock
Ile Howe
B. Blanche
Gramont
B. de Londres
LORANCHET HALBINSEL
49°00'S
B. de Repos
Pointe Bras
B. Français
Île Foch
Mt Richards
Glacier
I. de l'Quest
69°00'O

kehrte und auf das Hai Lung wartete. Dieses Mal allerdings würde Boomer nicht das Periskop sehen müssen, um zu wissen, daß das in Holland gebaute Boot in der Nähe war, denn das Sonarsystem der *Columbia* würde es schon von weitem hören.

Und so tasteten sich Boomer und seine Crew fast eine ganze Woche lang durch die windgepeitschten Gewässer im Nordosten der Inselgruppe. Meistens blieben sie auf Sehrohrtiefe und verbrachten viel Zeit damit, Seegrasfeldern und Unterwasserfelsen auszuweichen. David Wingate schien 24 Stunden am Tag über seinen Karten zu hängen. Vorsichtig schlichen sie durch die Baie de Rhodes und querten die kurze Seestraße hinüber zur Baie de Londres. Sie umrundeten Howe Island und die Insel Gramont, aber auch dort war nichts von den Taiwanern zu sehen oder zu hören. Das einzig Positive in dieser Woche war eine Nachricht von SUBLANT, die Boomer mitteilte, daß die *Columbia* nach dieser Mission nicht ins Arabische Meer müsse, sondern am 19. November nach New London fahren dürfe. Das bedeutete, daß Boomer endlich einmal wieder an Weihnachten zu Hause sein würde, und das nach einer einzigartigen Weltumrundung, von der er leider niemandem erzählen durfte.

In der Abenddämmerung des 16. November ließ Boomer die *Columbia* sich zwei Meilen von der Stelle in der Choiseul-Bucht entfernt, an der Bill Baldridge und er vom Deck der *Yonder* aus das Periskop gesehen hatten, auf die Lauer legen. Ganz wohl war ihm dabei nicht, denn obwohl sie hier eine gute Chance hatten, das Hai Lung, sollte es überhaupt kommen, zu hören, war es keine ideale Position für ein Unterseeboot. Im Gegenteil: Diese relativ enge Bucht, die an drei Seiten von Land umgeben war, war der Albtraum eines jeden Sonaroffiziers. Hinzu kam, daß das Wasser mit 185 Metern Tiefe relativ seicht war, was zusätzliche Störungen des Sonars zur Folge haben konnte – von der ständigen Möglichkeit eines mit rauhem Seegang verbundenen Wetterumschwungs ganz zu schweigen.

Lieutenant Commander Krause mochte diese Position ebensowenig wie Boomer, der am Abend das Problem mit

Jerry Curran besprach. »Wissen Sie was, Jerry«, sagte der Kommandant der *Columbia,* »wenn dieses holländische Boot sich hier nachts an uns vorbeischleicht, vielleicht sogar bei schwerer See, dann kann es gut sein, daß wir es weder sehen noch hören. Es muß doch einen Weg geben, um das zu verhindern, verdammt noch mal.«

»Ich weiß, daß es mühsam ist, Sir«, sagte Curran, »aber ich denke, wir sollten diese Bucht wieder verlassen und 150 Meilen weiter nordöstlich in Position gehen, gleich jenseits der Untiefen, wo es tieferes und ruhigeres Wasser gibt. Dort können wir ein schnorchelndes U-Boot vielleicht schon in 30 Meilen Entfernung hören. Hier drinnen jedenfalls ist es hoffnungslos: zu seicht, zu laut und zu eingeengt. Draußen auf der offenen See hat das Hai Lung weitaus weniger Chancen, an uns vorbeizuschlüpfen. Wahrscheinlich kommt es auf direktem Weg von Bali her, und da muß es praktisch an der Position vorbei, die ich Ihnen gerade vorgeschlagen habe. Wenn es zudem noch schnorchelt, wovon ich ausgehe, dürfte die Ortung kein Problem sein.«

»Sie haben recht, Jerry. Wir verändern unsere Position, und sobald wir das taiwanische Boot kommen hören, fahren wir ihm hinterher.

Kommandant an Wachoffizier: Umdrehungen für acht Knoten ... Kurs null-null-null. Abe, ich möchte, daß Sie zwölf Meilen lang diesen Kurs steuern und dann auf null-sechs-null gehen, bis wir jenseits der 200-Meter-Linie sind.«

»Aye, Sir.«

Um 2106 verließ die *Columbia* die Choiseul-Bucht und fuhr entlang der Route, die das Hai Lung nehmen mußte, wenn es auf den Punkt zusteuerte, an dem Boomer im Februar das Periskop gesehen hatte, wieder hinaus aufs Meer.

Nachdem die Amerikaner ihre Position südlich des 47. Breitengrades auf 72 Grad östlicher Länge erreicht hatten, warteten sie 24 Stunden lang geduldig auf das taiwanische Boot, das aber nicht kam. So wurde es wieder Abend, und noch immer saßen die Leute im Sonarraum mit erhöhter Aufmerksamkeit vor ihren Bildschirmen und lauschten hinaus ins stille Meer.

Dieser Abend, es war der 17. November, war laut Planung von SUBLANT der vorletzte, den die *Columbia* vor den Kerguelen verbringen sollte, aber Boomer überlegte sich schon, ob er nicht beim nächsten Funkspruch nach Norfolk vorschlagen sollte, die Mission um ein paar Tage zu verlängern.

Dann aber, am 17. November um 2224, geschah etwas, was die Lage dramatisch veränderte. Boomer ging gerade durch den Navigationsraum, als ihn eine Stimme aus dem Sonarraum abrupt stehenbleiben ließ. Es war Lieutenant Bobby Ramsden, der Sonaroffizier. »Wir kriegen was rein, Sir ... nur knapp über dem Hintergrundrauschen ... Schwer zu sagen, was es ist ... aber ich glaube nicht, daß es was mit dem Wetter oder dem Seegang zu tun hat.«

Ein paar Minuten vergingen, in denen Boomer und Lieutenant Commander Curran im Sonarraum auf die Schirme starrten. Dann sagte Lieutenant Ramsden: »Leises Maschinengeräusch. Relativ 92. Erbitte Drehung auf 135, um Störgeräusche auszuschalten.«

Die *Columbia* drehte sich langsam um ihre eigene Achse, und nach zehn Minuten hatte Ramsden eine genaue Peilung. Auf dem Monitor, der bisher nur ein verrauschtes Bild gezeigt hatte, waren jetzt auf Peilung null-fünf-drei deutlich die Linien von Maschinengeräuschen zu sehen. Während der Computer die Geräuschcharakteristik mit seinen gespeicherten Daten verglich, blickte Jerry Curran auf drei Bildschirme gleichzeitig, und als er schließlich etwas sagte, jagten seine Worte Boomer einen eiskalten Schauer den Rücken hinunter.

»Gott im Himmel, Sir, das ist ein russisches Boot ... der Computer sagt, die Maschinenkennlinie sei die eines gottverdammten Kilos!«

»Der Computer kann doch keine Eule von einer Nachtigall unterscheiden«, murmelte Boomer leise. *»Das ist K-10.«*

»Bei allem Respekt, Sir, darf ich fragen, weshalb Sie das annehmen?« fragte Lieutenant Commander Mike Krause, der, wie so häufig in kritischen Momenten, auf einmal hinter Boomer stand.

»Natürlich dürfen Sie«, antwortete Boomer. »Es ist das einzige Kilo, das hier sein kann. Außer China gibt es kein anderes

Land, das solche Boote besitzt und gleichzeitig auch nur ein entferntes Interesse an den Kerguelen haben kann. Wenn es ein solches Land gäbe, dann wüßte man in Fort Meade davon.

Außer uns selbst ist China das einzige Land, das von den taiwanischen Aktivitäten wirklich betroffen ist. Die Chinesen haben jetzt vier Kilos, und Fort Meade weiß, wo drei von ihnen sind: zwei in Zhanjiang und eines in Shanghai. Das vierte, unser K-10, ist seit einiger Zeit auf keinem Satellitenbild mehr zu sehen. Es hat Kanton am 15. Oktober verlassen, also drei Tage nach dem Hai Lung, aber weil das K-10 es ein bißchen weniger weit hatte und auch ein bißchen schneller ist, hat es das taiwanische Boot überholt … Glauben Sie mir, Mike, diese Maschinengeräusche sind die von K-10«. Und dann fügte er grinsend hinzu: »Jetzt haben wir es.«

»Und was machen wir nun, Sir?«

»Wir halten uns zurück und beobachten alles aus sicherer Entfernung. Das Boot da weiß vielleicht etwas, was wir nicht wissen. Schließlich gilt unser Hauptinteresse nach wie vor dem Hai Lung.«

Das Kilo war das erste Fahrzeug, dem die *Columbia* begegnete, seit sie vor drei Wochen in der Tasmansee an einem alten Frachter vorbeigekommen war. Alle Augen in der Operationszentrale waren wie gebannt auf die Bildschirme gerichtet.

Commander Dunning, der seit so vielen Tagen geduldig gesucht hatte, stand neben dem Periskop und befahl: *»Drehung nach backbord … drei-fünf-null … Ich möchte 10 000 Meter vom voraussichtlichen Kurs des Kilos entfernt bleiben.«*

»Drei-fünf-null. Aye, Sir.«

»Sieht aus, als wäre das eine Aufgabe für unser neues aktives Sonarsystem«, sagte Lieutenant Commander Curran.

»Das ist doch das, bei dem wir uns als Delphin verkleiden, oder?«

Lieutenant Commander Curran lachte über den trockenen Humor seines Kommandanten. »Genau, Sir … und ich kann Ihre Skepsis verstehen, aber ich weiß, daß es funktioniert. Ich war selbst bei der Erprobung dabei. Wir können das Kilo mit aktivem Sonar anpingen, und es wird nichts davon mitbekommen.«

»Aber wenn es nicht funktioniert, dann sind wir alle wohl ein bißchen zu tot, um noch zu merken, daß was falsch gelaufen ist.«

»Keine Angst, Sir, es wird funktionieren. Schließlich ist es nichts weiter als ein normales aktives Sonar, das bei unserem Gegner aber wie der Gesang eines Delphins klingt oder wie kopulierende Wale oder ein furzender Hummer oder was weiß ich… wir können die Geräusche über eine große Bandbreite variieren. Ganz im Ernst, das Ding ist wirklich phantastisch und wie geschaffen für unsere jetzige Situation. Wir dürfen es nur nicht zu häufig oder in zu regelmäßigen Abständen verwenden.«

Commander Dunning, für den aktives Sonar bisher immer gleichbedeutend mit Entdeckung durch den Feind gewesen war, schüttelte den Kopf. »Das mag ja alles richtig sein, Jerry, aber gnade uns Gott, wenn es nicht stimmt. Irgendwie habe ich das ungute Gefühl, als wären die Chinesen an Bord von K-10 nicht allzu zimperlich mit dem Einsatz ihrer Waffen, und ich will nicht, daß sie vor lauter Nervosität einen ihrer Torpedos einem vermeintlichen Delphin hinterherjagen.«

»Da gebe ich Ihnen recht, Sir. Aber ich vertraue dem neuen System voll und ganz. Wir haben es jetzt über drei Jahre lang getestet. Da kann nichts schiefgehen. Ich finde, wir sollten es wagen.«

»Und wen lassen wir zuerst ran?« sagte Boomer grinsend. »Den Delphin oder den furzenden Hummer?«

»Ich würde mehr für einen Wal plädieren, der sich einen runterholt, Sir«, antwortete Curran mit gespieltem Ernst.

»Sehr guter Vorschlag, Lieutenant Commander Curran«, sagte Boomer im selben Ton. »Dann lassen Sie ihn mal loslegen.«

Lieutenant Commander Krause hatte, wie alle anderen in Hörweite, amüsiert der Unterhaltung zwischen dem Kommandanten und seinem Waffensystemoffizier gelauscht. Nun aber wandte er sich mit ernster Miene an Boomer Dunning. »Können Sie sich vorstellen, was die Chinesen hier vorhaben, Sir?«

»Nicht so ganz, Mike. Aber denken Sie nur mal dran, weshalb wir eigentlich hier sind: das seltsame Verschwinden der *Cuttyhunk,* mein zufälliges Entdecken des Periskops im Februar – all das sind bestenfalls vage Hinweise, keine wirklichen verwertbaren Tatsachen. Und dann hat Admiral Morgan auf einmal die Meldung bekommen, daß einer von Taiwans besten Atomphysikern in einem U-Boot-Stützpunkt in der Nähe von Taipeh gesehen worden ist, und da hat er dann zwei und zwei zusammengezählt. Ein bißchen phantastisch vielleicht, aber möglicherweise hat er recht. Meiner Meinung nach hat er uns zwar auf eine bloße Ahnung hin hierhergeschickt, aber jetzt, wo auch K-10 hier auftaucht, haben wir vielleicht Glück gehabt.

Können Sie sich vorstellen, wieviel mehr die Chinesen wissen müssen? Schließlich haben sie etwa eine Million Spione in Taiwan und erfahren praktisch alles, was dort vorgeht. Wenn sie auf diese Weise weniger herausgefunden haben sollten als wir durch puren Zufall, dann würde mich das sehr wundern. Deshalb glaube ich kaum, daß sie ihr neuestes Kilo auf Vergnügungsfahrt hierhergeschickt haben. Nein, dieses schnuckelige Bötchen hat bestimmt einen ganz konkreten Auftrag, und ich wäre nicht im geringsten erstaunt, wenn es hier wäre, um uns die schmutzige Arbeit abzunehmen. Also lassen wir es ruhig gewähren.«

»*Wir sind jetzt 10 000 Meter nordwestlich vom vorausberechneten Kurs des Kilos, Sir. Es ist jetzt noch etwa acht Meilen draußen auf See.*«

»Okay. Drehen Sie nach steuerbord … null-fünf-fünf. Abstand beibehalten und langsam verfolgen.«

Mit beständigen siebeneinhalb Knoten kam das Kilo unter Kapitän Kan Yu-Fang auf Kurs zwei-drei-sieben langsam näher.

Eine Stunde später, als das chinesische U-Boot auf Sehrohrtiefe an der *Columbia* vorbeiglitt, konnte man in deren Sonarraum genau das Klappern des Schnorchelventils hören. Der Kapitän von K-10 fühlte sich offenbar völlig sicher.

Die Amerikaner folgten dem Kilo sechs Meilen lang, hielten dabei aber immer gebührenden Abstand. Schließlich hörte das Kilo mit dem Schnorcheln auf und begann mit drei Knoten Geschwindigkeit langsam in weiten Kreisen herumzufahren.

»Sieht so aus, als würde es auf etwas warten«, sagte Lieutenant Ramsden.

»Wahrscheinlich auf dasselbe wie wir«, sagte Boomer. »Wir müssen uns wohl mit dem Gedanken vertraut machen, daß nicht nur wir von dem Hai Lung wissen und daß inzwischen wahrscheinlich aller Welt der Elf-Wochen-Rhythmus, in dem es unterwegs ist, bekannt sein dürfte. Vermutlich wissen die Rotchinesen genausogut wie wir, daß es morgen hier eintreffen könnte. Und für sie ist die Situation sehr viel bedrohlicher als für uns, denn wenn die Taiwaner eine Bombe haben, bekommen die Chinesen sie viel eher auf den Kopf als wir.«

»Sie meinen also, daß das Kilo hier auf das Hai Lung wartet, um ihm hinterherzufahren?« sagte Lieutenant Ramsden nachdenklich. »Genauso wie wir?«

»Stimmt«, sagte Boomer. »Was ist Ihre Meinung, Mike, Jerry?«

»Ich stimme Ihnen zu, Sir«, antwortete der Erste Offizier.

»Ich ebenso«, sagte der Waffensystemoffizier.

»Dann sehen Sie mal zu, daß sich unser künstlicher Wal auch schön anstrengt. Ich möchte das Kilo nicht verlieren, aber bemerken sollte es uns auch nicht.«

Den Rest des Tages über fuhr das chinesische U-Boot langsam im Kreis herum. Ab und zu pingte Lieutenant Commander Curran es mit den verschiedensten Unterwassergeräuschen an, die der Gegner offenbar nur als Fische und Meeressäuger identifizieren konnte. So wußten Boomer und seine Leute stets genau, wo sich das Kilo befand. Bei dieser Verfolgungsjagd auf Schleichfahrt mußten sie allerdings sehr vorsichtig sein, damit das andere Boot sie nicht ihrerseits mit seinem passiven Sonar entdeckte. Jerry Curran hatte beide Hände voll zu tun, um einerseits das Kilo nicht aus den Augen zu verlieren und andererseits aufzupassen, daß sich das Hai Lung nicht unbemerkt an der *Columbia* vorbeischlich. Dabei war die hochentwickelte Sonaranlage des amerikanischen Boots eine entscheidende Trumpfkarte.

Um 2148 – über dem Wasser war es schon seit zwei Stunden dunkel – rief Bobby Ramsden, der vor dem Hauptsonarschirm saß, über die Sprechanlage: »*Sonar an Kommandant …*

Ich kriege etwas über das Schleppsonar herein. Nur ein ganz leises Signal ...«

Zum zweiten Mal innerhalb von 24 Stunden fuhr die *Columbia* einen weiten Kreis, um dem Schleppsonar die Ortung des aufgefangenen Geräusches zu ermöglichen.

»Zugewiesener Kontakt 27«, sagte Ramsden schließlich. »Peilung null-vier-fünf. Möglicherweise Maschinengeräusch. Computer gleicht die Profile ab.«

Im Sonarraum herrschte völlige Stille, die sich bis in die angrenzende Operationszentrale erstreckte. Unter den Profis an Bord der *Columbia* waren überflüssige Worte nicht nötig, so daß alle auf den Mann am Sonar lauschten, dessen Finger über die Tastatur des Computers flogen.

»Sonar an Kommandant. Geräusch stimmt in weiten Teilen mit gespeicherter Kennlinie für Hai Lung überein. Kein anderes Profil kommt ihm sonst nahe.«

Die Stimmung an Bord der *Columbia* verwandelte sich von angespannter Erwartung in vorsichtige, wachsame Entschlossenheit. Niemand sagte ein Wort. Seit es U-Boote gibt, herrscht in solchen Situationen Schweigen an Bord, und die ganze Besatzung wartete auf ein entscheidendes Wort des Kommandanten. Auf einen Befehl wie *»Torpedo los!«*.

Aber der Kommandant der *Columbia* war nicht dazu authorisiert, auf jemanden zu feuern, und so blieb ihm und seinen Leuten nichts übrig, als über eine Stunde lang dem Geräusch des sich mit sieben Knoten Geschwindigkeit nähernden Hai Lung zu lauschen. In 8000 Metern Entfernung schnorchelte es vorbei, während Lieutenant Commander Curran seinem Kommandanten mitteilte, daß er soeben das Kilo mit einem Hummerfurz angepingt und die *Columbia* in eine Position gebracht habe, in der sie beide Boote mit ihrem Sonar verfolgen könne.

Um 2305 beschleunigte Kapitän Kan das Kilo und folgte dem Hai Lung in zwei Meilen Entfernung, ohne zu wissen, daß fünf Meilen hinter ihm ein amerikanisches Atom-U-Boot durchs nächtliche Meer glitt und jede seiner Bewegungen genauestens beobachtete. Nur Boomer Dunning und seine Mannschaft waren sich der Anwesenheit aller drei Unterseeboote bewußt. Die Taiwaner wußten nur von einem, ihrem eigenen, und die Rotchinesen von zweien.

Wie ein seltsam auseinandergezogener Konvoi fuhren die drei Boote auf Kurs zwei-zwei-fünf hintereinander nach Südwesten, wobei das Hai Lung an der Spitze immer noch schnorchelte. Es hielt direkt auf die Choiseul-Bucht zu, und die anderen beiden folgten ihm.

Das Hai Lung schlug einen südlicheren Kurs auf Cox's Rock zu ein als die *Columbia* zuvor, denn der taiwanische Kapitän kannte sich offenbar in diesen Gewässern sehr viel besser aus als Kan oder Boomer Dunning. Dabei fuhr er genau in die Richtung, aus der Boomer und Bill Baldridge im Februar das Periskop auf sich zukommen gesehen hatten.

Das taiwanische Unterseeboot lief durch die in dieser Nacht ausnahmsweise einmal still daliegende Choiseul-Bucht bis zum Eingang der Baie Blanche. Noch immer war das rotchinesische Kilo zwei Meilen hinter ihm.

Boomer hatte jetzt, als sie sich dicht unter Land befanden, den Abstand zu dem Kilo, das Lieutenant Commander Curran in unregelmäßigen Abständen mit irgendeinem Fischgeräusch anpingte, auf drei Meilen verkürzt. Während der langsamen Fahrt auf Sehrohrtiefe dachte der Kommandant der *Columbia* an die Menschen, die ihn bei seinem ersten Besuch der Insel an Bord der *Yonder* begleitet hatten, und an den Spaß, den sie alle zusammen auf Bills und Lauras Hochzeit gehabt hatten. Sogar der Präsident der Vereinigten Staaten war zu diesem Ereignis erschienen.

Ohne bestimmten Grund wünschte Boomer sich auf einmal, daß Bill jetzt bei ihm an Bord der *Columbia* wäre. Mit einemmal fühlte er sich allein und verlassen. Ein leichtes Frösteln durchlief seinen Körper. Er sehnte sich danach, seinen Freund in der Nähe zu haben und nicht ein Dutzend Kollegen. Aber es blieben ihm nur wenige Sekunden für diese Träumereien, denn das Hai Lung, das beim Durchqueren der weiten Bucht seine Geschwindigkeit auf fünf Knoten verringert hatte, verschwand auf einmal in der Baie Blanche, verfolgt von einem U-Boot voller kampfeslüsterner Rotchinesen. Zumindest hielt Boomer sie für kampfeslüstern.

Er gab Befehl, den Abstand zu K-10 auf zwei Meilen zu verkürzen. Das passive Sonar war in den flachen Wassern direkt vor der Küste nicht mehr sehr zuverlässig, aber durch das hervorragende neue Aktivsonar war die Verfolgung der beiden Boote nicht allzuschwer.

Das Hai Lung mit Professor Liao Lee an Bord führte den kleinen Konvoi noch immer unbekümmert mit fünf Knoten Geschwindigkeit an. Es fuhr immer tiefer in die Baie Blanche hinein, und immer noch ahnte niemand an Bord, daß es von einem rotchinesischen Kilo und einem amerikanischen Jagd-U-Boot verfolgt wurde. In der sanften Linkskurve am Saint Lanne-Berg warf Boomer einen raschen Blick durch das Periskop, das aber von dem taiwanischen Beobachtungsposten oben auf dem Pointe Bras, der den Eingang zur Baie du Repos bewachte, nicht entdeckt wurde.

Das Hai Lung hielt sich am rechten Rand der etwa eine Meile breiten Fahrrinne durch die Baie du Repos, und Boomer war nicht erstaunt, daß das Kilo ihm folgte. Er wagte einen weiteren raschen Blick durch das Periskop, und wieder waren die taiwanischen Ausguckposten, die damals die *Cuttyhunk* entdeckt hatten, nicht in der Lage, es zu sehen.

Als das Hai Lung acht Meilen in den sich ständig verengenden Fjord eingefahren war, wurde es langsam wieder hell. Ein eiskalter Südwind fegte den Schnee vom Gipfel des Mount Richards und kräuselte das Wasser vor der *Columbia*. Auf einmal hörte das Hai Lung auf zu schnorcheln und wurde still. Boomer unterdrückte einen Fluch und ging ans Periskop. Gerade als er hindurchblickte, durchbrach das taiwanische U-Boot, das sich nun drei Meilen vor der *Columbia* befand, die Wasseroberfläche.

Auch das Kilo stoppte auf, blieb aber unter Wasser. Boomer, der sich zwei Meilen hinter dem rotchinesischen U-Boot hielt, konnte durch sein Periskop die letzten Meilen des sich nun stark verengenden Fjords entlangblicken. Vor sich sah er, wie das Hai Lung nach Steuerbord abbog, wo vor der steilen Wand des Fjords zwei graue, rostige Bojen im Abstand von etwa 125 Metern auf dem Wasser schwammen. Aus dem Sonarraum meldete Jerry Curran, daß seine Leute eindeutige Geräusche eines unter Last laufenden Druckwasserreaktors empfingen, die von den Wänden des Fjords reflektiert würden.

Das Geräusch kam aus der Richtung der beiden Bojen, und Boomer schloß daraus, daß dort unter Wasser ein Atom-U-Boot liegen mußte, das vielleicht kein einsatzbereites Kriegsschiff mehr war, aber trotzdem noch gute Arbeit leisten konnte.

»Das ist ihre Energiequelle«, murmelte der Commander. »Aber wo ist die gottverdammte Fabrik, oder was immer es sein mag?« In der Ferne sah er, wie das Hai Lung seine Fahrt fast bis zum Stillstand wegnahm und ganz langsam auf die Wand des Fjords zuglitt. Aus Boomers Blickwinkel sah es so aus, als würde es gleich mit den Klippen kollidieren, aber dann verschwand es nach und nach, als würde es in eine für ihn nicht sichtbare Höhle einlaufen. Boomer betrachtete die steilen Granitwände des Fjords und gab Befehl, die Wassertiefe zu messen.

»Einhundertelf Meter, Sir.«

»Wir haben es gefunden, Leute«, sagte Commander Dunning. »Genau dort drüben an der rechten Wand des Fjords, eine Meile vor dem Ende der Baie du Repos. Das Hai Lung ist gerade in einer Art Höhle verschwunden, und ich wette, daß dort drinnen das ist, wonach wir gesucht haben. Gute Arbeit, Leute. Und jetzt machen wir, daß wir von hier wegkommen. Und zwar ganz langsam und vorsichtig.«

Die *Columbia* nahm Kurs auf die Choiseul-Bucht am Ausgang des Fjords und ließ das Kilo seine schmutzige Arbeit allein machen. Der Wind hatte aufgefrischt, und auf der Baie Blanche zeigten sich erste Schaumkronen. Boomer beschloß, am Eingang zu der Bucht eine Stunde lang zu warten und dann hinaus aufs offene Meer zu fahren und Verbindung mit dem Satelliten aufzunehmen. Er wollte SUBLANT melden, daß er die taiwanische Anlage auf einer Position von 49.65N, 69.20E gefunden habe, daß sie ihren Strom vom Reaktor eines direkt davor unter Wasser festgemachten Atom-U-Boots beziehe und daß in unmittelbarer Nähe ein U-Boot der Kilo-Klasse, bei dem es sich mit großer Wahrscheinlichkeit um K-10 handle, in 120 Meter tiefem Wasser auf der Lauer liege.

Boomer vermutete, daß das rotchinesische U-Boot, wenn es erst einmal in Schußposition war, nicht länger als fünf Minuten zum Angriff brauchen würde.

Der Kommandant der *Columbia* hatte nicht schlecht geraten, denn um 1955 fing man im Sonarraum die Geräusche von mehreren heftigen Detonationen auf. Das Kilo mußte eine ganze Reihe von Torpedos auf die taiwanische Atomfabrik abgefeuert und damit innerhalb weniger Minuten nicht nur die Anlage selbst, sondern auch das Hai Lung und das in Frankreich gebaute Atom-U-Boot der Rubis-Klasse in einem Inferno gewaltiger Unterwasserexplosionen vernichtet haben.

Um auf Nummer Sicher zu gehen, ließ Kapitän Kan das Kilo auftauchen und aus dem Abschußgerät vor der Heckflosse noch sechs SA-N-8 SAM-Raketen durch den stählernen Vorhang vor der Atomfabrik abschießen, aber das bekamen die Männer vor den Sonargeräten der *Columbia*, die nur Dinge hören konnten, die sich unter Wasser ereigneten, nicht mit. Trotzdem wunderten sich alle an Bord des amerikanischen U-Boots darüber, wie lange der chinesische Kapitän die Klippe beschoß. Boomer Dunning hätte die Fabrik in einer einzigen Minute vernichtet gehabt, aber Kapitän Kan war anders gestrickt als der Commander aus Connecticut – er war ein Fanatiker mit stark psychopatischen Charakterzügen. Er liebte es zu töten, und hier konnte er diesem lange unterdrückten Instinkt endlich einmal wieder freien Lauf lassen.

Bei jedem Torpedo, jeder Rakete, die er in die Atomfabrik des verhaßten Gegners jagte, dachte er an Madame Mao, an Admiral Zhang und an den glorreichen Kampf gegen die taiwanischen Verräter und ihren Verbündeten, die USA. Jede neuerliche Explosion war für Kan, der sein Zerstörungswerk mit einem schiefen, fast schon irren Grinsen beobachtete, auch eine Vergeltung für die versenkten Kilos und ein donnernder Paukenschlag, der die Macht und die Stärke der glorreichen Volksmarine symbolisierte, des aufsteigenden Drachen, der die Meere des 21. Jahrhundert beherrschen würde. Niemand würde ihn daran hindern, und schon gar nicht das abtrünnige Taiwan, dessen Atommachtträume vor Kans Augen gerade in Schutt und Asche fielen.

»Mist«, brummte Boomer Dunning. »Diese Irren meinen es wirklich ernst. Ich schätze, das war's dann für die Taiwaner. Nun müssen sie sich was Neues einfallen lassen.«

»Was machen wir jetzt, Sir?« fragte Lieutenant Commander Krause. »Sollen wir hinaus ins freie Wasser fahren und unsere Nachricht an SUBLANT abschicken? Ich habe schon einmal eine aufgesetzt.«

»Ja, Mike, ich kann es kaum erwarten, aus diesen engen Gewässern herauszukommen. Und wenn ich nicht ganz danebenliege, dann wird das Kilo innerhalb der nächsten Stunden genau dasselbe tun. Ich habe keine Lust, mich von den Chinesen überraschen zu lassen, besonders nicht von diesem zerstörungswütigen Irren!«

Die *Columbia* ging auf Sehrohrtiefe und glitt unter dem dunklen, vom Mondlicht beschienenen Wasser aus der Bucht. Durch das Periskop konnte Boomer die bleichen Umrisse von Pointe Pringle und Cap Féron an den jeweiligen Endpunkten der bedrohlich aufragenden Granitklippen sehen. Er befahl eine Geschwindigkeit von acht Knoten und sagte dem Wachoffizier, er solle einen Punkt zwischen den Îles Leygues und dem Cap d'Estaing ansteuern.

Es war ein langer Tag für die Mannschaft und besonders für die Offiziere gewesen, von denen manche seit dem ersten Sonarkontakt mit dem Hai Lung keine Pause mehr gehabt hatten.

Boomer verschob das Abschicken der Nachricht an SUBLANT und zog sich in seine Kabine zurück, wo er allein eine Tasse Kaffee zu sich nahm und sich wieder wünschte, daß sein alter Freund Bill Baldridge jetzt bei ihm wäre. Einmal mehr sehnte er sich nach einem Gespräch mit dem unkomplizierten Mann aus Kansas, mit dem zusammen er schon so viel erlebt hatte. Weil dieser Luxus ihm aber verwehrt war, nahm er noch einmal die Nachricht zur Hand, die ihm der CNO geschickt hatte und die den abgekürzten Anschiß von Arnold Morgan enthielt. »Ich weiß genau, was der jetzt von mir denkt«, murmelte Boomer.

Die Zeit verstrich, und um 2140 hatte Boomer immer noch keine Nachricht an SUBLANT geschickt. Die *Columbia* fuhr langsam im Kreis herum, und alle an Bord warteten auf eine Entscheidung ihres Kommandanten.

Um 2200 begab sich Boomer in die Operationszentrale und kam gerade dazu, wie der Mann am Sonar das erste Geräusch des Kilos auf dem Schirm sah. Das Boot war auf Schnorchelfahrt und entfernte sich mit acht Knoten auf direktem Nordkurs von der Zerstörung, die es angerichtet hatte.

»Sonar an Kommandant ... Kilo peilt auf eins-acht-null, Sir. Kommt auf uns zu. Entfernung sechs Meilen. Boot schnorchelt und ist gut zu empfangen. Voraussichtlicher Kurs: Nordwest. Kontakt 28.«

»Kommandant an Sonar. Verstanden.«

Boomer fuhr sich mit der Hand durch die Haare und zog sich noch einmal kurz in seine Kabine zurück. Vier Minuten später kehrte er in die Operationszentrale zurück und blieb einen Augenblick lang unschlüssig stehen.

Dann gab er den Befehl, der seine ganze Karriere entscheiden würde – so oder so: *»Wir versenken das Kilo, sobald es aus dem seichten Wasser heraus ist. Voraussichtliche Zeit für den Angriff eine Stunde von jetzt. Rohr eins und zwei laden. 48er ADCAP-Torpedos.«*

Der Waffensystemoffizier Lieutenant Commander Curran zuckte nicht einmal mit der Wimper und ging raschen Schrittes zurück in den Sonarraum.

Vorn im Torpedoraum richtete die Bedienungsmannschaft die beiden Mk 48 her.

Nach 15 Minuten meldete der Sonarraum: *»Kontakt 28 peilt eins-sieben-acht. Entfernung sechs Meilen, Sir.«*

Im vorderen Teil der *Columbia* wurden die Torpedos nacheinander in die Rohre Nummer eins und zwei geschoben. Der Torpedoleitoffizier murmelte etwas in sein bleistiftdünnes Mikrofon, während Jerry Curran zusammen mit Bobby Ramsden und dem Kommandanten auf den Sonarschirm starrte. Alle an Bord schienen auf einmal im Dienst zu sein. Lieutenant Commander Krause führte das Schiff, damit Boomer sich auf die Aufgabe konzentrieren konnte, die ihn ohne weiteres vor ein Kriegsgericht bringen konnte.

Quälend langsam vergingen die Minuten, während der schwarze Rumpf des chinesischen Kilos der *Columbia* immer näher kam. Das Sonarteam des amerikanischen Jagd-U-Boots behielt den Gegner ständig im Auge und meldete dem Kommandanten mit leiser Stimme jede Positionsveränderung. Längst hatte sich unter den Männern jene bis zum Zerreißen gespannte Ruhe breitgemacht, die an Bord eines jeden angriffsbereiten U-Boots herrscht.

Nach einem weiteren Blick auf den Sonarschirm befahl Boomer Dunning: *»Rohr eins fertig zum sonargelenkten Schuß.«*

»Peilung eins-zwei-null ... Entfernung 5 000 Meter ... Computer eingestellt.«

»Torpedo los!« befahl Commander Dunning, und alle in der Operationszentrale hörten einen dumpfen Schlag und spürten das leichte Zittern, mit dem der schwere Torpedo aus seinem Rohr glitt.

»Torpedo reagiert auf Lenkkommandos, Sir.«

Boomer Dunning befahl, den Torpedo scharfzumachen. Eine weitere Minute verging, in der die einzigen Geräusche an Bord des Boots das Summen der Klimaanlage und die leisen Befehle oder Kommentare der mit der Lenkung des Torpedos befaßten Offiziere waren. Die *Columbia* schien gespannt den Atem anzuhalten.

In 1 500 Metern Entfernung schoß der Mk 48 mit 30 Knoten Geschwindigkeit durchs Wasser und suchte mit passivem Sonar sein Ziel.

Acht Minuten nachdem er sein Rohr verlassen hatte, bekam der Torpedo Sonarkontakt zu dem Kilo und wurde vom Torpedoleitoffizier auf automatische Zielansteuerung umgeschaltet. Der Mk 48 beschleunigte und raste durch das dunkle Wasser direkt auf Kapitän Kans U-Boot zu. Kan war ein erfahrener Kommandant, der den Torpedo unter normalen Umständen vielleicht bemerkt hätte. Jetzt aber herrschte Hochstimmung an Bord seines Boots, so daß niemand besonders wachsam war. Selbst Kan wurde immer wieder von so heftigen Kicheranfällen geschüttelt, daß sich seine Offiziere langsam Sorgen um seinen Geisteszustand machten. Das Kilo befand sich auf Sehrohrtiefe, und der Mk 48 war nur noch 300

Meter entfernt, als der chinesische Seemann am Sonarschirm plötzlich schrie: »*Torpedo ... Torpedo ... Torpedo ... rot eins-sieben-fünf ... aktives Sonar ... Entfernung 500 Meter ... Peilung steht ...*«

Es war zu spät, um zu reagieren. Der Torpedo war schon viel zu nah. Sekundenbruchteile später explodierte er am Rumpf des Kilos und riß an der Backbordseite ein riesiges, klaffendes Loch. Es war genau 2221 am 19. November. Kapitän Kan starb mit einem Grinsen auf den Lippen, und auch sonst überlebte niemand an Bord von K-10 die gewaltige Explosion und den darauf folgenden Untergang des Boots.

Langsam sank das Boot, auf das Admiral Zhang Yushu im fernen Peking so große Hoffnungen gesetzt hatte, hinab ins eiskalte Wasser des südlichen Indischen Ozeans, der hier über 600 Meter tief war. Niemand außer den Männern an Bord der *Columbia* würde jemals genau wissen, wo es lag oder was mit ihm geschehen war, denn das Kilo hatte alle Zeugen für den amerikanischen Torpedoangriff mit in sein nasses Grab genommen. Aber natürlich würde man sich in gewissen Kreisen in Peking und Moskau seine Gedanken über das Verschwinden des Boots machen.

Eine halbe Stunde später saß Boomer Dunning wieder in seiner Kabine und formulierte die bereits aufgesetzte Nachricht an den COMSUBLANT um. Jetzt lautete sie kurz und knapp: »*172224NOV erschien chinesisches Kilo vor Insel Courbet. Hai Lung erschien 182148NOV. Vermute, daß Kilo sowohl Hai Lung als auch taiwanische Anlage zerstört hat, die wir auf 49.65N, 69.20E, eine Meile vom Fjordende der Baie du Repos lokalisiert haben. Unter Bezugnahme auf meinen ursprünglichen Befehl vom 0112000AUG04 habe ich Kilo um 192221NOV nördlich der Kerguelen versenkt. – Commander Cale Dunning, USS* Columbia.«

Boomers Nachricht traf bei SUBLANT um 1330 Ortszeit ein und wurde sofort den Admirälen Mulligan und Dixon überbracht, die seit Stunden auf eine Nachricht von den Kerguelen warteten. Kurze Zeit später rief der CNO bei Arnold Morgan an und bat ihn um Hilfe beim Formulieren einer Antwort an Boomer Dunning.

Der Kommandant der *Columbia* erhielt die knappe Nachricht um 0015 Bordzeit. »*Nicht schlecht für einen V.V.I. Morgan.*«

Das Interessante an dieser Botschaft direkt aus dem Büro des Nationalen Sicherheitsberaters im Weißen Haus war aber eigentlich die Anrede, auf die Boomer schon nicht mehr zu hoffen gewagt hatte: »*An Captain Cale Dunning, Kommandant der USS* Columbia.«

EPILOG

Titelstory der *Cape Cod Times* vom 25. November 2004:

Port-aux-Français, Kerguelen. 24. November. Das Rätsel um das verschwundene Forschungsschiff *Cuttyhunk* aus Woods Hole wurde gestern nacht ein gutes Stück gelüftet, als überraschend sechs der seit 23 Monaten vermißten Wissenschaftler auf der Kergueleninsel Courbet entdeckt wurden.

Die Gruppe hatte versucht, die 150 Kilometer breite Insel zu Fuß zu durchqueren und dabei mit einem Funkgerät Notsignale ausgesandt, die von der französischen Wetterstation an der Südostküste aufgefangen wurden. Die Wissenschaftler wurden von einem Hubschrauber auf die Wetterstation gebracht und sind offenbar die einzigen Überlebenden der 29 Menschen, die sich an Bord der am 17. Dezember 2002 unter mysteriösen Umständen verschwundenen *Cuttyhunk* befanden. Das Forschungsschiff, das seinem letzten Funkspruch zufolge angegriffen wurde und seitdem als vermißt galt, soll nach ersten Aussagen der Geretteten in einem Versteck in der Baie du Repos, einem einsamen Fjord am nördlichen Ende der Insel liegen. Es sei zwar durch Gewehrfeuer beschädigt, aber noch voll einsatzfähig. Es habe fast zwei Jahre lang als Gefängnis für die Wissenschaftler gedient.

Wie Angestellte der Wetterstation bestätigten, soll es sich bei den Geretteten um Professor Henry Townsend, Dr. Roger Deakins, Arnold Barry, William Coburg, Anne Dempster und Dr. Kate Goodwin handeln.

Frederick J. Goodwin, ein Cousin der zuletzt genannten Wissenschaftlerin und Chefreporter dieser Zeitung, wird noch heute abend zur US-Marinebasis auf Diego Garcia im Indischen Ozean fliegen und an Bord der Fregatte gehen, die die Geretteten von den Kerguelen abholen soll. Mr. Goodwin, der sich seit dem Verschwinden der *Cuttyhunk* immer wieder für eine intensive Suche nach dem Schiff eingesetzt hat, ist der einzige Journalist, dem die Wissenschaftler ein Interview zugestanden haben.

Deren erstaunliche Geschichte, die Mr. Goodwin uns per Funk von Bord der Fregatte übermitteln wird, können Sie ab nächster Woche exklusiv hier in der *Cape Cod Times* lesen.

DANKSAGUNG

Mein Hauptberater bei der Arbeit an meinem zweiten Roman war Admiral Sir John (Sandy) Woodward, der ranghöchste Gruppen-Einsatzoffizier der Royal Navy im Falkland-Krieg im Jahre 1982. Nach der Schlacht im Südatlantik war er Flaggoffizier der Unterseebootstreitkraft, in späteren Jahren ernannte man ihn zum Oberbefehlshaber der britischen Marinestützpunkte. Es wäre wohl kaum möglich gewesen, für die Arbeit am Buch einen versierteren und erfahreneren Offizier zu finden als diesen Mann, dem einzigen, der während der letzten 40 Jahre eine größere Seeschlacht geschlagen hat.

Kilo Class ist ein Unterseeboot-Thriller, dem eine monatelange Planung vorausging. Mein Arbeitszimmer war während dieser Zeit ein einziges Meer an Karten, Tafeln und Handbüchern, aus dessen Mitte Admiral Sandy aufragte, der unentwegt den Handlungsaufbau und -ablauf mit seinem Wissen würzte. Ich war äußerst überrascht darüber, daß er selbst noch dem kleinsten Detail seine Aufmerksamkeit schenkte, und darüber, welche unerbittliche Verschlagenheit er dabei an den Tag legte. Wir im Westen sollten froh sein, daß dieser Mann kein Chinese ist.

Außerdem schulde ich meinen Dank Lesley Chamberlain, der englischen Autorin, die die lesenswerteste Abhandlung über Rußland geschrieben hat, nämlich *Wolga, Wolga*. Lesley führte mich und die Unterseeboote der Kilo-Klasse diesen großen Fluß entlang, und sie war überaus freigebig, mir ihre Erinnerungen mitzuteilen, die sie als Fremdenführerin auf russischen Ausflugsschiffen sammeln konnte.

In den USA haben mir eine Reihe großartiger Offiziere zur Seite gestanden, von denen viele noch in Dienst stehen. Ich bin zutiefst dankbar für die vielen Stunden, die sie mir widmeten, um meine Arbeit gegenzuchecken, meine Fehler zu beheben und dafür zu sorgen, daß alles »echt« ist.

Diesen Männern verdanke ich viel. Admiral Sandy allerdings verdanke ich das Buch in seiner Gänze.

Patrick Robinson